CENDRILLON

Eric Reinhardt est né en 1965. Son premier roman, *Demi-sommeil,* a paru en 1998. Il a été suivi du *Moral des ménages* et d'*Existence.*

Paru dans Le Livre de Poche :

EXISTENCE

LE MORAL DES MÉNAGES

ÉRIC REINHARDT

Cendrillon

ROMAN

STOCK

© Éditions Stock, 2007.
ISBN : 978-2-253-12543-3 – 1re publication LGF

Plus que jamais

1

Le jour où Laurent Dahl (qui n'avait pas eu le temps de se faire faire un faux passeport au nom de Simon Tanner, comme il en avait manifesté plusieurs fois la velléité) sauta dans un taxi boulevard Haussmann pour se rendre à l'aéroport, cet après-midi de décembre où acculé par quelque chose de corrosif qui prospérait depuis plusieurs semaines il fut contraint de prendre la fuite, d'abandonner statut social, petites filles, domestiques, appartement à Londres, conversations spirituelles au téléphone, la seule pensée digne d'intérêt sur laquelle il s'attarda fut pour une inconnue qui n'existait pas rencontrée dans un train dix mois plus tôt. Il ne pensa même pas à l'onctueuse crème blanche aux senteurs de printemps dont son épouse enduisait ses orteils sur le rebord de la baignoire. Ni aux barrettes animalières qui édifiaient les coiffures blondes de ses deux filles. Cet homme déjà déshonoré qui roule sur l'autoroute vers une destination définitive (exotique) dont il n'a pas la moindre idée (peut-être São Paulo), pour quelles raisons ne songe-t-il pas un seul instant à la douleur, à l'élucidation spectaculaire que ce départ va provoquer ? Il semblerait que sa situation lui soit indifférente. C'est dominé par un impérieux sentiment de calme qu'il se laisse conduire vers l'aéroport. Alors même qu'à l'arrière du taxi il ne doute pas que quelques heures leur suffiront pour éclaircir les manipulations délictueuses dont il s'est rendu coupable, alerter Interpol et la brigade financière, il regarde les entrepôts qui défilent, les usines, les camions, les cheveux des conducteurs, les parodies de vies radieuses des panneaux publicitaires, il les regarde sans se laisser atteindre par la réalité irréversible dont ils témoignent, départ, rupture, vitesse, infamie. Les oreilles de Clotilde. Les découpages que ses deux filles réalisaient dans de vieux numéros du *Wall Street Journal*. La copie qu'il s'était fait faire d'un tableau de Titien. Pourquoi ne pense-t-il pas à sa femme, à ses amis, à son beau-père, à la prison, aux cocotiers qu'on découpait pour lui à travers les cours boursiers, à la luxuriante chevelure rousse de sainte Marguerite accrochée à un mur du salon ? Pour quelles raisons ses pensées s'attardent-elles sur cette chose-là qui n'a pas d'existence, cette femme qui n'était plus pour lui depuis dix mois qu'une sensation, une vision, un vertige, du théâtre ? *Hier soir j'ai ciré les chaussures de toute la famille ! C'est moi qui cire toutes les chaussures de la maison deux fois par mois !* hurle le chauffeur de taxi qui le dévisage avec une sympathie perverse à la surface du rétroviseur. La réponse se résume à ceci : Laurent Dahl ne devait qu'à un mensonge et aux effets miraculeux d'une imposture le prestige dont il jouissait, la gloire professionnelle qu'il recueillait, l'estime que ses amis lui accordaient, l'amour admiratif que lui portaient sa femme et peut-être même ses petites filles, sans oublier (le visage du chauffeur le regarde) la dévotion anachronique avec laquelle on cirait ses chaussures, toutes choses qui s'écrouleraient d'elles-mêmes dès lors que la fiction qui les alimentait se dissiperait.

10

Ma voisine m'a confirmé trois jours plus tard l'invitation de son ami qui habite à Gênes, un homme qu'elle me présente comme un scientifique de premier plan dont elle s'excuse d'avoir oublié la spécialité, *Météorologue, je crois*, me dit-elle. – *Mais vous êtes sûre ? Vous êtes certaine qu'il ne s'agit pas d'une méprise ? Météorologue ! Une conférence à Gênes ! Mes livres ne sont même pas traduits en italien !* Me répondant qu'elle en est sûre (*Sûre et certaine*, me murmure-t-elle), elle n'en demeure pas moins comme d'habitude insaisissable et mouvementée, disparaissant dans les étages avec la légèreté vexante d'une fugitive. Je précise que ma voisine du quatrième appartient à cette catégorie d'individus qui ne s'expriment jamais qu'en *s'éloignant* – comme le font si bien les P-DG avec leurs subalternes dans les couloirs des entreprises. Elle est donc l'inverse exact de la chose inamovible, le contraire du réfrigérateur, un insecte, un éphémère occasionnel et affolé. Aucune tactique n'est susceptible de l'arrêter, obstruction, salut jovial, questionnement appliqué, phrase conséquente qui postulerait comme une civilité élémentaire un début de conversation. Quelles que soient les circonstances, elle donne le sentiment d'avoir été électrisée par l'imminence d'un rendez-vous énigmatique, de fomenter quelque aphorisme urgent qu'il faudrait qu'elle transcrive au plus vite – avant qu'il n'ait été dilapidé par l'imprudence d'une conversation centrifuge dans l'ascenseur, au pied de l'escalier, devant la loge de la concierge. La seule fois où je suis parvenu à la fixer, où elle m'est apparue sous la forme d'un phénomène durable et consentant, c'est quand j'ai lu un article qui lui était consacré dans les pages Culture du *Monde*, accompagné d'un portrait d'elle (*Ça alors, ma voisine !*) où elle ne bougeait pas (en dépit du fait qu'elle avait posé dans un *salon*, elle avait gardé ses gants, son manteau, son éternel chapeau d'aristocrate – elle restait donc la figure transitoire et momentanée que je croisais dans l'immeuble), article agrémenté de propos d'elle qui n'étaient pas elliptiques, il s'agissait de développements construits qui attestaient qu'en certaines circonstances il lui était loisible de mettre un terme à ses trépidations. Cet article m'a appris qu'elle était traductrice (de l'italien, de l'anglais, de l'allemand, du portugais), qu'elle avait été proche dans les années soixante-dix d'un certain nombre d'artistes considérables, au premier rang desquels le journaliste citait Pasolini et Fassbinder. Confidente du premier ? Maîtresse endommagée du second ? *Et pourquoi il m'appelle pas, pourquoi ils appellent pas mon éditeur, pourquoi ça passe par vous ?* Je lui parle accoudé à la rampe en suivant des yeux par le vide central la trajectoire hélicoïdale de sa silhouette ascendante. *Attendez, excusez-moi, c'est vrai, qu'est-ce que je fais ?* Oui, c'est vrai, pourquoi n'appellent-ils pas mon éditeur pour le lui dire ? Il est d'usage que les invitations à des colloques, des conférences, des signatures en librairie transitent par l'éditeur – assez rarement par les glissements d'une traductrice instable qui garde pour elle comme des données confidentielles les détails d'une opération qui la regarde somme toute d'assez loin. Je décide d'aller porter ces protestations jusque chez elle et gravis quatre à quatre l'escalier. Je sonne à sa porte. Une fois. Deux fois. Aucune réponse. Trois fois. Silence. Mais qu'est-ce qu'elle fout ? Une main se pose sur mon épaule, je me retourne en sursautant, c'est ma voisine du quatrième qui se tient silencieuse devant moi. Elle me regarde avec un air abstrait, indécodable, un sourire désincarné sur les lèvres. Où avait-elle disparu ? Ce sourire est d'une pâleur, d'une atonie, d'une fixité si étendue, sa vastitude inexpressive me rappelle à ce point les infinis maritimes nimbés de brume que je me dis qu'elle va s'évanouir, que ce sourire pastel va l'avaler. Quand elle s'arrête de voler, de trépider, elle s'évapore ? Un ailleurs impalpable en absorbe la présence tout entière ? Nous nous regardons dans les yeux quelques secondes. Observant ce sourire fixe qui n'est pas un sourire mais comme la marque immatérielle d'une étrange appartenance, l'idée me monte au cerveau qu'elle se tient parmi ses semblables avec la même réserve aristocratique que les *chiffres premiers*, recluse, déifiée, inconciliable, isolée à jamais. *Prime number. Número primeiro. Numero primo. Erste Zahl. Primo número. Eerste aantal.* Je rappelle pour les plus littéraires d'entre vous que le *chiffre premier* n'est divisible que par *lui-même* et par *un*. Peut-être dans sa jeunesse n'était-elle pas *première*, était-elle divisible par d'autres chiffres, par Fassbinder et par Pasolini ? L'âge, leur mort, la nostalgie qu'elle en avait conçue l'avaient-ils extradée dans un ailleurs intérieur inaccessible où plus personne ne pouvait plus la féconder ? Rompant cette mutuelle contemplation, ma voisine du quatrième se met à remuer, détourne ses yeux vers l'ascenseur – son sourire fixe s'est éclipsé. *Mais qu'est-ce que vous faites là, vous n'étiez pas chez vous ?* je lui demande en désignant sa porte du doigt. *Où est-ce que vous étiez ?* On conviendra que la question est non seulement absurde, déplacée, mais idiote, indiscrète. Je m'en excuse en esquissant un sourire des plus confus tandis qu'elle avance une clé étoilée vers la serrure, se faufile à l'intérieur de son appartement, *Demain matin*, me murmure-t-elle, *il vous envoie un mail demain matin*, je distingue sur ses traits un air soudain mélancolique (son visage est devenu aussi cinétique que peut l'être d'ordinaire sa silhouette mouvementée), le mot matin me parvient par l'interstice de la porte qui se referme avec douceur. J'ai aperçu par ce même interstice un œil catégorique et conclusif. La voilà qui de nouveau a disparu. Voilà que de nouveau son manteau noir à col de loutre, ses escarpins à fins talons, son chapeau compliqué, voilà que de nouveau ses gants scintillants d'étrangleuse ont été soustraits à ma vue par l'éclosion d'un nouvel aphorisme – ma nietzschéenne voisine du quatrième, aussi fugace qu'une extase, aussi rapide qu'une éjaculation ! Demain matin ? Il m'envoie un mail demain matin ? Mais à quelle adresse va-t-il me l'envoyer, le mail, le *météorologue* ? Je sonne de nouveau à la porte. Une fois. Deux fois. Je suis vexé par la courtoise désinvolture avec laquelle elle me traite. Talons sur le parquet. Putain quelle histoire ! Quel épisode extravagant de ma carrière ! *Oui ?* me demande-t-elle à travers le chêne ciré. – *Et l'adresse ?* je lui dis. – *L'adresse, quelle adresse ? – Mais l'adresse, mon adresse, pour le mail ! Car comment va-t-il faire s'il n'a pas mon adresse ?!* Elle doit me regarder par l'œilleton, amenuisé, inclus à l'intérieur d'une boule de verre : figurine importune. – *Oui, l'adresse, effectivement, glissez-la sous la porte tout à l'heure vous serez gentil.* C'est alors que j'entends distinctement une sorte de bruit mental qui signifie que l'entrevue est terminée, quelque chose comme un déclic, comme le claquement d'une porte, le heurt d'un combiné téléphonique. Les traitait-elle comme elle me traite, Pasolini et Fassbinder, avec la même souterraine réticence, avec cette même résignation inconsolable de *chiffre premier*?

Mais comment ont-ils su, par quel miracle ont-ils deviné que je parle de Gênes chaque matin au petit-déjeuner? *Vous, je sais pas, mais moi, c'est décidé, ce soir je pars à Gênes. Je vous jure* (j'avale une gorgée de café chaud)*, je vous jure, je sors d'ici, je vais direct à l'agence de voyages, je téléphone au Bristol Palace.* Il convient de préciser qu'en dépit du fait que les partici-pants sont aujourd'hui plus nombreux qu'à l'époque où Margot et moi en avons pris l'habitude il y a maintenant quinze ans, nous petit-déjeunons dans notre lit plutôt qu'assis sur des chaises froides, exposés au voisinage peu sympathique de la chaudière, du lave-vaisselle, de la gazinière et du réfrigérateur – des anticipations du monde réel dont je me passe volontiers à cette heure. Tous ces gens qui vont s'asseoir sur des chaises froides dès leur réveil, comment parviennent-ils à enchanter durablement leur existence? Il me serait difficile d'évo-quer le Bristol Palace de Gênes assis cuisses nues sur une chaise de cuisine. Je reviendrai plus tard sur ces choses-là que les doctrines de ma compagne ont instau-rées, sur les dispositifs qu'elle a dressés qui la pré-servent de l'insidieuse emprise du contingent, je reviendrai sur l'importance que revêt dans notre vie cette enclave du petit-déjeuner sous les draps, complice, politique, insoumise, dispendieuse. Quand Leonardo est né, nous avons écarté l'hypothèse d'une migration neurasthénique dans la cuisine et continué à nous sus-tenter dans le lit, le bébé entre les cuisses de sa mère, le lourd plateau sur mes genoux. Cette perte de temps délibérée, c'est quelque chose qui s'apparente à une flânerie, à du libertinage, nous acclimate de la manière la plus sereine à la journée qui s'annonce – de telle sorte que celle-ci est déjà amplement commencée quand nous sortons dans la rue. J'adore l'instant où je pose le pied sur le ciment du trottoir devant l'immeuble, où je regarde le ciel et l'espace autour de moi quelques secondes comme un acteur qui pénètre sur une scène. Se dépêcher, courir après les dix minutes qu'on a perdues en différant l'instant critique où l'on s'est résolu à sortir du lit pour s'asseoir sur une chaise dure, c'est la meilleure façon de se soumettre avec servilité à la brutalité du monde. Se réveiller une heure plus tôt qu'il le faudrait et flâner trois quarts d'heure sous les draps nous permet à l'inverse de le mettre à distance et d'y entrer la tête haute avec l'orgueil d'un conquérant. C'est un peu comme si le monde était une petite balle dégonflée et toute molle, déchue, de couleur rouge, avec laquelle nous nous amuserions ironiquement, prisonnière impuissante de nos mains, de nos caprices, de nos sourires. Cet hédonisme aux accents de villégiature explique-t-il que chaque matin la tentation ludique et libertine de Gênes accède à mes pensées ? Par la suite, Leonardo ayant grandi, nous avons été trois appuyés contre les oreillers à divaguer au hasard de notre humeur, à nous cloîtrer dans le mutisme le plus total, à marmonner des plaintes confuses, à nous laisser conduire par le vagabondage de nos pensées, il nous arrive de produire des plaisanteries pitoyables compensées l'instant d'après par des poèmes de Raymond Queneau ou de Robert Desnos que nous nous lisons d'une voix ensommeillée (d'où le docteur Desnos de mon dernier roman, *Existence*). *Moi, c'est simple, j'ai envie d'être à Gênes, je m'en fous, je pars ce soir, je dors cette nuit au Bristol Palace.* – Ça y est, déclarait Leonardo à sa mère, *il est fou, il recommence, il veut partir à Gênes ! Papa, je te préviens, t'y vas sans nous... nous on va pas à Gênes !* Quand Donatien est né, nous nous sommes demandé de quelle manière nos corps allaient tenir dans cet espace peu étendu sans se gêner les uns les autres. Était-ce même matériellement envisageable ? *On va être comme des sardines*, disait Leonardo. – *On ne devrait pas rentrer dans la normale ?* se demandait Margot : elle redoutait l'accident du geste brusque qui renverserait sur nos peaux les liquides chauds qui se trouvaient sur le plateau, thé et café. – *Y avait une fois un taxi*, enchaînait notre aîné sous le regard hilare du tout-petit, *taxi taxi taximètre – qui circulait dans Paris – taxi taxi taxi cuit – il aimait tant les voyages – taxi taxi taximètre – qu'il allait jusqu'en Hongrie – taxi taxi taxi cuit !* Considérant comme fantaisiste l'idée de Leonardo d'acquérir un *king's bed* américain où nous pourrions disposer chacun d'une zone de plénitude indépendante (*Si vous voulez vraiment dormir dans un grand lit...* je leur disais, *Oui, je sais*, s'emportait Leonardo, *on n'a qu'à aller tous au Bristol Palace de Gênes !*), nous avons décidé à l'unanimité de ne changer en rien nos habitudes et d'assumer avec amour cet amalgame corporel du réveil. C'est ainsi qu'actuellement nous sommes quatre entassés sur le lit, Donatien entre les cuisses de Margot (mais peu patient il se laisse glisser sur le sol et petit-déjeune debout à même les draps avec humour comme au comptoir d'un café), Leonardo allongé tête-bêche entre nous et agitant ses petits pieds diaphanes à proximité du plateau – au risque qu'un jour cette circonstance devienne obscène, quand il fera du 44 et que des poils auront poussé sur ses chevilles. *Et qu'il traversait la Manche, taxi taxi*

taximètre ! en empruntant le ferry, taxi taxi taxi cuit ! un
beau jour il arriva, taxi taxi taximètre ! dans les déserts
d'Arabie, taxi taxi taxi cuit !!

La succursale de La Roche-sur-Yon était dirigée par un individu si atypique qu'on pouvait s'interroger sur les circonstances qui l'avaient égaré dans la bureautique. Beau, drôle, sportif, déraisonnable, c'était une sorte de play-boy impétueux marié à une aristocrate, Marie-Odile de Saint-Hippolyte, qui n'allait pas tarder à le quitter. Il portait des blazers de yachtman, des chronomètres en platine, résidait dans un appartement des beaux quartiers que possédait sa femme et roulait en Mercedes décapotable. Sans doute était-il le seul représentant à se tenir si entièrement dans l'apparence, à jouer si constamment de l'impact qu'avaient sur les autres sa prestance physique, le charme de ses regards, les afféteries qu'il composait. Les secrétaires en étaient folles, qu'il gratifiait de cadeaux, de compliments, de gestes tendres. Il leur racontait le lundi (sur un ton qui leur laissait entendre qu'il leur réservait plutôt qu'à leurs patrons l'exclusivité de ces révélations) les dîners auxquels il avait été convié le samedi soir, où il croisait des actrices, des coureurs automobiles, des présentateurs de télévision. Ce décalage aurait pu lui nuire, il lui réussissait, fascinait ses collègues masculins, il incarnait si bien ce monde inaccessible qu'il fréquentait qu'ils supposaient que sa présence dans l'entreprise n'était qu'une parenthèse momentanée qu'il ne tarderait pas à refermer, grâce à ses relations mondaines, pour accepter un poste à sa mesure, directeur de palace, représentant dans une maison de haute couture. Et c'est

ainsi qu'étant considéré comme une sympathique curiosité par l'ensemble du personnel, on avait fini par lui
attribuer (et de la part de certains avec une ironie qui
l'amusait) le patronyme de son épouse. Deux ans après
son arrivée dans l'entreprise, et alors même qu'il n'était
qu'un représentant parmi d'autres, plus audacieux, plus
efficace cependant qu'aucun autre, Poggibonzi l'avait
nommé directeur d'une succursale. Il s'agissait de la
succursale de La Roche-sur-Yon. Comment s'y était-il
pris pour que sa carrière bénéficiât de la sorte d'une si
brusque accélération ? Quelques mois après que le père
de Laurent Dahl eut pris ses fonctions de représentant
à La Roche-sur-Yon, son épouse avait quitté Saint-
Hippolyte. Sans doute La Roche-sur-Yon avait-elle fini
par l'asphyxier, la vie parisienne par lui manquer, la
bureautique par lui paraître d'un prosaïsme intolérable,
son spirituel imposteur d'une accablante monotonie.
Après leur rupture et une fois que Marie-Odile eut
déménagé, le laissant seul dans l'hôtel particulier
qu'elle leur avait loué au centre-ville, Saint-Hippolyte
s'était délité. Il s'était mis à boire. Il ne suivait plus
ses dossiers. Le père de Laurent Dahl le stimulait,
recueillait ses confidences, calmait ses angoisses, lui
disait qu'il pouvait compter sur lui. Il était d'une nature
si servile, si affamé d'estime et de reconnaissance, qu'il
s'engouffrait dans chaque brèche qui les lui laissait
entrevoir. Il repassait chaque soir par le bureau pour
prendre connaissance des nouvelles du jour et régler
les affaires courantes. Il trouvait des bouteilles vides
dans la corbeille à papier, des feuilles roulées en boule
qu'il dépliait, couvertes de graffitis et de dessins morbides, spirales et têtes de mort environnées d'une multitude de cubes, des dizaines et des dizaines de cubes de
toutes tailles qui ressemblaient à des cercueils de fœtus.

S'immiscer dans cette intimité délabrée l'exaltait. Il ramenait chaque soir à la maison des dossiers négligés et travaillait jusqu'à deux heures du matin sur la table de la cuisine. Saint-Hippolyte l'appelait pour s'excuser, la plupart du temps pour se plaindre, il déclarait qu'il était déplorable et qu'il allait démissionner. *Baisser nos prix de 12 % s'ils acceptent d'en acheter 30 plutôt que 20 ?* demandait-il au père de Laurent Dahl. – *C'est la seule façon de doubler la concurrence.* Silence au bout du fil. – *Je ne sais pas, désolé, faites comme vous voulez.* Il avait bu. Il menaçait d'avaler des barbituriques. Le père de Laurent Dahl lui répondait qu'il n'avait rien à craindre, qu'il s'occupait des affaires de la succursale et qu'il pouvait dormir tranquille. *Je sens venir la catastrophe comme le nez au milieu de la figure*, lui disait sa femme presque chaque soir. *Tu diriges la succursale clandestinement depuis des mois sans que personne n'en sache rien ! Il faut que tu informes Poggibonzi avant que cette histoire te retombe dessus !* J'ai déjà dit je crois que Laurent Dahl avait souffert dès l'enfance de voir son père diminué par le monde extérieur, meurtri dans son désir inextinguible d'accomplissement, humilié d'être assigné sans cesse à cette image dépréciative qu'on renvoyait de lui. Voir son père écarté, rejeté, humilié. Voir son père en souffrir, ne pas comprendre, se ressaisir, continuer d'y croire, repartir au combat. Une drôle de trajectoire que cette trajectoire-là, mentale et circulaire, descendre et remonter, s'affaisser et se redresser, se ternir et scintiller, à laquelle les circonstances et l'opiniâtreté de son tempérament l'avilissaient. Informer Poggibonzi ? *Pas dans l'état où il se trouve. Je serai récompensé sans tarder des services que je lui rends depuis des mois.* Reprendre espoir en entendant cette phrase. Porter à ses lèvres une fourchette de poisson pané. – *Récompensé par qui ? Tu penses qu'il va dire à Poggibonzi que tu as dirigé la succursale à sa place pendant plusieurs mois parce qu'il buvait ? En attendant, pendant qu'il se prélasse dans son hôtel particulier, tu travailles jour et nuit pour des clopinettes.* Frémir avec elle. Décomposer le pain selon la progression de leur conversation. Disposer sur la table de petites sculptures de questions, de réponses, d'hésitations et d'arguments, file indienne de stations dialectiques. – *J'ai confiance en lui. C'est un aristocrate ne l'oublie pas.* Voir sa mère qui explose. Disposer sur la table une nouvelle petite sculpture. – *Quoi ! Un aristocrate ! Comment tu peux dire une chose pareille ! Un play-boy superficiel qui s'est marié à une comtesse ! Et qui s'est fait larguer comme un malpropre ! – N'empêche qu'il fréquente du beau monde. – Du beau monde, du beau monde, tu parles ! – Il est au Lions Club de La Roche-sur-Yon. Il est ami avec le maire. Il connaît très bien Yves Montand. Il roule en coupé Mercedes. Il n'oubliera jamais les efforts que j'ai faits pour l'aider.* Puis : *Surtout qu'il est possible qu'il donne bientôt sa démission. Auquel cas il soutiendra ma candidature pour reprendre son poste. Alors que si j'en informe la direction du Groupe : je perds tout. Il niera. Personne ne témoignera contre lui. D'autant plus qu'à part sa secrétaire personne n'est au courant. Et, comme tu le sais, sa secrétaire est sa maîtresse.* Sentir sous sa langue la matière croustillante et légèrement rugueuse du poisson pané. S'interroger sur la probable ingénuité de son père. Entrevoir l'hypothèse qu'il se soit égaré dans un piège. Le voir se disloquer trois jours plus tard sur un nouvel écueil. *Mais que se passe-t-il ? Tu ne dis plus rien ! Je sens qu'il se passe quelque chose de grave !* Être réveillé non pas par des cris, par la violence d'un conflit conjugal. Mais par une sorte de crispation musculaire de la nuit, par un silence de caractère confessionnel, par les alarmes d'une accalmie si absolue qu'elle désignait le cheminement d'une crise. Entendre clairement, sans rien entendre pourtant, sans qu'aucun son de voix ne parvienne à ses oreilles : *Je te connais, tu es crispé, tu n'as pas fait un geste depuis deux heures. Tu n'as pas même bougé la tête ! Je suis certaine qu'il se passe quelque chose de grave !* Être réveillé par ces phrases-là qui flottaient dans la nuit, inaudibles et nuisibles, et dont les ondes s'immisçaient comme un serpent dans les plis du sommeil. *Parle, anime-toi, bouge un bras ! Mais par pitié ne reste pas là prostré sur ce fauteuil comme une statue ! Qu'est-ce qu'on t'a encore fait !* Sortir de son lit à tâtons. Se tapir derrière la porte du couloir. Écouter ces silences si douloureux qui absorbaient sans y répondre les questions répétitives de sa mère. *Mais tu vas parler à la fin ! Je vais pas passer la nuit à te tirer les vers du nez !* Entendre sa voix à elle se liquéfier et devenir une mélodie de tremblements. Entendre en face se concréter l'angoisse du père, engloutie dans une immensité forestière de silence. Car ce silence que Laurent Dahl écoutait derrière la porte, accentué par les bruits que produisaient leurs rares mouvements, un objet déplacé, un soupir échappé, ce n'était pas le silence de la nuit, c'était l'angoisse du père et du mari, un gaz toxique qu'ils respiraient. Toutes ces choses impalpables, minimales, presque imperceptibles, à l'écoute desquelles la terreur de l'enfant est si sensible et se fortifie. Apprendre après de longues minutes que Saint-Hippolyte a fini par se ressaisir et qu'il carbure aux anxiolytiques. Apprendre qu'il a séjourné dans un centre de remise en forme et qu'il boit de moins en moins. *Et alors ? Où est le problème ?* demande la mère de Laurent Dahl. Sentir qu'ils se ressaisissent. Se laisser emporter par la conversation désordonnée qui en résulte qui les conduit vers la consolation momentanée d'un apaisement. *Ce n'est rien*, dit la mère de Laurent Dahl. *Je ne vois pas pourquoi tu te fais tant de soucis parce qu'il va mieux et qu'il s'arrête de boire !* Repartir se coucher rassuré, empli d'espoir, de bonne humeur. Et alerté par les élancements d'un nouveau conciliabule, se dresser le lendemain dans son lit, être à nouveau cette sentinelle incandescente privée de vue par l'obscurité du couloir, présence aveugle, écoute exclusivement mentale, dilatation des effets que produisaient sur son cerveau les phrases qu'il entendait. Entendre son père raconter qu'il a appris par une secrétaire que Saint-Hippolyte postulait pour un poste de chef de produit au siège social du Groupe. L'entendre lui dire que pour y parvenir il lui fallait reprendre le dessus. *Qu'est-ce que tu veux dire par là ? Qu'est-ce que tu sous-entends ?* Sentir palpable sous la forme d'un imposant silence le nœud mental qui l'emprisonne. Apprendre dix jours plus tard au même endroit et en pleine nuit qu'en l'espace de quelques semaines leurs relations se sont détériorées. *Détériorées ?* demande la mère de Laurent Dahl. Apprendre un autre soir, au compte-gouttes, révélations perlées, qu'il n'a plus accès aux dossiers. Apprendre encore que Saint-Hippolyte le critique. Se sentir soi-même à huit ans, en CE2, si vulnérable et menacé. Désigné par le monde extérieur, ce monde occulte et menaçant, hostile et mystérieux, comme un homme à dévorer. Par quel miracle Laurent Dahl échappera-t-il aux mâchoires de métal de la société des adultes ? Les protections dont son père avait manqué, pour quelles raisons les obtiendrait-il, en vertu de quelle supériorité supposée ? *C'est une histoire de note qu'il a écrite*, disait le père de Laurent Dahl. Être soi-même le noir de la nuit. N'être plus rien d'autre que le cauchemar de ses propres pensées. Entendre sa mère répliquer, questionner, s'impatienter, remuer dans la pièce, déplacer des objets. Apprendre que Saint-Hippolyte a rédigé une note alarmante sur la progression du chiffre d'affaires de la succursale. *Et alors ? Tu n'es pas concerné par cette note j'imagine ? Tu as bien respecté tes objectifs ?* S'éplucher nerveusement. S'arracher de longues languettes de peau sur ses pouces. Attendre allongé dans les ténèbres que ce silence finisse par se résoudre. *Mes résultats sont catastrophiques*, finit-il par avouer. *J'ai dû négliger ma clientèle pour aider Saint-Hippolyte à diriger la succursale.* Entendre distinctement qu'il est au bord des larmes. Percevoir par la nervosité des bruits divers que sa mère multiplie les inquiétudes que cette révélation commence à susciter. *Et cette note ? À qui était-elle destinée ?* Entendre son père répondre : *Je n'en sais rien. J'ignore s'il l'a vraiment envoyée.* Elle : *À qui aurait-il pu l'envoyer, à part aux commerciaux de la succursale ?* Se sentir environné de menaces immatérielles. Apprendre un peu plus tard qu'il a localisé en tête de note les initiales de Poggibonzi. Décharge électrique. Sursauter derrière la porte. Visualiser Poggibonzi comme un catcheur en costume sombre, gigantesque et moustachu. Visualiser Poggibonzi posté sur ses deux jambes, massif, enraciné, les deux bras en avant, prêt à se saisir d'une tête, la tête de Laurent Dahl, à la coincer entre ses cuisses, à la faire éclater comme une noix agrandie. Entendre sa mère répondre : *Va droit au but.* Se représenter son père dominé par le monde.

Se représenter sa famille écrasée par le monde. Le monde : prédateur, inflexible, d'une cruauté incalculable. Le monde : glacial et insensible, indifférent à la douleur du fils, aussi net et impersonnel qu'une lame de couteau. *Que je doive pas te tirer les vers du nez toute la nuit*, ajoute-t-elle en tremblant. Percevoir son père comme un homme sans malice, sans cynisme, sans la moindre agilité, aussi inerte et objectif, aussi facile à déplacer qu'une statuette. Le percevoir comme l'inverse de l'esprit libre, de l'animal sauvage, de la lumière incapturable ou du vent qui circule. Attendre. Enrouler à l'infini l'axe machinal de son index dans une longue mèche de cheveux blonds. Se dire que la capture du papillon peut provoquer de la tristesse. Et qu'elle provoque d'ailleurs de la tristesse. Mais que la table de nuit usée qu'on relègue au grenier, c'est dans sa nature d'être déplacée, jetée à la décharge. Pourquoi fallait-il que son père appartienne à cette catégorie d'individus qu'on peut manipuler selon ses désirs sans susciter d'attendrissement ? *Il est trois heures du matin*, s'impatiente la mère de Laurent Dahl. Avoir un peu froid dans son pyjama. Se recroqueviller sur la moquette et attendre ce moment d'une rare violence contenue où il finit par se livrer. Explosion souterraine dont l'onde de choc qui se propage fait trembler comme des arbres les mots qu'il prononce, les phrases qu'il articule, les virgules décelées qui les rythment. Apprendre allongé derrière la porte que la note de Saint-Hippolyte n'avait comme objectif que celui de le désagréger. *Désagréger ?* demande la mère de Laurent Dahl. Entendre le froissement d'une feuille de papier qu'on déplie. Entendre son père se racler la gorge et lire la note d'une voix tremblante : *Au milieu du semestre, il est possible d'affirmer qu'un certain nombre de commer-*

ıx rempliront leurs objectifs. Je les en félicite. Mais que d'autres, selon toute apparence, n'y parviendront qu'avec difficulté. (Au bord des larmes.) *Je les rappelle à l'ordre. Je les prie d'intensifier leurs efforts. Il en va de l'avenir de la succursale.* (Pause. Silence de pure émotion. L'émotion de son père se diffusait dans la nuit comme une lumière aveuglante.) *Et je n'hésiterai pas, le cas échéant, avec l'accord du siège social, à recourir à des sanctions.* Long silence dans le salon. *Et après?* demande la mère de Laurent Dahl. Un tableau établissant les performances des commerciaux se trouvait agrafé à la note. Le meilleur avait réalisé 95 % des objectifs. La plupart se situaient autour de 70 %. L'avant-dernier autour de 45 %. Et le dernier, le père de Laurent Dahl, autour de 35 %. *La pourriture!* s'exclame la mère de Laurent Dahl. *L'horrible pourriture! Je te l'avais dit!* S'éplucher les pouces. Savoir qu'ils saignent. Et puis entendre son père se déployer, faire de longues phrases, le sentir allégé. *Je pourrai argumenter. La stratégie qu'il a suivie est mauvaise. Il croit qu'il va pouvoir me discréditer. Mais il se trompe. Je vais parler. Il s'est attiré un ennemi.* Curieux retournement. Se dire alors, en entendant son père devenir fluide, que le monde peut accorder cet espace-là d'énergie combative, autoriser les hommes à réfléchir, à se défendre, à concocter des stratégies. Entendre son père déterminé, inventif, reprendre l'initiative. *Je ne vais pas me laisser faire*, conclut-il. Sentir la nuit qui s'assouplit comme une matière desséchée qu'on humecte. Être assommé ensuite par l'évident défaitisme de sa mère. Qui capitule. Qui dit que c'est foutu. Qui enfonce dans le cerveau de Laurent Dahl l'accablement de ses certitudes de désastre. *C'est foutu... j'en ai marre...* l'entend-il murmurer. Et qui enfonce cette opinion comme un pieu. Un pieu paradoxal, brutal et faible, pointu et doux, catégorique et féminin, d'autant plus bouleversant qu'il conjuguait à la tendresse de la mère l'âpreté de l'épouse douloureuse. *Il t'a baisé la gueule, il sait ce qu'il fait, il est malin. Tu ne penses pas qu'il a fait ça sans savoir ce qu'il faisait quand même ! Tu es tombé une fois de plus sur plus fort que toi ! Il va t'avaler tout cru ton ami Saint-Hippolyte !* Se dire qu'elle a raison. Voir le monde extérieur comme les caves des cafés. Une trappe soulevée, un trou sombre dans le sol, le patron qui éloigne les clients, une palette de bouteilles qui descend. Se dire qu'un jour on descendra dans cette fosse, qu'on s'immergera dans ces ténèbres et ce silence. Apprendre un autre soir que son père a décroché un rendez-vous au siège social du groupe pour rencontrer Poggibonzi et l'informer des services qu'il avait cru devoir rendre en assistant Saint-Hippolyte. Le voir rentrer détruit, saccagé, dans un état où on ne l'avait encore jamais vu. Dîner mutique, minéral, d'une tension insoutenable. Le père prostré, pas un geste, une coquille d'escargot. Les questions formulées par sa mère, ses soupirs et ses larmes, cette tristesse qui l'engloutit tout entière comme l'océan un navire lacéré. Les gestes par lesquels il porte la fourchette à ses lèvres et qui ont l'air d'appartenir à un autre homme, mécaniques, déconnectés de sa paralysie. *J'en ai marre de cette vie…* finit par dire la mère de Laurent Dahl. Trier ses petits pois du bout des dents de sa fourchette. Les répartir sans en manger un seul par petits groupes de six disposés autour d'un vide central où Laurent Dahl finit par déposer un monticule de moutarde. *J'ai raté ma vie. Ma vie est gâchée.* Partir se coucher et ne pas pouvoir s'endormir. Savoir qu'ils attendront la fin du film pour s'expliquer. Être attentif aux bruissements que produira dans ses pensées l'onde silencieuse des premières phrases de sa mère. Attendre dans la nuit noire ce serpent-là insidieux qui fera frissonner la chair de son sommeil comme un reptile les feuilles mortes d'un sous-bois. Nuit tendue. Silence tendu. Respiration bloquée du temps. Sortir de son lit silencieusement. S'allonger sur le sol derrière la porte du couloir. Et écouter. Écouter durant des heures. Entendre sa mère le questionner. Entendre son père qui refuse de parler, s'esquive, laisse échapper quelques lamentations et menace de partir. *Pars si tu veux mais ne reviens plus*, dit la mère de Laurent Dahl. Laquelle fait mine de se lever et de quitter la pièce. Panique. Va-t-il prendre la porte en plein visage, ouverte avec la rage d'une femme vaincue ? Faire volte-face et déguerpir à quatre pattes vers sa chambre, s'immobiliser à mi-parcours, entendre sa mère dire quelque chose : elle est restée au salon. Respiration haletante. Envie de pleurer. Envie d'ouvrir la porte, de se jeter dans ses jambes, de mendier la certitude qu'ils seront préservés. *Jean-Pierre*, dit-elle. Entendre son père lui raconter d'une traite ce qui s'est passé. Apprendre qu'à peine assis, il avait entendu qu'on frappait à la porte du bureau. *Entrez !* avait dit Poggibonzi. Et c'est alors que terrassé il avait vu Saint-Hippolyte s'introduire dans la pièce, jeter son long manteau corail sur un fauteuil. *Saint-Hippolyte ! Saint-Hippolyte est venu au rendez-vous !* s'exclame la mère de Laurent Dahl. *Je suis en retard, excusez-moi*, avait-il dit. Poggibonzi l'avait regardé s'avancer vers lui et complimenté sur la coupe de son costume. *Un cigare ?* lui avait répondu Saint-Hippolyte en lui tendant une petite boîte en bois. Le père de Laurent Dahl les observait sans rien dire. Saint-Hippolyte s'était posé sur un radiateur en fonte à la droite de Poggibonzi. Ils reniflaient leurs cigares, les cisaillaient, les humectaient, discutaient des provenances de havanes, promenant le long des leurs la flamme d'une allumette. *Vous vouliez nous dire quelque chose*, avait demandé Poggibonzi en levant les yeux vers le père de Laurent Dahl. Celui-ci s'était mis à rougir, il ne savait quel parti prendre, il se sentait perdu, il aurait voulu pleurer : il s'était tu. Toucher du bout des doigts la peinture satinée de la porte du couloir. Percevoir le monde comme quelque chose d'une cruauté inégalable. La trappe qui soudain, fracas supérieur, se referme sur la pénombre de la cave. Ne plus voir aucune lumière. Rester seul en cet endroit. Tâtonner seul dans les ténèbres de cet endroit. Seul ? Effroi. Frissons. On est toujours seul avec soi. Son père face à sa femme était seul. Elle ne pouvait l'aider. Elle ne pouvait que l'écouter. Elle était seule également face à son mari. Incapable de l'aider. De se laisser consoler par lui. Et Laurent Dahl était seul également. Tapi derrière la porte. Impuissant face à la débâcle de son père. Désarmé face à la perspective qu'il entrerait un jour à son tour dans ce monde extérieur qui broyait. *Je peux peut-être vous aider*, avait dit Poggibonzi. *Car j'ai moi-même un certain nombre de choses à vous dire. Je veux parler naturellement de vos résultats. J'ai là une note édifiante que notre ami m'a envoyée. Au milieu du semestre*, déchiffra-t-il en chaussant des demi-lunes, *vous n'avez couvert... attendez voir, voilà, j'ai trouvé la ligne, 35 % des objectifs. Qui plus est, vous êtes le seul à présenter cette sorte de... hmmm... comment dire... résultats. Ils ne sont donc pas dus, vous en conviendrez*, avait-il ajouté en déposant ses demi-lunes sur le bureau, *à une conjoncture défavorable*. L'esprit vide. Le père de Laurent Dahl avait remué sur sa chaise l'esprit vide. L'entendre expliquer à sa femme qu'il s'était trouvé devant une bifurcation. Un, à gauche, côté plaine, charger Saint-Hippolyte. Deux, à droite, côté forêt, s'en remettre à lui. Compte tenu de son tempérament craintif, la perspective d'affronter Saint-Hippolyte devant Poggibonzi l'avait paralysé : il avait pris côté forêt. *J'ai eu quelques soucis ces derniers temps. – De quelle nature ?* Il était anéanti. *– C'est difficile à définir. Pour simplifier : des soucis professionnello-personnels.* Son patron avait éclaté de rire en se tournant vers Saint-Hippolyte. Entendre son père dire à sa femme : *Des soucis professionnello-personnels. C'était pas mal pourtant comme définition ?* Entendre le rire atroce du catcheur en costume sombre. Écouter transi d'angoisse le récit de la mise à mort de son père. Être exposé dans le noir de la nuit comme dans une salle de cinéma à la prolifération d'images lumineuses. Le voir battu, écrasé, démantelé, en direct. *Des soucis professionnello-personnels !* s'était exclamé Poggibonzi. *Je dois vous avouer qu'en trente ans de carrière, mon cher Jean-Pierre Dahl, on ne me l'avait encore jamais faite !* Silence dans le salon. Entendre sa mère qui se mouche à petits coups répétés. Entendre que c'est liquide, délicat, lacrymal. *J'en ai parlé à Saint-Hippolyte. Il est parfaitement au courant. Il pourra vous dire que ces soucis sont désormais derrière moi.* Saint-Hippolyte le considérait calmement les bras croisés. Visualiser Saint-Hippolyte qui écarte les voilages pour observer la rue, qui époussette négligemment son pantalon, sur la flanelle duquel une fine poussière de cendre s'est déposée. Entendre sa mère pleurer. Et se mettre à pleurer à son tour. Sentir que tout s'écroule. Envisager leur destruction. Et curieusement et en dépit des souffrances provoquées par ce récit : se surprendre à éprouver pour Saint-Hippolyte une fascination coupable. *Il se trouve que nous en avons parlé récemment*, avait poursuivi Poggibonzi. *Nous sommes tous deux dubitatifs sur vos capacités à redresser la barre. J'ajouterai que Saint-Hippolyte quittera La Roche-sur-Yon en fin d'année pour rejoindre le siège social. Il n'avait donc aucune raison particulière de vous accabler.* Entendre son père préciser qu'en cet instant le regard de Saint-Hippolyte avait scintillé. Éprouver la plus vive répulsion pour cette place-là de dominé qu'occupe son père. *Laissez-moi vous parler franchement. Vous n'êtes visiblement pas fait pour ce métier. En conséquence de quoi : vous voudrez bien signer ces documents.* Poggibonzi lui avait tendu un chèque de 120 000 francs qui n'était pas encore signé et un protocole de rupture de contrat. Clause invoquée : incompatibilité d'humeur. Passer sa langue sur son pouce et y trouver le goût du sang. *Vous pouvez remercier Saint-Hippolyte de sa clémence. Il a tout fait pour me convaincre d'une rupture à l'amiable assortie d'une indemnité conséquente. Si ça n'avait tenu qu'à moi vous seriez parti avec le minimum légal.*

Le lendemain du jour où ma voisine du quatrième m'a parlé pour la première fois de son ami qui habite à Gênes (quelques phrases lancées derrière elle comme une poignée festive de confettis), j'ai lu dans *Libération* une annonce immobilière dont le détail m'a conquis au fil des heures avec la même puissance insidieuse qu'une fiction. Bien davantage qu'une simple annonce immobilière, ces quelques lignes me présentaient comme attractif un bouleversement existentiel que j'aurais considéré le matin même comme hérétique, *sauvagement hérétique.* C'était un samedi, je venais de prendre Leonardo à la sortie de l'école et lui avais proposé de m'accompagner au café pour boire un verre et lire le journal. *Tu m'achètes* L'Équipe *?* m'avait-il demandé. – L'Équipe *! Tu lis* L'Équipe *maintenant ?! Mais comment connais-tu seulement l'existence de ce journal ?!* J'étais abasourdi. *L'Équipe*, public cosmopolite, amis italiens, anglais, américains, amis espagnols et allemands, c'est l'équivalent en France de votre *Gazzetta dello Sport*, de votre *Sporting Life*, de votre *Sports Illustrated*, de votre *Marca*, de votre *Kicker*. Malgré ce qu'il peut y avoir d'attristant de voir son fils de huit ans lire *L'Équipe* avec la même passion placide qu'un contrôleur de gestion, l'idée qu'il manifeste pour un sujet quelconque un intérêt si implanté qu'il en éprouve le besoin de l'alimenter par la lecture assidue d'un journal, je dois dire que cette idée est de nature à satisfaire mes attentes les plus aiguës dans le domaine du développement intellectuel, ledit sujet fût-il *Bixente Lizarazu*, dont il prétend avoir emprunté la *coupe de cheveux*, ledit journal fût-il *L'Équipe*, auquel j'ose croire qu'ainsi acclimaté il substituera à temps un quotidien plus crucial. J'avais donc acheté *Libération* et *L'Équipe, Mais tu le lis ! * lui avais-je dit, *tu lis bien les articles jusqu'au bout, je te préviens : tu m'en feras un résumé !*, Leonardo s'était assis à une table, j'étais resté debout au comptoir où j'avais commandé un double express serré. J'ignore pourquoi je commence toujours la lecture de *Libération* par la page des messages personnels. Ou plutôt, si j'en juge par le premier degré avec lequel je les parcours, je sais très bien pourquoi : j'éprouve toujours une réelle déception de ne pas faire l'objet d'un message désespéré d'une inconnue. Pourtant Dieu sait que je passe du temps dans les métros, les autobus, les RER, aux terrasses des cafés ! Suis-je si insignifiant, imperceptible ? Ce matin-là pas davantage que les autres, aucune ligne me concernant et m'idéalisant (*Brun, grand, yeux bleus, vêtu de noir, lisant* La Princesse de Clèves, *vous étiez assis en face de moi lundi 4 ligne 7 vers 16 h 30, nous nous sommes regardés et souri, vous êtes descendu à la station Palais-Royal, je n'arrive pas à oublier votre regard, je regrette de n'avoir pas osé, je suis envoûtée, contactez-moi*) n'était publiée dans la rubrique des messages personnels, en revanche, poursuivant distraitement la lecture de la page, avalant par petites gorgées mon café chaud, me retournant de temps à autre pour m'assurer que Leonardo appréciait le contenu de son journal si *masculin*, je tombe sur une annonce immobilière qui attire immédiatement mon attention : *Palais-Royal, surfaces diverses à vendre en sous-sol, de 8 à 40 mètres carrés*, accompagnée d'un numéro de téléphone. Je repose ma tasse sur le comptoir, relis l'annonce à plusieurs reprises, regarde dehors pensivement par les vitres. *Papa, écoute ça, David Beckham... tu sais, le joueur du Real... – Oui, merci, je suis au courant*, je lui réponds. *– Eh bien écoute, David Beckham aurait signé un nouveau contrat publicitaire avec les rasoirs Gillette pour la coquette somme de 50 millions d'euros sur cinq ans. Ils disent que les revenus publicitaires de David Beckham sont cinq fois supérieurs à son salaire de footballeur. C'est beaucoup ça 50 millions d'euros non ?* Je lui réponds que oui, *Énorme, c'est énorme, proprement considérable*, et me replonge dans la lecture de l'annonce. Des caves ? Travailler dans une cave ? Écrire mon prochain livre enterré au Palais-Royal ? Des menaces pesaient sur le bureau où j'ai écrit mes trois romans, *Demi-sommeil, Le moral des* *ménages* et *Existence*, une chambre de bonne de douze mètres carrés que je loue depuis treize ans en bordure d'un très beau parc. Une intuition m'avait prévenu que le propriétaire de l'immeuble attendait l'expiration du bail pour m'expulser, motivé non seulement par le mépris qu'on éprouve spontanément pour les écrivains confidentiels mais surtout par le désir de réunir à la mienne, pour en faire un appartement, trois chambres de bonne laissées vacantes qui l'entouraient. J'avais été alarmé par les visites qu'il multipliait depuis plusieurs semaines à mon étage, accompagné du gestionnaire de biens. La gardienne m'avait confirmé qu'ils nourrissaient des projets encore flous de *valorisation du sixième*, sans me fournir d'éclaircissements plus étendus : *Sans doute des appartements. – Des appartements ? Des appartements au sixième ? Mais où, avec quelles chambres ?* Elle n'en savait strictement rien. Les circonstances qui augmentaient mon inquiétude, c'est que portés par un étrange *gulf stream* (le *gulf stream* de la spéculation immobilière), ils revenaient sans cesse parlementer devant ma porte. *Mais pourquoi ils vont pas discuter à l'autre bout ? Putain mais pourquoi là l'appartement, pourquoi de mon côté, avec ma chambre de bonne ?* Mon moral s'écroulait, je collais mon oreille à la porte, *Je pense que là, voilà, regardez, d'ici à ici,* affirmait l'un, *Vous pensez pas, plutôt, regardez, à partir du coin et jusque-là,* proposait l'autre, ils débattaient de ma pérennité avec une insouciance qui me martyrisait. Tout novice que j'étais dans le domaine de la spéculation immobilière, il ne m'échappait pas que la seule zone qui pût permettre au propriétaire une *valorisation du sixième* était cette zone que terminait ma petite pièce. À l'autre bout, outre deux studios déjà aménagés, on trouvait des chambres de bonne occupées par un veilleur de nuit, un étudiant en lettres, un ouvrier marocain, une Alsacienne d'une soixantaine d'années qui s'en servait de pied-à-terre, petites surfaces dont la disposition ne rendait pas le regroupement envisageable. Pourquoi ? C'est qu'elles étaient les satellites d'une double chambre avec vue sur le parc, bureau spacieux d'un philosophe marxiste de premier plan, *mondialement connu*, auteur de nombreux livres, professeur à temps partiel dans une université de Californie, père d'une actrice célèbre et à la mode. Actrice célèbre et à la mode ? Voilà qui pique au vif votre curiosité. Vous allez sans doute me réclamer son nom. Malheureusement, public hétéroclite, amis hongrois, amis du Tyrol et de l'Himalaya, je doute que cette actrice vous soit connue. Elle ne doit sa notoriété qu'au mécanisme d'une connivence de caste, d'une bienveillance de son milieu si influent. En plus d'être fille de philosophe, elle avait réalisé la prouesse d'être sortie *première* de deux écoles prestigieuses de la République, l'une : dans le domaine des lettres, l'autre : dans le domaine des arts dramatiques, les deux : fabriquant des élites. Cette actrice dans un film suisse, un film bulgare ou yougoslave, hollywoodien ? Irréductiblement parisienne, endémique de la bourgeoisie intellectuelle de gauche, invariable, monotone comme la pluie, totalement *inexportable*, il est à craindre qu'elle ne franchira jamais les frontières de la France. Le concept même d'actrice éduquée, diplômée, parisienne, supérieure, ne jouant que des rôles de jeunes femmes éduquées, diplômées, parisiennes, supérieures, dans des films réalisés pour la plupart d'entre eux par des metteurs en scène éduqués, diplômés, parisiens, supérieurs, que glorifient dans leurs articles des critiques éduqués, diplômés, parisiens, supérieurs, n'existe pas dans vos pays, n'existera jamais. Quand je dis éduqués, diplômés, parisiens, supérieurs, il faut entendre privilégiés, conservateurs, il faut entendre stériles, scolaires, sclérosés, il faut entendre gâtés, il faut entendre appliqués, il faut entendre mimétiques, il faut entendre ennuyeux, inoffensifs, académiques. Il faut entendre qui ne sont pas en danger mais au contraire confortablement installés. Il faut entendre qui souhaitent que rien ne bouge et que tout reste comme ça c'est parfait. *Que tout reste comme ça ne bougeons rien c'est parfait!* Quoi qu'il en soit, cette actrice à la mode étant vraiment *connue*, le philosophe marxiste étant par conséquent *doublement connu*, il se révélait de ce fait *doublement inamovible.* En conséquence de quoi les pas voraces des deux spéculateurs, que le bureau du philosophe marxiste *doublement connu* devait tenter de temps à autre, *Mais quand même, il est quand même, imaginez l'appartement qu'on pourrait faire si on pouvait récupérer cette double chambre!* devait dire le propriétaire au gestionnaire de biens, *C'est délicat, vous comprenez, sa fille, lui, les journaux,* devait lui dire le gestionnaire de biens, *enfin, je sais pas, vous croyez? c'est envisageable? il faut qu'on réfléchisse...* les deux spéculateurs finissaient par revenir inexorablement devant la porte de l'écrivain *inconnu,* par conséquent *soluble* et *amovible, doublement soluble* et *doublement amovible* – compte tenu du fait que la notoriété du philosophe marxiste et de sa fille ne faisait qu'accentuer ma non-notoriété totale. Par ailleurs, ma petite pièce se situant *après* les petites pièces laissées vacantes et *à l'extrémité* du couloir (l'ensemble : un rectangle appréciable où se dessinait la théorie d'un appartement aux proportions rêvées), il était lumineux que ma présence dans l'immeuble (inutile de surcroît : pas plus que lui je ne faisais *fructi-fier* cette chambre de bonne : elle ne nous avait *enrichis* ni l'un ni l'autre) interdisait au propriétaire tout projet spéculatif ambitieux. Qui me protège de la voracité des gestionnaires de biens et des propriétaires, quelle connivence de caste ? Hein, Leonardo, mon innocent garçon, tu l'ignores que ton père est *soluble* et *amovible*, qu'un gestionnaire de biens peut le dissoudre dans un verre d'eau comme une pastille effervescente, comme un *Alka-Seltzer* ! Travailler dans une cave. Écrire mon prochain livre enterré au Palais-Royal. Plus je lisais l'annonce, plus cette idée me séduisait, me ravissait. Le Palais-Royal ! M'installer au Palais-Royal ! Cet enthousiasme était d'autant plus surprenant que j'avais téléphoné au gestionnaire de biens dix jours plus tôt pour le prier de m'informer de leurs projets. *J'ai besoin de savoir*, lui avais-je dit. *Un besoin viscéral. — Que voulez-vous savoir exactement ?* m'avait-il répondu. — *Vos projets, vos intentions, les transformations du sixième étage. Je n'en dors plus, je n'en mange plus, je n'arrive plus à écrire.* Il m'avait répondu avec courtoisie que rien n'était décidé pour le moment, *Pour le moment en tout cas*, que le propriétaire étudiait différents scénarios, *Des scénarios variés*. Il était calme, respectueux, *Rassurez-vous*, attentif aux inquiétudes que j'exprimais, *Allons allons*, sans aucun doute d'une hypocrisie abyssale, *Je vous tiendrai informé*, comme il arrive la plupart du temps avec les gestionnaires de biens et les agents immobiliers. — *Non mais d'accord ! Vous me tiendrez informé ! Mais je vais pas attendre avec cette épée de Damoclès sur la tête !* Un bref silence avait suivi cette phrase. — *Tout à fait*, m'avait-il répondu. — *Alors je dois savoir ! Je dois savoir à quelle date à peu près ! — Je vous l'ai dit :*

rien n'est fixé pour le moment. – Je vous préviens, ces aménagements, je vous préviens, c'est quelque chose! – *C'est quelque chose?* J'avais failli lui dire: *Je pourrais m'enchaîner au radiateur*, failli lui dire: *Entreprendre une grève de la faim*, failli lui dire: *Alerter les journalistes*, failli lui dire encore: *Il faudra les forces de l'ordre pour me désincarcérer, je tiens à vous en informer, par courtoisie, par politesse, afin que vous sachiez où vous mettez les pieds, je vous dois bien ça cher monsieur*, mais je m'étais ressaisi. *Je ne suis pas sûr de pouvoir le supporter*, m'étais-je contenté de dire au gestionnaire de biens. – *Le supporter? Vous n'êtes pas sûr de pouvoir le supporter? Dois-je interpréter cette phrase comme une menace?* – *Interprétez-le comme vous voulez, je vous dis simplement: je ne suis pas sûr de pouvoir le supporter – je pense qu'il est de mon devoir de vous en informer.* Et voilà qu'avec délices, dix jours plus tard, je me voyais, m'imaginais dans une cave au Palais-Royal, une vaste cave de quarante mètres carrés, à deux pas des jardins, avec un soupirail par lequel je pourrais voir les souliers, les talons, chevilles des passantes! *Imaginez qu'il se suicide!* avait peut-être hasardé le gestionnaire de biens à l'attention du propriétaire. *Imaginez qu'il se pende dans sa chambre de bonne, on serait dans de beaux draps! Je préfère encore affronter le philosophe et sa fille!* Leonardo m'interpelle. Je me retourne vers lui. *Papa, écoute, Zidane va peut-être arrêter en équipe de France!* s'exclame-t-il en se dressant sur sa chaise. Moi: *Zidane?* Puis: *Je vais peut-être acheter une cave pour écrire mes livres. Une grande cave pour écrire. Dans un quartier que j'adore.*

2

Mon bureau se trouve à l'opposé du mur mansardé équipé d'un vasistas orienté vers le sud. Je l'avais d'abord placé à angle droit, disposition qui n'était pas propice à l'ironie des livres que je produis, à leur perversité, si bien qu'au bout de quelques jours, importuné par la sagesse de cette orthodoxie géométrique, je l'ai légèrement désaxé, me désaxant moi-même par rapport à la pièce. Cette petite table jadis cirée, désormais maladive, je me la suis procurée dans la maison de l'écrivain Henry de Monfreid dont la grand-mère de Margot se servait de débarras, elle-même occupant la maison mitoyenne. Il serait plus juste d'apposer à ces demeures spectaculaires, semblables à celles que l'on peut voir dans les stations balnéaires du début du siècle, toutes de bois blanc, de bow-windows et de petites tourelles, l'intitulé de villas. À la mort de l'écrivain aventurier, les grands-parents craignaient tellement d'être dérangés par de nouveaux voisins qu'ils s'en étaient portés acquéreurs. Loin de vouloir agrandir leur maison si spacieuse, ils s'étaient donc offert l'absence de toute nuisance, cinq cents mètres carrés de silence où ils stockaient des meubles et des vieilleries. J'ai oublié de spécifier que cette villa se situait à Neuilly-sur-Seine à l'extrémité d'une longue allée pavée dont elle semblait constituer le paroxysme, allée paisible, verdoyante, entretenue à la cisaille par des bourgeois suffisants, moralisateurs, parmi lesquels la grand-mère de Margot n'introduisait aucune note discordante. Cette petite table presque scolaire est d'une facture des plus communes. Les bureaux endormis qui peuplaient le garde-meuble, nantis de griffes d'oiseau, de colonnes de tiroirs, de plaques de verre et de rallonges escamotables, étaient de trop grandes dimensions pour pouvoir emprunter l'escalier en colimaçon qui conduit à ma mansarde. J'étais allé voir le philosophe marxiste de premier plan pour savoir s'il serait possible d'acheminer un éventuel bureau monumental par l'ascenseur jusqu'au cinquième étage où il vivait, puis de le transporter par l'escalier en colimaçon sur un seul étage plutôt que sur six, *Solution qui m'autoriserait l'installation de quelque bureau d'excellente facture qu'on se propose de mettre à ma disposition, faute de quoi*, avais-je dit au philosophe marxiste de premier plan en prenant soin de m'exprimer de la manière la plus appropriée à son rang de notable cultivé, *il faudra me résoudre à installer une petite table dénuée de charme, laquelle conviendra certainement au travail que je me propose d'y fournir, tout en étant naturellement moins enivrante*, avais-je ajouté en regardant l'énorme bureau que le philosophe marxiste de premier plan avait installé dans sa spacieuse double chambre avec vue sur le parc. Celui-ci m'ayant reçu avec de telles réserves, cet homme timide qui d'ordinaire se montrait si aimable, je me suis dit que pour certaines raisons qui m'échappaient ce service que je lui demandais de me rendre lui posait quelques problèmes. Sans doute la perspective d'un déménagement transitant par ses terres, par son salon et sa cuisine, déménagement qui concernait de surcroît un bureau d'écrivain, s'agençait-elle avec difficulté à la conformation déjà ancienne de son cerveau abstrait de philosophe, tout marxiste qu'il était. Je m'étais donc rabattu sur la petite table en bois clair, mieux adaptée à l'écrivain inexpérimenté qu'il faut bien dire que j'étais. Cette petite table avait été utilisée par les enfants de la grand-mère, tous devenus, à l'exception notable du père de Margot, des scientifiques de renom. Subsistent sur le plateau pâli des inscriptions anciennes, la plupart en latin ou en grec, peut-être des plaisanteries proférées le mercredi après-midi avec une érudition malicieuse par ces futurs génies de la science, à une époque où les écoliers savaient rire en latin, être subversifs en grec, détourner Thucydide. On trouve ainsi cette phrase admirable, la plus lisible, dont j'ignore l'origine : *Pégase ! vous n'êtes qu'un percheron !* Au nord-est de cette phrase éduquée, une trace noire qu'a laissée sur le bois l'assise brûlante d'une cafetière italienne à l'époque où j'écrivais *Demi-sommeil*. Dans le coin supérieur gauche, une lampe imposante qui illumine mes doigts, le cendrier, les touches grises du clavier. Autoritaire, d'un aplomb dogmatique, elle provient du bureau du grand-père, scientifique, industriel, pornographe à ses moments perdus, comme en témoignent et l'ont attesté pour les plus sceptiques des cousins les cahiers d'écolier découverts dans un tiroir dudit bureau quand la grand-mère est morte, époque à laquelle j'ai donc jeté mon dévolu sur cet intimidant luminaire de ministre. Le long du mur de gauche se succèdent un lavabo, une petite bibliothèque, un radiateur électrique. La petite bibliothèque se constitue de cinq rayonnages où l'on trouve principalement des livres d'art, parmi ceux-ci quelques-uns de ceux que j'ai réalisés pour subvenir à mes besoins, un livre sur mon ami le chorégraphe Angelin

Preljocaj illustré par mon amie la photographe Dolorès Marat, un autre sur le chausseur Christian Louboutin, un autre sur le photographe Patrick Messina, un autre sur l'œuvre de l'artiste calligraphe Fabienne Verdier, un autre sur la représentation des ruines dans la peinture. Sur le rayonnage inférieur, le dictionnaire de la langue française de Paul Robert en six volumes récupéré chez la grand-mère dont je me sers épisodiquement, mon vieux Robert des noms communs, trois dictionnaires de synonymes, un dictionnaire d'anglais. Sur la terrasse, en quelque sorte, de cette bibliothèque, trône une machine à écrire Underwood entre les touches de laquelle j'ai disposé un numéro du *Monde* plié en deux qui laisse voir un article de presque une demi-page, sur quatre colonnes, consacré à *Demi-sommeil*. L'article débute ainsi : « Difficile dès l'abord d'échapper au regard d'un bleu clair et intense d'Éric Reinhardt. Un regard vif, perçant, qu'il accompagne d'un sourire timide. » Pour ceux qui en douteraient, un portrait réalisé par Patrick Messina corrobore ces aimables propos. Admirablement construite, éludant les contours gauche de mon visage, cette photographie est la plus belle qu'on ait réalisée de moi. J'ai l'air d'une star évanescente, au regard clair, en même temps que granitique, enracinée. Comment s'y est-il pris pour obtenir cette expression que se partagent à parts égales la présence et l'absence, l'inflexible et le vaporeux ? Durant les trois heures qu'a duré la séance, il est parvenu à faire monter à la surface de mon visage ces contraires qui constituent ma personnalité et qui s'excluent habituellement comme des ambassadeurs inconciliables, fragilité et force, paresse et opiniâtreté, ingénuité et réalisme, lourdeur et légèreté, folie et rationalité, car selon les circonstances je suis soit l'un, soit l'autre, soit présent, soit absent, soit féerique, soit réa-liste, soit écrivain, soit éditeur, soit insouciant, soit responsable, mais rarement les deux en même temps. Quand j'écris et que je cherche un mot, il m'arrive de lever la tête et de scruter ce portrait comme un miroir, à cette différence près que ce miroir ne reflète pas l'homme du présent qui cherche un mot mais celui qui l'a trouvé, qui s'est trouvé sa voie et qui m'exhorte à le rejoindre, et qui porte à fleur d'yeux le long chemin fragile qu'il m'invite à parcourir. C'est moi tel que j'étais il y a six ans que j'étudie ainsi scrupuleusement mais également celui que je serai quand je me tiendrai par-delà cette ligne invisible que j'ai la naïveté de vouloir franchir un jour pour me mettre définitivement à l'abri – exil, asile, rive insulaire. Disposés sur différents rayonnages on trouve encore *Quand la ville dort* de Burnett, *Le Roman théâtral* de Boulgakov et *Ferdydurke* de Gombrowicz. Au-delà de la bibliothèque et jusqu'au mur du fond, au-dessus du radiateur électrique, un pan de mur où j'ai punaisé un certain nombre d'articles de presse qui font plaisir à voir le matin. D'abord une double page consacrée au *Moral des ménages* dans *Télérama*, accompagnée d'un énorme portrait photographique. «Ça court, ça cavalcade, c'est d'une méchanceté endiablée, d'une violence jubilatoire», écrit l'auteur de l'article. Puis : «Drôle, aigu, percutant, *Le moral des ménages* est une des bonnes surprises de la rentrée.» Un peu plus bas, un article du *Monde* consacré à *Existence*, une demi-page, sur six colonnes, accompagné de deux photographies. Le titre de l'article, urgent, corps 24, impératif : «ÉRIC REINHARDT, VERTIGINEUX». Le papier se conclut par cette phrase : «Au terme de ce roman vertigineux et remarquablement maîtrisé, de cette existence magistralement mise en miettes, Éric Reinhardt, qui sait croquer ses contemporains avec une férocité non dénuée de tendresse, prouve sans conteste qu'il est l'un des romanciers les plus doués et les plus originaux de sa génération. » Je ne me lasse pas de relire ces quelques lignes qui me revigorent. Faut-il douter de soi pour punaiser ces certificats sur un mur de son bureau ! *Le Monde*, amis bulgares, lettrés danois, camarades texans, c'est l'équivalent d'*El País*, de l'*Independent*, du *New York Times*, du *Corriere della sera*, du *Frankfurter Algemeine Zeitung*. Imaginez l'extase qui m'a saisi quand j'ai ouvert le journal ce jour-là, assis sur un banc, à peine trois jours après la parution du livre ! C'était le tout premier article de la rentrée, j'étais servi avant les valeurs sûres, *Le Monde* ouvrait le bal avec un clandestin, une demi-page, six colonnes, et le titre de l'article, ce slogan magnifique, « ÉRIC REINHARDT, VERTIGINEUX » ! Enfin, illustrée d'un portrait où mon visage n'est pas le plus complexe, une pleine page dans le journal *ELLE*. Une pleine page en ouverture de la section littéraire du journal *ELLE*, c'est la consécration qui exauce de la manière la plus troublante ce désir éperdu d'être aimé qui irrigue les efforts de l'artiste. Un article si insistant dans le journal *ELLE*, c'est un peu comme si une théorie féminine indépassable vous regardait avec amour, des milliers de femmes assises dans l'autobus, allongées dans leur lit, installées dans leur baignoire, pensives entre les doigts de leur coiffeur, je n'ai jamais écrit que pour avoir une page, deux pages, un regard fixe, une caresse qui console, peut-être un jour une nuit d'amour entière, un reportage entier dans ce journal si essentiel. « Les scènes d'anthologie se succèdent – à la boulangerie, chez le médecin – avec férocité et drôlerie, écrit l'auteur de l'article, à mille lieues de la tendance littéraire actuelle privilégiant le ton, la petite musique, l'esquisse [et je m'exclame *Comme c'est vrai! Comme elle a raison!* chaque fois que je relis cette phrase]. Au contraire Reinhardt signe une entreprise de démolition de la société avec fracas et dégâts, cris et rires surtout. Le roman est entrecoupé de photos de l'auteur déguisé en ses personnages. Reinhardt s'amuse et nous aussi. Le rire intelligent, il n'y a rien de mieux. » À droite de cet article, une photographie d'Arthur Miller lors de la première d'*Après la chute*, anxieux, une cigarette à la main, qui écoute attentivement la pièce debout dans les coulisses. Au-dessus de cette photographie, imprimée à l'encre noire, une feuille de papier beige où l'on peut lire : DER MEISTER UND MARGARITA/BULGAKOW, tract imprimé par le génial metteur en scène allemand Frank Castorf à l'occasion de la première de cette pièce à Berlin, l'une de ses plus sublimes. À côté, un photomaton surexposé où l'on peut voir Leonardo, savamment négligé, gracieusement fatigué, cheveux longs, pâleur idéaliste, qui a l'air tout droit sorti d'un film de Gus Van Sant. Au-dessus de ce photomaton, non loin de mes portraits photographiques, une inscription à même le mur dont je me suis rendu coupable un matin : BRING ME THE HEAD OF ÉRIC REINHARDT, écho humoristique au film de Sam Peckinpah. Enfin, tout en haut, découpé dans *Libération*, un article de Florence Aubenas qui relate un fait divers qui m'a toujours fasciné. Intitulé « Suicide en double exemplaire route de Schirmeck », l'article est introduit par ce chapeau : « À l'aube du 4 octobre, Simon s'est assis sur la voie rapide à l'endroit où il avait, en juillet, écrasé un homme installé sur la chaussée. "Je ne peux pas oublier le regard de ce type", avait dit le jeune cibiste à un ami. » Sur le mur du fond, à proximité de ce pêle-mêle, une lithographie d'Ubac que Margot m'a offerte avec l'argent d'une collecte quand j'ai quitté l'entreprise où nous nous sommes rencontrés. Un peu plus loin sur le même mur, une œuvre que m'a donnée Fabienne Verdier en remerciement du livre d'art que j'ai conçu consacré à son travail. Cette œuvre est l'interprétation calligraphique de la pensée du vide, réalisée à l'encre noire en un seul trait de pinceau. Quoi que puisse suggérer sur cette question le portrait utopique de Patrick Messina, Fabienne Verdier a toujours considéré que j'étais désuni : *Il faut que tu retrouves ton unité ! Il faut atteindre au souffle de l'énergie cosmique !* Je lui répondais que mon œuvre ne pouvait naître que des tensions, des conflits, des guerres civiles qui m'écartèlent, *Ce sont ces divisions qui constituent la substance même de mon travail, en l'occurrence la dislocation de l'homme contemporain et son désir intense d'exil, d'asile, de rive insulaire ! – Mais l'unité !* argumentait la calligraphe. *Il faut que tu retrouves ton unité ! Et tu n'y parviendras qu'en faisant le vide en toi… par le silence et la méditation… la sublime solitude de l'ermite !* Je regardais Fabienne Verdier effrayé : *Le vide ?! LA SUBLIME SOLITUDE DE L'ERMITE ?! ET POURQUOI PAS QUINZE ANS DE PRISON ?! Car comment pourrais-je écrire si je me vide, moi qui déploie tant d'énergie à me remplir, à me sentir habité, enrichi, magnifié de l'intérieur par tant de choses diverses, sensations, souvenirs, rêves, idées, images, lumière, désirs, épiphanies, toutes choses que mon travail consiste à connecter les unes avec les autres pour en tirer du sens, pour produire des impacts !* En réalité elle ne m'a jamais convaincu. Mais je dois confesser qu'assez souvent, lorsqu'égaré, éclaté, appauvri par mes dérives, je contemple avec intensité le geste incontestablement puissant qu'elle a produit, je sais tirer profit de ces minutes et de l'état auquel elles me conduisent, qui me permettent de retrouver quelque sérénité, même si j'ignore si c'est le vide auquel cette œuvre idéalement me destinait qui finit par m'envahir, ou quelque chose qui y ressemble, le calme ou la tranquillité. Au-dessous de cette œuvre se trouve un meuble bas de couleur rouge à l'intérieur duquel j'entrepose des dossiers. Disposés sur ce meuble, une sandale dorée avec une bride en forme de flamme, un escarpin écarlate échancré sur le côté, une sandale en mousseline rose décorée d'une cascade de cristal, une sandale en résine translucide incluant des pétales d'hortensia, une mule nocturne ornée de plumes de coq, tous nantis d'un fin talon d'une dizaine de centimètres, si suggestifs qu'ils sont chacun comme une supposition de pied ou de silhouette affolante aperçue dans la foule. Ces souliers célibataires que Christian Louboutin m'a donnés font de moi un ermite bien peu conforme à l'orthodoxie des calligraphes chinois. Que je sois loin d'avoir réuni les conditions préalables à l'avènement du vide et du silence, ces souliers l'attestent d'autant plus qu'on trouve au milieu d'eux un objet d'une sensibilité particulière que je me suis procuré sur le site Internet d'un fabricant de matériel anatomique. Il s'agit d'un pied féminin pathologiquement cambré destiné à illustrer une malformation dénommée *Pes cavus*. Fabienne Verdier dirait que je suis incorrigible. Peint à la main, ce modèle de fabrication allemande présente une face écorchée, la face interne, qui laisse voir l'organisation des os, des muscles et des tendons, désignés par une minutieuse numérotation. Tendon d'achille. Muscle long fléchisseur commun des orteils. Muscle long fléchisseur du gros orteil. Muscle court abducteur du gros orteil. Il est à noter que ces deux derniers, 8 et 9, sont les muscles qui tapissent la voûte plantaire. Muscle court fléchisseur commun des orteils. Tendon du muscle jambier antérieur. Tendon du muscle long fléchisseur du gros orteil. Ligaments tarsométatarsiens dorsaux. Je reviendrai plus tard sur la cambrure du pied, sans discussion possible la caractéristique qui me procure les enchantements les plus intenses, par conséquent l'une de mes idées fixes liées au corps les plus ancrées. À tel point que c'est en cherchant sur Internet quelque photographie de pied cambré susceptible de m'assouvir que j'ai trouvé ce site et ce moulage de *Pes cavus*, en l'occurrence si *cavus* que je n'en avais jamais approché de tel dans la réalité. La cambrure de ce modèle de démonstration constitue un absolu indépassable. On croirait l'ouverture d'un tunnel, une arche de pont, la voûte d'une cave. Même Margot qui possède les pieds les plus crûment cambrés qu'il soit possible de concevoir, alimentant le désir que j'ai pour elle d'une manière qui n'a jamais connu d'accalmie, même Margot présente des pieds dont la cambrure déjà exceptionnelle n'égale pas celle si radicale de ce modèle médical en plastique. À cet égard, si celui-ci désigne le terme, l'aboutissement de cette malformation, les cambrures de Margot en incarnent le degré de gravité rêvé et idéal, à la lisière de la pathologie, produisant sur mes sens toutes les fois que mon regard se porte sur elles les effets d'une charge de dynamite. À l'extrémité de ce meuble, près du mur mansardé, mon imprimante HP LaserJet 4 Plus. Face à ce mur si riche, on trouve un lit recouvert d'un tissu orange et rouge. C'est sur ce lit que j'ai recours à de longues siestes méditatives, desquelles émergent souvent de lumineuses solutions techniques, des extases narratives, des personnages inattendus. C'est ainsi qu'a surgi le docteur Desnos d'*Existence*, ainsi que la plupart des péripéties de ce roman hasardeux. C'est aussi sur ce lit qu'est née la mélodie de *Demi-sommeil*, j'y ai passé des heures à chantonner les yeux fermés la rythmique de ce livre, débit automatique de mots aléatoires qui m'inscrivait corporellement dans la musique de l'écriture. Au-dessus de ce lit, un tirage de Daniel Schweizer contre-collé sur une feuille d'aluminium qui montre une botte de Christian Louboutin scotchée par un rectangle de chatterton sur le verre dépoli d'une baie vitrée. Baptisée *Alta-Mesh*, réalisée en mesh moiré de couleur noire (une résille qui rappelle la texture d'une moustiquaire), dotée d'un fin talon d'une douzaine de centimètres, cette botte est transparente. J'aurais aimé la voler à Christian Louboutin au terme des prises de vue et l'offrir à Margot, pour contempler dans la rue, en plein hiver, ses orteils, sa cambrure subjugante. Disposé contre la tête du lit, un classeur ancien qui provient du laboratoire pharmaceutique du grand-père de Margot. J'y entrepose les successives versions de mes romans, les passages expurgés avant publication, ainsi que ces nombreux carnets de notes où s'effectue le long travail d'excavation qui préside à l'écriture de chacun d'eux. Enfin, surplombant ces archives, un tirage dédicacé de Dolorès Marat. Il s'agit d'une photographie qu'elle a prise à Venise en ma compagnie lors du filage d'une chorégraphie d'Angelin Preljocaj, *Near Life Experience*. On y voit les danseurs dispersés sur la scène, gestes isolés, postures apostoliques, l'ensemble dans des teintes mauves irréalistes, brunes et violettes, enchanteresses, zébrées de rose. Cette image que j'adore me fait face quand j'écris et c'est sur elle que se pose le plus souvent mon regard, de préférence aux articles, à mon visage photographié, aux souliers célibataires, au pied pathologique, au geste élémentaire à l'encre noire.

Thierry Trockel s'enfermait chaque soir après dîner dans son bureau pour surfer sur Internet. Le jour où ils franchirent le pas, ce soir d'automne où il prit le train à Düsseldorf avec sa femme, où il la conduisit à travers des paysages pluvieux vers l'inconnu d'un rendez-vous reculé, cela faisait quelques années qu'il avait pris cette habitude et qu'il rêvait de ce voyage en train avec elle. Il lui arrivait de plus en plus fréquemment de rentrer tôt du travail et de s'y mettre avant dîner. Il prétendait devoir s'isoler pour consulter des ouvrages scientifiques qu'il recevait de l'étranger, rédiger des comptes rendus qu'il diffusait sur le réseau, approfondir des dossiers professionnels. Ce samedi soir d'octobre, considérant sans doute comme suffisant qu'elle se soit résolue à se rendre avec lui dans ce recoin reculé de leur vie conjugale, aux confins d'une région qu'ils ne connaissaient pas, elle n'accepta de répondre à aucune des questions qu'il lui posait. Les paysages qu'ils traversaient, la nuit les avait fait disparaître assez vite. C'est son visage à la surface des vitres qu'elle regardait depuis deux heures, un film intime, un long plan fixe traversé de petites lumières furtives. *Qu'est-ce qui ne va pas ? Pourquoi tu es comme ça ? On n'en a pas parlé pendant des mois ?* Elle préférait rester silencieuse et regarder le long métrage de son visage qui travaillait pensivement sur la nuit – moins pour se contempler, il savait qu'elle n'était pas narcissique, que pour se réfléchir elle-même, se renvoyer par la pensée l'image de sa conscience, à la manière des vitres. *Arrête Sylvie, ne sois pas comme ça, dis quelque chose !* Se renvoyer par la pensée l'image de sa conscience : il redoutait que sa pensée ne fût morose, que sa conscience ne fût troublée, il redoutait que ce travail introspectif ne l'affaiblisse. Lui aussi regardait leurs visages, son visage à elle, son visage à lui, en couleurs, translucides, superposés aux ombres et aux lueurs qui défilaient sur leur passage. Succédant aux quelques notes d'un carillon électronique, une voix les informa qu'ils approchaient d'une gare, l'avant-dernière avant leur destination finale, dont désormais trois quarts d'heure d'apparente ligne droite dans les ténèbres les séparaient. Il avait été convenu par téléphone deux jours plus tôt qu'on les attendrait à la gare de Munich. Ils rouleraient sur de petites routes, ils s'enfonceraient dans les ténèbres d'une forêt ésotérique, de nombreuses minutes seraient vécues dans l'habitacle avant qu'ils ne s'arrêtent, au bout d'un chemin creux, devant le grand manoir en pierre environné de frondaisons : des photographies leur avaient été envoyées par mail quelques jours plus tôt. Ils se seraient *déplacés*. Ils auraient été *déplacés*. Ils auraient été égarés comme les enfants des contes de fées au plus profond d'une forêt sombre. Une distance tout à la fois spatiale, mentale et temporelle les isolerait de leur vie habituelle : ils franchiraient loin d'eux et de chez eux, expatriés, transfigurés, l'enceinte intimidante de cette chose-là qu'elle s'était résolue à accepter, après des mois de discussion. *Si c'est ça que tu veux…* avait-elle fini par lui dire. *Si c'est ça que tu veux vraiment…* Après les deux minutes d'arrêt dans la gare irréelle, le train avait recommencé à raccourcir linéairement les trois quarts d'heure rectilignes qui les conduiraient à Munich. *Mais tu étais d'acccord ! Pourquoi tu te renfermes comme ça sur toi-même alors qu'on était d'accord tous les deux !* Quand il parlait elle regardait son visage à elle, il devait lui apparaître en très gros plan, peut-être même n'en scrutait-elle que des fragments, énormes, déconnectés. Quand elle lui répondait elle avait l'air de lire ses propres lèvres qui lui disaient, à elle autant qu'à lui : *Je n'ai pas envie de parler*, qui lui disaient : *Plus tard*, qui lui disaient : *Pas maintenant*, qui murmuraient pour elle-même dans l'intimité du wagon vide : *Laisse-moi tranquille*. Thierry Trockel avait compris. Il avait compris qu'elle s'était laissé gagner par la mélancolie, que ce voyage à travers des paysages anonymes avait ouvert en elle une session méditative ininterrompue qui l'engloutissait. Ce qui le transportait la torturait. Ce qui le nourrissait l'affaiblissait. Ce qui le déplaçait l'égarait. Ce qui précisément, pour Thierry Trockel, rendait possible cette expérience, le train, la nuit, la Bavière, une translation géographique, insécurisait son épouse. Ce déplacement ferroviaire reflétait si bien le déplacement mental qu'elle devait faire, ce manoir isolé figurait si bien le lieu mental isolé où elle allait se rendre, l'effroi que suscitaient la nuit les grandes forêts des contes de fées ressemblait à ce point à l'effroi qu'elle éprouvait intérieurement à l'idée de ces recoins obscurs de l'existence, la réalité extérieure la renvoyait si fortement à sa réalité intérieure (de la même manière que son reflet sur les vitres la renvoyait à la réalité de son visage) qu'elle avait fini par sombrer dans l'angoisse, dans les méandres d'une longue rêverie glaciale qui l'égarait. *Mais pourquoi ? Qu'est-ce que tu as ? Qu'est-ce qui ne va pas ?*

Il est fou ! Mon père est fou ! Il veut travailler dans une cave ! Il veut s'acheter une cave maintenant ! Depuis que j'avais lu l'annonce, les radiations que diffusaient l'escalier raide, les galeries sombres, les murs voûtés, les soupiraux à barreaux donnant sur le trottoir (images qui ne cessaient de me hanter) libéraient de leur gangue une multitude de papillons insoupçonnés qui s'égaillaient dans mon esprit. *Elle n'est pas suggestive et jolie, Leonardo, cette métaphore, cette métaphore des papillons qui prolifèrent ?* Envisager mon enfouissement dans les entrailles de ce quartier m'avait placé en surplomb d'un gisement fantastique, j'avais découvert par le plus grand des hasards un point mathématique où j'exultais. Il existe des situations, des situations réelles ou au contraire fantasmatiques, qui crèvent des poches dont le contenu presque liquide, alcoolisé, se déverse dans les pensées et les enivre, les fertilise et les multiplie. Et cette poche-là, quelques minutes plus tôt, cette gourde inépuisable, celui qui la découvre en ignorait l'existence. C'est sans doute de cette manière, durci d'angoisse, apercevant sur le carrelage un scarabée, que Kafka a écrit en une seule nuit *La Métamorphose*. Avec ce trou dont l'annonce immobilière de *Libération* m'offrait l'acquisition, un grand nombre de références et de pensées affluaient dans ma tête, un logiciel s'était mis à fonctionner qui produisait, en lieu et place de résultats arithmétiques, une liqueur lente et savoureuse qui s'écoulait dans mes entrailles. Un bien-être incroyable. Ma respiration était lente, profonde, régulière. Mon ventre lui-même semblait concerné à l'intérieur duquel une main d'enfant gribouillait de lentes spirales au feutre rouge. *Mais n'est-il pas lui-même une* cave, *mon* ventre, *en quelque sorte ?* demandais-je à Leonardo. J'avais l'impression que mes os avaient été tapissés de terminaisons nerveuses qu'une jeune femme rousse caressait avec sa langue, cantatrice, italienne. *Mais qu'est-ce que c'est que cette histoire ?* lui demandait Margot. Pivotant vers moi : *Et ta chambre de bonne ? Tu veux quitter ta chambre de bonne maintenant ?* Je pensais au *Terrier* de Kafka : « J'ai organisé mon terrier et il m'a l'air bien réussi. » Je pensais à l'article consacré par Flaubert aux faux monnayeurs dans le *Dictionnaire des idées reçues* : « Travaillent toujours dans des souterrains. » Je pensais à la *Caverne* de Platon. Je pensais à cette nouvelle de Villiers de L'Isle-Adam : *L'Agrément inattendu*. À cette autre d'Edgar Poe : *La Barrique d'Amontillado*. Je pensais au *Trou*, le film de Jacques Becker, l'un de mes films fondateurs, j'y reviendrai plus tard. Je pensais au mythe de Proserpine tel qu'il est raconté par Ovide dans ses *Métamorphoses*. Je ne sais pas si vous apercevez la beauté miraculeuse de cet essaim : je commence par *La Métamorphose* de Kafka et je conclus par les *Métamorphoses* d'Ovide. C'est à ce type d'indices qu'on reconnaît le caractère crucial d'un événement, c'étaient les références les plus précieuses de mon imaginaire que cette idée des caves réunissait, comme un écrin peut contenir des diamants. *Il ne s'agit de rien d'autre que de ma prochaine* métamorphose. *Je prends la main, je devance l'expulsion, je me réalimente spontanément pour mon prochain livre*, répondais-je à Margot. *Tu t'imagines ! Au Palais-Royal ! C'est un peu comme si je m'installais dans la mémoire, le subconscient, les secrets refoulés du Palais-Royal ! Je vais descendre dans ses pensées profondes, dans le sommeil de sa substance historique, dans ses rêves, sa vérité intime !* On aura observé que je suis facilement emphatique dans ma vie quotidienne. – *Dans une cave ! Dans une cave au Palais-Royal ! Mais comment peut-on travailler dans une cave ? Tu verras si tu es toujours aussi lyrique quand tu seras assis dans cette ambiance rhumatismale !* Je pensais qu'il n'était pas d'alternative plus exacte que celle-ci : au dernier étage ou dans une cave, suspendu ou enterré, aérien ou tellurique, dans les deux cas inaccessible et isolé, ce que je m'empressais de divulguer à ma compagne et à Leonardo : *Oiseau ou rongeur. Aigle ou lombric. Même les dieux n'élisent que ces extrêmes : l'espace du ciel ou les entrailles de la terre. Regarde Jupiter (dans une chambre de bonne) et Pluton (dans une cave).* Écrire au quatrième étage, à l'intérieur d'une strate intermédiaire, au milieu des autres, environné : inconcevable. Rien ne s'accordait mieux à la manière dont je travaille, creuser, descendre en soi, explorer son sous-sol, extraire des phrases ; avec chaque livre : créer une mine ; tous les matins : s'abstraire du monde, disparaître de la surface ; la foreuse de l'idée fixe, l'obsessionnelle pelleteuse du ressassement : cave. Quoi d'autre ? Je voyage dans Paris. *Je voyage dans Paris de la même manière qu'à la surface du globe*, disais-je à Leonardo. Il m'arrive certains matins de décider de partir en voyage, *Je décide de me rendre dans tel quartier et d'y marcher toute la journée comme un touriste, de me laisser contaminer par l'atmosphère des rues de la même manière qu'on se laisse conquérir par l'atmosphère romaine, l'atmosphère praguoise, l'atmosphère londonienne, l'atmosphère lisboète.* Il suffit de s'enfoncer sous terre, on saute dans un métro comme on prendrait l'avion, *Plutôt le sous-marin*, rectifiait Leonardo, *Le sous-marin si tu veux, très bonne idée*, et l'on ressort un peu plus tard dans une ville étrangère. *Tu apprendras un jour, quand tu auras grandi, que chaque quartier possède sa propre musique, sa propre culture, sa propre histoire, ses propres coutumes, ses propres ressortissants. C'est de cette manière-là qu'il faut envisager sa ville : comme une possibilité inépuisable de découvertes et d'enchantements.* Aller dans un quartier où l'on n'a rien à faire, où rien ne vous appelle, cette gratuité est quelque chose qui fait vibrer la ville différemment, qui fait de vous un voyageur. Or, depuis des années, il est un quartier où je me rends avec la même exaltation qu'à Venise : *C'est celui du Palais-Royal.* N'est-ce pas une ressource inouïe de mon cerveau ? *Avoir cette faculté d'éprouver les plaisirs et l'exaltation du voyage en prenant le métro, en circulant d'un arrondissement à un autre, en passant la journée au Palais-Royal !* disais-je à Margot. *C'est un peu comme quand tu joues avec tes petites voitures sur le tapis,* concluais-je en regardant Leonardo. Si bien que cette idée d'une cave au Palais-Royal produisait sur moi le même effet que la perspective de m'installer à Gênes pour écrire mes livres : *Je suis aussi excité que si j'avais décidé de me rendre chaque matin au Bristol Palace de Gênes pour écrire. – Ça y est, il recommence ! Voilà qu'il recommence avec le Bristol Palace de Gênes !* s'écriait Leonardo. *Mon père est fou !* Quoi d'autre encore ? J'évitais de dire devant Leonardo que les chevilles que j'apercevrais par le soupirail seraient comme un second voyage superposé au premier, mieux : deux voyages se mirant l'un dans l'autre. Je n'ai pas révélé à mon petit garçon qu'il suffit d'une cheville de jeune femme pour que se constituent instantanément des désirs irraisonnés de villes et qu'il suffit d'une ville à l'étranger pour que se constituent instantanément des désirs irrépressibles de chevilles – que villes et chevilles se confondent dans le même désir d'engloutissement. Que leur dire d'autre à mes intimes si circonspects ? J'aimais l'idée d'acquérir un lieu dont personne ne voudrait. *Ça c'est sûr !* commentait Leonardo. Qui voudrait travailler, habiter dans une cave ? *Absolument personne*, me confirmait Margot.

Quel individu normal exulterait comme j'exultais à l'idée de s'enterrer, à l'idée d'un lieu humide, malsain, sans lumière, où prolifèrent les rats, le salpêtre, les moisissures, propice aux idées noires, à la démence, le lieu des oubliettes, des incarcérations, des cérémonies ésotériques ? *Que toi !* me répondait Leonardo. *Il n'y a que toi pour vouloir s'enterrer dans une cave !* Oui. Que moi. Un lieu à moi, à moi seul destiné, secret, enfoui, rédhibitoire, aussi intime et personnel que mes pensées. *On n'enviera pas plus ma cave qu'on envie le cerveau de son voisin ou encore la prostration du trisomique.*

Le père de Laurent Dahl avait tiré profit du préavis non effectué et des indemnités qu'il avait perçues pour organiser leur retour en banlieue parisienne et chercher un nouvel emploi. Il avait trouvé un poste de directeur commercial dans la filiale française d'une entreprise californienne qui fabriquait des périphériques d'impression. Dotés d'une somme relativement conséquente que la rapidité avec laquelle il avait décroché cet emploi leur avait permis de ne pas entamer, les parents de Laurent Dahl avaient concrétisé leur rêve de devenir propriétaires et acheté une maison d'inspiration californienne située dans un lotissement Levitt en cours de construction à une quarantaine de kilomètres au sud de Paris. *Une maison californienne, une entreprise californienne, décidément !* disait le père de Laurent Dahl. Ils s'étaient décidés pour un modèle intermédiaire avec auvent et façade de brique rouge qui soulignaient ses origines anglo-saxonnes. Plusieurs samedis avaient été passés à s'attarder dans la maison-témoin, à circuler dans les rues déjà loties, à se rendre sur le terrain qu'ils avaient choisi. Boueux et éventré, délimité par des piquets, scarifié par les pneumatiques des tractopelles, percé de fils et de tuyaux flexibles de couleurs vives qui surgissaient du sol, ce terrain d'une superficie supérieure à la moyenne leur semblait valorisé par l'espace vert qui serait aménagé ultérieurement en face de leur maison. Celle-ci et ses abords se limitaient à une dalle de ciment environnée de glaise, à une accumulation méthodique de parpaings et à une intuition terreuse de rue ponctuée de lampadaires recouverts d'antirouille. Des terres agricoles poursuivaient à perte de vue la nouvelle tranche du lotissement, isolée des premières par le *no man's land* d'une ligne à haute tension qui traversait l'ensemble de part en part. Une fois signé l'acte de vente, ils n'avaient pu refréner leur envie de se rendre régulièrement sur le chantier. Ils se postaient sur le rectangle de leur maison où stagnaient des flaques brunes, où traînaient des planches de bois, des escabeaux, des seaux blanchis. Muni d'une craie qui s'effritait sur le ciment humide, orienté par les indications approximatives que lui donnait sa mère, Laurent Dahl tentait d'inscrire le quadrilatère de sa chambre, les formes géométriques du lit, du coffre et de l'armoire. Il faisait froid. Ils devaient porter des bottes en caoutchouc dont ils se chaussaient dans la voiture. Sa sœur ramassait sur le terrain quelques-unes des ferrailles qui y proliféraient et les disposait en pointillé sur la dalle de ciment, couchant sur son lit, asseyant sur un fauteuil, postant devant la porte les poupées qu'elle avait apportées. Les parents arpentaient enlacés ce qui deviendrait leur jardin, dispersaient rêveusement des traits de haies, des massifs en rocaille, des marronniers majestueux. Quelques week-ends plus tard, les murs de parpaings avaient été dressés, sans charpente ni cloisons. Il s'agissait d'une schématique mise en volume de leur habitation. Il était difficile d'imaginer que cette structure deviendrait un lieu d'intimité. On avait goudronné la rue. Le goudron portait des traces de terre. Les gaines multicolores qui sortaient du sol étaient toujours là. Un mois plus tard, la charpente et les tuiles ayant été installées, les cloisons avaient fait leur apparition, des plaques de couleur grise réunies les unes aux autres par des traînées de plâtre jetées à la truelle. L'articulation des cinq pièces s'était constituée, chacun s'enfermant dans sa chambre, circulant d'un espace à un autre, s'imaginant dîner, se laver, s'amuser, regarder la télévision. Où mettrait-on les lits, le canapé et la bibliothèque ? Les portes avaient fait leur apparition quelques semaines plus tard, équipées de poignées rondes. Et puis les prises et les interrupteurs, les fenêtres et les volets, les sanitaires et la plomberie. L'intérieur était désormais hermétiquement délimité. Il était possible de se sentir isolé du contexte apocalyptique du chantier. Les parents de Laurent Dahl avaient choisi sur catalogue les couleurs de la porte et des volets, respectivement carmin et noirs, décision qui avait donné lieu à de tumultueuses conversations automobiles. Laurent Dahl préférait le vert pour les volets et le rouge pour la porte, sa sœur le bleu pour les volets et le noir pour la porte, les parents le principe d'une conjugaison de carmin et de noir – finalement c'étaient les deux enfants qui s'étaient entendus pour que la porte fût noire et les volets carmin. Ces préoccupations conduisaient la famille et l'humeur de ses membres vers des horizons qui leur étaient peu coutumiers. Depuis trois mois qu'il travaillait pour la firme américaine qui l'avait embauché, le père de Laurent Dahl vivait une incroyable période de grâce. Il se sentait valorisé, considérait comme révolues les infortunes accumulées par le passé, attribuées au caractère fantasque de ses anciens patrons. On ne le voyait plus, le soir, à table, contracté, détruit de l'intérieur par des spéculations tenues secrètes. C'est au spectacle d'un homme épanoui parlant avec ferveur de son métier et des collègues qui l'entouraient, français ou étrangers, que la mère de Laurent Dahl assistait chaque soir avec incrédulité. Confiance. Valorisation. Convivialité professionnelle. Prénoms à consonance anglo-saxonne qui fusaient dans les conversations, Peter, John, Bill, à l'opposé des patronymes hexagonaux qui traversaient naguère comme des corbeaux l'atmosphère orageuse des dîners. *Mais tu l'appelles Bill ton nouveau patron ?!* s'étonnait la mère de Laurent Dahl. C'était lui qui avait suggéré qu'il faudrait se préoccuper des papiers peints et des moquettes. C'était le soir où il leur avait annoncé que le président de la maison mère avait émis le vœu de faire sa connaissance à Los Angeles. Le directeur de la filiale française (son actuel patron direct) lui avait fait valoir cette intention comme inhabituelle et prometteuse pour lui. Consultant des échantillonneurs, recueillant les avis des enfants, spéculant sur la conjugaison des coloris et des textures, les parents de Laurent Dahl avaient composé en une après-midi la décoration de leur maison. Laurent Dahl : écossais sérieux/moquette brune. Sa sœur : petites fleurs roses/moquette verte. Les pièces de vie : toile de jute vieux rose/moquette marron. La chambre des parents : imprimé nostalgique/moquette bleu roi. Elle était rafraîchissante cette phase d'installation. La sœur de Laurent Dahl avait obtenu des échantillons qu'elle avait collés sur le mur et disposés sur le ciment, demandant leur avis à quelques-unes de ses poupées. *Essayez d'imaginer la chambre quand les murs seront recouverts de papier peint! Vous trouvez ça joli? De petites fleurs roses et vertes assorties à la moquette! Regardez comme elle est douce!* Une radio diffusant dans les pièces de la musique de variété entraînante, les parents de Laurent Dahl avaient passé plusieurs week-ends à poser papier peint et moquette, ayant tiré au sort avec une pièce de vingt centimes l'ordre dans lequel ils s'occuperaient des chambres. Laurent Dahl avait aimé cette main aimante et familière, attentive, protectrice, paume ouverte présentant le côté face de la pièce de vingt centimes : celui qu'il avait choisi. Il y avait une petite table de camping, deux chaises pliantes, un matelas et quelques couvertures pour que les enfants puissent s'assoupir. Mobiles, dispersés dans les pièces, on trouvait une boîte à outils, un escabeau, deux cutters, des chiffons blancs (d'anciennes chemises du père) maculés de traces de colle, des bouteilles de bière qui portaient des empreintes blanches. Apercevant sur le ciment, sur l'escabeau, entre les mains de leurs parents, ces vieilles chemises avec lesquelles ils supprimaient les traces de colle, il arrivait que de mauvais souvenirs de La Roche-sur-Yon rejaillissent dans les mémoires de Laurent Dahl et de sa sœur : c'étaient la tenue de l'homme humilié qu'ils avaient connu et les récits des épisodes qu'elle réveillait qui s'imposaient à leur esprit. Les parents de Laurent Dahl s'asseyaient sur des pots de peinture lorsqu'ils se réunissaient pour déjeuner. Les enfants ne s'étaient jamais rendus avec une telle gaieté autour de la table, où les attendaient des pique-niques constitués d'olives, de saucisson, de cubes apéritifs et de sandwichs, qu'ils préféraient aux repas conventionnels qu'on leur servait d'ordinaire. Il fallait de la patience et de la minutie pour ajuster les lais de papier peint et en faire coïncider les motifs. La plénitude qui les portait depuis plusieurs semaines les conduisait à effectuer ces opérations sans rencontrer le moindre obstacle. Le père de Laurent Dahl avait reçu deux jours plus tôt le télex de confirmation de son séjour à Los Angeles. Il le leur avait montré le soir dans la cuisine et le télex avait fait le tour de la table et était passé de main en main sous le regard impressionné des membres de la famille, s'attardant quelques minutes de plus sous la lumière du visage de sa femme : *Ben dis donc...* avait-elle dit admirative. Ils incisaient les lais au ras des plinthes à l'aide de leurs cutters et les chutes excédentaires s'abandonnaient avec grâce sur le sol. Idem pour les moquettes qu'ils découpaient selon le plan des pièces. Ils taillaient des rectangles aux dimensions exactes des placards. Ils vissaient de bonne humeur des barres de seuil de couleur or. C'est avec une euphorie manifeste que la matière d'ordinaire réfractaire se soumettait à la volonté des parents de Laurent Dahl, qui accéléraient la cadence des travaux à mesure qu'ils progressaient. Laurent Dahl jouait dans le jardin et son ballon réalisait de curieux rebonds sur les mottes et les déclivités du terrain non encore aplani. Sa sœur préférait savourer le sentiment d'intimité qui se constituait, se livrant à des simulacres d'activités domestiques, préparant de faux dîners dans la cuisine, donnant de faux bains à ses poupées, les couchant ou leur racontant des histoires. C'est ainsi qu'en l'espace d'un week-end, la chambre de Laurent Dahl ayant été désignée par le tirage au sort comme la première qu'on allait décorer, celles de sa sœur et des parents avaient été finalisées à leur tour. Son père avait reçu le vendredi après-midi les billets Paris-Los Angeles en première classe (il devait partir à la fin du mois : ils déménageraient à son retour et à l'expiration du préavis qu'ils avaient donné pour leur appartement). Laurent Dahl les avait manipulés de longues minutes et demandé à son père de conserver les couverts de son dîner trans-atlantique, de rapporter des hôtels où il séjournerait les savons, les serviettes, les bouteilles de shampooing qu'on mettrait à sa disposition. Le samedi suivant, les salles de bains avaient été tapissées, équipées. Le lende-main, sa perceuse à la main, des vis entre les lèvres, le père de Laurent Dahl avait fixé les tringles. Et aucune tringle n'était penchée ni décentrée, même légèrement, ce que sa femme lui fit observer avec malice, habituée aux contrariétés qu'il rencontrait toutes les fois qu'il acceptait de bricoler. Ils avaient terminé vers minuit. Les enfants s'étaient assoupis sur le matelas, sous un amas de couvertures, à côté d'un radiateur électrique. Lorsqu'ils s'étaient réveillés Laurent Dahl avait décou-vert émerveillé un salon décoré, muni de rideaux, sen-tant fraîchement la peinture : *Mais vous avez terminé ! On pourrait déjà s'y installer si on voulait !*

Le matin de ce lundi décisif, au terme d'un petit-déjeuner que mon impatience avait rendu interminable, je me suis rendu dans mon café habituel après avoir accompagné Leonardo à l'école. *Comment ça va ce matin monsieur Éric ?* me demande le serveur avec cette onctuosité dont il est coutumier. *Vous avez bien dormi ? La journée s'annonce bonne ? – Ça ira mieux quand j'aurai bu mon double express serré. Et encore mieux quand j'en serai à mon troisième !* Je compose sur mon portable le numéro du vendeur de caves. Les papillons dont j'ai déjà parlé, qui s'égaillaient dans mon esprit, s'étaient multipliés. Une bonne douzaine de jeunes femmes rousses, cantatrices, italiennes, me caressaient les os avec leurs langues. *Voilà le double express serré monsieur Éric. Comment ça va l'écriture en ce moment ? Ça roule comme vous voulez ? Vous nous préparez quelque chose d'épatant ?* Troisième sonnerie. Quatrième sonnerie. Cinquième sonnerie. Quelqu'un décroche : *Hein, oui ? – Bonjour, c'est au sujet des caves, l'annonce de* Libération, dis-je à la voix qui vient de me répondre. – *Hein, les caves ? – Oui, les caves, les caves au Palais-Royal. Ce n'est pas vous qui avez passé l'annonce de samedi ?* Quelques secondes s'écoulent avant qu'il ne consente à me répondre. J'allume une cigarette. L'émotion me fait trembler. – *Les caves, oui, l'annonce des caves, c'est bien moi.* Il s'exprime d'une manière hésitante, sans conviction aucune, avec même une certaine réticence. – *J'aurais aimé avoir des détails, quelques détails sur ces caves que vous voulez vendre. – Des détails, quels détails ? Que voulez-vous savoir ?* Je m'étonne qu'il me réponde avec une telle désinvolture. Ce ne sont pas seulement ses étonnantes questions qui me surprennent, mais également la voix, lointaine et presque absente, la lenteur du phrasé, l'incertitude du ton, la multiplication des silences. Je lui demande de m'indiquer précisément où elles se trouvent. *Au Palais-Royal*, me répond-il. Je lui demande d'être plus précis : *Mais où exactement, à quel endroit ?* Une série de propositions lunatiques, entrecoupées de repentirs et de curieuses bifurcations, m'informent qu'elles se situent dans les bâtiments mêmes du Palais-Royal, rue de Montpensier. *C'est parfait*, je lui réponds. *Et ces caves, elles sont aménagées, habitables immédiatement ?* Lui : *Immédiatement. À quelques détails près.* Me souvenant des insinuations sarcastiques de Margot sur *l'ambiance rhumatismale* de mon futur bureau, je lui demande si ces caves sont humides. *Humides*, me répond-il. – *Humides ? Elles sont humides ? – Elles sont humides. – Vraiment humides ? Humides humides ?* Nouvelle plage de silence. *Humides humides ?* Lui : *C'est-à-dire que l'enduit... l'enduit est encore frais... la dalle de ciment... je viens juste de terminer l'aménagement... c'est encore très humide.* Je lui rétorque que dans ce cas, si j'en crois ses propos, l'humidité serait liée aux travaux de maçonnerie davantage qu'à une humidité intrinsèque de l'endroit, *Davantage qu'à une humidité intrinsèque de l'endroit je suppose ? – Moitié-moitié. Mais j'ai mis un déshumidificateur qui fonctionne vingt-quatre heures sur vingt-quatre depuis trois jours. Elles seront bientôt parfaitement sèches. – Parfaitement sèches ? – Aussi sèches qu'elles peuvent l'être. Un peu humides mais presque sèches. – Bon. Parfait. Décrivez-moi l'endroit.* Il a pris l'habitude de laisser s'écouler quelques secondes de silence avant de répondre à chacune des questions que je lui pose. Le décalage qu'implique entre nous sa lenteur d'esprit confère au bien immobilier que je convoite quelque chose d'incertain. – *Que je vous décrive l'endroit ? – Comment on y accède... la disposition des caves... leur aménagement...* Quelques secondes de silence. Il m'explique qu'on y accède par un minuscule escalier. Que ses caves sont situées sur deux niveaux : *Un premier niveau, un deuxième niveau. Trois caves à vendre au premier niveau et quatre autres d'une superficie plus importante au niveau inférieur.* Il a l'air épuisé. Il me déclare qu'il a piqueté les murs et concocté un enduit à la chaux qui laisse les pierres presque apparentes, *C'est assez joli je crois*, conclut-il. C'est vraiment délicieux toutes ces langues de cantatrice qui me lèchent les os si suavement. – *Et les sols ?* – *En ciment. J'ai coulé une dalle de ciment.* Moi : *Une question importante à présent. Écoutez-moi bien. Les caves communiquent-elles avec la rue par des soupiraux ?* Réponse : *Je vais devoir raccrocher.* – *Quoi ? Qu'est-ce que vous dites ? Vous allez devoir raccrocher ?* Il ne me répond pas. *Attendez. Répondez juste à cette dernière question. Les caves communiquent-elles avec la rue par des soupiraux ?* Réponse : *Non.* – *Non ? Elles ne communiquent pas avec la rue ?* – *Elles ne communiquent pas.* – *Vous voulez dire qu'il n'y a aucune source de lumière… aucune ouverture ?* Je jette ma cigarette sur le carrelage et l'y écrase. Et la vue au ras du trottoir ? Et les chevilles des passantes ? Est-il raisonnable de s'enterrer dans un terrier aveugle, un lieu parfaitement clos, sombre, hermétique, isolé du monde ? Exhibant successivement trois doigts de ma main gauche et deux autres faiblement écartés qui signifient *petite épaisseur*, je fais signe au garçon de me servir un triple express serré. Stupéfaction de mon ami du matin. Trois de ses doigts puis deux autres, mêmes symboles mais qui se superposent à un visage réprobateur, me demandent confirmation de cette commande déraisonnable. *Écoutez…* me dit mon interlocuteur au téléphone. Je le sens de plus en plus sceptique et réfractaire. Je confirme au serveur, d'un signe de tête catégorique, qu'il a bien compris : un triple express serré. – *Écoutez quoi ?* je lui demande avec irritation. – *Laissez tomber.* – *Comment ça laissez tomber ! Qu'est-ce que vous voulez dire par là ?* – *Ce sont des caves ! Bon Dieu ce sont des caves ! Que voulez-vous y faire ?!* Crypte. Sa voix s'incarne. Tessiture rocailleuse de fumeur. Échos lugubres de voix cloîtrée. Peut-être se réveille-t-il progressivement ? – *Mais alors ! Si elles sont invivables ! Pour quelles raisons les avoir aménagées ? Les avoir mises en vente ?!* Il ne me répond pas. Il se met à tousser. Je l'entends qui respire avec difficulté. Asthmatique ? *Vous ne voulez pas me vendre l'une de vos caves ? – C'est pas ça… – C'est quoi alors ? Et vous, ces caves, qu'y faisiez-vous ? – J'y travaillais. – Qu'est-ce que vous y faisiez comme travail ?* Il ne me répond pas. *Qu'est-ce que vous y faisiez ? – Parlons d'autre chose…* Ce type est décidément très curieux. Le serveur pose devant moi le triple express serré. Je le remercie d'un signe de tête absent qui trahit ma tristesse. – *Revenons aux soupiraux. Aucun soupirail ? Aucune ouverture d'aucune sorte ? – Si. De petites bouches d'aération. – De petites bouches d'aération ? Elles sont donc aérées ? – Par un conduit… une petite grille à l'extrémité du conduit. – Mais par cette grille… on peut voir dans la rue ?* Le serveur, qui essuie à présent des fourchettes, attire mon attention d'un geste loufoque de la main droite. Secouant latéralement la tête, empruntant la mine autorisée de celui qui prodigue un conseil, il me fait signe que non, mauvaise idée, humidité, rhumatismes, enfermement, il essuie machinalement les fourchettes et me déclare avec ses yeux, ses yeux d'amour, avec ses lèvres, ses lèvres qu'il plisse, avec sa tête attristée qu'il secoue, il me demande amicalement de raccrocher. – *Non. C'est juste une grille d'aération. – Pensez-vous qu'il soit possible, envisageable, d'élargir ces petites grilles ? Pour en faire par exemple de petites fenêtres ? Comme à New York ?* Le serveur fait signe que non de la tête. Il tente de me convaincre, par ce silence turbulent, ce silence de secouements, cette rhétorique de regards appuyés, qu'on n'a jamais vu de mémoire de maçon qu'on pouvait élargir le conduit d'aération d'un sous-sol pour en faire une fenêtre. Il a l'air de me dire : *Je sais de quoi je parle.* Je demande à cet être importun, d'un regard noir d'une foudroyante violence, de s'occuper de ses four-chettes. Mon vendeur lunatique : *Je pense sincèrement que ces caves ne vous conviendront pas. – Vous ne faites pas beaucoup d'effort pour les promouvoir…* Lui : *Écoutez.* Nouveau silence. Moi : *C'est possible de les visiter ? – Je ne sais pas. Pas dans l'immédiat en tout cas. – Pas dans l'immédiat ? Vous passez une annonce immobilière dans* Libération *samedi dernier et vous me dites deux jours plus tard qu'il n'est pas pos-sible de les visiter dans l'immédiat ?* Le serveur me fait comprendre d'un signe de sa main droite aux alentours de son crâne que la personne avec laquelle je m'entre-tiens est dérangée. Puis il se retourne et ouvre le lave-vaisselle. *Et quand vous dites pas dans l'immédiat… qu'est-ce que vous entendez par là ? Fin de semaine ? – Semaine prochaine. – Ce soir. – Pas avant demain. – Demain matin. – Demain soir.* Moi : *Où ça ?* Réponse : *Place Colette. Sur l'esplanade du Palais-Royal. – Et pourquoi pas devant l'immeuble ?* Entête-ment : *Je préfère place Colette. – En général les rendez-vous se donnent devant l'immeuble.* Durcissement : *Et moi c'est place Colette. Vers dix-huit heures ? Vers dix-huit heures place Colette près du kiosque à journaux ?*

3

Le jour où il commit l'irréparable, ce soir d'automne où il emprunta la Polo blanche de sa mère et roula sur l'autoroute vers la rue François-Ier, Patrick Neftel éprouva une plénitude qu'il n'avait plus connue depuis longtemps. Il ne conduisait pas comme à l'accoutumée, nerveusement, avec rancune et malveillance. L'état auquel l'avait conduit la décision qu'il avait prise impliquait qu'il pilotait l'automobile avec la détermination de celui qui accomplit son destin. Sa dignité reconquise, il sentait que cette conduite aristocratique en constituait la première empreinte. Il pénétrait dans une salle adjacente, immense et théâtrale, abandonnant derrière lui le cagibi insalubre où il vivait reclus avec sa mère. Les cloisons qui délimitaient l'étroitesse de son existence, qui le tenaient cloîtré depuis des mois dans la rancune d'une situation désespérée, il constata qu'elles s'étaient soudain écartées. Paysages, pylônes, entrepôts, panneaux publicitaires qui défilaient, ce monde qui d'ordinaire l'amenuisait, l'excluait, l'humiliait, ce monde hostile qui d'ordinaire alimentait sa rancœur semblait ce soir s'ouvrir à lui et lui offrir le territoire d'une transfiguration. Dans le coffre de la petite Polo blanche, emballées dans une couverture jaune : les armes. Sur le siège du passager : un dossier sanglé où il était écrit au marqueur noir PRINCE

AMER DE L'ÉCUEIL. Il longeait l'aéroport d'Orly, dissimulé par une rangée opaque de conifères. La lente carlingue d'un long-courrier s'apprêtait à atterrir. Patrick Neftel se rabattit sur la file de droite, baissa la tête pour en apprécier le spectacle. Un Airbus tout irradiant des milliers de kilomètres qu'il venait de parcourir, imprégné de ciel et d'altitude, pénétré des parfums théoriques de sa lointaine provenance. Un Airbus que l'idée même d'un déplacement longue distance avait personnifié, rendu animal, organique, musculaire, presque humain. Un Airbus empli de passagers transfigurés, rendus épidermiques par ce colossal transfert d'énergie, cette combustion conjointe de kérosène et de souvenirs, de sensations. Cet homme qui d'ordinaire ne pouvait voir un avion sans en éprouver un douloureux ressentiment (plus encore que les femmes et les voitures de luxe, c'était l'avion la figure qui cristallisait ses frustrations de la manière la plus impitoyable), il regarda cet Airbus exaucé, apaisé, avec l'ivresse de celui qui s'échappe – quand bien même il ne s'envolait pas mais roulait sur l'autoroute vers la rue François-Ier. *Mais où tu vas ?* lui avait dit sa mère. *Et qu'est-ce que c'est... qu'est-ce que tu transportes ?* Elle regardait cette forme-là longue et dure, énigmatique, qu'avait prise la couverture, une couverture qu'elle ne connaissait pas. Peut-être sa culture télévisuelle attachait-elle à ce paquet si suggestif une impression de *déjà-vu*? C'est curieux comme la sensation du métal parvenait à transpercer la matière pelucheuse de la laine : il y avait quelque chose de dur, de dramatique, qui supplantait la sensation du domestique et du sommeil. *Je n'aime pas ça... montre-moi ça...* avait-elle ajouté. Le revolver et les deux carabines, il se les était procurés la veille au soir chez un voisin en vacances dont sa mère arrosait les plantes, aérait la maison, nourrissait les oiseaux, deux tourterelles qui répondaient variablement, selon l'humeur de leur propriétaire, aux patronymes de Poulidor et Cléopâtre, Clinton et Monica, Charlemagne et Mistinguett. Ces fluctuations patronymiques illustraient d'une manière éloquente l'humour douteux de Marcel Leterrier, assureur tonitruant qui résidait lui aussi rue des Lièvres, au numéro 32, cette circonstance constituant pour lui un manifeste de son esprit iconoclaste et ironique. *Marcel Leterrier, assureur rue des Lièvres!* s'exclamait-il en riant lorsqu'il devait se présenter. Patrick Neftel connaissait l'existence de ces armes. Marcel Leterrier les lui avait montrées quelques années plus tôt, rangées dans une armoire rustique dont il cachait la clé derrière un livre épais de couleur rouge. L'assureur lui avait divulgué ce même jour des soutiens-gorge bonnets D en satin que lui avait laissés quelques années plus tôt un *phénomène extravagant à la plastique irréprochable* dont il était visible qu'il ne s'était jamais remis. *Des bonnets D mon garçon, un 104 bonnets D qu'elle nous faisait la salope!* La veille au soir, quand il avait attendu que sa mère se fût endormie pour lui subtiliser les clés du voisin, Patrick Neftel s'était souvenu de ces détails, du livre épais, de l'encombrante armoire normande. Il y avait retrouvé les armes et les soutiens-gorge. Il y avait découvert des photographies du *phénomène extravagant* sur lesquelles il n'avait pu s'empêcher de se masturber, éjaculant sur le satin gris perle de la lingerie. *Tu as bu, tu vas te tuer sur la route, tu ne partiras pas, tu laisses cette voiture où elle se trouve!* avait hurlé sa mère au moment où il tentait de franchir la porte. Patrick Neftel venait de dépasser les pistes d'Orly. Une quinzaine de kilomètres le séparaient désormais de la porte d'Orléans. En dépit du lourd dossier qu'il avait constitué, avait-il jamais pensé que ce projet serait un jour exécuté ? Lui avait-il seulement servi à se distraire, à étayer ses journées, à canaliser la violence qui s'était accumulée en lui, à exaucer un désir salvateur de fiction ? Avait-il été élaboré dans une sphère d'indétermination, à un niveau de sa vie cérébrale où la question de sa possible exécution importait peu, restait non résolue car non posée, ouverte et suspendue ? Il ne le savait plus. Il avait suffi que sa mère pénètre dans sa chambre la veille en fin d'après-midi et qu'elle lui dise : *Je vais chez Leterrier*, et qu'elle boutonne son anorak en précisant : *Il rentre demain de vacances*, pour qu'il découvre en lui immédiatement, compacte, sphérique, déterminée, la certitude qu'il irait voler les armes le soir même et agirait dès le lendemain.

Un semestre avait été suffisant pour que le père de Thierry Trockel se retrouve confronté aux périls d'une situation fragilisée. Quelques semaines avant que ne surviennent les premières de ces étranges difficultés, ses parents avaient reçu à dîner le directeur de la filiale française et son épouse. L'idée leur en était venue dans l'euphorie d'un dimanche ensoleillé qu'ils avaient passé sur les bords de la Seine à quelques kilomètres du lotissement, peu après l'expiration de la période d'essai. Valorisé par cette intégration, le père de Thierry Trockel souhaitait sans doute en accentuer les effets en établissant avec son supérieur des relations de caractère plus personnel – comme si la marque d'estime que celui-ci lui accorderait en acceptant son invitation (et en appré-

ciant à sa juste valeur leur maison d'inspiration californienne située dans un lotissement *haut de gamme* et
réservé aux cadres) pouvait parachever ce processus
de promotion sociale. La date fixée (l'idée avait été
accueillie favorablement par son patron et son épouse)
laissait dix jours à la mère de Thierry Trockel pour
décider du menu, faire les courses, décorer la maison,
planifier les préparatifs du dîner. Ils en parlaient chaque
soir. La sœur de Thierry Trockel avait ouvert un cahier
qui relaterait les dîners qu'ils organiseraient désormais
régulièrement, s'étant nommée elle-même intendante
du palais, maîtresse de maison et pâtissière en chef (son
père avait accepté qu'elle s'occupe du dessert, ce qui
était de nature à émouvoir son patron et sa femme).
Mais tu seras couchée quand ils découvriront ta tarte,
lui disait sa mère. – *Oh, s'il te plaît, laisse-moi me
coucher tard, je veux les servir ! – Il sera trop tard
Bénédicte, tu leur serviras l'apéritif et l'entrée. Et tu
leur annonceras que tu as fait toi-même le dessert. Tu
pourras même le leur montrer si tu veux.* Le choix du
menu avait nécessité plusieurs dîners dont le déroulement reposait sur l'examen des recettes que la mère de
Thierry Trockel avait sélectionnées dans son encyclopé-
die culinaire en dix volumes. Les options présentées se
heurtaient généralement au scepticisme de son mari, qui
déplorait de se voir servir lors de ce dîner (dont les
enjeux grandissaient de jour en jour) des plats dont elle
était la spécialiste : des classiques du foyer. *Et la recette
qu'on a trouvée tout à l'heure toutes les deux ?* intervenait la sœur de Thierry Trockel. – *Laquelle ? On a passé
deux heures après l'école à regarder des recettes ! – Le
truc orange et bleu… avec les grosses feuilles vertes
découpées en lanières… Il y avait quatre toques et
quatre écus… – Quatre toques et quatre écus ?* deman-

dait le père de Thierry Trockel. Il se servait un grand verre d'eau. Sa femme portait sa fourchette à ses lèvres tout en biffant d'une rayure d'ongle les plats qu'il refusait. Thierry Trockel écartait sur le rebord de son assiette les légumes de la jardinière qui le dégoûtaient. – *Il y a des symboles en tête de chaque recette qui indiquent le budget et la difficulté du plat. Cela va de un écu et une toque à quatre écus et quatre toques. Quatre toques c'est une recette difficile. Quatre écus c'est une recette qui coûte cher. – Alors quatre toques et quatre écus. On va leur en mettre plein la vue. – Oui, il a raison, quatre toques et quatre écus!* s'exclamait la sœur de Thierry Trockel. *Je t'aiderai, on sera deux! – Non mais d'accord… je veux bien… mais imagine que je rate! – Et pourquoi raterais-tu?* demandait le père de Thierry Trockel. *Tu n'as jamais raté un plat de toute ta vie! – Non mais d'accord mais quatre toques c'est vraiment compliqué! Le poulet des moines par exemple c'est une seule toque et un écu! – Raison de plus. – Raison de plus pour quoi? – Eh bien pour ne pas leur faire un poulet des moines. – Moi je veux bien mais si ça rate tu viendras pas te plaindre après!* Le père de Thierry Trockel s'emportait brièvement, ranimant dans l'esprit familial l'amertume de ses humeurs passées, comme si sa femme, par cette absence d'audace, amenuisait, allait même jusqu'à porter préjudice non seulement au plaisir qu'il éprouvait de se sentir confiant et enthousiaste, si désireux d'en imposer à son patron, mais également à la pérennité de cet élan récent qui les portait. La tessiture de sa voix grave, l'aplomb de sa colère, la rythmique des phrases sévères qu'il leur jetait commençaient à faire frémir Thierry Trockel. – *Et moi je dis quatre toques et quatre écus! On va pas se la jouer précautionneux et complexé! Je veux qu'il se sente avec nous comme avec des égaux potentiels !* Il avait été décidé le lendemain, après l'examen d'une nouvelle liste de plats, d'un menu quatre toques et quatre écus qui s'articulait de la manière suivante. En entrée : huîtres chaudes agrémentées de crevettes grises et d'une fondue de poireaux émincés. En plat principal : une selle d'agneau farcie en croûte. Structure complexe : l'agneau au milieu, la farce à l'intérieur, une carapace que la photographie montrait dorée et croustillante. Après le plat principal : un plateau de fromages accompagné d'une salade assaisonnée à l'huile de truffe. *J'y tiens beaucoup à l'huile de truffe,* avait insisté le père de Thierry Trockel. *Surtout après la farce à base de truffes. – Mais où je vais trouver ça de l'huile de truffe ? – À Paris. Chez un traiteur italien. – Un traiteur italien ! Un traiteur italien à Paris ! Mais j'en connais aucun de traiteur italien à Paris ! – Tu trouveras. – Mais tu te rends compte que je vais devoir prendre le train rien que pour ça, de l'huile de truffe pour la salade !* En dessert : une pâtisserie intitulée Les douze coups de minuit. *Et ma tarte !* s'exclamait la sœur de Thierry Trockel. *On t'a mis la recette des Douze coups de minuit parce que c'était trois toques mais tu es sûr que tu préfères pas ma tarte aux pommes ? – Trois toques, d'accord, mais combien d'écus ?* demandait le père de Thierry Trockel avec une naïveté tout enfantine. *– Un seul écu,* lui répondait sa femme. *Il n'y a que très peu de desserts quatre écus. – Tu avais dit que ce serait bien pour ton patron que ta petite fille elle leur prépare le dessert... c'est toi-même qui l'as dit l'autre jour ! – Tu m'aideras Bénédicte... Et je dirai que c'est toi la pâtissière en chef des Douze coups de minuit...* Il avait été convenu avec le directeur, quelques jours avant la date du dîner, que le plus simple serait de partir ensemble du bureau et de se suivre sur l'autoroute.

Cette solution avait obligé le père de Thierry Trockel à aller au bureau en voiture le matin du dîner – une voiture qu'il avait achetée deux jours plus tôt sans en parler à sa femme. *Mais qu'est-ce que c'est que ça !* lui avait-elle demandé lorsqu'il l'avait conduite par la main devant la porte-fenêtre, *mais qu'est-ce que c'est… mais qu'est-ce que c'est que ce truc ?!! – C'est une surprise !* lui avait-il répondu d'une voix tremblante, sachant pertinemment quelle serait sa réaction, réprobatrice et belliqueuse. *Une nouvelle voiture confortable pour toute la famille !* Cet argument hypocrite (acheter une voiture pour l'ensemble de la famille et l'acheter en cachette pour leur faire la surprise) ne l'avait pas abusée : elle ne voyait que trop clairement pour quelle raison il s'était précipité chez un concessionnaire de la région. Lors du dîner qui avait suivi l'apparition du véhicule (*Une berline de tourisme comme on dit…* avait murmuré son mari en l'accompagnant à la cuisine), elle lui avait asséné qu'il avait honte de devoir guider son patron au volant d'une R14 dépréciative, déjà ancienne, une voiture d'employé – et que c'était la seule et unique raison de sa précipitation. *Sinon tu aurais pu attendre, on aurait pu en parler, on n'achète pas une voiture sur une impulsion en sortant du bureau ! – Qu'est-ce que tu vas t'imaginer… – Tu as eu honte qu'il te voie dans une voiture d'employé voilà la vérité. Alors, comme un enfant, tu t'es précipité en cachette pour t'acheter une nouvelle voiture !* avait-elle éclaté en sanglots. Après s'être défendu quelques minutes il avait fini par admettre qu'effectivement, *Oui, une voiture d'employé, tu crois vraiment que maintenant, avec le poste que j'ai, l'avenir qu'il me réserve, la considération* (*Et combien ça t'a coûté ce caprice du jour ?* l'avait-elle interrompu), *la considération* (elle insistait : *Hein, tu peux me le dire ? tu peux me dire combien ça va coûter au ménage ?), la considération dans laquelle on me tient, tant à Paris qu'à Los Angeles, oui, effectivement, tu peux hausser les épaules* (la mère de Thierry Trockel, entre deux sanglots, avait haussé les épaules), *Los Angeles, parfaitement, Los Angeles, tu crois vraiment que je peux continuer à rouler dans une voiture d'employé sans perdre en crédibilité ? – Et combien ça t'a coûté cet enfantillage ? Cinquante mille ? Soixante mille ? Soixante-dix mille ? – De toute manière elle n'aurait pas tenu longtemps la R14. Il aurait fallu en changer sous peu. Alors autant le faire maintenant. – Tu veux dire pour le jour où ton patron va te suivre sur l'autoroute. Je trouve que c'est vraiment minable. – Allez...* avait tenté de l'amadouer son mari. *Il aurait fallu le faire sous peu et c'est une excellente occasion... – Une 504 TI à injection électronique !* avait surenchéri Thierry Trockel. *Intérieur cuir ! Vitres électriques ! Carrément la classe ! – Je t'assure, j'ai bien fait, tu l'admettras toi-même quand tu seras calmée. – Et combien ? – Quatre-vingt-quatre mille. – Quoi ! Qu'est-ce que tu dis ! Qu'est-ce que j'entends ! Quatre-vingt-quatre mille pour une voiture d'occasion ! – C'est un modèle haut de gamme je te dis. Injection électronique. Intérieur cuir. Peinture métallisée. – Quatre-vingt-quatre mille !* Thierry Trockel : *Un moteur deux litres. Elle fait du 220 à l'heure. – Quatre-vingt-quatre mille juste pour conduire ton patron jusqu'ici !* La mère de Thierry Trockel avait fait les courses et dressé la table la veille du dîner. Elle s'était mise à cuisiner le lendemain dès dix heures du matin et avait attendu que sa fille rentre de l'école pour entreprendre la confection des Douze coups de minuit. Elle avait mixé les noix de veau avec du sel, du poivre, du jus de citron. Elle avait ficelé la selle d'agneau avec de la crépine. Elle avait haché des bouquets d'herbe, des carottes, du céleri, des oignons. Elle avait émincé des poireaux. Elle s'était adaptée à la temporalité anachronique des bains-marie. Elle avait ouvert deux douzaines d'huîtres. Elle en avait lavé les coquilles et les avait disposées à l'envers sur l'égouttoir à vaisselle. Elle avait passé le jus d'huître dans un linge étamine. Elle avait clarifié du beurre et des œufs. La sœur de Thierry Trockel avait vu sur la table un grand nombre de récipients (bols, saladiers, assiettes creuses et soucoupes) où sa mère avait réservé les ingrédients (coupés, hachés, réduits, assaisonnés) qui attendaient d'être incorporés. Elles avaient chemisé un moule à cake de papier sulfurisé. Elles l'avaient rempli de glace à la vanille jusqu'au tiers de sa hauteur. Elles avaient disposé sur le parterre de glace une bande de génoise humectée d'un sirop alcoolisé parfumé au Grand Marnier. Pendant que la sœur de Thierry Trockel avait déposé l'une sur l'autre deux nouvelles strates de glace et de sorbet, sa mère avait placé la selle d'agneau dans un plat transparent préalablement huilé. *Bon, regardons nos montres, il est dix-neuf heures quinze, c'est parti pour trente minutes ! – Qu'est-ce que je fais maintenant ?* lui avait demandé sa fille. *– Tu en es où Béné ? – J'ai mis comme tu m'as dit une couche de sorbet et une couche de glace à la vanille. – Tu as lissé la surface ? – Je sais pas si ça va. – C'est très bien. Maintenant, regarde, on va mettre une bande de génoise* (ce qu'elle avait fait avec l'aide de sa fille), *on va rabattre dessus le papier sulfurisé et on va laisser durcir au réfrigérateur. – Je peux rabattre la feuille ? – Oui, vas-y, fais attention, voilà, c'est parfait.* Les fleurs avaient été disposées dans trois vases répartis sur des meubles. La mère de Thierry Trockel avait attendu qu'il fasse nuit pour décider quels luminaires seraient allumés et choisir les emplacements des candélabres. Elle allumait et éteignait les lampes, couvrait d'un voile de gaze les abat-jour des plus violentes, déplaçait d'un meuble à l'autre les bougeoirs de bronze et leur douzaine de petites flammes. *Je crois que c'est parfait comme ça. Qu'est-ce que vous en pensez les enfants ? – C'est très réussi*, avait répondu Thierry Trockel. – *C'est merveilleux !* s'était exclamée sa sœur. *Ce n'est plus la même maison ! On se croirait dans un palais ! – Ils ne vont pas tarder je pense. Je vais pouvoir lancer l'entrée. – Tu crois qu'ils ne vont pas tarder ? – Ils devaient arriver vers vingt heures. – Et il est quelle heure ? – Un peu plus de vingt heures vingt. – Alors je vais les guetter au salon.* Fiévreux et agités, inquiets de leur retard, les enfants rejoignaient régulièrement leur mère dans la cuisine. Ils ne l'avaient jamais vue si absorbée. Elle se rendait d'une zone à une autre avec des gestes précis et minutés, tourner un bouton sur la gazinière, passer sous l'eau un ustensile, surveiller l'ébullition d'une casserole, saler la sauce de la salade, regarder l'heure sur sa montre, ouvrir la porte du four, agiter une fourchette à l'intérieur d'un saladier. *Je peux t'aider ?* lui avait demandé la sœur de Thierry Trockel. – *Oui.* Elle parlait avec lenteur et semblait réfléchir à quelque chose derrière les phrases qu'elle murmurait. *Quand ils seront arrivés et qu'ils boiront l'apéritif, papa et Thierry resteront au salon avec eux pendant que tu m'aideras pour les huîtres chaudes. Je viens de retirer la fondue de poireaux car j'ai peur qu'elle brûle. Il faudra la remettre quand ils seront là.* Regardant sa montre : *Mais qu'est-ce qu'ils font ? Il est neuf heures moins dix !* À neuf heures quinze : personne. À neuf heures et demie : personne. *Vous vous êtes lavé les dents ?* Puis : *Je ne sais pas quoi faire avec la selle d'agneau. Je l'ai mise au four en pensant qu'ils allaient arriver d'une minute à l'autre.* Elle était devenue hésitante et insérait un ongle entre deux dents. *Mais là si je la retire pas du four... – Mais maman tu vas pas rater le dîner à cause de leur retard !* avait paniqué Thierry Trockel. – *Non ne t'inquiète pas maman maîtrise la situation. Même s'ils arrivent à minuit ce sera réussi ! Bon, allez vous laver les mains et les dents !* À dix heures moins dix : toujours personne. La mère de Thierry Trockel avait retiré du four la selle d'agneau quasiment cuite. La fondue de poireaux attendait d'être reprise dans une poêle posée sur le plan de travail. Vers dix heures et quart, ses doigts sur la fraîcheur des vitres (où coulaient des gouttes de condensation), ses yeux scrutant l'obscurité, Thierry Trockel avait vu deux paires de phares qui se suivaient s'engager dans leur rue, rectangulaires et ronds jumelés. Sa sœur venait de le rejoindre. Les phares rectangulaires avaient surgi face aux vitres en gravissant la montée de garage tandis que les phares ronds jumelés s'étaient immobilisés dans la rue le long de leur jardin. La sœur de Thierry Trockel : *Ça y est maman ! ils sont là ! ils sont là ! ils sont arrivés !* Les phares s'étaient éteints, Thierry Trockel avait vu les portières s'ouvrir, les habitacles s'illuminer, son père s'extraire du siège et les silhouettes des invités se déplier dans la nuit (celle de la femme partiellement dissimulée par la carrosserie d'une voiture noire considérable, *Une Jaguar !* avait dit Thierry Trockel à sa sœur, *putain, c'est pas vrai, il roule en Jaguar !*), il avait entendu claquer les portières et regardé son père rejoindre le couple sur le goudron. *Ils sont là ! ils sont arrivés !* avait-il hurlé en courant vers la cuisine – où sa mère s'empressait de se laver les mains, les essuyait à un torchon, inspectait la selle d'agneau qui refroidissait hors du four. Le père de Thierry Trockel se tenait dans l'entrée en compagnie de son patron et de sa femme. Ils retrouvèrent le visage qu'ils lui avaient vu si souvent à La Roche-sur-Yon, honteux, terrifié, d'où s'échappait une voix atone qui prononçait des mots à peine audibles. Une tension extrême solidifiait l'atmosphère de l'entrée. L'épouse du directeur semblait prostrée. La mère de Thierry Trockel s'arrêta net quand elle aperçut la physionomie de son mari, escargot rétracté, coquille qui l'isolait, un gastéropode à la chair si sensible réfugié dans ses yeux. Les invités s'avancèrent vers elle et il fit les présentations d'une voix de transistor défectueux, *Michèle, mon épouse,* balbutia-t-il, *et voilà je te présente M. et Mme Francœur,* ajouta-t-il avec des gestes de détraqué en fuyant le regard de sa femme. – *Jacques et Martine…* rectifia son patron. *Enchantés. – Très heureux de vous accueillir chez nous. Et voici Bénédicte et Thierry, nos deux enfants,* ajouta la mère de Thierry Trockel en interrompant son mari (celui-ci se trouvait dans un tel état, extradé sur une orbite inaccessible, qu'il avait omis de saluer sa progéniture). Après avoir caressé les cheveux des enfants (le monsieur avec douceur, la dame avec indifférence), ils prirent place au salon. *Ça sent bon,* déclara Jacques Francœur. Il était visible que c'était l'épouse du directeur qui semblait contrariée, d'une humeur détestable, ce que Thierry Trockel avait détecté dès leur arrivée. *Un Martini, volontiers,* répondit Jacques Francœur avec le même sérieux protocolaire que celui qui imprégnait ses traits, ses cheveux ras, les longs poils drus qui lui sortaient du nez, ainsi que son costume trois-pièces, ses chaussures illuminées et les éclats des boutons de manchettes qu'on voyait luire à ses poignets. – *Il est possible de se laver les mains ?*

demanda sèchement son épouse. – *Naturellement*, lui répondit la mère de Thierry Trockel, *ma fille va vous conduire. Béné, conduis Mme Francœur à la salle de bains. – Laquelle ? La nôtre ou la vôtre ? – La vôtre. C'est beaucoup plus simple. – Eh bien nous avons fait du tourisme !* déclara sarcastiquement Jacques Francœur en levant son verre de Martini. *Nous aurions pu aller dîner en Bourgogne. Je ne veux pas dire par là (ne vous méprenez pas...* ajouta-t-il en pivotant vers la mère de Thierry Trockel) *que votre maison devrait envier à cette région son excellence gastronomique... – Mais qu'est-ce qui s'est passé ? – J'espère que ce retard n'aura pas contrarié vos projets culinaires... – Qu'est-ce que vous avez fait ?* demanda-t-elle à son mari. *– Je crois qu'il a raté la sortie sur l'autoroute. – Tu as raté la sortie sur l'autoroute ? Mais comment tu as fait ton compte ? – Je ne sais pas, je ne sais pas*, répondit-il avec humeur. *– Sans doute une seconde de distraction. Il devait avoir la tête ailleurs. – Je ne sais pas ce qui s'est passé...* déclara-t-il d'une voix d'outre-tombe. *Je suis vraiment désolé.* La femme du directeur venait de se rasseoir avec lenteur, le visage déformé par des grimaces de souffrance, tandis que Thierry Trockel présentait des assortiments de biscuits apéritifs accumulés dans deux terrines de couleurs vives réalisées en classe de maternelle, *Ça va chérie ?* demanda Jacques Francœur avec délicatesse. *– Non. Mal. – Mon épouse a des problèmes de cervicales. La voiture lui est strictement déconseillée. De petits trajets : ça va. De longs trajets : interdits. – Et nous roulons depuis trois heures... – Et nous roulons depuis trois heures*, confirma son époux. *– Vous voulez... de l'aspirine ?* demanda la mère de Thierry Trockel. *– J'ai ce qu'il me faut merci. – La sortie suivante se trouvant à une centaine de kilomètres* *de celle que nous avons ratée... – Je suis vraiment désolé*, répéta le père de Thierry Trockel, à quoi la femme du directeur lui répondit : *Vous l'avez déjà dit.* Une atmosphère d'une lourdeur insoutenable s'installa dans l'espace du salon. Le clair-obscur que la mère de Thierry Trockel avait créé en fin d'après-midi accentuait le caractère dramatique de la conversation. – *Elle a raison, vous n'allez pas vous excuser toute la soirée, je trouve que c'est assez pénible*, enchaîna le directeur. Puis : *Cela sent drôlement bon. Qu'est-ce que c'est ? – Une selle d'agneau farcie en croûte. Nous n'allons pas tarder à passer à table. – Excellente idée*, enchaîna Martine Francœur. *J'aimerais qu'on dîne et qu'on rentre rapidement. – Entendu ma chérie. Passons à table si tout le monde est d'accord !* déclara-t-il en se levant du canapé (il vida son verre de Martini et s'orienta vers la salle de séjour en se frottant les mains). – *Au lit les enfants. Béné, Thierry, dites au revoir aux invités et allez vous coucher.* Le père de Thierry Trockel ne disait rien. Il se leva à son tour, abandonna son verre (qui semblait aussi triste que le geste qui l'avait déplacé) et se laissa remorquer par le couple vers la magnificence de la table.

Je m'installe chaque matin à la terrasse du Nemours et je repars le soir vers dix-neuf heures. Je prends des notes dans un carnet, déjeune vers quatorze heures d'une salade auvergnate, vérifie à tout instant qu'aucune silhouette électrisante ne traverse l'esplanade. Je viens d'écrire d'une traite, exalté par la douceur de la lumière, il est dix-huit heures trente, une longue évocation des splendeurs de l'automne : l'espace semble éclairé par les bougies d'un lustre intime. J'ai l'habitude de ces transports lyriques, alimentés par le Palais-Royal et par l'automne, liés tous deux par un réseau de correspondances ésotériques qu'il conviendrait d'élucider. Cette esplanade m'inspire : il me suffit d'être attablé pour que commencent à se mettre en place des amorces de pensées, des débuts d'ébullition, de temps en temps des démarrages de plaidoiries – en particulier si je me souviens d'une émission radiophonique où il a été question il y a deux ans du *Moral des ménages*. Mais la plupart du temps ces phénomènes de surgissement sont plutôt sains (et en automne ils frôlent l'extase la plus parfaite) et c'est surtout pour cette raison que j'ai décidé de m'implanter au Nemours : pour préparer cette conférence qu'il semblerait qu'on veuille me commander. Qu'il semblerait ? Le caractère hypothétique de cette proposition ne peut être éludé car non seulement je n'ai reçu aucune nouvelle du prétendu commanditaire génois, mais je n'ai plus croisé depuis mardi dernier ma ténébreuse voisine du quatrième, qui est peut-être en voyage, ou bien recluse dans son appartement, accaparée par un texte à traduire, inerte et silencieuse. J'ai eu beau toquer à sa porte à plusieurs reprises (sa sonnette ne fonctionne pas : j'appuie sur la pastille de laiton oxydé et aucun son ne retentit, à moins qu'il ne s'agisse d'un son si délicat qu'il soit impossible de le percevoir de la cage d'escalier), je n'ai entendu grincer aucune latte de parquet, je n'ai entendu aucun heurt de talons, aucun froissement d'étoffe, aucun murmure réprobateur, je n'ai perçu à travers le chêne ciré (ma traductrice sa peur à l'œilleton) aucune rétention respiratoire. Elle n'est donc pas chez elle. Mais j'irai toquer tous les jours à sa porte, dès ce soir par exemple, et puis demain matin, car j'ai besoin de savoir si je dois consacrer les semaines qui viennent à esquisser ce que sera cette conférence. La seconde raison pour laquelle j'ai décidé de passer mes journées à la terrasse de ce café du Palais-Royal, où le spectacle de ces lumières d'automne est somptueux, c'est que mon mystérieux vendeur de caves n'est pas venu au rendez-vous convenu entre nous le mardi quatorze septembre à dix-neuf heures sur l'esplanade. J'ai attendu cet être étrange tantôt assis sur un banc à la sortie du métro, tantôt debout près du kiosque à journaux, tantôt décrivant autour de lui d'irrégulières rotations angoissées, je craignais de rater son irruption ou que lui-même se désespère de ne pas localiser quelque personne en situation d'attente, si bien que je suis resté exposé, le plus visible possible, en plein cœur de la place, à un endroit où nul angle mort n'était susceptible de me dissimuler son imminente apparition. Au bout d'une heure, découragé, je me suis rémunéré de cette attente en m'octroyant la consolation d'un Perrier rondelle en terrasse du Nemours, où j'avais repéré deux jeunes femmes brunes vêtues chacune d'un tailleur chic, noir et marron, et c'est à une table à la droite immédiate de la leur que je me suis installé. Je n'ai cessé de détailler leurs chaussures. Je n'ai cessé d'attendre mon mystérieux vendeur de caves. J'ai essayé de le joindre par téléphone mais son portable était éteint : *C'est moi. Il est vingt heures quinze. Nous avions rendez-vous à dix-neuf heures. Je me trouve actuellement en terrasse du Nemours, habillé de noir, avec* Le Monde *sur la table et une bouteille de Perrier désormais vide.* J'ai raccroché. J'ai regardé la jeune femme brune assise à ma gauche (chaussée de fines sandales dont la bride arrière affaissée sur la cheville ne laissait pas de me fasciner) et non seulement elle a répondu à mon regard par un regard noisette insistant, approbateur, aussi fixe que deux lucarnes éclairées, mais elle a fini par me sourire légèrement, à quoi j'ai répondu par un sourire crispé, peu naturel, avant de détourner la tête. L'automne n'est pas assez avancé pour que l'aplomb que j'en retire habituellement se soit déjà installé dans mon corps : je suis resté en partie estival. J'ai allumé une cigarette. Une petite érection est apparue. Viendra-t-il ? Répondra-t-il à mon message ? J'étais certain que surviendrait ce soir-là un homme d'une cinquantaine d'années, barbu, crasseux, le cou orné d'une longue écharpe de gaze, je visualisais une peau luisante, des ongles noirs, une silhouette longiligne, je le voyais s'avancer sur la place d'une démarche illogique comme un branchage bousculé par les remous d'un torrent. Un artiste de cinquante ans échoué dans la désolation de l'insuccès et dont les toiles qui se multiplient depuis trente ans dans l'indifférence générale ne valent pas plus que les parois d'une cabane écroulée. Et c'est ainsi que tout barbu précaire se présentant sur l'esplanade attire immédiatement mon attention comme étant sans doute mon mystérieux vendeur de caves, tant et si bien que je me suis précipité cette semaine sur trois individus défectueux d'une cinquantaine d'années (ils sont rares aux abords du Palais-Royal et de ce fait on les repère de loin) pour m'assurer qu'ils n'étaient pas, *Par le plus grand des hasards, cet homme qui a passé le 11 septembre une annonce immobilière dans* Libération. L'explication de cette incrustation en terrasse du Nemours peut se décomposer par conséquent de la manière suivante, 1/ pour mon plaisir, 2/ pour savourer de cet observatoire le déploiement des saveurs de l'automne, 3/ pour le ballet d'individus de toute nature qui se produit incessamment sur l'esplanade, 4/ pour commencer à réfléchir à la conférence que je dois composer, 5/ pour attraper au vol, trahi par son physique, mon mystérieux vendeur de caves (lequel ignore que je possède de lui un portrait-robot aussi précis, de sorte qu'il commettra peut-être une imprudence en traversant la place Colette pour se rendre à ses souterrains). L'automne et le Palais-Royal seraient liés dans leur essence, d'où ma présence sur cette terrasse, comme si mon existence devait trouver à s'y élucider, par un réseau de correspondances ésotériques ? Voilà l'amorce d'une conférence possible : le Palais-Royal et l'automne. Comme si mon existence devait trouver à s'y élucider : telle pourrait être la raison d'être de ce texte qu'on me demande d'écrire. Cela étant, amis d'Irlande, esthètes péruviens, lettrés sénégalais, puis-je me permettre de consacrer cette intervention à un ensemble de sujets aussi désuets que le Palais-Royal et l'automne, le temps cyclique et la figure de la reine, Cendrillon, la féerie, le sortilège, les luisances des ailleurs mirifiques, la mystérieuse intériorité des jeunes femmes qui évoluent telles des danseuses sur l'esplanade ? La seule précision que j'ai pu obtenir de mon évanescente voisine du quatrième la dernière fois que j'ai parlé avec elle est qu'il était d'usage de laisser aux conférenciers une entière liberté, *Étant entendu qu'on attend d'un scientifique qu'il nous entretienne de ses recherches, d'un plasticien qu'il appuie son exposé sur une projection de diapositives, d'un écrivain qu'il décortique son univers et ses doctrines artistiques, si besoin avec l'assistance d'un comédien et le recours à des effets de mise en scène. Mais où j'ai mis mes clés ?* Nous nous trouvions dans le hall devant la porte de mon appartement, bloqués par la porte vitrée des interphones, dont je n'ai pas la clé. – *Il faut donc que je parle de mes livres ? Mais sous quel angle ? – Sous l'angle que vous aurez choisi. Ah ! voilà mes clés ! – J'ai donc le choix de l'angle... Je suis libre de composer ce que je veux...* Elle pousse la porte vitrée et pénètre dans le deuxième hall, interdit, comme l'indique un écriteau confectionné par la gardienne, aux colporteurs et aux adeptes du porte-à-porte, catégorie à laquelle j'ai l'impression de m'être amalgamé. – *Si j'en juge d'après les conférences auxquelles j'ai eu la chance d'assister. Sentez-vous autorisé à aborder votre univers sous l'angle le plus inattendu. Vous pouvez même ne pas parler du tout de votre œuvre. Mais éclairer celle-ci par l'examen d'objets périphériques.* Ma voisine du quatrième appuie sur la pastille d'appel de l'ascenseur. Laquelle clignote avec la même fébrilité tachycardique que moi-même je crépite de questions. – *Mais les dates ? Mais l'objet ? Mais le temps ? Mais le mail ? Mais et vous ? Mais quand même !* Elle se tourne alors vers moi et pour la première fois depuis le démarrage de l'entretien me regarde fixement dans les yeux : *Vous me faites rire. Vous semblez ne pas mesurer à sa juste valeur l'honneur qui vous est fait par cet ami scientifique, nobélisable, de vous inclure dans son cycle de conférences. Le public y est généralement très nombreux, entre huit cents et mille deux cents personnes, curieux, cultivé, cosmopolite. Une publicité est passée dans le* New York Times. *On y dénombre une soixantaine de nationalités. – Mais il m'a lu ? – Naturellement qu'il vous a lu ! – Mais alors pourquoi c'est vous mon interlocutrice ? – Je ne suis pas votre interlocutrice. – Et vous me dites que votre ami est météorologue ? – Un grand scientifique. Un météorologue de réputation internationale. Un éminent spécialiste de l'automne.* La pastille clignotante a cessé de clignoter et se contente de briller fixement. Moi aussi j'ai cessé de clignoter et stupéfait par cette révélation je regarde ma volatile voisine du quatrième fixement allumé. – *Quoi ?! Qu'est-ce que vous dites ?! Un météorologue spécialiste de l'automne ? Mais moi aussi je suis un spécialiste de l'automne ! Mais c'est moi l'éminent spécialiste de l'automne ! – Je l'ignorais. Voilà une bien curieuse coïncidence.* Les portes de l'ascenseur se sont ouvertes. Ma trépidante voisine du quatrième prend place dans la cabine et s'apprête à appuyer sur le bouton du quatrième. *Vous voyez bien qu'il se trouve une raison à tout. Voilà qui me conforte dans la pensée que cette invitation est étayée par des raisons profondes, même si celles-ci ne vous apparaissent pas.* Les portes de l'ascenseur se referment. C'est par un mince interstice que je la vois articuler : *Je vous souhaite une excellente soirée.*

C'était l'ivresse. Il roulait sur l'autoroute. C'était l'ivresse la grande coupable. Il avait vu la veille la table magnifiquement dressée. Sa femme lui avait décrit l'intégralité du menu quatre toques et quatre écus dont l'aura de luxe emporterait l'adhésion du directeur et de sa femme. Elle lui avait décrit l'atmosphère qu'elle envisageait d'y créer (le nom de Shakespeare lui était revenu en mémoire tandis qu'il dépassait un poids lourd) avec les fleurs, les candélabres, des voiles de gaze sur quelques-uns des abat-jour. Il n'était plus qu'à une vingtaine de kilomètres de la sortie. Il caressait le volant sport gainé de cuir : une gaieté enfantine l'étreignait. Une réunion avait eu lieu l'après-midi que son euphorie lui avait permis d'aborder avec un allant qu'il ne s'était jamais connu – et durant laquelle il avait fait forte impression. *Je suis très satisfait de cette réunion*, lui avait dit son patron en sortant. *Je me félicite de cette embauche*. L'aiguille du compteur de vitesse éclairé indiquait 150 kilomètres heure. Il voyait défiler dans l'espace incliné du pare-brise les panneaux suspendus, les ouvrages d'art en béton, les nuages noirs qui encombraient le ciel nocturne. Il avait glissé une cassette des Platters dans l'autoradio et écoutait les mélodies des premiers mois de leur mariage avec une nostalgie que sa félicité lui rendait délectable. Un désir de vitesse l'avait saisi. Son pied droit appuya sur la pédale d'accélérateur. L'aiguille du compteur progressa minutieusement à l'intérieur de la lunette. Le moteur de la 504 TI à injection électronique disposait d'une réserve de puissance considérable qui lui obéissait. Qu'il se sentait radieux dans cet habitacle aux senteurs de cuir ! Il augmenta le volume sonore de l'autoradio et jeta un œil à la surface du rétroviseur où il vit se refléter les quatre phares ronds de la Jaguar directoriale. Quelle fierté il éprouvait toutes les fois qu'il dégustait cette icône prestigieuse comme une pastille chimique aux vertus saisissantes ! Il sentait qu'une complicité de caste les réunissait dans leur élan irrésistible sur l'autoroute. Leurs deux automobiles qui se suivaient formaient un couple intime que la puissance de leurs moteurs et l'allure de leurs carrosseries désignaient à l'attention des automobilistes qu'ils dépassaient – empêtrés dans les marécages de la file de droite – comme un envol conceptuel. Un pur moment de grâce et d'illumination. Un pur moment d'extase et d'oubli du réel, d'envol hors de son corps et de la matière – il s'était dématérialisé dans la théorie autoroutière d'un destin hors du commun. Il avait accéléré peu à peu, il avoisinait les 184 kilomètres heure, il jouissait de cette vitesse comme d'un privilège de nanti, il avait fini par ne plus quitter des yeux la miniature byzantine des quatre phares ronds qui nourrissait son extase – quand il aperçut tout à coup sur sa droite, du côté des prolétaires qui dépérissaient dans leur file, le panneau qui indiquait la sortie COUDRAY-MONTCEAUX. *Merde ! Merde ! Bordel de merde ! Merdoum de merdoum de merdoum !* S'il avait été seul, il aurait peut-être réussi à se rabattre. Suivi par son patron, il n'osa exécuter cette manœuvre qui risquait de le surprendre. Il avait continué et instantanément les quatre phares ronds s'étaient révélés agressifs – il perçut avec effroi la férocité de la calandre – il suffoqua – des gouttes de sueur dégoulinèrent sur son front – *Putain !* hurla-t-il dans l'habitacle – il éteignit avec fureur l'autoradio – tout s'était remis en place – l'ordre du monde et sa hiérarchie réaliste *Mais c'est pas possible !* pleurait-il dans l'habitacle – il se blessait les phalanges sur le cuir du volant sport – il jeta un coup d'œil horrifié sur le rétroviseur et se rendit compte qu'il y avait quelque chose qu'il aurait dû comprendre dès leur départ – *c'était qu'il ne guidait pas son patron* – en dépit des apparences – *mais qu'il était suivi par lui – dominé par lui* – et qu'il serait toujours suivi et dominé – et la Jaguar avait révélé la dentition de sa calandre – une dentition chromée et étincelante – des yeux ronds et perçants – un regard affûté de prédateur nocturne – une fixité rétinienne de félin carnassier – il sentit que l'écart s'était réduit entre leurs deux automobiles – car sans doute le père de Thierry Trockel avait-il ralenti – *C'est une catastrophe…* se lamentait-il en pleurant – et la Jaguar lui collait au pare-chocs – *Qu'est-ce que je vais leur raconter ? Et dans combien de temps va-t-on arriver au lotissement ?* – C'était vraiment très *bon, je vous félicite chère madame*, avait dit Jacques Francœur en terminant son hors-d'œuvre, *n'est-ce pas chérie ?* Puis : *Vous ne m'aviez pas dit que vous viviez avec un cordon-bleu !* compliment auquel le père de Thierry Trockel avait répondu par quelques mots que personne n'avait compris. À présent sa femme découpait la selle d'agneau farcie en croûte dont l'architecture croustillante ravissait la tablée. C'était une carapace scarifiée de croisillons qu'elle avait vernie avec une concoction de jaunes d'œufs appliquée au pinceau. Pendant l'entrée, le père de Thierry Trockel n'avait prononcé aucune parole intelligible. C'était sa femme qui avait nourri la conversation, en dépit de son abattement devant la prostration de son mari. Où s'était-elle procuré les ressources d'un déploiement si efficace, culinaire et mondain, domestique et intellectuel ? Non seulement, victorieuse et précise, modeste et inspirée, elle avait réalisé à la lettre les ambitions de son mari : les plats qu'elle servira emporteront l'admiration des convives, mais elle avait compensé son silence en devisant jardinage, tulipes, scolarité, Californie, crédits, moquette, couleurs, huîtres, *Vraiment excellentes*, avait dit Jacques Francœur, sable, plage, baignade, actualités télévisées, *Allez, je me laisse tenter, encore un peu de cette délicieuse fondue de poireaux, Et vous madame Francœur ?* avait demandé la mère de Thierry Trockel, *Non merci*, avait-elle fraîchement répondu, poireaux, vieilles dames, retraite, Provence, *Nous aussi nous désirons nous installer en Provence pour notre retraite, sur la Côte d'Azur pour être précis, Je suis originaire de Provence*, avait enchaîné la mère de Thierry Trockel, *Ah oui ? parfait, très bien, et d'où ? de quel coin ?* (Jacques Francœur éclusait avec avidité son assiette de poireaux), *De Cavaillon*, avait-elle répondu, *Les melons !*

les melons de Cavaillon ! mon épouse adore les melons n'est-ce pas chérie ? À un moment le père de Thierry Trockel avait tenté de s'introduire dans la conversation et craché le mot *huître* sur la table, le mot *huître* articulé d'une voix d'évier, le mot *huître* comme un fœtus gluant sorti humide à l'occasion d'un pitoyable simulacre d'accouchement – il suffoquait, il était devenu rouge, il semblait pousser le mot avec des muscles indéfinissables situés entre l'intestin et la gorge. Les convives le considéraient médusés. *Pardon ?* avait demandé poliment son patron. Et le mot *huître* s'était glissé d'entre ses lèvres enveloppé d'une tessiture agonisante – il n'était pas possible de reconnaître ce seul mot *huître* qu'il bégayait comme un enfant dégénéré. *Excusez-moi…* s'était excusé Jacques Francœur avec la patience d'un long sourire sur les lèvres : *Auriez-vous la gentillesse de répéter ? – Les huîtres…* avait fini par hasarder la mère de Thierry Trockel, *ce sont des fines de claire n° 3 que j'ai achetées chez un excellent fournisseur de Corbeil-Essonnes* (le père de Thierry Trockel approuvait de la tête la phrase de sa femme : c'est bien ce qu'il avait voulu dire), *j'ai lu dans* L'Express *un article qui lui était consacré, n'allez pas me demander pourquoi on trouve à Corbeil-Essonnes un poissonnier si acclamé…* L'alcool aidant, le père de Thierry Trockel s'était ressaisi peu à peu et commençait à articuler des phrases qui n'étaient plus aussi érodées, grignotées, lacunaires, hésitantes. La maîtresse de maison servit à chacun une tranche d'agneau farci en croûte, *Un chef-d'œuvre*, affirma Jacques Francœur, *J'ai rarement mangé quelque chose d'aussi bon*, déclara son épouse qui disait là ses premiers mots civilisés, l'atmosphère se détendit, les bouteilles de vin se succédèrent, la selle d'agneau farcie en croûte se volatilisa du plat ovale où elle avait été dressée. La conversation courut sur un nombre élevé de sujets, souvenirs, anecdotes, historiettes distrayantes, la mère de Thierry Trockel décrivit dans ses moindres détails la recette qu'elle avait suivie. Son mari parlait peu, intervenait ponctuellement, plaquait sur les propos qui s'échangeaient des précisions si ténues qu'elles semblaient les décalquer – il avait l'air véritablement traumatisé par sa bévue sur l'autoroute. Avisant les nombreuses maquettes d'avion qu'on pouvait voir derrière les vitres d'un meuble anglais, Jacques Francœur déclara : *Mais pourquoi toutes ces maquettes d'avion ? Vous êtes un passionné de modélisme ? – D'aviation*, répondit-il en se reservant un verre de vin, lui qui buvait rarement, pour ainsi dire jamais. – *Je ne savais pas. Et vous volez ? Vous avez volé ? – J'ai volé. J'ai beaucoup volé. – Ah bon, vous avez volé ? Mais quand, pourquoi ? – Dans l'armée. Pilote de chasse dans l'armée. – Mais j'ignorais !* Il avalait des miettes de pain qu'il trouvait sur la nappe au voisinage de son assiette. *Ceci n'est pas porté dans votre CV ! – Tu ne vas pas ennuyer nos invités avec tes vieilles histoires de jeunesse… Ce sont des histoires de jeunesse, de l'histoire ancienne*, précisa la mère de Thierry Trockel à l'attention de Jacques Francœur. Son mari réagit à cette intervention qu'il jugea castratrice par un regard réprobateur qui la glaça. – *J'ai été admis à l'École de l'air de Marrakech en février 1962 après avoir obtenu par correspondance la première partie de mon baccalauréat. Je voulais être aviateur depuis l'enfance. C'était mon plus grand rêve depuis ces nuits où j'avais entendu le bourdonnement des bombardiers B-12 qui survolaient Nancy pour se rendre en Allemagne. J'ai suivi un cursus de pilotage, vingt-trois heures d'accoutumance en double commande puis seul*

à bord. Deux ans plus tard j'ai suivi une formation de pilotage d'hélicoptère à Chambéry, où j'ai volé sur Bell 47 G-2, Sikorsky H-19 et H-34, un monstre de 1 800 CV à échappement libre, une machine merveilleuse… Vous ne pouvez pas savoir, c'est la plus belle époque de ma vie… J'ai encore en mémoire les vibrations du moteur quand nous mettions les gaz en tournant la poignée d'accélérateur sur le manche cyclique… Je me souviens de tout : l'odeur de l'habitacle, une odeur d'huile, d'essence, de gaz d'échappement… le cuir râpé des sièges… le métal de la carlingue… la poignée des portes coulissantes… le tableau de bord… chaque compteur, chaque manomètre, la couleur des aiguilles, les interrupteurs métalliques… Je me souviens des échanges radio avec la tour de contrôle. « Chambéry tour Sikorsky 12 pour rejoindre la DZ », murmura-t-il en étouffant sa voix dans sa serviette. « *Sikorsky 12 piste 14 en service pression au sol 2 000 millibars rappeler vent arrière. Sikorsky 12 autorisé vent de la droite à 7 nœuds.* » Retrouvant sa voix naturelle : *Je pourrais faire décoller sans problème un Sikorsky H-34.*
– *Impressionnant…* hasarda Jacques Francœur, commentaire qui incita son subalterne avide d'estime à s'obstiner sur cette pente pernicieuse. – *Encore un peu de salade ?* demanda à Martine Francœur la mère de Thierry Trockel. – *Oui, non, merci… terminé !* répondit-elle dans un hoquet d'ébriété. – *Et vous ?* ajouta-t-elle en pivotant vers le mari de cette dernière. – *Volontiers, volontiers. Et vous disiez ? Vous pourriez faire décoller un hélicoptère depuis cette table ? Merci, merci bien, merci beaucoup…* – *Si je pourrais ? Vous me demandez si je serais capable de faire décoller un hélicoptère de cette table ?* Le père de Thierry Trockel ferma les yeux quelques instants puis s'élança : *Hélico*

face au vent, frein de rotor serré, frein de parking serré, roues calées, roulette de queue débloquée, contacts magnéto sur OFF, sélecteur d'essence fermé. Je donne trois tours de démarreur pour répartir l'huile dans les cylindres, je branche les deux magnétos sur BOTH, je rappuie sur le démarreur en actionnant la pompe à injection. Voilà, le moteur est parti, cette symphonie, c'est d'une beauté… je mets le mélange d'essence sur RICH, je mets en route la pompe hydraulique d'embrayage du rotor, j'affiche 1 850 tours/minute, je lance le rotor à 135 tours/minute, je crabote en réduisant les gaz puis j'actionne l'embrayage mécanique. Ça y est, le rotor tourne, entraîné par le moteur. Le père de Thierry Trockel s'était écarté du rebord de la table. On voyait ses pieds qui actionnaient un palonnier imaginaire. Il inclinait une bouteille vide d'avant en arrière, de la droite vers la gauche, précautionneux et absorbé. *Je vérifie le fonctionnement des commandes : manche cyclique, pas collectif, palonnier du rotor de queue. Je desserre le frein de parking et j'alerte l'équipage : « Attention nous allons décoller ! »* Jacques Francœur sursauta, se détourna de sa salade, leva la tête sur son nouveau directeur commercial et le considéra dubitatif quelques secondes. *Moteur à 2 500 tours, si l'embrayage fonctionne le rotor doit être à 220 tours… c'est bon… nous décollons… voilà… ça grimpe doucement* (il se leva peu à peu sur ses cuisses qui tremblaient), *je reste en stationnaire à cinq six mètres du sol pour vérifier les instruments et les commandes* (il se tenait les jambes fléchies en équilibre instable) *puis poursuis l'ascension* (il acheva de se dresser en écartant lentement les bras et finit par surplomber Jacques Francœur qui dévisagea son subalterne crucifié dans l'espace). *Vitesse de 60 nœuds, mélange sur NORMAL,*

Booster pump sur OFF à 2 000 mètres… Voilà… c'est tout… l'hélicoptère est en vitesse de croisière… conclut-il en se rasseyant. Il avala une longue gorgée de vin et attendit quelques secondes la réaction de son patron : *Quelle mémoire… Mais pourquoi avez-vous arrêté ? – Pour fonder une famille*, répondit la mère de Thierry Trockel. *C'est à cette époque que nous nous sommes rencontrés, enfin… un peu après… et je voulais… ce n'était pas… Encore un peu de salade ?* Son mari explosa : *Mais qu'est-ce que tu racontes ! Tu sais très bien que nous nous sommes rencontrés bien après ! Elle mélange la chronologie…* ajouta-t-il en pivotant vers Jacques Francœur. *– Tu nous ennuies avec tes histoires d'hélicoptère. Où avez-vous l'intention de partir en vacances cet été ?* Martine Francœur s'apprêtait à répondre mais le père de Thierry Trockel la devança : *Il n'y a plus de vin. Un peu de vin pour finir le fromage ?* demanda-t-il à son patron. *– Oui, pourquoi pas, si vous voulez, mais moi j'arrête, je dois ramener ma femme à Paris ! Mais toi chérie, encore un peu de vin ? Ce n'est peut-être pas recommandé avec les médicaments que tu as pris…* Celle-ci balaya d'un mouvement de tête qui parut singulièrement nerveux à la mère de Thierry Trockel la recommandation de son mari : elle inclina vers celui-ci l'orifice de son verre. *– Alors une autre bouteille*, déclara le père de Thierry Trockel. *Une autre bouteille !* Devant l'insistance de son regard, un regard fixe et enfiévré qui l'inquiétait, la mère de Thierry Trockel se leva et disparut dans la cuisine. Jacques Francœur se racla la gorge et calant son menton carré entre ses doigts aux ongles ras il se disposa à étudier la physionomie de son nouveau directeur commercial. *Pourquoi j'ai arrêté ? Vous me demandez pourquoi j'ai arrêté ? Un jour, à Chambéry, lors d'un exercice* d'atterrissage forcé, je me pose en autorotation derrière une école. Que signifie le terme autorotation ? Eh bien voilà : l'hélicoptère se pose moteur coupé, porté par la sustentation des pales, en silence, silence total et absolu. Pourquoi près d'une école ? Eh bien, n'est-ce pas, la jeunesse, le goût des plaisanteries, l'attrait du rire et des surprises ! Car cet hélicoptère passé inaperçu lors de l'atterrissage, lorsqu'il redécolle, le vacarme est terrible ! Personne ne s'était rendu compte que j'étais là. Il se trouve que c'était l'heure de la récréation. Les jupes se soulèvent, les chapeaux s'envolent, les feuilles des arbres sont arrachées, les fenêtres claquent, la panique est générale, les enfants s'enfuient sous les préaux, les instituteurs regardent le Sikorsky H-34 immobile dans les airs à deux trois mètres en surplomb des toitures. Je pouvais voir l'expression de leurs visages, un bouton sur leurs nez, la couleur de leurs yeux – j'exagère un peu mais à peine... Il faut s'imaginer un cargo d'une vingtaine de mètres de longueur qui pouvait transporter quinze personnes et deux tonnes cinq de fret ! Un sacré ventilateur ! Silence autour de la table. De retour dans la salle de séjour, sa femme avait entrepris de déboucher la bouteille de vin, *Laissez, laissez, donnez-moi ça...* lui avait déclaré Jacques Francœur en s'emparant de la bouteille, et celui-ci actionna le tire-bouchon en acier dont les bras se soulevèrent de part et d'autre de son axe comme l'avait fait quelques minutes plus tôt le père de Thierry Trockel lorsqu'il s'était envolé de la table. *Naturellement, petit problème, l'école porte plainte...* – Un peu de vin ? l'interrompit son patron. *Et toi chérie ? C'est un châteauneuf-du-pape 74... une excellente année... tu vas te régaler... – Pour vérifier mes compétences, peut-être aussi pour me sanctionner, le colonel*

qui commandait la base me fait passer un test d'atter-
rissage forcé. Martine Francœur acquiesça de la tête
avec lourdeur, bouscula sa chevelure brune d'une main
de marbre et déplaça sur la nappe un édifice architectural d'un poids colossal que son mari lui remplit à
moitié. Un décalage de plusieurs secondes séparait
les décisions qu'elle prenait des gestes et des paroles
qu'elles impliquaient. – *À un moment, lors du vol, il me*
dit : « Panne moteur ! » – *Mer, merci,* murmura-t-elle.
– *Panne moteur ? Vous avez eu une panne moteur ?*
– *Non. C'est un exercice. Je dois faire comme si j'avais*
une panne moteur. L'instructeur me crie « Panne
moteur ! » et je dois couper le moteur. – *D'accord,*
d'accord, j'ai compris, pardonnez-moi. La fumée ne
vous dérange pas ? demanda-t-il à la mère de Thierry
Trockel en sortant de sa poche un étui à cigares en cuir
brun. – *Non, pas du tout, allez-y, je vais vous chercher*
un cendrier. – *Le colonel m'ordonne de redécoller. Au*
bout du champ : des peupliers. J'estime que l'écarte-
ment des arbres est suffisant, une vingtaine de mètres
pour un diamètre de 16 mètres 80 (il indiqua à l'aide de
ses mains un écartement d'essence abstraite que Jacques
Francœur considéra avec un scepticisme à peine dissimulé tandis qu'il cisaillait l'extrémité de son havane). *Je*
ne sais pas ce qui s'est passé dans ma tête… Peut-être la
flemme de manœuvrer l'hélicoptère pour prendre du
recul et passer par-dessus… Peut-être le désir de lui
prouver que je suis un virtuose du manche cyclique…
Peut-être la crainte qu'il me reproche d'être une tar-
louze qui pilote sa machine comme un car de ramassage
scolaire… Comment savoir ce qu'on attend de vous en
pareille circonstance ? Son patron allumait son cigare
avec soin, longuement, en le faisant tourner entre ses
lèvres. *Hein, comment savoir, allez savoir ce qu'il*

voulait ce colonel ? Une fois son cigare allumé, Jacques Francœur en inspecta l'extrémité rougeoyante puis considéra son subalterne avec une fixité impression- nante : *Ce qu'il voulait le colonel ? Corrigez-moi si je commets une erreur d'interprétation... mais il me semble que cet exercice était destiné non seulement à vérifier vos compétences... mais également à s'assurer de votre esprit... comment dirais-je... de responsabi- lité ?* Le père de Thierry Trockel s'accorda une courte pause de réflexion durant laquelle il vida une nouvelle fois son verre de vin : *Non mais d'accord, peut-être, n'empêche qu'à Marrakech mon instructeur était un fou furieux qui nous disait sans cesse qu'on transportait pas des pèlerins à Compostelle. « La chasse bordel ! » qu'il nous disait. « Du nerf ! Faut qu'ça balance ! Vous êtes pas des pédés !* » déclara-t-il d'une voix puissante en imitant son instructeur. *Il nous disait sans cesse vous êtes pas des pédés ! « Du nerf ! Allez les gars ! Vous êtes pas des pédés ! »* Il avala une longue gorgée de vin et répéta une dernière fois dans le silence de la salle de séjour éclairée aux bougies : *« Vous êtes pas des pédés ! »* La mère de Thierry Trockel regardait son mari horrifiée, incapable de mettre un terme à cette inéluc- table inflation narrative. Jacques Francœur le regardait lui aussi, dubitatif et incrédule. – *Et alors ?* demanda- t-il. – *J'ai redécollé sans manœuvrer. J'ai redécollé en translation rapide entre deux peupliers.* – *Attendez une minute... Vous avez... vous voulez dire que vous avez... vous êtes en train de me dire qu'après avoir survolé en stationnaire la cour de récréation d'une école* (et pen- dant la récréation, précisa-t-il en détachant chaque syl- labe)*, vous avez redécollé entre deux arbres alors même que le colonel qui dirigeait la base...* – *Exactement...* répondit-il avec fierté, soucieux de conforter son patron dans la haute opinion qu'il se faisait de ses talents. *Je suis sorti du champ entre deux peupliers, tranquille, au ras des troncs… Il faut vous dire une chose, c'est que je n'étais pas le plus mauvais !* ajouta-t-il avec une effronterie d'ivrogne en brandissant un demi-reblochon. *Et après être passé entre les deux peupliers, je suis passé en conseil de discipline !* Et c'est alors que la tablée vit survenir sur son visage une irruption cutanée d'une ampleur sidérante. Des plaques avaient surgi, satinées, sensiblement bombées, circulaires et ovoïdes, d'une étonnante exactitude géométrique, dont l'intensité du coloris accentuait la pâleur de son épiderme. La mère de Thierry Trockel en resta interdite. Son époux d'ordinaire embourbé lui fournissait les motifs d'une double inquiétude, d'une panique inépuisable. Il semblait qu'il était atteint d'une maladie qui altérait son mental et sa peau, son discours et son corps, sa substance essentielle et l'écorce de son être. Même sa voix, ses gestes, sa diction claudicante, attestaient une purulente métamorphose de sa personne. Il sera établi ultérieurement qu'il s'agissait d'une allergie au tanin des vins rouges. *Motif invoqué : pilote dangereux ! Pourtant, au bout des pales, aucune trace de verdure ! Aucune trace de peuplier au bout des pales ! Aucune trace d'écorce de peuplier au bout des pales ! Parfois je me dis que j'étais une sorte de génie de l'aviation ! – Et maintenant*, déclara la mère de Thierry Trockel en se levant (elle avait rassemblé et empilé les unes sur les autres les assiettes de la salade et du fromage), *j'ai une annonce, une annonce à vous faire de la part de ma fille. C'est elle qui a eu l'idée du dessert et qui l'a réalisé pour vous, presque toute seule, mon mari est témoin.* Comment parvenait-elle à maîtriser les sanglots qu'elle sentait naître dans sa poitrine et dont elle endiguait l'irruption dans sa voix, qui restait stable, déterminée ? *Donc attention, dans quelques secondes, le dessert de Bénédicte !* puis elle sortit de la cuisine en emportant les assiettes. Un long silence s'installa dans la salle de séjour. Le père de Thierry Trockel regardait son patron qui regardait le mur. Son épouse décomposait une tranche de pain en une multitude de fragments qu'elle éparpillait autour de son verre. *Mais là n'était pas la question. Je veux dire : que j'aie touché ou pas. — Sur ce point je suis totalement en accord avec vous. Là n'est pas la question effectivement... que vous ayez touché ou pas... que vous vous soyez crashé ou pas dans la cour de récréation. Ce n'est pas parce qu'un acte irresponsable qu'on a commis... — Mais là n'est pas la question je vous dis. Je n'ai pris aucun risque. Je savais que je passerais à l'aise entre les arbres. — Vous n'avez pris aucun risque ? Survoler la cour de récréation d'une école, faire passer un hélicoptère entre deux arbres... — Non mais d'accord mais il se trouve qu'une semaine plus tôt, à Val-d'Isère, en poursuivant en rase-mottes des skieuses sur une piste, le lieutenant-colonel de la base s'était crashé contre un talus. — Vous étiez quelque peu excités dans cette base... — Les pilotes étaient sortis indemnes de l'accident. En revanche l'hélicoptère était bon pour la casse. Et ça la foutait mal un appareil qui s'écrase sur une piste verte... non loin d'un remonte-pente... en pleines vacances scolaires !* La mère de Thierry Trockel était réapparue dans la salle de séjour avec une pile d'assiettes à dessert et un bouquet de petites fourchettes en argent que Jacques Francœur distribua. *L'ambiance était tendue. Le lieutenant-colonel, quarante-six ans, un ancien d'Indochine, n'avait pas été viré. Il était protégé par le ministère de la Défense. À l'égard de l'opinion publique il fallait une sanction. Mes peupliers tombaient bien.* Silence interrogateur de son patron qui effrita sur le rebord du cendrier l'extrémité cendreuse de son cigare. *J'ai servi de fusible. – C'est-à-dire ? – J'ai été radié à vie du personnel navigant. – Radié de l'armée ? – Du personnel navigant. Interdiction définitive de piloter. Ce n'est pas donné à tout le monde !* éructa-t-il pour dissoudre le long silence gêné qui s'était installé autour de la table. La mère de Thierry Trockel s'était rassise et assistait à l'éclosion de nouvelles plaques sur le visage de son époux, autour de sa pomme d'Adam, à la lisière de son col. Il offrait de sa personne un spectacle affligeant, déliquescent, d'une impudeur intolérable. Et c'est alors qu'en pivotant elle se rendit compte que le directeur et son épouse considéraient consternés la prolifération du phénomène épidermique, abasourdis, à la limite de la terreur. – *Vous avez été radié de l'armée ?! – Et voilà le dessert de ma fille. Cela s'appelle Les douze coups de minuit. Je l'ai un peu aidée pour le cadran et les aiguilles en nougatine. Mais le gâteau en lui-même... elle l'a confectionné toute seule. – Il est d'ailleurs minuit moins dix*, commenta Jacques Francœur en consultant son bracelet-montre. *Il ne reste que dix minutes avant que ma Jaguar ne se transforme en citrouille ! Tu voulais rentrer tôt...* dit-il soudain à son épouse. – *Quoi, que, pardon, tu dis ? – Mais vous partez déjà !* s'écria le père de Thierry Trockel. – *Il faut vraiment qu'on rentre. – Je voudrais qu'on rentre en héli... héli... coptère !* susurra Martine Francœur écroulée sur la table, houleuse, la tête lourde, les épaules ondulantes. Jacques Francœur s'était levé et conduisait son épouse à travers le salon, suivi par la mère de Thierry Trockel qui ouvrit la penderie et leur tendit leurs manteaux. – *Merci infiniment*, déclara Jacques Francœur. *Ce dîner était d'un raffinement inégalable. – Ça m'a donné envie de faire de l'héli... de l'héli... coptère... toutes ces histoires d'hélicoptère ! Y pourrait pas... ton ami... nous faire faire un petit... un petit tour... – Mais chérie,* lui répondit Jacques Francœur. *Notre ami ne pilote plus d'hélicoptères mais il vend des traceurs industriels. Malheureusement pour lui si j'en juge d'après sa nostalgie pour les cockpits, les odeurs d'huile, les manches cycliques, les palonniers collectifs et les rotors de queue... Une nostalgie qui m'a tout l'air incurable... – Mais je veux ! j'exige ! tu m'entends !* hurlait l'épouse du directeur. *– Chérie, chérie, calme-toi, nous partons. – Mais je veux pas partir ! Je veux faire de l'avion je te dis ! Je veux pas monter dans ta Jaguar de merde ! – Excusez-la...* murmura Jacques Francœur à l'oreille de la mère de Thierry Trockel. *Ce sont les médicaments. Le mélange d'alcool et de médicaments. – Je veux ! J'exige ! Et toute cette toile de jute partout... ces canapés cloutés... cette toile de jute vieux rose... je deviens folle ! Ce lotissement ! ces maisons toutes pareilles ! ces terriers de technico... de technico... commerciaux ! Je vais devenir folle, je vais vomir, c'est un cauchemar ! Mais dans quelle soirée tu m'as embarquée, c'est quoi cette nouvelle planète et c'est qui ces zombies, on est si loin !* se mit-elle à pleurer. *Je veux rentrer ! Je veux être dans mon lit immédiatement ! Et tous ces champs dans la nuit ! Je veux qu'on nous conduise en avion tu m'entends !* hurlait-elle en se débattant. Et c'est alors que prise de spasmes, agitée de violents soubresauts, pliée en deux entre les bras de son époux, Martine Francœur déversa l'intégralité du menu quatre toques et quatre écus sur le carrelage rustique du vestibule. *Je vais chercher une serpillière...* déclara la mère de Thierry Trockel en se précipitant vers la cuisine.

4

Il s'est produit cette semaine au Palais-Royal un certain nombre d'événements que je voudrais relater. Le chorégraphe Angelin Preljocaj m'appelle lundi à neuf heures trente sur mon portable. Je suis déjà installé en terrasse du Nemours (je me suis organisé pour ne pas repasser par mon appartement après avoir laissé Leonardo devant la porte de son école) et feuillette avec lenteur, à la manière d'une authentique lectrice, le journal *ELLE*, afin de tomber par hasard sur une pleine page élogieuse consacrée à mon roman. Mon éditeur m'a assuré qu'elle serait dithyrambique et je voudrais la découvrir dans le contexte d'une lecture naturelle, autrement dit discontinue et attentive, pour estimer l'impact qu'elle produira sur les lectrices du magazine. J'apprends qu'il convient de transporter son animal domestique, chat ou chien, à l'exemple de Halle Berry, Kirsten Dunst et Jessica Simpson, *Dans un sac cage Chanel ou Louis Vuitton.* Must have suprême de cet hiver : l'étole Elsie Katz de Sharon Stone, *qui se ferme par un nœud en satin.* Je lève les yeux un instant sur l'esplanade du Palais-Royal, aussi paisible qu'un bord de mer le matin, à l'heure des seules mouettes et des retraités qui promènent leurs chiens. *La sensation de la dernière fashion week à Londres ? Les sacs Buba, brodés, crochetés, ultraraffinés... Outre-manche, les celebs se les arrachent : il faut dire qu'ils confèrent instantanément à leurs porteurs cette touche bohème chic de Notting Hill ou de Shoreditch.* Mon portable se met à sonner, je le vois qui clignote à la droite du double express serré, je m'en empare pour le couper et jette un œil sur l'écran : PRELJOCAJ. *Comment ça va ?* me demande-t-il d'une voix ensommeillée. – *Je vais très bien.* Je lui dissimule que mon roman fait l'objet d'une pleine page élogieuse dans le journal *ELLE* car je redoute qu'il me demande ce qu'elle raconte, *Est-ce que tu es content ?*, ce qui m'aurait conduit à interrompre ce délicieux rituel. Je savais, pour avoir déjeuné avec lui quelques jours plus tôt, qu'il venait de commencer la création d'un nouveau ballet pour l'Opéra national de Paris, *Médée*, et qu'il séjournait dans un hôtel à deux cents mètres du Palais-Royal. *T'es levé ? – Pas encore. Petit-déjeuner. Et toi ? T'es où ?* Je chemine avec prudence, plus lentement que tout à l'heure, dans la section Culture du journal *ELLE*. Jean-Louis Murat plus sublime que jamais, céruléen et broussailleux. Maggie Cheung de profil, sidérée par une scène invisible, coiffée d'un bonnet de ski de toute beauté. – *Au Palais-Royal. En terrasse du Nemours. Rejoins-moi ! Viens boire un café ! – Pas le temps. Je dois être à l'Opéra dans vingt minutes. J'ai un truc à te proposer*, me dit-il. Il voudrait que j'assiste à ses séances de travail à l'Opéra et que j'écrive un texte sur le processus de création de *Médée*, *Une sorte de journal de bord, un truc au jour le jour*, qui serait publié dans le programme. *Ils m'ont demandé si j'avais une idée. Une idée d'écrivain pour les textes. J'ai pensé que tu pourrais écrire un journal de la création. Quelque chose comme ça.* À chaque fois qu'on me propose d'écrire un texte sur un sujet précis, ma première impulsion est de paniquer, de me laisser submerger par la peur. – *Je sais pas si j'en suis capable. C'est intimidant comme proposition. – Arrête tes conneries ! Bien sûr que t'en es capable !* En pleine page : une écrivaine perchée sur un tabouret et qui porte la paire de chaussures la plus écœurante qu'il soit possible d'imaginer, hybrides de savates et d'accessoires orthopédiques, molles et rigides, chocolat au lait, constituées de cuir et de caoutchouc thermoformé, qui épousent avec obscénité les contours des talons. – *Je sais pas. Un truc long ? – Assez long. Tu verras ces détails avec eux. Mais surtout un truc qui aille en profondeur. Quelque chose de plus fouillé que le texte que tu as écrit sur* Near Life. – *Plus fouillé que celui sur* Near Life *? Mais je te dis, je sais pas si j'en suis capable. Je sais pas si je suis capable de faire du plus fouillé que celui dont tu parles. Qui était déjà assez fouillé. Raté mais fouillé.* Puis : *Tu as besoin d'une réponse pour quand ?* Je tourne la page du magazine. Une colonne sur le dernier film de François Ozon. Je déteste ce cinéaste. Titre de l'article : *L'envers du paradis. – Pour tout de suite. Je les vois dans trois quarts d'heure. – Putain. Bon. Je sais pas. D'accord. Dis-leur que c'est d'accord. J'ai bien peur d'en être incapable mais dis-leur que c'est d'accord. – Super. Je les appelle tout de suite. Comme ça, génial, on va pouvoir se voir tous les jours !* Le deuxième événement, le lendemain, c'est ma rencontre avec Sophie, la responsable des pages livres d'un hebdomadaire réputé. Il est environ dix-neuf heures et je m'apprête à partir. Elle arrive en terrasse du Nemours et s'arrête à ma table pour me saluer : *Ça va ?* me demande-t-elle. Je me lève et nous nous embrassons. – *Très bien,* je lui réponds. J'observe qu'elle porte des tongs qui me révèlent des orteils plutôt jolis. – *Qu'est-ce que tu fais ? – Pas grand-chose. Je passe mes journées au Nemours. J'écris une conférence. Et le journal de bord d'une création de Preljocaj à l'Opéra depuis deux jours. – Tu sais qu'on sort un article demain sur ton roman ? – Mon attachée de presse me l'a dit. – Un très bon article. Avec juste une petite réserve à la fin. Mais un très bon article.* Je la regarde. Elle me regarde. Elle affiche un sourire malicieux. Sophie ne m'a jamais adressé que des sourires imbibés d'ironie. Du genre : On ne me la fait pas. Du genre : Je ne vais pas me sentir diminuée par tes prétentions artistiques. Du genre : Personne ne peut m'enfermer dans quelque chose d'étroit. Du genre : J'existe, je pense, je vaux pas pire, je vaux peut-être même mieux que la plupart des écrivains sur lesquels j'écris des articles. Quelque chose de ce genre. Quelque chose qui la rendait, cette Sophie brune à la peau blanche, aussi légère et fugitive qu'un trait d'esprit, incapturable et sarcastique. Brune avec une lourde poitrine diaphane, infiniment pâle, sans doute en poire, exactement mon genre de brune et d'atmosphère charnelle, exactement mon genre de peau et de poitrine suave à l'aspect élastique : j'en supposais les aréoles bleutées et étendues, aquarellées, décalcomanies dépourvues d'ironie. Un jour que j'avais discuté avec elle dans une soirée où elle avait un peu bu, elle s'était décrite comme légèrement *bitchy* : *Je suis une fille un peu* bitchy, m'avait-elle dit, ou bien *C'est mon côté* bitchy, j'ai oublié la phrase exacte. Et là quand elle disait *Très positif*, quand elle disait *Un bon article*, quand son sourire ambigu me murmurait *Avec juste une petite réserve à la fin*, je me souvenais qu'elle se vantait d'être *un peu pute* et redoutais les phrases que j'allais lire. *Je sens l'embrouille...* avais-je dit à mon éditeur quand il m'avait téléphoné pour m'annoncer la parution d'un article que Sophie décrivait comme *Positif, très positif, avec juste une petite réserve à la fin*. Mais fallait-il traduire *un peu bitchy* par *un peu pute*? *Bitchy* serait plus chic, plus glamour, plus ingénu que *pute*? Maline? Joueuse? Petite peste intelligente? En même temps j'avais l'intuition qu'elle était comme moi, plus proche de mon profil fissuré par le doute que de certains critiques présomptueux qui écrivaient pour elle, artisanale et hasardeuse, sincère et inspirée, peut-être même légèrement complexée. Pourquoi donc se méfier l'un de l'autre? *Je l'ai là si tu veux, dans mon sac*, me dit Sophie. Elle me tend l'hebdomadaire fraîchement imprimé, non encore diffusé dans les kiosques, *Je te laisse, à plus tard, bonne lecture*, et elle s'installe un peu plus loin derrière ma table. Naturellement je n'avais pas l'intention de lire l'article sous ses yeux, cet article *très positif* consacré à mon livre, *avec juste une petite réserve à la fin*, de dos, exposé à ses regards. Pour être certain de ne pas être surpris sur un banc du quartier ou sur une chaise des jardins du Palais-Royal, je suis allé m'enfermer dans les toilettes de l'hôtel du Louvre, un palace qui se trouve sur l'esplanade, et c'est assis sur une cuvette de luxe, du Mozart en sourdine sécrété par les murs, que j'ai découvert cet article. Il est heureux que je me sois trouvé en cet endroit au moment où j'en achevais la lecture car une diarrhée instantanée est apparue, assortie de crampes, dont j'ai pu me délivrer dans la minute – de toute manière j'aurais été incapable de faire un pas dans la rue dans cet état de douleur prononcée. *Qu'est-ce que tu prends?* me demande Margot le soir même en terrasse d'un restaurant de notre quartier.

– *Une carafe d'eau et un café. Je te regarde manger.*
– *Mais tu vas pas te laisser déstabiliser par cet article ! Tu vas pas te laisser détruire par ces phrases !*
– *Non mais regarde la violence ! La perversité du truc !* – *Mais tu es d'accord avec lui ! Tu m'as toujours parlé de ce livre comme d'une blague expérimentale ! Un bras d'honneur ! Un exercice de liquidation et de pur défoulement ! Tu as utilisé cent fois le mot défoulement ! Tu as voulu te moquer du sérieux des gens de lettres en écrivant un livre qui n'est rien d'autre qu'une blague ! Un défoulement sarcastique ! Et tu t'étonnes que ceux-là mêmes que tu visais ne l'acceptent pas ! Mais le critique a compris ! Il a compris que ce livre n'avait comme objectif que de se foutre de sa gueule !* Je regarde Margot en silence. *Et tu m'as dit toi-même à plusieurs reprises que tu étais allé au bout du truc ! Et qu'il fallait que tu en sortes !* – *C'est vrai. Tu as raison. Au bout du livre conceptuel. Au bout de mes tendances au formalisme. Tu as raison.*
– *Regarde ! Lis ses phrases ! Du brio ! De l'invention ! Une verve authentique ! Des trouvailles ! De l'humour ! Il parle d'une satire survitaminée ! Et drolatique ! Il écrit que ton livre est drolatique ! Et qu'il est brillant ! Il déplore à chaque ligne que tu brilles !* – *Et le truc du marionnettiste trop malin ?* – *Tu vas pas te plaindre qu'il te trouve malin !* – *Et formidablement satisfait ! C'est aimable comme observation ? Marionnettiste formidablement satisfait ?* – *Mais il souffre ! Tu le surprends en pleine souffrance de gourmet littéraire ! Tu crois qu'elle est drôle son existence de gourmet littéraire ? Comment veux-tu qu'il accepte que tu prennes du plaisir ? Mais c'est immoral ! Elle est immorale, ta vie, pour la plupart des gens, c'est immoral ce qu'on vit ! Et en plus tu les provoques, tu vas les*

chercher, tu t'amuses en écrivant ! Tu claques les mots et les trouvailles comme d'autres claqueraient du fric et sortiraient leur carte Gold ! Le mec il vit dans un deux pièces en banlieue ! Il est prof de collège ! Il prend le RER tous les matins pour aller enseigner ! Il se prend des craies dans la gueule ! Et toi tu es dans la dépense, tu dilapides, tu fais hurler le moteur de la décapotable sous les fenêtres de son deux pièces ! La dilapidation, la truculence, la moquerie forcenée, l'excès, la verve, mais ce sont des valeurs intolérables ! Tu comprends pas que c'est inacceptable ? Et tout ça pour te venger d'une émission assassine à la radio ! Tout ça pour te venger de France Culture ! Pour leur renvoyer dans la gueule leur esprit si français, si précieux, si mesuré, si misérabiliste, si stupidement littéraire ! Et après ça tu voudrais qu'ils t'aiment ? Je regarde Margot avec amour. Cette femme est absolument fabuleuse. Si tu stabilotes dans cet article les éléments positifs qu'il formule du bout des lèvres, tu as l'article que tu voulais obtenir en écrivant ce livre. Le reste, les phrases qui te blessent, elles n'ont rien à voir avec les qualités du livre, elles ont à voir avec la réaction du journaliste à toutes tes intentions belliqueuses, à peine cryptées, qu'il a saisies et qu'il s'est prises en pleine gueule. Il dit que c'est brillant et inventif mais que ton contentement et tes excès l'empêchent de rire. – C'est exactement ça. – Et tu penses vraiment que c'est ça, le fait que selon lui tu en fasses trop, qui l'empêche de rire ? Ce n'est pas ça qui l'empêche de rire. C'est ton projet qui ne peut pas le faire rire. Tu es tombé mon amour sur le journaliste le plus intelligent du milieu : il admet que ton livre est excellent mais il ne peut l'accepter car il est le premier que son esprit furieux tient au bout de son canon. Le lendemain, troisième événement, Steve Still qui traverse l'esplanade. J'identifie dans l'instant la physionomie hystérique de cet ami perdu de vue depuis vingt ans. Nous étions dans la même classe préparatoire à HEC au lycée Jacques-Decour de 1983 à 1985. Le hasard avait voulu qu'on se connaisse déjà quand on s'était retrouvés avenue Trudaine le jour de la rentrée. Un séjour linguistique nous avait réunis, cinq ans auparavant, dans une banlieue résidentielle de Manchester, où nous avions passé quatre semaines à embrasser de jeunes Anglaises dégénérées qui prétendaient raffoler des *french kiss*. Plantureuses et la peau claire, habillées comme des putes, presque laides pour la plupart d'entre elles, elles s'étaient révélées aisément corruptibles. Il suffisait de parlementer quelques secondes avec elles pour en obtenir de multiples faveurs, parmi lesquelles, outre nos langues insinuées contre les leurs, nos doigts fébriles s'aventurant sous leurs vêtements, sur leur poitrine et sur leurs fesses. Nous allions d'une Anglaise à une autre à la manière de seigneurs tropicaux dont il est hasardeux d'entraver les caprices. Maigres, dépourvus de toute virilité, c'était la première fois que nous embrassions des jeunes filles de notre âge : pour ma part, après cet avant-goût miraculeux, il me faudra attendre quelques années pour réintroduire ma langue dans une bouche féminine. *Éric ! Ça alors ! – Viens, assieds-toi, j'ai une table en terrasse. Qu'est-ce que tu deviens ?* Il m'apprend qu'il a monté un hedge fund à New York et qu'il vient de passer quelques jours en France pour le mariage de sa cousine. *Je n'étais pas venu à Paris depuis deux ans. Je repars pour New York tout à l'heure.* Steve Still était l'élément le plus extravagant de la classe préparatoire. Il débordait d'une énergie hors du commun. C'était l'être le plus intense que j'avais jamais rencontré, aigu, concentré, d'une vivacité ahurissante. Il donnait l'impression de devoir se soulager plusieurs fois par jour de cette intensité, aussi impérative que de l'eau comprimée dans un tuyau d'arrosage. Il arrivait qu'à la cantine Steve Still se lève de sa chaise et se mette à hurler des slogans révolutionnaires, en transe, le poing levé, en plein poulet rôti, et il accompagnait ses apostrophes d'un long cri animal. Le reste du temps, en cours ou lors des concours blancs, cet excès d'énergie s'écoulait de ses nerfs par l'entremise de petits gestes répétitifs, son stylo circulait constamment d'une phalange à une autre avec une rapidité inouïe, opération qu'aucun d'entre nous n'était capable de réussir. Curieusement, chaque fois que son stylo réalisait ces sidérantes acrobaties, c'était surtout son intelligence qui m'intimidait, comme si ce geste nerveux et hypnotique, aussi précis et délié que l'enchaînement de ses pensées, s'imposait comme le symptôme le plus évident de sa dextérité intellectuelle. Un jour on avait vu un vagabond pénétrer dans la classe une dizaine de minutes après le démarrage du cours, il se cognait contre les tables, des cris lugubres accompagnaient ses tâtonnements, il avait fini par s'affaler sur une chaise libre. Le professeur avait interrompu son cours : *Que signifie ceci ? Qui êtes-vous ?* Il s'était absenté désemparé et était revenu quelques minutes plus tard en compagnie du directeur d'étude : *Mais qu'est-ce que c'est que ce cirque ! Veuillez sortir d'ici ou j'appelle la police !* Et l'inconnu s'était levé d'un bond, il avait retiré de son visage ses grosses lunettes d'aveugle, de son crâne la perruque blonde qui le coiffait, de sa bouche les boules de coton qui déformaient ses traits, et la classe avait vu

apparaître le visage de Steve Still, *Je vous ai bien eus !*
exultait-il, *vous m'aviez pas reconnu ! aucun de vous
ne m'avait reconnu !* il rigolait en extrayant des coussins de ses vêtements déchirés. À la fin de la seconde
année, dénouement prévisible en dépit de ces espiègleries, Steve Still avait intégré haut la main la meilleure
école de commerce de France alors que j'intégrais
moi-même l'une des plus médiocres. *Tu te souviens
du jour où tu es venu en cours déguisé en Quasimodo ? – J'étais totalement déchaîné à cette époque.
Quand j'y repense... – Qu'est-ce que tu veux boire ?
– Juste un café. Je suis pressé. J'ai un avion à
prendre. Et toi, j'ai vu que tu étais devenu écrivain.
Tu voulais déjà devenir écrivain à Jacques-Decour, je
trouvais ça nul comme idée, tu as foutu en l'air tes
deux années à cause de cette idée, devenir écrivain ! Je
trouve ça bien que tu aies réussi. – Je me souviens du
texte que je t'avais donné. – Je dois t'avouer que je
n'ai pas lu tes livres. J'ai seulement vu des articles.
Lundi dernier dans* ELLE *par exemple, c'est ma sœur
qui me l'a montré, tu te souviens de ma sœur ? – Très
bien. – Elle était impressionnée. Putain quel article !
Elles t'adorent les nanas de* ELLE *! – Et toi tu es dans
la finance ? – J'ai monté un hedge fund à New York.
– On parle pas mal des hedge funds en ce moment.
– C'est le cœur de la finance internationale. – C'est
intéressant. Ça m'intéresse énormément. – Ah bon ?
La finance internationale t'intéresse ? – Tu voudrais
pas qu'on se revoie pour en parler ? – Je repars pour
New York en fin d'après-midi.* Puis : *Mais pour quoi
faire ? C'est pour un livre ? – Pas forcément. Ça
m'intéresse. Je voulais faire de la finance avant mon
bac. Je voulais faire de la finance en entrant en classe
préparatoire. J'aurais peut-être été financier si je*

n'avais pas bifurqué dans ma tête. Ça m'intéresse de comprendre ce que tu fais. – Si tu veux je peux te recommander auprès d'amis traders à Londres. C'est plus facile d'aller à Londres que de venir me voir à New York ! Je lui réponds que sa proposition m'intéresse. Il écrit sur une page de mon carnet les coordonnées de David Pinkus, un garçon de trente-deux ans qui travaille dans un hedge fund à Londres, en précisant qu'il s'agit du frère cadet d'un ami à lui, *Tu verras, brillant, agile, ludique, qui cartonne, il sera enchanté de renseigner un écrivain. Je vais l'appeler de l'aéroport pour le prévenir. – Merci. Merci infiniment. – Et puis je te laisse aussi mes coordonnées. N'hésite pas à m'envoyer un mail ou à m'appeler.*

À la suite d'un héritage, les grands-parents de Thierry Trockel avaient acheté un appartement entre Le Grau-du-Roi et La Grande-Motte. La résidence était constituée de trois bâtiments bas disposés en amphithéâtre en lisière de la plage. L'espace central accueillait une piscine en forme de haricot, une esplanade cernée d'un muret blanc dévolue aux jeux de boules, un terrain de volley-ball et une infrastructure destinée aux enfants, poutre, trapèze, balançoires, échelle de corde. L'étonnante caractéristique de cet endroit était qu'un certain nombre de footballeurs de l'AS Saint-Étienne s'y étaient regroupés, à une époque où les salaires des sportifs de haut niveau les destinaient à ce type d'appartements plutôt qu'à des villas coupées du monde. Les rituelles conversations de plage amalgamaient négociants en fruits et légumes et gynécologues, représentants en bureautique et promoteurs immobiliers, épouses d'industriels et secrétaires de direction, dentistes, notaires, électriciens, mères de famille assagies et adolescentes délurées. (D'ailleurs la propre mère de Thierry Trockel aimait bavarder sur la plage avec une plantureuse jeune fille de quatorze ans qui venait s'asseoir à côté d'elle abrutie par les substances que la puberté libérait dans son cerveau. Elle écoutait le hit-parade d'Europe 1 sur un transistor décoré au vernis à ongles, orné de cœurs et d'initiales ésotériques qu'on supposait masculines. Elle disposait d'une imposante poitrine exhibée aux regards combinés de tous les hommes du voisinage. C'est d'ailleurs grâce à celle-ci que Thierry Trockel s'était découvert une attirance irrésistible pour les aréoles de grande taille, granuleuses, de couleur brune, percées de tétons drus). De 1969 à 1983, année où il obtint son baccalauréat, Thierry Trockel avait passé l'intégralité de ses mois d'août à la Résidence de la mer en compagnie de ses parents et grands-parents. En dépit du fait qu'ils y voyaient les mêmes enfants chaque été, sa sœur et lui ne s'étaient liés qu'avec la petite-fille de retraités que fréquentaient leurs grands-parents, Muriel Baldizone, originaire de Valréas. Il régnait à la Résidence de la mer un système de regroupements sectaires qui avait donné lieu à la constitution de bandes fermées, élites qui rayonnaient sur le pourtour de la piscine, sur le terrain de volley-ball, dans certaines zones reculées où ils fumaient, s'embrassaient, buvaient des bières, se nourrissaient de cacahuètes. Une tradition endémique à laquelle s'était conformée l'intégralité de la population voyait fleurir à l'heure de l'apéritif tenues coquettes et apparences sophistiquées, cheveux huilés, visages crémés et maquillés. Des grappes de femmes regardaient les exploits des boulistes, pour qui le port de tenues satinées aux couleurs des clubs les plus fameux tenait lieu d'élégance. Les authentiques joueurs de football se distinguaient par des vêtements raffinés, pantalons blancs, mocassins noirs portés pieds nus, chandails de coton et chemisettes de tennis, tandis qu'excessivement bronzées, aussi blondes que des poupées, alourdies de bijoux, chaussées de mules, leurs épouses se dandinaient dans des minishorts effrangés. S'il n'était pas sur la plage pour s'octroyer un dernier bain ou remballer sa planche à voile, c'était une heure à laquelle Thierry Trockel répugnait à sortir. Il lisait des magazines sur la loggia ou observait accoudé au balcon le déploiement de cette effervescence apéritive. Après une longue éclipse de leurs membres, les bandes d'adolescents réapparaissaient métamorphosées, alanguies, cheveux gominés, vêtues de robes seyantes et de tenues de sport aux logos prestigieux, réalisant des trajectoires concurrentes qui s'entrecroisaient. Il arrivait que Thierry Trockel les observe à la jumelle. Elles lui donnaient le sentiment de déambuler sans direction ni objectif, pour le seul plaisir de s'exhiber les unes aux autres. On dénombrait la bande de l'AS Saint-Étienne, la bande de la famille Dibon (des industriels qui fabriquaient des pneumatiques automobiles), la bande hardcore d'un Ardéchois radical dont le père était médecin, turbulente, beaucoup plus trash et ouvertement sexuelle que les autres. Il existait la bande des beaux, dont le critère d'intégration devait être la plastique, la qualité des muscles et la clarté du sourire. On rencontrait des formations aléatoires, suscitées par des affinités curieuses, parmi lesquelles un groupe hétérogène et illogique qui grossissait chaque année. Aucune de ces bandes n'encourageait les candidatures, elles s'entouraient d'une atmosphère de mépris, s'accompagnaient d'une identité verrouillée qui refoulait tout prétendant. Enfant, l'amitié de la seule Muriel Baldizone avait pu lui suffire. Les grands-parents de cette dernière lui apportaient sur la plage des pains au chocolat, l'invitaient dans leur appartement à déguster des crèmes glacées, toutes choses proscrites chez lui, les goûters se limitant à des morceaux de sucre enfouis dans du pain. Il y croisait sa sœur, l'adolescente à la poitrine pratiquement neuve qui présentait des embouts bruns spectaculaires qui affamaient ses sens et sur la tessiture desquels il arrivait que dégouline de la crème glacée qui s'échappait du cornet. Les années passant, cet isolement lui était devenu intolérable. Muriel Baldizone n'était pas de nature à l'assouvir, poitrine plate, accent provençal, esprit doucereux qui l'écœurait. Il lui arrivait de regarder à la jumelle, par un interstice des volets, les jeunes filles qui bronzaient sur la plage, entourées de musculatures démonstratives. L'optique dans une main, son sexe en érection dans l'autre, il déchargeait sur les lattes écaillées. L'image circulaire qu'il contemplait, cernée d'obscurité, secouée par les mouvements convulsifs du poignet, lui donnait la nausée. Il se disait chaque été que le suivant le verrait perfectionné, moins dissuasif, car il sentait qu'il séduirait un jour sinon les plus spectaculaires (il n'y avait jamais cru) mais tout du moins certaines de celles qui lui plaisaient, d'autant plus qu'un certain nombre d'attractions pittoresques, liées à des détails, pouvaient faire naître un désir irrépressible à l'égard d'adolescentes considérées comme anodines. C'est ainsi qu'un été, vers quatorze ou quinze ans, il avait croisé sur la plage une jeune fille dont le physique l'avait saisi. Il s'était demandé tout d'abord si elle n'était pas demeurée. Des mouvements brusques qui paraissaient lui échapper bousculaient des phases de calme pendant lesquelles elle se laissait dériver rêveusement les pieds dans l'eau. Elle ramassait des coquillages dont elle commentait les caractéristiques avant de les lancer vers le large avec humeur. Certaines propriétés lui avaient laissé supposer (avant de faire durcir son sexe) qu'elle vivait isolée, négligée, sans existence sociale, d'où l'intuition d'une réclusion hospitalière. Son épiderme se trouvait d'une pâleur sidérante. Des veines d'un vert aussi précieux, presque turquoise, que celui de certaines pierres, sinuaient en transparence de sa peau. L'autre chose qui avait attiré son attention était sa pilosité, envahissante. Outre le fait qu'elle devait vivre dans un contexte où l'apparence physique est une donnée négligeable, il s'était dit qu'elle ingérait des psychotropes aux effets secondaires désastreux. Non seulement de longues touffes noires emplissaient ses aisselles, non seulement le buisson génital débordait du maillot, mais un sentier reliait son nombril au territoire triangulaire de son intimité. Thierry Trockel s'était laissé contaminer par les effets que produisaient sur ses sens la peau diaphane de l'adolescente, les insurrections de son système pileux et cette merveille qu'était pour lui la haie abdominale dont elle était dotée. D'autant plus qu'à un moment, décidant de se baigner, elle avait retiré la tunique rose dont elle était vêtue, lui révélant des seins massifs en forme de poire, nantis d'aréoles larges, presque roses, d'une délicatesse inouïe. Elle lui donna un long sourire. Thierry Trockel tenta de le lui rendre, n'y parvint pas, grimaça, elle lui sourit de nouveau et s'élança dans les vagues en abandonnant ses affaires sur le ruban de sable humide, en lisière de l'écume. Durant la matinée, localisant l'appartement où séjournait la jeune fille, Thierry Trockel fut stupéfait de découvrir qu'il était celui d'un adolescent détestable, chef historique d'une bande odieuse et méprisante. Que faisait-elle là ? Il ne pouvait se l'expliquer et considéra comme illusoire toute tentative de rapprochement. En même temps l'inconnue ne satisfaisait à aucun des critères implicites imposés par la doctrine du clan, décalage qui expliquait qu'elle restait seule, qu'elle bronzait isolée sur la plage, se choisissant un emplacement qui permit à Thierry Trockel, à l'abri des volets, muni de ses puissantes jumelles, d'asperger la peinture des panneaux, à la suite de quoi il alla vomir son mal de mer dans la cuvette des toilettes. Il n'avait jamais rencontré de poitrine plus suave, si suggestive, qui dessinait, davantage que le profil d'une poire, celui d'une corne, une corne charnelle et souriante dont l'extrémité rebiquait vers le ciel. Cette jeune fille subjugante, la première à lui avoir souri, dont le corps insolite le ravissait, s'était rendue à la Résidence de la mer pour la journée en compagnie de ses parents (amis de ceux du chef de clan) et il la vit disparaître le soir même derrière les vitres d'une triste automobile – et il ne cessera plus, depuis lors, chaque été, de guetter son retour. *Mais pourquoi tu restes toujours tout seul ?* lui demandait régulièrement sa mère. *Pourquoi tu vas pas trouver la fille Chertier ? Pourquoi tu fais pas connaissance avec des jeunes de ton âge ?* Thierry Trockel considérait les délices de la plage avec angoisse. Les étés se succédaient pour lui comme des interludes habités par l'idée de mort et de dislocation accidentelle. Les choses et les êtres n'étaient plus que de pures carrosseries, carcasses insensées, dehors miroitants, géométrie fragile, système de quilles et de boules de bowling. Où qu'il portât les yeux il détectait des signes indiscutables d'une errance immanente du désastre.

Quand les quatre membres de la famille Trockel se rendaient à la plage en début d'après-midi, ils passaient devant une porte en fer gris sur laquelle était scellé un écriteau. On y voyait des hommes schématisés. Le premier, sorte de danseur à l'apogée d'une posture extatique, saisi par la surprise, représentait l'instant crucial de l'électrocution, signifié par un éclair symbolique qui frappait sa poitrine. L'individu suivant, consécutif à l'imprudence que le premier avait commise, bénéficiait de soins précis à l'issue incertaine. Il gisait sur le même sol gravillonneux que celui sur lequel Thierry Trockel cheminait craintivement. Un secouriste lui administrait massage cardiaque et bouche-à-bouche, des numéros accompagnés de commentaires détaillant les stations du programme. Et puis cette inscription, énorme, presque un oracle : DANGER DE MORT, complétée par quelques lignes à l'encre rouge. Des signes comparables à celui-ci, alarmes, avertissements, prémonitions, Thierry Trockel passait ses journées à en recevoir les illuminations. On voyait un cadavre allongé sur le sable, empli d'eau, dont s'occupait une équipe du Samu qui s'était déployée sur la plage. Il arrivait que le noyé finisse par bouger un bras, par s'adresser à ses amis allongé sur la civière. Mais d'autres fois, encerclé de curieux désolés, le noyé restait figé, on l'emballait comme une daurade dans du papier d'aluminium, le cortège qui traversait la plage préludait à l'enterrement du vacancier. Plusieurs fois par semaine, un hélicoptère de couleur rouge, environné d'une atmosphère d'urgence, apparition qui s'incarnait comme un aveu de gravité, atterrissait sur la plage devant l'hôpital qui voisinait la résidence. L'hélicoptère accentuait l'intensité de la lumière, la radicalité de la chaleur, on pourrait dire qu'il en dévoilait la dimension tragique, concentrant sur l'héliport de fortune une incandescence effroyable. Le ventilateur de l'hélicoptère aspirait dans la tragédie l'étendue estivale de la mer, le ruban dérisoire de la plage, les édifices ondulatoires de La Grande-Motte, tous les nageurs, les jeux de balle, les pains au chocolat, les aréoles de couleur brune. Les pensées de chacun se trouvaient paralysées, assourdies, aimantées par la carlingue sanguinolente de la machine. Vacarme infernal. Violence psychologique. Sable envolé. Lenteur précautionneuse. La baie entière devenait médicale. L'existence de chacun s'en ressentait fragile et périssable. Thierry Trockel avait interrompu ses occupations et se délectait des horreurs du spectacle. On voyait sortir de la coquille de métal une civière connectée par des tuyaux à une infrastructure mobile, l'ensemble se déplaçant vers une équipe qui venait à sa rencontre, vêtue de blanc, professionnelle. L'hôpital étant spécialisé dans les traumatismes, les transbordés n'étaient pas des cancéreux qui souffraient depuis des mois, des incurables qui avaient pu méditer sur leur prochaine expiration, mais des accidentés, des vacanciers surpris par le désastre, insouciants, en maillot, chaussés de tongs, que le hasard s'était déterminé à disloquer. *Humecte-toi la nuque et les avant-bras avant de te baigner, tu n'as pas fini de digérer, va pas mourir d'hydrocution comme M. Nicole l'année dernière!* lui répétait sa mère presque chaque jour. Une arête de daurade restée dans sa gorge l'avait conduit à recourir aux services d'un généraliste. Un bébé tombé d'un balcon s'était écrasé dans la courette d'un footballeur de deuxième division à l'heure de l'apéritif, éclaboussant le paréo de son épouse d'éclats de Martini. Les parasols qui volaient les jours de tramontane, javelots fous qu'on voyait virevolter parmi les estivants, ébriété meurtrière, pointes acérées rendues furtives par la portance des tissus déployés et qui frôlaient thorax, tempes, glottes, cervelles. Les hommes qui enfonçaient la pointe d'un parasol dans la chair de la plage, rancune, rotations héroïques, âpreté musculaire, Thierry Trockel les voyait assassiner une bête immonde, lui enfoncer dans les entrailles l'extrémité d'une lance de chevalier. Achevaient-ils quelque animal qui errait comme une menace dans l'invisible de leur existence ? Ce n'était pas seulement la proximité de l'événement accidentel qui alarmait Thierry Trockel mais la précarité du corps humain, les accidents que celui-ci s'administrait lui-même, lents, intimes, organiques, inexorables. Les cuisses des footballeurs, dans leur horrifiante anormalité, hypertrophiées, qui les obligeaient à marcher les jambes arquées et à se déplacer avec une lenteur artistique (ils ne devenaient agiles que si leur cerveau leur ordonnait de se mettre à courir, la plupart du temps de la manière la moins logique, auquel cas leur maladie des cuisses les propulsait sur la plage à la vitesse de l'éclair), les cuisses des footballeurs étaient devenues pour Thierry Trockel, à l'égal des tétons des vieilles dames, fraises tropicales gorgées de jus, agrandies, détériorées par l'âge, le paradigme du corps dégénéré qui se déploie par-delà l'entendement, nièce du cancer, parent anecdotique de la tumeur. Thierry Trockel passait ses journées sur la plage paralysé par ces indices. Néanmoins, à l'issue du déjeuner, à l'heure la pire de la journée, animé par des pulsions qu'il ne pouvait contrôler, il lui arrivait d'emprunter le minivélo de sa grand-mère et de se rendre au Grau-du-Roi. Transfiguré par ses pulsions, il s'exposait aux dangers mécaniques, métalliques, minéraux, matériels, du monde environnant, à la dureté tangible de la lumière (où tout choc eût été fracassant), de la chaleur (qui lui donnait le sentiment de s'être introduit à l'intérieur du transformateur électrique à porte grise), des automobiles, des corps bronzés qu'il rencontrait. Il pédalait vers le désastre sur le chemin pavé qui longeait la plage. Il circulait au milieu d'un incendie généralisé, comme si les choses et les êtres se consumaient dans une décharge universelle à l'exemple d'un amas de pneumatiques. Thierry Trockel se consumait, l'écorce à laquelle il s'était trouvé réduit brûlait d'elle-même par l'effet conjugué de la chaleur, de l'inquiétude et des élans qui l'entraînaient. Il fallait qu'il arrive au plus vite au Grau-du-Roi et qu'il se rende dans l'une des boutiques de souvenirs qui y proliféraient. Il avait peur. Il s'exposait. J'ai déjà dit qu'il se consumait comme un déchet dans l'aveuglant brasier global de ce début d'après-midi. Extrême et égaré, arrêté à un feu, il passait de longues secondes, saisi par la frayeur que cette audace lui procurait, à fixer du regard le sexe d'une vacancière qui patientait sur le trottoir, honteuse, bientôt inquiète, manifestant des signes de désapprobation de plus en plus visibles. Pour quelles raisons imitait-il ainsi ses contemporains, devenant lui-même une pure obscénité, sans opposer le moindre obstacle à ses dérives ? Pour quelles raisons pédalait-il avec un tel déploiement d'énergie ? Pour quelles raisons enfreignait-il les consignes de prudence qu'il se fixait généralement ? Il semblait qu'il avait été vidé de toute intériorité par l'effroyable aspirateur de ses pulsions. Pour autant, devenu à son tour une pure médaille, il se distinguait de la plupart des vacanciers par la conscience qu'il en avait, renseignée des dangers qu'il côtoyait. Pourquoi pédalait-il dans le néant estival ?

124

Afin de pouvoir ravitailler son intériorité retranchée. Afin de pouvoir se renfermer dans les toilettes de l'appartement, où il dissimulait, sur le dessus d'un meuble, à l'intérieur d'une boîte de jeu, le matériel qui nourrissait son isolement. Assis sur la cuvette les yeux écarquillés, s'abreuvant aux photographies étalées sur le bidet, il se rêverait un univers intime, des rencontres fructueuses, des aventures enrichies de péripéties invraisemblables à chacune de ses séances. *Espèce de voyou!* lui disait une femme grasse dont il fixait les vergetures de la poitrine à un feu rouge. *Regarde-moi ce détraqué*, disait-elle à son mari, *si c'est pas malheureux!* Arrivé au Grau-du-Roi, Thierry Trockel amarrait le minivélo à un poteau et se mettait à fouiller, à l'intérieur de corbeilles disposées sur le trottoir, dans le lot de magazines cellophanés, regroupés par quatre, proposés à la vente, vieilles revues soldées dont les délices constituaient sa principale consolation durant les quatre semaines qu'il passait à la Résidence de la mer.

Je suis attablé en terrasse du Nemours et c'est une féerie. Un enchantement se produit chaque année dès les derniers jours du mois d'août qui s'accompagne d'un déplacement de tout mon être dans un espace où il s'intensifie, où il scintille et se consume comme sous les feux d'un projecteur. Cet espace auquel j'accède est l'espace de l'automne. Une résurrection. Une longue extase paroxystique qui démarre à la fin du mois d'août pour s'interrompre avant Noël. Je sors de mon appartement avec la sensation que tout peut m'arriver. J'envisage chacune de ces journées avec la même ivresse qu'on envisage un long voyage nocturne vers une destination qu'on ignore. Je sens dans l'atmosphère l'imminence d'un événement décisif susceptible de me faire accéder comme par magie à ces ailleurs inaccessibles que je convoite depuis l'adolescence. Cette imminence d'un rendez-vous capital constitue la matière de l'automne, sa substance atmosphérique, traversée par des signaux immatériels, des présences suspendues, des énergies dynamiques, perceptibles par moi seul. Un événement suprême peut advenir à tout instant. Des connexions fabuleuses peuvent se produire à tout instant. C'est cela que déclame autour de moi l'atmosphère de l'automne, c'est cela qui palpite dans la lumière, c'est cela qui clignote entre les choses, c'est cela qui s'illumine entre les êtres, sur les visages des femmes, dans leurs regards soudain hospitaliers, et c'est cela qui respire sans lassitude dans l'écoulement du temps. Le monde sensible se manifeste de la manière la plus intime, l'espace et la lumière, le ciel et les nuages, le vent qui souffle et le temps qui s'écoule, le soleil qui brille et la lune qui étincelle. L'automne rend le monde habité. La lumière de l'automne fait parler la réalité. L'atmosphère de l'automne inscrit du sens entre les choses, entre cet arbre et cette façade, entre ces branches et cette fenêtre, entre le kiosque à journaux et chacun des réverbères qui ponctuent l'esplanade, espace qui n'est plus vide mais substantiel, méditatif, un espace qui a l'air de se penser lui-même et de penser les êtres qui le traversent. Un espace animé par des forces invisibles. Des forces qui peuvent produire des phénomènes, occasionner des événements, favoriser des rencontres. C'est ça l'automne pour moi depuis toujours. Une présence qui amoindrit ma solitude, une proximité qui atténue mon isolement, qui m'invite à partager les douceurs qu'elle prodigue. Le monde sensible, qui s'était tenu à distance durant des mois, semble s'être soudain rapproché. Je me sens en osmose avec la réalité, dans un rapport d'intimité avec le ciel, la lumière, la pierre, les arbres, avec les corps et les visages. Tout me parle, tout fait sens, tout est dense, habité. Quelque chose de suspendu me fait des confidences. Quelque chose d'immanent me murmure des secrets. Des secrets inaudibles, à la substance desquels je n'accède pas, mais dont je sens que l'atmosphère désire me les transmettre. Comme des lèvres que je verrais parler mais dont nul son intelligible ne sortirait. Comme des lèvres d'où s'écouleraient de la lumière et des nuages, un ciel pensif et des femmes mystérieuses. Et ces visions soudain si proches, si familières, seraient le son, seraient la mélodie, seraient les phrases de ce secret murmuré, clos sur lui-même. Mais ce secret se connaît-il ? N'est-il pas un secret amnésique ? Un secret qui serait à lui-même son propre secret ? Qui préexisterait au contenu capital qu'il renferme ? Qui attendrait, pour advenir à lui-même, que je sois exaucé ? *L'automne serait-il donc la prémonition de mon propre avènement ?* J'allume une cigarette et porte le verre de vin à mes lèvres. Le sens des choses m'apparaît avec une acuité extraordinaire. Tout me concerne et produit sur mon imaginaire un impact incroyable, toute présence humaine fait ondoyer ma vie intérieure à la manière d'un caillou jeté dans un étang. Tout me perce. Chaque personne que je croise s'introduit dans ma vie, ou bien c'est moi qui m'introduis dans la sienne, dans sa fragilité et sa beauté intérieure. Les silhouettes ont l'air de circuler à l'intérieur de leur énigme, comme si, orientées par les signaux d'une sensation capitale, elles avaient toutes un rendez-vous décisif. Seul l'automne donne l'impression de voir le monde pour la première fois. Seul l'automne apporte la certitude que l'individu le plus anodin, figure historique de sa propre existence, un rêve ancien illuminé dans ses pensées comme un monument dans la nuit, *s'achemine quelque part*. Suis-je le seul à éprouver ces sensations ? Et quel est donc ce rêve ancien, toujours le même, si essentiel, que l'automne me promet d'exaucer ? M'enfuir, m'affranchir du social, sortir de la réalité, rencontrer la reine, accéder à une rive irréelle. Je reviendrai plus tard plus amplement sur la figure de la reine, et sur celle de la magie, indissociables, centrales dans mon imaginaire. Pour quelles raisons, durant les mois d'automne, ce rêve ancien circule-t-il dans l'atmosphère et non plus seulement dans ma tête ? L'automne a toujours produit sur mes sens cet impact incroyable et je dirai qu'il s'accentue. J'ai écrit les meilleures pages de mes livres à l'automne. J'ai vécu mes extases les plus riches à l'automne. C'est à l'automne que j'ai séduit les femmes les plus inouïes. C'est à l'automne qu'André Breton a rencontré Nadja. Aurait-il pu la rencontrer au printemps ? C'est durant les mois d'automne que Stendhal a écrit *La Chartreuse de Parme*. Peut-on imaginer un seul instant que Stendhal ait pu l'écrire en seulement cinquante-trois jours en dehors des mois d'automne, par exemple au mois d'avril ? *Nadja* est le livre de l'automne. Il représente pour moi le manifeste des mois d'automne. L'esprit de *Nadja*, c'est l'esprit de l'automne. La substance de l'automne, c'est la substance de *Nadja*. Le hasard, les rencontres, l'amour, le mystère, l'inspiration, les signes, l'errance, le magnétisme, la gravité, l'intériorité, le monde habité. Pourrais-je envisager d'exister plus longtemps sans cette extase ? Me serait-il possible de surmonter sans cette extase l'épreuve pénible que ma personne constitue pour elle-même en dehors de cette période ? Pourrais-je ne plus rêver et vivre ainsi sans le recours au rêve si cette extase annuelle ne se produisait plus ? J'ai déjà répondu plusieurs fois à ces questions, dans des conversations ou dans mes livres. Il me serait difficile d'envisager l'existence si chaque année ce phénomène féerique ne s'enclenchait pas. Si chaque année à la faveur de l'automne je n'advenais pas à moi-même de la manière la plus puissante. Si la vie devait se dérouler sur le mode superficiel du printemps. Je me serais suicidé depuis longtemps si l'automne n'existait pas.

Peu après le dîner quatre toques et quatre écus orchestré par sa femme, le père de Patrick Neftel s'était fait licencier. Avait-il payé en différé sa bêtise sur l'autoroute, le départ des convives avant les douze coups de minuit, l'humiliation de la flaque de vomi sur le carrelage du vestibule ? L'impression qu'il avait produite ce soir-là sur Jacques Francœur et sur sa propre femme, cette dernière en avait redouté d'emblée les conséquences possibles et les nuisances : *Mais qu'est-ce qui t'a pris ! Mais qu'est-ce que tu as fait ?! Je t'ai jamais vu dans cet état ! Un dîner si important pour toi !* Le père de Patrick Neftel avait accueilli les commentaires de son épouse avec un étonnement sincère. Il lui disait que ce dîner avait été une réussite, *Quel dommage qu'ils soient partis si tôt, c'est à cause de sa femme, tu as vu dans quel état elle était !* avant de la voir affalée sur un fauteuil et sangloter entre ses mains, *Mais qu'est-ce que tu as, qu'est-ce qui t'arrive, pourquoi tu pleures ? – Comment ? Une réussite ? Une catastrophe tu veux dire ! – Une catastrophe ?!* s'était-il exclamé en fronçant les sourcils. *Comment ça une catastrophe ? Jacques était ravi ! C'est sa femme, c'est seulement sa femme, c'est elle la responsable, il fallait qu'il la ramène à la maison ! Tu as vu dans quel état elle était ! – Mais toi ! Ce que tu as raconté ! Tes histoires d'aviateur ! Radié à vie du personnel navigant ! Et regarde-toi, regarde ces plaques, tu es défiguré ! – Des plaques ? De quoi tu parles ! Mais qu'est-ce que tu racontes ? Et mes histoires d'aviateur ! Ce sont des histoires de jeunesse ! Ça date d'il y a quinze ans ! Il l'a bien compris ! C'est pour ça que tu pleures ? – C'est pour ça que je pleure ! Et c'est pour ça que tu devrais pleurer toi aussi ! Tu ne réalises pas ! Mais quand tu vas te réveiller tu vas t'en mordre les doigts ! – Tu es fatiguée. Tu t'exagères les effets de mes propos sur Jacques Francœur. C'est un homme moderne. À l'américaine. Il est possible de lier avec lui des relations personnelles basées sur la confiance. On peut lui dire beaucoup de choses tu sais ? Toi tu es restée sur une idée totalement dépassée des relations entre patron et employés ! Mais c'est fini tout ça ! Surtout dans les entreprises américaines ! – Américaines, américaines, américaines ! Un patron reste un patron, américain ou pas !* Il la regardait avec incrédulité. Elle le voyait se décomposer à mesure qu'il comprenait : elle voyait poindre de la panique dans son regard. – *Tu parles sans cesse de ces plaques ! Mais de quelles plaques tu parles à la fin ! – Regarde-toi ! Regarde-toi dans un miroir tu comprendras !* ce que le père de Patrick Neftel avait fait en se rendant dans l'entrée. – *Mais qu'est-ce que c'est que toutes ces plaques ! Tu aurais pu me dire quand même, me faire un signe, je sais pas !* Terrassé : *Et Jacques Francœur m'a vu comme ça ou c'est juste depuis qu'il est parti ? – Je te dis. Ça fait deux heures que tu as ces plaques. Je t'ai fait* un nombre de signes incalculable. *Avec mes yeux, mes sourcils, avec mes pieds sous la table. – Mais je croyais ! J'ignorais qu'il s'agissait de ces plaques !* (il appuyait sur leur léger relief, caressait leur texture lisse, enfantine, sans la moindre aspérité), *mais c'est une catastrophe... une catastrophe... j'ai l'air de quoi avec cette tête ! – Tu as la tête d'un homme qui a merdé toute la soirée voilà la vérité !* avait conclu sa femme en pleurant. Le lendemain matin, dès son arrivée au bureau, il était allé voir Jacques Francœur pour s'excuser. *Laissez-nous quelques instants, nous reprendrons un peu plus tard...* avait dit celui-ci à son assistante, laquelle avait frôlé la présence insensible du père de Patrick Neftel qui avait posé deux doigts timides sur le rebord oblong du bureau (il était si soucieux d'obtenir l'absolution directoriale qu'il convoitait qu'il avait négligé de saluer Jacqueline Gibier et de répondre à l'amical *Bonjour Jean-Pierre* qu'elle lui avait adressé), *Asseyez-vous,* lui avait déclaré son patron, *Merci... merci beaucoup...* et il avait pris place dans l'un des deux fauteuils réservés aux visiteurs. *Qu'est-ce qui vous amène ? Que puis-je faire pour vous ? – Je voulais... je voulais m'excuser pour hier soir...* et le père de Patrick Neftel s'était excusé d'une manière laconique, assez confuse, sans savoir sur quel aspect du dîner il devait mettre l'accent. – *N'en parlons plus*, lui avait répondu Jacques Francœur. – *Non mais quand même, je ne sais pas ce qui m'a pris, je n'ai pas l'habitude de me répandre de cette manière, je voulais que vous le sachiez. Je suis d'ordinaire plutôt réservé, réservé et discret...* à la suite de quoi, comme son patron avait fermé longuement les yeux, préciosité que le père de Patrick Neftel n'avait pas su interpréter, il avait ajouté : *Et comment va votre épouse ? – Elle va mieux, elle va mieux... C'est plutôt moi, à cet égard, qui vous dois des excuses. Mais c'est à cause de ce mélange d'alcool et de médicaments... Je suis désolé du travail que le malaise de mon épouse a donné à la vôtre. Je dois d'ailleurs vous dire que je l'ai beaucoup appréciée. C'est une femme remarquable, sensible et attentive, d'une grande finesse d'esprit. Et de surcroît une prodigieuse maîtresse de maison.* Morsure. Déflagration et meurtrissure intime. Le père de Patrick Neftel avait été étonné des éloges que sa femme s'était attirés, presque froissé et offensé, comme si à travers eux Jacques Francœur donnait raison à celle-ci contre lui et approuvait l'analyse qu'elle avait faite de la soirée, peut-être même se liguait-il implicitement à elle pour redouter les conséquences qu'auraient sur leur avenir les confidences qu'il avait faites, d'ailleurs Jacques Francœur avait formulé ces éloges d'un œil luisant et mystérieux. – *Non mais ce n'est rien, ce sont des choses qui arrivent, il peut arriver qu'on ait des malaises. Si je n'avais pas raté la sortie sur l'autoroute... – N'en parlons plus. C'est préférable. – Nous remettrons ça une prochaine fois, dans de meilleures conditions, cet été par exemple, nous pourrons dîner dehors. – Je dois vous dire que la perspective d'un dîner aussi raffiné que celui d'hier soir, si excellent, me remplit d'aise,* avait ajouté Jacques Francœur. *Auriez-vous la gentillesse de demander à Jacqueline de revenir me voir ?* La mère de Patrick Neftel venait d'allumer la télévision, elle ramassa le programme sur la table basse et s'assit sur le canapé en cuir. *Et ça s'est terminé comme ça ?* demanda-t-elle à son mari. – *Exactement comme ça. Ils sont d'accord pour revenir dîner cet été. Tu vois, tout s'est arrangé, tu t'es alarmée pour rien, c'est un homme libéral et plein de mansuétude ! Qu'est-ce qu'on passe ce soir à*

132

la télévision ? – Et tu es sûr, il a utilisé l'expression « me remplit d'aise », il a bien dit « la perspective d'un dîner aussi savoureux que celui d'hier soir me remplit d'aise » ? – À peu de chose près. Mais pourquoi ces questions ? – Pour rien, je sais pas, j'aurais préféré qu'il te dise des choses dures plutôt que ces phrases-là protocolaires et si courtoises, si désuètes, « ce savoureux dîner », « me remplit d'aise », tous ces trucs d'hypocrite... – Tous ces trucs d'hypocrite ! Tu racontes vraiment n'importe quoi ! – Surtout « me remplit d'aise »... – Tu aurais préféré qu'il me dise des choses dures ! J'aurai tout entendu ! – Au moins tu aurais pu te défendre, lui dire que tu avais changé. Hier soir tu as redécollé, à table, devant lui, entre deux peupliers, tu as survolé une cour de récréation ! Tu t'es comporté avec la même inconscience que le pilote d'hélicoptère de ton récit ! Et il élude ce qui s'est passé... ses phrases inoffensives te tranquillisent... c'est le silence de la forêt à l'approche d'un danger... – Le silence de la forêt à l'approche d'un danger ! Tu es très inspirée ce soir ! Ce sont tes souvenirs de Tarzan qui refont surface ! – Cette courtoisie m'inquiète, je me méfie de cet homme dissimulé (Dissimulé ! l'interrompit son mari en riant, dissimulé ! comme tu y vas !), parfaitement, dissimulé et hypocrite... Tu n'aurais pas préféré qu'il te dise clairement « Je vais être franc avec vous mon cher Neftel, le dîner d'hier soir et les propos que vous avez tenus m'ont rendu dubitatif sur vos capacités à occuper les fonctions qui sont les vôtres, qui réclament un esprit de responsabilité dont m'ont fait douter les souvenirs que vous m'avez confiés » ou quelque chose de ce genre ? Si j'ai un conseil à te donner c'est de garder à l'esprit la nécessité qu'imposent les circonstances de rassurer ton patron. Patrick Neftel écoutait derrière la porte et s'inquiétait lui-même de la manière si policée dont Jacques Francœur avait accueilli les excuses de son père. Le directeur accepterait-il la nostalgie dont ce dernier avait montré qu'il souffrait ? La mère de Patrick Neftel était convaincue du contraire. Aucune autre source de rayonnement que l'entreprise ne pouvait être tolérée de la part d'un salarié motivé. Ce qui avait paru sans doute inacceptable c'était la survivance de sensations électrisantes qui n'avaient rien à voir avec le poste de directeur commercial. Il est probable que Jacques Francœur aurait refusé de valider cette opinion mais il n'acceptait pas qu'on puisse éprouver les effets d'aucune attraction magnétique en dehors des sentiments que l'entreprise est susceptible de procurer : la fierté d'y appartenir, l'admiration pour ceux qui la conduisent, la satisfaction de contribuer à sa prospérité et d'obtenir par son action le contentement des actionnaires. En revanche, ce que la mère de Patrick Neftel n'avait pas anticipé, c'était le rôle qu'allait jouer Martine Francœur dans sa mise à l'écart. Cet élément-là, l'influence qu'elle exerçait sur son mari, le père de Patrick Neftel en avait été instruit quelques semaines plus tard par des confidences de Jacqueline Gibier. *Je dois vous mettre en garde contre la femme de Jacques Francœur. Tout ceci doit rester strictement confidentiel bien entendu. – Mais que voulez-vous dire ? Pourquoi devrais-je me méfier d'elle ? Elle est charmante ! – Car elle a obtenu le licenciement de chacune des personnes qu'elle avait prises en grippe. – Et en quoi ceci me concerne-t-il ? – En ceci que Martine Francœur m'a confié à plusieurs reprises qu'elle ne vous aimait pas. Et je dois vous mettre en garde contre le fait qu'elle peut avoir une influence néfaste sur son mari.* Jacqueline Gibier avait pu constater par le passé les dégâts qu'occasionnait l'obstination de Martine

Francœur quand elle s'était mis en tête de triompher d'un collaborateur de son mari. Elle ne cessait, le soir, le matin, dans leur lit, dépréciative, d'instiller de petites phrases qui finissaient par fissurer la perception que Jacques Francœur pouvait avoir de cette personne. Et si les préventions qu'elle diffusait dans son esprit n'y suffisaient pas, elle passait à la phase offensive proprement dite en devenant impérative, autoritaire, *En mettant dans la balance de leur bonheur conjugal le sacrifice du collaborateur indésiré*, avait dit ce soir-là Jacqueline Gibier au père de Patrick Neftel. *Écoutez… J'ignore pour quelles raisons elle éprouve une telle aversion pour vous. J'ignore combien de temps Jacques Francœur va parvenir à lui tenir tête. Mais il arrive un moment où il finit par lui céder. Il vous appartient donc de tout mettre en œuvre pour infléchir l'opinion qu'elle peut avoir de vous.* Cet homme qui tenait tête à sa hiérarchie et aux individus les plus intimidants, le plus étrange était qu'il devenait, face à sa femme, un garçonnet soumis et vulnérable. Elle possédait sur lui un ascendant auquel personne ne se sentait autorisé à prétendre, Jacques Francœur ayant la réputation d'être épineux, inflexible, doté d'une clairvoyance dont il était hasardeux de contester les visions. – *Mais qu'est-ce que vous racontez là Jacqueline ? Infléchir l'opinion qu'elle a de moi ! – Faites preuve d'imagination. Flattez-la. Faites en sorte, quand elle vous croise dans les couloirs, qu'elle se sente importante. Qu'elle sente la déférence qu'elle vous inspire. Traitez-la avec les mêmes égards que son mari, les mêmes préventions favorables, les mêmes craintes en quelque sorte…* Devant la mine ébahie du père de Patrick Neftel : *Oui, je sais, c'est un exercice scandaleux… difficile… un exercice très difficile… – Mais… je ne comprends pas… Pour quelles raisons possède-t-elle ce pouvoir ? Pourquoi Francœur se laisse-t-il faire ! – Parce qu'elle souffre d'un défaut de reconnaissance. Elle est peintre comme vous le savez peut-être. Elle a été habituée, dans sa jeunesse, aux égards, à la considération. C'est la fille d'un diplomate argentin. Elle est issue de l'aristocratie. Et elle souffre de constater qu'aujourd'hui c'est son mari qui détient du pouvoir et qui s'attire la considération. – Mais lui ? Pourquoi se laisse-t-il faire ? – Par amour. Par amour et par fascination pour ce qu'elle est, belle, baroque, mystérieuse, excessive… Et pour pouvoir la conserver telle qu'il l'aime il accède à ses désirs les plus inacceptables. Surtout lorsque ceux-ci se manifestent d'une manière si maladive que la vie en devient infernale. Lorsqu'elle se met à boire. Et qu'elle est ivre quand il rentre du travail. – Quoi ? Elle boit ?* avait demandé le père de Patrick Neftel. *C'est incroyable… Et vous pensez vraiment…* Il s'était assis et regardait anéanti la moquette du bureau. – *Elle n'a pas supporté le dîner auquel vous les avez invités. Je ne sais pas ce qui s'est passé exactement ce soir-là.* Silence du père de Patrick Neftel. *Mais je peux peut-être vous aider. Elle fait une petite exposition dans une brasserie parisienne. Le vernissage est jeudi prochain. Allez-y avec votre femme. Montrez-lui que vous aimez ce qu'elle peint. Déjà, rien que le fait que vous veniez… Parlez-lui… Faites parler votre femme…* Puis : *Je suis vraiment désolée. J'ai beaucoup hésité à vous parler.* Ils arrivèrent à la brasserie vers dix-neuf heures, lui directement du bureau et elle de la gare de Lyon où l'avait conduite l'omnibus qu'elle avait pris en fin d'après-midi. Le père de Patrick Neftel s'était dirigé vers les cimaises et avait regardé sans les voir les tableaux qui s'y trouvaient suspendus. Il attendait sa femme. Il se retournait fréquemment vers les baies vitrées. Il la vit pousser la porte et la rejoignit en se frayant un chemin à travers les invités, qui n'avaient pas cessé d'affluer et d'envahir le vernissage par leur présence physique, leurs voix, leurs rires, leurs commentaires, l'impression qu'ils lui communiquaient d'une connivence inaccessible, sourires et cigarettes, bulles de champagne et compliments, allures prospères et toilettes raffinées. Ils se saluèrent laconiquement, sans presque s'embrasser, tant ils étaient tendus tous les deux. *Où est-ce qu'elle est ?* avait demandé la mère de Patrick Neftel. *– Au fond. Près du buffet. – Et ton patron ? – Il n'est pas encore là. – Tu vas voir qu'il ne va pas venir… – Ne dis pas n'importe quoi. Il m'a dit qu'il viendrait. Un dîner est organisé à leur domicile après le vernissage. – J'imagine que tu n'es pas invité…* Le père de Patrick Neftel inspira profondément et se posta devant une huile de grandes dimensions. Réalisée à la pâte, travaillée au couteau, elle représentait une montagne exotique aux mouvements turbulents qui abritait des animaux variés, girafes et vaches, crocodiles et volailles. Ils se déplacèrent jusqu'à la toile suivante, variante de la première mais animée d'animaux plus nombreux, moins disparates, buffles, hippopotames, rhinocéros. Ce qui frappa la mère de Patrick Neftel, qui en fit part à son mari, c'était que le soleil se présentait sous la forme d'un mince croissant de lune qui éclairait la scène. *– Tu as vu ? Elle a transformé la lune en soleil ! – Elle a de l'imagination…* se contenta-t-il de répondre. *– C'est une bonne idée je trouve. – C'est étrange la matière de ces tableaux. Comme la croûte d'une blessure qui cicatrise.* La troisième toile montrait de petites maisons colorées serrées modestement les unes contre les autres en bord de mer. *– Ne lui dis surtout pas ça…* hasarda la mère de Patrick Neftel. *– Pas ça quoi ? – Que* *ces tableaux sont comme des croûtes au genou...* Émergeaient de la mer, plate et huileuse, le cou et la tête d'une girafe. Celle-ci regardait fixement le spectateur mais en raison de sa taille, assez petite, il n'était pas possible de déchiffrer l'expression de son regard, ce dont s'assura la mère de Patrick Neftel en s'approchant tout près de l'œuvre : *On ne voit pas ses yeux. – Pourquoi tu dis ça ? Tu voulais voir ses yeux ? – L'expression de son regard. Pour essayer de comprendre ce qu'elle pense. – Martine Francœur ? – Non. La girafe.* Le père de Patrick Neftel localisa l'artiste au milieu de la salle, une coupe de champagne à la main, entourée d'un grand nombre de personnes, vêtue d'une robe turquoise échancrée de tous côtés. Une ceinture de métal constituée d'un assemblage sensuel de petits disques ornait sa taille davantage qu'elle ne l'enserrait, elliptique et suggestive. Elle n'en semblait que plus souveraine, impression qui acheva de lui faire perdre ses moyens (par anticipation du moment où il allait l'affronter et lui parler de son travail, auquel il ne comprenait rien, qui lui semblait dénué de sens, dont la facture croûteuse lui déplaisait). En raison des enjeux (se concilier sa bienveillance, atténuer sa radicalité, canaliser les débordements de son imaginaire de guerrière), à cause aussi de sa présence sophistiquée, il envisageait cette entrevue avec terreur. *Qu'est-ce que c'est ?* demanda-t-il à sa femme lorsqu'il la rejoignit. – *Comment ça qu'est-ce que c'est ? C'est un tableau !* Une montagne comparable à celle des deux premiers mais moins mentale et tourmentée, plus minérale, plus réaliste, voguait à la surface de la mer avec à son bord une prolifération désordonnée d'animaux dont les têtes émergeaient de la pierre comme d'un liquide. Le père de Patrick Neftel soupira et sa femme se tourna vers lui : *Qu'est-ce qu'il y a ? – Allons-nous-en d'ici… – Comment ça allons-nous-en d'ici ? Tu veux déjà partir ? Sans avoir vu Martine Francœur ? – C'est pas grave, c'est pas grave… De toute manière… – De toute manière quoi ?* lui demanda-t-elle sur un ton critique. *– Qu'est-ce que tu veux que je lui dise sur son travail ? – Que tu trouves ça très beau… qu'elle a beaucoup de talent… que tu adores l'imaginaire de ses toiles… – C'est toi qui devrais lui parler. – Je doute qu'elle puisse se réconcilier avec toi à travers moi. – Il faudrait lui en acheter un idéalement. Cela couperait court à la nécessité de s'exprimer.* Puis : *Les actes remplacent avantageusement les paroles. Surtout quand on a rien à dire. – Ça chez nous ? Ce genre de trucs dans notre salon ? Tu t'imagines ces délires sur nos murs ? – Je vais me renseigner sur les prix,* conclut-il en s'éloignant. Le père de Patrick Neftel se procura une liste de prix à l'entrée de l'exposition et revint aux côtés de sa femme. *– La dame m'a dit. Les pastilles rouges sur les murs (tiens, comme celle-ci,* indiqua-t-il en montrant du doigt la première toile qu'ils avaient vue), *cela veut dire que l'œuvre est déjà vendue. – Ce qui veut dire que ça marche fort pour elle. Il y a une pastille rouge sous la moitié des toiles. – Celle-ci par exemple, numéro 3* (il montrait la girafe immergée) *: huit mille francs. – Huit mille francs !* murmura la mère de Patrick Neftel en se méfiant d'un couple qui se trouvait près d'eux. *Huit mille francs ! – Elles sont toutes dans ces zones de prix, à part la 12, trois mille. – Et elle est où la 12 ? Quand même Jean-Pierre… – Et puis la 9, quatre mille. Allons voir la 9. Il sera difficile de lui faire croire que notre tableau préféré se trouve être le moins cher… – Je n'ai jamais dit qu'on allait acheter un tableau Jean-Pierre. Il doit y avoir un moyen moins onéreux de se réconcilier avec* *cette femme. Quatre mille francs. Après les quatre-vingt-quatre mille de la 504 TI. Il va finir par nous coûter cher ce dîner ! – Qu'est-ce que tu veux que je te dise ! Tu veux que je perde mon emploi c'est ça ? Tu veux que je perde mon emploi ?* Il se retourna pour s'assurer que personne ne l'avait entendu. Et à son tour il remarqua le couple qui l'observait d'un air bizarre. Il essaya de faire disparaître de son visage les signes d'énervement qui l'animaient et pivota vers son épouse. *– Ah, pas de chantage de ce type s'il te plaît, pas de chantage de ce type. Ce n'est quand même pas ma faute si tu t'es mis dans cette situation si tordue !* La toile numéro 9, intitulée *Vacarme exotique avec figures de nains nantis de cous de girafe (Hans Holbein)*, se trouve toujours sur les murs de leur salon. Malgré le dénouement de cette histoire ils ne l'avaient pas détruite ou reléguée dans leur grenier. Patrick Neftel leur en avait voulu de leur imposer le spectacle de ce tableau désolant mais aussi de se soumettre avec une telle servilité aux circonstances de l'existence. Car ce tableau leur imposait le souvenir d'une des humiliations les plus cruelles qu'ils avaient dû endurer, d'autant plus qu'il manifestait d'une manière outrageuse la folie dont elle avait résulté. Il s'agissait d'un abcès pictural, d'une gangrène de couleurs, d'un symptôme de démence, d'une malsaine purulation. *Mais débarrassez-vous de cette merde ! Cette pute vous a trahis ! Elle vous a détruits ! Et vous gardez sa croûte ! J'en peux plus ! Je vais la détruire !* leur avait dit Patrick Neftel à plusieurs reprises au cours de son adolescence. *On va devoir supporter ce truc infâme pendant encore combien d'années ! – Qu'est-ce que tu en penses ?* demanda le père de Patrick Neftel à sa femme en lui montrant la toile numéro 9. *– Jean-Pierre... – C'est raisonnable pour un tableau. – S'il te* *plaît…* – *Regarde le prix des tableaux au musée du Louvre.* – *Ne dis pas n'importe quoi s'il te plaît* (elle baissa la voix car le couple indiscret les avait rejoints). *Mais tu l'as regardé, au moins, ce tableau ? Tu t'agites, tu te retournes sans cesse, regarde la feuille de prix, tu l'as pliée en six morceaux, elle est toute chiffonnée, donne,* lui dit-elle en la lui prenant des mains. *Et le tableau, ce tableau que tu suggères qu'on achète, tu ne l'as même pas regardé ! Mais regarde, regarde-le !* Son mari s'était retourné et embrassait la salle du regard : il avait perdu de vue Martine Francœur. Où est-ce qu'elle est ? Mais bordel où est-ce qu'elle est passée ? Et c'est alors qu'il la vit devant lui (à quelques centimètres) au bras d'un homme corpulent vêtu d'un gigantesque costume croisé, chauve, myope, lascif, qui respirait l'économie ou la fiscalité. Les phrases qu'ils s'échangeaient regorgeaient de mots précieux, de tournures raffinées, de concepts inconnus, sans compter les sourires de l'artiste, les cliquetis de sa ceinture, les toussotements approbatifs du fiscaliste. Celui-ci s'engagea avec autorité, utilisant un nombre de mots qui paraissait restreint en dépit de la longueur de sa phrase, dans une digression rectiligne sur les gravures de Hans Holbein : *Stefan Zweig aimait à rappeler la douceur et l'intelligence du regard d'Erasme tel qu'on le voit dans les portraits que firent de lui Dürer* (*Ah ! Dürer ! Dürer !* s'exclama Martine Francœur) *et surtout Hans Holbein. J'ai toujours considéré que l'*Éloge de la folie *est sans doute le plus beau témoignage d'un individu qui pour avoir renoncé à la vie monastique* (toussotement cultivé) *n'en a pas moins cherché à justifier son engagement humaniste dans le théâtre de la vie comme elle va pour chacun.* Martine Francœur frissonnait de bonheur : *Georges. Quel bonheur de vous écouter. Je vais vous* *montrer une autre toile qui devrait vous plaire.* Depuis quelques minutes qu'il écoutait cette conversation le père de Patrick Neftel avait été anéanti, amputé des deux jambes (impression de flaccidité musculaire) et évidé de l'intérieur de tout organe vital. *Vous êtes là, VOUS ?* demanda-t-elle avec étonnement quand il l'intercepta. Elle semblait sidérée par sa présence à son vernissage. – *Euh, oui…* murmura-t-il bêtement. Puis : *C'est… C'est vraiment très beau…* – *Ah oui ?* Silence. Elle le dévisageait. Il ne savait que lui dire d'autre que *C'est beau.* Il hasarda : *Cet univers… cet imaginaire…* Il sentit qu'elle s'apprêtait à le planter. *Je vais en acheter un.* – *De quoi ?* – *De tableau. Je vais acheter un tableau.* Elle éclata de rire et jeta un coup d'œil sur le fiscaliste, sans doute pour y trouver la connivence dont ce début d'hilarité avait besoin pour s'épancher. Mais celui-ci, indifférent à la présence du père de Patrick Neftel (un seul regard lui avait suffi pour se détourner de la conversation), regardait le tableau numéro 10. – *Et vous avez fait votre choix ?* – *Celui-ci,* répondit-il en désignant le tableau qu'il avait choisi. Et c'est alors que son regard tomba par hasard, ponctuellement, sur une girafe décapitée. – *Excellent choix. Surprenant mais excellent.* Puis : *Pardonnez-moi…* et elle s'éloigna au bras du fiscaliste (qui, revenu à elle, heureux de sortir de ce minime interlude, se remit à lui sourire). Le père de Patrick Neftel s'approcha de sa femme (que Martine Francœur n'avait pas pris la peine de saluer) et lui dit : *Ça y est.* – *Ça y est quoi ?* – *Je lui ai parlé.* – *Et alors ?* – *Alors quoi ?* – *Comment ça s'est passé ?* – *Très bien je crois. Je lui ai dit deux mots sur son imaginaire. Et surtout je lui ai dit que j'avais acheté un tableau.* Stupéfaction, furie intérieure, murmures tonitruants : *Quoi ! Quoi !* – *Eh ben quoi ? On s'était pas mis*

d'accord ? – *Mais tu es fou ! Tu es complètement fou !*
Et quel tableau ? – Comme on avait dit. Le numéro 9.
Elle secoua nerveusement la tête : *Mais tu l'as regardé ?*
Tu l'as regardé ce tableau atroce ? – J'ai juste vu une
girafe décapitée. Les couleurs sont jolies. – Les cou-
leurs sont jolies ! Les couleurs sont jolies ! et elle s'éloigna furieusement dans la foule. Le père de Patrick
Neftel se rendit à l'entrée de la brasserie et s'adressa à
la jeune femme assise derrière la table : *Je voudrais*
acheter un tableau. L'hôtesse lui déclara qu'il fallait le
réserver immédiatement : *Ils partent tous comme des*
petits pains. Il s'agit de quel tableau ? – Du numéro 9.
Elle s'empara d'une feuille à l'aspect satiné qui semblait
atteinte d'une varicelle arithmétique et entraîna le père
de Patrick Neftel vers le mur d'exposition. – *Il s'agit*
bien de celui-ci ? – Tout à fait, répondit-il, et l'hôtesse
décolla de la feuille une pastille rouge qu'elle appliqua
sur le mur, ses ongles longs, vermillon, d'un éclat sur-
naturel, anticipaient l'impact de la tache autocollante sur
le mur blanc, puis il ne resta plus sur celui-ci, matériali-
sant d'une manière assez violente la décision qu'il avait
prise, que l'irrécusable pastille d'achat, *Et voilà !*
s'anima l'hôtesse, *c'est l'une des toiles les plus énigma-*
tiques qu'elle ait jamais produites ! puis elle la regarda
intensément quelques instants, engageant le père de
Patrick Neftel à l'imiter. Désireux de ne pas retomber
sur la girafe décapitée, il commença son inspection par
le haut du tableau, où s'imposait un énorme soleil bleu.
On retrouvait cette même couleur un peu partout, par
exemple dans les buissons qui couvraient la montagne,
et c'est cette couleur bleue qui conduisit son regard à
l'intérieur de l'image, lecture exclusivement chroma-
tique, sable bleu, oiseau bleu, herbe bleue, il enjambait
les jaunes, il éludait les rouges, *Cette scène de figures*

143

est ahurissante… je ne me lasse pas de la regarder… déclara l'hôtesse en orientant vers ladite scène non pas un seul de ses doigts (comme il est d'usage) mais toute sa main qui pianotait, qui ondulait, qui recréait la houle de l'océan (pour exprimer comme il convient la complexité des sensations qu'elle éprouvait et que sans doute le monolithisme un peu simpliste de son index esseulé n'était pas de nature à traduire), *C'est digne de Bosch je trouve* (le père de Patrick Neftel pensa aux bougies de la 504 à injection électronique) *et je pense en premier lieu à la* Tentation de saint Antoine… et entraîné par les petits miroirs de couleur rouge qui clignotaient devant ses yeux il aborda la scène centrale de l'œuvre, qui lui donnait son titre. Des nains dansaient sur un parterre de fleurs (il retrouva son bleu) auxquels avaient été greffés des cous de girafe. Dans la plupart des cas ces cous avaient conservé leur tête originelle mais d'autres fois ils se trouvaient équipés d'une tête de nain. On pouvait supposer que certains avaient eu la possibilité ou le temps et peut-être même les moyens financiers de substituer leur propre tête à celle de l'animal tandis que d'autres s'apprêtaient sans doute à le faire. Si bien, constata le père de Patrick Neftel quand il commença à étudier le tableau en détail, si bien qu'on trouvait éparpillées dans l'herbe tantôt des têtes de girafe (bonnes pour la décharge) (environnées de mouches aux reflets bleus) et tantôt des têtes de nain disposées sur des mouchoirs immaculés. Mais surtout, à l'arrière-plan, emmagasinées dans l'ombre bleue d'un saule pleureur, on pouvait voir les dépouilles des girafes décapitées qui avaient servi à l'extension des créatures de petite taille, lesquelles avaient atteint à la faveur de ces opérations de rehaussement des hauteurs assez considérables, comme l'attestait un homme normal (un facteur avec sa sacoche en bandoulière) qui cheminait au milieu d'eux, dominé et amoindri, tandis qu'il n'échappait pas au spectateur attentif (et par conséquent au père de Patrick Neftel, que gênaient devant la toile les ondulations incessantes des ongles de l'hôtesse) que ces sortes de cheminées qui prolongeaient la brièveté patho-logique des troncs déséquilibraient leurs propriétaires, lesquels vacillaient, s'apprêtaient à s'effondrer, l'un d'eux se retenait avec sa langue à un nuage rabattu par la masse de la montagne, puis les clignotements ver-millon disparurent, la main conférencière se rétracta et l'hôtesse déclara : *Très bon choix... Vous allez vivre avec cette œuvre des années et des années d'une grande richesse métaphysique...* et le père de Patrick Neftel se rendit compte que les pupilles de la jeune femme, comme on peut le voir sur certaines photographies prises au flash, étaient d'un rouge profond et sourd, contractuel, proprement commercial. Revenus à la table à l'entrée de la brasserie, l'hôtesse lui dit *Quatre mille francs payables immédiatement, vous pourrez disposer de l'œuvre après l'exposition. – Vous acceptez les chèques ?* lui demanda-t-il. – *Chèques ou espèces.* Le père de Patrick Neftel se retourna pour voir où se trouvait sa femme, ne la vit pas, *Excusez-moi,* dit-il à l'hôtesse, *je reviens,* et il la chercha dans tout le vernis-sage, descendit aux toilettes, alla aux vestiaires, revint devant son œuvre (une onde étrange parcourut sa colonne vertébrale quand il vit la pastille rouge qui le désignait d'une manière indécente, accusatrice, ce dont il retira une honte puissante et implacable), s'orienta vers la porte d'entrée et sortit dans la rue. Il aperçut sa femme trente mètres plus loin sur le trottoir et la rejoi-gnit. – *Mais où est-ce que tu étais passée ! Je te cherche partout depuis dix minutes !* Elle ne répondit pas. *J'ai besoin du chéquier*, ajouta-t-il. Elle leva les yeux sur lui et il vit qu'ils étaient rouges, humides, gonflés. Quelques secondes s'écoulèrent durant lesquelles elle sembla mettre à l'épreuve d'un mystérieux chantage l'inflexibilité de son mari. Voyant que celui-ci restait vissé sur la résolution qu'il avait prise, la mère de Patrick Neftel ouvrit son sac, jeta le chéquier du compte commun sur sa poitrine et il tomba par terre. Et tandis qu'il se baissait pour le ramasser, elle entreprit de mettre entre elle et lui, entre elle et l'œuvre, entre elle et les girafes décapitées et les nains augmentés, trente mètres nocturnes supplémentaires.

5

Laurent Dahl aimait Marie Mercier d'un amour qui obsédait ses pensées et diffusait dans son ventre des sensations de maladie. Opposant à son adoration la banalité d'une gentillesse intermittente, elle l'enfermait derrière les murs d'une citadelle isolée où il se désolait d'être incompris. Fille de pilote d'essai, elle habitait à une douzaine de kilomètres une grande maison bourgeoise au milieu d'un parc. Il la retrouvait chaque matin dans le car de ramassage scolaire, la place à côté d'elle occupée par une amie qui montait deux arrêts avant celui du lotissement. Cette circonstance obligeait Laurent Dahl à se contenter d'un sourire figé et à s'asseoir à proximité, ne se tournant qu'avec timidité. Il s'absorbait dans la contemplation de la banlieue plongée dans la nuit, certaines chansons que diffusait la bande FM exaltaient sa vie intérieure et lui donnaient confiance en lui, c'étaient des slows grandioses et entêtants dont la beauté de la douleur le confortait dans l'entretien de ses propres souffrances. Arrivé à destination, Laurent Dahl descendait du car et attendait Marie Mercier sur le trottoir. Il avait honte de l'empreinte qu'avaient laissée ses fesses sur le skaï brun. *Tu vas en cours de quoi ?* lui disait-il. – *Chimie…* répondait-elle laconiquement. Ils marchaient vers les bâtiments du lycée, rejoints par d'autres qu'ils connaissaient et qui désagrégeaient leur intimité silencieuse. Il avait honte de ses empreintes de fesses sans en éprouver pour celles des autres. Il se disait que si le regard de Marie Mercier sortant du car tombait par hasard sur cet abricot éventré imprimé en creux à la place qu'il avait occupée, elle ne pourrait que le trouver pitoyable et le rejeter. *Tu termines à quelle heure déjà le jeudi ?* lui disait-il. – *À dix-sept heures normalement mais aujourd'hui quinze heures. Ma mère vient me chercher.* Il lui rendait visite certains samedis et passait l'après-midi à bavarder avec elle. Assise dans l'herbe avec la raideur d'une jeune fille de bonne famille consciente de ses attraits, vêtue même le samedi avec un classicisme qui ravissait Laurent Dahl, jupe droite, collant blanc, serre-tête de velours vert, chemise d'homme au col relevé, escarpins vernis noirs décorés d'un nœud plat, Marie Mercier l'écoutait avec distraction, un peu absente, un peu rêveuse et ennuyée. *Il est quelle heure ?* l'interrompait-elle. – *Quatre heures vingt. Tu dois faire quelque chose ?* Marie Mercier manipulait un brin d'herbe et tournait son regard vers lui. – *Pas particulièrement.* Un long silence s'ensuivait. Elle dégageait ses pieds de dessous ses fesses et les posait dans l'herbe jambes tendues. Elle tirait sa jupe droite pour lui dissimuler le plus de cuisse possible. – *Tu connais le questionnaire de Proust ? C'est un questionnaire que Proust... Proust l'écrivain* (*Oui, je sais, merci*, lui rétorquait Marie Mercier), *non mais je sais que tu sais,* répondait-il avec gêne (*Le Chien, Le Chien ! viens me voir !* criait Marie Mercier à l'attention du chien qui s'ébrouait sur le gazon), *il est gentil ce chien, j'aime bien, il a quel âge ? – Il a quatre ans,* lui répondait Marie Mercier en contemplant son labrador. Laurent Dahl le regardait se

148

mouvoir telle une réplique animale de lui-même, sans autre avenir que la reproduction mécanique du même instant éternellement reconduit. Pour le chien : courir, attraper des balles, manger, dormir, prendre des brindilles entre ses dents, se laisser caresser, baver, agacer des mulots, tirer la langue et aboyer. Pour Laurent Dahl : se trouver confronté à la même indifférence à peine dissimulée, se produire, faire des phrases, fouiller dans son cerveau pour y trouver une réflexion intelligente, le car de ramassage scolaire, lui sourire mentalement, contempler ses cuisses stellaires, ne constater aucun progrès, voir s'épanouir comme une fleur son sublime ennui mélancolique, vérifier qu'elle se ranimait à l'évocation de ce type de terminale D dont il supposait qu'elle était amoureuse. *Tu disais ?* demandait-elle à Laurent Dahl. – *Oui, Proust, pardon. Proust a écrit un questionnaire, je l'ai là, regarde. En répondant aux questions tu fabriques ton autoportrait.* – *C'est super !* disait-elle. Elle semblait exulter. Il séduisait Marie Mercier par l'entremise de Proust. – *Oui, c'est génial, on va le faire, écoute, première question. On va commencer par les plus faciles. Héros de la vie réelle.* Marie Mercier réfléchissait. – *Héros de la vie réelle ? Il faut que je donne le nom d'un héros ayant réellement existé ? – Quelqu'un que tu considères comme un héros. Qui revêt une véritable importance. Et qui a réellement existé. – Jules César.* Laurent Dahl considérait Marie Mercier abasourdi. Il savait qu'elle pensait au type de terminale D en répondant *Jules César. Et après ?* demandait-elle. – *Pardon... Deuxième question... Héros préféré de fiction.* Aucune réponse spontanée ne semblait se présenter. Marie Mercier promenait des brins d'herbe sur sa lèvre supérieure, songeuse et absorbée. – *Héros...*

héros… héros… Et toi ? – Toi d'abord. Je te dirai après. Elle tournait les yeux vers sa maison. Pour voir si sa mère arrivait ? Ramenant son regard vers lui : *Je donne ma langue au chat. – C'est pas grave. On y reviendra plus tard. Ta fleur préférée. – Le tournesol !* s'exclamait-elle du tac au tac. Décidément. Il aurait préféré qu'elle réponde à la première question par le nom d'un individu complexe et hasardeux, à la deuxième par celui d'une fleur fragile et féminine, le muguet ou la rose, le bouton-d'or ou la violette. Il aurait préféré des réponses qui manifestaient sa compassion pour le genre humain et ses précarités. *– À cause de Van Gogh ? – Non, pourquoi Van Gogh ? – Parce qu'il a peint des tournesols. – Non. À cause du soleil. C'est l'astre roi du ciel. Et toi alors ? – À la première question je répondrais Isidore Ducasse comte de Lautréamont. – Comte de Lautréa-quoi ? – Lautréamont. Un écrivain. – Connais pas. Et après ? Héros préféré de fiction ? – Nadja.* Marie Mercier éclatait de rire en se renversant sur l'herbe, ce qui lui permettait d'apercevoir ses cuisses une courte seconde, confus, désorienté. *Décidément !* criait Marie Mercier. *Il faut toujours que tu fasses ton intéressant ! Tu peux pas être comme tout le monde ! Où tu vas chercher tout ça ! – C'est connu*, se justifiait Laurent Dahl. *– Quoi, qu'est-ce qui est connu ? – Nadja. C'est connu. Beaucoup de gens connaissent Nadja. – C'est qui, alors, cette Nadja, si elle est si connue ?!* demandait Marie Mercier au moment où sa mère surgissait. Il arrivait toujours un moment où la mère de Marie Mercier leur proposait toutes sortes de choses qu'il acceptait comme des consolations, crêpes, boissons, parts de tarte, bols de groseilles, recommandations diverses adressées à sa fille. *Vous voulez boire une* *orangeade ? Vous voulez des groseilles ? – Tu connais Nadja ?* lui demandait Marie Mercier. *– Nadja ? C'est qui Nadja ? Tu me demandes si je connais Nadja ? – Une héroïne de fiction. – Ah, une héroïne de fiction !* (Elle riait.) *Je croyais que tu me demandais si je connaissais une dénommée Nadja, une copine de lycée ! – Non. Un personnage imaginaire. – Attends, Nadja... oui... Nadja... Nadja... c'est un personnage de roman, je crois que c'est un personnage de roman... – Mais de qui ?! – Ouh là là tu m'en poses une de ces colles ! De qui, mon Dieu, de qui, mais j'en sais rien ! – Fais un effort. – C'est, attends, il faudrait demander à ton père, j'en sais rien, un écrivain français du début du siècle... – Eh bien demande à papa. Et reviens nous dire sa réponse. Et demande-lui s'il connaît le comte de Lautré... Lautré-comment déjà ? – Lautréamont,* lui répondait Laurent Dahl. *– Lautréamont. Demande-lui s'il connaît le comte de Lautréamont. Il me fait passer pour une idiote ! Je suis sûre que c'est des trucs de tordu que personne connaît !* La mère : *Et l'orangeade ? Vous voulez une orangeade ?* Marie Mercier : *Non.* Laurent Dahl : *Euh, oui, volontiers. – Alors une orangeade pour notre ami et je reviens avec les réponses ! Je suis sûre que papa va connaître !* Laurent Dahl aurait voulu s'éclipser. Il était mal à l'aise. Il s'était ridiculisé. Il ne pourrait remonter la pente qu'en étant drôle et radical – ce qui lui paraissait au-dessus de ses forces. *Qu'est-ce que tu veux faire dans la vie ?* lui demandait soudain Marie Mercier. *C'est drôle on n'en a jamais parlé... Je pense à ça à cause de tous tes trucs de tordu... – Aucune idée. Mais j'aime bien la banque... la finance... gagner beaucoup beaucoup d'argent...* Marie Mercier levait les yeux sur lui. Étonnée. Incrédule. Avec un soupçon de ravissement. *Gagner beaucoup beaucoup d'argent ? TOI ? – Et pourquoi pas ? – Je sais pas. Je t'imagine pas gagner beaucoup d'argent. Je t'imagine pauvre, idéaliste et pauvre ! surtout idéaliste ! en dehors des réalités ! – Ah bon ?* lui répondait disloqué Laurent Dahl. *Qu'est-ce qui te fait dire que je pourrais pas gagner beaucoup d'argent ? Moi aussi j'aime la vie et les belles choses ! Moi aussi j'ai envie d'un bel appartement, d'une belle voiture, de pouvoir voyager, de descendre dans de grands hôtels ! Qu'est-ce que tu crois ! – Peut-être. Je sais pas. Je t'avais jamais vu sous ce jour. Je veux dire : gagner beaucoup d'argent.* Silence de Laurent Dahl. *Je te vois comme une sorte... comme un garçon sensible... contemplatif... Pas comme, je sais pas... un type sans scrupule... prêt à tout pour s'enrichir...* Il savait qu'elle avait raison. *Gagner beaucoup beaucoup d'argent* était une expression qui désignait un état idéal auquel aucun calcul, aucun itinéraire, aucun projet sérieux qu'il aurait pu former n'aurait conduit. Un état suspendu. Il attendait de l'existence qu'elle le fasse éclore dans toute sa plénitude sans qu'il se soit procuré les conditions d'un tel épanouissement. En réalité il aurait pu remplacer le mot *argent* par beaucoup d'autres qu'il postulait, *sensations* (beaucoup beaucoup de *sensations*), *plaisirs* (beaucoup beaucoup de *plaisirs*), *estime* (beaucoup beaucoup d'*estime*), *reconnaissance* (beaucoup beaucoup de *reconnaissance*), *espoir* (beaucoup beaucoup d'*espoir*), *récompenses* (beaucoup beaucoup de *récompenses*), *douceur* (beaucoup beaucoup de *douceur*), *surprises* (beaucoup beaucoup de *surprises*), *émerveillements* (beaucoup beaucoup d'*émerveillements*), *voyages* (beaucoup beaucoup de *voyages*), *rencontres* (beaucoup beaucoup de *rencontres*), *femmes* (beaucoup beaucoup de *femmes*), *Femme* (une femme qui serait *Femme* beaucoup beaucoup)... – *Et tu aimes ça ? Je veux dire : ça te plaît que je sois comme ça ?* La mère de Marie Mercier revenait avec l'orangeade : *Vous n'avez pas froid ? – Si, un peu,* lui répondait Marie Mercier. – *Je vais vous apporter des couvertures.* Puis : *Vous restez dîner ce soir ?* À l'attention de sa fille : *Tu invites notre ami à dîner ? – Pas ce soir,* lui répondait Marie Mercier à peine aimable. *Je suis fatiguée. Je voudrais dormir. – Vous n'êtes pas obligés de vous coucher tard ! On pourrait dîner tôt, c'est prêt, il n'y a plus qu'à réchauffer ! – Pas ce soir je t'ai dit. J'ai envie d'être seule. – Je vais y aller, il est tard,* murmurait Laurent Dahl. – *Bon, tant pis, ce sera pour une prochaine fois... Vous décidez d'une date pour une prochaine fois ? – Oui, oui, on verra ! on verra !* et Marie Mercier se levait irritée, s'éloignait d'un pas rapide, disparaissait dans la maison. – *Elle a un fichu caractère...* se lamentait sa mère en souriant à Laurent Dahl. *Ah, et puis, j'allais oublier, c'est très connu effectivement, mon mari connaissait.* Nadja, *roman d'André Breton. Et puis, comte de Lautré, Lautré... Ouh là là quelle mémoire ! – Lautréamont,* balbutiait Laurent Dahl. – *Lautréamont, c'est ça. Eh bien il a écrit* Les Chants, Les Chants... – De Maldoror. Les Chants de Maldoror. – *Oui, c'est ça, voilà,* Les Chants de Maldoror *!* Laurent Dahl se désolait de la disparition de Marie Mercier et se demandait avec inquiétude combien de temps il allait devoir attendre son retour en échangeant avec sa mère des propos de pure politesse. Il ne pouvait se lever, se rendre au bord de la rivière, rêver au dénouement heureux de leur histoire d'amour, Marie Mercier sortant de l'onde vêtue d'une longue robe blanche, coiffée d'une délicieuse couronne de fleurs, s'avançant vers lui la main tendue, diaphane et amoureuse. Lui était-elle hostile ? Ses stratagèmes de séduction donnaient-ils de lui l'image d'un homme sophistiqué ? Faudrait-il toujours se construire, élaborer des édifices factices et fastidieux ? Ne pourrait-il jamais s'abandonner sans s'écrire et se mettre en scène ? *Pardon ?* demandait Laurent Dahl à la mère de Marie Mercier. – *Je disais. J'ai les genoux griffés. J'ai désherbé les sous-bois. Il y a tellement de ronces !* Un atroce mal au ventre. Il respirait avec difficulté. – *J'ai adoré vos groseilles le week-end dernier. Vous avez des fruits, beaucoup de fruits ?* Il se sentait comme un sac de cailloux. Ces cailloux alourdissaient ses membres. Ces cailloux encombraient sa poitrine. Ces cailloux encombraient ses pensées. Ces cailloux qui encombraient son ventre avaient pris la forme d'un désir irrépressible de se rendre aux toilettes : ils s'y entrechoquaient en produisant des bruits d'éboulis. – *Des pommes, des poires, des mirabelles, des cerises, des groseilles, quoi d'autre... J'ai des noyers, de beaux noyers, regardez* (elle désignait du doigt un arbre énorme qui soulignait sa petitesse d'arbuste rampant) *et puis un autre ici* (elle déplaçait son index vers un autre arbre aussi majestueux) *et un dernier de l'autre côté de la rivière... Vous êtes déjà allé, Marie vous a déjà emmené de l'autre côté de la rivière ?* – *Il est possible d'aller aux toilettes ?* – *Mais bien sûr, bien sûr, fallait le dire avant, suivez-moi !* s'exclama la mère de Marie Mercier en se levant. Fallait le dire avant ? Qu'entendait-elle par cette phrase : *Fallait le dire avant* ? Déduisait-elle de ce visage ancestral qu'elle avait vu la colique inéluctable qui révolutionnait ses intestins ? Les cailloux s'entrechoquaient violemment. Il s'agissait d'un torrent rocailleux dont il devait juguler de toutes les forces de ses muscles l'imminence du déferlement, serrant les fesses, se concentrant, suivant la mère de Marie Mercier à travers les jérémiades d'un saule pleureur, sous la menace d'un marronnier séculaire, sur le carrelage à damiers d'un vestibule, à travers la douceur amniotique d'un salon rose, empruntant derrière elle le bon augure d'un long couloir, poussant la porte qu'une main serviable lui désignait, s'introduisant enfin dans les toilettes. *À tout de suite, je vous attends dans le salon*, lui déclara la mère de Marie Mercier. À peine avait-il refermé la porte derrière lui qu'il avait senti que ce seul signal d'intimité adressé à ses viscères avait libéré l'expulsion du torrent rocailleux. Il dégrafa sa ceinture, baissa d'un même mouvement féroce slip blanc et pantalon : s'assit sur la lunette. Mais pas aussi rapidement que l'exigeaient les circonstances. Moins de quatre secondes s'étaient écoulées et Laurent Dahl considérait consterné le sirop brun vaguement jaunâtre qui maculait l'assise du sous-vêtement. La colique avait été liquide et s'était déversée à la vitesse de l'éclair (à cause sans doute de cette absence totale de densité) en l'équivalent de deux verres à moutarde emplis à ras bord, le premier dans son slip, le second dans la cuvette. Une puissante odeur d'excrément renseignait sur la gravité de son malaise gastrique. Son slip détrempé dégouttait sur le carrelage avec la régularité d'une gouttière percée. Laurent Dahl s'enferma la tête dans ses mains. Qu'est-ce qu'il allait faire ? *Qu'est-ce que je vais faire maintenant ?* Il s'essuya (ce qui nécessita un nombre assez considérable de feuilles de papier), se déchaussa, retira son pantalon et son slip (et ce dernier avec une minutie précautionneuse). Il avisa un lavabo muni d'un savon et d'une serviette disposée sur un support métallique scellé au mur. Un petit vase à l'intérieur duquel avait été disposé un bouquet se trouvait sur une tablette en bois ornée d'un napperon rose. Laurent Dahl en approcha ses narines et respira mécaniquement l'odeur supposée de prairie printanière des quelques fleurs : la puanteur de la colique supplantait leur parfum. *C'est pas possible... Putain c'est pas possible quelle journée...* Il s'était rarement senti aussi triste. Ayant entrepris de nettoyer, avec des feuilles de papier-toilette humectées, l'aquarelle brune qui tapissait son slip, il entendit qu'on frappait à la porte. *Tout va bien ? Vous avez besoin de quelque chose ?* C'était la mère de Marie Mercier qui s'inquiétait du temps déraisonnable qu'il avait déjà passé dans ses toilettes. – *Euh, oui, j'arrive, j'ai un peu mal au ventre...* – *C'est d'être resté assis dans l'herbe toute l'après-midi, l'herbe est un peu humide malheureusement, j'aurais dû vous sortir des couvertures. Je vous prépare quelque chose de chaud.* – *Euh, oui, merci, merci beaucoup*, lui répondit Laurent Dahl. La mère de Marie Mercier s'éloigna sur le parquet sonore de leur énorme demeure et Laurent Dahl considéra la boue claire étalée sur son slip. Il en vint à formuler cette première conclusion qu'il ne le rendrait pas immaculé ni inodore à l'aide de ces seules feuilles de papier-toilette qu'il humectait. Il en vint à considérer l'hypothèse qu'il pourrait le laver à grande eau. En avait-il le temps ? Et que ferait-il de son slip lessivé, même essoré avec force ? Il aurait voulu pleurer, s'éclipser comme par miracle de cette maison bourgeoise qui l'écrasait. Comment était-il imaginable de s'être mis à son âge et pour la première fois depuis la maternelle dans une situation si dégradante ? Il décida de faire disparaître le slip souillé par la chasse d'eau. Pour augmenter ses chances de réussite, il le déchira en deux morceaux, avec difficulté, comme le font les prisonniers avec leurs draps avant de s'évader. Il buta sur le large élastique qu'il fut impossible de sectionner, si bien qu'écartelant le sous-vêtement de toutes ses forces il eut dans la main droite une couronne élastique d'où pendait le lambeau blanc d'un tiers de slip et dans la gauche les deux tiers subsistants dudit slip. Il déposa dans la cuvette la première des deux moitiés inégales et tira la chasse. *Alors... ça va marcher ? ça va marcher ?* Le maelström de colique secouait la couronne élastique, la bousculait, l'émergeait, l'expulsait, la ravalait, la recrachait, la propulsait circulairement le long de la paroi d'émail. À l'extinction du phénomène d'agitation océanique occasionné par la chasse d'eau, Laurent Dahl vit réapparaître à la surface de l'eau la couronne élastique désormais brune, totalement teinte. *Merde... Merde, merde, merde !* Il regarda le fragment déchiré qu'il tenait dans ses doigts. Comment était-il concevable que ce regrettable incident eût produit des dégâts d'une telle ampleur ? Combien de litres de cette colique urgente s'étaient-ils répandus en réalité dans son intimité ? Il regarda le tissu qui flottait à la surface de l'eau. Il tira la chasse à nouveau et finit par le voir réapparaître avec indifférence. *Votre thé est prêt*, entendit-il soudain derrière la porte. *Et Marie est redescendue, elle vous attend. Tout va bien ? – Oui, oui, j'arrive, ça va. – Mais vous êtes sûr, vous êtes sûr que ça va, vous êtes enfermé là depuis vingt bonnes minutes ! Vous voulez que j'appelle vos parents ? – Non, non, surtout pas, j'arrive, tout va bien. – De toute manière mon mari vous raccompagne en voiture, il est d'accord, prenez votre temps. Et appelez-moi si*

157

vous avez besoin de quelque chose. – Oui, d'accord, merci, lui répondit Laurent Dahl la voix brisée. – *C'est cette herbe, cette herbe humide, il fait doux mais il a plu cette nuit, l'humidité de la terre remonte avec le soir. Vraiment je m'en veux Laurent, j'aurais dû vous donner des couvertures. – Non, c'est bon, vous n'y êtes pour rien, j'avais déjà, j'avais des douleurs au ventre ce matin en me levant. – Des douleurs ? Des douleurs au ventre ? Mais mon Dieu Laurent des douleurs ! Mais quelle sorte de douleurs ?! Il faudrait voir un médecin ! – Non mais je veux dire, mal au ventre, c'était juste... ne vous inquiétez pas... – Bon, j'y vais, votre thé est prêt, il vous attend*, conclut-elle en s'éloignant sur le parquet grinçant. De toute manière c'était foutu avec sa fille. Sa mère allait réapparaître au salon en leur tenant des propos alarmistes sur les ennuis gastriques du prétendant, leur confirmant qu'il avait mal au ventre ce matin, qu'il devait avoir la *diarrhée* ou la *colique* ou *quelque chose de ce genre*, qu'elle était inquiète et qu'il faudrait qu'il consulte un médecin. *C'est mauvais, la diarrhée, le pauvre*, dirait-elle à Marie Mercier. Alourdi par l'anneau élastique, le fragment de slip avait coulé. Laurent Dahl plongea la main dans l'eau des toilettes et l'en extraya, l'essora avec force, le disposa écœuré sur le rebord du lavabo. Il lava le second fragment sous l'eau du robinet, l'essora à son tour et l'étendit sur l'émail à côté du premier. *Que faire ?* Il retira ses chaussettes et plaça les deux fragments de slip à l'intérieur de ses chaussures. Il renfila son pantalon, dont il constata avec effroi que quelques gouttes de déjection l'avaient atteint, à l'intérieur et au niveau de l'aine. Il humecta l'une des chaussettes et il frotta du mieux qu'il put les éclaboussures qui l'ornaient. Mais l'odeur. Il avait l'impression qu'une odeur de troisième âge émanait de son pantalon. L'odeur d'une diarrhée rance, une puanteur de digestion défectueuse, de fruits rouges empêtrés dans l'estomac, mal éliminés, vieux de plusieurs semaines. Il se saisit d'une bombe de désodorisant et s'aspergea abondamment, s'arrêtant net quand il réalisa (mais trop tard) qu'il n'était pas des plus valorisants de s'imposer au subtil odorat familial d'une manière si vulgaire. Il aspergea les deux fragments de slip, empocha ses chaussettes, renfila son pantalon, tira la chasse une dernière fois et sortit des toilettes. Il claudiquait. Les deux fragments de slip qui emplissaient les chaussures comprimaient ses pieds contre le cuir. Arrivé au salon (*C'est moi... c'est moi...* hasarda-t-il en frappant d'un doigt bref à la porte grande ouverte), il vit Marie Mercier assise dans un fauteuil qui feuilletait un magazine. Sa mère se trouvait sur le canapé et déposa sa tasse de thé sur la table basse pour tendre la sienne à Laurent Dahl. *Du sucre ?* lui demanda-t-elle en approchant un sucrier fleuri. – *Je veux bien, merci, merci beaucoup.* Le père de Marie Mercier lisait un livre aux côtés de son épouse, les jambes élégamment croisées. – *Vous allez mieux ?* lui demanda-t-il par-dessus ses demi-lunes. – *Euh, oui, merci, très bien*, répondit-il en surveillant Marie Mercier. – *C'est mauvais la colique...* commenta la mère de Marie Mercier. – *Je t'en prie chérie... N'indispose pas notre ami avec tes commentaires de garde-malade !* – *Oui, non, pas du tout, juste mal au ventre, j'avais besoin... de... de me... de le...* – *Me voilà tout à fait rassurée, Laurent*, lui dit la mère de Marie Mercier. – *Tu vois chérie*, lui lança délicatement son époux en replongeant dans son livre. Laurent Dahl avalait de petites gorgées de thé, nerveux, désorganisé, posant ses yeux sur la silhouette de lectrice de Marie Mercier. Il lui semblait qu'une puissante odeur de colique se répandait lentement dans l'atmosphère. – *Marie...* lui dit sa mère d'une voix ferme. – *Oui... quoi...* lui répondit-elle avec lassitude. – *Je sais pas, tu pourrais t'intéresser à la conversation quand même... – La conversation ? Quelle conversation ?* répondit-elle sarcastiquement sans lever les yeux du magazine. *Tu veux dire... la conversation sur les problèmes de colique de Laurent ?* La mère de Marie Mercier adressa à Laurent Dahl un regard qui implorait son indulgence. – *Raconte-nous quelque chose d'intéressant, alors, si notre conversation t'ennuie.* Marie Mercier posa le magazine sur la table basse, retira ses escarpins et enfouit ses pieds sous ses cuisses : c'était la première fois que Laurent Dahl les voyait et il les trouva magnifiques : aussi beaux que dans ses rêves. – *Tu avais du travail à faire pour ce week-end ? – Oui, un peu, je le ferai demain*, soupira Marie Mercier. – *Et vous Laurent, en terminale scientifique ? Il y a plus de travail qu'en section biologique j'imagine ?* Le père de Marie Mercier posa sa tasse sur la table basse, son livre sur les coussins du canapé, traversa le salon et ouvrit en grand une porte-fenêtre qui donnait sur le jardin. Laurent Dahl (qui le surveillait d'un œil anxieux : *Oui, beaucoup, beaucoup*, répondit-il à la mère de Marie Mercier) le vit qui inspectait l'une après l'autre les semelles de ses chaussures. *Ils nous donnent beaucoup de travail à faire. Et puis les révisions pour les contrôles... surtout de maths et de physique... – C'est la voie royale le bac scientifique*, affirma dogmatique le père de Marie Mercier. – *Marie n'a pas été capable de nous dire, l'autre soir, ce que vous vouliez faire après le bac...* enchaîna son épouse.

– J'aurais voulu que Marie passe elle aussi un bac scientifique. J'aurais voulu qu'elle tente une classe préparatoire aux grandes écoles. Mais avec un bac de biologie… conclut-il en reprenant son livre. Marie Mercier leva la tête et respira l'atmosphère autour d'elle : son nez décrivait la trajectoire d'un insecte épuisé. *– Sans doute une classe préparatoire aux écoles de commerce,* était en train de répondre Laurent Dahl en observant Marie Mercier. *Pour faire une grande école de commerce. – Tu vois, Marie,* l'interrompit son père en levant les yeux sur elle. *C'est ce que j'aurais voulu que tu fasses. Une grande école de commerce.* Puis il replongea dans son livre tandis que Marie Mercier se levait : elle se déplaça à travers le salon et ouvrit la deuxième porte-fenêtre qui donnait sur le parc. *– Ça sent une drôle d'odeur ici vous trouvez pas ? – Ou peut-être une faculté de philosophie…* se dépêcha d'enchaîner Laurent Dahl, *mais je crois pas, sans doute pas, une grande école de commerce. Mais j'aime bien la philosophie… la littérature… je sais pas… – Je vous le déconseille,* affirma le père de Marie Mercier. Marie Mercier s'approcha de son chien, enfouit son nez dans sa fourrure et descendit vers l'arrière-train. *– Quoi, qu'est-ce que tu lui déconseilles ?* demanda la mère de Marie Mercier à son époux. *Je vous ressers un peu de thé ?* ajouta-t-elle à l'attention de Laurent Dahl. *– Non, merci, ça va, j'en ai encore. – Mais qu'est-ce qui sent ?* s'irrita Marie Mercier. *– D'entreprendre des études de philosophie ou de littérature. Je le lui déconseille. Je lui conseille plutôt une grande école. De préférence une grande école de commerce. – Arrête un peu Marie tu veux !* Puis : *Et si ça lui plaît la philosophie ? Pour quelle raison ferait-il du commerce ? Hein, Laurent,*

ajouta-t-elle tendrement. – *Non mais d'accord mais ça pue, ça pue la merde, c'est pas Le Chien alors c'est quoi ?* s'emporta Marie Mercier. *Je sais pas, regardez sous vos chaussures !* – *Marie, arrête !* lui déclara sévèrement sa mère, sur quoi Marie Mercier se rassit dans son fauteuil et reprit son magazine. – *Il pourra philosopher le dimanche matin. Lire des poètes latins la nuit. Regarde le directeur de la Banque de France, je l'ai lu dans* L'Express, *c'est un spécialiste de poésie et d'opéra. Cela ne l'empêche pas de diriger l'un des établissements d'État les plus prestigieux !* – *Je vous verrais bien diriger la Banque de France !* plaisanta la mère de Marie Mercier. *On pourra dire plus tard qu'on vous a bien connu n'est-ce pas Marie ?* – *Maman… Maman… Arrête un peu…* – *Tu vois Marie, une grande école de commerce… Tu manques d'ambition je trouve… Tu le regretteras plus tard…* déclara le père de Marie Mercier avec insistance. – *Bon…* hasarda Laurent Dahl que sa propre puanteur indisposait lui-même, *je crois qu'il faudrait…* – *Très bien ! Je vous raccompagne !* – *Non ! Non ! Surtout pas !* s'exclama paniqué Laurent Dahl. Le père de Marie Mercier se frottait les mains avec énergie comme s'il s'apprêtait à passer à table pour déguster son plat préféré. *Je veux dire… c'est pas la peine… je préfère rentrer à vélo…* – *Il n'en est pas question !* s'insurgea la mère de Marie Mercier. *Faire du vélo avec le mal au ventre ! Hors de question ! Tu le raccompagnes chéri : ce garçon est trop poli pour accep-ter.* Le père de Marie Mercier frappait ses belles grosses mains l'une contre l'autre en posant autour de lui (implicitement : sur le monde et sur la vie en géné-ral) un regard exalté d'optimisme. – *Non ! Je vous assure ! Je me sens beaucoup mieux ! Vraiment je préfère pédaler dans la nuit ! – Marie... Tu ne te lèves pas pour embrasser notre ami ?* Tout en se les frottant le père continuait de frapper ses mains à intervalles réguliers : *Allez ! En route ! En voiture ! C'est parti ! – Laurent... merci d'être passé nous voir... d'avoir passé l'après-midi avec Marie. Je crois que vous lui faites le plus grand bien... – Puissiez-vous la rendre plus ambitieuse dans la vie ! J'aurais aimé avoir un fils comme vous ! – Charles... Tout de même...* Marie Mercier déposa sur les joues de Laurent Dahl, avec ses lèvres qui s'étaient durcies, deux tampons administratifs.

J'adore les après-midi que je passe à l'Opéra en compagnie de Preljocaj et des danseurs, sous la coupole au profil de couronne impériale dont l'architecte a coiffé l'édifice. (J'ai appris récemment que Charles Garnier devait à cette initiative de courtisan d'avoir été choisi par l'empereur parmi un certain nombre de candidats réputés plus crédibles.) Les lucarnes du studio offrent un décor approprié aux péripéties du mythe de Médée, ciel et nuages, coloris qui se déploient dans les lumières de fin d'après-midi. J'ai la chance de voir danser Médée, dont il faut rappeler qu'elle porte un manteau offert à son père par le soleil, non pas dans la coquille de la salle de spectacle mais connectée à la lumière et à l'espace cosmique. On m'a remis un badge qui me permet de circuler dans les dédales du bâtiment. Celui-ci est un gigantesque agencement de couloirs, de coulisses, d'escaliers, d'ateliers, d'ascenseurs, de cheminements complexes et sinueux. Je m'y égare régulièrement. J'en adore l'atmosphère industrieuse, alimentée par les danseurs que l'on y croise, en tutu ou en collant, coiffés de chignons, ornés de diadèmes, outrageusement maquillés. Partout des écriteaux aux indications suggestives : LOGES, SILENCE, PLATEAU, COULISSES, ORCHESTRE. On aperçoit des réserves où comme des éboulis se mêlent les accessoires du répertoire, sabres, boucliers, manteaux, robes de bal, prolifération de bustes, de corps prostrés, inquiétants, taillés dans du bois clair. Des visions saisissantes enchantent ces cheminements, quand on tombe au sortir d'un couloir sur une énorme ouverture ronde décorée de ferronneries en forme de harpe. Ces hublots pratiqués dans la pierre donnent le sentiment de survoler la ville. Au premier plan, derrière la vitre, des détails d'altitude d'ordinaire invisibles, gouttières, verrières, terrasses, fenestrons, têtes de satyre, guirlandes de fruits, envers de statue, qui communiquent la sensation d'un retranchement au plus intime du bâtiment, détails qui font écho à ces gros plans de corps que j'enregistre dans le studio, veines, muscles, pieds, corne, ampoules, sourires, regards, halètements, blessures, bandes, sparadraps, mains qui se saisissent, hanches qui se heurtent, pellicules d'humidité qui miroitent sur les peaux. Preljocaj et moi nous arrêtons chaque soir devant l'énorme ouverture ronde et à travers la harpe en fer forgé nous regardons la ville, le ciel, les nuages, les flambloiements du soleil, *Putain, c'est beau, je m'y habitue pas, c'est à chaque fois le même miracle*, me dit Preljocaj, auquel je réponds : *On se sent minuscule dans ce petit recoin. Minuscule et protégé en même temps. J'y resterais des heures à regarder le ciel…* et j'évite d'évoquer les extases que me procurent depuis la fin du mois d'août les splendeurs de l'automne. La majesté de l'édifice monumental, lié à l'opéra et à la danse, aux mythes et à la féerie, depuis lequel nous contemplons ces ciels crépusculaires, en accentue la théâtralité, les effets symphoniques. Ces ciels s'imposent comme des oracles, des atmosphères dramaturgiques, des lieux mythologiques chargés de sens. Ce sont des ciels grandioses, momentanés, peuplés d'énormes nuages, lesquels reflètent comme du métal les lumières colorées du soleil qui se couche mais dont des zones rétives qui restent sombres, graves, grises, menaçantes, évoquent la robe d'un cuirassé. *Bon, on y va ?* me dit Preljocaj. *On va dans les coulisses du spectacle ?* Quand je me rends à l'Opéra pour travailler au texte qui m'a été commandé, je m'assois sur un banc aux côtés du chorégraphe. Je l'entends qui murmure des commentaires à Noémie, sa répétitrice, qui les consigne sur un cahier. Il s'agit d'observations sur la réalisation d'un geste, sur un décalage avec la musique, sur une faiblesse chorégraphique qu'il conviendrait d'améliorer. Quand le passage s'achève, il énumère les déficiences de l'interprétation, les éclairant par des phrases simples, des enchaînements de gestes qu'il effectue lui-même. Ce sont des phrases qui parlent du corps, de son placement, de la position des membres. Le chorégraphe et les danseurs parlent de jambes, de hanches, d'appuis, d'équilibre. Il ne leur dira jamais qu'ils doivent signifier la douleur, la colère, l'extase, la jalousie. Le personnage adviendra sur la scène à travers le danseur, l'intensité par le mouvement, l'intention par la danse. Il dit : *Ce moment-là manque de magie. J'y ai pensé cette nuit. Il faut lever les bras.* Ou bien : *Quand il te porte, il faut lever les jambes.* Eleonora : *Les lever comment ?* Preljocaj réfléchit. Puis : *Comme le saut à la perche.* Laurent : *Il faut* qu'elle tourne avant d'envoyer la jambe. Wilfried : *Elle ne peut pas. Elle est bloquée avec la hanche.* Eleonora : *Il faudrait que j'arrive à remonter.* Preljocaj, qui se place dans les bras de Wilfried : *Regarde. C'est ça que j'aimerais voir.* Puis, une fois le mouvement réalisé : *Je sens l'énergie. J'y crois. On recommence.* Enfin, à tous : *Ici, regardez, il faut remplir* (il danse), *là, là, là, il faut remplir les choses, ça doit être plus profond. Comment un geste prend de la profondeur ? Il faut marquer les arrêts.* Se remettant à danser : *Vous voyez la qualité du mouvement que je ressens… que je pressens ? Il faut retrouver la motivation du mouvement. Se couler dans le mouvement.* La physionomie de Marie-Agnès Gillot, la longueur inhumaine de ses membres, démultiplient la colère de Médée. Ces bras sont des cisailles, des pales d'hélicoptère qui se désaxeraient, s'affranchiraient de leur rotor et deviendraient des bras, des bras qui décapitent, guidés par l'écriture heurtée du chorégraphe. *L'ongle aux pouvoirs magiques de Médée*, dit la nourrice de Sénèque : les longs bras de Marie-Agnès Gillot incisent l'espace comme des lames, comme des ongles, mouvements coupants qui étincellent. C'est l'essence même de Médée que Preljocaj chorégraphie, quand le metteur en scène de théâtre la fait advenir avant tout par le verbe. La présence de l'héroïne puise ici à la source élémentaire du mythe, c'est quelque chose de primitif, venu de loin, qui investit le corps des deux danseuses : *de pures apparitions.* Quelle émotion ! Quelle félicité ! Moi qui ai pris la décision de consacrer ma conférence à l'automne, à la magie, à Cendrillon, à la cambrure du pied, à la figure impérieuse de la reine, je me retrouve devant de sidérantes incarnations de la femme absolue, déployées par Preljocaj avec l'aide de deux danseuses étoiles de l'Opéra ! L'espace du studio est une sorte de dédoublement théorique de l'esplanade du Palais-Royal : serait-ce pour cette raison que je passe la plupart de mes journées en terrasse du Nemours, pour voir surgir perchée sur des talons une reine chorégraphique aux pieds crûment cambrés ? Preljocaj s'est courbé et effleure de ses doigts, le visage orienté vers Marie-Agnès, *Tu vois, voilà, comme ça, plus souple*, l'extrémité de ses orteils. Moi qui ai toujours considéré les cambrures de Margot comme le signe distinctif de sa stature de reine, je suis troublé de constater que les Médée ont également des pieds cambrés, excessivement cambrés, dont il est difficile de détacher le regard. Quel est le lien ? J'écris sur mon carnet : *Cambrure et reine : quel est le lien ?* C'est sans doute comme les fractales. Le chœur de Sénèque : *Médée ne sait contenir aucun accès, ni de rage, ni d'amour. Maintenant la colère et l'amour font cause commune : que s'ensuivra-t-il ?* Les cambrures de Margot sont semblables à un éclair qui zèbre une nuit d'orage, un éclair arrêté, immobile. Elles en ont la tension électrique, la violence visuelle, l'aura d'apparition, la meurtrière intransigeance. Comme les fractales. Cette partie isolée de son corps condense l'intensité du tout. Margot dans son essence est à l'image de la cambrure de ses pieds : elle en résulte. *On va déjeuner ?* me demande Preljocaj. Je lève la tête de mon carnet, où se déverse l'intimité de mon imaginaire, et je lui dis : *Super, j'ai super-faim !* et je le suis dans les méandres de l'Opéra. Je me suis acclimaté au régime du chorégraphe et me nourris comme lui de légumes verts, de poisson bouilli, de compotes de pommes, et je retourne dans le studio repu mais léger, presque immatériel. Au préalable je vais boire à la buvette de l'Opéra quelques cafés serrés, et je repense, debout au comptoir, une cigarette à la main, à la Médée de la seconde distribution, Agnès Letestu, d'une grande beauté, blonde vénitienne, racée et élégante, hissée sur ses pointes : Médée grandie, aiguë, effilée, une aiguille. Quand je retourne dans la salle de répétition, ils ont déjà recommencé à travailler. Je retire mes chaussures et me glisse en silence dans l'espace de Sénèque et prends place sur le banc. Preljocaj interprète lui-même le solo de Médée. Il leur demande d'être lourdes, *C'est très ample et très lourd en même temps*, il se retourne vivement et tend la main, c'est net, précis, arrêté, *et là tu prends et tu mets derrière*, les doigts s'ouvrent, *pensez à une boule, lourde, lourde, De pétanque ?* lui répond Marie-Agnès, *Non, plus lourd, mou et lourd*, précise-t-il en dansant. Le soir de ce même jour, vers dix-huit heures, il s'est produit comme un miracle. C'est ça que j'apprécie avec la danse : la fragilité de l'incarnation, la recherche de la grâce et du moment unique. C'est l'empire du présent. C'est le miracle de l'apparition. C'est l'accession à la vision instantanée. Exactement ce que je cherche depuis l'adolescence. Exactement ce que je cherche à atteindre dans mes livres. La danse manifeste ce que doivent être la vie, l'amour, le regard, le bonheur, le rapport au sensible : elle pose le principe d'une qualité de l'instant et le principe qu'aucun instant n'est comparable à un autre, et cette idée qu'on doit chercher en permanence à atteindre la qualité de l'instant : souvent c'est illusoire, parfois on s'en approche, rarement on y parvient. Exactement comme dans la vie *pour peu qu'on se donne la peine d'y penser* et d'accorder à ce principe la place privilégiée qu'il doit avoir. Et ce soir-là, à l'extrême fin de la séance de travail, un phénomène inouï a eu lieu dont je dois dire qu'il ne s'est jamais reproduit avec une telle intensité, y compris dans aucune des représentations de *Médée* dans la salle de l'Opéra. Jason et sa maîtresse. Le mari de Médée dans les bras de sa jolie maîtresse. La plus grande partie du duo se déroule dans l'épaisseur d'un long silence entrecoupé d'inquiétants commentaires musicaux. Avertissements, pensées intruses, mauvaise conscience, ces gestes sonores résonnent comme des oracles : ils transmettent aux étreintes des amants l'intermittente prémonition d'un drame. Je les regarde danser. Le silence accentue l'incandescence de la chorégraphie. Willie regarde Eleonora comme s'il l'aimait. Il la caresse comme s'ils s'aimaient. Et ces moments sont magnifiques où coïncident ces touches de musique et la danse, où l'irruption du son plaintif souligne le geste et l'illumine, où celui-ci laisse derrière lui la trace sonore de son accomplissement. J'ai conscience qu'il se passe là quelque chose de miraculeux. C'est véritablement palpable. Preljocaj assis à mes côtés a cessé de respirer. Des ondes se diffusent de son corps vers le mien. Même l'architecture de Garnier semble interloquée. Toute écriture chorégraphique a disparu. La danse semble s'accomplir d'elle-même en vertu d'une impérieuse conjoncture amoureuse. Et Preljocaj assiste à une chorégraphie dont il n'est plus l'auteur. Comme le miracle d'une nuit d'amour parfaite. Sous nos yeux. À quelques centimètres. Inexplicablement parfaite.

Avaient suivi sept années chaotiques. Après son licenciement de l'entreprise américaine qui l'employait depuis dix mois, le père de Patrick Neftel avait été engagé par un aristocrate aventureux qui créait, acqué-rait, épurait, restructurait et revendait des sociétés, selon un mode voisin de l'hystérie. (Le plus étrange était que le père de Patrick Neftel retrouvait du travail avec la même facilité qu'on glisse une pièce de deux francs dans la fente d'un flipper, comme si le monde ne pouvait se refuser le plaisir d'une nouvelle partie distrayante.) Durant les trois années qui suivirent, il fut transplanté sans cesse d'une structure, d'une fonction, d'une situation contractuelle à une autre, s'installant successivement rue de la Brèche-aux-Loups, boulevard des Capucines, avenue des Champs-Élysées, dans les locaux d'une usine de Seine-et-Marne et à Issy-les-Moulineaux, où il finit par prendre la décision de mon-ter sa propre entreprise. Certaines de ses nominations entraînaient des baisses de salaire et des changements de statut, des contrats à durée indéterminée laissaient place à des arrangements d'une nature plus précaire. L'aristocrate spéculateur lui faisait miroiter des postes de grande envergure dans des entités éminemment ren-tables qu'il s'apprêtait à acquérir, dont quelques-unes à l'étranger, à Londres ou à San Francisco. L'idée de devenir chef d'entreprise lui était venue à la suite de la proposition qu'un client lui avait faite de lui fournir en direct et non plus par l'entremise du groupe aux contours flous qui l'employait les programmes que celui-ci concevait. Il devenait urgent que le père de Patrick Neftel entreprenne quelque chose (et éventuel-lement n'importe quoi : par exemple créer sa propre affaire) pour se sortir de cette centrifugeuse, de cette machine à annuler le temps, à fabriquer de l'ubiquité et du mouvement perpétuel (car le père de Patrick Neftel, dont on effaçait l'ancienneté et les congés payés à chaque nouvelle nomination, se retrouvait comme n'ayant derrière lui aucun temps travaillé enregistré officiellement : il ne laissait rien d'autre que du vide). Ces trois années de nomadisme ne lui avaient pas permis de se vivre comme un homme installé, doté d'une densité et d'une surface, pouvant se prévaloir d'une situation et d'un avenir. Sa situation professionnelle s'était mise à refléter sa réalité intérieure et semblait même en constituer un corollaire névrotique. Lui qui se ressentait depuis longtemps comme un homme n'ayant pas d'existence, qui éprouvait les plus grandes difficultés à se représenter comme susceptible d'occuper un espace et d'agir sur son environnement, d'être accepté et estimé, en certaines circonstances d'être *vu* et *entendu*, cet homme dont on sentait qu'il avait presque honte de devoir imposer sa réalité physique et théorique (on pouvait le percevoir à travers ses rougissements, ses bégaiements, ses contorsions, son incapacité avérée à parler aux femmes sans se troubler et devenir inaudible), ce régime de mobilité s'était allié à ses démons pour concourir à l'émiettement de sa personne. *Créez donc votre entreprise !* ne cessait de lui dire son client. *Nous nous entendons bien. J'ai des projets d'envergure qui entraîneraient un important travail d'écriture de logiciels. Je sens bien que le groupe qui vous emploie n'est pas très stable. Je n'ai pas envie de poursuivre avec lui. En revanche, avec vous, oui*, ajoutait-il. *Réfléchissez à ma proposition. Si vous montez votre entreprise je vous garantis un volume de chiffre d'affaires important.* EXA signifiait : Étude et Analyse. Le père de Patrick Neftel avait dessiné lui-même le logo sur la table de la salle de séjour, les anfractuosités latérales du X abritant comme des statues de saint le E et le A, l'empattement du second jambage se poursuivant par une longue barre horizontale qui soulignait le mot INFORMATIQUE. Ledit logo avait été imprimé sur un papier matiéré dont les linéaments irréguliers de la surface présentaient un léger relief, comme on peut le voir sur certaines cartes de vœux. S'il fallait une preuve de son désir d'édifice en dur susceptible de l'abriter, il suffisait de considérer le caractère monumental, exagéré, presque égyptien, du X central de son logo, autoritaire et disproportionné, ce que Patrick Neftel devenu adolescent ne s'était pas privé de lui faire remarquer, stigmatisant le papier qu'il avait choisi, qui lui semblait manifester d'une manière trop péremptoire ses ambitions d'enrichissement. EXA Informatique avait été domiciliée dans des locaux où dominaient le brou de noix des portes, des plinthes, des fenêtres et des volets, la couleur orange des téléphones, des luminaires et du matériel de bureau, climat rustique d'une entreprise régionale de menuiserie. En raison du contexte (opportunité circonstancielle offerte par un client mais que les banques ne jugeaient pas suffisamment étayée pour accepter de le soutenir), EXA Informatique était sous-capitalisée. Après qu'il eut donné sa démission, il avait tourné avec les représentants de son ancien client désormais partenaire et c'est sur les acomptes des commandes qu'ils avaient prises (son client pour des ordinateurs de gestion et le père de Patrick Neftel pour les programmes spécifiques dont il devait les équiper) qu'il avait créé et capitalisé son entreprise, vingt-cinq mille francs, somme dérisoire pour se donner les moyens d'un développement rapide et ambitieux. Son partenaire prélevant 40 % sur la vente des logiciels de gestion que le père de Patrick Neftel concevait, la marge restreinte qui résultait de cette alliance l'obligeait à diversifier sa clientèle. Par relations et en sollicitant d'anciens collègues, il avait convaincu trois entreprises de lui confier l'écriture de leurs logiciels de gestion, Kingsley, Epson et Rank Xerox. Je crois qu'il est devenu clair que le père de Patrick Neftel se trouvait enchaîné depuis longtemps, depuis l'adolescence en réalité, aux effets d'une mystérieuse malédiction, malédiction dont son tempérament accentuait l'emprise et l'efficacité, on peut dire les choses comme ça, mais malédiction quand même, indubitable. Sans doute espérait-il qu'elle se dissiperait dès lors qu'il posséderait son entreprise et qu'il conduirait seul sa destinée, sans collègues ni patron, responsable de ses actes. Personne pour le minimiser, le mettre à l'écart, douter de lui, mais seulement des clients à satisfaire par la qualité de son travail. Et satisfaire des entreprises par la qualité de son travail, l'acuité de son écoute, l'excellence des prestations qu'il fournirait, cela lui semblait à sa portée. Il fallait juste lancer l'affaire, trouver des clients, il serait aisé de les fidéliser, d'en trouver d'autres grâce à ces références, c'est ainsi qu'il l'entendait et qu'il le présentait, le soir, à table, dans la cuisine : *C'est bon d'être libre. C'est angoissant de partir de rien, mais j'ai confiance, le partenariat avec Martinez va me permettre de démarrer.* Mais les choses n'allèrent pas comme il l'avait prévu : cette malédiction qui le poursuivait de ses effets pervers depuis l'adolescence se manifesta à nouveau dans toute sa cruauté. Peut-être même ne s'était-elle jamais manifestée d'une manière aussi fantasque, ne prenant plus la peine de se masquer ni d'être discrète, exécutant ses manœuvres au grand jour, à la vue de tous, sans plus dissimuler ses visées sarcastiques, érigeant le père de Patrick Neftel en victime irrespectée, traînée dans la boue des revers les plus outranciers. C'était devenu du théâtre, de la satire, du Grand-Guignol tonitruant. C'était devenu une mécanique humoristique répétitive, un procédé comique éprouvé, aux effets délirants. Patrick Neftel s'était-il mis au diapason du caractère désormais sardonique de leur ancienne malédiction ? Serait-il devenu aussi déchaîné si elle avait continué à œuvrer sourdement, en silence, avec un peu d'égard ? Elle agissait tel un chimpanzé facétieux qui s'agrippait aux branches de l'entreprise, se grattait les aisselles en assenant violemment, avec des gestes obscènes, des directives de cinéaste, les péripéties les plus inattendues. C'est en priorité sur le terrain du personnel que l'animal avait exercé son inépuisable inventivité, les uns après les autres les salariés rencontraient dans leur vie un événement inattendu qui contrariait le fonctionnement de l'entreprise, comme s'ils se succédaient sur un podium vêtus chacun d'une tenue spécifique, défilé d'infortunes en tout genre, prêt-à-porter funeste. D'abord, comme il avait été anticipé, l'un des clients s'était trouvé enchanté des programmes de gestion réalisés par EXA Informatique. *Tu te rends compte !* avait-il dit euphorique à sa femme. *Kingsley ! Une entreprise aussi prestigieuse que Kingsley ! Kingsley me dit qu'ils ne sont jamais tombés sur un professionnel comme moi !* Justice lui était rendue. Le monde de la prospérité s'ouvrait à lui. Ses talents seraient reconnus pour ce qu'ils étaient. Sauf que Kingsley ne tira pas de cette satisfaction les conclusions qu'il avait espérées mais débaucha les deux analystes qui avaient conçu les programmes. Comme le père de Patrick Neftel avait commis l'erreur de leur signer coup sur coup deux contrats à durée déterminée, celles-ci purent disparaître sans avoir à se soumettre à aucun préavis. Dès le lendemain des lettres de démission qu'il avait reçues, les bureaux des deux intéressées s'étaient trouvés libérés de toute présence humaine, seuls un ordinateur et des dossiers empilés témoignaient de leur présence récente et du travail qui restait à accomplir. Françoise Lévy, programmatrice poussée à bout par un client autoritaire, avait bénéficié d'un arrêt maladie intempestif pour dépression nerveuse. Nieve Dumont, une Africaine qu'il employait depuis onze mois, lui avait déclaré un soir qu'elle allait se marier avec un secrétaire d'ambassade et retourner dans son pays. Avaient suivi deux mois de préavis durant lesquels, de la manière la plus légale, elle s'était absentée massivement, afin de régler des problèmes de visa, de vaccins, de garde-meuble et de déménagement. Comme de surcroît la programmatrice à laquelle il avait délégué une partie du travail avait atteint les limites de ses compétences, se déclarant incapable de concevoir le logiciel qu'ils devaient livrer, réclamant une aide constante que Nieve Dumont ne pouvait lui accorder qu'épisodiquement (en plus de l'absentéisme elle était devenue distraite, euphorique, insouciante : amoureuse), le père de Patrick Neftel avait été obligé d'embaucher prématurément un troisième programmateur, n'en facturant qu'un seul au commanditaire. Antoine Prieur avait fait une chute de moto alors qu'il se rendait au bureau pour finaliser un programme de grande ampleur qu'ils devaient livrer trois jours plus tard. Sabine Maillot, une employée d'EXA Informatique depuis huit mois, se singularisait par un tempérament lascif et susceptible, par une naïve insoumission de principe à l'autorité patronale. Elle avait pris l'habitude d'opposer au père de Patrick Neftel la résistance d'une lassitude implicite. Quand il l'y convoquait pour parler d'un dossier, elle refusait de se rendre dans son bureau sans laisser s'écouler une vingtaine de minutes. Et une fois devant lui elle déclinait l'invitation qui lui était faite de s'asseoir sur un siège (éprouvait-elle de la répulsion à se trouver confinée dans la même pièce que cet homme détrempé?) (se heurtait-elle à la même impossibilité que Patrick Neftel de mêler son regard à l'obscène liquide vert de ses yeux?) et immobile près de la porte elle regardait fixement le brou de noix d'une plinthe ou l'orangé d'un luminaire. *Vous m'écoutez?* lui demandait désarmé le père de Patrick Neftel. – *Hein, quoi? Qu'est-ce que vous dites?* – *Je dis. Vous m'écoutez? Vous avez l'air... comment dire... quelque chose ne va pas?* Détrempé: spongieux. Détrempé: humecté par la peur. *Mais elle travaille, au moins?* lui avait demandé sa femme, un soir, à table, dans la cuisine. – *Oui, c'est pas ça, elle travaille, mais lentement, sans détermination, avec une sorte, comment dire... de détestation pour ce qu'elle fait...* – *Il faut peut-être tenter de lui parler. Elle a peut-être des problèmes personnels.* Spongieux: il semblait que son mental et ses yeux absorbaient nécessairement comme une éponge les situations qu'il rencontrait. *Ah bon, des problèmes personnels?* lui avait répondu narquoise Sabine Maillot le soir où il avait rassemblé assez de courage pour lui parler (et il avait rougi violemment à peine engagé dans la conversation). *Vous vous êtes demandé si je n'avais pas par hasard des problèmes personnels? Non, je crois pas, je pense pas.* Puis, regardant fixement son menton: *Et vous? Vous en avez des problèmes personnels?* Depuis déjà quelques mois, Patrick Neftel s'était mis à dénigrer son père, à joindre aux facéties du chimpanzé les perfidies les plus cruelles. Les dîners étaient devenus des embuscades où le pauvre homme, objet d'attaques et de moqueries, tombait chaque soir avec la même incrédulité. *J'entends ton père qui rentre, va lui ouvrir*, lui disait sa mère tandis qu'il attendait dans la cuisine que le dîner lui soit servi. – *Il a les clés. Il n'a qu'à ouvrir lui-même. Il a besoin d'un groom ton mari ?! Et tu penses peut-être que c'est moi, moi, MOI, qui vais lui servir de groom !! – Patrick. Tu vas pas commencer. Ton père a des ennuis. Tâche de pas l'énerver.* Patrick Neftel venait de cacher les pantoufles de son père, la droite dans le frigo, la gauche dans la bibliothèque, entre deux livres du général de Gaulle. C'était devenu un rituel immuable que de l'accueillir par des plaisanteries qui le minaient, le désir de le diminuer supplantant leur humour. Ces soucis qu'étaient pour lui au plus intime de ses pensées les revers de son père, qu'il intériorisait, voilà que depuis peu il éprouvait la nécessité de se soustraire à la douleur qu'ils lui communiquaient. Besoin vital de prononcer sa différence. Besoin vital de convertir en énergie sa compassion teintée de peur. Besoin vital d'obtenir de cet homme piétiné des réactions qui lui restitueraient sa dignité. Besoin vital de substituer le désordre à la terreur, l'humour à la tristesse, l'anarchie à l'angoisse, la révolte aux sanglots, des événements spectaculaires à l'apathie d'une douleur taciturne. Ces événements prenaient la forme de plaisanteries idiotes et de provocations inoffensives qui défoulaient Patrick Neftel et dont la récurrence inexorable conditionnait l'efficacité. Ce n'était pas tant la nature de ces attentats que le principe de leur répétition qui signalait sa haine et rassasiait sa furie destructrice. La pantoufle maintenue en équilibre sur la porte de sa chambre lui tombait sur le crâne. Les pièces de monnaie qu'il avait posées la veille sur le marbre de la commode avaient été enterrées au pied d'une plante en pot. Les cravates suspendues à un cintre avaient été nouées les unes aux autres. Ses costumes avaient été accrochés aux branches hautes d'un platane. Des quartiers de clémentine avaient été enfouis dans ses chaussures. De la peinture marron avait été appliquée sur l'assise de ses slips. Ces provocations dédramatisaient en même temps qu'elles les ridiculisaient les péripéties qu'il rencontrait quotidiennement : c'était une sorte de terrorisme humoristique qui ne créait de dégâts que dans la tête du chef d'entreprise. Ses affaires avaient été transvasées de son attaché-case dans un sac en plastique suspendu par une ficelle au plafond du garage. Et son attaché-case avait été caché dans le congélateur. Le père de Patrick Neftel l'en ressortait réfrigéré, couvert de givre, empli de frites et de crevettes. *Tu es allé signer un contrat au pôle Nord ?* lui demandait sa femme en riant. Le lendemain : *Alors maintenant tu dessines des sexes en érection sur tes dossiers ? C'est du joli !* Car Patrick Neftel obtenait de ses plaisanteries qu'elles lui attirent l'indulgence de sa mère, que celles-ci devaient soulager autant que lui de l'anxiogène pression professionnelle qu'ils supportaient. *Il a raison*, disait-elle à son mari, *pourquoi t'achèterais-je de nouveaux slips ? – Oui*, renchérissait Patrick Neftel, *la peinture a séché, tu peux les porter comme ça, personne n'en saura rien. – Oui, personne ne le saura que tes slips sont peints en marron... – Et imagine que tu aies une fuite, un jour, à cause d'une diarrhée urgente, ou bien que tu n'aies plus assez de papier pour t'essuyer correctement (ce genre de choses arrive : je suis bien placé pour le savoir...), eh bien* (à cet instant la mère de Patrick Neftel explosait littéralement de rire), *eh bien ce n'est pas grave, la peinture brune dissimulera les éventuels légers dépôts que tu auras laissés! Réfléchis! poursuivait Patrick Neftel. Quoi de plus humiliant pour un chef d'entreprise que de laisser à sa femme pour la lessive des slips souillés, maculés d'excrément! Tu peux me remercier! – Oui, il a raison, mets-toi à la place de l'épouse domestique!* et ils partaient d'un éclat de rire inextinguible. *– C'est ça, rigole, allez-y, amusez-vous, mais je vous préviens, ça va pas durer longtemps, qu'il continue à scier la branche et il verra... – Mais enfin Jean-Pierre! C'était pas méchant! Il voulait seulement détendre l'atmosphère! Aie un peu d'humour! – C'est ça, vas-y, prends sa défense, qu'il fasse ce qu'il veut, c'est un seigneur!* En dehors du fait qu'il avait été accueilli ce soir-là par une espièglerie épuisante de son fils, le père de Patrick Neftel semblait diminué par une nouvelle contrariété. Cela, Patrick Neftel en avait conçu la certitude dès qu'il l'avait vu dans l'entrée enfoui dans la penderie (à la recherche de ses pantoufles) – et comme chaque fois qu'il percevait sur sa physionomie quelques-uns de ces signes familiers de délabrement psychologique, il en avait éprouvé une fulgurante révolte. À présent l'entrepreneur émasculé avalait sa soupe en silence. Se lisait sur son visage la frayeur implorante de l'homme vaincu que l'on accule, sous la menace d'une arme, à reculer pas à pas vers le bord d'une falaise. Depuis quelques mois, Patrick Neftel se sentait mis en danger non seulement par les ennuis que s'attirait son père mais également par les stigmates qu'ils déposaient sur sa physionomie, cruels pour lui, dont la seule vue le précipitait dans les abîmes les plus brûlants. Tant qu'existeraient dans son environnement de tels signes de soumission, il ne pourrait s'épanouir, se penser comme viable, se rêver une existence normale : il s'agissait de se défendre d'une contamination de son mental par le visage de cet homme détraqué, où circulaient comme des poissons gluants les maladies les moins ambivalentes. Et c'était d'autant plus fragilisant qu'ils vivaient désormais dans un aquarium aux eaux troubles, la même eau trouble que celle qui s'agitait sur son visage et emplissait ses yeux, les eaux morbides d'EXA Informatique. À l'époque où son père travaillait pour des entreprises, ses infortunes s'accomplissaient dans un cadre extérieur à leur intimité, peut-être inamical mais rationnel, auquel Patrick Neftel pouvait toujours se raccrocher. À présent que leur dissolution s'effectuait dans le cadre de l'entreprise qu'il avait créée : c'était vertigineux. EXA Informatique était une extension de sa personne, une purulente mise en système de ses complexes, le lieu organique de son tempérament réalisé, un piège qu'il s'était tendu à lui-même dans l'isolement le plus total. L'entreprise rendait palpables et ses folies et ses insuffisances, qui n'étaient plus endiguées par aucune autorité indépendante. Il devait se battre contre un ennemi autrement plus nuisible et arbitraire que ses collègues et ses patrons du temps du salariat, belligérant pervers, insidieux, indiscernable, qui lui tendait les pièges les plus sournois, qui concoctait les trahisons les plus imprévisibles : *lui-même*. Naturellement cette situation aggravait le sentiment d'isolement qui étreignait Patrick Neftel. Envisageant les perspectives les plus terribles, se sentant déterminé par les stigmates qui marquaient le visage de son père, entrevoyant son avenir comme une conséquence naturelle de ces derniers, il redoutait que ce système tautologique (père et entreprise en miroir l'un de l'autre) ne les engloutisse tous, sans contrôle extérieur ni témoin sain d'esprit, oubliés, dans l'indifférence générale. Et à chaque fois que regardant son père il le voyait violenté par des soucis, apercevait cet aspect dévasté, il se sentait coupé du monde et totalement à la merci de ce cerveau qu'il haïssait. Il avait envie de hurler, de se soustraire à la torture de ce déterminisme, d'éviscérer cet homme, de déconnecter de leur vie ce visage psychotique. Et c'est ainsi que regardant cette présence maléfique qui avalait sa soupe les poings fermés, phalanges blanches, poings si serrés qu'il allait les écraser et disloquer leur délicate ossature, Patrick Neftel lui déclarait : *Et l'appel d'offres de la Sécu ? Ils ne devaient pas donner leur réponse ces jours-ci ? Et Alsthom, ils se sont décidés ? Et l'hépatite de Gérard, elle est guérie ? Et le dossier des notaires, dis-moi, c'est signé ? Ils ont enfin signé tes doux notaires ? – C'est parti. Vous êtes témoins. Vous pourrez pas dire que c'est moi qui ai commencé. – Ça suffit !* le sermonnait sèchement sa mère. *– Moi, ce que j'en dis après tout...* répondait Patrick Neftel. *Les types, les notaires, ils le font tourner en bourrique depuis trois mois. Un pigeon comme lui on n'en trouve pas tous les jours. Ils demandent des études, des rapports, des expertises, des diagnostics ! Gratuitement ! Depuis des mois ! Et il s'incline ! Il leur fournit sa matière grise ! Moralité des courses, comme dit Mme Bonnemaire : ils repartiront... – Arrête !* hurlait sa sœur derrière sa serviette. *Ça va pas commencer ! C'est tous les soirs les mêmes drames ! Moi j'en ai marre !* Elle se levait, jetait sa serviette sur le carrelage et s'enfermait dans sa chambre en claquant les portes derrière elle. *Et comment va Sabine Maillot, notre chère Sabine Maillot ?* demandait-il le lendemain soir (depuis quelque temps, outre le fait qu'elle lui donnait l'impression de *Purger une peine de prison* *pour vol à main armée*, selon les propres termes du père de Patrick Neftel, la salariée montrait des signes d'insoumission de plus en plus tangibles devant lesquels il se trouvait démuni). – *Laisse ton père tranquille*, l'interrompait sa mère. – *Et si on invitait Sabine Maillot à boire l'apéritif à la maison ? – Tu arrêtes maintenant ! Tu arrêtes ! – Quoi ? Qu'est-ce que j'ai dit ? On peut prendre des nouvelles de ses salariés ! Si on ne peut plus rien dire !* Puis il imitait son père. Il mangeait sa soupe les poings fermés, raclait la cuillère sur ses dents, simulait la colère de son visage, fixait gravement le lave-vaisselle sourcils froncés. – *Il me cherche...* marmonnait-il en regardant sa femme. *Et s'il me cherche...* Parfois, pour mieux pouvoir l'abattre, car méfiant le père de Patrick Neftel hésitait désormais à raconter à sa femme les péripéties de sa journée, ce qui privait son fils de l'opportunité de le pourfendre, il le laissait s'avancer à découvert dans la conversation. Aucune provocation. Aucune imitation. Aucun mauvais esprit. Il avait l'air d'avoir liquidé dans la journée sa crise d'adolescence. Il lui arrivait de sourire à son père avec tendresse et compassion. Sa mère se leva, emporta les assiettes creuses, distribua des assiettes plates et s'orienta vers la gazinière. Soirée du 14 mars 1982. Patrick Neftel allait avoir dix-sept ans. Dîner fatal qui allait détruire son existence. Il était visible que le chef d'entreprise avait heurté dans la journée un récif acéré : on le voyait sombrer lentement, coque éventrée, dans les eaux noires de l'océan économique. *Qu'est-ce qui ne va pas ?* l'interrogea sa femme en servant les poissons panés. – *Tout va très bien, tout va très bien, tout va très bien*, répondit-il avec humeur. – *Ne raconte pas d'histoire, je te connais, tu as des ennuis. On va pas y passer la soirée !* Le poisson pané

avait été servi avec du riz agrémenté de gruyère fondu.
– *C'est encore la Maillot…* finit-il par concéder.
– *Celle-là, si je la rencontre un jour, je lui dirai ce que j'en pense*, déclara gentiment Patrick Neftel. – *Va droit au but ! Que je doive pas te tirer les vers du nez toute la soirée !* Patrick Neftel porta à ses lèvres une fourchetée de riz et emprunta un visage attentif, angélique, qui engagea son père à se confier. Sabine Maillot avait décidé de changer d'existence. Pénétrant dans la pièce qu'il occupait, elle lui avait déclaré qu'elle partait. *Comment ça vous partez ?* avait-il répondu. – *Je vais chercher mon manteau, je prends mon sac et je m'en vais.* Regardant sa montre avec une incrédulité paniquée : *Mais il est quatorze heures trente… Je ne comprends pas… Vous avez terminé le programme Epson ? – Je n'ai pas terminé le programme Epson, je m'en tape, je n'en peux plus, quelqu'un d'autre le terminera. – Quelqu'un d'autre le terminera ! Mais qu'est, mais comment, mais qui ?* Il suffoquait. Il n'en croyait pas ses oreilles. *Je n'avais jamais imaginé qu'une telle chose était possible*, leur confessa-t-il. Patrick Neftel observa en cet instant que le visage de sa mère se décomposait. – *Ma décision est irrévocable. Je m'en vais dans l'instant. Je renonce à mes droits. – Vos renoncez à vos droits, vous renoncez à vos droits*, avait-il balbutié. *Mais vos devoirs ? Et le Code du travail ? La loi ! – Quoi la loi ?* avait-elle dit avec une nonchalance absolument désarmante. – *Tu avoueras…* commenta sa femme en tirant vers le haut de son crâne un long fil élastique de gruyère. – *Mais la loi vous interdit de déserter votre poste du jour au lendemain, sur un coup de tête ! – Vous allez me faire mettre en prison ?* avait-elle éclaté de rire. *Vous allez appeler les gendarmes ?* Le père de Patrick Neftel

s'était tu et avait regardé anéanti sa salariée. – *Elle s'est mise à rire ?* demanda la mère de Patrick Neftel. Une courte pause durant laquelle il sembla refréner des sanglots : *Un énorme éclat de rire. Elle s'est mise à rire dans mon bureau au moment où elle évoquait la descente des gendarmes. Allez, c'est bon, je lui ai dit. Tenez, d'accord, prenez votre après-midi si vous êtes fatiguée...* Patrick Neftel imaginait son père crucifié sur son siège à roulettes, timide et conciliant, nécessairement conciliant, effrayé par la démence de la jeune femme. – *Mon après-midi...* avait-elle énuméré. *Et l'après-midi de demain... Et l'après-midi d'après-demain... Et l'après-midi d'après-après-demain. Et aussi, vous savez quoi ? Je vais vous dire : le matin de demain et d'après-demain et d'après-après-demain. Et les matins et les après-midi et les nuits...* Le père de Patrick Neftel la regardait hypnotisé. Il s'était ressaisi et insinué dans cette insolente litanie : *Mais je vous rappelle, Sabine, que vous avez signé un contrat. Et que ce contrat vous oblige à un préavis de deux mois... – Que je ne ferai pas*, l'avait-elle interrompu. *– Que vous ne ferez pas... Et en vertu de quel privilège ? – En vertu de l'arrêt maladie de deux mois que je déposerai sur votre table demain matin.* À la suite de quoi elle était sortie du bureau, *Elle a enfilé son manteau et pris son sac*, elle était sortie des locaux brou de noix et orange d'EXA Informatique en refermant la porte derrière elle, *J'ai à peine entendu la porte se refermer, elle avait laissé son ordinateur allumé, elle ne m'a pas dit au revoir*, conclut le père de Patrick Neftel. *Elle est partie avec douceur, sans faire de bruit, comme dans un rêve... – Et qu'est-ce que tu comptes faire ?* lui demanda sa femme. Puis : *Elle travaille sur quoi ? Elle travaillait sur quoi ?* Le

184

père de Patrick Neftel remua sur sa chaise avec douleur, comme si un animal velu avait remué dans ses entrailles : *Epson. – C'est tout ?* Il avait arrêté de manger et regardait sa femme. Son poing droit serrait le manche de la fourchette avec autant de force que le gauche était replié sur lui-même. Comment celle-ci s'était-elle retrouvée dans cette configuration inhabituelle ? Il la brandissait comme une fourche de paysan et statufié répondait fixement à l'interrogatoire de sa femme. – *Et la chambre de commerce. – Quoi ! La chambre de commerce ? Je m'en doutais... J'en étais sûre...* Puis : *Tu lui as confié la chambre de commerce !* (Paniquée. Effondrée.) *Dans la disposition d'esprit où elle était ?* Il se trouvait dans un état indescriptible. Il était probable que cette ultime péripétie serait fatale à EXA Informatique. Patrick Neftel se départageait entre la joie d'avoir conduit son père à se confier, l'angoisse qu'il retirait de ce récit, la frayeur que cette tension lui inspirait. – *C'est Gérard qui devait s'en occuper ! Qui a une hépatite ! Et Jean-Louis termine son préavis dans quatorze jours ! Qu'est-ce que tu voulais que je fasse ! – Et c'est à rendre pour quand ce logiciel ? – Dans une semaine. – Et elle en est où ? Elle en était où ? – Elle venait à peine de commencer. Je ne suis pas arrivé à la mettre au travail depuis cinq jours que j'essaie.* Silence. On entendait les bruits des couverts dans les assiettes. Mari et femme se regardaient dans les yeux. Un câble en acier semblait franchir la largeur de la table sur lequel cheminaient des pensées hébétées qui voulaient se dissimuler le plus longtemps possible les conséquences tragiques de l'événement. – *Tu n'es pas arrivé à la mettre au travail depuis cinq jours que tu essaies...* Le père de Patrick Neftel continuait de tenir sa fourchette comme une fourche. Les phalanges de ses poings étaient blanches de tension, prêtes à imploser. – *Non, voilà, c'est dit, je n'y suis pas arrivé ! Elle est folle ! J'ai embauché une analyste débile ! – Moins folle que toi en tout cas ça c'est certain !* bondit Patrick Neftel. *Il n'est pas arrivé à la mettre au travail depuis cinq jours qu'il essaie ! Non mais je rêve ! Mais c'est quoi cette loque humaine, cette poupée molle ! – Arrête, Patrick, s'il te plaît, n'en rajoute pas.* Sa mère était intervenue avec une indulgence inhabituelle. C'était peut-être la première fois qu'à des propos si insultants qu'articulait son fils elle opposait une si étrange tendresse. – *Que j'arrête ? Mais pourquoi faudrait-il que j'arrête !* Puis : *Qu'on en finisse ! Qu'on liquide cette mascarade une bonne fois pour toutes !* Il tourna la tête vers son père qui le regardait fixement, immobile et prostré, la fourchette dans son poing. *Parfaitement ! Tu m'as bien entendu ! Qu'elle crève ! Qu'on en finisse ! On n'en peut plus ! On va pas la regarder agoniser pendant des années ta PME ! Tous tes salariés s'en vont les uns après les autres ! Ils ont peur de devenir fous ! – S'il continue... je vous préviens...* bégaya le père de Patrick Neftel en regardant sa femme, blafard, en lisière de quelque chose de radical qui s'amplifiait. – *Quoi ?! Tu nous préviens ?! Mais très bien, préviens-nous ! Mais surtout, après nous avoir prévenus, fais-le, FAIS-LE, va-t'en, fais-le, tire-toi, TIRE-TOI, va au bout des choses, exécute tes menaces, va faire un tour en voiture et tu y restes, TU Y RESTES !* La mère de Patrick Neftel ne disait rien. Elle se mit néanmoins à pleurer. – *Tu n'en es pas capable de diriger une entreprise ! Merci Sabine Maillot ! Merci d'avoir tiré un trait définitif sur cette histoire !* Et c'est alors qu'au bord de la rupture, empli de quelque chose de plus dur que d'ordinaire et qui semblait tirer ses traits, atténuer ses rides, rajeunir son visage, métamorphose qui fit surgir de celui-ci une lumière inédite, l'aura d'une solution nouvelle au désormais classique *Je vous préviens* qu'il formulait régulièrement, le père de Patrick Neftel fixa sa femme durant de longues secondes et réclama une réaction autoritaire aux insultes de leur fils. *Je vous préviens... je vous préviens...* et devant l'attitude impassible de sa femme, qui pleurait, qui refusait de mettre un terme aux écoulements syntaxiques de l'adolescent, *Tu n'es qu'une brêle et qu'un raté, un grand malade, un grand malade mental! Cesse de nous torturer, de torturer ta femme!* c'est alors que le père de Patrick Neftel, d'un geste concis et silencieux, d'une violence insoupçonnable, sec et brutal, se planta la fourchette dans la gorge. La violence fut telle que l'ustensile s'enfonça aux deux tiers dans ses chairs. Ayant sectionné la trachée-artère, brisé la carotide, la fourchette dont il s'était poignardé provoqua une irruption sanguine qui éclaboussa la tablée. La mère de Patrick Neftel, paralysée, le visage photographié, ébloui par la lumière d'un flash, avait plaqué ses deux mains sur ses yeux. Sa sœur s'était écartée de la table avec brutalité en poussant un hurlement et s'était réfugiée près de l'évier. Patrick Neftel, qui voyait ses suggestions se réaliser au-delà de toute mesure, regardait son père assassiné sans bouger. Celui-ci poussait des râles d'agonie. Il semblait se tenir vertical par le manche ensanglanté de la fourchette. Il regarda longuement son fils avec ce même air qui lui était venu quelques minutes plus tôt, se leva avec lenteur, renversa sa chaise, il continuait de se tenir comme un objet inanimé par le manche de l'ustensile, il semblait qu'il ne devait son équilibre qu'à son poing refermé sur le fer, le sang continuait d'affluer sur ses vêtements, son regard se révulsa, il était devenu blanc, il fit deux pas en arrière vers la porte de la cuisine la fourchette plantée dans la gorge et heurtant la cloison, il vacilla, tenta de dire deux mots, se retint au chambranle et glissa avec douceur le dos contre le mur, glissa en murmurant une plainte confuse que personne ne comprit et s'écroula sur le carrelage.

6

Je dois parler de deux films que j'ai vus à la télévision durant l'adolescence, *Brigadoon* et *Le Trou*, réalisés par Vincente Minnelli en 1954 et par Jacques Becker en 1960. À un moment précis de ces deux films, une sensation d'une acuité exceptionnelle m'a foudroyé. Je n'avais rien connu d'aussi sidérant jusqu'alors. C'était la première fois qu'un événement extérieur, réel ou artistique, produisait sur mes sens un effet aussi vif. Dans les années qui ont suivi, l'aura de ces deux scènes a continué de rayonner en moi avec le même éclat. Je repensais à ces images avec une émotion toujours intacte : j'aimais le déploiement que leur réminiscence occasionnait, fluide insensé qui circulait dans mes veines comme du métal en fusion. À un moment où je me vivais comme un apatride, comme un individu en devenir et en partance (j'aurais mon bac l'année suivante et je pourrais quitter la maison familiale, qui m'asphyxiait, pour me construire), où je cherchais désespérément des signes, des sollicitations lumineuses émises par le monde (en particulier à travers les films que je voyais la nuit chez mes parents), un peu comme un marin égaré qui cherche dans les ténèbres le clignotement d'un phare, ces deux moments et la sensation qui leur était constitutive sont devenus comme un abri, une terre d'exil où mon imaginaire se réfugiait pour s'affermir : *la substance même de cette sensation me définissait.* Je n'ai jamais revu ces films : leur sortilège doit rester lié à l'enchantement de leur découverte. Le récit que je vais faire de *Brigadoon* et du *Trou* repose par conséquent sur le souvenir qu'ils ont laissé dans ma mémoire, précis pour ce qui concerne les deux moments cruciaux dont je voudrais parler, approximatif pour ce qui concerne les péripéties qui les encadrent. *Brigadoon* raconte l'histoire de deux New-Yorkais, Tommy Albright et Jeff Douglas, interprétés respectivement par Gene Kelly et Van Johnson, partis chasser des oiseaux dans les Highlands, en Écosse. Je me suis procuré leurs noms sur Internet car naturellement, en dehors de celui de l'héroïne, Fiona, resté depuis comme une sonorité magique, ils étaient sortis de ma mémoire. Je me souviens en revanche des paysages vallonnés reconstitués en studio, arides, accidentés, étrangement romantiques en dépit de leur aspect désertique : cours d'eau, enclaves intimes, massifs d'arbustes, sol de bruyère. Je me souviens vraiment de la bruyère. Les deux hommes se sont égarés et finissent par découvrir un village, Brigadoon, qui ne figure sur aucune carte, et dont il semble, à en juger par les vêtements et les coutumes des autochtones, qu'il ait surgi du passé. Les chasseurs font la connaissance de deux jeunes femmes, Fiona et Meg, mais c'est surtout la première qui importe, d'une beauté éblouissante, interprétée par Cyd Charisse, dont Tommy tombe amoureux. Je dois préciser qu'à l'époque, amoureux de Marie Mercier, j'étais terriblement romantique, aussi sentimental qu'une jeune fille. Je m'étais donc identifié à Tommy, qui rencontre dans un village irréel une jeune femme aussi saisissante que pouvait l'être pour moi Marie Mercier, incarnée en l'occurrence par la théorie fictionnelle Cyd Charisse. Mais celle-ci désignait sans doute cette nuit-là dans mon imaginaire un au-delà idéal de Marie Mercier, dont cette fois-ci je saurais me faire aimer. On informe les New-Yorkais que Brigadoon ne se réveille qu'une fois par siècle l'espace d'une seule journée, avant de disparaître à nouveau pour cent ans. Ces circonstances résultent d'un sortilège dont je dois confesser que j'ai oublié les détails. Mais il existe une condition pour que ce miracle se produise : aucun de ses habitants ne doit quitter Brigadoon car alors celui-ci disparaîtrait à jamais. En revanche, si un étranger désirait s'y établir, prêt à tout abandonner pour y vivre un amour éternel, il serait autorisé à y rester. Elle est absolument magnifique cette histoire d'un village enchanté qui n'apparaît dans la réalité, telle une vision, qu'une fois par siècle. Je me souviens de scènes dansées, collectives, endiablées, avec des musiciens en costumes folkloriques, équipés de cornemuses et de tambours. Je me souviens de scènes sublimes où les deux amoureux, isolés du tumulte, réfugiés dans l'une de ces enclaves environnées d'arbustes, d'eau cristalline et d'éminences rocheuses, dansent, courent, sautent, se sourient, se tiennent par la main, interprètent des pas de deux d'une sensualité confondante. J'ai gardé en mémoire l'ample jupe de Cyd Charisse, animée d'un millier de plis, ses longues jambes, sa taille étroite resserrée par une ceinture de tissu, ses épais cheveux noirs qui tombent sur ses épaules, ses sourires sensuels. J'ai gardé en mémoire les jambes tendues de Cyd Charisse quand Gene Kelly la soulève dans les airs, figure stellaire, vision suprême de l'absolu – beauté, rectitude, radicalité, hauteur spirituelle, tension intérieure, exigence morale. Je me souviens de cet instant chorégraphique où elle est tendue vers lui, en appui sur sa jambe droite, le buste incliné en avant, sa jambe gauche levée amplement derrière elle (elle est comme à la proue de sa vie intérieure irradiante), figure toute de douceur et de tension, d'exactitude et de don de soi, par laquelle elle signifie à Tommy, de la manière la plus arrêtée, que désormais sa vie lui appartient. Aucune mièvrerie dans les déclarations d'amour de Cyd Charisse. Elle se comporte à tout instant avec la majesté mathématique d'une reine : la rectitude de la reine se retourne comme un gant en radicalité amoureuse. Si bien que d'une certaine manière j'ai désiré, j'ai rencontré Margot cette nuit-là par l'entremise de la préfiguration fictionnelle Cyd Charisse dans *Brigadoon*, réalimentée quelques mois plus tard par la préfiguration fictionnelle Gene Tierney dans *Péché mortel*. Et même quand Cyd Charisse s'abandonne aux délices de l'instant, d'autant plus vifs que le jour va bientôt se lever et le village s'évanouir, s'assouplit, devient lascive, fragile, ondulante, il se dégage de son aura quelque chose d'impérieux. Alors que le matin approche, Tommy propose à Fiona de l'accompagner à New York. Elle refuse. Elle ne peut sacrifier à cet amour, rectitude encore une fois, le miracle dont ils bénéficient tous les cent ans. Tommy envisage alors, comme l'y autorise le sortilège, de rester à Brigadoon, de renoncer à son travail, à sa famille, à sa fiancée qui est restée en Amérique et qui attend son retour. *En d'autres termes : de renoncer à la vie sociale.* Il envisage de se soumettre à cet étrange rituel récurrent. Il envisage de ne vivre et de n'aimer Fiona qu'une fois par siècle l'espace d'une seule journée. Son ami le dissuade de commettre une telle folie. Il le dissuade de renoncer au temps humain et réaliste. Il le convainc que cette histoire d'amour est absurde et qu'il ne peut s'inclure lui-même dans l'enchantement de ce songe étranger. Peut-on tomber amoureux d'une vision, d'un mirage, d'une incarnation centenaire ? J'ai oublié l'instant où Tommy déclare à Fiona qu'il renonce à elle. J'ai oublié le moment où le village se dissout sous leurs yeux pour ne laisser derrière lui que le souvenir de son apparition furtive, marqué par les roches, la bruyère, le cours d'eau, où quelques heures plus tôt Tommy dansait avec Fiona et l'étreignait. De retour à New York, il ne parvient pas à effacer de sa mémoire cette nuit unique qu'il a vécue, dont la beauté miraculeuse ne cesse de le hanter. Il rompt avec sa fiancée. S'ensuivent des scènes d'une tristesse, d'une aridité, d'une brutalité, d'une désolation qui m'ont marqué profondément. Je découvrais à l'époque la beauté de la nostalgie, fondée sur l'empire qu'on accorde à l'instant. Je me vivais garçon sensible, féminin, attentif aux détails, aux phénomènes furtifs, à la beauté des manifestations atmosphériques. J'ai un souvenir d'une grande clarté des images qui se succèdent à ce moment du film, où l'on voit la ville, les voitures, le trafic, la foule, des visages, la frénésie urbaine, les restaurants bruyants et enfumés. Dureté. Cruauté. Vacuité. Insignifiance. Servitude du social. Pauvreté de la vie quotidienne. Tommy a commis une erreur dont il comprend qu'il ne guérira pas. Il a laissé s'enfuir la plus belle histoire de sa vie. L'irréversible. Cette déchirante idée de l'irréversible. Cette situation fictionnelle rend manifeste cette vérité que tout instant magique ne peut se revivre *et qu'on ne peut revenir en arrière*. Je revois Tommy accoudé au comptoir d'un bar enfumé devant un verre d'alcool, triste, désespéré, dégoûté de tout. C'est alors qu'avec Jeff, décidant de retourner dans les Highlands, ils prennent l'avion et se retrouvent sur le chemin où ils s'étaient perdus. On en est là de *Brigadoon* quand le moment magique dont je voudrais parler s'apprête à percer le film comme une lance enflammée. À présent je vais parler du *Trou*, dont là encore je me suis procuré les noms des cinq protagonistes sur Internet. Lors de cette recherche, j'ai découvert que Jean-Pierre Melville considérait *Le Trou* comme *le plus beau film du monde*, avis qui m'a électrisé. Claude Gaspard, un jeune homme de bonne famille, lisse et courtois, se retrouve en détention préventive à la prison de la Santé pour tentative de meurtre sur sa femme, plus riche et plus âgée que lui, qu'il a trompée avec sa jeune belle-sœur. Je me souviens d'une scène où il s'entretient avec le directeur de la prison, et celui-ci semble étonné par la timidité, séduit par les manières, mis en confiance par la bonne éducation de ce détenu inattendu. Un doute est instillé dès le début sur la culpabilité du jeune homme. Il est incarcéré dans une cellule où il rencontre, également en détention préventive, Geo, Roland, Manu et Monseigneur. Il se trouve qu'ils travaillent depuis plusieurs semaines à un projet d'évasion dont ils hésitent à informer l'intrus. Mais en même temps, s'ils décident de le tenir à l'écart, il leur faudra attendre qu'il ait été transféré dans une nouvelle cellule, ce qui retarderait l'exécution de leur projet à une date incertaine. Après s'être informés auprès du jeune homme des raisons de son incarcération, et avoir jugé que son cas était sans doute aussi désespéré que le leur (car si la femme de Claude Gaspard maintient sa plainte il en prendra pour quinze ans minimum), ils décident de l'affranchir. Ils ne vont pas le regretter : Claude Gaspard réagit favorablement à ce projet et leur demande de l'y associer. Ils ont creusé, à l'aide d'une fourchette, le sol de leur cellule. Je me souviens qu'ils surveillent les couloirs en introduisant par un trou rond dans la porte une brosse à dents à laquelle ils ont solidarisé un fragment de miroir. Ils sont parvenus à accéder aux sous-sols de la prison où ils circulent chaque nuit par groupes de deux afin de trouver une issue vers l'extérieur. Les sous-sols sont des galeries humides, obscures, dont j'ai oublié de quelle manière ils les éclairent. Ils marchent souvent dans de l'eau et leur progression est interrompue par de lourdes portes que Roland, habile serrurier, parvient à déverrouiller. Il me semble que cette galerie est circulaire et qu'elle s'inscrit à l'intérieur du périmètre de la prison. Des gardiens y réalisent des rondes, ce qui oblige les prisonniers à la plus grande vigilance. Je me souviens d'une scène où deux d'entre eux doivent se dissimuler derrière un pilier pour se soustraire à la vue de gardiens qui cheminent avec lenteur. Ces moments sont magnifiques où on les voit, précis, précautionneux, s'aventurer dans ces tunnels lugubres, humides et ténébreux, sous les voûtes desquels résonnent leurs pas et leurs outils. C'est avec une anxiété terrible que les détenus qui sont restés dans la cellule attendent le retour de ceux qui ont été envoyés en émissaires dans les entrailles de l'édifice. Enfin, une nuit, ils ont compris qu'ils pouvaient accéder aux égouts, galeries contiguës, dédoublement souterrain des rues alentour, en détruisant un mur de pierre qui les en sépare. Et c'est ainsi qu'à tour de rôle, à l'aide d'outils rudimentaires, environnés par le danger d'être découverts, ils entreprennent de creuser un tunnel. Ces travaux minutieux, dans de la boue et de l'eau, s'accompagnent de diverses péripéties, notamment l'effondrement du conduit sur l'un des prisonniers. Ils progressent de quelques centimètres toutes les nuits. La perspective de pénétrer dans les égouts se précise sensiblement de jour en jour. J'ai été touché par le courage, le sang-froid, l'ingéniosité, l'exactitude de ces hommes, par l'amitié qui les lie. Une nuit, l'un d'eux leur annonce que le lendemain le tunnel aboutira aux égouts. De fait, la nuit suivante, il me semble que c'est Geo, interprété par Michel Constantin, avec Manu en vigie à l'entrée du tunnel, qui parviendra à dégager les quelques centimètres de maçonnerie qui les séparent des boyaux communaux. On en est là du *Trou* quand s'apprête à surgir ce moment miraculeux dont je voudrais parler, que j'ai vécu comme un recommencement de ce moment miraculeux de *Brigadoon* dont je voudrais parler parallèlement, que j'avais connu quelques semaines plus tôt. On a d'un côté Tommy et Jeff de retour dans les Highlands et de l'autre Geo et Manu qui se sont engagés dans les égouts. Les premiers sont parvenus à l'endroit où quelques mois plus tôt se tenait le village de Brigadoon. Les seconds localisent une échelle de fer qui conduit à la plaque d'une bouche d'égout. J'imagine que Tommy s'est assis sur une roche mauve de la vallée de Brigadoon et qu'il implore le ciel de lui pardonner l'erreur irréparable qu'il a commise. Geo pose un pied sur le premier barreau de l'échelle et se hisse vers l'envers circulaire de la plaque. Ferveur chez Tommy, les pieds dans la bruyère, qui se souvient comme de quelque chose de sacré des moments sublimes qu'il a vécus. Impatience chez Geo, les pieds sur du métal, qui s'élève vers la lumière de ces images de liberté qu'il anticipe. Dans les deux films c'est la nuit, c'est désert, c'est silencieux. Tommy se confronte à l'absence du village comme à l'absence d'un mort qui ne peut ressusciter. Geo se trouve désormais sous la lourde plaque de la bouche d'égout et il approche sa main de la fonte humide qui fait obstacle à son accession à la nuit. Et c'est alors que surviennent ces deux moments miraculeux. Le ciel de Brigadoon s'enflamme et Geo fait glisser la lourde plaque sur le bitume du trottoir. Le village réapparaît sous les yeux de Tommy et Geo introduit son regard par l'orifice circulaire qu'il vient de dégager. Le village, avec ses maisons, le petit pont qui franchit la rivière, est désormais devant Tommy. Geo voit apparaître, vision rasante, car seul le premier tiers de son visage dépasse de l'orifice, les murs de la prison, gigantesques, dressés dans la nuit. Tommy se lève et emprunte le petit pont qui conduit à Brigadoon. Geo voit la chaussée déserte et luisante, les lueurs des lampadaires, le ciel étoilé. Fiona et un vieil homme attendent Tommy de l'autre côté du pont. Geo voit la silhouette lointaine d'un policier qui surveille les abords de la prison. Un taxi passe. Le vieil homme dit à Tommy : *Aye, Tommy, when ye love someone deeply anythin' is possible, even miracle...* Geo contemple la vision proprement féerique des abords de la prison, trottoirs, immeubles, mur d'enceinte, et il écoute les bruits qui en émanent. Voilà. Le vieil homme qui dit à Tommy : *Nous sommes revenus te chercher, le miracle a eu lieu, viens, rejoins-nous, nous n'allons pas tarder à repartir*, avant que le village ne reparte tel un navire fantôme sur l'océan immatériel de ce sommeil de cent ans, par-delà la réalité visible. Et ce moment où Geo, au ras des pavés, ses doigts sur le rebord de la réalité, son visage à moitié introduit dans cette vision féerique, regarde de l'extérieur les murs de la prison, avant de repartir dans les entrailles de l'édifice. Eh bien ces deux moments sont parmi les plus beaux que j'aie jamais vécus. Le village a interrompu son sommeil de cent ans pour secourir Tommy et dissoudre le principe de l'irréversible. Geo n'aurait qu'un geste à faire pour surgir de l'orifice et s'enfuir dans cet au-delà irréel qu'il a tant convoité. Geo n'aurait qu'une impulsion à libérer pour se garantir du principe de l'irréversible. Il peut s'enfuir maintenant et ne pas différer son évasion. Sa liberté est à portée de main de la même manière que quelques mois plus tôt le bonheur de Tommy était à portée de main. Tommy se jette dans les bras de Fiona. Enlacés ils pénètrent dans le village. Geo pourrait, comme Tommy quelques mois plus tôt, accéder à cet ailleurs miraculeux. Le village s'estompe peu à peu. Geo fait glisser la lourde plaque sur le trottoir et redescend par l'échelle de fer dans les galeries souterraines de la prison. Le village a désormais disparu et Geo retourne dans sa cellule. Tommy a été exaucé. Le vœu le plus cher de Tommy a été exaucé. Il a rejoint, par la magie, à la faveur d'un miracle, cet ailleurs inaccessible qu'il s'était tant rêvé, Brigadoon. Pour Geo également l'irréalisable s'est réalisé. Pour Geo également une passerelle est apparue qui s'offrait à le faire passer. Passerelles : la plaque d'égout et le pont de Brigadoon. L'instant. La magie. La vision. Un passage vers la liberté. S'introduire dans la vision. Un passage vers l'éternité. Un passage vers l'amour. Un passage vers la lumière. À la faveur d'un instant de magie. De retour dans sa cellule, Geo raconte ce qu'il a vu. À l'inverse de Tommy quelques mois plus tôt, qui, de retour à New York, ne parvenait pas à guérir des instants rares qu'il avait vécus, la vision de Geo anticipe l'événement qu'ils vont vivre le lendemain en empruntant les uns après les autres cet orifice circulaire. Or, le lendemain, Claude Gaspard est emmené par deux gardiens qui lui demandent de rassembler ses affaires. Émoi dans la cellule. Pourquoi Claude Gaspard doit-il emporter ses affaires ? Serait-il libéré ? Transféré ? Il est convoqué par le directeur qui l'informe que sa femme a retiré sa plainte. On retrouve l'impression qu'on avait eue au début du film en voyant que se propageait entre

les deux hommes le sentiment d'une même appartenance. J'ai oublié sous quel prétexte Claude Gaspard
avoue au directeur qu'il a participé à un projet d'évasion
sur le point d'aboutir. Un peu plus tard, et il me semble
que *Le Trou* se conclut par ces images, des gardiens
surgissent dans la cellule et emmènent les quatre
hommes. *Brigadoon* se termine sur un miracle après le
désenchantement de Tommy. *Le Trou* se termine sur un
désenchantement après le miracle de Geo. Un même
rêve, une substance analogue, agencés différemment.
Et des sensations parentes, d'une force égale, qui m'ont
foudroyé ces nuits-là.

Le suicide de son père atomisa Patrick Neftel. Le
lycéen combatif qu'il était, impatient de s'installer
à Paris, laissa place à un éparpillement abasourdi.
Son généraliste lui prescrivit des antidépresseurs, lui
conseilla de consulter un psychologue (auquel il renonça
à l'issue de la troisième séance) et de retourner au lycée à
la rentrée suivante. Il semblait légitime de sacrifier
l'année en cours après avoir subi un traumatisme d'une
telle ampleur, d'autant plus qu'il paraissait difficile qu'il
puisse se présenter à la première partie du baccalauréat,
qui devait se dérouler trois mois plus tard. Le psychologue lui recommanda le repos le plus total afin d'éradiquer de ses pensées les images qui les hantaient. La
fourchette ensanglantée. Son père le regardant dans les
yeux d'un air de défi. Son père égorgé s'effondrant au
ralenti sur le carrelage de la cuisine. Sa sœur coincée tout
entière (bloquée mécaniquement) dans un cri de sirène.
Sa mère le téléphone à la main qui hésitait à retirer de la
glotte l'ustensile intrusif (ses doigts exécutaient des

figures indécises autour du manche qui scintillait). Patrick Neftel arpentant la cuisine, incapable de se tenir immobile, incapable de s'éloigner de l'écorché, frappé net par un acte homicide à lui seul destiné. Une équipe de pompiers envahissant le pavillon, prodiguant sur le corps à l'agonie des soins désespérés. L'annonce de sa mort par un visage à la courtoisie mécanique. La civière emportant au milieu des fauteuils, sur la moquette écrue du salon, le cadavre du suicidé. Le drap blanc qui l'occultait. Des uniformes autour de la table devant des formulaires que sa mère parafait métamorphosée en automate. Les insignes des casquettes. Leur maison devenue le référent d'une existence désormais dévastée. Cette maison qui s'imposait deux heures plus tôt comme la casserole d'un malaise asphyxiant, d'un bain-marie interminable, voilà qu'à cause d'une étincelle elle était devenue le lieu identitaire d'un drame irréversible, elle n'était plus que l'acte lui-même, son exact équivalent, un lieu fini, mort lui aussi, où plus rien ne pourrait s'inventer. Ces images dominaient Patrick Neftel. Elles lui avaient subtilisé le monde extérieur, l'avaient rendu muet, silencieux, insensible, désincarné, avaient vidé de leur substance toute idée de projet, de rêve, d'intégrité, d'ambition, d'argent, de réussite, d'orgueil, de livre, de film, d'amour, d'amitié, de vie professionnelle. Rien ne pouvait survivre à cette vision aveuglante de la fourchette ensanglantée implantée dans la gorge paternelle. Rien ne pouvait perdurer face aux images qui en accompagnaient l'obnubilante réminiscence, qui tournoyaient dans son cerveau comme un essaim de mouches en flammes.

Pendant que Preljocaj travaille une scène, sa répétitrice emmène Marie-Agnès dans une autre salle pour lui apprendre les phrases des enfants. Les phrases des enfants : une longue séquence qu'il a écrite pour eux et qu'ils danseront avec Médée. Marie-Agnès reproduit les mouvements qu'effectue la répétitrice. Disposées l'une derrière l'autre, elles se regardent et communiquent par le miroir. La partition est posée sur le sol que Noémie consulte de temps à autre pour se remettre un détail en mémoire. La danseuse lui demande si elle doit marcher avec la pointe ou le talon. Noémie : *Ni l'un ni l'autre. Tu glisses, comme un bateau poussé par le vent* [elle le lui montre tout en parlant], *ce n'est pas stylisé, c'est dans la main que c'est stylisé, pas dans les jambes* [la main faseye sur le haut du crâne comme un drapeau]. *Angelin, quand il le fait, il fait ça, la main comme ça, j'ai noté ça la première fois, c'est très très simple.* Quand Marie-Agnès a assimilé une phrase, Noémie passe à la suivante, avec tendresse et affection, c'est un enseignement velouté, précis, professionnel, elle ponctue ses commentaires de *Voilà*, *C'est ça*, *Très bien*, *Parfait*, maternels. Je suis frappé par la rapidité avec laquelle la danseuse assimile les phrases. Il suffit qu'elle les danse une seule fois en se calant sur Noémie pour être capable de les reproduire toute seule en entier. À la fin de cette séance, après avoir fumé une cigarette avec Laurent, je retourne dans la salle de travail, où les enfants viennent d'arriver. La réglementation a conduit Preljocaj à constituer trois couples d'enfants qui se produiront sur scène en alternance avec les deux distributions d'adultes. Une dizaine de seaux en acier brossé sont disposés sur le sol, qui représentent un élément majeur de la scénographie. Après leur avoir demandé d'exécuter les quelques phrases qui ouvrent la pièce (celles-là mêmes que Marie-Agnès vient de mémoriser), Preljocaj leur propose un exercice d'improvisation. Ils doivent jouer avec les seaux, inventer un parcours, des figures, des amusements, à tour de rôle. *C'est comme une forêt, vous vous promenez dans la forêt, les seaux sont des terriers, vous regardez dedans, vous faites comme vous voulez, vous êtes des chats, vous êtes libres, on y va.* Et c'est alors que s'incarnent sous mes yeux les créatures prédestinées du mythe, chaque enfant réalise au milieu des seaux une narration corporelle inventive, d'une lenteur irréelle, que Noémie consigne sur son cahier tandis que Preljocaj les enregistre avec la plus grande attention. L'idée des seaux est fabuleuse. Ils sont comme intrusifs, à l'insu des enfants. On saisit quelque chose d'onirique et d'étrangement prémonitoire à les voir s'amuser en toute innocence avec ces seaux qui sont leur ciel funeste. On a l'impression d'une absence. La musique qu'a composée Mauro Lanza accentue cette impression d'irréalité. Les enfants sont déjà morts. Nous les voyons se mouvoir hors du monde, dans un univers éthéré, suspendu. C'est le songe et la prescience de l'après-meurtre qui s'installent dans l'espace, portés par les accents dépareillés d'une mélodie lugubre de clochettes, berceuse à l'envers, détraquée, retournée comme un gant. C'est le revers exact de l'enfance, tout aussi doux et innocent mais déréglé, légèrement discordant, troué régulièrement par l'intrusion d'une plainte de cordes qui incarne l'horizon destructeur des adultes. La berceuse à l'envers de Mauro Lanza : une tristesse sans tristesse. À un moment, portant à son comble le caractère ingénument tragique de ce dispositif, l'un des enfants place chacun de ses pieds dans un seau, enferme sa tête dans un troisième et se déplace lentement, à l'aveugle, dépossédé, assujetti à une force extérieure qui l'ensorcelle, petite chose sans défense, ignorante de son destin, guidée par l'imminence de son assassinat. *Ils sont inouïs ces enfants...* me confie Preljocaj dans l'ascenseur après les répétitions. *Surtout la petite blonde, je sais pas si t'as vu, elle est absolument fabuleuse.* J'étais troublé par les scènes qu'ils venaient d'inventer : prodige de l'instant et de l'incarnation. *On va dans les coulisses du spectacle ?* enchaîne-t-il. – *Oh oui, j'adore, d'accord, allons-y !* Les portes de l'ascenseur viennent de s'ouvrir, nous repassons par la loge de Preljocaj pour qu'il se change, assez grande, haute sous plafond, avec une longue coiffeuse cernée d'ampoules, de lourds rideaux et des banquettes de velours rouge, du parquet et un petit piano à queue, refuge intime et capiteux où je lui confie que je ferais volontiers un bureau. *T'imagines le rêve pour un écrivain une petite pièce comme ça au cœur de l'Opéra ? Tu t'ennuies, tu piétines, tes phrases ne fonctionnent plus ? Bing ! Tu vas dans les coulisses, à la cantine, à la buvette, tu traînes dans les couloirs, tu discutes avec les danseuses ! Mais ce serait le paradis ! C'est le nec plus ultra du paradis terrestre cet endroit ! – Arrête de fantasmer ! Arrête de t'exciter ! En plus t'écrirais plus une ligne !* Comme nous en avons pris l'habitude depuis quelques jours, nous nous aventurons clandestinement dans les coulisses pendant la représentation d'une chorégraphie d'Harald Lander datée de 1952. Nous nous tenons en lisière de la scène, dissimulés du public par une série de cloisons noires, à quelques mètres du territoire illuminé où évolue le ballet. Nous entendons la musique qui surgit, symphonique, entêtante, de la fosse d'orchestre. Des dizaines de ballerines et de danseurs vêtus de chemises blanches, moulés dans des collants, composent sur le plateau des architectures fugitives. C'est délicieusement désuet, anachronique, d'une préciosité irrésistible. Pointes, entrechats, portés tendres, jetés romantiques, effusions gestuelles, trajectoires majestueuses des bras, brebis épouvantées qui se dispersent sur le plateau, les deux étoiles au milieu, Agnès Letestu et un garçon dont j'ignore le nom, qui réalisent des confidences millimétrées. Les coryphées en tutu blanc sont comme des nénuphars autour des deux danseurs. C'est l'amour idéalisé qui se donne à percevoir à travers ces derniers, qui évoluent l'un près de l'autre, l'un contre l'autre, avec une grâce, une maîtrise, une tendresse, une exactitude inouïes : représentation de l'utopie amoureuse. Et voilà qui me propulse une fois de plus dans mes pensées du moment et me fait songer à Margot, à sa réserve, à ses rigueurs, à sa pudeur, à sa grandeur, à son exactitude, à son intransigeance fondamentale, et voilà qui me conduit à nouveau au Palais-Royal et me fait songer à Cendrillon, encore une fois l'une des figures centrales, avec la reine, de mon imaginaire. Cendrillon : c'est moi. Et Margot : le prince. Les ballerines qui s'enfuient du plateau, escapades esthétiques, avec leurs doigts qui volettent sur le côté, avec leurs jambes qui effectuent des pas tendus, outrés, imités des chevaux, elles nous frôlent et s'écroulent derrière nous dans les coulisses. Un ensemble discipliné de costumières, de maquilleuses, d'accessoiristes, s'affairent sur leur petite machine. Toute une population nous entoure, précise et empressée, les ballerines sont assises sur le sol, se déshabillent, se déchaussent, changent de tutu, se font recoiffer, épingler, alourdir de bijoux, obscurcir le regard de Ricil, et puis partout des dizaines de pieds nus qu'on empaquette de bandages et qu'on équipe de chaussons roses noués à la cheville. Les petites boules de coton qu'on a retirées d'entre leurs orteils font des taches blanches dans la pénombre. Les ballerines, petites machines vêtues de blanc, rosées, obéissantes, ne cessent de sortir des coulisses et d'y pénétrer en courant tandis que sur la scène, dans les clameurs des cordes, des hautbois, des percussions, le conte de fées chorégraphique continue de se déployer. Nous pourrions passer des heures, Preljocaj et moi, dans cette totale irréalité, dans cette espèce de féerie artificielle et savamment réglée, fondamentale, mystérieusement fondamentale, comme si la marche du monde, le destin de l'homme, la survivance de l'amour, devaient dépendre de l'accomplissement du spectacle, lequel devient dès lors, plus que les guerres, plus que l'économie, davantage que les sommets du G8, la chose la plus cruciale qui puisse se concevoir. *On va se boire une bière à L'Entracte*? me murmure Preljocaj à l'oreille. Nous sortons de l'Opéra parderrière et pénétrons dans la nuit, devenue froide depuis la veille, réellement automnale, et les images de ces ballerines, de ces étoiles, de cet ailleurs radieux incarné par la scène, radieux et utopique, sont suspendues dans nos pensées.

Laurent Dahl devait se lever chaque matin à sept heures et se présenter une heure plus tard devant la porte du lycée Jacques-Decour, avenue Trudaine, dans le neuvième arrondissement. (Il apprendra, le jour de la rentrée, que Mallarmé avait été professeur d'anglais dans ce lycée à la fin du XIXe siècle. Une reproduction de son portrait par Manet ornait d'ailleurs le vestibule, sur laquelle Laurent Dahl n'entrait pas dans l'édifice sans jeter un regard recueilli.) Il logeait dans une chambre de bonne de sept mètres carrés, étroit couloir au bout duquel s'ouvrait l'ovale d'une imposante lucarne cerclée de bois. Il n'était pas de jour où enfonçant la clé dans la serrure il n'éprouvait l'intense fierté de disposer d'un lieu à lui qu'il s'était choisi. Si l'état civil spécifiait qu'il était né en Lorraine, il avait su assez vite que sa mansarde serait le lieu de sa seconde naissance, datée de ce soir de septembre où il était arrivé à Paris pour y passer sa première nuit, nuit bloc, cube, dense, fondatrice, à l'intérieur de laquelle il s'était tenu allongé longtemps les yeux ouverts, écoutant les bruits océaniques de la ville. Laurent Dahl avait senti qu'il partirait de cette nuit, d'un verre de lait qu'il avait bu vers vingt-deux heures derrière les vitres d'un café sombre du boulevard Saint-Michel, la blancheur de cet incongru liquide de frigo dans un haut verre transparent, derrière les vitres, devant la rue, égaré dans une ville étrangère. C'était la première fois qu'il se retrouvait seul au seuil d'une nuit de solitude avec lui-même, au seuil d'une vie de solitude avec lui-même. Pourquoi un verre de lait, lui qui n'en buvait jamais ? Avait-il consommé consciemment, le soir de sa seconde naissance, ce liquide d'allaitement ? Ou bien inconsciemment, pour endiguer la peur, avoir entre ses doigts qui découvraient le monde un rassurant morceau d'enfance ? Tandis qu'il se tenait derrière les vitres le froid cylindre du verre entre les mains, c'était la ville, le flux des passants et des automobiles, leur fraîcheur d'inconnu, leur froide allure d'ailleurs, qu'il caressait du bout des doigts avec timidité. Il ne s'était jamais senti aussi ouvert : comme une étendue à cartographier. Cette chambre de bonne, c'est par miracle et en l'espace d'une seule journée qu'il l'avait trouvée. Il avait déplié un plan et placé la pointe d'un compas à l'endroit précis où s'installerait Marie Mercier, tracé un cercle intime autour de ce point et entrepris d'y interroger des gardiennes. La pointe du compas avait percé le papier d'une minuscule ouverture circulaire. L'appartement de Marie Mercier se situant à quelques pas de la place Saint-Sulpice, il avait commencé ses pérégrinations par ce quartier et poursuivi à l'aveuglette, le plan entre ses mains. Il avait veillé à ne jamais sortir du périmètre géométrique, rigoureusement sentimental, qu'il s'était fixé. Il avait déjeuné d'un sandwich dans un café du quartier. En fin d'après-midi, après six heures de prospection infructueuse, et alors même qu'elle l'avait congédié d'une réponse négative, une gardienne l'avait rejoint dans la rue pour l'informer qu'en réalité une chambre de bonne allait se libérer, *La semaine prochaine, elle sera libre à la mi-juillet.* Pour quelle raison s'était-elle repentie ? Laurent Dahl le saura plus tard : son regard, la timidité, la courtoisie qu'il avait manifestées l'avaient émue. Et la tristesse qui avait fondu sur son visage quand elle lui avait dit : *Aucune chambre de bonne n'est disponible...* Cet immeuble se situait en face de l'hôtel Lutetia, à quelques minutes de la place Saint-Sulpice. Quand il sortait de sa mansarde vers sept heures vingt (après une brève toilette au lavabo : l'absence de douche lui imposait de se laver une fois par semaine, le week-end, chez ses parents) et descendait dans la rue par l'escalier en colimaçon, Laurent Dahl allait boire un express et manger un croissant dans un café au bas de son immeuble. Le patron, un homme d'âge mûr au visage émacié, veillait sur lui derrière la caisse. Sa seule activité consistait à disposer de la monnaie dans des soucoupes de plastique que le serveur posait sur le comptoir en face de chaque client, présence inamovible, repère fixe dans ce périple aventureux qu'était devenue l'existence de Laurent Dahl : le patron s'imposait chaque matin comme une sorte de substitut au référent du foyer. *Bonne journée, à demain*, lui disait-il avant de s'enfoncer dans la bouche du métro. Laurent Dahl somnolait, regardait les stations par la vitre, lisait des livres ou révisait ses cours. Il éprouvait les effets d'une plénitude que rien n'atténuait, y compris les angoisses qu'il retirait de ses études, difficiles, soumises à une pression considérable. Les rames de la ligne qu'il empruntait étaient les plus anciennes du réseau, bruyantes et ferrailleuses, emplies d'une nostalgique odeur de rouille, il semblait que les roues sur les rails diffusaient des effluves d'étincelles et de fer surchauffé. Durant les trois années qui avaient précédé son installation (qui avaient vu EXA Informatique se déliter et expirer, le père de Laurent Dahl être disloqué par la faillite de l'entreprise), il n'avait cessé de rêver à cet ailleurs irréel qu'était la capitale. Paris avait été pour lui, par l'entremise de son imaginaire et des fantasmes qu'il déployait, un incendie nocturne au fond d'un paysage, un écoulement de promesses, un embrasement de visions fragmentaires, un au-delà qui se réfléchissait dans ses pensées à l'égal d'un projet d'œuvre d'art – et dont on pourrait dire qu'il renseignait davantage sur ses désirs que sur la ville elle-même : il se pensait dans son avenir comme un artiste pense un tableau, un écrivain un livre, un cinéaste un film. L'adolescence de Laurent Dahl n'avait rien été d'autre que le rêve étiré d'un ailleurs fantasmé, quel qu'il soit, géographique, social, humain, féminin, intellectuel. Cloîtré dans cet enclos où il vivait, il s'était attendu comme on attend d'aborder

une île à bord d'un ferry. L'amour serait un ailleurs.
Paris était un ailleurs. Lui-même tel qu'il s'entrevoyait
dans ses visions serait un ailleurs. L'ami intime qu'il
n'avait jamais eu serait un ailleurs. Le lieu où il vivrait
serait l'ailleurs central de cet ailleurs inépuisable où il
se déploierait. Sa réussite professionnelle serait un
ailleurs. Ses trois films préférés, qu'il avait vus la nuit
à la télévision, *Brigadoon*, *Le Trou*, *Péché mortel*,
éblouissements qui lui avaient valu la découverte
d'une sensation inestimable (quelque chose de vague
et d'important qui délimitait une zone de son imaginaire où il sentait qu'il se dilatait), leur dramaturgie
désignait un ailleurs décisif, un autre règne auquel les
personnages cherchaient à accéder. Et il pourrait
adjoindre à ces trois films un quatrième, quelques
années plus tard : *Peter Ibbetson*. Et un cinquième :
Bell, Book and Candle. Mathématiques, histoire économique, philosophie, français, anglais, allemand ; sept
heures de cours par jour, interrogations écrites, entre-
tiens d'évaluation, simulations d'oral, concours blancs
trimestriels ; les sermons du professeur principal sur la
difficulté des concours d'admission aux écoles de
commerce, sur les efforts qu'il attendait de ses élèves,
et dont il lui semblait, leur assenait-il sévèrement,
Qu'aucun encore ne se soit décidé à déployer ; l'inflexibilité et l'intimidation ; la sévérité qui résultait de
ces principes ; les humiliations dont ils s'accompagnaient ; tels étaient le quotidien, l'orthodoxie, l'atmosphère de la classe préparatoire à laquelle Laurent Dahl
avait été admis, sur dossier, couloir royal, sélection
acérée. Il semblait qu'on voulait conformer les élèves à
la dureté du monde contemporain. Il semblait qu'on
voulait les nettoyer (en les raclant comme des moules)
des idéaux, de l'ingénuité, du romantisme de leur

adolescence. Le premier jour, les accueillant par un discours inaugural éprouvé, le professeur principal leur avait prédit qu'une dizaine d'entre eux, dans moins d'un mois, *Ce sont les statistiques qui le disent*, auraient déserté la classe préparatoire, découragés par le travail qu'il leur faudrait fournir, *Car il s'agit de concours, ne l'oubliez pas, ces deux années de préparation vont vous conduire à un certain nombre de concours, et pas des examens, ET PAS DES EXAMENS.* Ils ignoraient leur chance d'avoir été admis dans un établissement de bon niveau dont les élèves ont conservé des sentiments humains, *Ils se côtoient dans le respect, cette classe préparatoire n'est pas un coupe-gorge, aucune tuerie entre élèves, aucun coup bas indigne*, quand dans certains lycées prestigieux, où les taux de réussite sont les plus élevés, *Les élèves s'entretuent tout au long de l'année, si vous ratez un cours n'essayez pas d'obtenir d'un de vos camarades qu'il vous en transmette une copie, c'est chacun pour soi, ils se volent leurs cartables pour les faire disparaître, ils seraient capables d'empoisonner les concurrents les plus nuisibles, mais ici*, avait-il dit, *c'est humain, humain mais sérieux, terriblement sérieux, vous n'êtes pas là pour vous la couler douce.* Sa leçon inaugurale avait pour objectif de tétaniser les élèves les moins solides. À la toute fin des vingt minutes qu'avait duré l'introduction, une jeune fille blonde, élégamment vêtue, s'était levée et était sortie de la salle de classe, *Adieu mademoiselle*, lui avait dit le professeur principal tandis qu'elle tentait d'ouvrir la porte avec le moins de bruit possible, *Eh bien voilà, les statistiques nous donnent toujours raison, voilà seize ans que j'enseigne l'histoire économique en classe préparatoire, et chaque année, CHAQUE ANNÉE, à un moment ou à*

un autre de mon introduction, un élève se lève de sa
chaise et s'insinue en silence hors de la classe, en
général de sexe féminin, j'attendais que cette donnée
statistique se désigne, c'est fait, nous allons pouvoir
nous y mettre. En dépit de son désir de réussir, un
dédoublement permanent (et l'une des deux entités qui
résultaient de cette scission prenait souvent le pas sur
l'autre, en particulier le soir, magnifiée par l'ivresse qui
lui était constitutive) éloignait Laurent Dahl de sa table
et de l'assiduité qu'on attendait de lui. Oublieux de la
réalité et du contrat qu'il avait passé avec lui-même, qui
stipulait l'édification d'une position socialement prestigieuse, après avoir dîné au restaurant universitaire (une
cantine bon marché), il pianotait le code sur le clavier,
introduisait un pied dans le couloir, visualisait la trajectoire hélicoïdale qui le mènerait à sa mansarde, où
il s'attablerait, triste, s'immergerait dans ses cours,
morose, se verrait apprendre par cœur de fastidieuses
séries de chiffres (par exemple la production automobile aux États-Unis de 1945 à nos jours) (ou encore la
production en Europe de 1945 à nos jours des princi-
pales matières premières, blé, charbon, minerais), c'est
alors qu'il lui arrivait de retourner dans la rue et d'y
errer durant des heures au hasard de son inspiration.
C'était un monde nouveau qu'il arpentait, un territoire
existentiel inexploré, et pas seulement parce qu'il
s'était affranchi de son environnement familial et
découvrait la liberté de l'étudiant, mais également en
raison de l'univers où celle-ci s'exerçait, la ville, son
rythme, ses splendeurs, sa multitude et ses mystères,
ses accidents et ses hasards, sa gravité et son sérieux,
ses offrandes et ses sourires, les nombreuses portes
qui s'y trouvaient dissimulées et dont des intuitions
lui suggéraient l'existence, strates successives que ses

explorations lui révélaient de soir en soir, des plus visibles aux plus profondes, des plus superficielles aux plus intimes. Laurent Dahl s'élucidait lui-même en même temps qu'il épluchait la ville, s'éclairait, se précisait, apprenait qui il était, ce qu'il aimait, ce qu'il désirait devenir et pourquoi. Jamais il n'aurait pu se procurer les conditions d'une clarification aussi approfondie auprès de ses parents, prisonnier du lotissement où ils vivaient, univoque. Il avait fallu qu'à l'exaltation d'une vie nouvelle les circonstances associent l'incertitude de ce moment décisif assez bref où le destin du jeune adulte se dessine et s'oriente, il avait fallu cet entremêlement de plaisir et de peur, d'oubli et de conscience de soi, d'insouciance et de réalisme, pour que Laurent Dahl se révèle à lui-même. La peur de la vie et l'exaltation du présent, ces deux pôles conflictuels avaient produit un inconfort, généré une énergie, délimité un champ électromagnétique qui étaient devenus l'état normal de son esprit, l'identité première de sa personne. C'est de cette énergie qu'avait fini par résulter ce qu'il était devenu. C'est dans l'étau de cet état d'angoisse et d'euphorie qu'il s'était nourri de la ville et des autres. Il s'attardait le long des quais, contemplait l'eau noire et scintillante du fleuve, s'asseyait sur un muret, voyait se consumer de grandes fenêtres, douces et intimes, aux façades des immeubles, comme des bocaux liquoreux de bonheur et d'amour. Il s'enfermait dans de vieilles salles de cinéma et s'immergeait dans des images, des visages, des plans mythiques en noir et blanc. Il cherchait dans les rues, aux terrasses des cafés, assise dans un métro, la reine inaccessible, la femme sublime que ses rêveries d'adolescent n'avaient cessé de lui promettre. Il s'était mis à boire du vin dans des cafés qui devenaient des lieux sacrés et y lisait des livres de poésie, des correspondances ou des journaux intimes, Rilke en premier lieu, aux confessions duquel il collectait de précieux fruits. Laurent Dahl progressait dans deux couloirs parallèles, vitrés, qui s'éclairaient l'un l'autre de leur lumière, le couloir scolaire, social, et le couloir sensible, existentiel. Ses rêveries injectaient de la folie dans ses visions d'avenir, qu'elles grandissaient, et ses visions d'avenir injectaient du réalisme dans ses rêveries, qu'elles étayaient. Grâce aux études qu'il s'apprêtait à entreprendre, finance et marketing, il devenait crédible de rencontrer la reine, de la séduire par ses succès professionnels, de vivre un jour dans l'un de ces appartements dont les croisées brûlaient la nuit sur le gris des façades. Un soir qu'il était rentré tard de l'une de ses errances, il avait trouvé un billet glissé sous sa porte, rédigé par Marie Mercier. *Je suis passée mais tu n'étais pas là.* Écriture large, ronde, pleine de clarté et d'appétit, qui évoquait la houle de ses seins lourds, le rond relief de ses fesses, l'infantile plénitude de ses cuisses. L'idée même que Marie Mercier ait éprouvé le désir de le voir, qu'elle ait gravi les six étages de l'escalier étroit et raide, rédigé ce mot déçu, tracé ces lettres où il semblait que dominaient de l'amertume, de l'essoufflement, peut-être même du désir, il n'avait pu dormir de la nuit. Allongé dans son lit, cloîtré dans sa petite embarcation qui voguait sur les toits au fil des heures, Laurent Dahl n'avait cessé de se demander ce qui se serait passé entre elle et lui s'il s'était trouvé là quand elle avait frappé. L'étroitesse de sa mansarde les aurait rapprochés l'un de l'autre, il aurait peut-être osé, électrisé par le demi-aveu de cette visite, se poser sur le lit à côté d'elle assise bien droite les jambes croisées, ils auraient parlé, ils se seraient confiés, il se serait senti à l'aise. Parvenu à cet endroit de ses spéculations, Laurent Dahl s'était levé, avait pris place sur sa chaise devant des livres d'économie. Il transpirait. Peut-être se seraient-ils embrassés. Se seraient-ils caressés. Lui aurait-elle donné ses seins, ses pieds, son ventre, aurait-il acclamé avec sa langue, les uns après les autres, les astres bruns qui lui couvraient le corps, depuis ses claires chevilles jusqu'à l'épaisse lumière de ses épaules. Il était allé la voir le lendemain soir. L'ailleurs qu'elle incarnait, presque iconique, avait semblé se reformer, à l'opposé de ses spéculations nocturnes, elle sur une chaise, lui installé au bord d'un canapé. Pour quelles raisons évitait-elle de prendre place à ses côtés sur la longue assise rouge, molle de coussins creusés, hospitaliers ? Il s'était défenestré : *Je crois que je t'aime*, avait-il dit à Marie Mercier. Marie Mercier lui avait répondu qu'elle le savait depuis longtemps mais qu'elle n'éprouvait pas pour lui des sentiments analogues, des sentiments d'amour, *Mais seulement de l'amitié*. Il l'avait regardée anéanti. Il venait de disperser comme une poignée de sable deux ans de son histoire intime, le temps d'une phrase limpide, universelle. Cet édifice qui l'avait abrité, lui et son amour, lui et ses pensées, lui et ses rêves, lui et ses nuits, lui et ses peurs et ses angoisses durant deux ans et d'une manière si exclusive, la réponse de Marie Mercier l'avait détruit, il n'en restait que des décombres, et encore, pas des décombres, aucun vestige de geste tendre ou de baiser, de caresse ou de mot équivoque, seulement du vide, rien qu'une fiction évaporée. *Une amitié très forte, je t'admire, je crois en toi. Tu es quelqu'un de profond, de complexe, un être rare. – Mais ?* l'avait interrompue Laurent Dahl. *Si tu penses ça de moi, pourquoi...* Marie Mercier s'était mise à réfléchir. Elle avait peint en rouge les ongles de ses pieds. Elle portait un collant noir en dentelle à travers les motifs arborescents duquel s'illuminait la blancheur de sa peau. *Mais ?* avait-il répété. Il regrettait de lui avoir confié ce qu'il tenait secret depuis des mois car cet aveu le laissait orphelin d'un état qu'il aimait. Cet amour était devenu peu à peu, au fil des mois, son plus précieux refuge, où il aimait passer des heures dans la quiétude de douces pensées. – *Tu es un idéaliste. Tu vis dans tes rêves, tes idéaux. Tu te fais une haute idée des choses, qui n'a rien à voir avec la réalité.* – *Qui n'a rien à voir avec la réalité ?* Sa voix était gris clair, désincarnée. – *Le couple, vivre en couple, cela n'a rien d'un idéal... C'est forcément banal, quotidien, les détails de la vie, les choses simples, domestiques, décevant.* Cela l'avait foudroyé. – *Décevant ? Domestiques ?* Puis : *Avec toi ? Décevant avec toi ?* – *Le quotidien, le ménage, les chaussettes sales, partager l'intimité de quelqu'un d'autre, forcément banale, assez peu poétique pour tout dire.* Puis : *Je ne peux pas t'imaginer dans ce genre de situation.* Silence. Puis : *Tu es un romantique. Tu es tellement complexe.* Et elle répéta l'exemple déjà cité : *La lessive. Les chaussettes sales.* Au premier concours blanc, début décembre, Laurent Dahl s'était placé troisième. Ce classement lui avait valu des éloges inattendus de la part du professeur principal, selon qui il s'imposait comme l'élément le plus agile, *Le moins scolaire en vérité, une sorte de mercenaire inspiré, circonstanciel et hasardeux, je dois dire que cette caté-gorie d'élèves se fait rare de nos jours.* Laurent Dahl adorait la préciosité du professeur principal et appré-ciait de se voir embelli par des substantifs si désuets. À titre d'exemple, *Pour illustrer mes propos,* celui-ci avait lu à la classe le devoir de philosophie que Laurent

Dahl avait écrit lors dudit concours blanc. Il reposait sur une lecture récente qu'il avait faite, un essai sur la vie et sur l'œuvre de James Joyce, dont la lecture du *Dedalus*, deux ans plus tôt, due au hasard, avait introduit dans sa vie une présence protectrice. L'essai théorisait, en liaison avec les textes de l'écrivain, une notion qui l'imprégnait lui-même au plus haut point, valorisée par ses pratiques nocturnes : *l'épiphanie*. L'épiphanie correspondait à cet état qu'intuitivement, depuis l'adolescence, il ne cessait de convoiter. C'est par l'épiphanie que Laurent Dahl pouvait s'envisager dans toute sa plénitude (et non plus comme un être fragmenté, éparpillé par les incertitudes qui l'habitaient), superposant passé, présent et futur, réalité et rêves, virtualités et perspectives d'accomplissement, dans une même effusion sensorielle. Conquête et prise de citadelle, chaque épiphanie marquait une avancée territoriale sur le doute, sur la peur, sur l'indigence d'une existence soumise et écrasée, éventuellement indigne et sans saveur. Il fallait qu'il se remplisse, qu'il s'accomplisse, qu'il envahisse l'ensemble de sa mémoire à la faveur de coups d'éclat, expériences uniques, instants de grâce, minutes de pur bonheur, communions de tous ses sens avec un ciel, une atmosphère, un feuillage, une mélodie, une silhouette féminine, un parfum, un reflet sur une vitre. Sa mémoire, territoire à conquérir, espace à mettre en forme, était un autoportrait. Et plus cet autoportrait était riche, précis, dessiné, plus celui-ci pouvait l'abriter comme le portrait abrite la ressemblance, plus Laurent Dahl se sentait fort dans le présent et susceptible de voir s'illuminer de pures visions d'avenir. Car s'il était vivant, en communion avec le monde, si celui-ci lui permettait de s'enchanter, de réagir avec lui, pourrait-il l'écarter, l'humilier, le diminuer ? C'était à une sorte de curieux mysticisme que Laurent Dahl s'abandonnait, où l'expérience du monde sensible conditionnait la construction d'une certaine conscience de soi en tant qu'acteur social. À l'exemple de la vie éternelle la réussite ne pourrait résulter que d'une croyance, d'une ferveur, d'une piété, d'une communion sincère avec le monde, et d'une pratique de la réalité, osons l'analogie, quasiment religieuse. Laurent Dahl s'était sacralisé, avait sacralisé sa vie intérieure, sacralisé les sensations qu'il retirait de ses épiphanies, sacralisé le territoire mental qui s'en trouvait délimité, sacralisé Paris, sacralisé l'amour, sacralisé les femmes, sacralisé *Dedalus*, sacralisé *Brigadoon*, sacralisé sa solitude, sacralisé sa chambre de bonne. Cet essai qu'il avait lu, et sur lequel il avait fait reposer son devoir de philosophie, enseignait que James Joyce calquait le processus épiphanique sur la doctrine de saint Thomas, selon laquelle trois choses sont nécessaires à l'avènement de la beauté, *integritas*, *consonantia*, *claritas* : intégrité, harmonie, luminosité. Dans *Dedalus*, convoquant la figure d'un panier, James Joyce écrivait, intensifiant la parenté qui les liait (Laurent Dahl avait appris par cœur cet extrait et s'était félicité de pouvoir le recracher tel quel dans son devoir) : *Lorsque tu l'as analysé dans sa forme, appréhendé comme un objet, tu arrives à la seule synthèse logiquement et esthétiquement admissible : tu vois que ce panier est l'objet qu'il est et pas un autre.* De sa confusion première à la vision béatifique, l'objet suscite trois attitudes qui définissent un progrès de la lucidité. *Au terme de ses métamorphoses, il semble soudain s'abstraire, s'idéaliser, comme s'il échappait aux lois du temps et du changement,* poursuivait sur l'estrade avec une fixité d'évêque le professeur principal. *Sommet de l'art, l'épiphanie, en révélant le monde dans sa réalité secrète, le réduit aussi à une pure essence.* Et Laurent Dahl se disait, en écoutant ces phrases, qu'il fallait y remplacer le mot *art* par le mot *vie*, y lire et y comprendre : Sommet de la vie, l'épiphanie, en révélant le monde dans sa réalité secrète, le réduit à une pure essence, où l'homme est susceptible de s'atteindre, de se révéler, de se clarifier, de croire en lui et de rêver l'accomplissement qui lui est dû. Des applaudissements avaient salué la conclusion du devoir. Est-il utile de préciser que Laurent Dahl avait vécu cette lecture comme une épiphanie, un pur instant de grâce ? *Mais, cher ami,* avait déclaré le professeur principal, *il manque à ces dispositions du travail, de la volonté, de l'acharnement, il faut pérenniser par des efforts suivis cette position momentanée, qui reste aléatoire, soumise aux aléas des conditions extérieures. Alors que vous,* avait-il ajouté en s'adressant au leader de la classe, le grand vainqueur du concours blanc, timide et acnéique, *c'est tout l'inverse, visiblement du travail, énormément, de la méthode, une approche systématique qui réduit à portion congrue le facteur du hasard* (*contrairement à notre ami le philosophe,* avait-il ajouté en souriant), *mais manque de hauteur, il faut s'élever, il faut s'élever,* avait-il ordonné. Laurent Dahl n'avait plus revu Marie Mercier. Il adorait Saint-Sulpice, qui conférait aux femmes qu'il y croisait une majesté d'héroïnes théâtrales, la fontaine et l'église, déséquilibrée par un clocher lacunaire. Le propriétaire de sa chambre avait glissé une lettre sous sa porte : *Vous avez pris la détestable habitude de payer le loyer aux alentours du 15, parfois du 20. Je n'ignore pas que vous êtes un garçon distrait et négligent. Mais ne me faites pas regretter de vous avoir loué cette chambre. Je vous serais reconnaissant de me porter ce*

soir sans faute le loyer qui m'est dû. Très cordialement.
Il était tombé amoureux d'une actrice rousse qu'il avait
vue jouer un soir dans un théâtre. *Vous m'êtes apparue
ce soir-là, incandescente, enflammée, avec l'intensité
d'une vision onirique. Vous êtes la femme que je n'ai
cessé d'attendre, convaincu qu'elle n'existait pas,* lui
avait-il écrit. Lors d'une simulation d'oral, un examinateur lui avait dit : *Et vous voulez faire quoi quand vous
serez diplômé ? – Finance,* avait répondu Laurent Dahl.
*– Finance ? Avec vos yeux ? – Mes yeux ? – Rêveurs.
Vos yeux sont rêveurs. Vous semblez vous évader en
permanence dans vos pensées.* Silence interdit de
Laurent Dahl. *Durcissez votre regard lors des oraux.
Vos yeux contredisent vos propos. – Mais je vous jure
que je veux faire de la finance,* avait-il protesté. *– Écoutez,* lui avait rétorqué l'examinateur. *Je suis là pour
vous former à l'exercice difficile des oraux d'admission. Rien ne vous sera épargné lors de ces séances. Et
je vous conseille de vous durcir, d'accentuer votre
regard, de maîtriser vos gestes, d'adopter des postures
plus tenues.* Laurent Dahl se délitait de jour en jour.
Il avait décidé de faire l'impasse sur deux matières
qui épuisaient ses forces, allemand et mathématiques,
et s'était concentré sur le français, la philosophie,
l'histoire économique. *En 1965, la France est le troisième exportateur mondial de fonte et d'acier, avec un
sixième de la production exportée. La CECA a d'abord
permis de baisser le prix du coke mais des problèmes
se posent : 1/ Prix imbattables des nouveaux producteurs, donc marchés extérieurs moins sûrs. En même
temps les prix trop bas de l'acier limitent les bénéfices
et donc les investissements. 2/ Manque de transports
bon marché.* Fatigue. Ennui. Désir de s'évader. Laurent
Dahl se levait de sa chaise, regardait dans la rue par

l'ovale de la lucarne, allumait la radio, calligraphiait sur le mur un fragment de James Joyce : *Je me précipite hors du tabac et l'appelle par son nom. Elle se retourne et s'arrête pour m'entendre balbutier heures, leçons, heures, leçons : et peu à peu ses joues pâles s'empourprent d'un tison de lumière opaline. Nenni, nenni, n'aie crainte !* Escaladant la petite grille qui encerclait le square en bas de chez lui, il y avait cueilli quelques fleurs colorées qu'il avait remises à une jeune femme à l'entrée du théâtre. Épinglée au papier qui enveloppait le cri d'amour de son bouquet, une petite carte glissée dans une enveloppe : *Je ne puis vous oublier. Si vous apparaissiez demain vers quatorze heures au café de la Mairie, place Saint-Sulpice, vous m'y verriez vous y attendre.* Au deuxième concours blanc, début avril, douzième. *Déception*, s'était contenté de dire le professeur principal. *J'en avais d'ailleurs l'intuition, je vous avais prévenu.* Il s'accrochait. Il apprenait par cœur de fastidieuses séries de chiffres. Il n'avait reçu aucune réponse aux nombreuses lettres, cartes, fleurs, qu'il avait fait parvenir par le théâtre où elle jouait à cette actrice qui l'obsédait. Début juin, il s'était inscrit à six concours qui avaient lieu dans des salles de concert ou des locaux d'université, où des centaines d'élèves se mesuraient aux mêmes épreuves. Il avait été admis à l'oral de deux écoles, la première en province, d'un assez bon niveau, la seconde à Paris, l'une des plus médiocres. C'est cette dernière qu'il avait intégrée, dans le seizième arrondissement. *Navrant*, avait commenté le professeur principal. *Tant pis*, avait écrit Laurent Dahl dans sa dernière carte, qui représentait la place Saint-Marc de Venise.

7

Patrick Neftel fut confronté pendant cinq ans à un état de prostration préoccupant : comme aveuglé par des phares braqués sur lui dans la lumière desquels il se voyait envahi par des insectes affolés. Il essaya à plusieurs reprises, encouragé par sa mère, de reprendre le lycée, d'envisager des études supérieures, de ne pas sacrifier à ce malheur qui les avait frappés les qualités qu'il avait toujours manifestées. Il n'avait tenu que la moitié d'un trimestre après son retour au lycée dès la rentrée suivante : cette réconciliation avec la réalité semblait prématurée. Leur généraliste : *C'est trop tôt sans doute. Sa convalescence n'est pas terminée. Il aura besoin de quelque temps pour se consolider.* À la rentrée suivante, dix-huit mois après les faits, il avait été assidu jusqu'à Noël (ses résultats scolaires étaient corrects : le professeur principal avait raconté que Patrick Neftel passait ses journées à regarder rêveusement par les carreaux des salles de classe) puis s'était effondré de nouveau : pleurs, émiettement, absence à lui-même et au monde extérieur. Que se passait-il dans sa tête ? Disparition de tout enjeu. Disparition de tout intérêt. Il se vivait comme un objet inanimé et percevait la réalité comme un artifice aléatoire où les humains semblaient guidés par des pulsions arbitraires sans dessein particulier : des fourmis sur un rocher. Où aller ? À quoi se destiner ? Pourquoi se lever ? Dans quel but ? Quelle est l'utilité des théorèmes ? Il avait cessé de se masturber (lui qui se masturbait six fois par jour sur des revues qu'il se procurait à Corbeil-Essonnes) : la nudité agissait sur lui avec le même impact que le corps d'une autruche. Le seul sentiment qui continuait de survivre à sa déliquescence (un sentiment à l'agonie : quelque chose de comparable au corps de son père glissant lentement contre le mur de la cuisine en s'empoignant par le manche de la fourchette) était celui de la révolte, une révolte qui ne le vrillait plus et dont il éprouvait les effets comme à travers une vitre, un pur concept qui brillait comme une pleine lune au fond du ciel mais dont il pressentait qu'il pourrait se redéployer. Quelle sorte de révolte ? L'injustice d'avoir été le dédicataire exclusif d'une sanction terminale (aussi frappante qu'une déclaration d'intention) que cet homme au cerveau détrempé aurait dû s'infliger à lui seul. Celui-ci s'était rayé, ultime lâcheté, non pas au nom de ses échecs, de ses insuffisances, de son incapacité à assumer la réalité, mais au nom de son fils et des prétentions personnelles qu'il revendiquait : l'adolescent avait servi de prétexte (et de dérivatif : on avait reporté sur lui la responsabilité d'une décision personnelle) à la logique d'une démission inéluctable. À la rentrée suivante, trente mois après les faits, Patrick Neftel se laissa inscrire par sa mère à des cours par correspondance. Pour subvenir à leurs besoins (ils ne touchaient qu'une minuscule pension), la mère de Patrick Neftel dut se résoudre à faire des ménages dans le lotissement. Ils vivaient pauvrement, ne s'octroyant aucun loisir, aucun moment de distraction, à l'exception du mois d'août qu'ils passaient à la Résidence de la mer. Sa sœur avait pris le parti d'abandonner dans leur passé commun (avec lequel elle semblait rompre : elle désirait se reconstruire ailleurs) le traumatisme de ce terrible événement. Elle avait passé son baccalauréat et poursuivi ses études à Paris en s'inscrivant dans une école de commerce. Elle y avait rencontré un jeune homme insignifiant, catholique, d'une laideur peu commune, doté d'une dentition de cheval, qui trop heureux de pouvoir jeter son dévolu sur une jeune fille gracieuse mais diminuée par les événements destructeurs qu'elle avait vécus avait fini par la séquestrer dans ses conceptions étriquées, si bien que Patrick Neftel n'avait plus vu sa sœur depuis deux ans quand il décida de renoncer à ses cours par correspondance. Il vivait seul avec sa mère, ne voyait plus personne, et ce seul lien avec le monde extérieur (ces enveloppes qu'il recevait, ces cours qui lui étaient transmis, ces exercices qu'il devait faire, les corrigés qui lui étaient renvoyés qui affectaient de le considérer comme un individu effectif) lui semblait mensonger, presque insultant, sans autre effet que de stigmatiser son isolement. Sa solitude semblait se renforcer à mesure que les mois défilaient, chaque semaine qui s'ajoutait poursuivait l'édification de ce cagibi insalubre où il vivait reclus avec sa mère. Le monde réel s'éloignait d'eux de jour en jour, devenait indistinct, d'une abstraction de plus en plus impénétrable. La mère de Patrick Neftel, au printemps 1986, l'engagea à passer son permis de conduire, qu'il décrocha à la troisième tentative. Sa sœur se maria l'année suivante avec l'individu dégénéré qui l'avait kidnappée. Elle était devenue catholique pratiquante et ne fréquentait plus que la famille de son conjoint. Patrick Neftel, qui avait téléphoné à sa sœur à plusieurs reprises ces deux dernières années, avait déduit de leurs conversations qu'elle avait décidé de s'oblitérer dans les principes d'une volonté extérieure, étrangère à elle-même, qui présentait l'avantage de se substituer à l'embarras d'un libre arbitre anéanti, dont elle voulait se démunir comme d'un attribut encombrant du passé. L'hypocrisie de leur idéologie religieuse incita les fiancés à convier à leur mariage Patrick Neftel et sa mère, qui accueillirent l'invitation comme une diversion salutaire. Un château avait été loué à une centaine de kilomètres de Paris où les deux seuls parents de la mariée (au milieu d'un clan adverse inflationniste : deux cents personnes qui étaient des cousins, des oncles, des tantes, des gendres, des belles-filles, des ancêtres : ils procréaient comme des lapins) furent relégués à une table de vieillards taciturnes et de débiles mentaux légers (la contraception y étant proscrite il arrivait au clan adverse d'engendrer tardivement des progénitures diminuées) au milieu desquels on leur donnait le sentiment qu'ils ne dépareillaient pas. Charité chrétienne : on leur tapotait l'épaule avec une compassion amicale : *Tout va bien ? Vous n'avez besoin de rien ?* Patrick Neftel but beaucoup. Il provoqua les vieillards de la tablée (impassibles : uniquement des grimaces de dentiers) en leur tenant des propos scandaleux. Il demanda aux trisomiques s'ils se suçaient les uns les autres à l'issue des déjeuners dominicaux : ils rigolaient en faisant tinter les verres avec le manche de leurs fourchettes. Ils disaient : *Encore ! Encore ! Rigolo ! Rigolo !* L'absence de réaction à ses provocations augmenta la furie de Patrick Neftel. Une violence inattendue s'empara de son esprit enflammé par l'alcool. Il hurla des insanités aux trisomiques. Ils les attira sur la piste de danse où ils exécutèrent des chorégraphies de films de vampire. Ils agressaient les convives de leurs dents découvertes, les yeux exorbités, les doigts fourchus. Patrick Neftel encouragea l'une des débiles mentales à entreprendre un strip-tease. À peine ses seins massifs s'échappèrent-ils du soutien-gorge (Patrick Neftel avait entrepris de les caresser tout en dansant contre elle le sexe dur : déchaîné, vociférant des insultes à l'attroupement interloqué qui s'était constitué autour du couple) que le marié vint le trouver et l'attira hors de la salle. Patrick Neftel, qui ne s'était jamais battu de toute sa vie, demandant à son beau-frère de lui lâcher le bras (il refusa : il le tenait fermement en le conduisant vers le parking), se débattit violemment et lui cassa deux dents, qui disparurent dans le gravier. On tenta de calmer Patrick Neftel en l'arrosant d'eau fraîche sur le capot d'une voiture tandis que chrétiennement les familiers du marié tentaient de discerner au milieu du gravier les deux canines chevalines descellées. Des gendarmes débarquèrent sur les lieux. On leur désigna le responsable de la rixe. Patrick Neftel souffla dans un ballon. Une vieille tante réclamait de l'indulgence pour cet être douloureux : *Soyons cléments pour ceux qui souffrent ! Accordons-lui la miséricorde du Seigneur ! – Je t'emmerde vieille salope tu vas fermer ta gueule espèce de truie !* lui répondait Patrick Neftel que ses propos exaspéraient. *Qu'il revienne plutôt me voir l'autre enculé que je lui brise sa mâchoire de trotteur ! Je vais lui fabriquer un sourire de volaille vous allez voir ! Il va boire des yaourts à la paille jusqu'à sa mort ! Et lâchez-moi bordel de merde !* ajoutait-il à l'attention des gendarmes qui le tenaient fermement par les épaules contre la vitre d'une Mercedes. *Lâchez-moi ! Je suis pas un assassin ! Je vais pas m'enfuir dans la nuit !* On le menotta. On le conduisit à l'intérieur d'une estafette. On le véhicula à travers la forêt sombre, hostile, emplie de sangliers, qui encerclait le château. Il passa la nuit en cellule de dégrisement. Sa mère parlementa avec les parents du marié pour qu'ils retirent la main courante qu'ils avaient déposée. Sa fille s'était éclipsée, en pleurs, sans lui dire au revoir ni lui adresser la parole. *Vous paierez les frais de dentiste !* ne cessait de répéter le père du marié. *Je veux ! J'exige des dents en céramique ! De la plus haute qualité ! Quitte à aller à Miami ! – Je paierai ce que vous voudrez. Mon gendre retrouvera ses dents d'avant. – Votre gendre !* hurlait de rire le père du marié : un rire atroce, sardonique, qui faisait se remémorer aux frondaisons des arbres autour du château les hurlements de loup des temps jadis. *Votre gendre ! Vous osez dire votre gendre ! Laissez-moi rire ! Il n'est pas ! Il n'a jamais été ! Il ne sera jamais votre gendre vous m'entendez ! Jamais votre gendre ! Dût-il retrouver sa dentition ! Nous n'aurons plus aucune espèce de rapport avec vous ! Et surtout... surtout... avec ce... ce dégénéré... ce malade mental... ce psychopathe qui vous sert de fils ! Il faut le faire interner ! Votre fille me l'avait déjà dit qu'il avait toujours été un peu spécial ce garçon ! Mais là ça dépasse l'entendement ! Briser les dents d'un garçon inoffensif comme le mien, chrétien, sportif, sain d'esprit, adepte de la varappe, le jour de son mariage ! Une telle chose ne s'est jamais vue ! – Et donc la main courante...* sanglotait la mère de Patrick Neftel. *– Maintenue ! Contresignée ! Elle protégera des innocents de la folie barbare de votre fils !* La mère de Patrick Neftel vint le chercher à la gendarmerie le lendemain après les douze heures d'isolement réglementaires. Elle ne cessait de sangloter. Elle voulait se suicider à son tour. *C'est ça ! Suicide-toi ! Très bonne idée ! Ce sera jamais que le deuxième suicide qu'on me fera porter !* Elle ne cessait de lui dire qu'il avait tout dévasté. *Par ta faute... On la reverra plus... Plus jamais je reverrai ma fille...* pleurait-elle dans l'habitacle de la Polo. – *De toute manière elle n'est plus elle-même. On nous l'a endoctrinée. On nous l'a métamorphosée. Elle a été recrutée par une secte ! Jésus-Christ-Notre-Seigneur ! Tu l'as entendue à la messe ! Elle se disait brebis de Dieu ! Je ne suis plus qu'une brebis de Dieu elle répétait sans cesse au milieu des bougies ! Elle est devenue une autre ! Elle ne sait plus qui elle est ! Ce type abject a jeté son dévolu sur elle : elle s'est laissé entraîner ! Je suis certain qu'elle ne sait même pas pourquoi ! Cette décision qu'on a prise pour elle lui évite de penser !* – *Tu racontes n'importe quoi.* Elle pleurait sans discontinuer. *Elle l'aime. Il faut bien qu'elle l'aime si elle l'a épousé !* – *Comment veux-tu qu'on puisse aimer un type pareil ! Un cheval ! D'une laideur si totale ! Un type si dénué de tout ! Qui n'a jamais connu la plus petite pensée... la plus petite lueur d'intelligence ! Obtus ! Inculte ! Insensible ! Aussi bouché qu'un raccord de plâtre !* – *Tu retrouves ton lyrisme d'autrefois. J'aurais préféré que ce soit en une autre occasion...* – *De toute manière elle avait déjà commencé... la rupture est consommée voilà tout.* – *Et combien ça va me coûter ? Combien ça va me coûter !* – *De quoi ? Qu'est-ce qui va te coûter ?* – *Mais les dents ! Les dents de ton beau-frère ! Tu sais que c'est cher les implants ! Ils veulent qu'on aille à Miami pour les refaire !* – *Mais elles ne valaient rien ! Elles étaient pourries ! On se l'est toujours dit ! Pourquoi aller à Miami pour trouver un vétérinaire ! Tu demandes à ton boucher de te mettre de côté deux dents de cheval !*

La mère de Patrick Neftel lui ordonna de se taire : *Tu te tais maintenant ! Je ne veux plus t'entendre !* elle hurlait et frappa les vitres avec ses poings. Ils ne se parlèrent pas pendant les trois semaines qui suivirent l'événement – le premier depuis que leur vie avait été interrompue cinq ans plus tôt.

J'ai annexé deux autres tables où s'entassent désormais un certain nombre de livres, l'ensemble de mes carnets, de vieux cahiers rigides, des manuscrits intermédiaires de *Demi-sommeil* et du *Moral des ménages*. Parmi les livres qui font des piles sur les trois tables, *Les Bacchantes* d'Euripide, les poèmes de Mallarmé (où j'ai voulu relire *Hérodiade* : j'y reviendrai plus tard), *Dedalus* de Joyce (où j'ai l'intention de retrouver les pages qu'il consacre à l'épiphanie), *Les Métamorphoses* d'Ovide (pour Proserpine), *Les Dieux antiques* de Mallarmé (pour Proserpine également), la *Médée* de Sénèque, un ouvrage de qualité moyenne sur l'histoire des souliers, *Cendrillon* de Perrault et *Cendrillon* des frères Grimm, le journal de Gombrowicz (où je voudrais localiser, orienté par des griffures de couleur rose que j'y ai mises, les passages qui assassinent les *gourmets* et la *littérature pour littéraires*), un recueil de poèmes de Nietzsche (où Google m'a informé que se trouvait un poème consacré à l'automne), un livre énorme, relié en cuir, sur l'histoire du Palais-Royal, l'ensemble transbahuté chaque matin à la terrasse du Nemours dans une valise à roulettes, laquelle intensifie la sensation que j'éprouve de partir en voyage. À présent je bois un double express serré en cherchant dans un cahier, qui date de l'élaboration de *Demi-sommeil*, les notes que j'ai pu prendre sur la thématique de l'automne. Préambule météorologique : cette semaine s'est déroulée de bout en bout (et nous ne sommes que jeudi après-midi) sur le mode extatique du sublime. Une extase douce, lente, intime, ensoleillée. Une lumière élégiaque, murmurée, incarnée, amoureuse. Ceux qui sont sensibles aux résonances métaphysiques de cette saison m'auront compris. Une lumière dont on éprouve la sensation qu'elle vous enrobe en vous parlant. Une lumière qui vous concerne, qui vous implique, qui vous accepte, qui vous inclut. Qui n'est plus un phénomène extérieur et distant, indifférent et infini, insignifiant et inhumain, qui fige le monde comme une ampoule dans sa réalité simpliste. Mais présence. Mais matière. Mais proximité. Mais intimité. La lumière a l'air proche, générée à notre échelle, tout près de nous, tout près des choses. Elle n'est plus céleste mais terrestre. Elle n'est plus cosmique mais humaine. Elle a l'air d'énumérer les monuments, les silhouettes, les branches des arbres, les toitures des immeubles. Elle circule entre les choses comme de l'eau aérienne, colorée, mélodieuse. *C'est exactement ce que je vois en cet instant en regardant avec avidité l'esplanade du Palais-Royal.* Le grand dehors devient intériorité. Une lumière d'intérieur, une lumière d'antichambre, qui semble atténuée par des tentures ou des persiennes. Il n'est plus question de soleil, de vide céleste, de vastitude cosmique, de réalité extérieure. Il est question d'un lieu intime qui nous abrite, d'un lieu sacré qui nous protège, qui pourrait être une chambre, une antichambre, un théâtre, un boudoir, une bibliothèque. J'éprouve cette sensation de me trouver non plus à la surface du monde, ouverte au ciel, au vide, au néant, mais à l'intérieur d'un lieu, un lieu feutré, cloisonné, fermé par un plafond de douceur.

Voilà donc le premier axiome que je pourrais propulser vers vos cœurs comme une fléchette : *L'automne est avant tout un lieu.* Corollaire immédiat : *Un lieu où je me trouve avec moi-même dans un rapport d'élucidation ininterrompu.* Je tourne les pages de mon cahier et cherche des phrases dont je pourrais me dire qu'elles désépaississent ce mystère essentiel. Et je tombe sur celle-ci, datée de 1992, écrite un soir pluvieux d'octobre à la terrasse d'un café non loin d'ici : *La nuit d'automne : un miroir noir. Ce sont les pensées qui se reflètent dans la nuit. Ce n'est pas de nous que nous montons mais de la ville. Ce n'est pas de notre cerveau que montent nos pensées mais de la ville. Bruno est enfermé chez lui. Il sait que la nuit d'automne l'attend dehors. Et dès qu'il sortira il jaillira de la nuit à lui-même.* Le serveur s'approche de ma table et me demande si les deux autres qui les voisinent, chargées de livres et de carnets, pourraient être libérées : *J'ai quatre personnes qui cherchent à s'installer.* Lesdits consommateurs se tiennent figés derrière lui dans des postures de comploteurs, Anglo-Saxons dont les tenues de sport, les pulls à col roulé, les blousons satinés m'éblouissent de leur laideur. – *Elles sont prises. Vous voyez bien que ces trois tables sont occupées.* – *Et prises par quoi ? Et occupées par qui ? Je vois surtout que ces deux tables sont occupées par personne !* Je le trouve assez désagréable pour le serveur d'un établissement dont j'ai fait mon annexe depuis déjà une vingtaine de jours. Les express, les Perrier, les salades, les crèmes au caramel que j'y consomme quotidiennement, réglés chaque soir par carte bancaire, me laissaient espérer de sa part des égards plus marqués. *J'ai des gens qui cherchent une table. Alors tout votre barda... tous ces trucs... on est pas à la ferme... – Qu'est-ce qu'ils veulent boire ? Demandez-leur ce qu'ils veulent boire.* Le serveur me regarde interloqué et se tournant vers les Anglo-Saxons s'entretient quelques secondes avec eux. Je poursuis la lecture de mon cahier : *Au printemps je ne sais plus qui je suis. Ma vie n'a plus aucun sens.* Un peu plus loin : *Les soirs d'automne sont des impostures de nuit. Les soirs d'automne sont comparables à une éclipse de soleil au climax de notre conscience de soi. J'ai besoin chaque année de repasser par l'automne pour savoir qui je suis.* Le serveur réapparaît : *Des thés et des parts de tarte. Des tartes aux pommes.* Je lève les yeux : *C'est l'heure du goûter. Nos amis ont envie de sucreries. Alors vous me mettrez cinq thés. Et puis cinq parts de tarte. Voilà, merci, ce sera tout...* et je retourne à mes écrits. Voilà des années que je cherche, ces vieux cahiers peuvent l'attester, à circonscrire ce phénomène. À les relire aujourd'hui, aucune de ces notes ne me semble approcher la réalité de ce miracle annuel, ni même les sensations que j'en retire, identiques d'une année sur l'autre, et dont on pourrait dire qu'elles constituent le socle de ma personne. N'est-il pas imprudent de consacrer une conférence entière à un sujet aussi insaisissable que celui-ci, dont la substance échappe à mes phrases au moment même où il me semble qu'elles l'ont emprisonnée ? Tout est plat, vide, stérile, refroidi. J'aurai l'air de quoi devant cette assemblée cosmopolite quand je me serai répandu à la faveur de développements si insipides ? *J'aurai l'air d'un con vraisemblablement : enseveli sous mon barda encombrant.* Pourtant je continue de croire que le grand livre que j'écrirai un jour contiendra en son sein comme le fruit son noyau cette thématique indocile, à mille lieues des clichés qu'elle s'attire et des idées reçues qui prolifèrent dans son sillage, feuilles

231

mortes, ciels bas, déclin, tristesse, *sanglots longs*, décadence, pourriture. Et la hantise pour tous de novembre, mois mortifère, caveau qui les séquestre. Même Nietzsche, dont je prélève sur la table le recueil de poèmes (1858-1888) : *Voici l'automne : il – finira par te briser le cœur !* [À la ligne] *Prends ton vol ! Prends ton vol !* [À la ligne] *Le soleil glisse au flanc de la montagne* [À la ligne] *Il monte, monte,* [À la ligne] *Et se repose à chaque pas.* [Nouvelle strophe :] *Comme le monde est fané !* [À la ligne] *Sur des fils mollement tendus* [À la ligne] *Le vent joue son air.* [À la ligne] *L'espoir a fui* [À la ligne] *Et sa plainte court après lui.* L'espoir a fui ? Le monde serait fané ? Mais quelles conneries que ces clichés incrustés dans l'inconscient collectif ! Est-il possible que je sois le seul à considérer l'automne comme une saison féerique ? Est-il possible que je sois le seul à concevoir l'automne comme une expérience qui n'est pas uniquement temporelle mais spatiale, un intervalle de temps comme une architecture, un édifice festif illuminé où l'on pénétrerait par une porte, *début septembre*, et d'où l'on sortirait à l'autre extrémité par une deuxième, *le 31 décembre*, avant de s'engager dans des jardins glacials, griffus, aussi aigus qu'une gravure ? À cet égard, amis chinois, japonais, si silencieux, amateurs de simulacres, appréciant la mise en graviers des concepts, il serait peut-être instructif que je vous dise de quelle manière je perçois la structure de l'année. L'approche scientifique, fondée sur une observation du soleil par rapport à la terre, aboutit à une répartition équitable : *quatre saisons de trois mois chacune.* L'approche sensible, fondée cette fois sur le vécu, sur les effets que les saisons produisent sur les sens, sur le corps, sur le mental, sur notre imaginaire, envisage-t-elle les choses avec la même froideur rationaliste ? On va voir qu'en réalité l'année ne se divise pas en chapitres de proportions égales – même si l'on trouve, en lieu et place de ce système homogène des trimestres, une sorte d'effet miroir et de répartition symétrique. L'automne démarre le 1er septembre et s'achève le 31 décembre. *L'automne dure donc quatre mois.* Quatre mois dont j'ai dit à l'instant qu'ils constituaient une architecture, une sorte de longue galerie majestueuse, large, haute sous plafond, ornée de miroirs, éclairée par des lustres : une salle de bal. Puis nous avons, au débouché de la galerie, auxquels on accède par le perron de la Saint-Sylvestre, accouplés, conjugaux, janvier et février, jardin à la française couvert de givre. *L'hiver dure donc deux mois.* Débute le 1er mars, qui s'achève le 30 juin, une période détestable qui s'appelle le printemps. Horrible chose que le printemps, prurit, hypermarché, intervalle commercial, adolescent, acnéique, immature, aux pulsions les plus sottes, aux engouements les plus précaires, j'y reviendrai plus tard plus amplement. *Le printemps dure donc quatre mois.* Et puis démarre le 1er juillet, qui s'achève le 30 août, un intervalle qu'on intitule l'été et que l'approche des mois d'automne perfuse de l'intérieur, comme une prémonition, comme un bonheur anticipé et l'ivresse d'une imminence, de sensations que je trouve délicieuses. *L'été dure donc deux mois.* J'apprécie l'été et l'hiver car ils encadrent l'automne et s'en imbibent : l'automne commence à résonner dans l'espace de l'été et continue de résonner dans l'espace de l'hiver. L'année se décompose ainsi en deux saisons de quatre mois, *des quadrimestres*, le printemps et l'automne, et en deux saisons de deux mois, *des bimestres*, l'été et l'hiver. Voilà la vraie réalité de la structure saisonnière de l'année, fondée sur une approche sensible, physique, mentale, psychologique. On pourrait même aller plus loin et affirmer que l'année se constitue de deux blocs antagonistes séparés l'un de l'autre par la tension politique d'une guerre froide : le bloc civilisé formé par la coalition été/automne/hiver, qui dure huit mois, opposé au bloc hostile du printemps, idiot, terroriste, arbitraire, qui dure quatre mois. Et l'on voit donc, avec d'une part la galerie des glaces : *l'automne*, le jardin à la française : *l'hiver*, l'hypermarché de zone industrielle : *le printemps*, le promontoire délicieux : *l'été*, que l'année possède une topographie, une géographie, une configuration paysagère. Je suis convaincu que tout un chacun intériorise instinctivement une perception de ces douze mois qui lui est propre, ancienne, héritée de l'enfance. Par exemple le printemps a toujours été pour moi comme une côte à grimper. Je suis assommé chaque année début mars par la perspective de l'effort à consentir pour franchir cet obstacle humiliant et parvenir à ce sommet qui culmine : l'été, dont début août je dévale délicieusement la pente aimable vers l'amorce de l'automne, qui démarre le premier jour de septembre. Êtes-vous sensibles aux cycles ? Êtes-vous sensibles aux effets des unités temporelles circulaires ? Et possèdent-elles chacune, ces unités temporelles circulaires, une topographie, une géographie, une configuration paysagère ? Voilà une vraie question. La minute possède-t-elle sa salle de bal, son jardin de buis, son hypermarché, son promontoire fleuri ? Ou se révèle-t-elle impassible ? Sommes-nous aussi sensibles aux autres cycles que nous le sommes au cycle annuel ? Les autres cycles présentent-ils des déclivités ? Est-il indifférent ou décisif de se trouver à tel instant d'un cycle plutôt qu'à tel autre ? Un cycle est une unité qui repart à zéro au moment où elle expire et qui dès lors se répète inlassablement sous la même forme en s'enchaînant servilement à elle-même. Nous avons la seconde, la minute, l'heure, la journée, la semaine, le mois, l'année, le siècle, le millénaire. (En cet instant je repense au tout début du livre II des *Métamorphoses* d'Ovide, où apparaît Phoebus assis sur un trône serti d'émeraudes, drapé dans un vêtement de pourpre. *À droite et à gauche étaient le Jour, le Mois, l'Année, les Siècles, et, placées à des intervalles réguliers, les Heures. Là se tenait aussi le Printemps, la tête ceinte d'une couronne de fleurs ; là, l'Été, nu, portant une guirlande d'épis ; là, l'Automne, barbouillé du jus des grappes foulées ; et l'Hiver de glace, à la chevelure blanche en désordre.* Cette mise en espace, dans une même salle d'un édifice, des unités temporelles personnifiées, m'a toujours enchanté.) Le caractère cyclique de chacune de ces unités exerce-t-il une réelle emprise sur nos vies ? Si l'on se livre à cet exercice, par exemple au moment de s'endormir (au lieu de compter les moutons), on aboutit à des constatations du plus grand intérêt, qui permettent de circonscrire trois ensembles. 1/ *L'ensemble des unités impassibles* : la seconde, la minute, le mois, la décennie, le siècle et le millénaire. 2/ *L'ensemble des unités paysagères* : la journée, la semaine, l'année. 3/ *L'ensemble des unités a priori impassibles (et que j'ai incluses d'emblée dans cet ensemble) mais qui peuvent devenir paysagères dans un contexte déterminé* : l'heure (dans le cas de *l'heure de cours* par exemple : à dix minutes de la fin du cours de mathématiques on commence à ranger son compas dans sa trousse en attendant que sonne la cloche), le mois (avec le concept *fin de mois difficile* ; ou bien encore, pour les *juilletistes* ou les *aoûtiens*, la fin du mois qui coïncide avec la fin des vacances), le siècle (avec le concept *fin de siècle* et l'atmosphère déliquescente qu'on lui accole). Dans l'ensemble numéro deux, celui des *unités paysagères*, l'intervalle de temps que je préfère dans la journée est la fin d'après-midi ; dans la semaine : le jeudi et davantage encore le vendredi ; dans l'année : les quatre mois d'automne. Je pense que l'on fonctionne en superposant les transparences respectives de ces trois *unités paysagères* et en laissant de côté dans l'indifférence la plus absolue l'amas des *unités impassibles*. Et nous avons clairement conscience de nous positionner à chaque instant en fonction de ces trois référents primordiaux : le jour, la semaine, l'année. Un lundi de printemps en fin de matinée : j'ai généralement envie de me suicider. Un mercredi de mars en début d'après-midi, le mercredi 17 mars à 14 h 12 par exemple : *À l'aide ! au secours ! un pur cauchemar ! venez-moi en aide !* Mais actuellement, au moment où j'écris ces notes dans mon carnet en terrasse du Nemours, nous sommes le JEUDI 14 OCTOBRE, c'est L'AUTOMNE, il est DIX-HUIT HEURES VINGT : un pur bonheur. Il ne peut se concevoir de *position temporelle* plus agréable que celle-ci : un jeudi d'automne en fin d'après-midi. C'est sans doute la raison pour laquelle vous me voyez si prolixe, embarqué vent arrière dans des divagations si dynamiques. Mais je reviens à la question centrale que je posais en préambule. Suis-je le seul à me démarquer de ces clichés qui endurcissent comme d'une armure la substance enchanteresse de l'automne ? Et après ça j'ambitionne de devenir auteur de best-sellers ! D'emporter des Airbus de lecteurs dans l'ivresse de mes phrases ! Je devrais téléphoner à Jean-Marc Roberts : *Jean-Marc, écoute, laisse tomber, laissons tomber, je ne toucherai jamais les foules. On a plafonné à 12 000 avec* Existence. *C'était le maximum qu'on pouvait faire. – Qu'est-ce qui te fait dire ça ?* s'étonne mon éditeur. *J'y crois. Je crois en toi. Tu vas percer. Avec ton prochain livre. – Tu crois ? Tu penses ? – Je le sens. Je le sais. J'en suis certain. – Tu dis ça à tous tes auteurs. – J'ai trente auteurs qui sont chacun mon seul auteur. – Ça me va. Bon deal. Mais…* lui dis-je. – *Mais quoi ?* me répond-il. *– Je suis aux antipodes de tous les gens, de leurs désirs les plus secrets, de leurs tendances les plus marquées. Comment veux-tu que mes livres les intéressent ? Ils ne font qu'isoler, sublimer, des goûts, des désirs, minoritaires, marginaux, endémiques, de maniaque, de spécialiste ! – Exemples…* me demande-t-il. *– Mais l'automne par exemple ! Et les jeunes filles bronzées à petites fesses musclées, blondes, décolorées, aux doigts rectangulaires, qu'on voit proliférer à la télévision ! Avec des tatouages ! De petits seins en pomme ! Des aréoles comme des interrupteurs ! Et des toisons pubiennes réduites aux dimensions d'un sparadrap ! Blondes ! Menues ! Sincères ! Bavardes ! Émues ! Sirupeuses ! Larmoyantes ! Maquillées ! Tracassières !* Silence au bout du fil. *Et pourquoi pas des rousses laiteuses, transparentes, avec des cheveux lourds, des yeux verts ? Et pourquoi pas à la télévision des Hérodiade au clair regard de diamant ? Et pourquoi pas des Cendrillon méditatives, aux petits pieds cambrés ? Ou des Médée furieuses, métalliques, flamboyantes de clarté ? Et pourquoi pas des femmes fusées, héroïques, hélicoptères, saisissantes ? Et à la place toutes ces jeunes filles d'actualité ! Et qui chaussent du 40 ! Elles chaussent toutes du 40 ces jeunes filles ! 40 ! 41 ! 42 ! C'est Christian Louboutin lui-même qui me l'a dit ! Tu le savais ?!* Silence persistant de Jean-Marc Roberts. *Je voudrais consacrer mon prochain livre à l'automne. Et* *également à la cambrure du pied. Mon prochain roman. Ça t'en bouche un coin ! Un livre sur la pointure 37 ½. En attendant j'écris sur ces sujets une conférence qu'un type m'a commandée... un Génois ténébreux... – Tu te prends pour un poète parnassien ? Tu vas l'écrire en vers ton roman sur l'automne ? – Je suis tombé sur un sondage effectué par l'institut Ipsos du 4 au 15 novembre 2003, en d'autres termes en plein cœur de l'automne. C'est un sondage qui s'intitule « Les points cardinaux de la sexualité ». Il a été réalisé en interrogeant mille personnes issues d'un échantillon représentatif de la population âgée de 35 ans et plus. À la question « Quelle est votre saison préférée pour faire l'amour ? », voilà ce que répondent les gens. Tu m'écoutes ? Ça t'intéresse ? – Mais bien sûr que je t'écoute ! Vas-y... les saisons préférées pour faire l'amour... – Toutes les saisons se valent : 42 %. Cela me confirme dans l'idée que 42 % de mes contempo-rains (j'aurais même dit 50 %) ont été laminés :* tout se vaut. *Ils ne font pas de différence entre l'aimable et l'essentiel, le printemps et l'automne, la pizza surgelée et la pizza au feu de bois. Aucune hiérarchie. Il n'y a plus de relief. Tout est aplati. Ils sont mécanisés. Tu ne trouves pas ? Comment peut-on répondre* Toutes les saisons se valent ? *– Et les autres ? Qu'est-ce qu'ils ont répondu les autres ? – Toutes les saisons se valent : 42 %. L'hiver : 12 %. Le printemps : 14 %. L'été : 29 %. L'automne : 1 %.* Je ménage un long silence. J'entends Jean-Marc Roberts qui respire dans l'écouteur. *Je n'invente pas ! C'est trop beau pour être vrai ! L'automne : 1 % ! Pas 9, pas 8, pas 5 ! Non ! 1 % ! Proche du zéro ! C'est inouï ! Ce qui signifie que mon livre va intéresser 1 % des gens ! Si tu ajoutes les rousses, les Médée, les cantatrices, les Hérodiade, les*

Cendrillon qui y pullulent, on tombe sans doute à 0,5 %! Peut-être même 0,2 %! Pas un seul cul musclé dans tout mon livre! Pas une seule touffe pubienne réduite au minimum! Aucune marque de maillot sur un bronzage de brindille! — Bon... me dit Jean-Marc Roberts. *Nous voilà bien... — Et toi? Et toi c'est quoi la saison à laquelle tu préfères faire l'amour? — Le printemps. — Et la saison à laquelle tu penses le mieux à l'amour, à la femme idéale? C'est au printemps que tu rêves à l'amour, à la femme idéale? Ça m'étonnerait! — Je n'y pense plus. J'ai trouvé la femme idéale. — Moi aussi mais j'y pense quand même. J'ai trouvé la femme idéale et je continue de penser à la femme idéale. Et les gens! 58 % préfèrent l'été! C'est leur saison préférée car il fait chaud! Les gens aiment avoir chaud! Ils aiment voir à la télévision de petits culs musclés, des nanas menues, émues, bavardes, des logiciels lacrymaux dégénérés! Et avoir du soleil! Pour pouvoir faire des barbecues! Et pour pouvoir plonger dans leurs piscines! Et se mettre en maillot! Va savoir pourquoi les gens adorent se mettre en maillot! Mais moi je déteste, je déteste me mettre en maillot! Mais c'est la pire des choses que je puisse envisager me mettre en maillot! Moi mon truc c'est les rousses, l'automne, les cantatrices diaphanes qui me chantent du Monteverdi a* capella *dans une suite du Bristol Palace de Gênes, sur des talons Christian Louboutin de douze centimètres! Moi mon truc c'est les reines, les tueuses, les Médée cisaillantes, les femmes de pouvoir, les intelligences telluriques! Je suis un féministe! J'en ai assez de ces pétasses aux fesses musclées! — C'est tout?* me demande Jean-Marc Roberts. *— C'est tout pour aujourd'hui je crois. — Alors salut. Et n'oublie pas: ton manuscrit en février.* Il raccroche. Dans l'intervalle le serveur à déposé sur ma table deux théières, cinq parts de tarte, écartant les piles de livres, les carnets à spirale, les vieux cahiers rigides en périphérie des plateaux. J'ai bien fait de résister à la tentation de téléphoner à Jean-Marc Roberts car certainement la conversation aurait pris un tour analogue à celui-ci. Cela étant il m'est venu une idée : plusieurs idées consécutives. Tout d'abord j'envoie un sms à une trentaine de mes amis en leur demandant : *Quelle est votre saison préférée ?* Les réponses que j'obtiens, instantanées, déclenchent l'apparition d'une deuxième illumination : me faire offrir un sondage national sur les saisons, dont je pourrais exploiter les résultats dans ma conférence. De la sorte je pourrais connecter ce sujet désuet, inactuel, à la teneur de la conscience contemporaine – à mon fonds de commerce littéraire. Un sondage me permettrait de mesurer ma subjectivité à la subjectivité du grand nombre, de lancer sous les voûtes de l'opinion publique, pour voir comment elle y résonne, pour voir comment elle quantifie, décompose statistiquement ma *différence* (ce que je n'ai cessé de faire dans mes précédents livres mais sans l'appui d'outils scientifiques), la question qui est pour moi la plus précieuse de toutes : *l'empire de l'automne.* De quelle manière la sensibilité contemporaine, ventilée par âges, sexes, classes sociales, niveaux d'études, lieux de résidence, orientations politiques, proximités partisanes, perçoit-elle les saisons ? Me voilà dans mon élément ! L'entremêlement du social et de l'intime, du stéréotype et du singulier, du politique et du sensoriel, de l'opinion publique et de l'avis personnel ! Et de surcroît je serai peut-être en mesure d'identifier le portrait-type de ceux qui aiment l'automne ? Le portrait-type de mes lecteurs ? L'employé de sexe masculin, socialiste, âgé de vingt-cinq ans et implanté en milieu rural ? La retraitée apolitique issue des classes moyennes, coulant des jours paisibles dans une agglomération de moins de trente mille habitants ? Ou la jeune femme de quarante ans, urbaine, diplômée, à fort pouvoir d'achat ? Je commence à découper l'une des cinq parts de tarte : *succulente*, et me verse un peu de thé dans l'une des nombreuses tasses qui se trouvent sur les trois tables. En réalité (c'est imprévu : voilà que quelque chose d'aussi désincarné qu'un ensemble de données statistiques se met à actionner la machine à fantasmes), ce serait délectable si le profil socioprofessionnel circonscrit par les résultats du sondage devait être la jeune urbaine de quarante ans, diplômée, libérale, disposant de revenus suffisamment importants pour s'offrir des souliers Christian Louboutin et une suite au Bristol Palace de Gênes ! J'ai reçu trente et une réponses aux sms que j'ai envoyés. Quatorze de mes amis ont répondu : *Le printemps*. Dix de mes amis (dont Margot et Jean-Marc Roberts) ont répondu : *L'été*. Six de mes amis (dont Angelin Preljocaj) ont répondu : *L'automne*. Un seul de mes amis (en l'occurrence une amie : Dolorès Marat) a répondu : *L'hiver*. J'ai reçu des sms plus complexes qu'une simple réponse. Jean-Michel B. : *Je crois le début de l'automne quand il y a un froid sec avec une belle lumière*. Jérôme L. : *Les saisons de transition. En fait mai juin juillet. Mais je choisis le printemps*. Jérôme L. fait comme moi : il déconstruit la partition trimestrielle de l'année et circonscrit un intervalle de trois mois qui lui est strictement personnel, *mai juin juillet*, qui n'est ni un trimestre ni une saison identifiés comme tels mais quelque chose de chimérique que localisent ses perceptions sensorielles. Stéphane D. : *La fin du printemps*. Joëlle C.-F. : *Le début de toutes* : la plus belle des réponses que j'ai obtenues. Ursula S. L. : *La demi-saison*, à quoi j'ai répondu : *Je te rappelle URSULA qu'il y a quatre saisons ! LAQUELLE tu préfères ?!* à quoi elle a répondu : *Qui a dit 4 ? Au Moyen Âge on en distinguait 8 (cf. tableaux de Bruegel) et dans les tropiques il y en a 2. Alors vu que ta question n'était pas précise (ou trop ethnocentrée) je choisis la demi-saison...*, à la suite de quoi j'ai pu lui extorquer : *De toute manière tu connais la réponse : l'automne.* Ce qui donne : *Le printemps* : 43,33 % ; *L'été* : 33,33 % ; *L'automne* : 20 % ; *L'hiver* : 3,33 %. Et si je m'intéresse aux femmes : 41,66 % des femmes de mon échantillon ont répondu *L'été*, 25 % des femmes de mon échantillon ont répondu *Le printemps*, 25 % des femmes de mon échantillon ont répondu *L'automne* et 8,33 % des femmes de mon échantillon ont répondu *L'hiver*, ce qui tendrait à démontrer 1/ que leur saison préférée est l'été et 2/ qu'elles sont plus sensibles à l'automne que les hommes. Isabelle T. : *J'ai toujours aimé le début du mois d'avril et la fin du mois de septembre. Je déteste l'été. Évidemment j'ai compris depuis le diagnostic de ma maladie que ces périodes correspondaient à mes phases de « manies ». L'automne sans hésitation.*

Clotilde, la mère de ses deux filles, Laurent Dahl l'avait rencontrée lors d'une soirée organisée par son école. Il ne s'était pas dit de prime abord qu'elle était la jeune fille de ses rêves, dans la lignée de l'actrice rousse dont il était tombé amoureux quelques années plus tôt. Il avait été frappé par la grâce de son corps, ses longues jambes fines, la crépitante vivacité de son regard (elle lui avait plu comme peut plaire ordinairement une jeune fille attractive de dix-neuf ans), mais plus encore par l'intérêt qu'elle lui avait manifesté, qui dévoilait la perspective inopinée d'une aventure. Il s'était retrouvé dans la situation exaltante de plaire à une jeune fille que les hommes désiraient (il se disait qu'elle devait avoir connu un grand nombre d'expériences sexuelles, probablement avec des hommes mariés, des sportifs, des motards, des séducteurs de boîte de nuit) et cela seul l'avait conduit vers ce modeste ailleurs-là qu'elle incarnait, sexy et sulfureux. Originaire de Bordeaux, elle étudiait la littérature anglaise à la Sorbonne et partageait avec sa sœur un studio d'une quarantaine de mètres carrés dans la banlieue ouest de Paris. Désinvolte et charmeuse, Clotilde n'avait pas tardé à s'attacher Laurent Dahl par la vivacité de son intelligence. Un certain nombre de principes que Laurent Dahl trouvait simplistes la retenait de se soumettre avec servilité, c'est la façon dont elle voyait les choses, à l'orthodoxie de l'élégance féminine, qu'elle trouvait avilissante. Vêtue avec simplicité, éradiquant talons, maquillage, robes coquettes, accessoires sophistiqués, elle se donnait selon les jours soit l'apparence d'une paysanne idéaliste, à l'érotisme espiègle, où la fraîcheur de sa silhouette éclatait comme une fleur, soit l'apparence d'une étudiante incommode, aux opinions rugueuses, dont les ourlets étaient réalisés à l'agrafeuse. À chaque fois que Clotilde s'exprimait, une sorte de grand désordre adolescent se déployait sur sa physionomie. Elle s'incarnait sans cesse en turbulences grammaticales et gestuelles, quelque chose d'indomptable, des postures, des attitudes, des expressions accompagnaient ses phrases – et chaque figure physique qu'elle produisait semblait dictée par un moment particulier du langage. Laurent Dahl la regardait arrondir les lèvres, battre des paupières, secouer la tête, s'éclairer, mimer d'autres visages, pivoter brusquement, émettre de larges sourires, plaquer ses doigts sur ses pommettes, exécuter avec la tête de rapides rotations, battre la mesure d'une phrase interminable avec ses pieds, tel un jazzman. Spécialiste de la digression arbitraire, emportée en permanence par la même quantité d'énergie et de fluide syntaxique, Clotilde passait par les analogies les plus curieuses d'un sujet à un autre, traversait des paysages variés qui la rendaient tour à tour poétique, solennelle, ironique, inquiétante – assise dans la cuisine devant les restes de leur repas, une cigarette à la main, sous le regard de Laurent Dahl qui l'écoutait silencieusement. Il avait découvert l'existence d'événements douloureux, parfois cruels, que Clotilde avait vécus, et dont il supposait qu'avaient résulté l'exceptionnelle maturité de son esprit, son instabilité, sa violence instinctive, son attachement aux situations complexes, son goût immodéré pour les conflits, les dialectiques hostiles, les stratégies d'épuisement. Le point noir de sa vie : sa mère. Ses parents s'étaient séparés quand elle avait quatre ans, elle avait été élevée par son beau-père, *Philippe, un homme exceptionnel*, avec lequel sa mère s'était remariée. Ils habitaient (avec sa sœur, sa demi-sœur et le fils que celui-ci avait eu d'un premier mariage) dans une maison de maître au milieu d'un parc, à Meudon, dont elle conservait, attachée à ses souvenirs d'enfance, une nostalgie émerveillée. *C'est un homme exceptionnel mon beau-père*, avait-elle dit un soir à Laurent Dahl. *Impossible de me passer de lui. Je n'ai jamais rencontré de ma vie un homme aussi intelligent. – Qu'est-ce qu'il fait ? – P-DG. Il dirige un groupe industriel. – Impossible de t'en passer ? Mais pourquoi t'en passerais-tu ?*

– Ma mère m'a interdit de le revoir. Quand ils ont divorcé elle est repartie vivre à Bordeaux. Un divorce atroce. Elle refusait la séparation. Ils passaient leur temps à s'engueuler. C'était constant... d'une violence indescriptible... – Et tu le vois quand même ? – En cachette. Elle m'interroge sans cesse... elle me demande sans cesse si je l'ai vu. Une fois, pour voir, je lui ai dit qu'on s'était croisés et qu'on avait bu un verre dans un café. Elle s'est mise à hurler. Elle est devenue hystérique. Je lui ai raccroché au nez. Elle m'a rappelée. Elle a menacé de se suicider si elle apprenait qu'on se voyait régulièrement. Je lui ai raccroché au nez une nouvelle fois et j'ai débranché la prise. Philippe, tu verras, c'est quelqu'un de précis, de rationnel, de méthodique, qui se maîtrise, ça la met hors d'elle. Elle hurle, elle l'insulte, elle lance des vases à travers la pièce, elle le bombarde de remontrances, de revendications... et lui... impassible... il patiente, il l'observe, il argumente, il lui répond sans hausser la voix... et elle se met à hurler de plus belle, elle le frappe et elle se jette sur lui, le traite de tous les noms, de salaud, d'ordure... il s'empare doucement de ses poignets et il l'entraîne vers un fauteuil... sans jamais s'emporter... Plus elle le voit calme, imperturbable, plus elle s'enflamme, plus elle devient violente. Au bout d'un moment il lui fait « Bon, ça y est, tu as tout déversé ? Demande à ton avocat de prendre contact avec le mien. » et il sort de la pièce. « Demande à ton avocat de prendre contact avec le mien ! C'est tout ce qu'il trouve à me dire cette ordure ! » qu'elle me fait. « Il a brisé ma vie... il m'a bousillée... il a tout foutu en l'air... et tout ce qu'il trouve à me dire c'est de prendre contact avec son avocat ! Cet homme est un monstre et toi tu continues à le vénérer... tu continues à me tromper et à le voir ! » « Je ne le vois plus » je lui fais. « Petite menteuse ! » qu'elle me fait. « Sale garce de petite menteuse ! » qu'elle me fait. « Tu le vois, je le sais, tu n'es qu'une petite pute ! » « Maman » je lui fais. « Je te dis, je te répète, c'est fini, je n'ai plus vu Philippe depuis deux ans. » « Menteuse ! » qu'elle me fait. « Comment tu peux... cet homme... ce monstre qui m'a brisée... qui a brisé ta mère... et cette pension minable ! » Je soupire. C'est toujours les mêmes phrases. – Tu parlais de suicide tout à l'heure... Ta mère a essayé de se suicider ? – C'est l'histoire la plus sordide... la plus puérile qu'elle m'ait fait vivre... – Mais qu'est-ce qui s'est passé ? – Rien... c'est tout simple... c'est jamais compliqué avec elle... Un jour que je lui demandais de se taire... car elle se plaignait sans interruption depuis qu'elle s'était levée... elle m'a répondu que si c'était comme ça, si moi aussi je m'y mettais... elle allait se tuer. « Mais voilà, c'est ça, très bien, menace-moi, menace-moi de te tuer ! » je lui fais. « Tu porteras la mort de ta mère sur la conscience » qu'elle me fait. « Mais vas-y, c'est ça, tue-toi, bon débarras, au moins j'aurai la paix ! » J'avais quinze ans. Ma mère passait son temps à formuler des menaces. « Tu vas le regretter » qu'elle me fait, « je peux te dire que tu vas amèrement regretter tes paroles ! Tu pourras te dire que tu as été responsable de la mort de ta mère ! » Deux heures plus tard les pompiers m'appellent... elle s'était jetée dans la Garonne. C'était l'hiver, l'eau était glaciale, on l'avait repêchée. Il faut dire qu'elle nageait vers le bord... elle ne s'est pas laissée couler la salope ! Elle plonge dans la Garonne et elle nage vers le bord ! Frigorifiée mais bien vivante ! Résultat : elle est restée en observation à l'hôpital pendant trois jours... elle

racontait à tous que je l'avais poussée au suicide...
qu'elle avait voulu mourir à cause de moi, à tous ! à
tous ses visiteurs ! à toutes nos connaissances ! à mes
professeurs au collège ! pendant des mois ! Et je me
suis retrouvée... j'ai fini par me convaincre qu'elle
avait voulu mourir à cause de moi... Soit jeune fille
fraîche en robe à fleurs, soit étudiante rafistolée et
dégoûtée de tout, on retrouvait cette même alternative
dans son humeur : elle empruntait selon les jours soit le
sentier de la douceur soit celui du rapport de force
délibéré. Cette propension à l'affrontement était inten-
sifiée par un certain nombre de théories que son beau-
père lui avait inculquées et dont le bien-fondé se trouvait légitimé par les deux divorces qu'avait connus sa
mère, consécutifs à des rapports de couple mal
engagés. Ces théories que Laurent Dahl trouvait factices, elle les lui avait exposées au début de leurs relations : *Pour rendre un homme amoureux et conserver*
son amour, il faut instaurer un rapport de force. C'est
mon beau-père qui m'a expliqué ça. Il faut le faire
souffrir, il faut qu'il doute, il faut qu'il sente un mys-
tère, il faut qu'il y ait des zones d'ombre qui lui
échappent et qui entretiennent le regard incertain des
premiers jours. – C'est un peu artificiel comme tech-
nique. On ne peut pas s'abandonner sans calcul aux
sentiments qu'on éprouve ? – Exactement. Il ne faut
pas s'abandonner sans calcul, sans vigilance, à la dou-
ceur, à l'évidence des sentiments qu'on éprouve. – Eh
bien je trouve cette théorie puérile. Puérile et perni-
cieuse. – Tu es naïf. Tu es parfois comme un gentil
garçon naïf. Tu me fais rire ! Laurent Dahl regardait
Clotilde d'un air dubitatif. Il s'était toujours représenté
l'amour comme le moment d'une plénitude inépuisable. Il avait toujours pensé que la femme de sa vie

lui offrirait le royaume d'une proximité infalsifiable. Une communauté de désirs et d'attentes, une osmose d'où tout calcul serait exclu, quelque chose de suspendu, résultat d'un rêve ancien, pure vision réalisée. Clotilde : *Tout est rapport de force. Tout est lutte, combat, adversité. Il faut être vraiment naïf et ne rien avoir compris à la vie pour ne pas l'admettre.* Elle avait mis en œuvre un certain nombre de stratagèmes destinés à attiser ses sentiments. Du moins le supposait-il. Car s'agissait-il réellement de stratagèmes – ou d'événements réels ? C'est dans cette constante ambiguïté que résidait sa sournoiserie : il ne parvenait pas à démêler si elle disait la vérité ou si elle inventait ces histoires pour le faire souffrir et instaurer avec lui des rapports de domination. Lui cachait-elle des choses ou feignait-elle de lui cacher des choses ? Ces rendez-vous auxquels elle se rendait, chaque mercredi matin, s'éclipsant pendant trois heures et revenant transfigurée, existaient-ils ou feignait-elle qu'ils existaient ? *Mais où tu vas, chaque semaine, le mercredi ?* Elle le dominait. Elle le manipulait. Elle exerçait sur lui une emprise inattendue. Elle refusait de lui répondre et refusait d'une manière si allusive qu'il avait fini par s'en inquiéter réellement. Et puis ces mots, ces sourires, ces allusions que beau-père et belle-fille s'échangeaient le dimanche soir en présence de Laurent Dahl, cryptés, creusés de soubassements, de connivences confidentielles, qui l'isolaient et le diminuaient, intensifiaient la présence de Clotilde et l'impact qu'elle produisait sur lui. Et l'avait-elle vraiment trompé, lors de l'été qui avait suivi leur rencontre, avec Francis, son faux demi-frère (le fils que Philippe avait eu d'un premier mariage), ou feignait-elle d'avoir quelque chose de terrible à lui dissimuler ? Leur histoire se serait-elle prolongée si Clotilde ne l'avait pas avili, incarcéré dans la douleur d'un questionnement continuel ? Une autre chose qui avait renforcé cette emprise des débuts, c'était le rayonnement du passé maléfique de Clotilde, chaos où dominaient l'alcool et les insultes, la fureur et la révolte, où pullulaient les excès, les scènes troubles, les expériences malsaines, sans oublier la figure de son beau-père, solaire et fascinante, présenté dès leurs premières conversations comme un individu cynique et sans scrupule, d'une supériorité écrasante. Ils possédaient l'avantage d'avoir été débarrassés de toute illusion, de s'être hissés à un niveau de perception où ils jouissaient d'une liberté accrue et d'en avoir retiré une doctrine appropriée. Clotilde ne cessait de le défier, ironisant sur sa gentille adolescence, sur sa petite jeunesse disciplinée, sur son esprit terrorisé par l'inconnu, de la rejoindre sur son territoire de guerrière. Il se trouvait confronté, lui l'idéaliste, lui l'épiphaniste, à des individus lucides, aguerris, désabusés, qui avaient acquis la certitude que leur salut ne pourrait pas résulter d'une *croyance*, d'une *ferveur*, d'un *feuillage automnal*, d'une *confiance accordée à la réalité* – mais d'un combat et de comportements inesthétiques – et ces deux conceptions antagonistes mises en présence l'une de l'autre par le couple hétéroclite que Laurent Dahl avait formé avec Clotilde soulignaient son infériorité et le soumettaient à l'intimidation que le parti adverse exerçait sur le sien. *Tu me caches quelque chose…* avait-il dit à Clotilde à son retour de vacances (son beau-père avait loué une villa en Corse où ils s'étaient tous retrouvés pendant quinze jours, Clotilde, sa sœur, leur demi-sœur et leur faux demi-frère). – *Je te cache quelque chose ? Mais que veux-tu que je te cache ? – Tu es bizarre depuis que tu es rentrée. Tu as l'air amoureuse. — Mais naturellement que je suis amoureuse ! De toi ! — De moi… Ne raconte pas d'histoire. Si c'était de moi dont tu étais amoureuse, je sentirais que c'est de moi dont tu es amoureuse. Or je te sens capturée. C'est le fils de Philippe ? Ou bien c'est rien ? C'est l'air de la mer ? — Le fils de Philippe ! Mon demi-frère ! — Tu sais pertinemment que ce garçon n'est pas ton demi-frère. Ni père ni mère communs. C'est juste le fils que ton beau-père a eu d'un premier mariage avec une femme que tu n'as jamais rencontrée.* Postée comme une sculpture au bord du lit Clotilde était butée, distante, inanimée, étrangement lumineuse. Elle dérivait dans des rêveries obliques interminables dont Laurent Dahl parvenait difficilement à l'extraire, il devait formuler plusieurs fois les questions dont il la bombardait, et chaque silence, et chaque absence, et chaque voyage mental qu'il détectait le confortaient dans l'intuition qu'il s'était passé en Corse quelque chose de délétère qui devait rester secret. — *Hein, qu'est-ce que tu dis ?* lui répondait Clotilde en se levant. — *Quelle était la nature de vos relations ? — Avec qui ? De qui tu parles ? — Tu sais très bien de qui je parle. De ton faux demi-frère. — De mon faux demi-frère… D'abord, tu seras gentil, il s'appelle Francis. — Ne crée pas de diversions artificielles. Il se trouve qu'on se fout éperdument de son prénom. Il t'a draguée ?* Elle avait fini par lui avouer, confirmant ses soupçons (inconcevables : a-t-on jamais vu une jeune femme et son presque demi-frère, deux personnes qui ont été élevées sous la même autorité paternelle et pseudo-paternelle, coucher ensemble quelques années plus tard ?), que leurs relations avaient été effectivement *Ambiguës, un peu troubles, mais rien d'autre. — Troubles ?!* s'était-il exclamé. *Mais qu'est-ce que tu*

veux dire ?! – Je veux dire troubles. C'est clair non ?
Tu veux que j'aille te chercher un dictionnaire ? – Non
mais d'accord, troubles, il t'a draguée ? il t'a touchée ?
vous vous êtes embrassés ? Il avait fallu trois jours
supplémentaires, trois jours d'esquives, trois jours de
démentis scandalisés, pour que Clotilde finisse par lui
lâcher : *Juste un baiser, à peine, on avait bu, c'était la*
nuit, on était descendus à la plage après dîner pour se
baigner… Il semblait qu'elle prenait plaisir à distiller
les aveux (Laurent Dahl visualisait des criques, des
cailloux, des arbres secs, la poitrine de Clotilde, les
investigations digitales du faux demi-frère sur sa peau
tiède qui scintillait sous l'effet conjugué de l'huile
solaire et de la lumière aveuglante) et à en voir se
répercuter la cruauté sur son visage. – *Un bain de*
minuit quoi… avait-il dit. – *Exactement. Un bain de*
minuit. – Nus donc… avait-il poursuivi. – *Bien sûr que*
non. Naturellement qu'on s'est baignés en maillot. On
est pas des naturistes ! La nuit suivante, enquêteur opiniâtre, il apprendrait d'une Clotilde ensommeillée
qu'ils s'étaient baignés nus sous la pleine lune, *Sous la*
pleine lune ! c'était la pleine lune ! vous vous êtes
baignés nus surexcités par la pleine lune ! – il ne mangeait plus, il ne dormait plus, sa voracité convoitait le
paroxysme de cette hypothétique infraction familiale
avec une impatience qui s'apparentait de plus en plus à
de l'excitation sexuelle. Un soir qu'elle s'était absentée
pour dîner chez une copine de fac (elle devait récupérer
les polycopiés d'un nombre assez considérable de
cours qu'elle avait ratés), Laurent Dahl avait fouillé
son studio de fond en comble, il avait exploré chaque
recoin, chaque placard, chaque tiroir, chaque classeur,
car un éventuel indice d'une relation intime avec cet
homme ne pouvait être que soigneusement dissimulé,

et c'est ainsi qu'il avait fini par découvrir, dans un classeur, entre un poème de Walt Whitman et le commentaire érudit que le professeur leur avait dicté, le brouillon d'une lettre adressée à Francis, *Mon bel et estival amour*, à ce point raturé et scarifié de repentirs qu'il en était devenu illisible. Les deux-tiers des mots étaient rayés. D'autres, miniaturisés par la nécessité de les inscrire entre deux lignes, rédigés à la hâte, les surmontaient. Il ressortait de ce monument paléographique que Clotilde était *amoureuse* de son faux demi-frère et qu'elle ne parvenait pas à oublier *les soirées sublimes, les plus belles de ma vie*, qu'ils avaient passés *dans les bras l'un de l'autre*. Elle lui parlait d'un *solitaire* qu'elle voulait lui offrir, *en témoignage des heures si lumineuses* (les mots *pures* et *cristallines* avaient été rayés) *qu'ils avaient vécues*, aussi *durables* (elle avait rayé le mot *éternelles* : convenu et quelque peu publicitaire) *qu'une pierre précieuse*. Laurent Dahl avait éprouvé ce soir-là un plaisir dédoublé. D'abord celui de voir se confirmer les soupçons qu'il avait conçus, auxquels cette preuve l'autorisait à confronter Clotilde pour l'acculer à des aveux définitifs. Et ensuite un plaisir beaucoup plus trouble, sa jalousie l'assouvissait en même temps qu'elle le torturait, une érection curieuse, ambiguë, qui contredisait ses nausées, l'avait saisi, il recherchait fiévreusement des mots crus, *bite*, *chatte*, *sucer*, *baiser* – et il fut presque déçu (presque furieux) (superficiellement rassuré) de ne pas les trouver. *Que va-t-on devenir ? Mon amour pour toi, il est à craindre qu'à cause de nos* (et là se trouvait un mot raturé que Laurent Dahl ne pouvait pas lire, pas plus que celui, anxieux et minuscule, qui s'y était substitué)*, il faille abandonner les* (idem) *qu'on avait* (idem) *et comme on l'avait dit, comme on se l'était* (et là Laurent

Dahl devina le mot *promis* mais sans en reconnaître la graphie). Il pleurait. Il se palpait le sexe la lettre à la main. Sa douleur au ventre s'était solidifiée. Un lourd boulet de fonte emplissait son estomac. Certes il se révélait difficile de décrypter les phrases nerveuses que Clotilde avait construites, inlassablement reprises, de leur donner du sens, mais une poignée de mots lisibles qu'il y trouvait, déconnectés de leur structure grammaticale, épars et explosifs, suffisaient à lui représenter la catastrophe qui s'abattait sur sa personne, le mot *amour*, le mot *tendresse*, le mot *inoubliable*, le mot *souffrance*, le mot *vide*, le mot *manque*, le mot *désespéré*, l'expression *condamnée d'avance* (il ne pouvait lui donner tort : une relation de cette nature ne pouvait être que condamnée d'avance). Je me casse, je me tire, je laisse cette pute en plan ! Rien à foutre de cette garce ! Sa mère avait raison ! Je vais pas rester avec cette pute et foutre ma vie en l'air ! Poursuivant ses investigations, Laurent Dahl avait fini par découvrir, dans sa trousse de toilette, au milieu de tubes de crème et de médicaments, déposé délicatement à l'intérieur d'un écrin sur un coussin de velours rouge, un solitaire, un solitaire à l'ironie inqualifiable qui scintillait sous la lumière du plafonnier. L'écrin : vagin écarlate fendu en son milieu d'une fine rainure qui accueillait le solitaire du clitoris, dont il se mit à caresser l'unité acérée avec la pointe de sa langue, pathétique, les yeux fermés. *Alors ?* avait-il demandé à Clotilde. *Qu'est-ce que tu dis de ça ?* Elle considérait la lettre et le solitaire avec calme, incrédule, sans paniquer le moins du monde, avec même dans les yeux une lueur de soulagement, comme si la découverte qu'il avait faite lui permettrait d'éradiquer les résidus de cette histoire absurde. – *J'ai écrit ça à mon retour, juste à mon retour, sous le coup de l'émerveillement, mais c'est fini, j'ai tourné la page, je n'y pense même plus. – Il va pas falloir me raconter ton aventure dans sa totalité ? Hein, tu penses pas qu'il va falloir me raconter ton aventure dans sa totalité ?* et Laurent Dahl était parti vomir dans les toilettes. À son retour dans la chambre : *Pour quoi faire ? Tu vois bien que je n'ai rien envoyé. Je ne veux plus entendre parler de cette histoire.* Laurent Dahl avala le solitaire, *Regarde ce que j'en fais de ton diamant : je l'avale* (il sentit le grain aigu lui dévaler la gorge et l'œsophage) *... et si tu veux absolument le récupérer tu seras obligée d'aller fouiller dans ma merde... à cet effet je peux chier sur une double page de ton dernier* Marie-Claire... *là où on vous incite à coucher avec vos demi-frères... et tu devras fouiller dans ma merde... qui n'est pas pire ni plus répugnante que ta vie...* et Laurent Dahl éclata en sanglots. – *Je m'en fous qu'il soit perdu. Je te répète que je ne veux plus entendre parler de cette histoire.* Il la croyait. Mais malgré tout il désirait connaître *avec exactitude* le degré d'intimité qu'avaient atteint les deux amants – et ce dévoilement s'était effectué sur une période de douze semaines, par étapes, par douleurs successives. – *Tu es donc sortie avec lui pendant cinq jours. – On peut dire les choses comme ça. – Et vous n'avez rien fait... Rien de sexuel je veux dire... – Rien de sexuel. Juste embrassé.* Quelques semaines plus tard : *Caressé ? J'ai bien entendu ? Tu avoues enfin ? Tu me dis caressé ? – Peu de temps je te dis. Il a joui immédiatement. Au bout de deux minutes. – En plus tu l'as fait jouir ?! Ce type atroce, ce polytechnicien dégénéré t'a giclé dans les doigts !* (Car, détail décisif, Francis venait juste de sortir de Polytechnique, ce qui aggravait le sentiment d'écrasement qu'éprouvait Laurent Dahl, diminué par la supériorité supposée du jeune homme, *Immature mais brillantissime*, lui avait dit Clotilde plusieurs fois, *totalement immature, c'est un gamin, mais son cerveau, putain, tu peux pas savoir, c'est une merveille. – Un cerveau ne peut pas être une merveille si merveilleuse que ça si c'est seulement un logiciel de la NASA qui entretient avec le monde des relations si primaires et immatures que tu le décris. Et l'intelligence du regard, de la sensibilité ? Comme d'habitude ça ne compte pas. Ne compte pour toi que l'intelligence de l'intelligence.) – Au bout de deux minutes je te dis ! Même pas !* Trois jours plus tard : *Et il a joui sur toi ? Sur tes seins ? Dans tes cheveux ?* Début octobre : *Et ton beau-père… – Quoi mon beau-père… – Il est au courant ? – Tu m'as déjà posé la question trois mille fois. – Eh bien je la répète. Il est au courant ? – Je suis sûre qu'il s'en doute. Il avait son sourire. Je veux dire : le soir où… Son sourire florentin…* Cette désinvolture de Clotilde chaque fois qu'elle décidait de sortir de son mutisme ! Cette candeur, ce détachement, cette saine simplicité ! – *Son sourire florentin ? Qu'est-ce que tu veux dire par là ? – Ce qu'il appelle son sourire florentin… Un sourire satisfait… malicieux… Un sourire de conspirateur… Il a toujours aimé les situations tordues ! – Donc il est au courant.* Haussement d'épaules de Clotilde. *Et il s'en réjouit. Il trouve ça distrayant. C'est vraiment inouï. Vous êtes vraiment une famille de pervers et de malades mentaux… – Il va falloir s'y accoutumer mon petit Laurent. – Vous êtes vraiment des dégénérés. Son fils et sa belle-fille couchent ensemble et… – Juste sucé. Pas couché. – Sucé ? Sucé maintenant ? – Enfin non. Touché. Caressé je veux dire. Masturbé quoi. – Tu as dit sucé. Clotilde ! J'ai entendu ! Tu as dit sucé ! – Eh bien tu as mal entendu. –*

Je te cite, tu as dit : « Pas couché. Juste sucé. » Silence de Clotilde. Elle se levait pour aller à la cuisine. – *Reste assise. Je te cite : « Pas couché. Juste sucé. »* Clotilde soupirait. Se rasseyait sur son lit. – *Sucé un peu et fini à la main. Caressé du bout des lèvres quelques secondes et fini à la main. Je te l'ai dit cent fois. Il a joui au bout de deux minutes. Peu de temps pour me laisser aller à des fantaisies variées ! – Donc tu admets, tu admets enfin, au bout de trois mois, que tu l'as sucé.* À mesure qu'elle concédait les aveux, Laurent Dahl sentait leurs sentiments se renforcer. Ces rendez-vous avec la vérité étaient devenus une sorte de rituel intime auquel Clotilde se soumettait avec l'abnégation d'une pénitente. Aucune hostilité. Aucune acrimonie. Mais une étrange complicité. Mais une troublante proximité. Et l'opportunité de se prouver, le premier par son insistance, la seconde par le désir de conciliation qu'exprimaient ses aveux, leur attachement mutuel. Clotilde restait patiente, évasive, délicate, presque tendre. Laurent Dahl avait fini par se transmuer en chevalier transi d'amour qui combat sans lassitude le dragon de sa douleur. Une certaine qualité d'écoute et de dialogue avait fini par les réunir, serrés l'un contre l'autre, autour de ce sujet unique. Et Laurent Dahl pourrait se dire par la suite que cette période obsessionnelle qui les avait jetés chaque soir dans les secrets, dans l'intimité, dans les sentiments l'un de l'autre, avait été l'âge d'or de leur amour.

Patrick Neftel passait ses journées à regarder la télévision en se nourrissant de sucreries, de charcuterie, de camemberts, de Heineken et de boissons gazeuses. Il souffrait désormais de sa mise à l'écart et tentait de nouer des liens avec le monde extérieur : vainement. Sa mère l'avait contraint, deux ans plus tôt, deux ans trop tôt en réalité : à l'époque il n'était pas encore prêt, à trouver du travail. *Tu vas pas passer toute ta vie affalé sur un canapé à rien faire ! – Et pourquoi pas ! Qu'est-ce que j'en ai à foutre ! – Tu crois que c'est une vie attendre que le temps passe ! – De toute manière pour faire quoi ? Quoi comme travail ! – Je te l'ai dit. Je fais le ménage chez le directeur de Carrefour. Il m'a dit qu'il pourrait t'embaucher. – C'est ça ! Décharger des camions à Carrefour ! – Imagine que je meure ! – Moi qui voulais réussir ! – Que je décède d'une crise cardiaque ! – Devenir avocat ! Devenir financier ! Décharger des semi-remorques sur un parking ! – Tu préfères rester au lit ! – Je préfère rester au lit que m'humilier à décharger des palettes ! – Et qu'est-ce que tu ferais si je meurs ? – Mais c'est une obsession ! Tu vas te suicider toi aussi !* Manutentionnaire à Carrefour pendant sept mois, rattaché au rayon surgelés pendant trois autres, Patrick Neftel avait enchaîné les manquements avec une telle constance (retards systématiques et absences injustifiées) que le directeur de l'hypermarché avait fini par le licencier. À présent cet épisode qui datait de deux ans le rendait nostalgique. Il avait pu nouer des liens, se faire des camarades, partager des déjeuners, s'attirer la convoitise de Béatrice, une caissière rousse avec laquelle, après un long baiser sur le parking de l'hypermarché un soir d'automne, il n'avait pas osé aller plus loin. Patrick Neftel n'avait connu aucune femme : il s'était dit que leur étreinte allait avoir comme corollaire inéluctable de devoir lui faire l'amour (issue inconcevable) et il s'était recroquevillé dans sa coquille. Il avait rappelé Béatrice récemment (*Patrick! Ça alors! Quelle surprise! Comment tu vas!*) mais elle s'était mariée avec le Maghrébin (*Tu te souviens d'Aziz?*) qui gérait le rayon bricolage. *On pourrait peut-être se revoir... boire un verre... avec Aziz si tu veux... – C'est un peu compliqué... Il a su pour nous deux... Il est jaloux... très très jaloux... tu sais les musulmans... Désolée mais je pense pas que ce soit possible qu'on se revoie...* Il se disait qu'aujourd'hui il apprécierait les sourires délurés des caissières, les déjeuners entre collègues, les blagues débiles qu'ils s'échangeaient dans l'entrepôt. Ils iraient au bowling de Corbeil-Essonnes le samedi soir. Une petite amie manifesterait pour son inexpérience une indulgence attentionnée. Il avait recommencé à se masturber : il visualisait Béatrice et les péripéties sentimentales qu'il avait esquivées. Elle lui disait : *Je t'aime.* Il lui répondait : *Moi aussi.* Elle lui souriait : *Viens me faire l'amour.* Elle ouvrait son peignoir : *Viens me caresser les seins.* Elle le tenait tendrement par la nuque tandis qu'il aspirait ses tétons roses : *Ils sont tellement sensibles... je pourrais jouir rien qu'avec tes dents qui me mordillent le bout des seins...* et il éjaculait sur son lit en gémissant. Depuis six mois il essayait de trouver du travail : il n'y parvenait pas. Il s'était replongé récemment, craintivement, pour la première fois depuis le drame, dans sa vie antérieure. Il avait exploré des cartons. Il avait retrouvé des copies. Il avait lu émerveillé les commentaires au feutre rouge : « Brillant devoir », « Bravo ! », « Excellente analyse », « Très bon travail ». Il avait feuilleté des livres (découverts à l'époque par le plus grand des hasards) dont il se souvenait qu'ils l'avaient subjugué : *Dedalus* de Joyce, *Les Chants de Maldoror* de Lautréamont, le *Manifeste du surréalisme* d'André Breton et un recueil de poésies de Mallarmé.

Ce retour sur son passé l'avait meurtri : il avait jeté les livres contre le mur et déchiré ses copies en pleurant. La mère de Patrick Neftel : *Ils t'ont répondu ? Tu as des nouvelles ?* La plupart de ses lettres restaient sans réponse. Il avait passé deux entretiens pendant lesquels il s'était senti hésitant, contrarié, d'une instabilité préoccupante. *Vous me dites que vous avez étudié la philosophie par correspondance pendant quatre ans ?* lui demanda le directeur du personnel d'une entreprise. *Pourquoi avoir arrêté ?* Silence embarrassé de Patrick Neftel. *Pourquoi vous être arrêté ? À part cette expérience de dix mois chez Carrefour… – J'ai fait un voyage. – Vous avez fait un voyage ? – Un long voyage. Pour réfléchir. Pour m'ouvrir sur le monde. – Où ? Où vous a conduit ce voyage… ce voyage initiatique si j'ai bien compris ?* Patrick Neftel examina le visage indécis du directeur du personnel. *– Eh bien un peu partout… aux États-Unis… en Amérique du Sud… – En Amérique du Sud ? Quelles villes avez-vous visitées ?* Patrick Neftel paniqua. Il voyait des peupliers qui ondulaient sous la brise derrière les vitres. *– Non… pas en Amérique du Sud… je me trompe… pardonnez-moi.* Puis : *Seulement à New York. À New York et un peu…* Patrick Neftel déclara : *Il me plaît ce travail. J'aimerais beaucoup l'avoir ce travail.* Son interlocuteur se leva et lui tendit la main : *On vous rappelle. Je vous rappelle dans deux trois jours.* Patrick Neftel retourna sur les lieux une semaine plus tard pour proposer à la standardiste (qu'il avait remarquée) (dont il s'était persuadé qu'elle l'avait remarqué elle aussi) de boire un verre avec lui : elle le congédia avec une telle brutalité qu'il se fit l'effet d'un psychopathe. Ce n'était pas la première fois qu'une jeune fille qu'il abordait (il allait traîner à l'Agora d'Évry régulièrement) se défendait de ses audaces avec hostilité. Les insultait-il ? Se sentaient-elles outragées ? Pourtant Patrick Neftel restait courtois, donnait de lui l'image d'un homme introverti, respectueux, dont la qualité du vocabulaire aurait dû rassurer. Son physique l'accusait-il ? Sa silhouette adipeuse ? La lenteur de ses gestes ? Les sécrétions dont les efforts qu'il devait faire pour surmonter son anxiété s'accompagnaient ? L'atmosphère du cagibi mental où il vivait, malsaine, saumâtre, suintait-elle de ses yeux, de sa peau, de sa timidité, transportait-il comme une odeur intestinale les radiations de son destin anéanti ? Chacune de ces offenses aggravait sa rancœur, accentuait sa tristesse, consolidait sa révolte, rétrécissait le cagibi qui l'enfermait. Il se procura les coordonnées d'un garçon qu'il fréquentait à dix-sept ans (qui était son principal ami à l'époque du suicide paternel) et lui parla au téléphone. Frank Petizon avait suivi une formation commerciale et était devenu représentant dans une maison d'édition spécialisée dans le pratique, *Jardin, bricolage, décoration, ce genre de trucs. – Tu voudrais pas qu'on se revoie ?* lui demanda Patrick Neftel. – *Et toi t'en es où ? Qu'est-ce que t'as fait depuis le... enfin... – Pas grand-chose. J'ai mis du temps à surmonter cet événement. Maintenant ça va mieux. Je cherche du travail. – Dans quel secteur ? – N'importe quoi, dans n'importe quel secteur, pour le moment en tout cas... – En fait tu as besoin... – Le principal est de refaire surface, de retrouver la réalité. Peut-être que je suivrai une formation... dans un second temps... Je vis avec ma mère, c'est déprimant, j'ai plus du tout confiance en moi. – C'est légitime. On peut comprendre. – C'est une question d'estime de soi. Je l'ai perdue... elle a été pulvérisée par le suicide de mon père. À l'époque j'étais plutôt vaniteux ! – Ambi-*

tieux en tout cas. – À présent j'ai l'impression... j'ai le sentiment... que le monde n'a plus besoin de moi... et même qu'il ne veut plus de moi... Puis : *Je suis devenu inutile. C'est ma mère qui m'entretient. J'ai vingt-huit ans, aucun métier, aucun ami, aucune expérience d'aucune sorte, aucune source de revenus...* Silence au bout du fil. Patrick Neftel entendait des voix derrière son ami. *Tu voudrais pas qu'on se revoie ? Qu'on boive un verre ? Qu'on se mange une pizza ? Tu pourrais peut-être me présenter tes amis... ta femme... je sais pas...* Frank Petizon (après une brève hésitation) : *Pourquoi pas ? Si tu veux...* Un rendez-vous fut fixé dans un café de Saint-Germain-des-Prés où Patrick Neftel attendit son ami jusqu'à la fermeture. Il essaya de le joindre à plusieurs reprises, laissa des messages sur son répondeur, écrivit des cartes postales qui le priaient de prendre contact avec lui, *Tu es la seule personne que je connais, mes anciens collègues de Carrefour, j'ai l'impression qu'ils me fuient, il faut croire que je leur fais peur, pourquoi ? que se passe-t-il ? que leur ai-je fait pour que l'intégralité de mes contemporains (je ne parle pas seulement des recruteurs et de mes anciens collègues mais également de ma famille : ma sœur par exemple qui ne répond à aucun de mes appels) prenne un si grand soin à m'escamoter ?* Frank Petizon ne répondit à aucune de ses lettres ni à aucun de ses messages téléphoniques. *Vous avez arrêté le lycée à dix-sept ans ? – Je voulais faire une école de commerce. – Et vous avez renoncé ? – Les circonstances de la vie. Des circonstances défavorables. Dont on peut dire qu'elles furent traumatisantes.* Il soignait sa syntaxe. Il posait sur le recruteur un regard stable, calme, déterminé. – *Que voulez-vous dire ?* Il hésita. Il se racla la gorge.

Des sanglots montèrent dans sa poitrine. – *Il m'est assez pénible d'en parler.* – *Mais des circonstances de quelle nature ? Des problèmes de santé ? Des problèmes familiaux ? Des problèmes de délinquance ? Vous comprendrez que je dois pouvoir m'expliquer ce trou béant de dix ans. Exception faite de cette brève expérience à Carrefour...* – *Pas des problèmes de délinquance : je vous rassure. Aucun casier judiciaire.* – *De toute manière j'aurais vérifié.* – *Pas des problèmes de santé non plus. À proprement parler je veux dire.* – *À proprement parler ?* – *Je vous répète qu'il m'est pénible...* Le recruteur l'interrompit : *Dans ce cas il me semble...* Patrick Neftel l'interrompit à son tour : *Il ne me paraît pas indispensable d'avoir fait de longues études pour être veilleur de nuit.* – *Mais j'ai besoin d'en savoir plus. J'ai besoin de savoir pour quelles raisons...* – *Mon père s'est suicidé. Mon père s'est suicidé sous mes yeux, devant moi, en se plantant une fourchette dans la gorge. Il est mort sur le carrelage de la cuisine une fourchette incrustée dans sa glotte.* Le recruteur le regardait interloqué. Il sembla à Patrick Neftel qu'un frisson d'effroi lui parcourut l'épine dorsale. – *Un suicide d'une violence peu commune...* se contenta d'enchaîner le recruteur en se levant. *Je vous tiens au courant.* – *On me dit ça à chaque fois.* – *Il y a peut-être des raisons à cela...* – *Qu'insinuez-vous par là ?* – *Restons-en là c'est préférable.* Patrick Neftel s'obstina : *Je vous demande d'expliciter. Qu'entendez-vous exactement quand vous me dites (je vous cite) : Il y a peut-être des raisons à cela ?* – *Et moi je vous demande de sortir. Je n'ai pas pour habitude de répondre à des injonctions de cette nature.* – *Et moi je n'ai pas pour habitude...* – *Je vous demande, pour la dernière fois, de vous lever et de sortir.* À présent le recruteur surplombait Patrick Neftel. – *Ce n'est pas parce que vous êtes le respon-sable de la sécurité de cette putain...* Le recruteur le prit par le bras : *Lâchez-moi ! Ne me touchez pas ! Je suis capable de me lever tout seul !* Il se leva et s'attarda dans le bureau. Il se planta devant le recruteur avec un air de défi. Une rancœur, un dégoût, un senti-ment de révolte incoercibles l'avaient saisi. *Je vous demande de me faire des excuses. – Et moi je vous demande de dégager. Je vais vous dire : ma patience a des limites. – La mienne n'en connaît pas : c'est l'avantage que j'ai sur vous.* Patrick Neftel réclamait de la stature d'athlète du recruteur qu'elle le disloque. Il appelait de ses vœux, du plus profond de sa tristesse, du plus profond de sa révolte, il le sentait distincte-ment, il en sentait la gourmandise qui s'amplifiait dans ses pensées, une immédiate dislocation. Le recruteur l'accompagna par le bras, qu'il tenait vigoureusement, vers la porte du bureau. Patrick Neftel se dégagea et trouva refuge dans un angle de la pièce. Le bureaucrate l'y rejoignit : Patrick Neftel lui cracha au visage. L'offensé, ce fut palpable, refréna une pulsion destruc-trice. Sang-froid louable : le responsable de la sécurité d'une entreprise cotée en Bourse n'est pas censé réduire en miettes dans l'exercice de ses fonctions un candidat à l'embauche insultant. Il alla à son bureau, où il essuya son visage avec un mouchoir en papier, et pianota un numéro sur le cadran du téléphone. Il regar-dait fixement Patrick Neftel dans les yeux. *C'est ça... vas-y... téléphone... téléphone à la police... appelle à la rescousse tes collègues de la sécurité... T'as même pas les couilles de te défendre tout seul... pédé... tan-touse... culturiste de pacotille. – Oui c'est Bernard...* disait le recruteur au téléphone. *Dis-moi j'ai un petit problème... – Tu m'as bien entendu! Je t'ai traité de tantouse! Ta sœur! Ta mère! Ta race! – Ne quitte pas une seconde s'il te plaît je reviens à toi dans trente secondes...* et le recruteur, posant le combiné sur son bureau, s'avança vers Patrick Neftel. – *Va te faire sucer par ta sœur culturiste de fête foraine!* Patrick Neftel sortit de l'hôpital de Corbeil-Essonnes trois jours plus tard et resta alité jusqu'à la fin du printemps, plâtré, immobile, perclus de douleurs.

8

J'ai évoqué une émission radiophonique dont la teneur m'avait anéanti (une tentative d'assassinat psychologique) et à laquelle on peut imputer la récurrence de plaidoiries spectaculaires, en particulier dans ma salle de bains. Je voudrais vous en parler plus amplement. Il faut s'imaginer au préalable cette sorte de matinée de mars grise et humide où l'on devient soi-même un édifice glacial, une grange abandonnée dont les pierres qui se sont disjointes dégoulinent de froidure. Mon éditeur m'avait prévenu que *Le moral des ménages* ferait l'objet d'un examen collectif dans une émission de France Culture. France Culture, amis de l'Uruguay, est une radio à financement public dévolue à l'actualité culturelle. J'étais étonné que mon dernier roman ait été inscrit au sommaire de l'émission (animée par ailleurs par un ami de longue date rencontré dans une fête alors qu'il étudiait les sciences politiques) (il m'avait dit la veille ne pas aimer mon livre, *Je pourrais t'en parler pendant des heures*, mais l'avoir sélectionné car il défrayait la chronique) car en dépit du fait que ce roman et le précédent avaient donné lieu à un grand nombre d'articles dans la presse culturelle, les animateurs de cette radio s'étaient toujours comportés comme si je n'existais pas. Auraient-ils changé d'avis ? Se seraient-ils résolus à m'accepter ? À m'attribuer mon certificat d'écrivain ? J'ai réglé ma radio sur la station d'État et me suis installé sur mon lit quelques minutes avant le démarrage de l'émission. Inutile de vous décrire l'angoisse dans laquelle je me trouvais. Les voix que j'entendais n'étaient pas moins inamicales, glaçantes, hostiles, que le froid de mars qui imprégnait mes os. Je frissonnais. Je me sentais mal. J'étais harcelé par le pressentiment qu'il allait se passer quelque chose de terrible – un peu comme quand on aperçoit, à Rio, au bout d'une ruelle, un groupe de quatre jeunes gens immobiles contre un mur. L'émission devait examiner trois romans. Les deux premiers se sont attiré des éloges unanimes. Une réelle morosité s'était mise à s'écouler dans mes pensées : un robinet qui fuit. Ces éloges me paraissaient exagérés et leur disproportion n'avoir de sens que par rapport au dernier livre qui devait être examiné. Vers midi moins dix est venu le moment de se pencher sur mon cas. Mon ami de longue date déclare alors (hésitations, phrases tronquées, raclements de gorge, maladresses grammaticales : son malaise ne me semble pas de bon augure) : *On termine avec un livre d'Éric Reinhardt,* Le moral des ménages... *c'est le deuxième roman d'Éric Reinhardt après* Demi-sommeil *qu'il avait publié il y a quatre ans... il publie cette fois* Le moral des ménages... *ce titre renvoie à un certain univers social que Éric Reinhardt a choisi d'aborder avec ce roman à travers l'histoire de Manuel Carsen, initiales MC pour middle class ou classe moyenne si on remet en sens français... Manuel Carsen est quelqu'un qui a quitté son emploi pour devenir chanteur, un chanteur sans succès qui vend pas beaucoup de disques... mais qui en tous les cas est assez énervé contre le milieu social dans lequel il a grandi, cette classe moyenne des années soixante-dix* dont *Éric Reinhardt nous parle... d'ailleurs faudrait savoir si elle est... si c'est uniquement celle des années soixante-dix... c'est peut-être plus largement les classes moyennes... c'est aussi celle de la consommation et de l'épargne... s'il y a un mot qui revient c'est celui-là... c'est-à-dire que la haine que voue ce personnage à cette classe moyenne... a trait précisément à ça... à ce défaut qui consiste à toujours épargner et ne pas véritablement profiter de la vie...* Et là il donne la parole à une jeune femme. Il l'appelle Claire et l'invite à poursuivre. Ladite Claire : *Je pense que l'écriture d'Éric Reinhardt est très convenue, enfin moi c'est un livre que je trouve assez artificiel... vraiment toc... je trouve qu'il y a quelque chose de très agaçant dans cette façon de vouloir... il y a dans le livre à chaque fois qu'il raconte... donc c'est un espèce de monologue éructant effectivement contre toutes les valeurs que vous avez citées... et à chaque fois on se rend compte qu'il parle à une interlocutrice différente... donc on a tous les prénoms qui défilent... il y a d'autres effets de style qui sont par exemple... on va déambuler par exemple à un moment... donc y raconte, y parle de sa mère qui est en train de tricoter... et puis alors là tout d'un coup y va partir pendant trois pages pour expliquer comment y se branlait sur les... les... les... les catalogues Phildar* [Et là j'entends une voix offusquée qui s'écrie : *Les catalogues Phildar, oui! oui!*] *quand il était petit, après y revient de nouveau à l'histoire... et tout ça je trouve que c'est très très artificiel... et surtout ce qu'y raconte... je... y a quelque chose qui me gêne profondément dans le livre... c'est que cette violence qu'il a... en même temps y va faire croire... y va donner la parole à tout le monde, que tout le monde a ses raisons... à un moment y va expliquer que son père finalement était pas si nul que ça... que maintenant il a fini dans un placard et que lui aussi il avait des rêves et que lui, qu'il a abandonnés... tout ça... au fil du livre on va comprendre qu'en fait c'était le rêve de ce fils qu'en fait ce père était vraiment un abruti jusqu'au bout et il le restera... pareil avec sa fille à la fin, il va lui laisser la parole et elle aussi elle va régler son compte avec son père, sauf que là elle a droit à trois pages qui sont encore plus mal écrites que le reste du livre... donc je trouve qu'il y a un côté assez malhonnête de même pas tenir cette violence-là jusqu'au bout... et je trouve qu'en plus c'est une violence assez conformiste... cra, cracher sur Michel Delpech et tout ça... ou Giscard... je trouve que ce n'est pas d'une... d'une...* Mon ami de longue date l'interrompt : *Est-ce que vraiment (et je suis pas sûr qu'il crache sur Giscard ou Michel Delpech), mais sur l'écriture en particulier, parce que moi je trouve au contraire que c'est une écriture assez efficace, une sorte d'oralité qu'il a réussi à mettre en place avec ce texte... euh... c'est pas... ce livre a peut-être d'autres défauts... mais sur la question de l'écriture Tiphaine...* Ladite Tiphaine : *Euh non je dirais que c'est... moi j'ai eu une tout autre lecture du livre, il m'a semblé que c'était vraiment* Mort à crédit *sans la langue... c'est-à-dire que c'est un livre qui prend* [le même homme que tout à l'heure fait un commentaire que je ne comprends pas] *... qui a quand même comme sous-texte* Mort à crédit*... d'ailleurs Manuel Carsen c'est aussi les initiales de* Mort à crédit *et pas seulement de middle class... on a exactement les mêmes scènes, le conflit père/fils, le gratin de courgettes... la récurrence du gratin de courgettes c'est le plat de pâtes de Clémence dans* Mort à crédit*... le père veule et lâche... bon alors il y a la* *passion des voitures qui est la passion des trois-mâts chez le père de* Mort à crédit [on entend l'impatience du même homme qui veut dire quelque chose]... *bon les mêmes accusations d'égoïsme de la part du narrateur, les mêmes violences familiales, le même souci d'écono- mie... donc y a vraiment, me semble-t-il, ce sous-texte- là...* Le même homme impatient l'interrompt : *Donc il faut lire* Mort à crédit... éructe-t-il. Rires autour de la table. La petite phrase perfide de l'universitaire déclenche une hilarité unanime. Quelle complicité ! Quelle mécanique ! Comme leur esprit fonctionne en harmonie ! Qu'est-ce que je leur ai fait ? Pourquoi tant de violence ? Ladite Tiphaine, Javotte, Anastasie : *Oui ben bien sûr... c'est sûr que y manque... je trouve qu'y a une certaine efficace de l'oralité... mais c'est une efficace moi je trouve qui fonctionne à un niveau pure- ment sociologique et quand même je suis assez d'accord que... y manque* [on entend l'impatience du même homme qui veut dire quelque chose : *Moij, moij, moij...*], *y manque la langue quoi,* conclut ladite Tiphaine. L'homme impatient insiste tellement que mon ami de longue date lui donne la parole : *Alexis...* dit-il. Ledit Alexis, maintenant qu'il a la parole, il prend son temps, reprend son souffle, s'exprime avec lenteur : *Moi je serais pas tout à fait d'accord avec Claire* [et là il ménage une longue pause]... *parce que je pense qu'elle est trop généreuse.* Rires autour de la table. Sa seconde petite saillie amplifie la bonne humeur de ses comparses. *Moi je pense que c'est un livre ÉPOUVAN- TABLE. Épouvantable parce qu'il est épouvantable- ment mal écrit effectivement... c'est-à-dire que c'est une mascarade d'oralité... enfin... l'oralité effective- ment de Céline ou de tas d'autres écrivains correspond à quelque chose, là elle correspond à rien et c'est pas*

269

parce qu'on insère de temps en temps le nom d'un interlocuteur qu'y se passe quelque chose. D'autre part moi ce qui m'a gêné encore plus c'est l'effort pathétique de SATIRE. Effectivement alors peut-être célinienne ou peut-être rabelaisienne je ne sais pas, mais là il s'agit juste d'entasser des insultes [un autre homme approuve d'un trait bref de voix] *sur des gens qui sont eux-mêmes caricaturaux enfin, ça ne correspond à absolument rien, il y a une espèce de haine de la petite et moyenne bourgeoisie mais qui n'est justifiée par rien, et puis alors simplement la mise en scène littéraire est absurde, on a un personnage qui est effectivement, comme vous le rappeliez, un personnage de chanteur et d'écrivain de chansons, mais par exemple on sait jamais même ce qu'il écrit comme chansons…* La première intervenante : *C'est beaucoup mieux que Michel Delpech c'est tout ce qu'on sait…* et là elle rit toute seule avec insistance : une sorte de ahanement. Et s'ils avaient raison ? Et s'ils disaient la vérité ? En cet instant je ne suis pas loin de le croire et de me rallier à leurs persiflages. Je n'ai jamais été qu'une merde (je le suspecte depuis l'adolescence) et ce matin de mars on se charge de réveiller dans mon esprit cette certitude ancienne. Ledit Alexis : *Pourquoi lui, pourquoi pas… il pourrait être représentant de commerce… il pourrait être critique à la radio ce serait la même chose… on n'en sait RIEN.* Mon ami de longue date : *Mais sur la question de la satire, moi je trouve qu'il y a quand même des moments du livre où ça fonctionne et où c'est pas Rabelais pour moi la référence* [l'homme pousse à nouveau pour reprendre la parole : *Mais*, dit-il] *mais ce serait plutôt à chercher du côté de certains romans et des premiers en particulier de Martin Amis… toute la phase sur le baby-sitting… les voisins, etc., que*

270

je trouve particulièrement réussie quand même dans le livre... Michel... conclut mon ami de longue date en donnant la parole à l'ultime intervenant. C'est ma dernière chance. Ledit Michel, outré par le traitement dont j'ai bénéficié, va peut-être me défendre. Ledit Michel : *Oui enfin c'est l'éternel problème de la représentation de la middle class en France. Pourquoi les Anglais savent le faire et pas nous, je ne sais toujours pas et en tout cas la lecture du livre de Reinhardt ne me procure pas de réponse. Euh... euh... euh... je dirais malgré tout... à son avantage... qu'il y a un certain... enfin il y a de quoi faire quelque chose de bien... il y a un certain brio... euh... je ne serais pas aussi sévère que ce qui a été dit autour de cette table. MAIS, malgré tout, cette représentation de la médiocrité... c'est toujours beaucoup plus facile de représenter la médiocrité que de représenter le contraire, donc il y a un défaut d'exigence. Et puis de fait on ne sort pas de la sociologie... bon, moi... on est à la limite partant au départ sur ce portrait du père qui n'a pas... qui est allé d'humiliation en humiliation bon très bien... mais il y a un moment où il faut passer à la vitesse supérieure... il faut vraiment entrer dans un véritable dédale biographique compliqué, etc. Ce que bien entendu l'auteur se garde bien de faire.* Ladite Claire : *Oui et puis c'est vrai qu'à la fin le père est beaucoup plus sympathique que ce narrateur-là parce qu'il a tellement rien à... effectivement on sait pas par quoi il est habité... on sait qu'il aime la musique mais on sait pas profondément ! Et à la fin on a envie de lui dire : BEN TU MÉRITAIS MÊME PAS LE GRATIN DE COURGETTES QUE TA MÈRE TE FAISAIT.* Ledit Alexis : *Et en plus c'est prétentieux...* Mon ami de longue date : *Euh...* Ledit Alexis : *Le catalogue Phildar ! Non mais franchement !*

*Les scènes avec le catalogue Phildar sont vraiment...
Non mais vraiment ! N'importe quoi ! – Oui, vraiment,
c'est vraiment n'importe quoi...* J'entends, ponctués
par des rires sardoniques, les commentaires les plus
divers : ils parlent de moi, entre eux, en direct, à la
radio, avec acrimonie, alors qu'ils sont censés en avoir
terminé. Mon ami de longue date (par-dessus ces manifestations d'hostilité) : *Euh, eh ben voilà, c'est fini,
c'était* Le moral des ménages *d'Éric Reinhardt, c'est
publié aux éditions Stock...*

*Arrête de manger ! Tu manges toute la journée ! Tu
pèses quatre-vingt-treize kilos ! – Qu'est-ce que j'en ai
à foutre de grossir ? À quoi ça sert d'être mince ! – Tu
vas peser bientôt cent vingt kilos ! Sors, vois des gens,
fais du sport, inscris-toi au tennis ! – Au tennis ! Faire
du tennis ! Tu m'imagines faire du tennis ! – Tu en
faisais du tennis ! Tu as joué au tennis pendant six
ans ! – Eh bien j'ai arrêté ! J'ai arrêté le tennis
comme le reste ! Comme les études ! Comme la lecture ! Comme les amis ! – Recommence ! Lis des
livres ! Vois des gens ! Sors-toi de cet état ! – J'ai
essayé de trouver du travail pendant quatre ans ! J'ai
essayé de me faire des copines ! J'ai proposé à des
filles de boire des verres ! J'ai laissé douze mille messages à Petizon ! Je ne suis plus qu'une larve ! J'ai
trente-deux ans et je vis avec ma mère qui me rend
fou ! – Alors ! Reprends contact avec le psychologue !
Il était bien ce psychologue ! Il peut peut-être t'aider
ce psychologue ! Tu allais mieux quand tu cherchais
du travail ! – J'aurais continué à aller mieux... je vais
te dire, peut-être même que je serais allé bien... si j'en*

avais trouvé! Qu'est-ce que tu veux que je te dise!
Personne ne veut de moi! À part ma mère qui se traîne
derrière moi toute la journée! La mère de Patrick
Neftel éclatait en sanglots. *Et arrête de pleurer! Ça*
me dévaste! Ça m'enfonce encore plus! Comment tu
veux que je m'en sorte si tu te mets à pleurer à chaque
fois qu'on parle de moi! C'est ça l'histoire en fait! Je
suis celui dont l'état, dont l'existence, dont la désola-
tion te font pleurer! Démerde-toi avec ça: JE SUIS
CELUI QUI FAIT PLEURER SA MÈRE TOUTE LA
JOURNÉE! – Mais je pleure pas! Je suis juste triste…
de te voir… un garçon de qualité… intelligent… qui
avait tout pour réussir… qui passe toutes ses jour-
nées… Patrick Neftel ne faisait rien d'autre que passer
ses journées à regarder la télévision et à boire de la
bière: une vingtaine de canettes quotidiennes. Il avait
réquisitionné le téléviseur afin de pouvoir regarder les
programmes dans sa chambre, où depuis peu il engageait sa mère à lui servir ses repas. *Pourquoi tu veux*
plus manger à la cuisine? – Tu me déprimes. Ça me
dévaste ces repas en tête à tête. Je n'arrive pas à
m'oublier avec ta gueule de six pieds de long qui me
regarde manger. J'ai l'impression que tu assistes en
silence au dernier déjeuner d'un condamné à mort!
Patrick Neftel avait interdit à sa mère de pénétrer dans
sa chambre, *Sous aucun prétexte… je ne veux plus t'y*
voir traîner et entrer sans frapper comme tu le fais
depuis toujours… sauf le vendredi pour qu'il lui soit
possible de passer l'aspirateur, changer les draps, trier
ses vêtements, faire la poussière et mettre de l'ordre
dans ses affaires. Elle lui déposait des plateaux devant
sa porte et essayait de l'intercepter quand il allait aux
toilettes ou à la salle de bains: la conversation qu'elle
engageait s'émiettait de pièce en pièce. Il arrivait qu'il

273

l'apostrophe en hurlant depuis son lit. Il la sentait qui sanglotait derrière la porte et cette faction qu'il supposait désespérée accentuait sa révolte. *Mais putain! La bière est tiède! Je t'ai dit dix mille fois de mettre la bière au frais! Et d'acheter de la Heineken! C'est quoi cette Kronenbourg de merde! – Y en avait plus... Je suis pas allée à Carrefour cette semaine... juste à la supérette du lotissement...* Il arrivait à la mère de Patrick Neftel de frapper timidement à sa porte: *Patrick... Patrick... C'est moi... Réponds... – Quoi! Qu'est-ce que tu veux encore! Tu peux pas me foutre la paix!* Il baissait le son avec la télécommande. *– J'aimerais bien... j'ai vu que ce soir... il y avait... à la télévision... – Putain! Accouche! Qu'est-ce que tu veux! – Ça me ferait plaisir, c'est un film... c'est* Barry Lindon... *j'aimerais bien qu'on le regarde ensemble... – J'en ai rien à foutre de* Barry Lindon! *Qu'est-ce que tu m'emmerdes avec* Barry Lindon! *Tu veux qu'on s'installe tous les deux sur mon lit comme un vieux couple pour regarder cette merde de film! Tu veux pas qu'on se mange un cornet Miko pendant qu'on y est! Et qu'on passe une soirée comme si on était, je sais pas... heureux! heureux par exemple! – Patrick... Arrête... Pourquoi pas... – Tu me déprimes, arrête, lâche-moi, laisse-moi tranquille! – On l'avait vu, quand tu étais, ils l'avaient déjà, tu avais bien aimé. Ça nous rappellera... – Ça nous rappellera... c'est ça... super-idée... Génial ton projet! Je l'adore ton idée! C'est une idée purement merveilleuse! Se rappeler le bon vieux temps! SE RAPPELER LE BON VIEUX TEMPS! – Mais Patrick... je peux quand même... une fois de temps en temps... moi aussi... regarder la télé... – Tu m'emmerdes! Fous-moi la paix putain! Tu peux pas me lâcher cinq*

minutes! – Mais ça fait dix jours qu'on s'est pas vus!
Que tu vis enfermé dans ta chambre! Tu n'en es pas
sorti depuis dix jours! – Mais justement! C'est la
seule solution! Tu es sans cesse sur mon dos à me
torturer! Il suffit que je sorte pour aller pisser et tu es
là dans l'instant à me pleurer dessus! À te désoler sur
mon sort! À savoir si ça va! À savoir si ceci... à
savoir si cela... jouer au tennis... lire des livres...
consulter un psychologue... un garçon si sensible...
intelligent... gnagnagnagnagna... Tu pleurniches! Tu
te lamentes sur ma vie! sur mon état! Ça fait quinze
ans que je te vois te torturer à cause de moi! C'est
foutu tu m'entends! Foutu! Terminé! Aucun espoir!
Tu fais une croix sur ton fils! Tu fais une croix sur tes
espoirs de mère! Et tu me lâches maintenant! tu me
laisses respirer! – Patrick, s'il te plaît, c'est pas vrai,
je te, c'est toi qui me tortures... – Rien qu'à voir tes
yeux à chaque fois qu'on se croise j'ai envie de me
buter! Tu m'entends! Tes yeux! Ta pitié! À chaque
fois que j'aperçois ton regard j'ai envie de me buter!
Il me suffit de te voir de dos... ta nuque... ta colonne
vertébrale accablée... les frissons qui la parcourent...
la douleur qui la saisit... j'ai envie de me pendre! de
me planter une fourchette dans la gorge! – Patrick!
Arrête! C'est moi qui vais me suicider! – Ton regard
c'est le pire des miroirs! Les vrais miroirs... à côté...
j'ai l'air d'un banquier suisse! Je te jure! Distingué!
Le pire spectacle c'est de me voir dans ton regard,
dans tes gestes, dans tes efforts, dans ta patience,
dans ta tendresse, dans ta douleur, dans ta gentil-
lesse, dans ton désespoir! Mais oublie-moi bordel de
merde! – Mais... Patrick... je te torture pas... j'essaie
seulement... – Tu me fous les boules putain tu
comprends pas! Tu m'angoisses à mort putain tu

comprends pas! Cette promiscuité pleine d'amour...
d'inquiétude... d'obéissance, pleine de tristesse... de
désespoir... – Mais... j'essaie seulement... – Et ça y
est c'est reparti elle se remet à pleurer! Mais bordel
de Dieu c'est pas possible tu peux pas décider de
t'arrêter de pleurer toutes les fois que tu m'adresses
la parole! Mais je deviens fou je vais tout casser! et
Patrick Neftel jetait la télécommande de toutes ses
forces sur la porte de sa chambre. Plus aucune phrase
durant des jours. Ils se croisaient sans s'adresser la
parole. Il voyait sa mère qui détournait le regard toutes
les fois qu'il la croisait. Elle se contentait de déposer
devant sa porte, trois fois par jour, un repas froid et des
canettes de bière dans une glacière.

Il faudrait que je décrive en quelques phrases l'esplanade du Palais-Royal, en particulier pour tous ceux,
d'Islande, d'Israël, de Polynésie ou des îles Canaries,
qui auraient du mal à la visualiser. Je suis donc assis en
terrasse du Nemours et de ce fait je me trouve à l'extérieur de l'enceinte du Palais-Royal. L'esplanade est
délimitée, depuis le point géométrique où je me situe:
sur la droite, par une aile du Palais-Royal qui abrite le
prestigieux théâtre (créé par Louis XIV pour Molière)
de la Comédie-Française; au fond, dans la largeur du
rectangle, par l'avenue de l'Opéra, laquelle débouche
naturellement sur l'Opéra national de Paris; sur la
gauche, par la rue Saint-Honoré et la façade grandilo-
quente de l'hôtel du Louvre; on y dénombre un café,
une librairie, un marchand de tabac; et derrière moi (au-
dessus devrais-je dire: la terrasse du Nemours se trouve
intégralement sous les arcades d'une galerie), l'espla-

nade se trouve délimitée par une extension des bâtiments du Palais-Royal qui abrite le Conseil d'État (une vénérable institution de la République dont je dois avouer que j'ignore le rôle exact : on s'en tape) et les bureaux du ministère de la Culture. Immédiatement à droite de la terrasse se trouve l'une des entrées des jardins du Palais-Royal. Il s'agit d'une brève galerie voûtée qui débouche sur la cour des colonnes de Buren qui est elle-même une manière de prologue aux jardins proprement dits : ils la prolongent derrière une colonnade qui constitue une frontière en pointillé entre les deux espaces. J'ai toujours été fasciné, en particulier la nuit (quand il s'emplit d'une mystérieuse obscurité) (quand on aperçoit par cet œil emmuré comme une énorme réserve de rêves, de branches, de ténèbres) (et peut-être l'attraction qu'exerce sur moi ce point précis de la géographie parisienne s'explique-t-elle tout entière par ce détail architectural : *métaphysique en réalité*), j'ai toujours été magnétisé par cet étroit conduit. Il est intéressant de noter qu'on accède à l'immensité des jardins par un discret petit passage, par une virgule de cet ensemble grammatical de premier ordre, dont je précise à la hâte (n'étant pas un passionné d'histoire) qu'il a été voulu par le cardinal de Richelieu, dessiné au XVIIe siècle par Jacques Lemercier et amplement modifié au XVIIIe par Victor Louis, à qui l'on doit la cour et les arcades actuelles (que j'adore) ainsi que le Théâtre-Français (1785), dont il est décevant de se dire qu'il n'est pas exactement celui où a joué le grand Molière, l'un de mes écrivains préférés. Je disais qu'on accède à l'immensité des jardins du Palais-Royal par une virgule de cet ensemble grammatical de premier ordre. Cette virgule s'auréole dans la nuit d'un mystère inégalable car elle exalte le principe qui lui est constitutif, accentué par son étroitesse, de *passage*. J'ai déjà dit l'importance que revêtait dans mon imaginaire le principe du *passage* : le petit pont de *Brigadoon* et la bouche d'égout du *Trou*. Quand, le soir, la nuit, l'automne, attablé en terrasse du Nemours, je plonge mon regard par ce mince interstice ténébreux et que je vois, profonde, intérieure, onirique, impénétrable, la perspective nocturne qui s'y déploie, peuplée d'ombres, d'arbres, de silence, d'éternité devrait-on dire, j'éprouve la sensation que ce petit *passage* est comme la métaphore de ce *passage* métaphysique que je ne cesse de rechercher depuis l'adolescence – quelque chose de ce genre, aussi vague, imprécis, instinctif que cela. Il me suffit de jeter un regard sur ce petit *passage* et j'y crois : mes sens s'exaltent, mes rêves se réalimentent, je me mets à y croire à nouveau. Et puis c'est comme un œil, l'œil d'une femme par rapport à son immensité intérieure, par rapport aux méandres, aux mystères, à la beauté, aux grâces, aux secrets, aux forêts, aux rêves, aux fables, aux illusions uniques et merveilleuses qui s'y devinent. D'ailleurs la même jeune femme que l'autre jour, vêtue d'un tailleur chic, chaussée d'escarpins dont la bride ne cesse de décevoir son désir d'ordre (elle la remet en place de temps à autre avec des doigts d'une blancheur inouïe, conclus par des ongles dont le dessin particulier m'enchante), automatisme qui non seulement m'attendrit mais m'excite, se trouve sur la terrasse depuis une heure. En écho à l'intérêt que je lui manifeste en la fixant constamment du regard (et celui-ci se fait le plus discret possible quand il se pose sur la bride de ses souliers), elle ne cesse de jeter sur moi de brèves œillades approbatrices qui ont la coquetterie de s'environner d'une atmosphère de timidité. Elle m'a souri deux fois, d'abord en arrivant (elle voulait signifier par ce sourire social qu'elle m'avait reconnu : c'était une manière de salut), ensuite un peu plus tard, au moment où elle s'apercevait qu'était posé sur son visage mon regard fixe et insistant, d'autant plus fixe et insistant que de surcroît j'étais en train de réfléchir, de méditer, d'exhumer de mes pensées confuses (enfiévrées) l'analogie que je tentais d'établir entre d'une part le petit *passage* qui conduit à l'immensité des jardins du Palais-Royal, virgule de pierre, et d'autre part l'œil féminin qui conduit à l'immensité de la vie intérieure qu'il renseigne, virgule de sanglier. Et c'est alors qu'elle m'a souri, au moment même où a surgi comme un éclair cet alliage lexical insolite : *virgule de sanglier*. Il est dix-huit heures trente. Décidément : il est souvent dix-huit heures trente en terrasse du Nemours. Nous sommes le vendredi 2 novembre 2004 et la nuit a commencé à tomber. Déporté sur la gauche de l'esplanade (en son milieu dans le sens de la longueur), se trouve un élément fondamental de son décor : la bouche de métro qu'a conçue l'artiste français Jean-Michel Othoniel. Jean-Michel Othoniel est un artiste de réputation internationale dont les œuvres, des installations *in situ* pour la plupart, baroques, féeriques, cristallines, colorées, sont confectionnées avec un matériau prépondérant : le verre. J'aime beaucoup cet artiste. Il crée des colliers gigantesques qui s'entremêlent aux branches des arbres. La bouche de métro qui se situe sur l'esplanade se trouve être habillée d'une structure granulaire dont la forme rappelle celle, évidemment, d'une *couronne*, mais également, et c'est de cette manière que je préfère l'interpréter, d'un *carrosse*. C'est quelque chose entre la *couronne royale* et le *carrosse royal* : une superposition de ces deux motifs symboliques. Les deux coupoles de cette structure sont constituées d'un ensemble

279

de grosses perles colorées : rouges, jaunes, indigo et bleu ciel, séparées les unes des autres par des disques et épisodiquement par des boules du même métal bosselé que la balustrade. Les coupoles de Jean-Michel Othoniel ne possèdent pas le sérieux géométrique, dogmatique, épiscopal, du Duomo de Filippo Brunelleschi, ni ne font écho aux théories de l'harmonie architecturale édictées par Leone Battista Alberti dans son célèbre *De Pictura* (1435). Leone Battista Alberti arrive un peu trop tôt dans mon intervention car sinon il m'aurait fourni une transition de rêve pour aborder certaines considérations essentielles sur l'espace du tableau (et depuis le point géométrique que j'y occupe l'esplanade du Palais-Royal n'est rien d'autre qu'un espace pictural géométrique où règne en maître la perspective), et notamment ce concept qu'il appelle l'*historia*. Mais je poursuis. Le dessin des coupoles les rend douces, mignonnes, malicieuses, semblables à ces images dont les enfants aiment s'imprégner avant de s'endormir, des images dont le merveilleux résulte d'une simplification attendrissante de la réalité, altération qui vise à rendre celle-ci inoffensive, compatible avec l'enfance. Telles sont les deux coupoles de Jean-Michel Othoniel : coupoles dont le déni d'elles-mêmes et du principe mathématique qui les sous-tend les rapproche de nos désirs les plus enfouis de *relâchement* et de *consolation*. Dans le même registre, la balustrade de la bouche de métro, dont j'ai dit qu'elle était faite d'un métal mat, gris, bosselé, a l'air de se refléter à la surface d'un vieux miroir ou d'un plan d'eau. De ce fait, dans sa tremblante fragilité de reflet ou de mémoire ancienne, c'est l'époque immémoriale du conte de fées, ce sont les temps lointains et irréels, insituables, de *Cendrillon*, de *Peau d'Âne* ou de *La Belle au bois dormant* que la facture de l'édifice fait circuler dans sa présence, laquelle ne peut que propulser l'imaginaire de chacun dans l'atmosphère du conte de fées telle qu'elle subsiste dans sa constitution psychique. Mon portable se met à sonner : Numéro privé. Je décroche et on me dit : *Bonjour*. Je reconnais la voix de la jeune femme : *Bonjour comment allez-vous ?* Autre chose encore. J'ai oublié de préciser que la balustrade est alvéolaire et que quelques-uns des orifices sont comblés (le mot *comblé* est ici merveilleux car on peut dire que la présence de cette œuvre de Jean-Michel Othoniel comble en moi tout un tas de désirs immémoriaux) par des éléments du même verre coloré que les grosses perles qui ponctuent les coupoles. Et chacune de ces pièces semble une réponse (maternelle) (rassurante) (autorisée) qui vient combler une interrogation (une peur) (un vertige) enfantine (avant de s'endormir : *Pourquoi ?*). Et chacune de ces pièces vient donc élucider le trou béant d'une énigme et la remplir de sens : et la remplir de tendresse. Comme on le voit, mesdames messieurs, amis des antipodes, je redeviens un enfant toutes les fois que je contemple durablement le carrosse du Palais-Royal. – *Très bien je vous remercie. – C'est gentil de me rappeler aussi vite.* C'est la directrice de la communication d'un institut de sondage. Le partenariat que je leur ai proposé m'a été refusé par la direction : je voulais qu'ils me procurent gracieusement la consultation dont j'ai besoin. La direction n'a que faire de la publicité qu'un roman pourrait lui procurer. La jeune femme me propose à la place un tarif préférentiel pour la question suivante : *Quelle est votre saison préférée ?* posée à 1 500 Français de 15 ans et plus (j'aurais préféré que le sondage soit effectué dans l'Europe entière : trop cher pour moi), avec ventilation des réponses en fonction d'un certain nombre de critères, âge, sexe, CSP, orientation politique, taille d'agglomération, etc. Depuis que je parle au téléphone, la jeune femme au tailleur strict et à la bride indisciplinée se sent autorisée à me regarder aussi fixement et d'une manière aussi insistante que je le faisais moi-même quelques minutes auparavant. J'ai constaté ce phénomène de nombreuses fois, où des femmes au bras de leur mari, en compagnie de leur mère, derrière la vitre d'un autobus ou d'une rame de métro, se sentant protégées, inatteignables, se donnent par le regard de la manière la plus entière : il semblerait que ma conversation téléphonique nous assigne à deux univers contigus qui lui procurent la sensation de ne pouvoir communiquer. *1 494 euros HT vous dites ? – Exactement. – Le sondage peut être réalisé rapidement ? – Très rapidement. Le mois prochain. – Écoutez je vais réfléchir. Je vous rappelle demain. – Très bien. On fait comme ça. Bonne soirée. – Merci. À demain. Bonne soirée.* Je raccroche. La jeune femme, qui avait fait un signe de main gracieux, lourdement bagué, au serveur du Nemours, est en train de récupérer la monnaie d'un billet de vingt euros qu'elle lui avait tendu, extrait d'un portefeuille en cuir. À présent elle se lève. Elle ramasse son sac à main, indice indiscutable de son pouvoir d'achat (élevé) et de la CSP où elle évolue (sup sup), elle ralentit le temps, elle ralentit la scène de son départ, il me semble qu'explicitement elle étale à dessein (comme une pâte à tarte avec un rouleau farineux) le bref moment compact où je pourrais l'aborder. Elle fait quatre pas sur l'esplanade et s'immobilise. J'ai oublié de terminer ma description des lieux. Derrière la bouche de métro se trouve ce kiosque à journaux où m'avait donné rendez-vous le 14 septembre dernier mon mystérieux vendeur de caves. Enfin l'esplanade est ponctuée de sept lampadaires répartis régulièrement sur deux lignes parallèles inscrites dans la longueur du rectangle, quatre sur la première ligne (la plus proche du Théâtre-Français) et trois sur la seconde (parallèle à la rue Saint-Honoré), le kiosque à journaux s'étant substitué au lampadaire que l'organisation symétrique de l'ensemble postulait à cet endroit. J'aime beaucoup ces lampadaires et l'on verra par la suite qu'ils jouent un rôle aussi décisif (dans ma perception fantasmatique de l'esplanade) que le carrosse féerique de Jean-Michel Othoniel. Ils sont constitués d'un pied ouvragé, en fonte, orné de rameaux d'olivier et de feuilles d'acanthe, qui se divise en son sommet en trois bras souples, gracieux, presque ondulants, qui portent chacun un luminaire cylindrique à la forme évasée. Je vois ces lampadaires, à l'apparence précieuse, de cristal, comme des lustres : la nuit leur pied s'estompe dans les ténèbres, de telle sorte que les grappes de lumières sont suspendues dans l'obscurité au plafond d'un édifice invisible. La CSP de la jeune femme m'intimide. Elle se tient comme une statue momentanée, de dos, évasive, sans s'occuper à aucune tâche précise. Il ne me semble pas qu'un inconnu puisse l'aborder impunément sans l'insulter. Je me lève de ma chaise et me dirige vers elle. Il faut croire que ses sens, et en particulier ses facultés de perception auditive, se trouvaient tendus vers le désir que je la rejoigne, ou bien encore vers le regret que j'y renonce, car le seul son de mes semelles sur le dallage de l'esplanade a provoqué une éloquente ondulation de tout son corps. Je vous ferai grâce des quelques phrases que j'ai concoctées pour la mettre en confiance et éviter qu'elle ne me congédie, concises et peu nombreuses, inutiles de surcroît. Le principal : cette audace, cette assurance tout automnale. Le principal : que je me sois levé et que j'aie osé me planter devant elle : que j'aie osé me jeter sous ses yeux du dix-huitième étage d'un gratte-ciel d'incertitude. Mais ses yeux. Son visage hospitalier. Qui accueillaient avec un trouble assez visible l'audace de ma démarche. Pas un vide de dix-huitième étage soumis aux lois de l'attraction terrestre. Et au moment où j'aurais dû me fracasser sur le bitume indubitable d'un *Non merci* brutal, d'un *Laissez-moi tranquille* insultant, la jeune femme a métamorphosé l'échéance du fracas en une suave minute d'approbation, d'atermoiements, d'interlude transitif (vers un accord dont je sentais qu'il n'allait pas tarder à éclore puisqu'il était déjà dans ses yeux). Elle m'a tendu sa carte, initiative qui m'a surpris, me disant : *C'est impossible malheureusement. Je suis attendue pour une longue réunion.* Elle me disait d'accord : c'est d'accord. Je voyais qu'elle était disposée, d'une manière ou d'une autre, à retarder, à annuler, à éluder sa réunion. Il aurait suffi que j'insiste un instant : j'y ai renoncé. J'ai regardé sa carte : Victoria de Winter, Executive Vice President, surmontés d'un logo disgracieux. L'adresse : à Londres. *Vous travaillez à Londres ? – Comme vous le voyez. – Qu'est-ce que vous faites ? – Je suis la directrice générale d'un groupe pharmaceutique anglais et la P-DG de ses filiales françaises.* Je tiens dans mes doigts la carte intimidante et contemple ce patronyme au charme si capiteux : Victoria de Winter. *Et vous ?* me demande-t-elle. – *Écrivain. J'écris des livres.* Elle me regarde avec scepticisme. – *Et quel est votre nom ? – Il ne vous dira rien.* Silence. Elle me prend pour un imposteur. – *Je reviens à Paris dans dix jours. Pour une réunion avec les syndicats !* me dit-elle en riant. – *On pourra se voir si vous voulez. – On pourra se voir effectivement. – Je vous invite à dîner. – Envoyez-moi* un mail. *Il faut que je vous laisse. – Je vous envoie un mail. Et on se revoit dans dix jours.* Elle me sourit. Elle me regarde profondément dans les yeux. Et elle prononce cette phrase inouïe (qui ne peut que lui avoir été dictée par l'atmosphère de l'automne) : *Et nous verrons si l'éclair est encore là...* et elle s'éloigne vers la station de taxis du Palais-Royal.

Ils avaient pris l'habitude de dîner chez Philippe le dimanche soir. Centralien, président-directeur général d'un groupe industriel coté en Bourse (holding qui regroupait des activités aussi contradictoires que la literie, l'armement et l'équipement automobile, *Si tu veux te procurer gratuitement un missile, un matelas ou un rétroviseur,* lui avait dit Clotilde à plusieurs reprises, *c'est facile, il suffit de demander à Philippe !*), il habitait un atelier d'artiste au Trocadéro : sept mètres de hauteur sous plafond, verrière qui dominait Paris, mezzanine aménagée en bibliothèque et équipée d'un lit d'appoint. *Tu as bien pédalé ce week-end mon beau-papou ? T'as pas mal à tes gros, à tes jolis mollets de cycliste amateur ?!* C'est sur un canapé à angle droit que Laurent Dahl prenait place le dimanche soir pour boire l'apéritif, en général une excellente bouteille de vin. Philippe, pieds nus, vêtu d'un short et d'un tee-shirt, se posait sur un étroit tabouret : ses demi-lunes demeuraient le seul vestige tangible de son statut social (je dis tangible car en dépit de sa minime tenue de sport l'aura présidentielle filtrait mystérieusement de sa présence comme un parfum). *Mais qu'est-ce que c'est que cette horreur, que ce tableau horrible, d'où ça vient ? – Un peu de vin ?* disait Philippe à Laurent Dahl. *– Oui, volontiers, merci.*

Philippe remplissait les verres et revenait s'asseoir sur l'assise dure du tabouret. – *Hein, c'est quoi ? Où t'as acheté ce truc horrible ?!* Philippe ne bougeait pas, remuait lentement son verre, portait le millésime à ses narines. *C'est d'une laideur ! Et ces couleurs criardes ! cette matière granuleuse ! on croirait du vomi !* Laurent Dahl pensa un instant à la toile de Martine Francœur dans le salon de ses parents : il se leva pour déchiffrer la signature : elle n'était pas l'auteur de ce tableau. *C'est du vomi de croque-monsieur ton chef-d'œuvre ! Enfin... si tu veux pas parler... reste embourbé dans ton mutisme... on va vraiment se faire chier...* Clotilde adorait son beau-père : elle lui manifestait son affection par les espiègleries qu'elle ne cessait de faire pétarader autour de lui. Le physique de Philippe – disgracieux, cheveux gris, visage rond, lèvres fines – s'imposait comme une sorte de démenti diplomatique à la félinité de sa belle-fille : il simulait avec flegme l'irritation d'un inconnu. Elle adorait le malmener, le provoquer, l'escalader, lui chatouiller le ventre, critiquer ses lectures, souligner ses fautes de goût, ironiser sur ses costumes, l'entreprendre sur des sujets qui débordaient ses compétences, le Tour de France ou les Junk bonds, pour le plaisir de le combattre à mains nues. De son côté il opposait à la nature inflationniste de sa belle-fille l'exactitude d'une intelligence acérée, scientifique, brillamment doctorale, dont la démonstration fascinait Laurent Dahl. Il la canalisait, corrigeait ses raisonnements, lui demandait de définir les concepts qu'elle manipulait. *Définition incertaine. Tu ne peux pas raisonner si tu ignores le sens des mots. – Mais je les connais ! Je les connais très bien ! – Ta définition prouve le contraire. – Mais j'en connais le sens instinctivement ! – Cela ne suffit pas. Cela aboutit à des* raisonnements aussi instinctifs que la compréhension des notions sur lesquelles ils s'appuient. Tu te meus dans la polémique de la manière la plus impressionniste qui puisse se concevoir. – Impressionniste ! Je t'emmerde ! – Je vais te la donner la définition de ce mot… – C'est ça, vas-y, ramène-la ! Espèce de maniaque ! C'est de la pure morale réactionnaire ! Le terroir grammatical ! Le goût des mots et des définitions ! S'il ressortait de ces tournois que Clotilde était une rhétoricienne impérative et souvent malhonnête, Laurent Dahl se montrait scrupuleux et formulait de trois manières différentes chaque idée qu'il exposait : Ça va, abrège, on a pigé ! intervenait Clotilde – il sentait planté sur lui le regard de Philippe. Surprenante systématique ? Il désirait s'ériger tout entier et d'une manière irrécusable à travers les monologues qu'il composait : lui-même dans son essence et sa totalité, à la faveur d'une sorte d'épiphanie syntaxique susceptible d'être acclamée. Ces dîners l'intimidaient. L'assurance intellectuelle de Philippe. L'audacieuse agilité de sa belle-fille. Il se comportait comme si chaque phrase devait l'introniser. Comme si son auditoire devait émettre un verdict irréversible. Un raisonnement défectueux dont il avait conscience pouvait le déprimer durablement : il s'envisageait comme un individu insuffisant sur lequel on avait pu porter un regard dépréciatif. D'où lui venaient, depuis quelques mois, ces complexes inattendus ? S'agissait-il d'une mutation de ses complexes sociaux ? D'un déplacement maladif de ses peurs ? Endossait-il de cette manière le maléfice des infortunes de sa famille ? Le principe même du doute s'était-il fixé comme un virus sur cette chose-là si essentielle pour lui, la perception que l'extérieur pouvait avoir de ses capacités ? Tiens, au fait, tu la vois toujours la blonde

287

immondissime qui était là la dernière fois ? – Laquelle ?
Je ne couche qu'avec des blondes. – La Moscovite
défraîchie qui prétendait qu'elle était dans l'import-
export de fourrure. Silence amusé de Philippe. Il dépe-
çait de ses lèvres une cuisse de poulet. *L'import-export*
de fourrure ! Tu y crois à ça beau-papou ! Mais c'est
une pute ta Tatiana ! Quand une Russe te dit qu'elle est
dans l'import-export, c'est clair, tu peux te dire que
c'est une pute ! – J'ai vu son stock. Un hangar entier.
Dans la banlieue ouest. – Le hangar d'un ami ! D'un
protecteur ! De son mac ! Tu l'as pas payée au moins ?!
Dis beau-papou ! J'espère qu'elle t'a pas coûté un
kopeck ! – Encore du poulet ? demandait Philippe à
Laurent Dahl. *– Je veux bien. C'est excellent. – Et toi*
Clotilde ? Avec le reste de ta salade… – Non merci.
Mais je vois que tu veux éviter le sujet de ta vieille
maîtresse russe. – Pourquoi s'attarder sur elle ? Je ne
l'ai vue que deux fois. Clotilde s'était levée et s'orientait
vers le salon. *– Et c'était bien au moins ? Elle baisait*
bien ton antiquité soviétique ? – Aussi bien qu'on pou-
vait l'espérer ! Plus bas : *Je suis assez content de ma*
recette. Du poulet aux morilles. – C'est vrai que c'est
très bon… répondit Laurent Dahl. *– Mais elle avait rien*
dans la tête ! hurla Clotilde depuis la verrière du salon.
J'ai rarement approché une fille aussi creuse ! Elle a
souri bêtement toute la soirée en regardant un vase de
Chine sur la table basse ! – Eh bien justement ! Elle
était totalement disponible physiquement ! Rien de men-
tal n'est venu interférer avec le sexe ! Clotilde était
revenue, visiblement contrariée, aux abords de la table.
Elle ne cessait d'en scruter la surface, de déplacer les
plats et les assiettes, de se palper les poches. *– Qu'est-ce*
que tu disais ? demanda-t-elle à son beau-père. *– Qu'elle*
était totalement disponible physiquement. Aucune

interférence intellectuelle. Rien que du corps de Russe.
– Tu aimes les idiotes ! C'est nouveau ça ! En aparté :
Putain ! Qu'est-ce que j'en ai fait ? Elle ramassa sur la
nappe un paquet de Philip Morris qui était vide. Elle le
froissa avant de le jeter avec humeur dans la salle de
séjour. *– J'apprécie l'instinct brut. Les animalités élé-*
mentaires. Les phénomènes naturels. Les tempêtes cor-
porelles. Tu iras le ramasser. – De quoi tu parles ? – De
ton paquet de cigarettes. – J'étais sûre d'en avoir pris
un deuxième. À Laurent Dahl : *Tu l'aurais pas vu ? – Et*
tes études ? – Quoi mes études ? Tu vas pas venir me
faire chier avec mes études le dimanche soir ! Putain
mais qu'est-ce que j'en ai fait ! – Elle est toujours aussi
assidue ? demanda Philippe à Laurent Dahl. *Ou bien tu*
souhaites te diriger vers l'import-export de fourrure ?
Je doute que tu en aies les compétences. – Je suis aussi
capable que ta greluche de vendre à une bourgeoise un
manteau en renard ! – Ce n'est pas tout à fait à ça que je
faisais allusion… répondit-il avec malice. *Tu devrais*
t'accrocher. Tu fais un peu n'importe quoi depuis
quelque temps. – À propos. J'aurais besoin d'argent.
Je suis à découvert. – Combien cette fois ? Je te rappelle
que je t'ai fait un gros chèque le mois dernier. Et celui
d'avant. – Six mille. J'ai un peu déconné je l'avoue. – Et
ton père ? Il ne pourrait pas t'aider un peu ? – Cette
loutre ? Ce pachyderme embourgeoisé ? Il se contente
de son virement légal et négocié. Une fois de temps à
autre, quand je le supplie, un petit supplément…
Laurent… ajouta-t-elle. Elle avait pivoté vers lui. Son
beau-père, qui s'était levé, sautillait vers le salon.
– Quoi ? répondit-il. *– Mon petit Laurent… – Je te vois*
venir… – S'il te plaît, allez, tu peux pas me laisser
comme ça ! Silence de Laurent Dahl. *J'ai besoin de*
parler avec Philippe. D'un stage qu'il m'a promis dans

une agence de pub. *Allez, Laurent, te fais pas prier, sois gentil...* Elle lui caressait la joue et se pencha pour l'embrasser. Philippe était revenu à table avec son chéquier, il dévissa un stylo plume de gros calibre dont les connotations directoriales contredisaient la nudité des cuisses, le short, le tee-shirt publicitaire à manches courtes et les orteils diaphanes qui pianotaient sur la moquette. Il ouvrit le chéquier, chaussa ses demi-lunes et leva la tête vers Clotilde : *Combien tu dis ? – Six mille. Six mille ça devrait suffire. – Tu n'en es pas sûre ? – Alors sept. Avec sept je suis certaine que ça ira. Laurent, s'il te plaît, dis-moi oui ou dis-moi merde mais décide-toi il faut que j'en fume une !* À son beau-père : *Les garçons d'aujourd'hui, tu peux pas savoir, aucune élégance, ils sont vraiment grossiers. Je suis sûre que de ton temps... ta génération...* À Laurent Dahl : *Tu crois pas que tu pourrais avoir un geste un peu* généreux *?* Philippe signa et détacha le chèque. Petit bruit factice de mitraillette. – *Voilà. Et tâche qu'il dure le mois. C'est le dernier du printemps. – Huit mille !* s'extasia Clotilde : elle s'accrocha à ses épaules et embrassa abondamment son visage. *Merci beau-papou ! Mon beau-papou adoré ! – Un petit cognac ?* demanda Philippe à Laurent Dahl. – *Laurent, une dernière fois, sois gentil, s'il te plaît, le tabac est tout près, il faut que je parle avec Philippe.* Le regard de celui-ci scintillait d'une cruelle ironie. Il semblait se délecter du guet-apens où Laurent Dahl était tombé. Allait-il abdiquer ? Résister ? Balayer ces hypocrites supplications ? S'exécuter avec la légèreté d'un individu qui rend service sans effort apparent ? – *Au fait...* déclara Philippe à Laurent Dahl. *Mon copain, l'un des directeurs de Morgan Stanley. Je lui ai téléphoné. Il veut bien te recevoir. – Ah, super, génial, merci infiniment !*

s'enthousiasma Laurent Dahl. – *L'embauche pourrait se faire, si le courant passe, à l'automne, en octobre. Je lui ai parlé de ton désir de devenir trader. Mais ce sera au middle office dans un premier temps. – Je m'en doutais un peu... Mais c'est très bien pour commencer... – D'après ce qu'il m'a dit il n'est pas exclu de pouvoir passer du middle au front office après avoir fait ses preuves. C'est rare mais ça arrive... – Bon, Laurent, qu'est-ce que tu fais...* s'impatientait Clotilde. – *En tout cas merci beaucoup...* enchaîna Laurent Dahl. *Vraiment... merci infiniment... – Putain t'es vraiment chiant ! T'es vraiment qu'un gros mufle. Tu es témoin Philippe, il demande à mon beau-père, À MON BEAU-PÈRE, de lui présenter un de ses potes, et lui ? en retour ? qu'est-ce qu'il fait ? tu crois qu'il me rendrait service ?* et Clotilde s'éloigna vers le salon. – *Ma secrétaire t'appelle demain pour te transmettre ses coordonnées. Je les ai oubliées sur mon bureau.* La porte claqua violemment. Un fracas clair de métal et de bois massif – comme une seconde de bruit d'hélicoptère. Bref échange de regards entre Philippe et Laurent Dahl... – *Bon*, murmura-t-il avec gêne, *excusez-moi...* et il faillit se lever pour rejoindre Clotilde dans l'escalier, il savait qu'elle l'attendrait quelques secondes devant la porte les bras croisés, mais le regard de Philippe l'en dissuada. Et d'ailleurs celui-ci déclara : *Tu as bien fait. Encore un peu de vin ? Ou le cognac que je t'ai proposé tout à l'heure ? – D'habitude je cède. Un verre de cognac.* Puis : *D'habitude je m'exécute sans résister. – Je sais. C'est la première fois que je te vois lui tenir tête. – Et c'est peut-être la dernière. Ça va être l'enfer absolu pendant dix jours. – Mais c'est vraiment l'enfer avec Clotilde ? À t'entendre... – Je suis heureux avec elle. Plus heureux qu'au début en tout cas. – Plus heureux qu'au début ?...* – *Elle me piégeait dans tout un tas de stratagèmes tordus... des fictions qu'elle inventait pour me faire douter... Mais je sais que vous connaissez ces théories...* Sourire de Philippe. Il leur servit à chacun un verre de cognac. *Et moi je marchais dans ses combines... – Et maintenant ? – J'ai compris. Ses stratégies ne fonctionnent plus. On pourrait dire que nos relations se sont rééquilibrées.* Et il aurait pu ajouter : *En ma faveur.* Et il aurait pu dire : *À présent je me sens libre. – Alors tout va bien... ?* l'interrogea Philippe. – *On pourrait dire que tout va bien. La plupart du temps. – La plupart du temps ? – Il lui arrive d'être un peu belliqueuse. J'ai parfois l'impression qu'elle a envie qu'on se fasse la guerre. Comme ce soir par exemple... Et cette nuit probablement si je rentre avec elle... – Et tu lui cèdes ? En général tu t'inclines ? – En général effectivement je recule. C'est difficile pour moi de faire autrement. – Pour quelle raison ? Tu me dis si mes questions t'importunent... – Non, pas du tout, c'est très bien qu'on discute de ça...* Puis : *C'est un peu difficile à expliquer. Il est excellent ce cognac.* Laurent Dahl n'était pas très à l'aise de devoir se confier au beau-père de Clotilde. Et en même temps il se sentait flatté par l'intérêt que ses questions manifestaient. Non seulement cet homme le fascinait mais il avait fini par s'attacher à lui : il appréciait ce moment d'intimité qu'ils partageaient, autour d'un verre de cognac, à l'abri des désordres de Clotilde, à cause desquels, le dimanche soir, la plupart du temps, il se faisait l'effet d'une marionnette. – *Oui, excellent, millésime 76, un cadeau d'un client. – Clotilde et moi n'envisageons pas l'existence sous le même angle... C'est sans doute lié à nos passés familiaux respectifs. Clotilde, je schématise, pour se sentir exister, pour ne pas finir comme une plante verte* (Laurent Dahl orienta vers Philippe un visage malicieux : *c'est ce qu'elle dit toujours*), *elle a besoin d'adversité, elle a besoin de se confronter à la vie, elle a besoin d'obstacles dont elle puisse triompher. Elle ne peut se reposer sur aucun idéal. Sur aucune transcendance d'aucune sorte. Je ne sais pas… Elle a du mal à se projeter dans l'avenir. Elle vit au jour le jour… sur un terrain morcelé… discordant… sans continuité… sans logique, je ne sais pas, sans clarté… sans sacré…* Laurent Dahl cherchait ses mots. Il avait l'impression de répéter le même concept depuis le commencement de leur conversation. *C'est ça : sans sacré. Rien ne semble avoir de sens ni pouvoir en acquérir. Il lui faut gagner ses positions de haute lutte, sans rien qui lui soit dû par une quelconque autorité occulte en laquelle il lui suffirait de croire pour être exaucée. Car on lui a retiré, dès son enfance, excusez-moi de dire cela, vous n'êtes pas responsable… je pense surtout à sa mère…* Philippe acquiesça brièvement en fermant les paupières. *Clotilde ne peut se dire : J'y crois. Clotilde ne peut se dire : Ayons confiance. Clotilde ne peut se dire : Il peut se dégager de ce terrain en ruine une route qui est la mienne et qui fasse sens… En revanche elle sait qu'elle dispose de ressources intérieures qui lui sont propres, la violence, son réalisme, sa perversité, son sens du conflit…* Laurent Dahl s'enlisait. Il sentait que ses phrases ne portaient pas. *Tout ça est très confus… j'en ai conscience… il faudrait que je l'écrive…* Il sentait sur lui le regard du beau-père de Clotilde. *Ce sont des intuitions… – Et ta philosophie à toi ? – C'est encore plus compliqué à expliquer. Disons que j'ai besoin que ma vie ait du sens… qu'elle progresse… qu'elle s'élabore… qu'elle se construise… qu'elle ait une direction…* Pause. Il regarda à l'intérieur du verre le liquide couleur de statue. *Ma vie, c'est essentiel, j'ai besoin de l'aimer, de la trouver belle, de la trouver de qualité, conforme à mes attentes... et j'ai besoin que chaque année accomplisse un progrès sur la précédente... J'ai besoin de pouvoir contempler ma vie comme un tableau et de pouvoir me dire : C'est bien, c'est beau, c'est ce que j'attendais... Du coup j'ai besoin que les moments que je vis soient en conformité avec cette sorte... comment dire... de projet... de vision globale... de philosophie quoi...* Laurent Dahl porta le verre de cognac à ses lèvres. Le liquide lui brûlait l'œsophage. *Les moments accomplis que j'ai vécus me donnent la force... l'espoir... la réceptivité qui me sont nécessaires pour vivre le présent. Et c'est toujours en vivant avec intensité le présent que je peux envisager l'avenir. C'est donc une sorte de chaîne.* Il regarda le beau-père de Clotilde d'un air interrogateur. – *Encore un peu de cognac ?* Laurent Dahl approuva d'un signe de tête. Il se souvint d'une conversation qu'il avait eue avec Clotilde à ce sujet quelques semaines plus tôt. Il lui avait dit : *Tu te fous qu'une soirée soit belle par exemple. Tu te fous qu'une soirée au restaurant ou au théâtre soit réussie.* – *Je me fous totalement qu'une soirée au restaurant ou au théâtre soit réussie effectivement*, avait-elle eu l'honnêteté de lui répondre. – *Et que des vacances se passent bien. Tu te fous que des vacances se passent bien. Qu'on puisse se dire en rentrant : « C'était super ces vacances. Encore mieux que l'année d'avant. » C'est ça ?* – *C'est exactement ça. Ce sont des considérations qui ne font pas partie de ma culture.* – *Moi, Clotilde, je vais te dire, si des vacances étaient gâchées et déplorables, je perdrais foi en l'avenir. Je me dirais que toute ma vie est gâchée. Je me dirais que c'est foutu.* – *Parce que des vacances seraient gâchées ? – Parce que la chaîne serait brisée. Et aussi parce qu'il deviendrait impossible de me reposer sur ma mémoire. – Je n'ai pas le culte du beau moment, du moment réussi. Le miroir que me tendrait un supposé moment merveilleux n'existe pas pour moi. Je ne peux me trouver belle et intéressante, ni trouver ma vie belle et intéressante, dans la contemplation d'un merveilleux moment que j'aurais vécu. Car c'est ça ta philosophie si j'ai bien compris ?* Laurent Dahl tourna le verre de cognac entre ses doigts quelques instants. Il réfléchissait à la phrase qu'il allait dire au beau-père de Clotilde. *Si je l'invite au restaurant, Clotilde peut foutre le bordel toute la soirée avec une polémique à la con : elle sera contente si elle en ressort électrisée et victorieuse. Moi j'ai besoin que la soirée soit réussie. Vous devez trouver tout ça assez fumeux...* hasarda-t-il. *– Clotilde prétend que tu refuses la vie. Je suppose qu'elle te l'a déjà dit. – Exactement. Elle me dit qu'on n'est pas au musée. Que la vie n'est pas une chose de musée que l'on contemple, sans désordre, sans aspérité, sans contrariété. Il est vrai que je dépense beaucoup d'énergie à écarter les contrariétés, les obstacles, les pollutions. – Tu maquilles en quelque sorte... Tu effaces les rayures... Et c'est la raison pour laquelle tu lui cèdes... Pour préserver la soirée au restaurant... Pour que le moment en question reste intact...* Il lui sembla détecter un accent d'ironie dans la phrase de Philippe. Aucune approbation de ce dernier à aucune de ses phrases ne l'avait stimulé. Il devait trouver puériles, idéalistes, ses conceptions philosophiques. *– Mais*, précisa-t-il, *même les choses dures, douloureuses, l'angoisse, une situation hostile ou déplaisante, une rupture amoureuse, peuvent produire de la beauté, aboutir à des sensations qu'on trouve belles... Je* n'élude pas les difficultés de l'existence... mais j'éradique la merde, les déchets, les parasites... et d'autre part (il reprit sa respiration, il suffoquait, la présence silencieuse du beau-père de Clotilde l'amenuisait)... *et d'autre part je m'efforce toujours de voir le bon côté des choses... Une situation désastreuse, je la retourne assez vite et j'en envisage le bon côté, les avantages et les vertus.* – Ça c'est plutôt pas mal comme doctrine. – *Je n'ai pas le choix. Je n'ai aucun mérite. Je ne peux me laisser couler par une situation contraire à mes vœux.* Puis : *Chez la plupart des gens les années s'empilent, toutes semblables, indistinctes. Moi je voudrais que ma vie se déploie comme un dallage dans un jardin... que chaque année constitue un progrès sur la précédente... que chaque année ait sa couleur, son identité, ses spécificités. Cela requiert de la part de celui qui s'est fixé cette ambition des efforts considérables. Et une sorte de fétichisme insensé du temps qui passe... des souvenirs que l'on laisse derrière soi... des sensations qu'on en retire... Je me souviens précisément de toutes mes dates importantes. Mon passé est ponctué comme par des monuments par des dates et des événements fondateurs. C'est un système dialectique qui unit passé, présent et futur.* Il ajouta : *Sinon je meurs. Sinon c'est terminé pour moi. Sinon je serais balayé dans l'instant par la terreur que m'inspire l'existence.* – Balayé ? Rien que ça ? – *Et c'est logique d'une certaine manière. Durant toute mon adolescence je me suis évadé dans des images – des images de mon avenir que je fabriquais, des sensations, des tableaux, des situations rêvées. Et à présent que j'ai rejoint le futur de cet adolescent... que je suis devenu le jeune homme de vingt-trois ans qu'il fantasmait... puis-je les trahir, puis-je trahir l'adolescent que j'ai été et les*

296

images qu'il fabriquait ? Je ne peux y échapper, je dois continuer à produire, à engranger des images... c'est un système trop ancien... je dois m'y plier... Je suis à chaque instant celui que j'ai été, celui que je suis et celui que je serai. Et soudain il eut honte, une honte terrible et submergeante, de ce qu'il venait de dire. Il rougit violemment et avala une gorgée de cognac.

– *Clotilde m'avait bien dit que tu étais un idéaliste...*

– *Et pourquoi pas*, réagit Laurent Dahl avec un soupçon d'agressivité. – *Pourquoi pas effectivement. Je vais même te dire que je trouve ça très bien. Je pense que ton système peut te mener loin. Ce n'est pas le mien mais je le respecte. – Je pense que c'est un système comme un autre. – On se débrouille comme on peut avec la réalité. – Il a le mérite de me faire avancer. C'est un stimulant incomparable. – Il peut être dangereux cependant. Il faut le maîtriser. – Dangereux ? Je ne suis pas sûr de comprendre... – Il peut facilement te faire prendre les choses pour ce qu'elles ne sont pas. Ce sont des images. Tu écartes les parasites. Je te disais tout à l'heure que tu effaçais les rayures... que tu maquillais... Tu élabores mentalement ta réalité... Cela peut être dangereux...* Laurent Dahl le regarda sans réagir. Il comprenait ce qu'il voulait dire. *Revenons à Clotilde. Il me semble qu'elle piétine. Je suis un peu inquiet pour te dire la vérité. – Moi aussi*, répondit Laurent Dahl. *C'est une autre source de discorde entre nous. – Je ne suis pas son père. J'ai pour principe de l'assister, de lui venir en aide, mais sans intervenir dans sa vie. Ce serait infernal. Je peux essayer de faire comprendre à Clotilde qu'elle commet une erreur mais rien de plus. Je ne vais pas exercer sur elle, à son âge, pour la faire avancer, la moindre autorité. C'est le travail de son père, qui, comme tu le sais, est très absent. – C'est une autre source de conflits entre nous. Les soirées au restaurant qu'elle dévaste je peux à la rigueur m'en accommoder. Mais ça... – Ça quoi ? – Que Clotilde ne foute plus rien depuis des mois. Elle ne va plus en cours depuis janvier. Quand je rentre le soir de l'école je la trouve avachie sur son lit à regarder des séries débiles un verre de Martini à la main. – Il faudra que je lui parle de ce stage qu'elle m'a demandé et que j'y mette des conditions. – Je vais d'ailleurs y aller. Je vais dormir chez moi cette nuit. Dites-lui que je l'appelle plus tard.*

9

Espèce de pute ! hurlait Patrick Neftel une canette de
Heineken à la main. – *On aimerait comprendre...* insistait l'animateur du talk-show. *Comment vous faites
pour garder cette taille de guêpe... cette fraîcheur
de teint... On reçoit des milliers de sms qui nous
demandent... – J'ai toujours été comme ça !* répondait
en gloussant l'invitée du talk-show, une ancienne
danseuse étoile reconvertie dans la comédie musicale.
*– Mais vous mangez, genre, je sais pas, un haricot par
jour ! On s'imagine, à voir votre taille, que vous mangez un haricot par jour ! – Non non non !* protestait la
diva. *Écoutez ! J'ai toujours ressemblé à une poupée !
Depuis toute petite une poupée ! Alors voilà ! Aujour-
d'hui encore ! Je ressemble à une poupée ! – Pute !
Salope ! Va te faire ramoner la chatte ! Carre-le-toi
bien profond comme un suppositoire ton haricot matinal ! – On aimerait comprendre...* insistait l'animateur
du talk-show. *On est là pour tenter de percer les apparences... votre image si glamour... pénétrer votre intimité... savoir vraiment qui vous êtes ! – Ouh là là mon
Dieu quel programme !* se dandinait la diva, droite
comme un piquet, en rejetant derrière elle le nylon noir
de sa longue chevelure. *Vous voulez essayer de pénétrer mon intimité ! – Avec le bras d'un camionneur ! Va
te faire fister le trou du cul par l'avant-bras d'un*

*conducteur d'engin ! – On voudrait vous aimer pour ce
que vous êtes... pas pour l'image si glamour... artificielle... que vous donnez de vous... – Mais vous savez
les gens m'aiment ! Je ne sais pas pour quelles raisons
mais les gens m'aiment ! Ils n'ont pas besoin d'avoir
accès à mon intimité pour m'adorer ! – Montre-nous ta
vieille chatte ! Va chier ton haricot dans un coin du
plateau ! – On essaie de vous imaginer le matin dans
votre lit... chiffonnée... de mauvaise humeur. – Eh ben
ça doit sentir bon ! Une vieille chatte de poupée délabrée le matin avant la douche ! – Je vous interromps
immédiatement cher ami...* gloussa le bâtonnet. *Je ne
suis jamais chiffonnée ! Hi hi hi ! – Alors vous êtes
toujours comme ça... gaie, vivante, de bonne humeur...
– Écoutez je bois du thé, beaucoup de thé, je fais du
sport, beaucoup de sport... J'adore le sport... j'adore
cueillir des pâquerettes dans les prés le samedi après-
midi. J'ai une espèce de pédalo dans mon appartement,
fixé au parquet, vous voyez... un appareil à muscler...
– Donc...* demandait l'animateur du talk-show : *jamais
laide ? jamais banale ? jamais chagrine ? jamais quelconque ? Toujours glamour ! fatale ! féerique ! même
dans l'intimité ! – Fatale !* hurlait Patrick Neftel. *Tu dis
fatale ! Tu la trouves féerique ! Non mais putain t'as vu
le monstre ! Elle est tirée de tous côtés cette vieille
perdrix ! C'est du plastique ta chanteuse féerique !
Enlève un peu le maquillage ! Retire le plâtre qu'elle
s'est mis sur la gueule ! – Écoutez c'est simple !* rou-
coulait la diva de soixante ans qui simulait d'en avoir
trente. Elle n'arrêtait pas de faire des O avec sa bouche.
Elle s'arrêtait au milieu d'une phrase et se mettait à
arrondir les lèvres : on voyait apparaître un O incongru
d'où finissait par sortir comme un œuf de dindon un
hoquet d'opérette. *Je suis née gaie ! Tout le monde a*

des blessures... des choses d'enfance... des difficultés d'adaptation... articulait-elle avec une légèreté ondulante comme une fleur remuée par la brise. *Dans la vie il faut avoir un idéal et créer le monde dont on a envie. On a cette liberté. – On a cette liberté ?* l'interrogeait l'animateur du talk-show. – *On a cette liberté vieux dindon ? On a cette liberté de se créer le monde dont on a envie ? – Tout à fait...* approuvait la diva. Elle ne cessait de pivoter sur son tabouret comme une girouette de clocher. On avait l'impression que ses cheveux en nylon allaient s'enflammer sous les spots du plateau. *On a cette liberté... Chacun d'entre nous a la possibilité de recréer le monde tel qu'il le veut... – Ah oui ! Tu crois ! Tu penses ! Mais je vais te trouer le ventre espèce de truie ! C'est ça le monde dont j'ai envie ! C'est de te voir agoniser dans une flaque ! – Vous avez voulu vous créer un monde artificiel où tout le monde est beau et gentil...* commentait l'animateur du talk-show. – *Attends un peu qu'on se croise dans un parking ! Tu vas la voir en Technicolor ma liberté de recréer le monde ! – Je voulais un monde idéal. Et j'essaie le plus possible de me rapprocher de ce monde idéal...* minaudait la diva. Un glaïeul. Une tige qui la perçait jusqu'à la tête où éclatait le scandale de sa béatitude. Ses mains étaient comme deux moineaux qui acclamaient son cerveau parfumé avec leurs ailes. – *Moi mon idée de la gaieté ! C'est de te faire sauter les pétales ! Je vais t'enfoncer un pieu dans l'anus ! Tu vas le voir mon monde idéal ! Mon monde idéal c'est un glaïeul de métal dans ton cul ! Et que tu hurles de douleur ! Et que tu supplies le Seigneur de te pardonner ta gaieté ! – Vous savez !* déclara-t-elle en plaquant ses deux mains sur la table, à plat, dogmatiques. *La civilisation est une toute petite... une toute petite pellicule ! Les gens sont vite des barbares... – Tu crois pas si bien dire ! Enfin une lueur de lucidité ! – ... et ils sont prêts à s'entretuer pour rien ! – À te casser la tronche ! Les O de tes lèvres ils vont avoir une raison d'être : quand tu auras une batte de base-ball dans la gorge elles feront un vrai gros O tes lèvres espèce de pute ! – Et pourquoi vous n'avez pas d'enfants ?* demandait l'animateur du talk-show. *Les téléspectateurs voudraient savoir. On reçoit des milliards de sms qui nous posent cette question. Votre idéal ce n'est donc pas un idéal maternel ? – Écoutez,* disait-elle. À chaque fois qu'elle disait *Écoutez* elle rejetait ses cheveux inflammables derrière ses épaules, se redressait sur son tabouret et posait ses mains sur la table. *Je voulais une vie singulière. Je voulais la dédier à mon métier... à l'homme que j'aime... je ne voulais pas me reproduire. J'aime mon métier. C'est parfois dur, difficile... le trac... l'estomac noué avant d'entrer en scène... l'angoisse de décevoir mon public... mon public que j'aime tant ! mon public qui m'aime tant !* Puis (après s'être ébrouée d'émotion) : *Mais voilà ! C'est ma vie ! C'est comme ça ! C'est celle que j'aime ! que j'ai voulue ! et qui fait mon bonheur ! – On n'en a rien à foutre de ton bonheur ! de tes états d'âme ! de ton haricot quotidien ! On s'en tape de ton trac ! de ton estomac noué ! Je vais te faire souffrir pour de vrai moi ! Je vais te le nouer pour de vrai ton estomac tu vas voir ! Je t'éventre sur le parking d'un hypermarché et je te le noue pour de vrai ton estomac !* et Patrick Neftel éteignit la télévision en hurlant : il se leva et s'empara rageusement d'une canette de Heineken. Sa mère avait eu l'excellente idée, pour tenter de l'ouvrir sur le monde, de lui offrir un ordinateur pour Noël, en promotion à Carrefour. Un étudiant passionné de haute technologie (chez les parents duquel elle faisait le ménage trois fois par semaine) leur installa généreusement l'ordinateur et apprit à Patrick Neftel à surfer sur Internet. Depuis déjà quelques mois (toujours reclus dans sa chambre) il partageait son temps entre la télévision et l'espace infini du réseau, où il passait des heures à naviguer. Tout d'abord il chercha des sites de cul pour alimenter en iconographie ses séances de masturbation, le peu d'argent dont il disposait lui interdisant de se procurer les revues qu'il affectionnait : il en avait marre de se branler sur les mêmes femmes (les arrachures du papier oblitéraient les corps de la plupart d'entre elles : par définition ses préférées). La plupart des sites de cul étaient payants. Mais il finit par découvrir un certain nombre de plateformes collectives, accessibles sans abonnement, dévolues à l'exhibition conjugale. Patrick Neftel les fréquentait assidûment. Il adorait que ces femmes soient réelles et qu'elles ne simulent pas. Il adorait avoir accès à leur sexualité, à leurs chattes réalistes, au décor de leurs chambres, à la saveur de leurs dimanches pornographiques. Il s'était tellement masturbé, adolescent, en pensant à ses voisines, il avait tellement fantasmé de les voir nues, il s'était tellement branlé, toutes les fois qu'il se rendait chez elles pour y faire du baby-sitting, sur leur lingerie, sur leurs tampons souillés, sur leurs chaussures à talons hauts, il avait tellement rêvé que l'une d'entre elles lui ouvrirait ses cuisses et qu'il pourrait lécher ses lèvres, laper le sirupeux liquide dont cette audace aurait déclenché l'écoulement, voilà qu'il découvrait des sites où ces mêmes mères réalisaient ses vieux fantasmes ! Il pouvait voir des chattes, des seins, des fesses, des anus maternels ! Des femmes communes qu'il aurait pu épouser si son père ne s'était pas planté une fourchette dans la gorge le 14 mars 1982 ! Patrick Neftel ne supportait plus les mensonges des fictions : des falsifications destinées à stimuler l'imaginaire mais qui le violentaient de plus en plus. Il détestait les films, les séries, les romans que sa mère déposait sur son plateau de temps en temps. Les mensonges des fictions l'acculaient à la douleur de son destin anéanti. Les maquillages des romanciers le renvoyaient à la brûlure de ses fictions évaporées. Il y avait tellement cru, adolescent, à ces rêves qu'il avait déroulés ! Il y avait tellement cru à ces histoires qu'il s'inventait, dont les plis, dont les cavernes abritaient amoureusement tous ses désirs d'accomplissement ! Aujourd'hui Patrick Neftel avait besoin de vérité, de crudité, il avait besoin de voir le monde dans sa réalité la plus abrupte, la plus brutale, la moins édulcorée, véridique, sans médiation, en écho à l'existence qui l'enfermait. D'où sa passion pour les talk-shows, humiliante, où s'exposaient comme des cibles des célébrités décérébrées. Ce qu'il voulait c'étaient ces femmes réelles, envisageables, rendues humaines par leur précarité, c'étaient ces icônes déplorables, obscènes de contentement, qui s'ébrouaient à la télévision. Il avait repéré un couple anglais dont la plastique de la femme le subjuguait, il se disait qu'il aurait pu l'épouser et la baiser chaque nuit dans leur lit conjugal, elle revêtait des accessoires affriolants, porte-jarretelles, chapeaux noirs à voilette, mules à talons aiguilles, il existait des femmes qui procuraient à leurs maris, avec la grâce d'une fée, des enchantements aussi inconcevables ! Que l'existence devait être belle pour cet époux exaucé ! Elle était brune, pulpeuse, large de hanches, avec une poitrine douce décorée d'aréoles nuageuses. Sa peau était laiteuse, de satin, avec des vergetures qui la rendaient vivante, elle possédait des jambes massives de statue et des pieds minuscules, excessivement cambrés, que Patrick Neftel adulait. Cette Anglaise n'était pas une fiction : il la voyait grossir, prendre un peu de ventre et de cuisses, car elle postait sur le réseau une contribution par semaine, indéfectible, aussi ponctuelle que la lune. Il aimait ça cette apparence de dévotion ritualisée. Il s'était créé avec elle comme une vie conjugale clandestine, elle lui était devenue familière, il connaissait ses différents sourires, les expressions de son visage, les atmosphères de ses regards, la position de ses mains sur son ventre, la manière dont elle levait les cuisses pour découvrir la fente humide de son intimité. Elle était devenue sa fiancée. Chaque mardi une impatience invincible l'emportait vers son ordinateur le souffle court pour vérifier si son amante anglaise, virtuelle mais si présente, fantomatique mais si précise, avait glissé sur le réseau sa contribution hebdomadaire.

Je suis allé à Londres pour rencontrer le trader dont Steve Still m'avait laissé les coordonnées. David Pinkus habite dans le quartier de Holland Park, où je me suis perdu pendant une heure, dénombrant, stationnés devant des maisons monumentales, banalisés par leur fréquence, une quantité ahurissante de Porsche, Jaguar, Ferrari, énormes 4 × 4, Aston Martin. Je lui ai téléphoné. Il m'a demandé de le retrouver à son club de tennis où il venait de terminer une partie. *Je suis malade comme un chien... Le père de ma femme a passé quelques jours avec nous... il a chopé un truc dans l'avion... une maladie tropicale... – Tu veux qu'on annule ? Tu préfères qu'on se voie* demain ? – *Non, c'est bon, ça va aller, c'est juste que je comate, c'est la mort, j'ai chaud, j'ai froid, je vais boire un Coca.* Une fois chez lui : *Alors comme ça tu prépares un roman sur la finance ? – Peut-être. Je veux comprendre le monde dans lequel on vit. Je veux que tu me parles de ton métier. De la finance internationale et des hedge funds. On lit partout que les hedge funds jouent un rôle considérable dans la marche du monde. – Très bien. Ça m'amuse. Je vais tout t'expliquer.* J'apprends alors, mesdames messieurs, camarades littéraires, qu'il existe trois types de fonds d'investissement, appelés *asset managers* dans les pays anglo-saxons. Premièrement les fonds de pension, qui gèrent l'argent que leur confient les salariés d'un certain nombre de pays, *Au premier rang desquels les États-Unis et la Grande-Bretagne*, en vue de leurs retraites. Ces fonds de pension, dans la mesure où ils jouent avec l'argent des retraites, leur activité est régulée : *Ils ne sont pas autorisés à prendre des risques démesurés*, précise David Pinkus. Il doit y avoir une certaine partie en actions, une certaine partie en obligations d'État, une certaine partie en cash, et un titre ne doit jamais représenter plus de 5 % du portefeuille actions. Si le marché crashe et perd 50 %, seule la moitié des fonds aura perdu 50 %, *En d'autres termes le capital placé n'aura diminué que de 25 %*. Deuxièmement les mutual funds, l'équivalent des Sicav en France. Il s'agit de fonds constitués par les économies que les particuliers confient à leurs banques, *BNP, Société Générale, Crédit Agricole, ce genre d'établissements*, me dit David Pinkus, où une personne fait fructifier à elle seule quelques centaines de millions d'euros. Les régulations sont un peu plus souples : *Les asset managers des grandes banques*

peuvent prendre un peu plus de risques. Troisième-
ment les hedge funds, apparus dans les années
soixante-dix avec George Soros. Il s'agit d'investissements RISQUÉS, extrêmement LÈVERÉGÉS, interdits aux particuliers. *Je vais t'expliquer dans quelques
minutes ce que veut dire ce terme, lèverégé.* Seul quelqu'un D'AVERTI est autorisé à placer son argent dans
un hedge fund. Qu'est-ce que c'est que quelqu'un
d'averti ? *C'est là que la loi est un peu souple. Moi
par exemple je vais être quelqu'un d'averti. J'ai un
DIPLÔME et je TRAVAILLE dans la FINANCE depuis
dix ans.* David Pinkus a le droit d'investir dans un
hedge fund. Il est censé savoir que son investissement
est dangereux. On lui fait signer un papier comme quoi
il a compris qu'il peut tout perdre. Le hedge fund il va
aller très fort avec son truc. Il part pour faire 100 % par
an. Et s'il part pour faire 100 % par an cela veut dire
qu'un jour il peut tout perdre : il n'y a pas de magie.
Le hedge fund va lui dire : « Je vais faire du très gros »,
il va lui dire : « Du très risqué », il va lui dire : « Je vais
prendre de gros paris », il va lui préciser : « Je vais
les twister de façon que si ça marche ça te fasse
le carton. » Et donc voilà : il met ou il met pas.
Historiquement, les premiers à avoir investi dans les
hedge funds et contribué à leur émergence étaient ce
qu'on appelle les FAMILY OFFICES, les particuliers
fortunés, Bernard Arnault, Albert Frères, les Agnelli,
qui ont lancé Louis Bacon, une grande figure de la
finance, le créateur de Moore Capital, un énorme
fonds. Ces family offices vont être assis sur un, deux,
trois milliards de dollars, et ils vont confier quelques
centaines de millions de dollars à des jeunes qui
débutent. Et ces mecs-là, propulsés par les family
offices, ont décollé dans les années quatre-vingt avec

l'apparition des PRODUITS DÉRIVÉS, et donc des capacités de LEVERAGE, et donc des capacités de SHORTER. *Car*, me dit David Pinkus, *qu'est-ce qui distingue un hegde fund d'un fonds classique ? Comme il peut prendre beaucoup de risques il est autorisé à utiliser tous les produits disponibles sur le marché, notamment les produits dérivés – il en existe ÉNOR-MÉMENT.* Qu'est-ce qu'un produit dérivé ? C'est ce qui donne le RISQUE et le RETURN. Avant, la seule chose qu'on pouvait faire, c'était acheter une action et la revendre un peu plus tard. Le seul risque qu'on pouvait prendre c'était en termes de pondération, pla-cer une partie importante de son capital sur un seul titre, *Alors qu'avec les produits dérivés on peut prendre des risques vraiment ÉNORMES.* Mais alors : qu'est-ce que c'est qu'un produit dérivé ? C'est une OPTION. David Pinkus me demande si je sais ce qu'est une option. – *Non. À part le GPS des voitures.* Ce trait d'esprit un peu facile le fait sourire : *Rien à voir. Je vais t'expliquer.* Il précise que c'est facile à comprendre, même pour un littéraire, et qu'il suffit d'écouter. On va dire qu'un titre vaut 25. *D'accord ?* me demande-t-il. Il ne cesse de me sourire, de s'assurer que je comprends ce qu'il raconte, je sens qu'il ralentit à dessein le débit naturellement précipité de son intel-ligence. Je frappe à sa porte de trader et je lui dis : « Putain, David, j'aimerais bien acheter cette action à 50 entre maintenant et la fin de l'année. Je veux pou-voir l'acheter à 50 QUAND JE VEUX cette année. » Et le titre il vaut 25. « Combien ça va me coûter David ce droit de pouvoir t'acheter cette action à 50 quand je veux cette année ? » C'est une sorte d'assurance. Ça se PRICE. Ça se CALCULE. Ce sont des calculs de PROBA. David Pinkus va devoir se livrer à un certain nombre de calculs complexes. Il se dit : « Quelle est la CHANCE que ce truc passe au-dessus de 50 » et il calcule. Il se dit : « Quelle est la CHANCE que ce truc aille à 70 » et il calcule. Il se dit : « Quelle est la CHANCE que ce truc dépasse 80 » et il calcule. Et il me vend pour 3 euros le droit de lui acheter à 50, n'importe quand dans l'année, une action qui vaut 25 aujourd'hui. Et alors il me demande : « Éric. Pour combien d'actions tu veux en faire ? » et je lui dis : « Pour 500 000 ACTIONS » et il me répond : « Alors ça va te coûter 1 million 5. » Je lui donne AUJOUR-D'HUI 1 million 5 et il devra me livrer 500 000 titres à 50 n'importe quand dans l'année. *C'est simple non ?* me dit-il avec un regard malicieux. *Alors écoute la suite.* Il me demande d'imaginer ce qui se passe pour moi si le titre dépasse la barre des 50 et se met à valoir 70. Combien j'ai gagné si je lui achète à 50 un titre qui valait 25 au moment où j'ai acquis l'option et qui vaut maintenant 70. – *Beaucoup. 20 × 500 000 moins 1 million 5*, je lui dis avec une certaine fierté. Il a l'air étonné. – *Exactement*, me dit-il. *Tu as gagné 9 millions.* Il m'invite à examiner ce résultat en me faisant observer que la valeur du titre, en passant de 25 à 70, a été multipliée par presque trois. Le titre a fait fois 3. Si j'avais acheté ce titre à 25 et si je l'avais revendu à 70, j'aurais multiplié mon investissement par trois. Mais là j'ai mis 1 million 5 et je récupère 9 millions : j'ai fait fois 6 au lieu de fois 3 : *On dit alors que tu as eu un LEVERAGE de 2. Car, cher ami*, me dit-il, *si tu avais voulu acheter 500 000 actions à 25, ça t'aurait coûté DOUUUUUZE MILLIONS ! Tu aurais dû sortir DOUUUUUZE MILLIONS ! Tu n'as sorti qu'UN MILLION CINQ au lieu de DOUUUUUZE MIL-LIONS !* Le mot douze s'est étiré dans l'atmosphère

309

comme une longue note de flûte. Moi, Éric Reinhardt, héritier fortuné, spéculateur exaucé, j'ai eu tout l'upside pour un million cinq de cash ! En réalité je n'ai jamais payé les actions : *Je les ai portées pour toi en quelque sorte…* me dit David Pinkus. Avec ce système j'ai bénéficié du même move mais je n'ai mis qu'une partie de l'argent au départ. *C'est ça le leverage. Tu t'es lèverégé. Avec seulement UN MILLION CINQ tu as eu de l'EXPOSITION sur VINGT-CINQ millions d'une action. Et un hedge fund c'est ça qu'il fait, il est autorisé à s'exposer sur beaucoup plus que l'argent qu'il possède.* J'apprends alors que les produits dérivés, ça se fait À LA HAUSSE, ça se fait À LA BAISSE, *Il existe des trucs de FOUS FURIEUX, tu peux décliner À L'INFINI et imaginer N'IMPORTE QUOI !* s'exclame David Pinkus que cette panoplie d'outils spéculatifs a l'air de rendre heureux. Par exemple je me réveille un matin avec l'envie ardente de gagner énormément d'argent. Beaucoup plus en tout cas que sur le trade précédent. Je frappe alors à la porte de David Pinkus et je lui dis : « David, écoute, je voudrais pouvoir t'acheter à 50, entre maintenant et la fin de l'année, une action qui vaut 25 aujourd'hui. Mais je te rends tout l'upside à partir de 70. À combien tu me le fais ? » En d'autres termes : si le prix de l'action se situe entre 50 et 70, je gagne, mais s'il dépasse la barre des 70, je perds. *Quel est l'intérêt pour moi ?* dis-je à David Pinkus. Il me répond qu'au lieu de me vendre cette option à 3 euros il me la vend à 1 euro 50. Et si ça reste entre 50 et 70, si le cours de l'action s'arrête à 69, *C'est le méga-JACKPOT, c'est du DÉLIRE, c'est FANTASTIQUE ! La dernière fois, combien on avait dit, on avait gagné combien, tu avais fait fois 6 la dernière fois. Tu avais gagné 9 millions. À* présent, avec un investissement de départ de 750 mille au lieu d'1 million 5, tu ne fais plus fois 6, tu fais fois DOUUUUUUZE ! Tu gagnes à présent NEUF MILLIONS en n'ayant mis au départ que 750 mille ! Tu fais fois DOUUUUUUZE alors que le titre n'a fait que fois 3 ! On dit dans ce cas que j'ai été extrêmement LÈVERÉGÉ : le titre a fait fois 3 et moi j'ai fait fois 12 : leverage de 4. En revanche, si le titre ne va pas à 50 mais s'arrête à 49, combien j'ai gagné ? Zéro. J'ai même perdu 750 mille. En résumé, si l'action fait fois 2, de 25 à 50 : je perds tout, et si elle fait fois 3, de 25 à 70 : je multiplie mon investissement par 12. Et ce genre d'opération je peux le faire sur un milliard, *Tu peux mettre UN MILLIARD sur une opération telle que celle-ci ! Et si ça marche ! C'est DOUUUUUUZE MILLIAAAAAAARDS dans ta TIRELIRE ! Tu te retrouves avec DOUUUUUUZE MILLIAAAAAAARDS dans ta TIRELIRE !* Cet exemple, mesdames messieurs, c'était pour vous donner le concept essentiel du LEVERAGE. On comprend mieux pourquoi c'est interdit aux particuliers, aux mutual funds et aux fonds de pension. GROSSO MODO : soit je fais fois 12 soit je perds tout. Autre façon de se lèveréger et de prendre du risque : emprunter de l'argent. Il existe un certain nombre de personnes qui seront ravies de me prêter de l'argent. Je suis un hedge fund et j'ai deux cents millions d'euros confiés par des investisseurs : *Assez classique. Deux cents. Trois cents.* J'ai une banque et j'ai le droit d'être à découvert. *C'est ça le gros secret*, me dit David Pinkus. *En plus.* C'est-à-dire que j'achète pour 1 milliard d'actions alors que je n'ai que 200 millions au départ. Ma banque me prête 800 millions. Je lui dois de l'argent. Ce n'est pas un problème. J'ai donc

200 millions qui m'ont été confiés par des investisseurs, qui prennent le risque, *QUI PRENNENT LE RISQUE*, me répète avec insistance David Pinkus, et à qui je dis : « Si tu perds tu perds tout », et moi je joue en réalité sur un milliard. La banque ne prend aucun risque car j'ai des ratios à respecter : si je commence à perdre elle récupère son argent. La banque vérifie que si elle vend les actions que je possède elle peut récupérer son argent. Si je suis à 30 ou 40 % du niveau où elle risquerait de ne pas pouvoir récupérer son argent elle me fait vendre les actions. *La banque peut vérifier au jour le jour ?...* dis-je à David Pinkus. Celui-ci ouvre de grands yeux : *Non ! Pas au jour le jour ! À LA MINUTE !* – Et s'ils s'aperçoivent... – *S'ils s'aperçoivent que je commence à perdre ? Coup de fil. Tout de suite. Immédiatement. Ils reprennent leur pognon. Il faut vendre.* Les mots vont vite. Ils ont l'air d'être aspirés par un énorme ventilateur mental, funeste, disposé à l'horizon de la spéculation. David Pinkus traduit de cette manière la tragédie du trader en chute libre, l'urgence incandescente à laquelle il se trouve acculé par le système qui se retourne contre lui. Donc, mesdames messieurs, écoutez bien, exemple classique, je vous fais le truc dans les deux sens, hedge fund de 200 millions, leverage de 5, GROS LEVERAGE, j'emprunte 800, je joue sur 1 milliard, j'achète pour 1 milliard d'un titre, imaginons que celui-ci fasse 20 %, j'avais 200 millions, je gagne 200 millions : je fais 100 %. Pourquoi ? Performance de 20 %, fois 5 de leverage : 100 %. Inversement, hedge fund de 200 millions, leverage de 5, j'emprunte 800, je joue sur 1 milliard, j'achète pour 1 milliard d'un titre, imaginons que celui-ci perde 20 %, j'avais 200 millions, je perds 200 millions : je perds l'intégralité de ma mise de

départ : 100 %. La banque, si je commence à perdre, si elle voit qu'il ne me reste que 820 millions, *Et même ça commence plus haut, elle commence à te taper dessus à 880 millions, elle t'appelle et elle te dit* (le ton de David Pinkus est solennel) *:* « *Faut vendre.* » *Pourquoi ?* Même ton grave : « *Parce que bientôt tu vas plus pouvoir me rembourser.* » *La banque ne te laisse* JAMAIS PASSER *sous 800 millions. Elle sait combien tu lui dois. Ben bien sûr... Ils sont pas cons... Elle sait à peu près le temps qu'il faut pour que tu sortes de ton truc. Et donc quand tu arrives à 800 tu rends 800 à la banque et tu te tournes vers tes investisseurs. Et combien il leur reste ?* me demande David Pinkus. Niet. Zéro. Ils ont perdu. Donc, leverage de 5, si ça perd 20 %, je perds 100 %, si ça gagne 20 %, je gagne 100 %. C'est ça le leverage. Voilà ce que font les hedge funds. C'est ça le secret des hedge funds. Non seulement je peux aller sur des actifs risqués mais je peux multiplier le risque via l'emprunt. *C'est le gros concept du hedge fund. Maintenant*, ajoute David Pinkus, *qu'est-ce que ça veut dire que* HEDGER *? Ça va te faire rire.* Hedge : PROTECTION. Se hedger : se PROTÉGER. Et pourquoi ça s'appelle PROTECTION ? C'est qu'au départ, les produits dérivés, ils ont été inventés pour PROTÉGER les gens. Non pas pour prendre des risques mais pour se protéger. Par exemple une action vaut 25, je pense qu'elle va aller à 50, j'aimerais bien l'acheter mais j'ai un peu peur. J'aimerais bien de l'exposition sur 20 millions d'euros mais j'ai un peu peur. Je suis prêt à payer 1 million mais pas à prendre le risque de porter 20 millions. Alors les mecs sont venus et ils m'ont dit : « T'inquiète pas Éric. Je te le fais à 1 million. Mais par contre tu n'auras que l'upside au-dessus de 50 », pour reprendre l'exemple de tout à l'heure. *C'était présenté comme ça au départ. C'était plus SECURE. Idem pour les futures. – Les futures ? Pardon. J'ignore ce que sont les futures*, dis-je à David Pinkus. Il déguste à petites gorgées un thé brûlant que sa femme lui a servi. Il me répète régulièrement qu'il a la fièvre. Des gouttes de sueur coulent sur ses tempes. Je regarde ses cuisses de temps à autre, massives, charnelles, abondamment poilues. Il est étrange de l'écouter parler cuisses nues de quelque chose d'aussi abstrait que la finance, vêtu d'une chemisette de tennisman. – *Les futures ? C'est un autre produit dérivé. C'est un ÉNORME produit dérivé. C'est le PREMIER produit dérivé. C'est le plus GROS produit dérivé. C'est absolument GIGANTESQUE le marché des futures. LA MOITIÉ DU MONDE TOURNE EN FUTURES !* Ce sont des marchés de transaction à terme : on réalise des transactions qui ne se règlent qu'à une certaine date, *Par exemple QUATERLY, tous les trimestres.* Cher public génois, amis cosmopolites, je vous vends aujourd'hui 5 000 pétroles et vous ne me payez que fin avril. Ou alors vous, madame, blonde, au deuxième rang, avec le tailleur crème, je vous achète aujourd'hui 40 000 tonnes de blé mais je ne vous paie que début mars. Alors, me direz-vous, qui a inventé ça et pourquoi ? C'est sur les marchés HARD COMMO, blé, sucre, café, pétrole, qu'on a commencé à développer les futures. Ces transactions à terme permettaient aux producteurs de blé, de sucre, de café, de LOCKER les prix un an à l'avance et de se PROTÉGER d'un effondrement des cours. « Je te vends 500 000 barils à tel prix. SETTLEMENT : mars. » Et si le cours s'effondre avant la date de règlement, mars en l'occurrence, comme j'ai bloqué mon prix et que ce prix me convient, je suis épargné. Je me protège des petits malins, moi producteur de blé ou de pétrole, qui vont parier sur le prix du blé ou du pétrole : je n'ai pas envie de parier sur les cours de ma production mais de la vendre au prix qui me convient. *C'était donc à l'origine pour HEDGER les producteurs, les PROTÉGER, qu'ont été inventées les futures*, me dit David Pinkus. Il y en a même qui vendent leur production un an, deux ans, trois ans à l'avance. En disant : « Moi ce prix-là me convient très bien. Moi je gagne bien ma vie avec ce prix-là. Alors je vends à ce prix-là pour les trois années à venir. Tant pis si les cours montent. En revanche je serai protégé si les cours baissent. » Les futures, on l'aura compris, permettent à certaines personnes de se PROTÉGER et à d'autres de SPÉCULER. *C'est un super-outil de spéculation*, me dit David Pinkus. *Il y a eu beaucoup de gens qui ont commencé à le faire... parce qu'en fait c'était facile... il suffit juste d'avoir un peu d'argent en banque... Et c'est la première fois qu'on a inventé avec les futures quelque chose qui gagne à la descente.* Quelque chose qui gagne à la descente ? C'est la première fois qu'on a inventé avec les futures quelque chose qui gagne à la descente ? Il va falloir qu'il m'explique ça David Pinkus ! IL VA FALLOIR QU'IL ME RACONTE COMMENT ON GAGNE À LA DESCENTE ! IL VA FALLOIR QU'IL M'INTRODUISE DANS SON UNIVERS À LA LOGIQUE CULBUTÉE ! Il avale une gorgée de thé brûlant et me regarde dans les yeux avec son vif regard ardoise : *Typiquement je te vends quelque chose à 70 en juillet et tu me règles fin septembre. Et je te livre naturellement fin septembre. Ce quelque chose, comme tu peux l'imaginer aisément, je ne l'ai pas. Si je te vends 500 000 barils à 70, tu*

315

t'imagines bien que je n'ai pas 500 000 barils dans mon bureau! Simplement, juste avant le SETTLE-MENT, je devrai acheter 500 000 barils à quelqu'un d'autre sur le marché. Tu me suis? – Oui, c'est bon, je te suis, je lui dis. *– En août, bim! le truc s'effondre! À trois semaines de l'échéance le baril ne vaut plus que 40! Et donc j'achète à quelqu'un d'autre à 40, settle-ment fin septembre, quelque chose que je t'ai vendu à 70! Car je les ai jamais eus les barils! Je les ai jamais eus! Et donc sur ce coup je gagne 30 dollars par baril! Fin septembre, tu me paies 500 000 barils fois 70 dollars. Et moi je verse 500 000 barils fois 40 dol-lars à la personne à qui je les ai achetés pour pouvoir honorer notre contrat. J'ai gagné sur ce coup-là 150 millions de dollars! Donc j'ai gagné à la des-cente! Donc pour la première fois les gens pouvaient prendre des paris sur la direction des trucs sans jamais les posséder!* David Pinkus me déclare qu'il fait ça tous les jours : *Tous les jours je vends et j'achète des quantités ahurissantes de pétrole!* Il m'explique que son objectif est d'avoir réglé tous ses contrats d'ici à fin septembre. À deux jours de l'échéance, il rachète ce qu'il a vendu et revend ce qu'il a acheté de telle sorte qu'il a vendu autant qu'il a acheté. Car celui qui finit avec une position nette ven-deur, *Typiquement, s'il a vendu, il doit livrer. Si tu restes net vendeur à la fin, arrive le jour où tu dois livrer. Et là t'es vraiment mal!* Car il faut livrer des bateaux… Il faut livrer 500 000 barils… C'est ce qui explique que 80 % des acteurs du marché se dépêchent de remettre leurs compteurs à zéro juste avant la date de SETTLEMENT, afin de ne jamais toucher le PHY-SIQUE et de rester toujours dans les FUTURES. La hantise de David Pinkus est de devoir se faire livrer du pétrole. Car s'il n'est pas parvenu à retomber sur ses pieds avant la date de settlement, IL Y A UN MEC QUI VA VENIR LUI LIVRER RÉELLEMENT DU PÉTROLE ! C'est du physique, c'est compliqué, il faut trouver un port, un lieu de stockage, se débrouiller pour écouler 500 000 barils… Si ça lui arrive, comme il travaille dans une GROSSE BOÎTE, *Elle a de toute façon des trucs qui tournent, des bateaux, des machins, des trucs, ils s'en occupent pour moi. Mais ils se font livrer du pétrole quelque part. C'est une partie des choses que je ne vois pas.* Dans les années quatre-vingt arrivent donc les OPTIONS, arrivent donc les FUTURES, lesquelles se développent à une vitesse ESTOMAQUANTE – dans un premier temps sur les COMMODITIES et dans un deuxième temps sur les INDICES. *Car tu peux vendre ou acheter du CAC !* me dit David Pinkus. *Ça aussi c'est un truc de malade ! On peut s'échanger du CAC tous les deux ! On peut s'échanger n'importe quoi qui ait une cote ! – Tout ce qui fluctue,* dis-je à David Pinkus pour lui montrer que j'ai compris. *– Tout à fait. Tout ce qui fluctue. Tu as des CONTRATS sur TOUT ! Tu as des FUTURES sur TOUT ! Et là aussi tu te rends compte que le contrat FUTURES te permet de faire… du LEVERAGE ! Là aussi ça recommence !* Sans doute pour mettre en évidence la perfection de la figure qu'il me décrit, son drapé harmonieux, le caractère enchanteur de son principe, sa phrase était chantée, féerique. *Comme tu dois pas sortir le cash, tu peux évidemment jouer sur un peu plus que ce que tu as. Les mecs t'autorisent à jouer sur un peu plus que ce que tu as. Ça dépend des exchanges. Mais si tu as 100 sur ton compte ils t'autorisent à acheter pour 200 de contrats. Et ça, les futures, c'est GIIIIIIIIIGANNNNNTESQUE !*

C'est GIIIIIIIIIGANNNNNTESQUE! ce sont des MILLIAAAAAAARDS tous les jours! Le mot *milliard*, j'aurais dû chronométrer, a duré une dizaine de secondes : David Pinkus n'avait plus d'air dans ses poumons pour ajouter le moindre mot. Il reprend son souffle : *Car ça arrange tout le monde. Car ça permet de s'échanger des trucs sans se les échanger en fait. On fait juste attention d'être SQUARE à la fin du trimestre.*

Sa femme nous a interrompus pour nous dire qu'elle sortait. David Pinkus lui demande si elle ne pourrait pas lui rapporter quelque chose à manger, *A cheeseburger or something, I don't know, I'm hungry, I don't feel well, I think I should...* lui dit-il, *Do you want an aspirine or something?* lui demande-t-elle, *No, thank you, I've already...* et sa femme s'approche de moi pour me saluer, *It was a great pleasure! good luck for your book! success! money! celebrity! Hollywood! I hope you'll sell the rights to Spielberg!* et elle s'éclipse à reculons en secouant la main. – *Tu veux qu'on fasse une petite pause?* je demande à David Pinkus. – *Non, c'est bon, ça va, ça va aller, on continue*, me dit-il en s'épongeant le front avec le napperon de la théière. On a compris les OPTIONS, on a compris les FUTURES, on a compris le LEVERAGE – options, futures, leverage, c'est le cœur des hedge funds. Dernière chose : comment SHORTER une action. Car moi, Éric Reinhardt, patron de hedge fund, je veux gagner à la baisse. Comment faire? Qu'est-ce que je fais pour shorter une action? Il y a des gens qui sont assis sur des actions France Télécom, notamment les fonds de pension, je vais les voir et je frappe à leur porte : « Excuse-moi, je vois que tu as un paquet d'actions France Télécom dans ton tiroir, est-ce que je peux te les emprunter ? Je te les achète pas, je te les emprunte, tu peux me les demander quand tu veux. » Puis : « Ça me coûte combien de t'emprunter pour 10 millions de dollars d'actions France Télécom ? » Alors le mec il dit : « Ben voilà, c'est quand même dix millions de dollars, donc ça vaut 5 % par an. En plus c'est un peu mieux que 10 millions de dollars, c'est 10 millions de dollars d'actions France Télécom, donc je te fais 5 % plus 1 %. » Je ne suis jamais propriétaire des actions. Si le mec en a besoin pour les vendre je dois les lui rendre. C'est comme un sucrier avec dix sucres, il m'a prêté le sucrier, je dois lui rendre le sucrier et les dix sucres – indépendamment de la valeur des sucres. Si je lui ai emprunté dix actions France Télécom pour une somme de X euros, je ne dois pas lui rendre pour X euros d'actions France Télécom mais 10 actions France Télécom. Et je lui paye une redevance de 5 ou 6 % sur la valeur nominale de chaque action au moment où l'on passe le contrat. *Bon, tu as donc des actions France Télécom*, me dit David Pinkus, lequel, électrisé par la perspective du profit, se frappe les mains avec une volubilité enfantine : *qu'est-ce que tu vas en faire ?* Je le regarde sans entrevoir la réponse. – *Euh, je sais pas,* je lui confesse. – *Mais tu les vends ! Tu peux les vendre ! C'est fantastique ! Tu les rachèteras si le prêteur te les réclame ! Ça s'achète n'importe quand 1 000 actions France Télécom ! Ça prend deux s'condes ! Donc, toi, qu'est-ce que tu fais, BIM ! TU LES VENDS !* Doucereux (sa phrase dessine une sorte de délicieuse sinusoïde quand elle sort de ses lèvres) : *Et si ça descend... tu les rachètes...* Et il répète sa phrase tant il semble en apprécier la substance : *Et si ça descend… tu les rachètes…* Il a eu l'air de me délivrer un grand secret, une énorme astuce, il a emprunté pour cela, approchant son visage du mien par-dessus la table basse, un ton confidentiel : *Et si ça descend – tu les rachètes…* Je le regarde émerveillé. Ce type est un artiste. Un musicien. Il a la grâce. *Donc toi ta position en tant que hedge fund : tu es emprunteur d'actions France Télécom d'un côté et vendeur d'actions France Télécom de l'autre : tu es SHORT d'une action : tu as vendu quelque chose que tu ne POSSÈDES pas.* Moi, Éric Reinhardt, ma position nette, elle est de zéro sur l'action : je les avais, je les ai vendues. Et si le prix s'effondre, je les rachète – et je les rends. *Short. Short d'une action. Gagner à la baisse. Moi il y a des moments où je ne suis que short. Je vends, je vends, je vends, je vends.* Pour comprendre ce que m'explique David Pinkus, je m'imagine avec son aide la chose suivante : j'ai emprunté puis vendu sur le marché 1 000 actions qui coûtaient 100 : cette opération me rapporte 100 000 euros. Si l'action perd 30 %, elle ne vaut plus que 70, je rachète sur le marché les 1 000 actions, cela me coûte 70 000 euros, je rends les 1 000 actions à mon prêteur et réalise ainsi un bénéfice de 30 000 euros : 100 000 moins 70 000. J'ai gagné à la baisse. – *Et si ça monte ?* dis-je à David Pinkus. – *Là t'es mal ! C'est la raison pour laquelle c'est interdit aux particuliers. C'est beaucoup plus risqué d'être SHORT que d'être LONG. – Et pourquoi c'est plus risqué ? – Car c'est asymétrique.* Il me demande d'examiner un autre exemple. Je shorte quelque chose à 10. C'est-à-dire que j'ai emprunté puis revendu sur le marché une action qui vaut 10. Si l'entreprise s'écroule, si ça part à zéro, j'ai gagné combien? J'ai gagné 10. Mais si ça part à 50, si l'action a fait fois 5, j'ai perdu combien? J'ai perdu 50. D'un côté j'ai gagné 10, et c'est le maximum que je pouvais réaliser sur cette opération, et de l'autre j'ai perdu 50, et les pertes sont potentiellement infinies, car si l'action fait fois 6, je perds 60, si elle fait fois 8, je perds 80, si elle fait fois 10, je perds 100. 10 maxi pour le gain, 40, 50, 60 ou 70 pour la perte potentielle. *C'est asymétrique : c'est là qu'est le risque. Apple par exemple. Apple avec l'iPod. L'action d'Apple a été multipliée par 5 en deux ans. T'es short d'Apple*, me dit David Pinkus, *tu perds 500 % ! Donc tout ça pour t'expliquer le principe du short. Voilà pourquoi c'est risqué le short. Par contre, ça te permet, donc je suis long France Télécom, mais je suis short Deutsche Telekom : un autre type de pari : le LONG/SHORT.* Le LONG/SHORT : une grande catégorie de hedge funds. *Donc typiquement, autre type de stratégie, je suis long France Télécom, je suis short Deutsche Telekom, tu vois bien que je suis protégé. Mon seul pari c'est de dire que France Télécom est MIEUX que Deutsche Telekom.* Ça y est. Je suis largué. Je ne comprends strictement rien. Mon avenir de trader se fracasse sur le concept du LONG/SHORT. J'interromps David Pinkus : *L'objectif, si j'ai bien compris, c'est de gagner le maximum d'argent, et là tu me décris une stratégie, comment dire, de prudence. Car tu gagnes moins, j'imagine, en montant ce type de combinaison... – Tu as raison. Il m'arrive de perdre 20 % sur mes shorts. – Donc vous vous bétonnez aussi. – Ce sont des outils qui te permettent de prendre des risques mais aussi de les diminuer. Tous ces outils dérivés, et ces outils de short, te permettent de te protéger et de multiplier ton risque : deux facettes : c'est ça le secret.*

Mais tu as différents types de hedge funds, plus ou moins risqués, plus ou moins spécialisés. Tu as des hedge funds plutôt sages. Tu as des mecs très très hédgés, très très carefull, leverage de 1 ou 2 (il prononce ce *1 ou 2* du bout des lèvres avec une sorte de dégoût raffiné) : *ils parient sur 2 fois plus. Ils vont te dire : « Je vais te faire du 12 % QUOI QU'IL ARRIVE » avec des stratégies qui consistent à détecter de minuscules anomalies, à chercher une télécom qui est vraiment moins chère qu'une autre – ils vont construire des trucs très fins. Tu as des hedge funds très agressifs, lèverégés sept ou huit fois. Tu peux avoir un investisseur, de type Bernard Arnault, qui va te dire : « Alors voilà. J'ai mis plusieurs millions chez deux hedge funds plutôt secure, calmes, hédgés, qui font du 12 %. Et j'aimerais bien placer une partie de mon portefeuille sur un truc un peu »* et là David Pinkus se frappe les mains l'une contre l'autre, tap-tap-tap, sous-entendu : « Sur un truc viril, sur un truc qui a des couilles. » *Donc à Londres tu as des hedge funds, comme PLUTUS par exemple, leur call c'est de dire aux investisseurs : « On prend des risques de MAMMOUTH ! », « On est lèverégés SEPT FOIS ! », « Chez nous ça va SWINGER ! » Il y a un appétit pour ça. Si tu as 100 millions de dollars, tu vas mettre cinquante secure, tu vas mettre quarante dans les hedge funds, sur ces quarante tu vas mettre 30 plutôt SAFE et les dix qui restent tu vas avoir envie de prendre un MÉGA-RISQUE : tu vas les mettre chez PLUTUS. Il te vend autre chose. Quand il croit à un truc il y va à fond. Tu as aujourd'hui des centaines et des centaines de hedge funds à travers le monde, principalement à Londres et à New York, mais aussi depuis peu en Asie – et les hedge funds vont être*

autorisés en France à partir de 2005. Ça s'est telle-
ment développé que tout le monde a voulu investir
dans les hedges funds. Crédit Agricole Asset Manage-
ment va mettre dans les hedge funds. Société Générale
Asset Management va mettre dans les hedge funds. Un
peu. Quand tu investis chez eux ils n'ont pas le droit
de SHORTER mais ils ont le droit d'investir dans des
hedge funds, ils le font sur 10 % de leurs portefeuilles
– donc toi indirectement tu as de l'argent dans un
hedge fund.

La femme de David Pinkus revient accompagnée de
trois personnes, deux garçons et une fille, avec à la
main un énorme cheeseburger emballé dans du carton.
You're still there! s'étonne-t-elle en me voyant. *My*
god! you've not finished?! La longueur de l'entretien
la méduse et je la vois qui disparaît dans la cuisine avec
ses trois amis tandis que David Pinkus entame son
cheeseburger avec férocité : il en a déjà avalé la moitié
quand je me tourne vers lui après avoir déclaré à sa
femme : *Yes. Still there. Very interesting! I think I am*
going to write a best-seller! et c'est la bouche luisante,
emplie de steak et de fromage, que David Pinkus
m'informe que le jeune homme que j'ai vu, *Lequel?* je
lui demande, *Le plus petit des deux*, me répond-il, *Le*
plus petit, celui qui porte des Converse? dis-je à David
Pinkus, *Voilà, celui qui porte des Converse*, me
confirme-t-il en avalant un autre énorme morceau de
cheeseburger, *Eh bien?* dis-je à David Pinkus qui mastique son cheeseburger, *Eh bien tu vois, Vincent,*
trente-deux ans, français, il travaille à Londres dans
un hedge fund, il pourrait très bien t'en parler, il fait

ça toute la journée. David Pinkus s'essuie les lèvres avec une serviette en papier. *Il cartonne. Il est très fort. Il a gagné 5 dolls cette année. – 5 dolls ?* j'interroge David Pinkus. *Qu'est-ce que c'est 5 dolls ? – Oui, pardon, 5 millions de dollars. – 5 millions de dollars ? Tu veux dire qu'il a gagné... que sa rémunération personnelle... cette année... – A été de 5 millions de dollars. – Tu veux dire que son activité de trader lui a rapporté, à lui personnellement, 5 millions de dollars ?* Je suffoque. *– Tu as l'air étonné. – Si je suis étonné ? Tu me demandes si je suis étonné ?* Je n'ignorais pas que les traders gagnaient beaucoup d'argent. En revanche je n'avais pas imaginé qu'il s'agissait de sommes aussi faramineuses. À trente-deux ans. Des gens normaux. Je veux dire : pas des industriels. Je veux dire : pas des créateurs. Je veux dire : pas des génies. J'avais toujours imaginé qu'il fallait être exceptionnel pour gagner énormément d'argent : avoir une idée fabuleuse, anticiper une tendance lourde, inventer quelque chose d'incroyable, créer une marque, posséder des usines, des magasins, etc. Mais pas s'asseoir chaque matin, titulaire d'un diplôme prestigieux, devant un écran d'ordinateur. *– C'est la norme dans les hedge funds. Moi aussi j'ai gagné 5 millions de dollars cette année. Et ma femme également. Ça fait quatre ans qu'on gagne en moyenne 5 millions de dollars chacun.* J'aurais besoin d'une vodka. Ils ont gagné tous les deux en quatre ans quarante millions de dollars ! Ces deux jeunes gens charmants, doués mais ordinaires, sans génie particulier, semblables dans leur profil à tant de gens que je connais, ils font fructifier quarante millions de dollars ! David Pinkus : *Nets d'impôts cela va sans dire. – Nets d'impôts ? Pourquoi nets d'impôts ? – Les hedge funds sont off-shorés. Les* *sommes que les hedge funds font fructifier sont off-shorées. Moi par exemple c'est aux îles Caïmans. Je ne perçois qu'un petit fixe en salaire sur lequel je paie des impôts. L'énorme majorité de ces 5 dolls est nette d'impôts.* Je le regarde abasourdi. Ils ne paient pas d'impôts sur ces sommes monstrueuses ? Les milliardaires ne paient pas d'impôts sur les profits que leur font faire les hedge funds ? *Mais c'est rien ce qu'on gagne. Ton copain Steve Still, patron à New York d'un hedge fund de taille moyenne, il gagne en moyenne 60 dolls par an. Les patrons de hedge funds à New York ils gagnent facilement 150, 200, 350 dolls par an. Nous on n'est que des exécutants. Si on gagne 5 dolls par an, ce qui est négligeable par rapport aux sommes proprement colossales qui sont brassées, c'est que nos patrons et les investisseurs gagnent beaucoup plus ! Beaucoup beaucoup plus ! – Mais pourquoi vous continuez à travailler ? Vous pourriez vous la couler douce ! Et réaliser vos rêves les plus fous !* Je sens à son regard ardoise qui se rétracte que je viens de dire une énorme connerie : un commentaire de loser. Je le soupçonne de regretter les trois heures qu'il vient de consacrer à un individu si angélique qui finalement n'a rien compris. Tout ça pour en arriver là ? À ce commentaire imbécile ? Je rougis. Je me sens en cet instant comme un loser misérable. *Ben oui… Je sais pas… c'est quand même beaucoup tout cet argent pour un jeune couple…* Il me faudra d'autres rencontres avec des financiers pour enregistrer la chose suivante, *qui est la vérité fondamentale de ce milieu, qui est la vérité fondamentale de la finance internationale et donc du monde tel qu'il se consolide* : 1/ il existe toujours quelqu'un qui gagne plus d'argent que toi, 2/ les gains des autres relativisent l'ampleur des tiens, 3/ dès lors ton objectif exclusif est de gagner toujours plus. – *C'est comme une drogue. C'est aussi un plaisir. C'est le sens de notre activité. Tu sais que tu peux gagner davantage. Alors tu vas essayer de gagner davantage. Surtout quand tu vis au milieu de gens, amis, collègues, connaissances, surtout à Londres, qui gagnent dix fois plus que toi... En fait on ne fréquente que des gens de la finance. Et d'une certaine manière on ne peut plus faire autrement... – C'est-à-dire ? – Ben quand on part en vacances on loue un jet privé à trois couples et un palais avec vue sur la mer, domestiques, cuisiniers, femmes de chambre, etc. Mes copains qui sont restés dans l'industrie, qui imaginent des échangeurs routiers, ils ne peuvent pas suivre. – Je le conçois facilement...* dis-je à David Pinkus. – *Les inviter, financer leurs vacances, je l'ai fait plusieurs fois, je ne sais pas, c'est un peu gênant en fait.* Moi David Pinkus il peut m'inviter quand il le souhaite à passer dix jours dans le plus grand palace de New York : coke, argent de poche, fêtes sublimes, costumes Dior, limousine avec chauffeur, compte ouvert dans les plus grands restaurants : j'accepte. C'est quand tu veux David Pinkus ! Fais-toi mécène et propulse un peu de merveilleux dans l'existence carcérale de l'écrivain ! J'ai envie de lui dire quelle est la somme que j'ai déclarée en 2004 sur le formulaire des impôts (car moi je paie des impôts !) : 50 000 euros. Ce qui, dans mon milieu, n'est pas rien. Je suis même fier d'être parvenu à engranger une telle somme (pour moi c'est proprement miraculeux) en écrivant un roman et en concevant des livres d'art en free-lance. *Je vais te dire un truc*, me confie David Pinkus. *Il faut être con pour travailler dans l'entreprise. Et le bug du système il est là. Je suis sérieux. Quelque chose ne va pas. Quelque chose ne fonctionne pas. Et je vais même te dire on va droit dans le mur. Moi j'en profite tant que je peux. Je suis dans une sorte de schizophrénie : je condamne ce système en même temps que j'en profite : je m'y suis infiltré et je l'exploite.* Je regarde avec curiosité David Pinkus qui décidément m'intéresse : *Qu'est-ce que tu veux dire par là ? – Je veux dire par là. Quand tu sors d'une école prestigieuse tu as le choix entre d'un côté t'investir dans l'entreprise et de l'autre aux abords de l'entreprise. Soit tu es dedans soit tu es dehors. Soit tu la sers de l'intérieur soit tu la sers de l'extérieur. Mes copains qui la servent de l'intérieur, qui sont ingénieurs, qui conçoivent des ponts, des tunnels, des viaducs, des aéroports, ils gagnent des clopinettes. Vraiment : un sacerdoce qui les passionne mais qui absorbe énormément de temps, d'énergie, de compétences, de matière grise. Idem pour les DRH, les directeurs financiers, les filles de la com. Moi aussi je travaille pour l'entreprise. Mais je travaille de l'extérieur. Je suis du côté du capital et non pas de l'outil de production. Eh bien aujourd'hui, quand tu sors d'une grande école d'ingénieurs par exemple, il y a quelque chose de pernicieux à avoir intérêt à servir l'entreprise de l'extérieur. Il est là le bug. Le travail n'est pas suffisamment rémunéré. Pourquoi j'irais me faire chier à travailler dix heures par jour dans une multinationale en gagnant à tout casser 200 000 euros par an alors que je gagne 5 dolls par an en spéculant sur les actions de cette même entreprise !* C'est lumineux ce que raconte David Pinkus. *– Et toi tu penses qu'on va droit dans le mur… – Aucun patron du CAC 40 n'est rémunéré comme je le suis. Il n'y a pas comme une anomalie ? Ça va faire mal le jour où ça va craquer.* Je dévisage David Pinkus : *Explique-moi ça. Vraiment ça* *m'intéresse. – Quand je m'isole dans cette logique, pour laquelle on m'emploie, pour laquelle je suis payé, la seule chose qui compte c'est de dégager le plus de profits possible. Les investisseurs s'inscrivent eux aussi dans cette logique exclusive. Exclusive. J'insiste sur ce point. S'il faut démembrer une entreprise pour augmenter les profits qu'on en retire : aucune hésitation : on fera en sorte, par tous les moyens dont nous disposons, de démembrer cette entreprise. Tout ce qui est inutile, superflu, dont on pourrait se dispenser (par exemple les trois cents postes que l'on conserve depuis des lustres pour se garantir la paix sociale), qui alourdit les coûts et amoindrit les résultats, en d'autres termes les dividendes : on éradique et on élague sans état d'âme. Nulle conscience politique. Nulle conscience du collectif. Nulle conscience de l'intérêt général. Nulle conscience du bien public. – Jamais jamais ? je demande à David Pinkus. – À aucun moment. On n'est pas là pour ça. Ce sont des notions qui n'existent plus. – Mais vous pourriez trouver, comment dire, une sorte de péréquation entre les profits réalisés et l'intérêt général... Une sorte de régulation délibérée dont l'objectif serait de contenter les différentes parties... – Je suis bien d'accord avec toi. Mais c'est du pur conte de fées ton aspiration à l'équilibre harmonieux. – J'adore les contes de fées... – Et c'est logique. C'est dans la logique du système. Si tu fais du tennis tu en respectes les règles (toutes stupides et arbitraires que certaines puissent te paraître) sinon tu ne joues pas et tu fais autre chose : tu joues au golf. – Ou j'écris des romans. – Ou tu conçois des viaducs. – Des aéroports. Des chorégraphies à l'Opéra. – Si tu t'engages dans cette logique du profit tu vas jusqu'au bout. Comme* l'écrivain qui se lance dans un roman : s'il est ambitieux il va jusqu'au bout. Et la logique du système c'est de supprimer ce qui n'est pas indispensable à la rentabilité maximale de l'entreprise. Si on peut produire moins cher en Chine et augmenter la marge et les profits : on délocalise. Quelles que puissent être les conséquences humaines, sociales, économiques, géographiques. Notre seul problème : le profit : le plus de profit possible. – Au moins tu es honnête. Tu le reconnais. – Non seulement je l'admets mais j'en identifie les vices, l'amoralité, la toxicité. Je vais te raconter une histoire. J'avais investi une somme considérable dans une entreprise multinationale hypercélèbre dont tout le monde connaît le nom. Et je jugeais que les performances financières de ladite entreprise n'étaient pas suffisantes. Le P-DG de la boîte en question (qui par ailleurs engrangeait des profits : il ne s'agissait pas d'une entreprise en difficulté) n'en faisait qu'à sa tête et refusait d'exécuter les mesures que nous préconisions : licenciements, restructuration, délocalisation partielle, cession d'activités, etc. Franchement exaspérant le mec ! Il t'aurait plu ! Il était dans la péréquation dont tu parlais tout à l'heure ! Il avait atteint l'équilibre harmonieux entre profits et exigences sociales ! En d'autres termes il jugeait que les performances financières de son groupe étaient amplement suffisantes pour éviter de semer la désolation autour de lui. Dans l'absolu il avait raison. Mais nous nous inscrivons dans une logique radicale. Qu'est-ce que j'ai fait ? J'ai téléphoné à des copains dans des hedge funds à Londres et à New York dont je savais qu'ils avaient misé beaucoup d'argent sur l'entreprise en question. En nous réunissant nous avons obtenu le débarquement du P-DG et la nomination d'un homme *à nous dont nous savions qu'il nous obéirait. Et il nous a obéi : licenciements, restructuration, délocalisation partielle, cession d'activités... – Et donc cela fonctionne de cette manière en réalité...* dis-je à David Pinkus. *Ce que les hommes politiques se gardent bien de nous révéler. Car ce serait reconnaître leur totale impuissance. Ni les financiers : pour vivre heureux vivons cachés. Ni les investisseurs : même constat. Ni les P-DG : ils ne veulent pas admettre qu'ils sont des hommes de paille au service des actionnaires. Résultat : tout le monde fait mine d'ignorer le désastre. – Tu as tout compris. C'est exactement ce qui se passe actuellement.* Je regarde David Pinkus, que le cheeseburger a affamé, se confectionner une omelette. Il m'est très sympathique. Il a cassé six œufs dans une poêle, déversé des déjections de Ketchup en tapant sur le cul du bocal, agrémenté la mixture d'une pluie de champignons, salé, remué l'ensemble à l'aide d'une vieille cuillère en bois. Il m'a ouvert une bière. Il se tient devant moi. La cuillère en bois a l'air d'une baguette magique : la baguette magique du financier qui fait disparaître dans le néant des constellations d'employés inutiles. *Le problème est qu'il est très facile, depuis quelques années, d'engranger des profits colossaux. Il y a dix ans, quand un type se mettait à parier des sommes énormes sur la Russie, et qu'il dégageait des profits considérables, tu pouvais dire OK, il a joué, il a gagné, tant mieux pour lui, il aurait pu finir sur la paille. Alors qu'aujourd'hui, si tu es prudent, si tu déconnes pas trop, si tu fais ton job correctement sans perdre la tête, tu les gagnes assez facilement ces 5 dolls, ces 10 dolls, ces 60 dolls ! Je te jure ! Et d'un côté tu as les gens qui s'enrichissent d'une manière éhontée, comme les traders, les investisseurs, les*

*actionnaires, et de l'autre tu as les gens qui gagnent
peu ou raisonnablement* [David Pinkus remue avec la
vieille cuillère en bois la mixture qui bouillonne], *les
cadres, les salariés, les classes moyennes, qui ont peur
de la précarité, du déclin, du chômage. Le monde se
divise en deux camps dont l'importance est inversement proportionnelle aux revenus individuels qu'ils
génèrent. Jamais l'écart de revenus n'a été aussi criant
entre ceux qui appartiennent à un camp et ceux qui
appartiennent à l'autre camp. Et ça va finir par se
savoir. Ça va finir par s'ébruiter. Ça va finir par se
répandre dans l'opinion. Pour le moment on parle
seulement des parachutes dorés et des stock-options de
certains dirigeants. Mais c'est l'arbre qui cache la
forêt! On va finir par se rendre compte que David
Pinkus gagne chaque année 5 millions de dollars. On
va finir par être informé que Steve Still, qui réside sur
Park Avenue au numéro 180, gagne 60 dolls par an.
On va finir par comprendre que Plutus, le hedge fund
de fous furieux que j'évoquais tout à l'heure, verse
chaque année aux particuliers qui leur ont confié une
certaine part de leur fortune des centaines de millions
de dollars. Le jour où ça va péter, le jour où une crise
plus aiguë qu'une autre va faire descendre dans la rue
des millions de salariés exaspérés issus des classes
moyennes, aigris, écœurés, désespérés, les premiers à
qui ils seront tentés de s'en prendre, ce sera nous. Ce
sera moi. Ce sera Vincent. Ce sera Steve. Ce seront les
family offices. Les investisseurs. Les milliardaires qui
investissent dans les hedge funds. Nous finirons avec
nos têtes plantées au bout d'une fourche. Et moi le jour
où je sens que ça bascule : j'arrête. Le jour où je vois
poindre une fourche : je fais comme tu dis, je coule des
jours paisibles loin d'ici, je concrétise mes rêves les*

*plus fous. J'ai pas envie de vivre dans un condomi-
nium, de rouler en voiture blindée, de porter un gilet
pare-balles, de jouer au tennis entouré de gardes du
corps, avec mes enfants sous protection policière. Je
comprendrais très bien que le peuple il ait envie de
m'assassiner.*

10

J'ai reçu un e-mail d'une dénommée Marie-Odile Bussy-Rabutin, qui se présente dès la première ligne comme une *ambassadrice du Dottore Gian-Carlo Delcaretto, très occupé pour le moment par des recherches scientifiques de la plus haute importance et sur lesquelles il ne m'appartient pas de vous donner des détails*, et qui me prie de bien vouloir noter qu'elle parle en son nom, *étant investie depuis de nombreuses années de toute sa confiance*. Ce qui m'étonne est l'adresse mail de l'ambassadrice : marie-odile.bussy-rabutin@club-internet.fr, laquelle n'est rattachée à aucun organisme ou site Internet officiel : c'est une adresse strictement personnelle. Je me dis que Marie-Odile Bussy-Rabutin est peut-être une travailleuse indépendante qui monnaie ses services depuis la France où elle réside aux organisateurs des conférences génoises orchestrées par le *scientifique de premier plan* ami de ma voisine du quatrième. Marie-Odile Bussy-Rabutin fait d'ailleurs allusion à celle-ci : *Je tiens d'une confidence qu'elle m'a faite que vous êtes très heureuse de participer à ce cycle, où vous ont devancée ces dernières années quelques-unes des personnalités les plus éminentes du monde des arts, des lettres et de la science, parmi lesquelles vous me permettrez de préciser qu'on dénombre un certain nombre de prix Nobel.*

Vous nous voyez ravis de l'accueil que vous avez bien voulu réserver à notre invitation. Et je sais que vous avez déjà commencé à réfléchir, et même à donner forme, au texte de votre allocution. Heureuse ! Elle a été informée que je suis *heureuse* ! Et elle déclare que j'ai été *devancée* ! Si elle savait ! Quel lapsus extraordinaire que celui-ci ! *Pardonnez-moi si les détails que je vais vous transmettre vous sont déjà connus. La conférence que vous allez donner aura lieu au centre de congrès Magazzini del Cotone dans la soirée du 31 décembre 2004. Il s'agit d'une salle de 1 480 places aménagée dans un édifice anciennement dévolu au stockage du coton, aux abords de la zone portuaire de Gênes. Vous trouverez en pièces jointes* (que je m'empresse d'ouvrir) *un plan et des photographies de la salle de congrès, ainsi que des vues générales des Magazzini del Cotone.* La salle en question, de *1 480 places* (comme il est indiqué en gros caractères en légende de l'image), est un amphithéâtre dont la pente est très prononcée, avec des sièges d'un rouge éblouissant et des murs tapissés de bois clair, l'ensemble dominé par une structure métallique où s'accrochent un certain nombre de projecteurs. Un cadre de scène de grandes dimensions accentue l'impression qu'on peut avoir de se trouver dans un théâtre plutôt que dans une salle de conférences. Un bureau en arc de cercle dont la blondeur est assortie à celle des murs est installé sur la scène devant de confortables fauteuils rouges. On trouve sur le côté un pupitre orienté obliquement vers la salle, avec un long micro à tige flexible qui fait songer à une fleur fanée. *L'idéal serait que vous arriviez à Gênes le 31 décembre en début d'après-midi, afin que nous puissions parachever ensemble l'organisation de l'événement, notamment si* *vous avez des recommandations à nous transmettre sur les questions de la sonorisation, des éclairages et des projections d'images, qu'elles soient fixes (photographiques) ou animées (cinématographiques). Trois personnes dont les noms vous seront transmis en temps utile viendront vous chercher à l'aéroport de Gênes et vous conduiront à votre hôtel. À cet égard, si un établissement devait avoir votre préférence, veuillez m'en informer au plus vite ; dans le cas contraire, vous serez logé à l'hôtel Ariston (*****). Une voiture de location sera mise à votre disposition au parking de l'hôtel, laquelle vous permettra de tirer profit de la journée du 1er janvier (que nous espérons clémente et ensoleillée) pour visiter les localités qui ponctuent le littoral de la Ligurie ; à cette fin, je vous serai reconnaissant* [sic : décidément !] *de bien vouloir me transmettre le numéro de votre permis de conduire. Enfin, vos billets d'avion vous parviendront par porteur spécial dans les premiers jours de décembre. Si vous avez des questions à nous poser sur le déroulement de cet événement, sur la nature ou la longueur de votre intervention (ou sur quoi que ce soit qui vous viendrait à l'esprit), n'hésitez pas à me les poser par mail, je ne manquerai pas de faire en sorte d'y répondre. Très cordialement, Marie-Odile Bussy-Rabutin.* Je ne cesse de relire ce mail étrange dans la fenêtre Microsoft Entourage de mon ordinateur. Son étrangeté (rhétorique) se conjugue à l'étrangeté de ma voisine du quatrième (plus corporelle) pour me préoccuper comme un souci sournois et insistant. Quelque chose d'indécidable qui circule dans la syntaxe élégamment administrative de Marie-Odile Bussy-Rabutin et dans les évitements élégamment coercitifs de ma voisine du quatrième auréole d'une sorte d'étrange malaise la sensation que me procure la perspective de ce voyage. Il me semble qu'une hypocrisie à peine dissimulée perce par instants à la surface du texte, comme si ce patronyme historique irréel (un simulacre à l'ironie discrète) dissimulait une identité qui lui serait étrangère, un homme par exemple, d'où les deux lapsus que commettent ces quelques lignes. Et ce malaise se trouve accentué par une recherche que j'effectue sur Internet en tapant dans Google *Delcaretto + Genova* (quatre occurrences, dont deux généalogiques, autrement dit historiques, qui ne m'éclairent nullement), *Delcaretto + Genova + conferenza* (*Aucun document ne correspond aux termes de recherche spécifiés*), *Genova + prestigioso ciclo de conferenze + prezzo Nobel* (*Aucun document ne correspond aux termes de recherche spécifiés*), *Genova + Delcaretto + scientifico* (*Aucun document ne correspond aux termes de recherche spécifiés*), *Delcaretto + meteorologo di rinomanza internazionale* (*Aucun document ne correspond aux termes de recherche spécifiés*), *Delcaretto + eminente specialisto dell'autunno* (*Aucun document ne correspond aux termes de recherche spécifiés*). Je suis profondément troublé. Le dénommé Dottore Gian-Carlo Delcaretto existe-t-il? Je me lève de ma chaise, perplexe, presque inquiet, pour me rendre aux toilettes (des toilettes à la turque qui se situent au bout du couloir perpendiculaire au mien devant la double chambre du philosophe marxiste de premier plan), et au moment où j'ouvre la porte, perdu dans mes pensées, je me retrouve nez à nez avec un inconnu d'une vingtaine d'années (parka noire, bonnet de ski, gants en cuir, Adidas à bandes dorées) qui visite avec application (agenouillé) le contenu d'un sac-poubelle de cinquante litres disposé devant ma porte, où j'enfouis quotidiennement les sorties papier raturées des textes que je produis (en l'occurrence ma conférence génoise et les mésaventures de mes avatars synthético-théoriques Laurent Dahl, Thierry Trockel et Patrick Neftel), mégots, bouteilles vides, feuilles de Sopalin souillées, factures d'électricité et de téléphone, etc. Nous nous regardons fixement dans les yeux quelques secondes. Il tient dans ses mains, marquée par la pliure des feuillets que je jette, une version déjà ancienne de mon allocution, qu'il était occupé à parcourir. Lesdits feuillets forment comme un bec ouvert dont l'expression outrée et belliqueuse (quoique béate et frappée de stupeur) se substitue aux insultes et aux protestations furieuses que j'aurais dû déployer. Mais j'ai manqué d'à-propos : j'en conviens. Le jeune homme replie l'une sur l'autre les deux moitiés entrouvertes de la liasse et replace celle-ci à l'intérieur du sac-poubelle. À la suite de quoi il me regarde avec le même aplomb que si je lui devais une explication. *Qui êtes-vous ?* je m'étonne. *Qu'est-ce que vous faites ? Pourquoi vous fouillez dans mes poubelles ?* Il continue de me fixer avec intensité à travers les verres de ses lunettes (des lunettes connotées étudiant à la surface desquelles je m'aperçois), les mains enfouies non plus dans le désordre du sac-poubelle mais dans les poches de sa parka, les jambes largement écartées (avec à peu près le même angle que formaient les feuillets dépliés). Après m'avoir impressionné suffisamment longtemps (c'est tout du moins la stratégie que j'imagine qu'il a suivie) par sa maîtrise de l'embarras où il se trouve, il a pivoté et s'est éloigné de moi d'un pas paisible et natu-rel, indolent, presque provocateur, comme s'il était cer-tain de m'avoir endormi devant ma porte. Je l'ai vu disparaître au bout du long couloir et j'ai entendu peu après ses Adidas à bandes dorées dévaler les petites marches de l'escalier. C'est alors que j'ai couru vers les toilettes et par le minuscule vasistas du local je l'ai vu qui traversait la cour avec la même lenteur tranquille, dissimulé derrière un double anonymat, celui de son identité, qu'il est parvenu à préserver, et celui de son accoutrement, à l'intérieur duquel il a l'air d'avoir totalement disparu : col relevé, mains dans les poches, bonnet rabattu sur le front, couleur noire prédominante qui me fait songer un instant à un film de Jean-Pierre Melville. Que se passe-t-il ? Qui est ce type ? Un cambrioleur en reconnaissance ? Pour quelles raisons fouillait-il dans mes poubelles ? Pour recueillir des indices sur l'occupant des lieux avant d'en fracturer la porte ? Comme j'en ai pris l'habitude toutes les fois que j'éprouve le besoin de réfléchir, je dispose ma poubelle ronde au bout du couloir et me munis des dix marrons que j'ai trouvés récemment dans les allées du parc (j'en renouvelle l'arsenal dès qu'ils se mettent à pourrir et à perdre en densité : à devenir trop creux et trop légers). Me plaçant devant la porte de mon bureau, je m'interroge sur l'irruption de ce jeune homme et sur le mail que j'ai reçu en lançant les uns après les autres vers l'orifice de la poubelle, distante de cinq six mètres, les projectiles que je tiens dans ma main. Ils rebondissent sur les murs avec des bruits ténus qui me donnent le sentiment de disposer d'une ouïe défectueuse. En revanche les rebonds qu'ils réalisent sont grotesques, fantasques, exagérés, les cloisons les renvoient dans l'espace avec une force accrue qui les fait rouler longtemps sur le carrelage. L'un d'eux vient de heurter le rebord de la poubelle et a fusé comme une balle de fusil vers la porte du philosophe marxiste de premier plan (ou plutôt je l'imagine car le coude du long couloir qui est le mien m'empêche de voir le long couloir qui est le sien : mais le marron a été renvoyé par la poubelle avec

338

une telle puissance de propulsion qu'il a sans doute roulé avec espièglerie vers le cerveau du penseur). En raison du caractère approximatif de leur sphère, quelque peu aplatie, les marrons exécutent des claudications alcoolisées, des incartades humoristiques qui les déportent contre les plinthes. Un quatrième marron vient de percuter le gros conduit d'alimentation du chauffage. Ce qui me frappe c'est l'aspect bonne famille, éduqué, sûr de lui, du jeune homme inconnu, et aussi le sentiment d'impunité dont témoignait son assurance : absence totale de peur ou de malaise. Un autre marron sur le rebord de la poubelle. Alors que voulait-il ? Est-il crédible que ce jeune homme soit un cambrioleur ? Je décide de lancer l'un des marrons d'un geste puissant et agressif, et de lui imprimer une trajectoire tendue et non plus parabolique. Une autre chose me revient à l'esprit, convoquée par l'épisode du jeune homme (et pourtant il n'existe aucun lien entre ces deux réalités), ce sont les messages Mail Delivery System (Objet : *Undelivered Mail Returned to Sender*) que je découvre chaque jour au milieu d'un nombre incalculable de spams et de messages publicitaires de toute nature. Ce qui commence à infiltrer mes pensées, inquiétude épisodique que j'écarte avec soin, c'est l'hypothèse qu'on s'introduise quotidiennement dans mon ordinateur (de la même manière que le jeune homme inconnu s'est introduit dans ma poubelle) et qu'on s'en serve comme d'une plateforme d'expédition. Le marron que j'ai lancé d'un geste tendu s'est écrasé sur le sol à deux mètres de sa cible pour rebondir ensuite plusieurs fois (murs et carrelage) et revenir vers mes pieds en roulant. *I'm sorry to have to inform you that your message could not be delivered to one or more recipients.* S'ensuit une longue série de lignes codées qui confirment que l'adresse mail de l'expéditeur est bien *eric.reinhardt@wanadoo.fr* et où défile un inventaire vertigineux d'adresses électroniques : on envoie donc en mon nom massivement, depuis ma messagerie, des e-mails dont la teneur m'est inconnue. Il me reste deux marrons dans les doigts. Il va falloir se concentrer. Car pour l'instant aucun des projectiles n'a disparu par l'orifice de la poubelle. D'ailleurs cet exercice est instructif : il me renseigne en général d'une manière assez fiable sur mon état psychique et sur mes capacités à affronter la réalité. Quand j'ai la grâce, quand ma pensée file vite sans rencontrer d'obstacles, quand les phrases se déversent sur le clavier comme si j'étais danseur, pianiste, tennisman ou patineur artistique, les projectiles disparaissent tous dans la poubelle : réussite balistique de 100 %. Comme l'écriture. Exactement comme l'écriture. Je me jette aveuglément dans la phrase, je m'y jette à corps perdu sans avoir peur, je lâche mes coups avec confiance (comme on le dit des tennismen), ma gestuelle mentale est profonde, généreuse, aboutie, il y a toujours cette seconde d'oubli où on s'absente à soi-même pour s'en remettre aveuglément à l'ampleur instinctive du jeté (presque un petit suicide), du lancer, de la frappe délivrée – aucune vision intellectuelle de l'issue n'est possible : la conscience se condense tout entière dans le bras, dans la main, dans les doigts – et la phrase s'accomplit comme un miracle, la balle passe au ras du filet, la balle s'écrase sur la ligne de fond, la balle reproduit dans les airs le tracé de la ligne sur le sol et franchit avec éclat l'adversaire qui se trouve au filet (dans l'écriture l'adversaire c'est soi-même et la peur de soi-même : c'est lui en général qui intercepte la phrase que l'on écrit mollement, sans confiance, avec le bras qui tremble). Et c'est pareil avec l'exercice des marrons. Je veux dire : l'exercice des marrons quand j'ai la grâce. L'exercice des marrons quand j'ai la grâce devient un enchantement des sens : l'engloutissement des projectiles par le trou noir au bout du couloir me procure un profond sentiment de bien-être. J'adore ces deux instants cruciaux, liés par le principe de leur continuité miraculeuse : celui où bras tendu mes doigts lâchent le marron (et tout se joue dans la confiance et le délié aveugle du lancer) (en cet instant il est déjà trop tard pour le moindre repentir : le coup est parti) et celui où le marron atterrit en plein cœur de la poubelle : j'ai le sentiment de me résoudre moi-même à la faveur d'un éclair mathématique : de m'être soumis à une épreuve de vérité intrinsèque et de l'avoir vaincue. Et certains jours de grâce extrême, trop rares à mon goût, je peux lancer les marrons sur une seule jambe, de dos, courbé, entre mes cuisses ou comme une catapulte, par-dessus la tête. Et même les yeux fermés. Je me souviens du jour où j'ai écrit d'une traite en quelques heures la diatribe du fils à son père du *Moral des ménages* : j'ai jeté les dix marrons les yeux fermés – et neuf d'entre eux ont terminé comme par miracle dans la poubelle au bout du couloir. Mais ce matin les deux marrons qui subsistaient sont tombés assez loin de l'objectif et je décide d'interrompre sur cet échec cet exercice insultant : je réinstalle la poubelle au pied du bureau, les marrons dans leur coupelle de cristal, mes fesses sur ma chaise en cuir blanc.

Le seul livre de son adolescence qu'il avait conservé (il avait jeté les autres : leur existence et les réminiscences qu'ils provoquaient le meurtrissaient) était un recueil de poésies de Mallarmé. Le jour où il allait le déchirer son regard était tombé sur ces mots dispersés sur une page : « à ses pieds » « de l'horizon unanime » « prépare » « s'agite et mêle » « au poing qui l'étreindrait » « un destin et les vents », un peu plus bas : « être un autre », un peu plus bas : « Esprit » « pour le jeter » « dans la tempête » « en reployer la division et passer fier ». Il s'était assis sur son lit et avait poursuivi la lecture du poème. Quelque chose d'inédit avait envahi son esprit à la lecture de ces fragments, de ces épaves déconnectés éparpillés sur le papier : « envahit le chef » « coule en barbe soumise » « direct de l'homme » « sans nef » « n'importe » « où vaine ». Quelque chose d'écroulé, d'intransigeant, un froid, une folie, quelque chose de violent, d'inconciliable, une fierté, une solitude irréductible avaient saisi Patrick Neftel. Il se sentait aussi abrupt que cet homme, aussi glacial et métallique. Un cri. Un retrait. Un refus. Une alarme. Une vraie révolte organisée. Patrick Neftel sentait de la tristesse, du désespoir, une violence intériorisée, dans l'agencement de ces strophes explosées, insoumises, détachées du sens commun, désamarrées du bloc social, qui voguaient sur le papier. « JAMAIS » « QUAND BIEN MÊME LANCÉ DANS DES CIRCONSTANCES ÉTERNELLES » « DU FOND D'UN NAUFRAGE » et un matin il écrivit à la bombe sur un mur de sa chambre, en lettres rouges, énormes, rouge sang, comme un slogan politique intimiste : UN COUP DE DÉS JAMAIS N'ABOLIRA LE HASARD. Il se plongea dans la lecture du recueil et désossa la préface. Plus il fréquentait ce long texte inquiétant (incompréhensible) dont il avait tagué le titre sur un mur de sa chambre, lisait les analyses du préfacier, suçait les pendentifs qu'il y trouvait (« prince amer de l'écueil ») comme des pastilles au parfum sidérant, plus crépitait dans son esprit la complicité de « feux réciproques ». Mallarmé s'imposait comme un idéaliste, un affamé d'absolu, un invincible insatisfait qui n'avait jamais abdiqué : il avait l'esprit, l'instinct, la radicalité d'un terroriste. Il parlait d'absolu. Il parlait d'« hyperbole ». Il parlait du « néant des mots ». Il parlait de « notion pure ». Il écrivait : « Mon sens regrette que le discours défaille à exprimer les objets par des touches y répondant en coloris ou en allure. » Il condamnait l'« universel *reportage* ». Il évoquait les « mots de la tribu », défectueux, incompétents, imbibés de hasard, inaptes à se substituer aux notions qu'ils désignent, la lune, la nuit, un lac, le tonnerre « fusible et clair », les roseaux « cils d'émeraude », un cygne au clair de lune. Il convoitait l'« absente de tous bouquets » : le mot magique qui ferait corps avec la notion pure. Il désirait transcender la trahison ordinaire des vocables en construisant à partir d'eux un vers ultime, « Structure », « Transposition », qui deviendrait un « mot nouveau », qui serait le « nom » d'un « état d'âme ». Un matin Patrick Neftel bomba ces mots sur un mur du salon : SA BÉANTE PROFONDEUR EN TANT QUE LA COQUE, sous les cris hystériques de sa mère : *Mais tu es fou ! Arrête ! Qu'est-ce que tu fais ! Qu'est-ce que c'est que ce truc !* Le mois suivant il déposa sur les murs de chaque pièce, de la cuisine aux salles de bains, des alliages lexicaux insulaires : HORS D'ANCIENS CALCULS, ou : DE CONTRÉES NULLES, ou : CARESSÉE ET POLIE ET RENDUE ET LAVÉE. Dans les toilettes qui lui étaient réservées : CHANCELLERA, un peu plus bas : S'AFFALERA, un peu plus bas encore, au-dessus du loquet de la chasse d'eau : FOLIE. Patrick Neftel avait trouvé un maître d'insoumission : le caractère énigmatique de ses écrits en accentuait la puissance visionnaire. S'élaborer, se transcender, s'affranchir de l'ordinaire, se libérer des automatismes, refuser de se laisser glisser avec les autres sur la pente unanime, se forger différent, contrariant, contrer l'ordre, fusiller la syntaxe, dynamiter la clientèle, édicter des protocoles confidentiels et s'y soumettre dans le plus grand secret, mettre au point des réflexes antagonistes, identitaires, contredire, détourner, se rendre opaque, devenir incapturable, s'isoler de ses contemporains et accéder à un espace absolu libéré du hasard, de la docilité, de la douceur servile, des consensus démocratiques, devenir soi-même une étoile, une abstraction, une notion pure, les théories de Mallarmé électrisaient Patrick Neftel. Ces vers avaient l'impact, la froideur, la tangibilité d'un arsenal, pistolets, grenades, fusils d'assaut. Mallarmé : un terroriste, un psychopathe, un poseur de bombes, un tueur en série. Patrick Neftel inscrivit en lettres énormes sur les façades du pavillon : LA PÉNULTIÈME EST MORTE (à l'ouest) et L'ULTÉRIEUR DÉMON IMMÉMORIAL (à l'est), puis écrivit sur le goudron le long de leur jardin : ABOLI BIBELOT D'INANITÉ SONORE. Une main courante fut déposée par les voisins qui valut à la mère de Patrick Neftel une convocation à la gendarmerie, où on lui intima de faire disparaître au plus vite ces inscriptions sur la voirie. *Il s'agit d'un espace public que vous n'êtes pas censés détériorer, en revanche*, précisa le fonctionnaire, *en revanche sur les façades de votre maison, il semblerait qu'un règlement du lotissement proscrive ce genre de fantaisie décorative, mais ce n'est plus de notre ressort.* Patrick Neftel rêvait d'un geste qui transcenderait l'« universel *reportage* », s'affranchirait des habitudes démocratiques, dissoudrait la pauvreté individuelle des «mots de la tribu», il rêvait d'une «Structure» éclatante qui résoudrait sa soumission et deviendrait le «mot nouveau» d'un état d'âme : LE SIEN. Il désirait peser... exister... s'exprimer... condamner... refuser... contrarier... dévaster... devenir vivant... inventer un long poème opaque et radical, punitif et purificateur : un CARNAGE. Certaines phrases du préfacier le confortaient dans ses résolutions. Par exemple «Le Meurtre promet l'être là où régnait le Néant». En réalité c'était «Vers» qu'il fallait lire à la place de «Meurtre» mais c'était de cette manière, avec ce mot flottant qui s'incrustait dans la phrase, que Patrick Neftel en absorbait la substance. Et ceci : «L'action restreinte – mais absolue : le carnage – "se paie, chez quiconque, de l'omission de lui et de sa mort comme tel", indique clairement Mallarmé.» Et Patrick Neftel se répétait : *Je paierai cet acte de ma propre omission. Et de ma mort comme tel. – Pourtant vous n'avez pas la réputation de mâcher vos mots !* enchaîna l'animateur du talk-show. *– Ouais ! ouais ! ça c'est sûr ! ça on peut dire que c'est sûr ! et vachement !* répondit la comédienne en rigolant, affligeante de lourdeur, affalée sur la table. *– Mais dans votre vie professionnelle... et peut-être même dans votre intimité... j'espère d'ailleurs qu'on aura l'occasion de revenir plus amplement sur votre intimité... cette réputation vous a joué des tours j'imagine... – Tu parles pèpère !* explosa la comédienne. *Tu parles que oui ! Mais je les emmerde ! – Quand je disais que vous ne mâchiez pas vos mots !* commenta l'animateur du talk-show sous les applaudissements du public. *Les gens aiment ça visiblement votre franchise !* tentait-il de se faire entendre derrière la prolifération des clap-clap enthousiastes. Patrick Neftel regardait hors de lui le visage de la comédienne. Ce n'était pas la première fois qu'il la voyait s'affaler sur cette table : cliente idéale des médias, appréciée des ménagères pour son tempérament extraverti, adorée de leurs maris pour son gros cul et son faciès de suceuse de bites, elle revenait régulièrement dans l'émission. Elle était née avec le cerveau dans la bouche, un minuscule cerveau qu'elle mâchouillait avec vulgarité, il lui arrivait de l'étirer hors de ses lèvres en un long fil neurologique qu'elle tenait du bout des doigts. – *Moi j'ai toujours été grande gueule, je dis c'qu'j'pense, j'en ai rien à foutre, tant pis si ça plaît pas ! Tous ces gros cons qui veulent... qui s'attendent... moi j'en ai rien à foutre.* Elle mâchouillait continûment. – *Mathilde...* l'interrompait l'animateur du talk-show. – *Quoi ?* lui répondait-elle en le regardant : un regard vide, mort, où stagnaient des effluves de putréfaction. – *On t'a mis de l'eau dans la boîte crânienne vieille salope !* hurlait Patrick Neftel. *Je vois de l'eau par les hublots ! On voit des rats crevés qui flottent à la surface ! Des poissons morts qui dérivent sur le dos ! Eh ! la suceuse de bites ! tu pourrais lui changer l'eau une fois de temps en temps à ton caisson !* La comédienne continuait de regarder égarée l'animateur du talk-show. *Quand il te dit « Mathilde » tu le regardes comme s'il te récitait le théorème de Thalès ! Tu le comprends pas ce mot si simple : « Mathilde » ? Eh ! Marco ! répète-le-lui !* hurla Patrick Neftel en jetant des épluchures de clémentine sur le téléviseur. *Elle a pas compris le mot « Mathilde » !* – *Mathilde...* répéta l'animateur du talk-show. Une lueur traversa les bords de Marne du regard de Mathilde. *Vous avez souffert à un moment d'être mise à l'écart du système. Quelle revanche que ce retour victorieux... avec ce film... ces six millions d'entrées... à présent cette pièce de théâtre... à guichets fermés... bientôt un disque où vous allez chanter ! Racontez-nous Mathilde ! – Ben, euh, chais pas, c'est comme ça, qu'est-ce que vous voulez !* – Mastique un peu ton cerveau ! l'invectiva Patrick Neftel. *Pressure-le bien entre tes dents ! Faisnous gicler une petite pensée à la fraise ! Allez ! Trouve un truc à dire !* – Mais encore... l'encourageait l'animateur du talk-show. *Il faut vraiment vous tirer les vers du nez ce soir !* – Moi les gens y s'reconnaissent en moi... avec mon franc-parler... chuis comme tout l'monde... chuis pas comme tous... tous ces gens... qui s'prennent la tronche avec des trucs qu'on comprend rien... qui coupent les ch'veux en quatre... Regardez, mes ch'veux (poursuivit-elle en empoignant sa chevelure), *y sont entiers, y sont beaux, y sont pas coupés en quatre !* ricana-t-elle la bouche ouverte (on voyait son cerveau sur sa langue comme une coccinelle sur une feuille de fraisier). Patrick Neftel se leva, sortit sa bite à moitié molle et la colla contre l'écran sur le visage de la comédienne. Le voisin de cette dernière, un humoriste qui n'était drôle que par excès, porta la chevelure à ses narines : *Hum... hum... Marco... je peux te dire... hmmm... quel bonheur... ça sent... ce parfum... ça sent... on aurait... putain... ça vient... je sens...* et il plaça sa main sur son sexe sous la table, tout du moins pouvait-on le spéculer. Patrick Neftel démaquillait le visage de la comédienne en le frottant avec sa bite : *Bouffeuse de glands... tu les aimes les gros dards... t'es bonne qu'à ça espèce de pute...* – Je sens qu'y va dire une grosse connerie ! explosa de rire la comédienne en reprenant ses cheveux. *Gros con !* puis elle s'affala sur la table et par mégarde laissa tomber son cerveau sur le stratifié. – *Eh, putain, fais gaffe, t'en as qu'un, le perds pas !* lui déclara l'humoriste, *reprendsle vite !* et la comédienne réingéra son système cérébral.

– Je vais te pisser sur la gueule suceuse de bites ! Je vais te pisser dans la gorge ! Regarde-les bien mes couilles ! T'aimerais bien avoir les mêmes pour mettre dans tes orbites ! Tu aurais un regard un peu moins con si t'avais mes deux couilles à la place de tes yeux ! et sur ces mots Patrick Neftel ouvrit la vingt-deuxième canette de bière de la journée. *– Qu'est-ce que ça sentait, alors, Jean-Marie, dites-nous !* le relança l'animateur du talk-show. *Allez jusqu'au bout ! Ne soyez pas hypocrite ! – Elle va m'assassiner...* répondit l'humoriste. *– Eh, ça va, chuis pas une léoparde... – Non mais ça sent, vous voyez ce que je veux dire, on est parti pour un long voyage... on a envie de s'embarquer pour un truc...* et il l'embrassa avec tendresse sur le front : applaudissements du public. *– Non mais ça va !* protesta la comédienne. *Va falloir voir à s'arrêter de se foutre de ma gueule !* et sur ces mots elle se mit à sourire connement. *– Vous êtes connue pour avoir du sex-appeal Mathilde vous n'allez pas nous contredire ! Vous êtes une sorte de sex-symbol aujourd'hui non ? – Sex-symbol mon cul !* hurla Patrick Neftel. *Elle est juste bonne à récurer une baignoire et à sucer la bite d'un VRP au chômage ! Non mais t'as vu la gueule de ménagère qu'elle se gaule ! – Sex-symbol, sex-symbol, faut pas exagérer !* répondit la comédienne. Elle imitait certaines femmes éblouies par le soleil sur la plage du Grau-du-Roi : quand elles plissent les paupières elles grimacent en ouvrant grand la bouche. La comédienne, scrutant l'animateur pour tenter de discerner ses arrière-pensées, plissait les yeux et fabriquait avec ses lèvres un large rictus rectangulaire : Patrick Neftel profita de ce gros plan rayonnant d'intelligence pour pisser sur l'écran à l'intérieur de l'orifice : *Tiens, regarde, je te pisse dans la gorge, je te pisse sur le cerveau vieille salope...* et

l'urine s'écoulait sur l'écran et dégoulinait sur la moquette de la chambre. – *Sex-appeal ?* répondit l'humoriste. *Personnellement j'aurais fait plus court... plus contracté... – Plus contracté !* s'exclama l'animateur du talk-show. – *Et peut-être même plus imagé !* persifla l'humoriste. – *Il veut peut-être dire que ça sent... la chatte ?* intervint un deuxième humoriste qui adorait se faire passer pour un crétin qui fait des gaffes. – *Oh ! non !* feignit de s'offusquer l'animateur du talk-show. *On est sur une chaîne du service public ! – Hein ! quoi ! qu'est-ce que j'entends !* hurla la comédienne. *Non mais vas-y ! Je vais t'en foutre de la chatte tu vas voir ! J'ai les cheveux qui puent la chatte c'est ça que tu veux dire !* déclara-t-elle en se levant (*Non, tu crois, vraiment ?* ironisa le premier humoriste en adressant un clin d'œil à la caméra, *non, Mathilde, je crois pas qu'ils puent la chatte tes cheveux !*) et elle feignit de frapper le deuxième humoriste qui se protégeait avec ses bras en riant. – *Je peux en avoir quelques-unes, de tes baffes, moi aussi ?* demanda le premier humoriste en exposant son visage. Patrick Neftel rangea sa bite dans son caleçon, éteignit le téléviseur après avoir insulté copieusement tous ces guignols et surfa sur Internet.

Redevenez un instant l'écolier que vous fûtes et ranimez dans vos mémoires cette partisane récitation : *Quand le ciel bas et lourd pèse comme un couvercle* [À la ligne] *Sur l'esprit gémissant en proie aux longs ennuis,* [À la ligne] *Et que l'horizon embrassant tout le cercle* [À la ligne] *Il nous verse un jour noir plus triste que les nuits ;* [Nouvelle strophe] *Quand la terre est changée en un cachot humide,* [À la ligne] *Où l'espérance, comme une chauve-souris,* [À la ligne] *S'en va battant les murs de son aile timide* [À la ligne] *Et se cognant la tête à des plafonds pourris ;* [Nouvelle strophe] *Quand la pluie étalant ses immenses traînées* [À la ligne] *D'une vaste prison imite les barreaux,* [À la ligne] *Et qu'un peuple muet d'infâmes araignées* [À la ligne] *Vient tendre ses filets au fond de nos cerveaux,* [Nouvelle strophe] *Des cloches tout à coup sautent avec furie* [À la ligne] *Et lancent vers le ciel un affreux hurlement,* [À la ligne] *Ainsi que des esprits errants et sans patrie* [À la ligne] *Qui se mettent à geindre opiniâtrement.* [Nouvelle strophe] – *Et de longs corbillards, sans tambours ni musique,* [À la ligne] *Défilent lentement dans mon âme ; l'Espoir,* [À la ligne] *Vaincu, pleure, et l'Angoisse atroce, despotique,* [À la ligne] *Sur mon crâne incliné plante son drapeau noir.* C'est toujours la même chose : même Baudelaire oppose à la douceur supposée du printemps la tristesse mortifère des mois d'automne. Pourtant rien n'est plus doux. Rien n'est plus doux que l'automne. Rien ne prodigue autant de douceur que l'automne, une douceur venue de loin, historique, qui console. À ce sujet, il est troublant que Nietzsche lui-même associe au printemps le principe de consolation : *Voici l'automne : il – il finira par te briser le cœur ?* [À la ligne] *Prends ton vol ! prends ton vol !* [À la ligne] « *Je ne suis pas belle* [À la ligne] – *dit la reine-marguerite* [À la ligne] *Mais j'aime les hommes* [À la ligne] *Je console les hommes* [À la ligne] *Il faut qu'ils voient encore des fleurs* [À la ligne] *Qu'ils se penchent sur moi,* [À la ligne] *Hélas, et me cueillent ;* [À la ligne] *Dans leurs yeux s'allume alors* [À la ligne] *Le souvenir* [À la ligne] *Le souvenir de fleurs plus belles que moi :* [À la ligne] – *je le vois, je le vois – et meurs ainsi.* » Ce texte me préoccupe car il exalte ce qui constitue les vertus essentielles de l'automne et que Nietzsche attribue à l'inverse au printemps : la présence de la *reine* (*reine-marguerite*) qui *aime les hommes* et qui *console les hommes* : et qui s'assigne le rôle sacrificiel de faire naître dans leur imaginaire *Le souvenir de fleurs plus belles que moi* : le souvenir de *reines* plus belles que moi. Il se produit chaque année début septembre (à une date qui n'est jamais la même) un phénomène ahurissant : *je me métamorphose physiquement*. Je me promène dans la rue, je me trouve dans l'autobus, je suis attablé à la terrasse d'un café (par exemple le Nemours) (c'est la juridiction distrayante de l'été qui règne alors dans l'atmosphère) et soudain, de la manière la plus intempestive, le spectacle de l'automne se déploie : je sais alors que celui-ci a débuté. C'est très précis. C'est invariablement localisable. Cela s'enclenche avec la précision d'un opéra : la salle s'éteint, le rideau se lève, les éclairages illuminent la scène, la musique symphonique s'élève de la fosse tandis qu'une cantatrice apparaît sur le plateau. Il s'agit d'un bref instant de surgissement : ce n'est pas seulement mon imaginaire qui s'embrase (mes sens et mon humeur) mais également l'atmosphère, qui semble s'être embrasée, et l'attitude de mes contemporains. Il arrive que cette date survienne tôt (dès la fin du mois d'août) (et même très tôt : le 17 août en 2002), d'autres années plus tardivement (avant le 15 septembre d'une manière générale). Il arrive que ce retard me préoccupe. Est-il possible que *cela* n'ait pas lieu ? Devrai-je vivre cette année sans que *cela* ait lieu ? Le déclenchement de l'automne possède l'éclat, la lumière, la soudaineté d'un événement mystique : c'est une sorte de révélation, d'annonciation, d'épiphanie céleste. Par

351

quels effets se manifeste l'avènement du prodige automnal ? Par le regard des femmes. Par la consolation suprême du regard des femmes. C'est une communauté avide de consolation qui advient ce soir-là dans mon environnement, rues, autobus, terrasses de café : c'est ça *avant tout* la substance essentielle de l'automne (j'ai tardé à vous la révéler mais nous y voici : *nous voici enfin au cœur du sujet*) : l'automne nous réunit dans ce même désir éperdu d'amour et de consolation. Et c'est tellement vérifiable que je m'étonne que la plupart de mes contemporains revendiquent leur détestation des mois d'automne. En réalité je ne suis pas loin de penser que cette saison est pour tous la plus sublime de toutes mais qu'un certain nombre d'automatismes irréfléchis les incitent à répondre *Le printemps* alors que dans leur corps, leurs gestes, leurs regards, leur rapport à autrui, dans la confiance, le mystère, la gaieté, la gravité, la générosité qu'ils manifestent, c'est en automne qu'ils se sentent le mieux. Les sondés font diversion et répondent à la question « Quelle est votre saison préférée ? » en se fondant sur des critères anecdotiques derrière lesquels ils dissimulent (aux instituts et à eux-mêmes) une urgence lancinante : *leur besoin désespéré de consolation*. À ce titre il est intéressant d'analyser la courbe annuelle des suicides : elle s'infléchit début mars pour culminer en plateau entre avril et juillet, avant de dégringoler au mois d'août et de connaître durant les mois d'automne un niveau assez bas (nettement plus bas qu'entre mi-février et début août). En observant la courbe annuelle des suicides au XIXe siècle (1835-1876), j'ai été stupéfait de découvrir qu'elle reproduisait la géographie, la topographie, la configuration paysagère du cycle annuel que j'ai décrites un peu plus haut. J'y retrouve la côte ardue du

352

printemps (on s'épuise à la suivre du regard sur le graphique), laquelle culmine, *promontoire fleuri*, début juillet, pour dévaler ensuite, *pente aimable*, vers l'amorce de septembre, et cette pente qui invite à l'ivresse s'accomplit jusqu'à Noël avant de s'infléchir en douceur, *jardins griffus couverts de givre*, en janvier et février. C'est totalement fou. La courbe annuelle des suicides au XIXe siècle se superpose scrupuleusement à la représentation que je me fais du cycle annuel : c'est exactement le dessin que j'aurais produit si j'avais dû lui donner forme. Il en résulte ce premier commentaire : il serait surprenant que je sois le seul à revendiquer cette vision subjective de l'année quand mes contemporains (fussent-ils nés au XIXe siècle) (mais l'on retrouve un profil quelque peu équivalent dans le cas d'une période plus récente) en reproduisent le tracé à travers une énonciation aussi fondamentale que le suicide, en d'autres termes quand ils se positionnent sur la question du *bien-être* de la manière la plus radicale qui puisse se concevoir : mettre fin à leurs jours. Si l'on prend comme référent la question implicite *Avez-vous envie de vous mettre en maillot (ou de vous peler avec des moufles) ?* les sondés (les vrais sondés) répondent massivement : *Je préfère le printemps et l'été*. Si l'on prend comme référent la question implicite *La vie vaut-elle le coup d'être vécue (ou serait-il préférable de se jeter sous un train) ?* les sondés (les suicidés) répondent massivement : *Je préfère l'automne et l'hiver*. Une pulsion dans les deux cas : superficielle dans un cas (la réponse au sondage) et suicidaire dans l'autre cas (la réponse à la vie) – et ces pulsions aboutissent à des résultats diamétralement opposés. Du point de vue philosophique, les gens préfèrent l'automne. Du point de vue des loisirs, les gens préfèrent le printemps. Je pense que la démonstration que je viens de faire se dispense de commentaires. Que se passe-t-il en réalité au printemps ? Le printemps organise la floraison industrielle non seulement des jonquilles, des narcisses, des pommiers, des lilas, mais également des déceptions, des frustrations, des désillusions, des espoirs déçus, des promesses trahies. La nature qui égoïstement accomplit son éclosion (contrariée le plus souvent par des pluies et des températures hivernales) nous assigne avec autorité (et sans la moindre sympathie) à l'horizon de notre accomplissement – et se contente de nous renvoyer comme contre un mur de brique à la tristesse de nos espoirs déçus. Le printemps est une exhortation barbare à sortir de soi pour prospérer et courir le vaste monde. La douceur supposée du printemps est une douceur récente, maladroite, approximative, c'est une douceur factice, instable, sans profondeur, c'est une douceur de shampooineuse. Cette douceur exproprie celui qui la reçoit hors de chez lui (au lieu que la douceur de l'automne l'y installe confortablement et invite autrui à lui rendre visite dans la pénombre ambrée d'un boudoir de velours rouge) et le lance comme un Frisbee dans la vie, le monde, les projets, dans l'industrie bruyante des choses à accomplir. L'automne aussi promet l'avenir : mais au printemps il s'agit d'un avenir notarié, contractuel, tout en surface : une piste de cirque sur laquelle on nous intime de nous produire. Le printemps est la période de l'accouplement animal : il nous exhorte à l'accouplement avec tout, avec l'idée qu'il faut sortir, se produire, faire, agir, donner lieu, fleurir, donner corps, se faire connaître, vaincre, séduire, se dévêtir, briller, parler, montrer, se montrer : *on ne pense pas*. Quelque chose d'aussi froid qu'un guidon chromé. À chaque printemps je me retrouve sur la selle d'une mobylette programmatique, aussi peu méditative qu'un moteur deux temps, je me produis dans le monde et je tournoie au milieu des chaises longues des jeunes filles. Je les vois qui froncent désagréablement les sourcils, indisposées par les trépidations du moteur, et par mes traits tirés, acidulés. J'imite mes contemporains : je fais mine d'être enjoué et de me réjouir de l'éclosion de la nature. Je regarde les décolletés qui fleurissent dans les rues et qui m'excluent les uns après les autres de leur félicité. Rien n'est lieu au printemps : ni le ciel ni la lumière ni les rues ni les parcs ni les places ni les yeux ni les bras ni les cheveux des femmes. Tout est injonction, directive, circulaire, prospectus : c'est une vaste entreprise. L'éclosion de la nature est la métaphore du lancement de produit : chacun se vit comme un produit lancé sur le marché dans une surenchère de bons d'achat, de campagnes promotionnelles, de publicités comparatives. *À soi-même son propre Shakespeare* : c'est l'automne. *À soi-même son propre spot télévisé* : c'est le printemps. Le printemps est une saison entrepreneuriale. Je suis certain que la saison préférée du patronat est le printemps : esprit d'initiative, de conquête, d'innovation, d'essor, d'acquisitions, de compétition, de productivité, de rentabilité, de retour sur investissement. Le printemps est fiscaliste. L'automne est philosophique. Il est permis d'être faible, intérieur, hésitant. Il est permis d'être blessé, de boiter, de rester à l'écart, de s'asseoir isolé en terrasse du Nemours et de s'y sentir entouré. Le caractère prétendument épiphanique du printemps (il paraît qu'on voit pousser les fleurs à l'œil nu) est une pure imposture : nulle épiphanie possible au printemps. L'automne nous récapitule : il fait de nous une sphère dense, lourde, complexe, stratifiée. L'automne me fait songer aux rêves que je nourrissais adolescent : ailleurs radieux qui illuminaient ma vie intérieure. Le printemps me fait songer aux démentis cruels que la réalité leur opposait. Les jeunes femmes du printemps refont de moi chaque année l'adolescent ostracisé que j'ai été. Je subis chaque printemps avec les mêmes révulsions dégoûtées que je vivais mon adolescence : hâte d'en finir et de passer à un chapitre plus *substantiel*. Le printemps est une saison narcissique, capricieuse, satisfaite d'elle-même. Il consolide le règne des jolies filles – celles qui se *savent* ou qui se *croient* jolies. On les voit qui prospèrent et s'accaparent une visibilité exclusive. Les unités féminines qu'elles dévaluent sont priées de quitter la scène ou de se faire discrètes : elles s'effacent, se cloîtrent, évoluent inclinées en regardant leurs pieds. Aucun échange de regards n'est désormais possible avec aucune d'entre elles : elles sont diminuées dans leur estime, leur essence, leur légitimité, par le prestige des jolies filles – cette discrétion fait tomber autour d'elles l'obscurité d'un terrier. Une propagande systématique glorifie la joliesse, les ventres plats, les peaux cuivrées, les rébus cutanés, les mèches oxygénées des jolies filles. Un nombre intolérable de jolies filles pullulent sur les banquettes des autobus ou aux terrasses des cafés, sur les chaises des bancs publics ou au pied des réverbères. Elles ne sont que des poupées crémeuses, simplistes, aussi sommaires et abrégées qu'un sms, démunies d'intériorité : leur intériorité est rejetée à leurs abords et se concentre en nappes de pollution aux lobes de leurs oreilles, où cliquettent des appâts métalliques de pêcheurs. Leur monde intérieur se résume à l'image méticuleuse qu'elles donnent d'elles-mêmes, où on les voit qui gesticulent, ricanent, minaudent, clignent des yeux, attendent qu'on les admire. Elles se font tailler la toison pubienne en forme de flèche, de fleur, de cœur, d'indice boursier et de sens interdit. Si j'aborde une jeune femme ordinaire qui me plaît (en réalité j'ai arrêté depuis de nombreuses années : je me cloître et j'attends que cette saison nuisible trace loin de moi sa délétère révolution), elle lève sur moi le regard endormi d'un phénomène amnésique qu'on importune : son intériorité réduite au silence par le règne immonde et commercial du printemps n'a pas l'air de se souvenir de cet homme-là qu'à l'automne il lui arrive de remarquer. Si j'ai commis l'erreur de jeter mon dévolu sur l'une des jolies filles qui tyrannisent l'atmosphère du printemps, soit elle éclate de rire, un rire cuivré, sonore, de cascadeur, qui résonne pendant des heures dans ma mémoire de la manière la plus atroce et humiliante, soit elle soupire avec dédain, soit elle s'offusque de cette audace et hausse alors les épaules, et c'est un cataclysme, la terre tremble, les monuments s'ébranlent, les hibernées lèvent de leurs pieds leur regard paniqué, soit elle s'enferme dans un silence verbal et corporel réfrigérant, soit enfin elle me balance quelques phrases (*Non mais vas-y ! C'est ça ! Branche-moi ! Fais comme chez toi ! Mais tu t'es vu ? Tu me prends pour une pute ! D'accord ! Vas-y ! Non mais le mec ! Non mais je rêve !*) dont j'ai le sentiment que diffusées sur les ondes, imprimées dans un grand quotidien, rendues publiques à des centaines de milliers d'exemplaires, elles me précèdent partout où je me rends de leur terrible publicité dépréciative. On me fuit, on me toise, on s'écarte, on s'éloigne, on m'isole, on se méfie, on m'ostracise, on me regarde comme si j'étais un forcené, un délinquant, un évadé d'hôpital psychiatrique.

Je ne croise plus aucun regard pendant quatre mois : indifférence absolue, isolement inégalable, absence totale de répondant – et à ce régime-là je sombre dans une profonde angoisse début avril qui dure jusqu'au 15 août, date à laquelle on assiste à l'éclipse des jolies filles et à la résurrection des hibernées. Et c'est ainsi qu'un jeudi soir, début septembre, le prodige automnal se déploie : *je me métamorphose physiquement*. Depuis que j'ai enregistré la récurrence du phénomène (il y a peut-être vingt ans), je n'ai jamais vécu un automne qui aurait été dépourvu de ses effets surnaturels. Les femmes se mettent ce soir-là à me regarder à nouveau. Les femmes se mettent ce soir-là, pour une période qui dure quatre mois, à me sourire, à me toucher, à me parler, à m'attirer explicitement dans les sous-bois de leur intimité. Je les vois qui dans la rue se retournent sur mon passage, se mettent à flamboyer, s'incendient de sourires éperdus. Elles s'immobilisent pour mieux m'examiner. Je les sens palpitantes, intimidées, charmées, désireuses. Quelque chose se fissure dans leur vie intérieure d'où s'écoule désormais, féerique, alcoolisée, la tentation d'un ailleurs imprévu : *vivre*. Elles s'étonnent, c'est dans leurs yeux, c'est dans leurs traits qui s'illuminent, de devenir si audacieuses, entreprenantes, de se transfigurer, de s'affranchir de leurs prisons, de leurs maris, de leur timidité de petites filles. S'évader. S'offrir à soi-même. Libérer la lumière d'une pulsion essentielle. Devenir déesse et sanglière. S'octroyer l'occurrence immémoriale, moyenâgeuse, d'une minute de consolation. Se faire aimer, se laisser contempler, faire renaître son visage, son essence, des détails corporels devenus indistincts (à soi-même et à ceux qui les fréquentent comme on traverse une gare), dans un nouveau regard. Par le regard d'un seul qui en serait le procureur, prier l'humanité de réinventer un instant ce que l'on est, ce que l'on voudrait être, ce que peut-être on a été un jour. L'automne permet cela, dans son essence, dans les méandres de ses galeries, à l'intérieur de cette sphère lourde, dense, complexe, stratifiée, qui nous englobe et qui nous réunit. Magie pour tous ! Exactement comme Voland le magicien qui distribue des coupures aux spectateurs du théâtre dans le roman de Boulgakov ! Juste un exemple. L'année dernière. J'attendais un ami devant la vitrine d'une boutique. Un peu plus loin, à deux trois mètres, accompagnée d'un homme avec lequel elle s'entretient (sans doute une discussion entre collègues), une jeune femme terriblement quelconque, vêtue d'un anorak, munie de moufles, s'illumine d'un sourire spontané. Je m'approche : *Nous nous connaissons ? – Pas du tout. Je crois pas. Peut-être à la poste ?* Quelle félicité que ces instants de connexion, d'incarnation instantanée, dérobés à la froideur du collectif : d'ordinaire nous ne sommes tous que des données statistiques, les unités du grand nombre, les chiffres ronds du grand calcul, les paramètres abstraits de l'énorme équation. *– À la poste ? – Je travaille à la poste. Vous ne venez pas à la poste ?* me demande-t-elle en désignant derrière elle un bâtiment massif. J'ai l'impression que nous nous sommes toujours connus. *– Je ne vais pas à cette poste. Je vais parfois à la poste mais jamais à cette poste. – Alors venez ! Changez de poste ! Venez me voir à cette poste ! – Vous pensez que je devrais changer de poste et venir à cette poste, à votre poste, qui est si loin du lieu où je réside, uniquement pour vous voir ? – Je suis très jolie derrière mon guichet. Et je prendrai soin de vous. Je m'occuperai de vous comme jamais on s'est occupé de vous. – Vous voulez dire à la poste ? –*

À la poste et ailleurs. À la poste et autre part qu'à la poste. – Eh bien d'accord. Comment fait-on ? – Vous m'écrivez ? Vous me postez une lettre ? Vous me téléphonez ? Elle sourit ! Elle rit dans son sourire ! Elle rit d'elle-même avec tendresse et incrédulité ! Elle rit d'elle-même si intrépide et de l'élan inespéré qui la propulse ! Comme elle a l'air heureuse ! Comme ils ont l'air heureux, les gens, durant l'automne ! Où sont donc le *cachot humide*, la *chauve-souris*, les *plafonds pourris*, la *vaste prison*, les *barreaux* des *immenses traînées* de *pluie* ? Est-ce que chemine autour de nous une peuplade taciturne d'araignées répugnantes qui viendrait *tendre ses filets au fond de nos cerveaux* ? Est-ce que j'entends autour de moi des *cloches qui sautent avec furie et lancent vers le ciel un affreux hurlement* ? Charly ! J'entends surtout le rire de ma postière providentielle ! Voit-on sur les trottoirs, au bord des clous, au fond des autobus, dans les rames de métro, *des esprits errants et sans patrie qui se mettent à geindre opiniâtrement* ? Et ma postière impromptue, ma jeune postière quelconque et mouvementée, connaît-elle l'*angoisse atroce, despotique*, de cette saison lugubre ? L'*espoir* qui l'auréole est-il *vaincu, pleure*-t-il ? Et sur son *crâne incliné* de fonctionnaire est-il planté un *drapeau noir* ? Charly ! Détectes-tu cela autour de moi ? *– D'accord. Je vous téléphone. C'est une très bonne idée. – Je vous vendrai des timbres. On fera des recommandés. On pèsera des colis. On fera des transferts de fonds ! Je vous ouvrirai un joli compte à la caisse d'épargne ! – Et on fera les écureuils ? – Et on fera les écureuils !* éclate-t-elle de rire en frappant l'épaule de son collègue. Ces scènes ahurissantes se répètent régulièrement pendant quatre mois. *Vous êtes très beau !* m'a lancé une jeune femme à la chevelure vaporeuse en me croisant sur un passage clouté mercredi dernier – je me suis retourné, elle s'est retournée elle aussi, nous nous sommes souri et j'ai crié *Merci ! Et vous aussi je vous trouve très jolie !* et elle a disparu dans la nuit. Et pourtant *je ne suis pas beau* et sans doute cette passante *n'était-elle pas jolie* : il s'agit juste de ce besoin millénaire, enfoui en nous comme la substance des contes de fées, de consolation. L'isolement m'a toujours effrayé. J'ai toujours eu besoin des autres. J'ai toujours eu besoin d'introduire l'altérité au cœur de ma vie. J'ai toujours eu besoin, même en couple, même amoureux, même avec Margot, d'exister pour d'autres femmes, ne fût-ce que pour une nuit, deux heures ou trois caresses. Que se passe-t-il exactement ? À quelle métamorphose ma personne se trouve-t-elle assujettie pour que se produisent ces moments, ces connexions, ces *retrouvailles* ? Aucun écart particulier n'altère mon apparence. Margot et mes amis ne se rendent compte de rien, qui continuent d'entretenir avec moi les mêmes rapports qu'à l'ordinaire. Une grâce, une urgence, une gravité, une nécessité circulent peut-être en moi et imprègnent mon regard, mes gestes, mes attitudes, mon port de tête. Je peux dévisager les femmes de la manière la plus directe. Je peux dévisager les femmes de la manière la plus effrontée. Je peux leur dire dans les yeux les paroles les plus abruptes, elles les absorbent, les plus intolérables, elles les acceptent. Il m'est permis de les intercepter sur le trottoir et de leur dire : *J'aime énormément vos oreilles* : elles me sourient. Il m'est permis de les intercepter dans un couloir du métro, de me planter sur leur trajet avec autorité : *Excusez-moi de vous importuner madame. Je sais pertinemment que ces choses-là ne se font pas. Je voulais juste vous dire que vous êtes belle...* et je les

361

regarde fixement dans les yeux, avec un aplomb, une droiture, une densité, rien de circonstanciel ou d'hasardeux, rien qui vacille ou qui zigzague, rien qui hésite ou qui spécule : rien que des mots de marbre et un regard éternel : *Merci*, me répondent-elles. *Ça fait plaisir à entendre, ça fait vraiment plaisir à entendre…* et elles s'attardent comme au musée sous mon regard à la Rembrandt. Une stabilité au fond des yeux, antique, paysagère, dans la teneur de mon regard, une fixité protectrice, civilisée, m'y autorisent : elles l'acceptent. Je sais que mon regard opère de cette manière pour les femmes que j'emmène à l'hôtel, à la résurrection desquelles je me dédie religieusement. Je leur dis à toutes ce que j'aime chez elles. Comme j'ai horreur de la perfection corporelle, de l'harmonie insignifiante, comme j'adore les physionomies légèrement discordantes (c'est le *Ce rien de déclassé que nous aimons tant* de Breton), comme j'apprécie ces très légers défauts des femmes de quarante ans qui les attristent, striures, sillons, cernes, rides, plis, cloques, rivières violettes, je leur trouve à toutes des trésors de volupté qu'elles ne soupçonnaient plus. Ma postière désinvolte : *C'est la première fois qu'un homme me dit ça. Qu'on aime mes grains de beauté.* Elle en avait des milliards qui auraient fait la félicité d'un astrophysicien. *La plupart des hommes doivent me les extraire mentalement un à un ! Quel travail ! Cette chirurgie les épuise ! Autant éteindre la lumière !* Puis : *Ce qu'ils font tous par ailleurs. – Et moi je les adore. Et voici ce que je vais faire : les acclamer un à un avec ma langue…* et j'entreprends de picorer son corps d'un clou à l'autre depuis son cou jusqu'aux chevilles, clous caramel en rafales. – *Tu aimes ?* me demande-t-elle à un moment. *Ça te plaît ? Moi j'adore !* –

*Beaucoup. Moi aussi j'adore ça. J'en ai compté 102. –
Il t'en reste 16 ! J'en ai 118 !* À la suite de quoi ma
postière truculente me renverse sur le dos et extirpe
d'un sac plastique du matériel administratif. Elle me
colle sur le corps des timbres-poste qu'elle humecte
avec la langue. Elle me tamponne d'un cartouche rectangulaire où figure en grosses lettres 17 NOV 03. Des
dizaines de timbres-poste et de tampons dateurs se
multiplient sur ma peau dans les rires de ma postière
espiègle ! *Tu as envie de quoi ?* je lui demande. – *Ce
qui me ferait plaisir ? Une petite pénétration de jour
férié, tendre, appliquée...* et je m'allonge sur elle, daté
et timbré, pour l'honorer à sa demande d'une enfantine
étreinte pascale. *Mais qu'est-ce que c'est que toutes ces
dates que tu as sur le poitrail ?* me demande Margot
quand je rentre. *17 novembre 2003 !* Les timbres-poste
étaient partis au lavage. Ma postière humoristique
avait daté mon sexe en érection, sur lequel, désormais
abrégé, raccourcissant le libellé déposé par la plaquette
caoutchouteuse de l'horodateur, on pouvait lire *1703*,
année anonyme du tout début du XVIIIe. – *Deux brebis
de Dieu se sont données chacune en sacrifice et ont
contribué à la résurrection l'une de l'autre. – Bon,
rejoins-moi, j'ai froid, viens te blottir contre moi.* J'ai
gardé religieusement les tampons de la postière plusieurs semaines, ils s'estompaient peu à peu sous mes
douches matinales, *Efface ces tatouages, ces tampons
obsolètes !* s'écriait Margot. *17 novembre ! On est le
3 décembre ! Tu retardes de vingt-deux jours !* Nous
ne faisons pas forcément l'amour : *c'est secondaire.*
Nous faisons même rarement l'amour, ou alors avec
douceur, comme une promenade dans un sous-bois, le
long d'un ruisseau, sur un sol de feuilles mortes et de
marrons luisants. Elles jouissent au ralenti, dans un

murmure crépusculaire, à l'image des lumières d'automne. J'exauce. Nous nous consolons. *Je t'aime*, leur dis-je. Nous avons conscience de ne jamais avoir éprouvé avec une telle urgence l'évidence de se le dire : *Je t'aime*, me répondent-elles. Je ne jouis jamais. Nulle semence ne s'est jamais écoulée de mon sexe en ces circonstances. C'est liturgique. J'ai besoin d'elles. J'enregistre leurs béances, leurs frustrations, et j'y réponds, et je les comble, et je m'emploie à les y faire renaître. Quand nous nous quittons : elles pleurent. Je les prends dans mes bras dans le hall de l'hôtel : je sanglote avec elles. Je suis un prêtre : je les bénis. Je n'éjacule jamais : rétention. Certaines veulent de la baise. D'autres que je leur lise, nu, des poèmes de Mallarmé. D'autres, hygiéniques, que je leur savonne les clavicules. Certaines que je les regarde se caresser le clitoris en leur disant des mots gentils à l'oreille. Un peu comme moi j'accepterais comme une offrande qu'une cantatrice italienne, reine, rousse, hissée sur des talons, me chante *a capella* le *Lamento della Ninfa* de Monteverdi dans une suite du Bristol Palace de Gênes. Certaines manifestent le désir de me frapper, de me ligoter, de scarifier ma peau avec une lame tranchante. D'autres veulent faire l'amour comme à la maison, modestement, pour pallier le désert de leur vie conjugale. Avec certaines, parfois, nous prenons place autour d'un guéridon et nous buvons du thé : accroupi sur la moquette à fleurs, épaisse, en laine, je leur lèche les genoux. Et ma présidente-directrice générale de la filiale française d'un groupe pharmaceutique anglais coté en Bourse, leader sur son marché, dont par ailleurs elle était l'*Executive Vice President*, membre attitrée du *board*, cette tueuse internationale (de mère anglaise et de père autrichien : élevée en France d'où son français parfait), abordée sur l'esplanade du Palais-Royal en lisière du Nemours, elle ! missile ! libérale ! ultralibérale ! mercenaire métallique ! technocrate contondante ! *Si l'éclair est encore là...* m'avait-elle dit au Palais-Royal après m'avoir remis sa carte de visite. Elle a voulu que je la baise avec la même sauvagerie qu'on administre une industrie mondialisée. Je me suis transformé en hardeur professionnel, mécanisé, inépuisable, et l'ai baisée dans une suite de l'hôtel du Louvre qu'elle avait réservée, sur tous les meubles, dans toutes les positions, elle a tenu l'équivalent de trois comités de direction, de quatre négociations syndicales, je veux dire : *en termes d'énergie et d'implication de soi*, elle mouillait, suait, hurlait, se trouvait saisie de convulsions électromagnétiques à chaque orgasme que je lui procurais, *Mais comment tu fais pour tenir comme ça si longtemps !* s'étonnait-elle dans un murmure d'épuisement, *ça ne s'arrête jamais avec toi, c'est sublime, fais-moi encore l'amour !* et je continuais, et elle continuait de jouir et de hurler, fusion/acquisition, conseil d'administration, démantèlement d'usine, coulures prolixes qui humectaient les draps, *Dis-moi que tu me baises ! Dis-le-moi ! Je suis ta grosse salope !* grèves, tracts, manifestations, *Je te baise ! Tu es ma grosse salope !* préavis, annonce de plan social, distribution de dividendes, *Je te baise comme une chienne, comme une grosse pute !* leader mondial, explosion des cours, absorption des concurrents, *Je suis ta pute ! Je suis ta pute !* hurlait mon Anglo-Autrichienne dans une suite de l'hôtel du Louvre, j'avais peur qu'on ne l'entende de la terrasse du Nemours à travers les carreaux des croisées, *Je jouis ! Tu me baises ! Je suis ta truie !* et Sophie sur la terrasse du Nemours qui feuillette un roman américain en sirotant un Martini pendant que je baise l'*Executive Vice President* d'un groupe pharmaceutique anglais leader sur son marché (cardiovasculaire + antidépresseurs), *Crache-moi dans la chatte!* me suppliait-elle à chaque entracte qu'elle m'octroyait pour me permettre de souffler un peu, *s'il te plaît, j'ai vu ça dans un film, ça m'excite, crache-moi dans la chatte…* et je crachais dans la chatte de la présidente-directrice générale. *Tu as l'air fatigué*, me demande Margot quand je rentre. *C'est ta conférence génoise qui t'épuise? – Je me suis donné en sacrifice. J'ai contribué à la rédemption d'une brebis de Dieu. – Et ces griffures! Ces griffures sur ton dos! Tout ce sang! – J'ai rampé dans des ronces. Un rituel christique. Je vais prendre une douche.* Je ne les vois qu'une fois. Je ne les console qu'une seule fois. Elles ne me consolent qu'une seule fois. Nous ne sommes l'un pour l'autre furtivement que des comètes automnales.

La banque se situait à proximité des Champs-Élysées, non loin d'un parc où Laurent Dahl aimait flâner, à l'heure du déjeuner, avec un livre et un sandwich. Ce n'était pas la moins curieuse de ses ambiguïtés que ce besoin constant de s'isoler. Il vivait ce premier emploi (pour l'obtention duquel il s'était tant battu) (l'intervention du beau-père de Clotilde avait été déterminante: ils le savaient l'un et l'autre) avec la même étrange ambivalence qu'il avait vécu quelques années plus tôt la classe préparatoire aux écoles de commerce: pris en tenailles entre ennui et anxiété, morosité et ambition, accablement et rêves d'accomplissement, d'où ces enclaves qu'il se créait, de silence, sur un banc, en bordure d'un étang, où il pouvait s'oublier, lire le journal, contempler nostalgique les jeunes femmes du quartier. Il avait déjà buté sur cet écueil lors des concours qu'il avait passés. En premier lieu des crampes, des frayeurs qui le vrillaient, les insomnies qui se multipliaient. En second lieu, à peine s'était-il assis dans les salles où avaient lieu les concours que quelque chose de lointain l'aspirait, la peur qu'il éprouvait d'être écrasé par les centaines de prétendants déterminés qui l'entouraient entraînait l'apparition de douces rêveries, il trouvait dérisoires ces épreuves, la servitude de ces jeunes filles, l'application qui colorait leurs joues, les stylos-feutres qu'elles extrayaient des trousses pour souligner des phrases, Laurent Dahl dévisageait ses concurrents, se déconnectait de ses angoisses, s'envolait vers le ciel par les carreaux embués, et c'est un candidat candide, idéaliste, expatrié dans d'autres mondes, qui réalisait les exercices qu'on lui avait distribués, il transcrivait de longs poèmes de Mallarmé sur ses copies d'économie et de mathématiques, il osait les rendre aux examinateurs en fin d'épreuve un sourire sur les lèvres. La salle de marché, un plateau sans cloisons, était constituée de trois rangées disposées parallèlement, distantes de quelques mètres, équipées d'ordinateurs et d'écrans en triptyque. Cet objectif que Laurent Dahl s'était fixé, devenir trader, se distinguer du tout-venant du salariat par une fonction prestigieuse, se matérialisait sous ses yeux toute la journée de la manière la plus abrupte : c'était la ligne des traders, la première du plateau, qu'on appelle le *front office*, dont Laurent Dahl voyait le dos des officiants, leurs nuques, leurs cheveux bruns nettement taillés, les plis de leurs chemises de luxe. Derrière cette première ligne prenaient place les analystes, les conseillers, les économistes et les experts financiers, dont là encore l'exposition conceptuelle des omoplates, des colonnes vertébrales qui prospectaient diminuait mentalement Laurent Dahl. Et derrière ces deux digues au prestige décroissant s'établissait la dernière ligne, celle du *middle office*, où s'activait Laurent Dahl environné de trois jeunes gens qu'il trouvait tristes, ternes, plats, médiocres. Cette partition scrupuleuse, irréductible, dont la rigueur orientait les énergies et les rapports de force, n'était pas seulement géographique : elle était *fondamentale*. Un esprit de caste ostensible opposait à la plèbe des arrière-postes la sourcilleuse aristocratie des traders, constituée d'éléments supérieurs détenteurs de diplômes prestigieux, Mines, Harvard, Cornell, Polytechnique. Il n'était pas question que les ingrédients des trois lignes se mélangent et puissent sympathiser, partager un repas, des loisirs, des conversations d'égal à égal : exclu. Les traders du front office se voyaient le week-end, dînaient le soir en petits comités, partageaient un certain nombre d'affinités et de signes d'appartenance (leurs voitures de luxe et les clubs de sport sélectifs où ils étaient inscrits), se présentaient leurs femmes, louaient des yachts pour les vacances, considéraient leurs collègues du middle (alors même qu'aucun lien hiérarchique d'aucune sorte ne les soumettait aux premiers) comme de vulgaires subalternes. Le mépris qu'ils affichaient pour Laurent Dahl était à peine dissimulé : gravé dans leurs regards, dans leurs manières, dans leur comportement. Ils étaient sympathiques mais distants, inaccessibles, et aucun d'eux n'avait jamais proposé à Laurent Dahl de partager ne serait-ce qu'un café. Clotilde : *Ce sont des cons, envoie-les chier, te laisse pas faire. – Facile à dire. C'est tout juste s'ils me disent bonjour. J'ai l'impression, quand je les croise, qu'ils ne me voient pas. J'aurai passé mon existence à me sentir diminué par les autres. – Tu regorges de complexes. C'est toi-même qui t'attires ces comportements. – N'empêche que toi, à sécher tous tes cours, tu vas te retrouver toi aussi à un poste subalterne, exposée à l'arbitraire de supérieurs détestables. – Je t'emmerde. Je suis pas issue comme toi d'un milieu de petites gens serviles.* Clotilde n'allait pratiquement plus en cours depuis des mois. Elle s'était mis en tête de déménager et de chercher un appartement, qu'elle avait fini par dénicher dans les annonces immobilières du *Figaro* : un trois pièces avec terrasse qui donnait sur une grande cour pavée, gazouillante, aux abords du Quartier latin. *Non mais ça va pas !* lui avait dit Laurent Dahl. *Tu as vu le prix ! Tu penses quand même pas qu'on va louer un appartement aussi cher !* Il avait fini par lui céder (elle le trouvait mesquin et misérabiliste) en imposant comme contrepartie qu'elle reprendrait ses études, d'autant plus qu'elle allait disposer d'un bureau pour elle toute seule où elle pourrait s'isoler quand il rentrerait du travail. Résultat : il la trouvait allongée sur le lit à regarder la télévision un verre de Martini à la main, des paquets de Figolu et de Philip Morris sur les draps, abandonnée à la vacuité d'une journée informelle qui s'écoulait au rythme indifférent des téléfilms, des émissions pour retraités et des écrans publicitaires. Elle ne se couchait pas avant trois heures du matin. Laurent Dahl obtenait d'elle qu'elle éteigne la télévision vers minuit pour qu'il puisse s'endormir. Elle migrait vers la cuisine avec ses cigarettes, un magazine, un carnet à spirale où elle notait ses pensées, laissait s'écouler plusieurs heures à ne rien faire et ne parvenait pas à se lever le matin. *Tu me déprimes. Ça me déprime de te*

369

trouver comme ça le soir avachie devant la télé. Tu peux pas passer toutes tes journées enfermée ici à rien foutre, à manger des Figolu ! – Je laisse tomber ces études de merde. À quoi bon. Je perds mon temps. – Et qu'est-ce que tu comptes faire ? – Je m'inscris en archéo l'année prochaine. Stupéfaction de Laurent Dahl : *En archéo ?! Pourquoi archéo ?! – Et pourquoi pas ? Si je continue avec l'anglais je vais finir derrière le guichet d'une Société Générale. Idem avec une maîtrise de lettres. – Alors donc archéo... C'est d'une logique indiscutable... Pour pas finir au chômage tu envisages archéo ! Super le calcul ! – J'aime bien les vieilles pierres... les statuettes... les morceaux d'assiette... les vieux bidules enfouis dans la glaise...* L'année suivante, inscrite en archéologie, assidue jusqu'à Noël, elle s'était remise à passer ses journées dans leur appartement à regarder la télévision. *Quand je rentre le soir je trouve ma copine affalée en jogging sur le lit, à moitié ivre, devant des jeux télévisés. Je te jure Clotilde, c'est déplorable, tu me déprimes, certains soirs je redoute de rentrer. – Je te déprime ? Je déprime mon pauvre amour ? Oh, le pauvre gentil garçon, je le déprime ! Il a été dressé à fréquenter des jeunes filles sages, obéissantes, qui se comportent correctement ! Mon pauvre trésor ! Que je te plains d'être affublé de ce débris déscolarisé ! – C'est ça, ironise, c'est ta seule arme, tu passes ton temps à ironiser, il est impossible d'avoir avec toi une seule conversation sérieuse ! – Un verre de Martini mon amour ? – Non merci. – Une cigarette alors ? Tu sais, tu devrais te mettre à fumer maintenant que tu es grand, que tu as un travail, des fiches de paie, comme un vrai grand garçon ! Tiens, prends, fais-moi plaisir.* Elle lui tendait son paquet de Philip Morris : *Allez, vas-y, n'aie pas*

*peur, tu vas pas en mourir ! Si tu veux je dirai rien à ta
maman... – Fiche-moi la paix Clotilde. Je te préviens je
vais pas supporter ce truc très longtemps. – Tu as tort.
Tu aurais dû en prendre une. Tu devrais fumer, tu
devrais boire, tu devrais te droguer. Et tes copains
traders, avec leur coke ? Tu sais que jamais ils t'accep-
teront, tes amis du front office, si tu restes aussi sain,
aussi inoffensif qu'un garçonnet !* Silence de Laurent
Dahl. Il retirait sa cravate et la lançait sur un fauteuil.
*Tu n'as rien vécu Laurent. Tu as eu une vie ultraproté-
gée. Et ne viens pas me parler de ton père ! C'est la
seule chose un peu dure, c'est la chose la plus dure que
tu aies vécue, les tracas de ton papa qui voulait tant
réussir ! Mais laisse-moi rire Laurent ! Par rapport à
quelqu'un comme moi, ce qu'on m'a fait subir de réellement violent, de réellement destructeur, les coups, les
cris, l'alcool, les crises de nerfs, les insultes qui pleu-
vaient, le salon dévasté, la cuisine comme Beyrouth...
Et toi tu es vierge, à peine frôlé par l'existence, enfermé
dans ton idéalisme à la con, tu ne bois pas, ne fumes
pas, ne fais jamais d'excès, tu planifies ta vie comme
une compétition d'athlétisme. Parfois dans cette maison j'ai envie de virilité, j'ai envie de vivre avec un mec
qui en a, qui a des couilles, de l'envergure ! Tu es
comme une fillette Laurent parfois merde ! Et moi qui
rêvais d'un vrai homme, avec une vraie stature, qui
puisse me défendre, un mec qui n'ait pas peur des
coups, du combat, de l'adversité, de la chimie et du
goudron ! Mais fume, allez, prends, vis, jette-toi ! Ça te
donnera un peu de densité, un peu ! J'aimerais te voir
une fois faire un truc un peu déviant, un peu malsain,
un peu dangereux, même fumer une cigarette !* Laurent
Dahl fulminait. Il prit la cigarette, l'alluma, tira une
bouffée : c'était la première fois qu'il fumait. *– Alors,*

ça change quelque chose ? Ça te fait quoi de me voir fumer ? – Eh bien je peux te dire : ça te va à merveille. Il toussait. *– Fumer une cigarette ne change en rien ce que je suis profondément. – C'est déjà un début. Ça te virilise. Ça te donne du caractère. Ça fait de toi autre chose qu'un garçonnet qui se protège. – Je crois que je vais partir Clotilde. Ça ne peut plus durer.* Laurent Dahl avait éteint la cigarette. *– Qu'est-ce qui ne peut plus durer ? – Nous. Tout. Ces disputes. Ton ironie. Le fait qu'il soit impossible de parler, de réfléchir, de trouver une solution. – Une solution à quoi mon pauvre amour ? – Aucun de nous n'est heureux dans cette histoire. – Le moment tombe assez mal. – Le moment tombe à pic. Après ta diatribe de tout à l'heure je pense au contraire qu'il tombe à pic. Je t'énerve, tu rêves d'un homme viril, d'un barbouze, d'un voyou, d'un militaire… j'en sais rien… mais pas d'un financier minuscule protégé par l'existence. – Il est d'ailleurs très joli ton costume de boursier. Gris, triste, étriqué : exactement l'idée qu'on peut s'en faire. Très bien choisi. – Je t'emmerde. – Qu'est-ce que tu es susceptible ! – Je vais aller dormir chez un ami. – Tu me fais penser, quand j'étais petite, le type qui présentait la Bourse à la fin du journal de midi… dans une petite fenêtre… on avait l'impression qu'il avait été miniaturisé… un peu comme toi… pour rentrer dans la petite fenêtre… dans l'angle supérieur gauche… car le reste de l'écran il était occupé par la corbeille et les boursiers qui criaient… tu t'en souviens ?* Clotilde riait. Elle se tapait les cuisses. Laurent Dahl la regardait dévasté. *Comment il s'appelait ? M. Brongniart je crois, Jean-Pierre Brongniart, quelque chose comme ça. – Et quand je rentrerai, dans deux jours, tu seras partie. Tu n'as qu'à aller vivre chez Philippe. – Je te dis que cette* *scène tombe très mal. Tu es bouché ou quoi ? – Et tu peux me dire pourquoi cette scène elle tombe mal pré*cisément aujourd'hui ? *Je te vois réfléchir. Il faut que tu trouves un prétexte dans ta tête ? – Pas dans ma tête. – Pas dans ta tête ? – Dans mon ventre. C'est dans mon ventre qu'il se trouve ton soi-disant prétexte.* Stupéfaction de Laurent Dahl : *Dans ton ventre ? – Dans mon ventre. – Clotilde ! Arrête avec ça c'est insupportable ! Arrête de jouer au chat et à la souris ! Si tu as quelque chose à dire : dis-le !* Laurent Dahl passait ses journées, sur le plateau paysager, à contempler l'horizon du trading. La certitude qu'il ne parviendrait pas, sauf à bénéficier d'un miracle, à accéder à la première de ces trois lignes, accentuait son désarroi. Le directeur du middle office, qui estimait que cette activité (qu'on avait tendance à considérer à l'époque comme une sommaire plateforme administrative que le prestige du front office disqualifiait) avait besoin d'éléments de qualité pour lesquels la croissante complexité des opérations qu'on y conduisait pouvait constituer un aboutissement en soi, avait ruiné ses tentatives auprès du directeur de la banque pour qu'il le fasse passer en première ligne. En quoi avait consisté son travail durant les quatre années que Laurent Dahl avait passées dans cet établissement ? L'activité d'une banque d'affaires se répartit en deux catégories d'intervention : la partie *distribution* et la partie *trading*. La première consiste à acquérir des titres pour le compte d'un client : celui-ci, conseillé par un analyste, passe un ordre au trader. La deuxième consiste à négocier des titres pour le compte de la banque : le trader effectue un certain nombre d'opérations dont la finalité est de procurer une plus-value à l'établissement qui l'emploie : on appelle ça le *prop trading*. Au début des années quatre-vingt-dix, à chaque fois qu'un trader finalisait une opération, que ce soit pour son compte ou pour celui d'un client, il écrivait les détails de la négociation sur une feuille de papier, appelée un *ticket*. 1 000 Pernod-Ricard à tel prix pour le compte de tel client. 2 000 Saint-Gobain à tel prix pour le compte de la banque. Les traders, chaque soir, à la clôture du marché, déposaient leurs tickets sur les bureaux du middle office. Laurent Dahl les enregistrait (saisissait sur un système informatique l'intégralité des opérations) et effectuait les premières réconciliations : un pointage qui lui permettait d'établir, à partir des listings qui résultaient de la saisie, que l'intégralité des tickets avait été enregistrée. Un travail mécanique. Un travail avilissant. Un travail de secrétaire. Le lendemain matin, car à l'époque les systèmes n'étaient pas en temps réel, les opérations avaient été comptabilisées. Et son travail obligeait Laurent Dahl, phase essentielle de sa mission, à effectuer le rapprochement client/marché : il s'agissait de s'assurer, si un client avait acquis 1 000 titres, que le marché avait livré 1 000 titres. Par ailleurs, pour ce qui concerne le *prop trading*, il devait fournir à la comptabilité les éléments qui allaient permettre à cette dernière d'émettre des reportings sur les opérations des traders (achats et ventes) et sur leurs résultats (Profit and Loss). Ce dernier travail (et l'émission du P and L auquel il conduisait) devait être accompli impérativement avant l'ouverture du marché : idéalement avant onze heures. C'était la panique chaque matin. Stress. Urgence. Tensions. Nervosité. Des erreurs avaient été commises. Un trader avait écrit : « J'ai fait 10 000 titres » et il était convaincu d'avoir passé un ordre de 10 000 titres – or 9 000 avaient été acquis sur le marché. Quand le rapprochement client/marché laissait apparaître des décalages, quand l'établissement du P and L révélait des erreurs d'enregistrement, Laurent Dahl devait identifier les négociateurs qui les avaient commises et leur demander de s'expliquer. *Salut. On a 1 000 titres qui manquent. Qu'est-ce qui s'est passé ?* C'était lui qui devait se déplacer : les négociateurs ne s'abaissaient jamais à se rendre sur la ligne du *middle*. Les enjeux pouvaient être considérables : des erreurs constatées, non rectifiées en temps voulu, pouvaient donner lieu à des pertes substantielles. Si un trader était convaincu d'avoir vendu 20 000 titres pour se prémunir d'une baisse du cours et qu'en réalité seuls 10 000 titres avaient été cédés (chose assez fréquente compte tenu du fait que les traders pouvaient passer leur journée, dans l'urgence, emportés par la liesse du marché, à vendre et acquérir la même valeur), il pouvait résulter de cette anomalie un manque à gagner important. *J'ai une couille sur quatre mille titres*, disait Laurent Dahl au trader qu'il allait voir à son poste. *Il me manque quatre mille titres. – Qu'est-ce que tu veux que ça me foute ? – Y a urgence. Il est midi moins vingt. Qu'est-ce que tu comptes faire ? – Là écoute je suis sur un gros deal. Reviens plus tard tu veux ? – Il faut régler ce truc dans la minute. – Si encore tu étais venu à neuf heures ! J'aurais pu rectifier ! Mais là ! Tu débarques à midi moins vingt la gueule enfarinée ! – De toute manière avec vous c'est jamais le bon moment. C'est soit trop tôt... soit trop tard... soit vous êtes sur un gros deal... soit vous devez téléphoner... c'est jamais le bon moment... – Midi moins vingt ! Il me demande à midi moins vingt ! Mais qu'est-ce que vous foutez au middle bande de branleurs ! – C'est à cause de la panne informatique. On a dû le faire manuellement. Tout s'est mélangé. Ça nous a pris trois plombes. – Mais*

*comment veux-tu que je m'y retrouve! Tu me
demandes... un truc que j'ai fait mercredi! Et on est
vendredi! – J'y suis pour rien. On a eu une panne. – Eh
bien tu te démerdes. Je la prends pas la paume. Je vais
te dire un truc : tu peux toujours te la carrer bien
profond! Tu te démerdes! Tu la balances sur un
compte pertes! Et tu viens plus me faire chier!* Un
autre jour : *C'est quelle valeur?* répondait Olivier
Garage à Laurent Dahl sans cesser de pianoter sur son
clavier. – *Alcatel. Il manque six mille titres.* Le trader
ne prenait pas la peine de le regarder. Il continuait de
travailler en ignorant ostensiblement ses propos. – *Je
répète : il manque six mille Alcatel. – C'est pas moi.
– Tu as passé la journée d'hier à négocier de l'Alcatel.*
Olivier Garage continuait de pianoter sur son ordinateur. Il s'empara du téléphone et passa un appel.
Laurent Dahl resta immobile derrière lui à attendre.
Une fois que le trader eut raccroché : *T'es encore là
putain? – Il faut régler le problème. Il manque six
mille Alcatel. Il y a une perte de 530 KF. – Je te dis
que c'est pas moi. Je n'ai pas pu, c'est impossible,
commettre une telle erreur. – Ça t'est déjà arrivé.*
Silence. Long silence. Laurent Dahl restait prostré près
du trader. – *Ça t'est déjà arrivé de commettre des
erreurs de cette nature. – Ça t'est déjà arrivé de commettre des erreurs de cette nature*, le parodiait Olivier
Garage en ostracisant la délicatesse avec laquelle
Laurent Dahl s'exprimait. Virilement : *Je te dis que
c'est pas moi bordel. Mais putain! Je vais t'en mettre
une putain tu vas voir ça va pas tarder!* Il fallait des
couilles, une cuirasse en acier trempé, ce dont naturellement Laurent Dahl se trouvait démuni, pour affronter
les traders sur leur ligne, si sûrs d'eux, si insultants à
son égard. Ses jambes tremblaient. Son cœur battait. Un

douloureux boulet de fonte s'incrustait dans son ventre. Il avait, dans un tiroir de son bureau, du *Spasfon* pour les crampes, du *Maalox* pour les brûlures, de l'*Aspégic* pour les migraines, du *Primpéran* pour les nausées, de l'*Altocel* pour les diarrhées. Il abusait, à l'opposé des certitudes de Clotilde, de la chimie et des médicaments, qui colmataient les brèches, réduisaient les fissures, atténuaient les stridences, minimisaient les douleurs diversement localisées que ces altercations occasionnaient. Laurent Dahl assumait avec difficulté les affrontements auxquels le conduisaient ses enquêtes opiniâtres : il détestait les conflits et les rapports de force frontaux : il détestait les climats délétères et les soupçons d'ostracisme : il aimait être aimé. Laurent Dahl respirait à fond : *Et moi je te dis que c'est toi. C'est toi qui as commis cette erreur de six mille titres sur Alcatel. On a perdu 530 KF sur cette opération. Et je répète : qu'est-ce que tu comptes faire ?* Le trader se tournait vers Laurent Dahl et le foudroyait du regard : *Putain mais toi tu commences sérieusement à me casser les couilles. Je te répète que je suis pour rien dans cette putain d'erreur. Maintenant tu te casses. Je suis sur un gros deal là ! Tu te casses bordel ! Tu retournes dans ta tanière de trou du cul et tu viens plus nous faire chier avec tes mesquineries de quincaillier !* C'était un exercice délicat que d'acculer les traders à reconnaître les pertes qu'une négligence de leur part avait pu entraîner. Leur attitude était paradoxale. D'une part il était dans leur intérêt que le middle leur signale le plus tôt possible les écarts qu'il avait détectés, afin qu'il soit possible d'en solutionner les nuisances. Et d'autre part ils accueillaient les éléments du middle avec hostilité comme des enculeurs de mouche et des oiseaux de mauvais augure. – *Je vais devoir...* balbutiait Laurent

Dahl qui tremblait comme une feuille (mais la rancune qu'il éprouvait pour le trader l'incitait à vouloir le détruire : il ne reculerait pas). *Je vais devoir établir une feuille d'incident… – Eh ben c'est ça, vas-y, fais-la putain ta feuille d'incident ! Tantouse !* Il arrivait que le directeur de la salle convoque en réunion le front et le middle pour examiner les litiges : *Mais pourquoi vous n'avez pas réagi plus tôt ?! Ça fait deux jours que vous êtes dans la merde !* Laurent Dahl : *J'ai réagi. Hier matin à neuf heures trente pour être précis. – Mais pourquoi vous laissez traîner !! Pourquoi c'est pas réglé ?!* insistait irrité leur supérieur hiérarchique. Laurent Dahl hésitait. Il fallait qu'il se couvre. – *Je suis allé voir Olivier à neuf heures trente. Hier matin à neuf heures trente. – Tu es venu me voir hier matin à neuf heures trente ? Pour me parler de cette paume ? Première nouvelle ! – Je suis venu te voir hier matin à neuf heures trente. – Moi si personne me prévient, si personne m'informe, je peux rien faire !* disait Olivier Garage au directeur de la salle. *Deux jours plus tard c'est foutu ! Comment voulez-vous ?!* Un autre trader prenait la parole : *Ça c'est vrai. Si les mecs du middle… si les systèmes de contrôle ne fonctionnent pas !* Les traders se serraient les coudes. Il s'agissait d'une caste fermée qui se protégeait solidairement des incursions du middle. Olivier Garage : *De toute manière il aurait fallu intervenir beaucoup plus tôt : c'était déjà trop tard pour rectifier. Moi dans ces conditions je prends pas la paume : elle part dans un compte pertes. Je vais pas assumer les insuffisances de ce type !* ajoutait-il en désignant Laurent Dahl d'un visage dédaigneux. – *Il ne faut pas laisser traîner ce genre de truc*, critiquait le directeur de la salle en le regardant lui aussi. *Il ne faut pas laisser traîner… laisser pourrir dans les placards.*

Il faut être sur le pont. Travailler vite. Traquer les erreurs. Obtenir des traders qu'ils corrigent. S'ils sont occupés : revenir. S'ils sont sur un gros deal : insister. S'ils vous congédient : faire le siège. C'est votre boulot ! Laurent Dahl se sentait isolé. Ses déjeuners en solitaire l'avaient coupé en partie de ses collègues du middle office. Les conflits qui l'opposaient à Olivier Garage avaient fini par attirer sur lui l'inimitié des traders, que les manières, la solitude, le raffinement de Laurent Dahl exaspéraient. *Je tiendrai jamais. Je vais jamais pouvoir tenir l'année,* disait-il à Clotilde. *C'est devenu un véritable enfer. – Il va pourtant falloir. À moins que tu demandes à Philippe de te trouver autre chose. – Je crois qu'ils me détestent. C'est devenu invivable. C'est possible de travailler, c'est pas ça, j'y arrive, je fais bien mon boulot, mais c'est, c'est devenu infernal.* Clotilde et Laurent Dahl avaient eu des jumelles, Vivienne et Salomé, nées le 15 juin 1994. Ils avaient déménagé à Montmartre dans un appartement plus spacieux, de quatre pièces, d'où ils voyaient le Sacré-Cœur par la fenêtre de la cuisine. *Et ce loyer énorme qu'on s'est mis sur le dos. Ça me stresse en fait,* disait-il à Clotilde. *– Mais qu'est-ce que t'en as à foutre que ces mecs ils te détestent ?! Nous aussi on les déteste ! Nous aussi on les trouve cons ! Ce sont des types incultes, arrogants, qui puent le fric, la frime ! – Peut-être... En attendant... – Ils sont présomptueux ! Ils se croient tout permis ! Grâce à leur argent ! – En attendant je vomis tous les matins avant d'aller à la banque. Et ce travail mécanique qui me fait chier. Et l'horizon qui est bouché. Aucune perspective de progression. Et maintenant j'ai ce loyer sur le dos ! – Parles-en à Philippe je te dis. Il peut peut-être te trouver autre chose. – Si encore tu avais poursuivi tes* *études. Si je savais que tu allais travailler... avoir un boulot... gagner un peu d'argent... Mais tout repose sur moi, c'est stressant, ça m'angoisse ! – Tu vas pas remettre le couvert !* protestait Clotilde. *Putain mais c'est pas vrai ! Tu peux pas être adulte à un moment donné ! Assumer tes responsabilités ! Tout le monde travaille ! Tout le monde élève des enfants ! Comment ils font les autres ! Ils se plaignent de devoir assumer une famille ?! – Je suis obligé d'encaisser quotidiennement un travail humiliant, qui me mine, qui m'avilit... Je suis coincé comme un rat... Je peux pas démissionner à cause des filles... du loyer... de ton beau-père... de ses attentes... de toi qui travailles pas... – Humiliant ! Avilissant ! Tu travailles dans une grande banque américaine ! Avec un bon salaire ! Et tu te plains ! Tu dis humiliant ! Tu dis avilissant ! Mais tu devrais avoir honte ! T'es pas pompiste putain ! Ni apprenti poissonnier ! Tu travailles, à un poste intéressant, relativement intéressant, rémunérateur, dans une grande banque américaine ! – C'est bizarre. Je suis ambitieux. J'ai envie de réussir, j'ai toujours eu envie de réussir, mais l'entreprise m'angoisse, les collègues, les rapports de force, la sauvagerie des relations. On n'en parle jamais de la pression qui repose sur les épaules du père et du mari, par rapport à l'argent, à l'image, au respect, à la considération... Mais la réalité c'est quoi ? Écartelé entre la peur de l'échec et l'accablement du travail à accomplir... sans la plus petite gratification... Un sacerdoce atroce, cruel, que le père, que le mari doit assumer en silence... Je n'en peux plus en fait... Je voudrais m'enfuir... Envisager autre chose... La pression est trop lourde...* Clotilde le considérait consternée. Elle semblait ne pas comprendre. *– Mon pauvre Laurent ! Tu es décidément* *trop fragile ! Tu le voulais cet emploi ! Tu as fait des pieds et des mains pour l'avoir ! Et maintenant tu veux t'enfuir ! Je comprends pas ! Je comprends rien ! C'est épuisant !* Et c'est alors qu'il s'était produit un imprévu qui allait modifier en profondeur la situation professionnelle de Laurent Dahl – un événement dont on peut dire qu'il orienterait radicalement son existence. Cet imprévu avait surgi à un moment où les fluctuations psychologiques de Laurent Dahl devenaient préoccupantes : par exemple il avait passé une journée entière à l'aéroport de Roissy à s'interroger sur la lointaine destination qu'il choisirait s'il s'enfuyait : il était rentré dépité avec une valise vide achetée sur place : *Peut-être un début de dépression nerveuse*, avait diagnostiqué son généraliste, *Je crois pas*, lui avait répondu Laurent Dahl. *Mais peut-être de la fatigue. Une immense lassitude. Je voudrais pouvoir rêver : or ma vie ne me fait plus rêver. Le rêve a toujours été mon moteur : et là depuis plusieurs mois j'essaie d'avancer sans moteur, à la rame, à la main...* La banque de Laurent Dahl avait embauché un dénommé Steve Still, lequel avait réalisé pour le compte de Goldman Sachs des performances remarquées (parmi les meilleures de Paris) qui lui avaient valu une certaine célébrité. Or les deux hommes se connaissaient pour s'être déjà croisés à deux reprises : adolescents lors d'un séjour linguistique en Grande-Bretagne, quelques années plus tard en classe préparatoire aux écoles de commerce. Ils avaient passé les quatre semaines de leur séjour à Manchester à embrasser de jeunes Anglaises et à jouer aux fléchettes dans des pubs. Et, sans être vraiment amis, sans s'être revus ensuite, ils s'étaient fréquentés avec plaisir durant les deux années qu'avait duré la classe préparatoire : ils s'appréciaient et se respectaient.

*Laurent ! Toi ici ! Mais c'est super ! Quelle surprise !
On se retrouve pour la troisième fois !* lui avait dit
Steve Still le matin de son arrivée. – *Nos destins ne
cessent de se croiser,* lui avait dit Laurent Dahl. – *Il
faut qu'on soit prédestinés l'un à l'autre pour se
retrouver comme ça par hasard à intervalles réguliers !
– Peut-être. La coïncidence est troublante en tout cas. –
Putain… Tu te souviens de Monica ? – Monica ? C'est
qui Monica ? – Mais Monica ! La nana qu'on s'était
refilée à Manchester ! Tu avais commencé et moi
j'avais conclu ! – J'avais oublié son prénom… Et la
mienne… celle que j'avais gardée… dont j'étais tombé
amoureux à la fin du séjour… Joanna… Comme dans*
Chapeau melon et bottes de cuir… Cette fois-là ils
s'étaient liés d'amitié. Ils se voyaient souvent, partageaient des pizzas sur le desk, dînaient de temps à
autre en tête à tête. Steve Still se souvenait que Laurent
Dahl s'était placé troisième lors du premier concours
blanc. Il se souvenait qu'on avait lu en classe une dis-
sertation que Laurent Dahl avait écrite. Le prestige qu'il
avait retiré de cet hommage, celui d'un élément brillant,
inspiré, décalé, ne s'était pas évanoui de la mémoire de
Steve Still. Si bien que celui-ci avait lié avec lui des
relations d'amitié ostensibles qui transcendant les cli-
vages ordinaires du plateau avaient fini par modifier
réellement (en raison de la notoriété du trader star) le
regard que ses collègues avaient porté sur lui jusqu'à
présent. Trader star : Steve Still avait obtenu chez
Goldman Sachs, ces trois dernières années, des profits
de 75, 80 et 105 millions de dollars. Il allait poursuivre
sa fulgurante ascension avec des résultats exceptionnels
de 95 et 112 millions de dollars sur les deux années qui
suivraient.

11

Depuis trois mois sa maîtresse britannique acceptait de répondre aux nombreux mails que Patrick Neftel lui envoyait. Elle lui avait confirmé qu'effectivement ses pieds étaient cambrés, *Very very arched*, elle lui avait révélé qu'une station verticale prolongée les rendait douloureux (*But I like to stay in bed you know!* plaisanta-t-elle, *with my heels!*) et qu'elle avait du mal à trouver des chaussures adéquates. Elle eut la gentillesse de réaliser des photographies de ses orteils (*Only for you: a gift for your birthday!*) expédiées avec tendresse sur son ordinateur. Patrick Neftel leur avait demandé (naturellement les messages qu'il expédiait s'adressaient aux deux conjoints : il n'avait pas commis l'erreur de négliger l'élément masculin mais de l'inclure aux élégies qu'il composait) s'il serait possible qu'ils se rencontrent pour faire connaissance : *I could come in Great-Britain to visit you.* Il obtiendrait de sa mère qu'elle finance ce voyage : il était resté cloîtré dans sa chambre ces dix dernières années, exception faite de ses virées à l'Agora d'Évry, qui s'étaient raréfiées. *Why not?* lui répondit le couple anglais. *We're not swingers. We're not usually looking for single guys. But why not! You're so sweet!* Patrick Neftel exultait. Il se fit photographier par un artisan du village, fit scanner les portraits par le jeune homme qui l'avait initié à Internet et les expédia au couple anglais avec un texte qui expliquait qu'il avait un peu grossi (*When I was younger I was very thin!*) mais qu'un régime réputé efficace auquel il s'astreignait résoudrait le problème dans les mois qui suivraient. Le lendemain, le 11 septembre, deux avions s'encastrèrent dans les tours du World Trade Center. Patrick Neftel, qui regardait en boucle sur Internet les images de l'attentat, hypnotiques, d'une beauté inouïe, considérait cette opération comme un chef-d'œuvre incalculable. Un absolu avait été atteint, une notion pure avait été propulsée dans des milliards de cerveaux, aucun artiste n'avait jamais réussi à accéder à une « Structure » aussi entière, laquelle disqualifiait dans l'instant les tentatives artistiques mensongères, bricolées, de ses contemporains : des simulacres qui s'accusaient de vacuité. Abolie la prétention, esthétiquement une erreur, d'inclure au papier, à l'écran, à l'espace du musée, autre chose que par exemple l'horreur de la forêt ou le tonnerre muet épars au feuillage : non le bois intrinsèque des arbres. Al-Qaïda : « Transposer » un fait de guerre « en sa presque disparition vibratoire » pour qu'en émane la « notion pure ». « L'œuvre pure implique la disparition élocutoire du poète » écrivait Mallarmé : le 11 Septembre était le geste le plus pur qui puisse se concevoir, résultant de la disparition élocutoire des terroristes, obtenant une « Transposition » incantatoire qui était un « mot nouveau », un vocable irradiant, celui d'une révolte, d'un état d'âme, d'une présence au monde, une déclaration d'hostilité avant tout visuelle, transcendée, qui achevait cet « isolement de la parole ». Patrick Neftel imprima des captures d'écran des deux avions qui s'incrustaient dans les gratte-ciel, en flammes, au milieu d'un nuage de fumée, et en tapissa les murs de la maison. *You haven't answered my mails! Why? Why this silence?* écrivit-il au couple anglais qui avait laissé sans réponse l'envoi de ses portraits. Une semaine plus tard : *What happens?* Un mois plus tard : *I really don't understand this silence. Usually you answer my mails one or two days later.* Début décembre : *You don't want to talk with me any more? Please tell something! Please send me just a word! Don't let me down!* Ce silence du couple anglais, à l'existence duquel il s'était tant raccroché, était l'événement le plus révoltant qu'il avait vécu depuis l'implantation de la fourchette dans la gorge paternelle. Il s'était remis à sortir de sa chambre et empruntant la voiture de sa mère (*Mais où tu vas? Qu'est-ce que tu fabriques depuis dix jours!* lui disait-elle en pleurant) réalisait des virées dans les environs, principalement la nuit, muni d'une bombe de peinture. Il taguait les édifices de Mennecy et des villes alentour. Gymnase : SOUCIEUX. Collège : EXPIATOIRE ET PUBÈRE. Crèche : MUET. Gendarmerie : RIRE. Supérette : QUE. Trésorerie des impôts : SI. Sur une façade de l'Agora d'Évry : LA LUCIDE ET SEIGNEURIALE AIGRETTE. Sur un mur de la chambre de commerce : DE VERTIGE. Du lycée professionnel : AU FRONT INVISIBLE. Du magasin Ikea : SCINTILLE. Sur un entrepôt de la zone industrielle : PUIS OMBRAGE, sur un deuxième : UNE STATURE MIGNONNE ET TÉNÉBREUSE, sur un troisième : DEBOUT. Patrick Neftel secouait sa bombe de peinture : il aimait le son des billes qui grelottaient contre le fer. Dans les rues de Corbeil-Essonnes, sur la vitrine d'un magasin, sur un mur de la gare, du lycée, d'un bâtiment de la cité des Tarterêts (où il faillit se faire lyncher : il dut s'enfuir et s'enfermer dans sa voiture que des silhouettes sous des capuches bombardèrent de cailloux), Patrick Neftel calligraphia des vocables. Brique : EN SA TORSION DE SIRÈNE. Parpaing : LE TEMPS. Ciment : DE SOUFFLETER. Enduit : BIFURQUÉES. Crépi : PAR D'IMPATIENTES SQUAMES ULTIMES. Miroir : UN ROC. Métal : FAUX MANOIR. Asphalte : TOUT DE SUITE. Béton (il dut s'enfuir à l'approche d'un groupe d'adolescents qui l'insultaient) : ÉVAPORÉES EN BRUMES. Ciment : QUI IMPOSA. Rideau de fer : UNE BORNE À L'INFINI. Il recréait dans l'espace de la banlieue, d'édifice en édifice, dilaté, mis en musique dans l'atmosphère de son époque, le texte énigmatique de Mallarmé, que désormais il pouvait lire en extérieur selon un itinéraire codifié. Une nuit il contempla QUI IMPOSA inscrit en lettres énormes, rouge sang, sur la façade d'une entreprise, méditatif, analysant les modalités du projet. Il avait posé ses mains sur le volant, pleins phares, illuminant le mur, et caressait du bout des doigts les osselets qui en accidentaient la circonférence. Comment s'y prendrait-il ? Comment choisirait-il le jour ? Rédigerait-il un communiqué ? Il alluma la radio : de la musique. Serait-il radical, avec un geste unique, à l'exemple des terroristes d'Al-Qaïda, ou plus prudent, graduel, en multipliant les opérations sur des cibles isolées ? Il contemplait le mur : QUI IMPOSA. Les hurlements d'un rappeur sortaient des haut-parleurs saturés de vibrations : pure énergie. Les gendarmes firent irruption un matin et demandèrent à s'entretenir avec Patrick Neftel : les plaintes nombreuses déposées par les communes, les lycées, les administrations, les clubs de sport, leur avaient permis de faire le rapprochement avec les tags dont il s'était rendu coupable deux ans plus tôt. Patrick Neftel reconnut les faits spontanément : avec même une certaine outrecuidance. *Je plaide coupable mon général ! Et plutôt deux fois qu'une!* leur déclara-t-il depuis son lit où il était en train de se branler. Il resta quatre heures en garde à vue. Il répondait aux questions des fonctionnaires par des rébus indécodables. *L'esprit n'a que faire de rien outre la musicalité de tout.* Les policiers le regardaient médusés : *Comment expliquez-vous ces gestes ? Pourquoi ces tags... ces mots... sur tous ces murs... toutes ces façades... – Lassitude par abus de la cadence nationale. – Vous savez que c'est interdit par la loi ! Vous encourez une peine de prison avec sursis et des dommages et intérêts assez considérables ! – Quiconque avec son jeu et son ouïe individuels peut se composer un instrument. Dès qu'il souffle, le frappe, le frôle avec science...* Il passa en jugement au tribunal correctionnel d'Évry où l'indulgence du procureur de la République, dont les réquisitions écartaient les demandes financières des plaignants, conjuguée à celle du juge, qui regardait avec curiosité ces attentats d'une nature peu commune (cela le changeait des habituels FUCK YOUR MOTHER), lui permit de s'en tirer à bon compte : il reçut pour seule sanction d'effectuer des travaux d'intérêt général auprès d'une collectivité. *Je commence à en avoir ras les couilles de ramasser des feuilles, de balayer des marrons, d'élaguer des noyers, de faire brûler des feuilles dans des bidons ! Je me caille ! Je suis dehors toute la journée ! – Plains-toi !* lui répondait sa mère. *Tu aurais préféré de la prison ! Ou qu'on s'endette pour payer une amende ! Tu sais l'argent qu'ils ont dû dépenser pour nettoyer tes saloperies ? – C'est bien fait pour leurs gueules ! Je vais te dire ils perdent rien pour attendre ! Nettoyer des tags sur des façades c'est que dalle par rapport... – Arrête Patrick ! Arrête avec ça ! Qu'est-ce que tu mijotes ! Tu veux passer une deuxième fois au tribunal !*

Puis : *Qu'est-ce que tu cherches au juste ! À te faire détruire ? Tu veux qu'ils te détruisent ? Qu'ils te fassent mal ? – Ils M'ONT déjà détruit ! Je SUIS déjà détruit ! Alors ils vont payer ! Lourdement ! TRÈS LOURDE-MENT !* La mère de Patrick Neftel éclatait en sanglots. *C'est ça ! Vas-y ! Pleurniche ! À une époque elles fonc-tionnaient tes stratégies lacrymales ! Mais maintenant c'est terminé ! Tu m'emmerdes ! Tu m'emmerdes à pleurnicher toute la journée ! Je vais tous les buter ces enculés ! Personne… et surtout pas toi… ne me fera reculer ! – Surtout, surtout, pour la jardinière de légumes… ça paraît con de dire ça mais c'est la vérité… il faut de beaux légumes… des légumes de potager, biologiques, bien de chez nous, craquants sous la dent…* se réjouissait la célébrité culinaire. *– Effectivement ils ont l'air bons… ils ont été cueillis…* intervint le présentateur de l'émission dominicale. *– Dans mon potager ! Dans mon potager à moi ! Chez moi ! Dans la Creuse ! Avec de la bonne terre ! De la bonne pluie ! De la bonne pluie bien de chez nous !* exultait la célébrité culinaire. *– Ils ont l'air appétissants n'est-ce pas…* poursuivit le présentateur de l'émission dominicale en offrant à son invitée, une actrice blonde, un haricot éblouissant de verdeur. *– Hein, oui, super, j'adore les haricots*, répondit l'actrice blonde en s'emparant du haricot, qu'elle s'apprêta à croquer. *– Halte ! Malheureuse ! Que faites-vous !* explosa la célébrité culinaire. *– Ben, je le mange, il est pas comes-tible ?* demanda l'actrice blonde. *– Mais mon enfant… mais les haricots…* poursuivit-il, onctueux, en tendant la main vers l'actrice blonde (*les jeunes d'aujourd'hui, les jeunes filles blondes d'aujourd'hui…* ajouta-t-il à l'attention du présentateur de l'émission dominicale qui caressait l'échine de son épagneul allongé à ses côtés sur un coussin du canapé, *c'est peut-être bien la première fois de sa vie, DE SA VIE, qu'elle voit un haricot pour de vrai !*), *tenez, regardez, il faut l'ouvrir... avec délicatesse... comme ceci... et que trouve-t-on à l'intérieur ma douce amie ? – Euh, je sais pas... de la pulpe ?* hésita l'actrice blonde. *– De la pulpe Michel ! Elle me répond de la pulpe cette délicieuse jeune fille ! À l'intérieur d'un haricot ! – C'est le fossé des générations ! C'est à ce genre d'indice qu'on s'aperçoit qu'on a vieilli Jean-Pierre !* fit observer avec humour le présentateur de l'émission dominicale. Le chien de celui-ci se passa une langue énorme sur le pourtour baveux de son museau. *– Non... voyez...* (ça c'est certain : *je suis lucide Michel : je ne suis plus qu'un vieux con monomaniaque pour des jeunes filles savoureuses comme celle-ci, si jolies, si... appétissantes !* répondit-il à l'animateur de l'émission dominicale tout en ouvrant avec soin la cosse du haricot)... *regardez... approchez-vous... on trouve des grains à l'intérieur des haricots... des grains de haricot ! – Ah, d'accord, c'est ça les haricots, les machins dans les boîtes de conserve... en fait... au départ... y sont dans ces bidules... dans ces espèces d'étuis ! – Voilà ! Des étuis ! C'est ça ! Bravo ! Des étuis ! Et donc ! Une fois ! Qu'on a ! Comme ceci ! Écossé ! Je veux dire ! Éventré ! Écarté ! Les étuis ! Des haricots ! On ! On ! Voilà ! Comme ceci ! On les plonge ! Dans quoi ? Dans quoi ? Dans quoi est-ce qu'on les plonge les grains de haricot ma belle enfant ? – Euh... euh... dans une casserole ?* hasarda l'actrice blonde. *– Dans une casserole ! Dans de l'eau ! Tout à fait ! Dans de la bonne eau qui bout ! De la bonne eau bien de chez nous ! Avec du feu bien de chez nous ! Du bon vieux feu bien vif avec de belles grosses flammes ! – On va d'ailleurs regarder quelques* *images Jean-Pierre...* intervint le présentateur de l'émission dominicale, *où on vous voit préparer la jardinière de légumes... chez vous... voilà... voilà les images... on vous voit dans votre cuisine, à la campagne, devant vos fourneaux... – Tout à fait! Chez moi! Dans la Creuse! Sur mes terres! Alors voilà: le secret de la jardinière de légumes n'est-ce pas Michel c'est d'introduire les légumes dans un ordre déterminé! Pas dans n'importe quel ordre! – Vous aimez ça Cécile la jardinière de légumes?* demanda en voix off (derrière les images de la spacieuse cuisine rustique de la célébrité gastronomique) le présentateur de l'émission dominicale. – *Euh, oui, c'est pas mal la jardinière de légumes... une fois de temps en temps... après une gastro... un gros tournage... pour reprendre des forces... je préfère le chocolat mais la jardinière de légumes pourquoi pas... – Alors voilà...* commentait la célébrité culinaire, *là on me voit jeter les carottes dans la terrine... il faut toujours commencer par les carottes... Je recommande pour ce plat, c'est important... c'est ESSENTIEL... une terrine en fonte... mais cette fois-ci... une fois n'est pas coutume... pas de la fonte de chez nous mais de la fonte allemande, de la bonne fonte allemande... ils sont très forts les Allemands pour la fonte... je voudrais pas ranimer de mauvais souvenirs mais les Allemands, pour la fonte, pour le fer, pour la sidérurgie... regardez les obus... puis les navets... très important les navets... juste après les carottes... ça donne un goût rural très passéiste... très George Sand... voyez... une nuance gustative quasiment historique... – Quel est votre plat préféré Cécile?* poursuivit le présentateur de l'émission dominicale. *Dans votre dernier film on vous voit manger des moules... je rappelle, pour ceux qui prendraient l'émission en cours de route… votre dernier film… sur tous les écrans depuis mercredi dernier… déjà quatorze millions d'entrées, un vrai succès Cécile… on vous y voit manger des moules, vous les aimez les moules ?* – J'ai horreur des moules ! Ah là là mon Dieu les moules ! Quel cauchemar que ces moules que j'ai mangées ! explosa l'actrice blonde. *J'ai demandé à Fabien…* – Le réalisateur du film… précisa le présentateur de l'émission dominicale, *déjà quatorze millions d'entrées, allez-y tous c'est formidable…* – Là les tomates… les tomates tout à la fin… les tomates ça cuit très vite… une pluie de petits pois par-dessus… – *Vous disiez ?* demanda à l'actrice blonde l'animateur de l'émission dominicale. *Ils sont très beaux dites-moi ces petits pois qu'on voit sur les images Jean-Pierre…* – J'ai demandé à Fabien si c'était vraiment indispensable à la beauté du film que ce soit vraiment des moules… plutôt que du melon… du céleri rémoulade… je sais pas… Il y tenait beaucoup en fait aux moules… C'est quelqu'un d'exigeant… un véritable artiste… ça a du sens les moules à cet endroit du film… – *C'est au moment de la rupture, une très belle scène, vous rompez…* – Là les lanières de lard… quelques lanières de lard par-dessus… – … et donc j'ai dû manger des moules ! Quelle horreur ! L'épisode le plus cruel de ma carrière ! Le reportage dans la spacieuse cuisine rustique de la célébrité gastronomique disparut de l'écran : on vit les trois comparses, sur le plateau, devant des assiettes et une bouteille de vin. – *Eh bien mangeons, à table, dégustons cette jardinière !* s'exclama le présentateur de l'émission dominicale. *Un peu de vin Cécile ?* – Volontiers, merci… stop, ça va, merci ! Puis : *Vous savez que mes parents ont une maison dans la Creuse ?* déclara l'actrice blonde à la célébrité culinaire. – *Ah bon! Ça alors! Mais venez me voir! Mais venez me rendre visite! Mais venez goûter mes bons produits! – Je vous vois crépiter Jean-Pierre! Je vois vos yeux qui crépitent!* et il se mit dans la bouche un fragment de carotte. *– Je crépite! Je crépite comme de l'oignon qui roussit dans une poêle! – Je vous donnerai ses coordonnées hors antenne...* confia à l'actrice blonde le présentateur de l'émission dominicale, dont l'épagneul aboya. *– Mais un bon bougre comme moi... à mon âge... une belle plante comme Cécile, bien grasse, si jeune, SI APPÉTISSANTE, une vraie LAITUE, je ne me fais aucune illusion! – Alors qu'en pensez-vous Cécile cette jardinière de légumes?* Elle porta le verre de vin à ses lèvres. Un petit pois fluorescent était resté coincé entre les dents de sa fourchette.

J'ai répondu au mail de Marie-Odile Bussy-Rabutin dès le lendemain, après avoir réfléchi aux éclaircissements qu'il convenait de réclamer. Au préalable il m'a fallu nettoyer ma messagerie des messages Mail Delivery System (Objet : *Undelivered Mail Returned to Sender*) qui ne cessent de se multiplier, lesquels font référence à des courriers expédiés à des destinataires inconnus, parmi lesquels je localise un journaliste littéraire du journal *Libération*. Je suis paniqué par cette découverte. L'adresse personnelle du journaliste ayant changé, il n'a pas reçu le mystérieux message que je lui ai envoyé. Mais s'il l'avait reçu? Et de quel type de message s'agit-il? À la suite de quoi, dans l'espoir de recueillir des informations sur son activité d'intermédiaire indépendante, et désireux d'écarter de mon esprit ces inquiétudes qui l'importunent, j'ai eu l'idée de taper

« *Marie-Odile Bussy-Rabutin* » sur Google : *Aucun document ne correspond aux termes de recherche spécifiés.* Puis j'ai tapé *Bussy-Rabutin*, écrivain dont j'avais lu par le passé l'anecdotique *Histoire amoureuse des Gaules*, qui ne m'avait laissé qu'un souvenir insipide. J'ai découvert sur Internet deux informations qui ont consolidé le malaise où je me trouvais : d'abord que Bussy-Rabutin était le cousin de Mme de Sévigné, laquelle était l'amie intime de mon idole Mme de Lafayette (vous avez peut-être déjà remarqué que je prends le métro avec un exemplaire de *La Princesse de Clèves* dans les mains), ensuite qu'il était l'auteur présumé (considéré comme tel au moment de sa parution) de *Histoire du Palais-Royal* (Paris, in-12 de 96 pages, 1665 à 1667), chroniques croustillantes des amours de Louis XIV et de sa cour. *Marie-Odile Bussy-Rabutin* est donc un clin d'œil inquiétant au cœur géométrique de mon intervention : un pseudonyme qui vise à me faire savoir qu'il s'agit d'un pseudonyme et que la personne qui s'en revêt me suit à la trace : *un pseudonyme dont l'intention paradoxale est de m'angoisser.* Après l'avoir remerciée des précisions qu'elle a eu la délicatesse de me faire parvenir, *notamment sur la salle de 1 480 places des Magazzini del Cotone, dont je me demande* (ai-je cru utile de préciser) *si elle n'est pas surdimensionnée par rapport à ma notoriété : je vous laisse seule juge de déterminer si les salles Maestrale et Grecale, de 740 places chacune, ne seraient pas amplement suffisantes*, je confie à Marie-Odile Bussy-Rabutin qu'effectivement un hôtel de Gênes aurait ma préférence, le Bristol Palace, *où il serait naturellement merveilleux que je puisse me loger. Cet hôtel, pour des raisons qui m'échappent, est l'un des lieux majeurs de mon imaginaire* (je me dispense d'indiquer à l'individu qui se tient dissimulé derrière ce patronyme antipathique que le Bristol Palace de Gênes constitue depuis longtemps le théâtre d'élection de mes délires masturbatoires : j'y ai déjà vécu un nombre incalculable d'utopies érotiques), *motif dont le rayonnement produit sur moi le même effet que celui des architectures métaphysiques de Giorgio de Chirico : temps arrêté et imminence de la déflagration que nous attendons tous (je pense que nous pourrons nous accorder sur ce point) sans pouvoir nous résoudre qu'elle ne se produise pas.* D'avoir percé à jour grâce à Google la supercherie du pseudonyme anxiogène derrière lequel un ensemble d'entités indéterminées me manipule allégrement me donne soudain envie de l'entraîner dans les divagations les plus étourdissantes : c'est à une sorte de guerre psychologique impitoyable, fondée sur le principe du sol spongieux et élastique, que j'ai décidé de me livrer. *Saviez-vous, chère Marie-Odile Bussy-Rabutin, que l'idée du premier tableau métaphysique de Giorgio de Chirico, intitulé* L'Énigme de l'oracle, *lui est venue à Florence sur la plazza Santa Croce (dont il faudrait calculer si le rapport largeur/longueur n'est pas précisément celui de l'esplanade du Palais-Royal) à la faveur de ce qu'il nomme lui-même une* fulguration ? *Et à propos de* L'Énigme *d'un après-midi d'automne, autre tableau métaphysique, ne parle-t-il pas lui-même de* dépaysement de la réalité ? *Fulguration, après-midi d'automne, dépaysement de la réalité : il suffit de substituer à la plazza Santa Croce l'esplanade du Palais-Royal pour obtenir telles qu'énoncées précédemment les lignes directrices de l'intervention qui m'a été demandée par votre aimable entremise. Qu'en dites-vous ? Qu'en pensez-vous, chère Marie-Odile Bussy-Rabutin, dont je dois dire en cet endroit de délassement*

de mon message (il est seize heures : l'heure du goûter)
que je vous envie d'être la cousine éloignée de Mme de
Sévigné. Je me demande si vous en possédez « les yeux
petits et brillants, la bouche plate mais de belle couleur,
le front avancé, le nez ni long ni petit, carré par le bout,
la mâchoire comme le bout du nez » tels que décrits par
votre ancêtre le plumitif Bussy-Rabutin ? Je lui fais part
des espoirs que je nourris sincèrement pour ses bras et
sa gorge, dont j'espère qu'ils sont mieux « taillés » que
ceux de son aïeule, répercutés par le cousin comme
« disgracieux ». En revanche ce dernier me laisse entrevoir la perspective de « jambes bien faites », *Ce qui
m'amène à vous poser cette question qui a son importance : quelle est votre pointure ? Dans l'attente de
votre réponse, très cordialement, Éric Reinhardt.* La
réponse ne s'est pas fait attendre car dix minutes plus
tard j'ai reçu un message sibyllin, profondément troublant (comme on va pouvoir le constater dans un instant), de Marie-Odile Bussy-Rabutin, laquelle s'est
retranchée derrière le sérieux de sa mission officielle
pour éluder radicalement les allusions que j'ai multi-
pliées sur son physique – un *physique historique* de
surcroît. *Cher monsieur, je vous remercie des questions
que vous me faites l'honneur de me poser. Il est d'usage
de laisser aux conférenciers une entière liberté, étant
entendu qu'on attend d'un scientifique qu'il nous entretienne de ses recherches, d'un plasticien qu'il appuie
son exposé sur une projection de diapositives, d'un
écrivain qu'il décortique son univers et ses doctrines
artistiques, si besoin avec l'assistance d'un comédien
et le recours à des effets de mise en scène. Si j'en juge
d'après les conférences auxquelles j'ai eu la chance
d'assister, sentez-vous autorisé à aborder votre univers
sous l'angle le plus inattendu : vous pouvez même ne*

pas parler du tout de votre œuvre mais l'éclairer par l'examen d'objets périphériques. La tonalité quelque peu désinvolte de votre mail m'inspire un commentaire – sur lequel vous me permettrez de conclure. Vous semblez ne pas mesurer à sa juste valeur l'honneur qui vous est fait par ce scientifique de premier plan, nobélisable, de vous inclure dans son cycle de conférences. Le public y est généralement très abondant, entre huit cents et mille deux cents personnes, curieux, cultivé, totalisant une soixantaine de nationalités. Je préciserai qu'une publicité d'une demi-page sera passée dans le New York Times. *Très cordialement, Marie-Odile Bussy-Rabutin.* Ces quelques lignes m'introduisent dans les angoisses les plus vives : j'ai le souvenir d'avoir entendu ces mêmes phrases dans le hall de mon immeuble. Je décide de répondre immédiatement à ce mail (alors que j'avais l'intention de me rendre au Palais-Royal pour y passer l'après-midi) sur une tonalité plus conforme aux exigences de sérieux qu'il formule : il s'agit de ne pas effaroucher la multitude qui se tient regroupée derrière ce pseudonyme : je préfère la savoir au bout de mes phrases plutôt que disséminée dans l'atmosphère comme autant de volatiles dispersés. Je dis d'emblée à Marie-Odile Bussy-Rabutin que la *seule chose qui m'intéresse* est d'élucider les questions suivantes : *Existe-t-il un déterminisme littéraire qui découlerait en partie d'un déterminisme social ?* Ce supposé déterminisme social connaît-il des prolongements (qu'il conviendrait d'énumérer) dans la facture des livres que je produis ? Dans quelle mesure les livres que j'ai produits, *tels qu'ils sont écrits, tels qu'ils sont construits et tels qu'ils s'articulent*, ont-ils été déterminés par mon rapport à la réalité ? Je ne parle pas naturellement des thématiques ni des situations qu'ils décrivent – mais de leur organisme et des moyens littéraires qu'ils mettent en œuvre. *Il ne vous aura pas échappé, à la lecture de mon précédent mail (où je parle de «fulguration», d'«après-midi d'automne», de «dépaysement de la réalité», etc.), que le Temps (et le Présent en particulier) est la notion autour de laquelle j'ai l'intention de placer l'orbite de mon intervention. Il vous aura peut-être échappé en revanche que les trois romans que j'ai publiés sont tous écrits au présent.* Je me lance alors, courbé sur mon clavier, dans un développement destiné à éclairer Marie-Odile Bussy-Rabutin sur la réalité organique des livres que j'ai écrits, qui découle du rapport instauré dès l'adolescence avec le monde sensible et la réalité sociale. Je lui confie avoir raconté dans *Le moral des ménages* la pression que mes parents avaient fait peser sur moi, soit au travers de leurs angoisses, soit au travers des échecs de mon père. Je suis entré dans l'âge adulte avec la peur de la vie, la peur de l'échec, la peur du monde extérieur, *En particulier le monde du travail et de l'entreprise. Qu'est-ce que le bonheur ?* je demande alors à Marie-Odile Bussy-Rabutin. *Comment trouver sa place et s'accomplir sans se trahir ? Comment concilier ses attentes, ses idéaux, avec les impératifs de la société ? Quel prix est-on prêt à payer pour se construire une situation confortable ?* Je redoutais d'être asservi, dominé, humilié, incapable de donner lieu à aucun de mes désirs. À travers la perception qu'en avaient mes parents, répercutée sans cesse sur mon imaginaire, le monde extérieur m'est apparu très tôt comme un territoire de cruauté, où l'on pouvait se retrouver facilement dans un état de souffrance. Dès dix-sept ans, habité par ce que j'ai appelé dans *Le moral des ménages* la peur de la mort sociale (*Qui me paraissait tout aussi effrayante que la peur de la mort tout court* : j'ai pris soin d'écrire cette phrase à l'entité collective Marie-Odile Bussy-Rabutin), j'ai placé au premier plan de mon expérience du monde la pratique épiphanique, la culture de la sensation et de l'enchantement. Le présent est devenu mon temps de prédilection : *Je préférais ne plus penser à mon passé et surtout ne pas encore penser à mon avenir, dont le lointain rayonnement m'exaltait (par le rêve) en même temps qu'il m'intimidait (par les inquiétudes que la réalité sociale m'inspirait).* J'ai développé une sorte de romantisme de l'effusion sensorielle. Je désirais que le monde agisse sur moi de la manière la plus vive. Je recherchais la grâce, l'extase, la plénitude, la fulgurance. *Je passerai sous silence les turpitudes où m'a conduit cette quête des sens – je me contenterai de dire que j'ai expérimenté un grand nombre de choses de tout ordre.* J'explique à Marie-Odile Bussy-Rabutin qu'il s'agissait de me délimiter un territoire intime, sensible, identitaire, de me sentir vivant, de trouver un sens à ma présence au monde. Il s'agissait d'établir avec la réalité une relation qui ne soit plus seulement de crainte et de défiance, mais de tendresse, de proximité, de complicité. *Apprendre à connaître le monde tel qu'il est, chère Marie-Odile Bussy-Rabutin, dans toute sa cruauté et sa barbarie, mais également à l'aimer, à s'y sentir à sa place. Et c'est ainsi que j'ai commencé à me rêver écrivain.* J'explique ensuite à Marie-Odile Bussy-Rabutin que c'est à cette époque que j'ai lu Mallarmé, le *Manifeste du surréalisme* (*Nadja* dans la foulée) et *Dedalus*, le livre qui m'a donné envie d'écrire. Ces écrivains, leurs dogmes, leurs théories, leur rapport à la forme et à la réalité ont exercé une influence déterminante sur mon travail. André Breton : *La valeur de l'image dépend de la beauté de l'étincelle obtenue ; elle est, par consé-*

quent, *fonction de la différence de potentiel entre les deux conducteurs.* Mallarmé : *Le vers qui de plusieurs vocables refait un mot total, neuf, étranger à la langue et comme incantatoire, achève cet isolement de la parole.* Chez Joyce, je me souviens d'avoir été impressionné non seulement par la sensualité verbale de *Dedalus* mais également par ses développements sur l'épiphanie. Et c'est ainsi qu'à un moment de ma vie où je me livrais en priorité à l'expérimentation sensorielle (quand d'autres font des études, consolident leurs connaissances, se projettent dans l'avenir, etc.), les premiers textes que j'ai écrits ont été pilotés par quelques-unes de ces doctrines. *La primauté de la sensation. La recherche de l'enchantement. Marie-Odile Bussy-Rabutin. Une confiance illimitée accordée au pouvoir de contamination du texte. La recherche du sens par les sens. L'insoumission à l'ordre extérieur. L'empire du présent. Le désir de faire parler des signes. La volonté de faire exister l'essence des choses par le verbe. La quête de la lumière. Le désir de faire du texte un ensemble de phénomènes sensibles. Enfin et surtout l'importance de la forme, Marie-Odile Bussy-Rabutin, qui préexiste invariablement à l'écriture de mes livres.* Je propose à ma nouvelle amie (car je tape *chère amie* à tout instant) d'ouvrir une parenthèse qui me permettra de connecter la question de l'écriture à celle de l'origine sociale. Je désamorce d'emblée l'objection qui va fuser : *Vous allez sans doute me trouver, chère amie, un chouïa marxiste. Mais je vous demande de ne pas vous enflammer comme un bidon d'essence à cette seule hypothèse.* Je prends cette précaution pour une raison précise : j'ai observé à de nombreuses reprises qu'on avait tendance à évacuer à peu de frais cette question embarrassante que je soulève (Ô combien embarrassante dans le contexte politique actuel !) en libérant sur mes propos la lame acérée d'un couperet qui tombe de haut : *Marxiste ! Analyse marxiste ! Vision archaïque !* destinée à les discréditer. Je n'ai jamais lu Marx : j'ignore si mes propos, dictés par l'expérience, sont *marxistes* – ils sont *vrais*. Je propose à Marie-Odile Bussy-Rabutin de bien vouloir se livrer à une petite expérience de laboratoire en postulant l'existence de deux personnages théoriques : le personnage A (par exemple moi) et le personnage B (par exemple ladite Tiphaine de l'autre jour). (Souvenez-vous : ladite Tiphaine de l'attentat radiophonique avait prétendu que *Le moral des ménages* était le décalque d'un chef-d'œuvre de Céline qu'en réalité je n'avais jamais lu. Elle en voyait pour preuve irréfutable un signe cabalistique que j'y aurais glissé : les initiales du narrateur (Manuel Carsen), qui renvoyaient non seulement à Middle Class (intention délibérée) mais également à *Mort à crédit*. Démonstration brillantissime (je ne nie pas que cette jeune femme le soit) qui lui aurait valu les honneurs d'un jury universitaire (mention et félicitations) sauf qu'en la circonstance elle ne reposait sur rien de fondé : *tout était faux*.) *Plaçons, chère amie, sans vouloir abuser de votre temps, plaçons nos deux personnages théoriques, le personnage A et le personnage B, sous un arbre des allées des Champs-Élysées.* Postulons le soir. Postulons l'automne. Postulons novembre. Postulons une soirée tumultueuse, emplie de tourbillons venteux, avec de lourds nuages qui cavalcadent à l'intérieur du ciel, lequel est éclairé d'en bas par les lumières de la ville, qui y révèlent une émulsion gazeuse de couleur jaune suspendue dans l'atmosphère. Des feuilles mortes sont aplaties, lourdes de l'humidité qui les imbibe, sur le sol sableux des allées. Des cuvettes forment des étangs peu étendus, plus substantiels que des flaques, que les piétons doivent contourner. Des lampadaires de fonte, sombres, sculptés, d'une facture assez précieuse, ponctuent les allées de loin en loin et enrichissent d'un soupçon de féerie l'atmosphère de la nuit. Le personnage A et le personnage B ont chacun dix-huit ans. Le personnage A et le personnage B vont au théâtre du Rond-Point, au bas des Champs-Élysées, voir *Les Exilés* de James Joyce. Le personnage A a vécu une semaine assez atroce. Il est en classe préparatoire à HEC au lycée Jacques-Decour et un certain nombre de devoirs sur table se sont succédé cette semaine (histoire, philosophie, mathématiques) qu'il a la conviction d'avoir ratés. Le personnage A a peur de la vie. Le personnage A ignore ce qu'il va devenir. Le personnage A ne veut pas devenir comme son père. Le personnage A, arrivé en avance aux abords du théâtre, s'assoit sur un banc non loin d'une fontaine imposante, sous les arbres d'une allée. Le personnage A a décidé d'aller seul au théâtre. Le personnage A se laisse malmener par le vent qui tourbillonne. Le personnage A lève les yeux vers le ciel et y voit de nombreux nuages lourds qui avancent à toute vitesse dans la même direction. *Je vous prie de bien vouloir mémoriser ceci ma chère Marie-Odile Bussy-Rabutin : la ligne droite des nuages coupe obliquement les Champs-Élysées : ce désaxement du ciel par rapport à la géographie urbaine plaît beaucoup au personnage A.* Un tumulte extraordinaire environne le personnage A : vacarme du vent, violence physique des tourbillons, branches noires qui remuent, papiers et sacs plastique qui volent. *Violence : étreinte et insistance devrait-on dire : le personnage A sent sur son corps la physicalité du vent.* Le personnage A est terrorisé. Le personnage A vient de paniquer. Assis sur une banquette du métro pour se rendre au théâtre, oppressé, au bord des larmes, le personnage A s'est mis à voir la vie en noir. Je pose alors à Marie-Odile Bussy-Rabutin un ensemble de questions : *Quel est son avenir ? Va-t-il se retrouver, devenu adulte, sans diplôme, sans appuis, sans argent, dans une annexe sordide du monde contemporain ? Il est seul. Il ne peut compter que sur lui-même. Ses parents ne peuvent lui être d'aucune utilité. Il lui suffit de regarder le visage de sa mère pour s'engloutir en lui-même dans l'angoisse la plus profonde. Il suffit qu'une pensée où son père serait englobé (tel un cosmonaute dans une capsule spatiale) lui traverse l'esprit une seconde (le ciel de son esprit) pour qu'un frisson instantané, cosmique, réfrigérant, lui parcoure l'épine dorsale. Et quand bien même il réussirait ses études, que ferait-il de sa vie ? Travailler dans une banque ? Travailler dans la finance ? Travailler dans le marketing ?* Le personnage A est un exilé, un apatride, un orphelin, une entité détachée : nulle terre hospitalière ne se propose de l'accueillir. Le personnage A entrevoit son avenir comme un monumental désastre. Le personnage A repense un instant à son enfance et cette pensée ne fait que renforcer cette perception qu'il peut avoir de son avenir. Le personnage A enfouit ses mains gantées dans les poches de son manteau et continue de regarder le ciel. Quelque chose dans ce spectacle des nuages noirs qui circulent à toute vitesse selon un axe inflexible le rassure et l'apaise. Un flash métaphorique illumine son esprit. Il semble au personnage A que les nuages sont animés par l'énergie d'une détermination inexorable : élan massif de tout le ciel par-delà la stratosphère urbaine. *Marie-Odile Bussy-Rabutin : le personnage A se dit qu'il est* là-haut *et non pas* ici-bas. Le personnage A éprouve l'ivresse de se sentir dans un rapport de complicité analogique avec la vitesse et l'obliquité des nuages. Il se dit qu'il sera sauvé par quelque chose de comparable à ce qui pousse le ciel avec une telle vitesse et selon un axe aussi déterminé. Une puissance. Une force intérieure. Le hasard et la chance. Le désir et la volonté. Une puissance et une force qui renverseront les obstacles : *Nul obstacle n'interrompt la course de ce ciel sombre et mouvementé.* Autre effet esthétique qui ravit le personnage A : il semblerait que deux images filmiques aient été conjuguées, celle du ciel, *en accéléré*, et celle de la ville, *au ralenti* : cet effet reproduit la partition qui le divise lui-même intérieurement. *Vous comprenez ce que je veux vous dire, chère amie, ma chère Marie-Odile ? Cet effet reproduit la partition qui le divise lui-même intérieurement.* En cet instant le personnage A se sent heureux. En cet instant le personnage A éprouve la sensation que quelque chose d'accéléré transcende la ville et la réalité désormais ralenties : *transcende leur ordre hostile, adulte, immuable, autoritaire.* En cet instant le personnage A se sent heureux *au-delà de ses soucis (par-delà la réalité qui l'entoure)* de la même manière que les nuages avancent à toute vitesse *au-delà de la ville (par-delà la réalité qu'ils surplombent). Le personnage A est terrifié. Le personnage A est ce soir-là un David Copperfield du monde contemporain. Mais le personnage A se sent heureux :* il a trouvé un refuge – qui est précisément cet instant-là. *Comprenez-vous ceci ? Me trouvez-vous tortueux ? Le personnage A a trouvé refuge dans l'instant : une anfractuosité temporelle s'est offerte à le protéger. Le personnage A habite cet instant-là. Le personnage A investit de toute son âme cet instant-là. Une puissance inouïe se déploie dans l'atmosphère qui fait écho à la puissance qu'il sent en lui. Ce* que je viens de raconter, Marie-Odile Bussy-Rabutin, est le souvenir de ma première épiphanie automnale : j'avais dix-huit ans. Si l'on part du principe qu'un phénomène essentiel, de quelque nature qu'il soit, prend toujours sa source quelque part, on peut dire que l'attachement que j'éprouve pour l'automne est né cette nuit-là. J'aime l'automne car c'est la seule saison où je découvre en si grand nombre des anfractuosités temporelles qui s'offrent à m'abriter. J'aime l'automne car cette saison est en elle-même une anfractuosité temporelle de quatre mois qui s'offre à m'abriter. Le personnage A regarde sa montre : dix-neuf heures trente. Le personnage A se lève et se dirige vers le théâtre du Rond-Point. James Joyce, à l'égal des nuages, est quelque chose qui le porte également. James Joyce, à l'égal des nuages, qui ne sont pas seulement un banal phénomène climatique, n'est pas seulement une banale référence culturelle, un *super-écrivain qu'il faut lire*, *un monument de la littérature* sur lequel un nombre incalculable de gloses sont publiées chaque année. C'est vital : cela sauve le personnage A du désastre. Le personnage A ignore de quelle manière cela fonctionne pour les autres – par exemple pour les étudiants en lettres ou pour les jeunes bourgeois de gauche qui l'ont lu à huit ans. Ce qu'il sait, le personnage A, ce qu'il sait de l'intérieur, c'est que James Joyce l'a sauvé : c'est que James Joyce l'a accueilli quelque part où il se sent vivant et mélodieux : *James Joyce lui donne l'envie de continuer à vivre*. Et c'est donc avec une étrange ferveur que le personnage A pousse à présent les portes du théâtre du Rond-Point : *Lui qui est athée, ma chère Marie-Odile, agnostique, et qui le sera toute sa vie, il se prépare à quelque chose de* sacré. *Il se rend ce soir-là au théâtre, pour rejoindre l'univers de James Joyce, comme un chrétien irait à la messe.* Qu'en est-il à présent du personnage B ? *Êtes-vous d'accord pour observer le comportement du personnage B ?* Le personnage B vit à Paris depuis qu'il est né. Le personnage B a été élevé dans une bibliothèque : la bibliothèque paternelle. Le personnage B est la fille d'un homme cultivé, élaboré, abouti, raffiné, de gauche. Le personnage B a toujours vu cet homme qui est son père comme un homme important empreint de dignité. Le personnage B habite à Paris un grand appartement des beaux quartiers. Le personnage B, depuis la maternelle, fréquente un certain nombre de ses semblables, destinés par la hauteur de vue de leurs parents au même type d'accomplissement. Le personnage B travaille bien à l'école. Le personnage B lit Proust à dix ans, Faulkner à onze, Woolf à douze, Céline à treize. Et puis ça s'accélère : le personnage B prélève compulsivement dans la bibliothèque des chefs-d'œuvre absolus qu'il ingurgite en peu d'années. Le personnage B n'a pas été sauvé à dix-sept ans par James Joyce : le personnage B a lu James Joyce à douze ans : *James Joyce lui appartient légitimement.* La littérature circule dans l'atmosphère au même titre que l'oxygène que l'on respire. Et la pensée. Et la philosophie. Le personnage B a décidé à seize ans qu'il ferait une grande école de la République : Normale sup par exemple. Le père du personnage B approuve ce choix : *C'est un excellent choix,* dit au personnage B le père du personnage B. Le personnage B a vu défiler à la maison, à la table familiale, un grand nombre d'individus qui avaient fait cette école. Le personnage B, à juste titre par ailleurs, a toujours été impressionné par l'esprit, la culture, la conversation des individus qui avaient fait cette école. *C'est pour ça que je veux faire cette école moi aussi,* dit le personnage B au père du personnage

B. *Elle a raison. Le personnage B a raison : j'aurais fait pareil à sa place, ma chère Marie-Odile. Simplement, à dix-huit ans, j'ignorais même que cette école existait !* Le personnage A, au moment où il pousse la porte du théâtre du Rond-Point, est doublement ému. D'abord par Joyce et par la perspective d'une anfractuosité joycienne qui s'offrira à l'abriter. Et ensuite car c'est la première fois que le personnage A va au théâtre – si l'on fait abstraction des pièces de Robert Hossein qu'il est allé voir au palais des Congrès avec le lycée de Corbeil-Essonnes où il était scolarisé. Le personnage A a trouvé cette pièce par hasard en couverture de *Pariscope*. Le personnage A a été saisi de voir le nom de James Joyce en couverture de *Pariscope*. Le personnage A a téléphoné au numéro indiqué sur la couverture de *Pariscope*. Pour rien au monde le personnage A ne se serait rendu au théâtre ce soir-là accompagné par un ami. Le personnage B est déjà allé au théâtre des centaines de fois depuis qu'il est né. (*Je prends soin d'énoncer ces vérités de la manière la plus impassible qui se puisse concevoir, paisible et pacifique : comme on écosse des haricots devant un feu de cheminée.*) Le père du personnage B donne au personnage B un grand nombre de conseils sur les pièces qu'il faut voir. Ce soir-là le personnage B s'est entouré d'un certain nombre d'amis. Ils se sont rendus au théâtre en taxi car il fait froid, il vente, il pleut, *Un temps typiquement automnal, peu clément, dont il faut s'abriter.* Il est arrivé que le personnage A croise par hasard dans des soirées (auxquelles l'avait convié Marie Mercier) des équivalents du personnage B. À chaque fois que le personnage A a croisé quelque part des équivalents du personnage B, les équivalents du personnage B ont méprisé, ont tenté d'humilier, d'offenser, de ridiculiser le personnage A. *Ils ont fait sentir au personnage A que la culture leur appartenait : on a instruit le personnage A qu'il usurpait le droit qu'il s'octroyait de revendiquer une connaissance intime (j'allais dire* amoureuse*) des œuvres de Mallarmé, de Joyce ou de Breton : un imposteur, un clandestin, un lettré frauduleux.* Le personnage A se rend compte de ceci qui l'étonne : les équivalents du personnage B se comportent avec le patrimoine culturel comme de plaisants propriétaires terriens : ils le clôturent et en défendent l'accès. *Et si vous franchissez la clôture, ma chère Marie-Odile, on vous fait sentir cruellement l'outrecuidance que vous manifestez.* Le personnage A a mémorisé un certain nombre d'épisodes où des équivalents du personnage B lui ont fait sentir les insuffisances culturelles qui l'entravaient. *Le personnage A ne dispose d'aucune légitimité pour afficher son amour de la littérature : même pas sa sincérité. C'est cette réalité qu'il est difficile de faire admettre aujourd'hui, ma chère Marie-Odile, car l'on voudrait faire croire que le plus grand nombre, sans distinction d'aucune sorte, est le bienvenu dans la culture et la sophistication intellectuelle. Quelle supercherie Marie-Odile !* Le personnage A n'éprouve aucune animosité pour les équivalents du personnage B : il voudrait qu'ils l'admettent. Ce sont les équivalents du personnage B qui éprouvent de l'animosité pour le personnage A et les éventuels équivalents du personnage A. Je noterai que jusqu'ici ce stratagème d'intimidation a parfaitement réussi : *On observe que les équivalents du personnage A sont peu nombreux : il s'en rencontre rarement : on les oriente aimablement vers la bureautique.* Le personnage A est habitué. Il suffit qu'ils apprennent qu'il est en classe préparatoire à HEC pour que les équivalents du personnage B se détournent avec mépris. Un équivalent du personnage B lui a dit un jour : *Directeur du marketing chez Général Biscuit : voilà un joli rêve !* et il s'est éloigné en criant dans la pièce *Général Biscuit ! Nous avons là un jeune homme qui veut devenir le directeur marketing de Général Biscuit ! Ou de William Saurin !* Le personnage A se souvient de la beauté romantique de cet équivalent du personnage B : vêtu de noir, muni d'une canne décorative, orné d'une vaste écharpe de soie jetée avec esprit sur ses épaules, jeune homme brun au teint pâle, progéniture d'une éditrice et d'un éminent journaliste politique, qui étudiait la littérature en classes préparatoires à Normale sup au lycée Henri-IV. Le personnage A a dû quitter la soirée pour éviter les quolibets qu'il s'attirait. *Silence ! Votre attention mesdames messieurs ! Le futur contrôleur de gestion de Royco Minute Soupe essaie de nous parler de Mallarmé !* Il s'agissait d'une soirée rue Bonaparte dans un appartement de trois cents mètres carrés. Rue Bonaparte : cœur géométrique de la grande bourgeoisie intellectuelle de gauche. Le personnage A débarquait d'un lotissement de banlieue et il a été chassé de la première soirée à laquelle il se rendait en compagnie de Marie Mercier. *Milieu intellectuel de gauche Marie-Odile ! Famille de gauche du quartier Saint-Sulpice ! Le personnage A a dû quitter la soirée pour la seule raison qu'il avait essayé de parler de Mallarmé à un jeune homme muni d'une canne décorative !* Le personnage A et le personnage B, respectivement solitaire et entouré d'équivalents, sont à présent dans le hall du théâtre du Rond-Point, leurs billets à la main. *Pensez-vous que le personnage A et le personnage B ont vécu de la même manière les prémices de cette soirée ?* Ce qui distingue en premier lieu le personnage A du personnage B, c'est son rapport au temps – et en particulier au présent. *Je laisserai de côté les autres choses qui les distinguent pour me concentrer sur leur rapport au temps – et en particulier au présent. Et laissez-moi vous dire, Marie-Odile, que leur rapport au temps découle inéluctablement de leur rapport à la réalité sociale.* On a vu que ce soir-là le personnage A avait trouvé refuge, pour reprendre espoir et confiance, dans l'anfractuosité d'un instant. On peut dire que d'une manière générale le seul refuge dont dispose le personnage A est le présent : *C'est un rapport au temps tout à fait particulier sur lequel il conviendrait de méditer quelques minutes.* Le personnage A est acculé au présent : ni le passé ni l'avenir ne se proposent de l'accueillir. Pour le personnage A le présent est à la fois sa fatalité et sa rédemption. Le personnage A n'a pas le choix mais il exploite à son profit cette fatalité qui lui est imposée. Qu'en est-il à l'inverse du personnage B ? Le personnage B s'élabore dans la durée. Le personnage B se projette dans l'avenir et s'emploie méthodiquement, avec intelligence, dans le confort le plus total, à sa propre édification. Le personnage B n'est pas en danger. Le personnage B n'est acculé au présent par aucune menace particulière. On admettra que le personnage B n'entretient pas avec le présent le même type de relations que le personnage A : le présent n'est pas sa fatalité (*de la manière dont le trottoir est la fatalité du clochard : il y dort*) mais un moment de transition (*le trottoir sur lequel évolue le personnage B pour se rendre à la boulangerie : il contourne le corps assoupi du clochard*). Le présent du personnage B est utilitaire : il lui sert à lire des livres, à rédiger des fiches, à apprendre des cours, à préparer des examens. Le présent du personnage B est anodin. *Le personnage B ne pense même jamais au présent en tant que tel. Il est probable* que le personnage B ne regarde même jamais autour de lui : il est enfermé dans sa tête, laquelle n'est pas un phénomène du temps présent mais un phénomène intemporel, suspendu, évolutif, inscrit dans la durée. Ce qui n'est pas anodin, *En revanche, ma chère Marie-Odile*, c'est le diplôme qui rayonne dans l'avenir, c'est le solide système intellectuel dont il sera équipé, ce sont les avantages que l'obtention de ce diplôme est susceptible de lui procurer. *Le personnage B n'a besoin de puiser aucune ferveur dans la contemplation benoîte d'un ciel mouvementé ! Le personnage B n'a pas besoin d'un ciel désaxé pour s'inscrire dans la réalité ! Le personnage B n'a pas besoin du présent pour se sentir accepté par le monde !* Le personnage B est solidement rivé, telle une statue, au socle de son éducation, de son intelligence, de sa culture étendue et classée – *au socle de sa légitimité*. Le personnage B n'est pas nu, gracile, précaire, sauvage, instinctif, ingénu, électrique, à l'extrémité dénudée de lui-même. Le personnage B est plein d'outils, de culture, de recul, d'intelligence, de tranquillité, de constructions conceptuelles qui lui permettent *de se mettre en retrait du présent* et d'occuper une position surplombante : le personnage B élude le présent et s'inscrit dans une durée. Le personnage A à l'inverse n'occupe aucune position surplombante ni ne se met en retrait du présent : il est à chaque instant à l'extrême pointe de lui-même et du temps – *un inconnu pour lui-même*. Il ressort de tout cela, *Naturellement*, que le temps de prédilection des trois livres que j'ai écrits est le présent : *C'est par le sensible, l'intensité, la captation directe, que j'explore la réalité. Il y a urgence, alerte, intensité, immédiateté.* À la fin de mon adolescence, nourri par la lecture de Mallarmé, de Joyce et de Breton, j'avais envisagé de créer pour moi seul un mouvement littéraire qui se serait appelé le *sensation-nisme*. Car il y a ce qui est dit, formulé, intellectualisé par le texte. Et il y a ce qui peut être transmis par sa matière : structure, tessiture, énergie, événements grammaticaux, collisions verbales, changements de rythme ou de volume sonore, dérèglements syntaxiques, passage d'une phrase à une autre, ruptures d'atmosphère, etc. Christian de Portzamparc m'a dit un jour (au sujet de l'ambassade de France à Berlin) : *Dilater l'espace grâce à la variété des architectures et de leur matière... C'est comme une petite ville à l'intérieur de l'ambassade. Ici une surface très rugueuse en béton éclaté, ici un mur lisse et brillant, ici un rideau de verre, ici un enduit blanc très pur, toutes ces matières réagissent et s'opposent, partent dans des directions opposées, l'espace s'élargit, on a l'impression qu'il fait quatre-vingts mètres de large. Si j'avais utilisé le même béton partout, il est évident que cet espace serait devenu un cloître, intime mais carcéral.* Cette approche privilégie la perception sensorielle : c'est exactement ce que j'essaie de faire en transmettant une connaissance par l'expérience physique du texte. *Suggérer, voilà le rêve*, martelait Mallarmé. Je voudrais que mes livres soient comme des sortilèges, que leur pouvoir relève de la magie, de l'envoûtement, de la possession. *Exactement ce que je cherche à vivre dans la réalité : c'est une sorte de mise en miroir de mon rapport au monde et de mes doctrines artistiques.* La mise au point de ces dispositifs nécessite naturellement un long travail. Je règle interminablement mes livres en les éprouvant sur moi-même comme de petites machines perverses et diaboliques : *De la même manière que j'éprouvais sur moi-même, assis sur mon banc, l'impact de ce ciel sombre et désaxé, rapide, de novembre, j'éprouve sur moi-même*

411

l'impact sensible de mes écrits. Ce qui suppose du lecteur qu'il accepte de se soumettre à l'épreuve du texte (*Au lieu de prendre un taxi pour s'abriter du vent, de la pluie, du spectacle automnal*) et de s'abandonner sans réserve. Être réceptif à tout prix : voilà le principal. Se mettre en condition d'être submergé à chaque instant par un quelconque phénomène extérieur. Être attentif à tout, à la lumière, à l'architecture, aux autres, aux visages, à la foule, aux gestes, à la banalité, aux arbres, aux perspectives, aux paysages, aux cheveux, aux peaux, aux détails, à un reflet sur une vitre, à la beauté dissimulée, aux chevilles de sa voisine, au sourire de son voisin, aux oreilles de leur enfant. Attendre en théorie de chaque instant qu'il vous procure la grâce. Sortir de chez soi et regarder à chaque instant autour de soi au lieu de marcher dans sa tête. Regarder chaque jour celle que l'on aime avec la même ferveur, la même intensité que le premier jour. Être attentif à tout. Être réceptif à tout à chaque instant. C'est comme cela qu'on est heureux. C'est comme cela qu'on peut trouver de la beauté où le regard convenu n'en voit pas. C'est comme cela qu'on peut aimer la même femme pendant vingt ans sans éprouver la moindre lassitude. Et mes livres ne font rien d'autre que renverser cette attitude : je substitue au monde sensible les livres que je compose – et j'attends de ces derniers qu'ils produisent sur moi-même des impacts d'une nature équivalente. *Là-dessus, ma chère Marie-Odile Bussy-Rabutin, je vous remercie de la patience et de l'attention que vous m'avez témoignées en me lisant jusqu'à cette dernière ligne. Très cordialement, Éric Reinhardt. P.-S. N'oubliez pas de me donner votre pointure. P.-P.-S. la 37 ½ est l'idéale.*

À peine avait-il été embauché que Steve Still avait eu l'idée de monter un hedge fund. Il y travaillait le soir quand il rentrait chez lui et élaborait un projet détaillé qu'il n'allait pas tarder à communiquer à des investisseurs potentiels : grandes banques et family offices. C'était l'époque des premiers hedge funds : il n'en existait qu'une douzaine entre Londres et New York. Steve Still s'était confié à Laurent Dahl un soir où ils dînaient en tête à tête dans un restaurant réputé près des Champs-Élysées. *Je suis connu. J'ai acquis en cinq ans une indéniable notoriété. Mes performances inspirent confiance. Mon style de trading également. Ça fait cinq ans que je rapporte systématiquement entre 40 et 90 dolls aux établissements pour lesquels je travaille. Et j'en retire chaque année, perso, entre 2 et 3 dolls. Shit !* éructa-t-il. *Shit ! Si je travaillais pour mon compte j'empocherais chaque année entre 8 et 20 dolls ! ENTRE HUIT ET VINGT MILLIONS DE DOLLARS ! Putain ! Pourquoi se faire chier ! Je vais pas enrichir ad vitam æternam les enfoirés qui m'emploient ! – OK. Encore faut-il trouver des investisseurs qui acceptent de te suivre. Tu es jeune quand même... – Ce sont les performances qui comptent. Il est de notoriété publique que je rapporte énormément d'argent depuis cinq ans. Pourquoi ça s'arrêterait ? Il faut faire vite : je vais pas attendre de me planter pour réunir des fonds.* Il est vrai que Steve Still, jalousé, admiré, acclamé, s'était rendu célèbre sur la place de Paris : il était devenu une star de la finance. Tout le monde voulait travailler avec lui. Des diplômés des grandes écoles le sollicitaient constamment pour qu'il les prenne à ses côtés et leur enseigne ses techniques de trading. Dès que Steve Still entreprenait quelque chose : on l'imitait. Si Steve Still se mettait à éventer certaines des intuitions qu'il défendait : ses collègues de la banque adoptaient les mêmes vues. Cette notoriété avait fini par l'enivrer : on disait de lui qu'il était devenu arrogant, prétentieux, péremptoire et suicidaire, sans que cela ne diminue en rien la sympathie que Laurent Dahl lui réservait. Steve Still roulait en Porsche, s'était offert un loft immense aux abords des Invalides, accumulait les conquêtes féminines, actrices, mannequins, jeunes filles sublimes qu'il séduisait dans des boîtes : il allait de l'une à l'autre avec la même désinvolture qu'adolescent, à Manchester, il était allé d'une Anglaise aux dents pourries, blafarde, corpulente, à une autre Anglaise aux dents pourries, ventripotente, aux cheveux rouges. Il embarquait à présent des jeunes filles fil de fer vêtues de pantalons dorés et de tuniques vaporeuses Jean-Paul Gaultier qui révélaient leurs seins menus sur les *dance floors* les plus courus. Il allait à Londres un week-end sur deux : les nuits londoniennes, plus électriques qu'à Paris, le ravissaient. Certains collègues de Laurent Dahl le soupçonnaient de se droguer : coke, crack, héroïne, sans qu'aucune de ces rumeurs n'ait été confirmée. Comment Steve Still trouvait-il l'énergie de trader d'une manière si lucide, se comportant dans son métier comme un vrai visionnaire, optant généralement pour des poses contrariantes dont l'audace prenait à contre-pied les spéculations les plus répandues (et c'est de cette manière qu'il triomphait : il était devenu le prince incontesté du pari contrariant), tout en menant parallèlement une existence si épuisante ? C'est une question que Laurent Dahl s'était souvent posée, lui qui vivait paisiblement, qui partageait avec Clotilde et leurs deux filles un mode de vie tranquille et casanier. Certes Laurent Dahl gagnait 25 000 francs par mois (à quelques encablures des dix millions de francs annuels de son ami noctambule) et n'avait pas les moyens de s'offrir un style de vie aussi spectaculaire. Mais de toute manière, par goût et par tempérament, il préférait louer des vidéos, inviter des amis à dîner, lire le soir dans son lit : son intérêt pour la littérature n'avait jamais diminué. *J'en ai assez de bosser pour de grosses boîtes. Un floor énorme, tout un tas d'assistants qu'il faut coacher, un boss insupportable qui me casse les couilles. Fait chier ! J'ai envie d'avoir ma boîte, d'être libre, d'arriver et de partir quand je veux... J'ai envie d'une toute petite équipe, légère, avec des gens que j'apprécie...* Et là il regarda Laurent Dahl avec un éclair dans les yeux. *J'ai envie de vivre à Londres ! Je vais pas m'encroûter plus longtemps dans cette bourgade ! Paris c'est la province ! C'est comme Pont-à-Mousson ! J'en ai ras les burnes de Paris ! J'en peux plus de ce village de ratés ! – Je connais mal. Londres : je connais mal. – Mais c'est génial ! Ça va te plaire ! Ça n'a rien à voir avec ici !* (Laurent Dahl le regarda avec étonnement : ça allait lui plaire ?) *Sur tous les plans : la nuit, la finance, les restos, les baraques, putain les baraques de folie ! la bouffe ! le fun ! la flambe ! l'extravagance ! le mode de vie !* Il termina son verre de vin, où ne restait qu'un fond, et constata que la bouteille était vide. *Excepté les filles peut-être : les Anglaises elles sont pas top. Mais cette ville est si cosmopolite ! Elle brasse tellement de gens ! Américaines ! Suédoises ! Des Suédoises à la pelle ! Je te jure ! Et des Françaises ! Des Australiennes ! Des Asiatiques à tomber par terre putain ! – Et combien tu dois réunir ?* lui demanda Laurent Dahl. *– Attends une seconde,* lui répondit Steve Still, lequel, d'un geste insistant, fit venir un serveur à leur table. Il lui montra une référence sur la carte des vins : *Celui-ci s'il vous plaît, Très bien monsieur,* et le serveur s'éloigna en emportant les verres. – *Qu'est-ce qu'on disait ?* reprit Steve Still en allumant une cigarette. *Tiens, derrière toi, sois discret, le type avec la chemise blanche…* Laurent Dahl se retourna et aperçut près du bar, un verre à la main, entouré de deux hommes en costume noir à la coupe impeccable et d'une grappe de jeunes femmes blondes, bronzées, qui riaient, un jeune homme de leur âge qui parlait sans discontinuer. *Il était trader avec moi chez Goldman.* Le jeune homme ouvrit grand la bouche quelques secondes : un orifice strictement circulaire. *Il a été embauché par Arthur Andersen. Il a perdu un maximum de thune ! Il s'est fait lourder comme un malpropre et maintenant il fait du conseil ! Il tradait comme moi je joue au golf ! La moitié des balles qui partent dans les fougères !* Laurent Dahl se retourna à nouveau vers Steve Still : *Je déteste ce genre de type. – Moi je les aime quand ils sont bons : quand ce sont pas des incapables présomptueux comme celui-ci. Total loser !* Puis : *Son père est influent. Il est au conseil d'administration de plusieurs boîtes. Il trouve toujours à recaser son fils.* Le serveur réapparut à leur table, y déposa de nouveaux verres, exposa cérémonieusement au regard de Steve Still l'étiquette de la bouteille : *C'est bien ça*, déclara celui-ci avant de goûter le vin, *Parfait*, conclut-il, *excellent*, et le serveur leur remplit leurs deux verres. *Écoute, calcule, c'est simple, un bon trader gagne en moyenne 500 000 dollars par an. Si je pars avec une base de disons 10 millions… – De dollars ?* l'interrompit Laurent Dahl. *– Oui, de dollars, naturellement. Il est génial ce vin tu trouves pas ? – Si : inouï. Qu'est-ce que c'est ? – Château-latour 78. – Château-latour 78 ?! Mais ça va pas la tête ! Mais combien ça t'a coûté ! – Deux mille francs. Mais cette soirée le mérite amplement : c'est pas tous les jours qu'on s'associe à un ami* *pour une aventure hors du commun !* Laurent Dahl le regarda incrédule en dégustant le château-latour 78 à toutes petites gorgées. *Donc 10 millions : je rentre d'emblée 200 000 dollars de management fees : 2 %. Avec une perf de disons 20 % dans l'année je rapporte 2 millions à mes investisseurs. Sur ces 2 millions le hedge fund récupère 20 % : 400 000, plus les 200 000 des management fees : 600 000. Donc 10 millions au départ : 600 000 pour le hedge fund. Avec 600 000 dollars, entre un bureau, des ordinateurs, du personnel et des faux frais, tu t'en sors pas. Avec une performance correcte de 20 % tu te paies le minimum et tu assures les faux frais : juste ça. Autour de 10 dolls c'est pas possible en fait : même en faisant des perfs phénoménales. Il faut donc au minimum 20 ou 30 dolls pour commencer. – Et c'est quoi ta stratégie pour les trouver ? T'as déjà des contacts ? – Idéalement je voudrais commencer avec 100 dolls. – Avec 100 dolls ?! Mais comment tu vas trouver 100 dolls ?! – La première chose c'est de convaincre un investisseur. J'ai des contacts avec un gros banquier privé à Genève : du très très gros : un très très gros provider. J'y suis déjà allé deux fois. Écoute. Il gère à peu près 3 milliards de dollars : j'aimerais qu'il me confie, pour commencer, 40 ou 50 dolls. C'est quelque chose d'envisageable. Il ne dit pas non pour le moment. – 40 ou 50 dolls ? – C'est une idée qui lui plaît* (en cet instant le regard de Steve Still scintilla : vis-à-vis de ses investisseurs qui ont le plus d'appétit) *de placer quelques millions dans un hedge fund : il y croit. Les hedge funds sont peu nombreux pour le moment, un ou deux à Hongkong, quatre ou cinq à Londres, six ou sept à New York, il tourne autour, il est allé les voir… L'avantage pour lui c'est qu'il me connaît, qu'il m'apprécie, qu'il a confiance en moi : ça peut vraiment marcher. – Reste à trouver 60 dolls. – Family offices. J'ai des contacts. J'ai un pote qui travaille pour Albert Frères. Un autre dont le cousin dirige le family office des Rothschild. L'avantage des family offices c'est leurs réseaux. Ils s'entraînent les uns les autres. Ces salopards de milliardaires ! Ils sont toujours à l'affût ! Ils cherchent toujours à investir ! La plupart des hedge funds ont été backés par deux ou trois family offices. Moore Capital a commencé avec la thune des Agnelli : Agnelli leur a filé leurs 100 premiers dolls. Faut voir les mecs : « Alors voilà nous on pèse un milliard. Il est super-excitant ce projet de hedge fund : vous avez l'air d'avoir envie de casser la baraque ! Donc on vous file 150 dolls. Et notre copain Machin : il va vous donner 100 dolls. Et notre ami Bidule d'Afrique du Sud : 100 dolls. Et puis ce super-pote industriel au Venezuela : je l'ai eu au téléphone ce matin : il est ravi de vous filer 50 dolls. » – Et tu te donnes jusqu'à quand pour réunir ces fonds ? – Juin. J'aimerais commencer en janvier. Là je travaille sur le projet. Je vais me vendre sur ma capacité à faire de la perf. Et aussi sur mon style de trading. Et sur l'équipe que je vais réunir. Je vais leur vendre un projet de hedge fund agressif. Pas du tout pépère. Pas du tout secure. Un truc de tueur : très agressif.* Après une courte pause : *En fait si je voulais te voir : j'ai un truc à te proposer. – Oui ?* demanda Laurent Dahl. *– J'y réfléchis depuis des mois.* Laurent Dahl le regarda avec fébrilité : *Et qu'est-ce que c'est ? – Je te veux pour le middle office.* Une sensation inouïe, proprement musicale, foudroya les entrailles de Laurent Dahl. Elle sinua quelques secondes avec clarté, féminine, à l'intérieur de son corps : un moment délicieux. *– Moi ?* Des hoquets d'excitation entravaient sa diction. *Tu voudrais que je m'occupe du middle office ? – Exactement.*

Que tu t'occupes du middle et des relations avec les investisseurs. Que tu prospectes. Que tu en ramènes d'autres. Que tu rédiges la newsletter. Laurent Dahl le regarda en silence. *On serait deux à diriger le truc. Moi côté trading et toi côté middle et gestion des investisseurs. Je prendrais deux juniors pour trader avec moi. D'abord Vincent, j'adore, il est doué, et puis un autre de chez Goldman. Deux jeunes que j'ai formés. Ils ont la pêche. Ils ont la haine. Ils en veulent ! Enfin une secrétaire à recruter au dernier moment.* Laurent Dahl alluma une cigarette et regarda Steve Still en silence. – *Tu fumes beaucoup en fait. Presque autant que moi !* Puis : *Tu fumais pas avant. Je veux dire : en prépa. – Non. Je fumais pas. – Tu fumes depuis longtemps ? – Deux ans. Depuis la naissance des filles. – Et combien ? Combien tu fumes ? – Ça dépend. Ça dépend des jours. Entre un et deux paquets. – Moi deux. Trois les jours de stress ! Quand sur un short une valeur m'asticote... grimpe... grimpe... grimpe... pendant des heures... pendant des jours... – Mais...* l'interrompit Laurent Dahl. *Elle est sérieuse ta proposition ? – Si c'est sérieux ? Tu me demandes si je suis sérieux ? Mais naturellement que je suis sérieux ! Écoute-moi : c'est toi que je veux : personne d'autre. On se complète à merveille. La réussite d'un hedge fund elle repose en grande partie sur les qualités complémentaires de ceux qui le dirigent : je te jure à deux on devient invincibles !* Laurent Dahl réfléchissait en regardant le visage de Steve Still. Celui-ci le dévorait des yeux. L'excitation l'avait illuminé de l'intérieur. *Moi je trade. Moi je suis sur la brèche. Moi je prends les paris. Toi tu es calme, stable, constant, scrupuleux. J'allais dire religieux ! Je te jure : quel lapsus !* Steve Still se mit à rire et porta le verre de vin à ses lèvres. Il en avala une minuscule gorgée et poursuivit :

Tu es fin. Tu écris comme un dieu. Tu vas tranquilliser les investisseurs. Tu vas les bichonner, les câliner, les embrouiller, les envoûter, les convaincre de remettre au pot et de tripler leurs mises ! Tu es dans le verbe, le discours, la persuasion, la dialectique : c'est de ça dont j'ai besoin. Moi je suis dans l'action, les nerfs, le stress, l'angoisse, l'exaltation, les paris fous, les intuitions insensées. Et quand un trade se passe mal, tu le sais, je peux péter un câble ! J'ai besoin d'un mec solide à mes côtés. De solide nerveusement et de solide intellectuellement. Puis : *Sans compter que tu vas quadrupler ton salaire. Je pense que tu peux tourner autour de 100 000 francs par mois. Plus un bonus en fin d'année en fonction des résultats.* En dépit des craintes qu'il éprouvait (intimidé par la confiance que lui manifestait Steve Still) de ne pas être à la hauteur des ambitions démesurées de leur projet, Laurent Dahl avait accepté dès le lendemain. Le moteur à rêves s'était remis en route : il s'était remis à rêver avec la même ardeur qu'adolescent. La seule idée de s'installer à Londres avec Steve Still et d'y vivre avec lui une aventure hors du commun (pour reprendre ses propres termes) l'exaltait : le gratifiait. Seule Clotilde avait mis un bémol à son exaltation : un bémol momentané. Elle refusait de s'installer à Londres pour le moment : elle préférait s'assurer au préalable de la pérennité de l'entreprise. *La plupart de ces boîtes elles se cassent la gueule au bout d'un an ! C'est un fou furieux ton copain Steve Still ! D'accord il cartonne depuis cinq ans ! Mais c'est peut-être de la chance ! Une période de grâce ! Une bonne petite série ! – Dans ce cas on reste prostré à ne rien faire : à avoir peur de tout ! – Vas-y si tu veux mais moi je reste ici avec les filles. On te rejoint dans dix-huit mois si le truc marche.* Puis : *De toute manière je déteste cette ville.*

Triste, laide, trop vaste, pluvieuse, je sais pas. Toutes ces petites bicoques avec leurs jardinets... Je me vois mal à Londres... En dehors du fait que Vivienne et Salomé allaient lui manquer (mais en même temps il avait instauré avec elles des relations qui étaient presque abstraites, il s'en occupait peu et c'est surtout par la pensée qu'il se sentait leur père, il n'éprouvait aucun vide quand elles partaient chez ses parents pour une semaine), être aussi libre et dégagé de toute entrave qu'un étudiant ouvrait des perspectives qui l'enchantaient : il se félicitait de se soustraire à la présence quotidienne de Clotilde, laquelle, si elle s'était calmée depuis la naissance de leurs filles, demeurait capricieuse, éprise de polémiques et de scènes fatigantes. Comme Steve Still l'avait anticipé, il était parvenu à obtenir du banquier suisse les 50 dolls qu'il avait convoités. En revanche ses démarches auprès des family offices piétinaient : ils attendaient que le hedge fund fasse ses preuves avant de s'engager. En réalité les relations de Steve Still avec ces grandes familles n'étaient pas assez personnelles, établies, fondées sur une complicité ancienne, pour aboutir à des partenariats. *Eh bien c'est pas grave ! Commençons avec les 50 dolls du banquier suisse ! L'année d'après, en fonction des résultats, on fera rentrer des investisseurs supplémentaires ! – Je veux commencer gros. Je veux vraiment qu'on casse la baraque. C'est 100 dolls qu'il nous faut. Et puis c'est pas possible un seul investisseur. Même lui, le banquier suisse, il serait pas d'accord. Il faut diversifier.* Puis : *Et ton beau-père ? – Quoi mon beau-père ? – Il ne pourrait pas nous aider ton beau-père ?* Laurent Dahl l'avait appelé sans en parler à Clotilde (ils continuaient d'aller dîner chez lui le dimanche soir avec les filles) et ils étaient convenus de déjeuner sur une péniche à Issy-les-

Moulineaux. Il demanda à Philippe s'il lui semblait possible de le mettre en relation avec des family offices qu'il connaissait et si le groupe industriel qu'il dirigeait ne pourrait pas investir lui aussi. *La maison mère pourrait s'impliquer*, lui avait répondu son beau-père. *Les family offices que je connais, deux ou trois, tu pourras les rencontrer. Obtenir un rendez-vous ne sera pas un problème. Je t'appuierai auprès d'eux.* Il serait fastidieux de raconter dans les détails les démarches de Laurent Dahl : elles se révélèrent fructueuses. Philippe obtint de sa hiérarchie européenne un apport de 5 dolls que le groupe hexagonal qu'il dirigeait compléta de 3 dolls supplémentaires. Cette prise de risque mit en confiance les family offices qu'il fréquentait : de surcroît il accompagna Laurent Dahl à plusieurs rendez-vous. À la suite de l'un d'eux : *Ils t'ont trouvé formidable. Ils adorent le projet. Ils connaissaient Steve Still de réputation. Je suis certain qu'ils vont signer.* Laurent Dahl y retourna plusieurs fois et s'y comporta en habile négociateur. Il se débrouilla pour faire croire à ces familles, catégorique et serpentin, que chacune d'elles s'était déjà pratiquement engagée. Steve Still l'accompagna aux derniers rendez-vous et ils finirent par obtenir de l'une d'entre elles un apport de 30 dolls. C'est ainsi qu'il ne fut pas difficile, les particuliers fortunés s'entraînant les uns les autres, d'obtenir les 12 dolls qui manquaient. *Champagne !* avait hurlé Steve Still à une table du restaurant réputé dont ils avaient fait leur cantine. L'intervention de Laurent Dahl avait été déterminante : sans lui Steve Still aurait dû démarrer avec le seul apport du banquier suisse. Dès lors le statut de Laurent Dahl, de celui de salarié, passa mécaniquement à celui d'associé : il devint l'associé de Steve Still à 50/50. Qu'est-ce que cela signifiait ? Qu'il allait devenir riche – aussi riche que Steve Still l'escomptait pour lui-même. Sa situation financière s'améliora radicalement : 2 % de management fees furent ponctionnés d'emblée sur les 100 dolls de la mise de départ : 2 millions de dollars. Ils les utilisèrent pour s'établir à Londres début novembre après qu'ils eurent donné leur démission. Steve Still loua une maison démentielle dans le quartier de Holland Park. Laurent Dahl se contenta d'un appartement de quatre pièces qu'il trouvait délicieux, dans le quartier huppé de Mayfair, entre Hyde Park et Berkeley Square. Une chambre pour lui qui donnait sur la rue, une autre pour ses deux filles qui donnait sur une cour, un bureau et un salon/salle à manger percé d'un œil-de-bœuf. La plupart des boutiques de la rue abritaient des antiquaires. Il y acheta quelques pièces qui lui plaisaient, un bureau, une console, un miroir, quelques fauteuils, qu'il compléta avec des meubles plus ordinaires achetés chez Habitat. C'est Laurent Dahl qui trouva à Mayfair les locaux du hedge fund, situés 32 Curzon Street dans un immeuble de trois étages. L'enduit bordeaux des briques et les encadrements saumon des ouvertures ogivales du premier étage (le leur) le ravissaient, ainsi que l'élégante marquise en fonte qui surmontait les quelques marches du perron. Les locaux articulaient une grande salle pour le trading, deux pièces fermées pour Laurent Dahl et l'assistante qu'ils recruteraient, une salle de réunion où seraient reçus les investisseurs, enfin une dernière pièce, à l'arrière, de détente, où Steve Still installa un billard. Sur l'insistance de son associé, Laurent Dahl fit appel aux services d'un décorateur pour choisir les meubles, les luminaires, les teintes des murs et quelques œuvres d'artistes branchés. Ils s'installèrent début décembre et Steve Still annonça le lancement du hedge fund pour le 1er janvier 1997. Laurent Dahl ouvrit chez Merril Lynch, qui leur ferait le prime brockerage, la dizaine de comptes en banque dont ils auraient besoin : compte courant, comptes d'emprunt, comptes de futures, comptes d'options, etc. *Et quel nom on va lui donner ?* lui avait demandé Steve Still pendant l'été. – *Still and Dahl ?* avait répondu Laurent Dahl. – *J'ai pas tellement envie. Ça fait un peu vieux con. Je voudrais quelque chose... un truc un peu... un nom... un mot...* Laurent Dahl y avait déjà réfléchi. Il lui semblait qu'il avait trouvé. – *Et Igitur ?* dit-il. – *Igitur ?* répéta Steve Still. – *Igitur,* confirma Laurent Dahl. – *Igitur... Igitur... C'est pas mal... C'est même très bien...* Puis : *Mais qu'est-ce que c'est ? Qu'est-ce que ça veut dire ?* Laurent Dahl n'osa pas l'avouer : *Rien. C'est juste comme ça... une belle sonorité...* Et il pensa : Aboli bibelot d'inanité sonore. – *En fait c'est du latin. J'ai consulté un dictionnaire. Ça veut dire : donc, alors, par conséquent. C'est pas mal pour un hedge fund ! C'est même tout indiqué ! – Bon. Igitur. D'accord. C'est aigu. C'est aussi clair qu'une lame de couteau. Allons-y pour Igitur. Il faudra juste qu'on se fasse faire un logo. – Clotilde a des copains graphistes. – Donc ! Alors ! Par conséquent ! Allons boire à la santé d'Igitur !*

Après l'obtention d'un diplôme de géologie, Thierry Trockel avait été embauché par le leader mondial de la chaux. En l'espace de vingt ans, sous l'impulsion d'un héritier ambitieux, une entreprise de dimension modeste était devenue un ensemble industriel hégémonique implanté dans une vingtaine de pays : il poursuivait son expansion en absorbant ses concurrents les uns après les autres. *Une autre idée que je voudrais vous transmettre sur la réflexion stratégique,* lui avait dit le directeur général peu après son embauche, *c'est qu'elle est itérative. – Itérative ?* avait demandé Thierry Trockel. *– Réitérée. Répétée plusieurs fois. C'est-à-dire, c'est une démarche qui revient sur l'ouverture... avoir une vue très forte, stratégique, des positions à prendre, à partir d'une connaissance très fine de notre métier... et ensuite animer ça par itération permanente. C'est-à-dire c'est du « what if » permanent, « Qu'est-ce qui se passe si ? » « Qu'est-ce qui se passe si ? » « Qu'est-ce qui se passe si ? », ce questionnement enrichit la réflexion jusqu'au moment où tout d'un coup, bing ! l'opportunité se présente. Mais comme l'esprit reste en éveil sur le sujet, très en éveil, quand l'opportunité arrive on est beaucoup plus prompts à la saisir que si l'on doit se mettre à réfléchir... Un industriel opportuniste doit avoir les capteurs en éveil... vous me suivez ? – Parfaitement bien...* avait répondu Thierry Trockel qui ne comprenait pas pour quelle raison on voulait l'endoctriner alors même qu'il allait s'enfermer dans un laboratoire pour émietter des cailloux. *– Il y a une chose qui m'a beaucoup frappé quand je suis arrivé dans le Groupe c'est le rythme. C'est une société dans laquelle il y a du rythme et où donc on avance. Si on tombe sur un noyau on le contourne, on itère, on garde du rythme. – Bien sûr, naturellement...* avait répondu Thierry Trockel. *– On ne reste jamais bloqué sur un obstacle, on essaie d'être en mouvement... toujours... avec beaucoup d'ouverture d'esprit... personne ne doit penser qu'il a la vérité. Ça vient peut-être de l'aspect artistique et de l'intérêt que porte le Groupe pour l'art contemporain.* Petite pause. Thierry Trockel dévisageait son interlocuteur. *Vous voyez cette photogra-*

425

phie derrière moi ? Le directeur général, sans se retourner, la désigna du doigt par-dessus son épaule. Thierry Trockel la regarda : un arbre à l'envers : une photo dont on aurait juré qu'elle avait été accrochée à l'envers. *C'est une photographie de Rodney Graham, un célèbre artiste américain. Quand on met des arbres à l'envers sous les yeux de nos équipes voilà ce que ça dit : « Prenez le problème à l'endroit ! Prenez le problème à l'envers ! Retournez les concepts ! Pensez différemment ! Soyez créatifs ! Renouvelez votre regard ! Ayez des idées ! Surprenez-nous ! Remettez-vous en cause ! » Ça met nos équipes dans quelque chose de très moderne, de très perfectionniste, ça pousse à la créativité, ça leur donne le sens de l'excellence, je suis certain que ça tourne dans leurs têtes le dimanche matin dans leurs baignoires. – Oui, c'est sûr, je pense, ça va moi-même me faire réfléchir ce, cette, c'est, c'est vraiment... c'est vraiment magnifique...* balbutia Thierry Trockel en examinant le peuplier culbuté. *– Surtout dans le domaine de la recherche appliquée ! J'imagine qu'il vous arrive de buter sur des os ! – Naturellement, ça arrive, on bute sur un calcul, sur une analyse... – Contournez ! Itérez ! What if ! Itérez ! Et si je ! Et si là ! Et si on ! What if ! Ne cessez jamais d'itérer ! D'être en mouvement ! De retourner le problème ! What if ! Itérer ! Ne jamais perdre de la vitesse ! Toujours What if ! Retournez les peupliers ! Toujours en mouvement !* Les recommandations du directeur général, à l'exemple d'un ventilateur, avaient fait onduler les cheveux de Thierry Trockel. *– C'est moi-même ce que je pratique...* avait-il répondu en prenant soin d'accélérer le débit habituellement placide de sa parole. Que dire d'autre ? Que pouvait faire Thierry Trockel sinon simuler d'avoir intégré depuis longtemps les axiomes directoriaux ? Si on l'avait poussé il aurait fait l'éloge de la lenteur, du ralenti artistique, de l'indolence contemplative. Quand donc cet entretien allait-il se terminer pour qu'il puisse retourner à ses éprouvettes, où les émulsions prenaient leur temps, affranchies de la folie humaine et libérale ? Et même les émulsions rapides, explosives pourrait-on dire, il avait l'impression qu'elles n'obéissaient qu'à elles-mêmes, avec la lenteur presque statique d'un phénomène éternel. – *Parce que c'est bien gentil de dire qu'on est opportuniste ! Si on est lent ça ne veut rien dire du tout vous comprenez ! Lent et opportuniste : oubliez ! Il faut être rapide pour être opportuniste ! Il faut être rapide pour produire de la valeur sur le long terme !* Le directeur général s'était levé avec une rapidité qui avait fait sursauter Thierry Trockel (comme si le dirigeant avait voulu illustrer musculairement les préceptes qu'il venait d'édicter) et tendit une main déterminée par-dessus le bureau monumental. *La lenteur est l'apanage des losers et des laissés-pour-compte ! Et puis des escargots cela va sans dire !* D'abord embauché à Bruxelles au siège social du Groupe, où il resta huit ans, Thierry Trockel fut muté en Allemagne, près de Düsseldorf, pour devenir le directeur d'une unité géologique. Sylvie, sa femme, titulaire d'une maîtrise d'histoire, professeur dans une école privée à Bruxelles, abandonna sa profession pour élever leurs deux enfants, se contentant de cours de français dispensés à des particuliers. Ils louaient une maison terne, sans charme, construite à la fin des années soixante-dix dans un quartier résidentiel de Wülfrath, non loin du centre industriel où travaillait Thierry Trockel. Nom commun de l'oxyde de calcium, la chaux s'obtient par la cuisson du carbonate de calcium, communément appelé calcaire, matière qu'on trouve en abondance sur la croûte terrestre mais que le Groupe qui employait Thierry Trockel désirait de qualité, le plus pur possible, préalable qui impliquait des expertises approfondies des sols prospectés et des carrières en exploitation. Les gisements se composent de strates superposées qui résultent de la sédimentation de coquillages et de micro-organismes sur plusieurs millions d'années. Les propriétés de certaines strates les prédisposent à une exploitation industrielle tandis que celles de certaines autres les condamnent à la mise en déchet. L'enjeu : combien faut-il enlever de tonnes inutiles pour obtenir une tonne de qualité ? Pour définir la structure des gisements, il convient d'effectuer des carottages. Ce sont des tuyaux diamantés qui vrillent le sol jusqu'à une profondeur de deux cents mètres. *On va jusqu'au moment où on trouve la limite*, expliquait Thierry Trockel aux curieux qui le questionnaient : le caractère tellurique de son activité fascinait généralement ses interlocuteurs. *On va jusqu'au moment où on trouve quelque chose qui est franchement moins bon. On continue encore car il arrive qu'on découvre une couche de moins bon et puis encore du bon en dessous. – Et s'il venait me carotter la carrière mon géologue adoré !* l'interrompait Gabriella, une jeune Allemande abordée dans une galerie marchande de Düsseldorf deux heures plus tôt. *Il n'arrête pas de parler celui-là ! Un bon sondage géologique avec ton long tuyau diamanté ! Moi, je te jure, c'est excellent jusqu'au fond !* Lors du carottage, une pince extrait un bloc de roche à intervalles réguliers. Failles ? Séquences ? Irrégularité latérale ? Joints argileux entre les couches ? Thierry Trockel sciait en deux les échantillons cylindriques du carottage et dressait leur profil de composition : teneur en calcium, magnésium, alumine, silice, fer, soufre, chlore, manganèse, analyse qui renseignait sur la structure souterraine du territoire en prospection. Qu'est-ce que le Groupe va pouvoir faire de ces différentes strates ? Quel type de chaux va-t-il pouvoir produire ? Quels sont les coûts d'exploitation engendrés par la nature du gisement ? À la suite de quoi les analyses effectuées par Thierry Trockel orientaient l'intervention de ses collègues dynamiteurs. Le Groupe qui l'employait avait acquis un savoir-faire qui lui permettait de faire sauter chaque strate avec une précision de l'ordre du millimètre. *Il s'agit de ne pas mélanger deux millimètres de mauvaise roche aux dix mètres d'excellent calcaire qui se trouvent pardessous !* Certains industriels rudimentaires que Thierry Trockel avait rencontrés, en Roumanie par exemple où le Groupe avait fait l'acquisition d'un concurrent arriéré, dynamitaient les carrières à la va-vite, avec désinvolture, sans s'attacher aux détails, obtenant des calcaires composites, pollués d'impuretés, qui donnaient des produits de qualité médiocre. *Tout dans la finesse !* disait-il à Bianca, une jeune femme blonde draguée dans l'autobus. *On travaille dans la précision ! – Comme toi quoi ! Tes cunnilingus ! Du travail de scientifique ! – Si les Roumains ils baisent leurs femmes de la même manière qu'ils font péter leurs carrières je les plains les Roumaines ! Quels sagouins ! Au bazooka ils y vont ! – Mais toi tu es français et tu travailles en Allemagne pour un groupe belge : les qualités respectives de ces trois peuples réunies dans un seul homme !* Les dynamiteurs appliquaient sur la roche des traces de peinture jaune, y déposaient des losanges vermillon, y plantaient des drapeaux, afin de découper comme au scalpel des pans de cinq mille tonnes scrupuleusement délimités. Thierry Trockel adorait les tirs à l'explosif où une détonation ébranlait les environs, où l'on voyait s'effondrer avec lenteur, comme un corps que l'on poignarde, avant d'être envahi d'un nuage de poussière, un pan entier de la carrière. *Et Pluton ?* lui demanda Claudia, une étudiante cultivée qui finalement le dégoûtait : incapable de la plus petite érection depuis qu'elle était nue, pantelante, allongée sur leur lit, il l'instruisait de lithologie. – *Quoi Pluton ?* Elle lui tenait le sexe du bout des doigts, rétif, paralysé de répugnance. – *Eh ben Pluton ! Il habite dans les entrailles de la terre !* – *J'ignorais...* commenta Thierry Trockel. *Moi tu sais la mythologie... – Tu ne l'as donc jamais rencontré en faisant tes carottages ?* Elle se leva du lit et entreprit de se rhabiller. Elle lui expliqua qu'un beau jour, tout du moins l'espérait-elle, il percerait Pluton à l'heure de sa sieste avec l'extrémité vrillante de sa tige diamantée. *Ce jour-là tu me téléphones ?* lui déclara-t-elle, habillée, un bonnet sur la tête, la main sur la clenche. – *Promis...* lui répondit Thierry Trockel resté nu sur le lit. *Ce jour-là promis je te rappelle...* et elle ferma la porte avec lenteur.

12

Je me trouve en terrasse du Nemours à méditer sur les splendeurs de l'automne (il pleut, il vente, de lourds, d'énormes, d'encombrants nuages noirs obscurcissent l'atmosphère) quand une amie m'appelle sur mon portable pour me faire part d'une information dont la teneur me tétanise. Je suis en train d'écrire dans mon carnet : *L'automne ne peut être à chaque fois qu'un chef-d'œuvre singulier, car par principe il s'accapare sans se trahir les circonstances les plus diverses, pluie, tempête, soleil, lumière douce, temps gris, ouragan, atmosphère nostalgique, température estivale, tandis que le printemps ne peut que décevoir les attentes qu'il suscite : il est inscrit dans son principe qu'il doive réaliser son utopie.* Je lève la tête de mon carnet et je me dis que j'ai trouvé une nouvelle opposition entre l'automne et le printemps : la plus métaphysique de toutes. *Le printemps est comme une jeune actrice : une pustule la détruit, un rhume la diminue, une plaque eczématique la rétrograde. L'automne est comme un vieux génie du cinéma, un ogre énorme et excessif, barbu et ténébreux : son ampleur carnassière accepte tout pour le grandir, furies, drogues, alcool, sexe, violence, nuits blanches, esprit, lumière, rires, tendresse, gaieté, colère, intelligence, mauvaise humeur, coquetterie décorative à la boutonnière. C'est la saison de tous les possibles.* J'en suis là de mes divagations quand je décroche mon portable : j'entends la voix d'une femme que j'apprécie, directrice de la communication d'un homme que j'apprécie, Christian de Portzamparc. *Comment vas-tu ?* me demande-t-elle. – *Très bien. J'essaie d'écrire une conférence. – Une conférence ? Une conférence sur quoi ? – Sur mon travail. Elle aura lieu à Gênes fin décembre. – À Gênes ? J'adore cette ville !* Et la voilà partie sur la ville natale de Renzo Piano et sur les bâtiments qu'il a construits dans la zone portuaire, *Tu sais qu'il est né là-bas ! Tu es déjà allé à son atelier ? Demande à Christian qu'il t'introduise ! C'est grandiose !* Il lui faudra une dizaine de minutes pour aborder l'objet de son appel : elle a l'air de vouloir l'éluder en multipliant les digressions. *Qu'est-ce qui t'amène ?* je finis par lui demander. – *C'est un peu délicat*, me répond-elle. – *Un peu délicat ? Tu m'inquiètes… – C'est au sujet du mail que tu as envoyé à Christian. – Le mail que j'ai envoyé à Christian ? Je n'ai envoyé aucun mail à Christian récemment. Juste un sms le mois dernier. Pour lui demander quelle était sa saison préférée. – Mais le mail qu'il a reçu ce matin*, insiste-t-elle. *Je peux te dire que Christian, qu'il était, comment dire… – Oui ? Qu'il était ? – Mais Éric ! Comment peux-tu expédier des mails de cette nature ! Et à Christian en plus ! – Mais de quel mail tu parles ?! Je te répète que je n'ai envoyé aucun mail à Christian, ni ce matin, ni ces derniers jours !* Je commence à m'emporter. Le ton de ma voix devient colérique. J'entends Gaëlle qui respire avec nervosité. Je lui dis : *Bon. Calmons-nous. Tu as le mail sous les yeux ? – J'ai le mail sous les yeux. – Alors lis-le-moi. Et on en parle après. – Ton mail s'intitule (cela apparaît dans la rubrique objet de la messagerie) : Les Godeuses.* Petite pause. *Excuse-moi mais c'est assez… – Continue*, je la coupe. *– Comme tu veux. Quand on ouvre le mail, on peut lire la chose suivante : Du sexe lesbien en quantité énorme t'attend sur mon site. Tu y trouveras une belle et bonne salope de Moscou qui va en faire voir de toutes les couleurs aux orifices d'une authentique chaudasse de Slovaquie qui ne demande que ça. Les deux gouines vont se goder et se fister la chatte à tour de rôle dans la salle de sport d'un collège des Balkans. Boules anales, gode manivelle, chapelet ondulé, boules de geisha à ergots, double dong articulé, énorme gode à ventouses : je peux te dire que tout y passe. Le clou du spectacle se trouve être une double pénétration qui va faire hurler de plaisir l'authentique nymphomane moscovite. Son anus est totalement dilaté et on aurait même pu y ajouter une queue tellement elle aime être remplie.* Silence. Je suis abasourdi. *Et c'est signé : Éric Reinhardt, avec un lien qui conduit sur le site Les Godeuses des Balkans : vidéos de filles de l'Est.* J'allume une cigarette. Je fais tomber mon briquet sur le sol. *Il y a un post-scriptum. Tu veux que je te lise le post-scriptum ? Tu pourras te procurer discrètement (car ta célébrité te handicape) les dernières nouveautés de sex-toys. Par exemple le Dominator extasy peniwhip. Il gode, il fouette, il stimule le clito, c'est l'arme polyvalente des soirées chaudes. N'hésite pas une seconde et précipite-toi sur mon site !* Après quelques secondes de silence : *Et tu t'imagines peut-être que c'est moi qui ai envoyé un tel mail à Christian ? Cela te paraît concevable ? – Je constate cette simple chose : il a été envoyé par eric.reinhardt@wanadoo.fr et il est signé par toi. – Eh bien ce n'est pas moi. On s'introduit dans ma messagerie pour envoyer des* *messages. Me voilà éclairé sur leur teneur!* Inutile de préciser que Gaëlle ne m'a pas cru : elle est restée convaincue que j'ai oublié de retirer Christian de Portzamparc de la liste de mes contacts, mais qu'en réalité je me livre, pour subvenir à mes besoins d'écrivain, au commerce pornographique. *Injecter de la pornographie dans tes romans ne te suffisait pas! Il fallait que tu deviennes négociant en godes à ventouses!* Le lendemain matin, et je me trouve à la buvette de l'Opéra à boire un double express serré, c'est mon éditeur qui m'appelle. Jean-Marc Roberts déteste les préambules : à peine j'ai décroché, je l'entends qui me demande : *Tu rêves d'une super-bite pour combler tes longues soirées d'hiver ? — Euh, pardon, qu'est-ce que tu dis ? — Je te demande si tu rêves d'une super-bite pour combler tes longues soirées d'hiver ?* Devant mon silence : *Tu rêves de te faire jouir toute seule par les deux trous ? Tu n'en peux plus de passer tes soirées à lire de mauvais livres allongée sur ton lit de critique littéraire ?! N'attends plus! Voilà le gode qu'il te faut! Le Maxi-gode imperator à main double, aux dimensions impressionnantes, pour celles qui aiment les fortes pénétrations vaginales et les douces pénétrations anales, avec stimulation du clitoris grâce aux nombreux picots gratteurs dont il est équipé. N'hésite plus! Passe ta commande sur mon site! La plus grande discrétion te sera garantie!* Silence de Jean-Marc Roberts. — *C'est tout ?* je lui demande. — *C'est tout ?! Tu me demandes si c'est tout ?! — Je veux dire, le mail, il s'arrête là ? — Ce n'est pas suffisant ? Tu en voudrais davantage ? — C'était juste pour savoir. — Éric! Moi il m'a fait rire! Si! C'est drôle! Je t'assure! Il est drôle ce message! J'ai reconnu ton humour, la facture du* Moral des ménages *! – Mais ?* je lui demande. *– Mais il se trouve que la personne qui l'a reçu à son nom, par mail, à son adresse privée, elle n'a pas ri du tout. Et c'est un euphémisme. – Elle n'a pas ri du tout ? Tu veux dire qu'elle est en colère ? – Elle n'a pas ri du tout et elle est en colère. – Et c'était qui ? – Tu as oublié ? Tu ne sais plus à qui tu écris ?* Je suis anéanti. Inutile de perdre du temps à essayer de convaincre Jean-Marc Roberts, au téléphone, à la buvette de l'Opéra, que je ne suis pour rien dans ces mailings : je prendrai rendez-vous avec lui. Je dévisage Marie-Agnès assise un peu plus loin qui sirote un Coca en bavardant avec la maîtresse de Jason. *La rédactrice en chef des pages Culture d'un grand journal. – Un grand journal ?* – Le Monde. *– Ah*, lui dis-je. *C'est embêtant, ça, qu'elle soit courroucée, j'imagine… – Si c'est embêtant qu'elle soit courroucée après réception d'un mail de cette nature venant de toi ? Tu lui demandes si elle rêve d'une super-bite pour combler ses longues soirées d'hiver ! Et après ça tu me demandes si c'est embêtant qu'elle soit courroucée ? – Je crois bien que c'était ma question. – Embêtant. Très embêtant. À moins qu'elle ne se fasse virer, il te faudra attendre qu'elle prenne sa retraite avant d'avoir un nouvel article dans ce journal qui t'a toujours soutenu. Qui t'a toujours beaucoup soutenu !* Puis : *Tu as adressé ton offre promotionnelle à d'autres journalistes ? – Juste au* Nouvel Obs. *– À qui au* Nouvel Obs *? – Au responsable des pages livres, au passionné d'équitation, j'ai oublié son nom. J'ai essayé de lui vendre un anneau phallique : un Cockring cuir à pointes de métal à se placer derrière les testicules. – Bon, ça va, je vais l'appeler. C'est tout ?! Tu es sûr ?! Rien au journal* ELLE *?! – Non mais ça va pas ! Moi je touche pas au journal* ELLE *!*

En plus elles n'en ont pas besoin : elles ont tout à la maison ! – Et t'en es où de ton roman sur la pointure 37 ½ ? – Ça va. Ça avance. Je suis content. – Parfait. On va faire un méga-carton. Et n'oublie pas : ton manuscrit en février. Et il raccroche sans plus de postambule que de préambule.

Il fut un temps où les invités des émissions télévisées se préoccupaient de justifier leur exposition médiatique. Ils se composaient une réserve, une densité, une apparence, qui rendaient légitime leur visibilité. Il était implicite qu'ils manifestaient des dispositions hors du commun (ne serait-ce qu'interpréter des chansons abrutissantes qui se vendaient à des millions d'exemplaires : *Mireille Mathieu*) et ils apparaissaient auréolés d'un prestige de divinité qui inspirait aux animateurs (et par voie de conséquence aux téléspectateurs) une sorte de déférence respectueuse. Ces icônes se sentaient les débiteurs d'une certaine idée supérieure de la célébrité. Les moins intelligents s'efforçaient de paraître intelligents. Les moins éloquents s'efforçaient de paraître éloquents. Les moins évolués s'efforçaient de paraître évolués. Les écrivains s'efforçaient d'inspirer des sentiments d'admiration pour leur culture, leur pensée, leur syntaxe, leur vocabulaire. Les acteurs tentaient de conformer leur personne à l'excellence de leurs dispositions artistiques. La célébrité n'allait pas de soi. À l'époque il fallait la justifier. Le téléspectateur devait pouvoir se dire : *Il a un truc ce type c'est normal que ce soit lui qui soit invité à l'émission (c'est normal qu'il roule en Aston Martin) et pas moi.* Implicitement : une idée de mérite, de travail, d'édification, de transcendance. La richesse, le bonheur, la célébrité des uns sont toujours une blessure infligée à la chair, à l'orgueil, à la médiocrité des autres : une blessure un peu moins vive et peut-être même indolore quand le riche, l'heureux, le célèbre, donnent le change au miséreux, au malheureux, à l'anonyme, en ayant la décence de le respecter et de lui offrir le meilleur de lui-même. À l'époque l'individu célèbre se plaçait dans une sorte d'isolement : la même césure que celle qui sépare le comédien sur la scène (qui interprète Hamlet) et le public dans la salle : une densification et une protection tout à la fois : l'individu célèbre interdisait qu'on porte atteinte à son intégrité. Or depuis une vingtaine d'années que se passe-t-il ? À quoi Patrick Neftel reclus dans sa chambre assiste-t-il ? À la disparition de la césure, de la réserve, de l'isolement, de la transcendance. La célébrité commercialise de la marchandise : elle fait la promo d'un produit. La célébrité a toujours été invitée à la télévision pour se prêter à la promo d'un produit (disque, livre, film, concert) mais au moins elle avait la décence de le dissimuler. Les animateurs eux-mêmes, qui tenaient leur profession en haute estime, qui refusaient de s'assimiler à des VRP ou à des attachés de presse améliorés, s'efforçaient de dépasser cet objectif utilitaire : vendre un produit. À présent la décence a sauté, tous pataugent dans leur obscénité, exposés, se disséquant, étalant leurs entrailles, révélant les arrière-cours, recentrant leurs prestations sur leur rapport personnel au produit (le trac avant d'entrer en scène, la peur de ne pas vendre assez, l'angoisse du nombre d'entrées, les dépressions nerveuses consécutives à une éclipse de notoriété ou à une inflexion des performances commerciales). Pire encore, une connivence amicale, de longue date, lie désormais l'animateur aux invités qu'il interroge. De médiateur et de représentant du téléspectateur (il incarnait sur le plateau le regard collectif, en retrait, de ce dernier) l'animateur est devenu l'égal, le complice, le confident, le thérapeute de la célébrité. Dès lors le téléspectateur n'assiste plus à des rencontres où une divinité isolée est interrogée avec tact par l'un d'entre eux (car il faut bien qu'il y en ait un qui se dévoue pour faire le boulot) mais au spectacle obscène d'une connivence, d'un contentement, d'une prospérité généralisés. L'animateur est devenu une célébrité à part entière et à ce titre, se plaçant sur le même plan que celui qu'il interroge, ils bavardent paisiblement comme autour d'une table privée. On se tutoie. On montre qu'on se connaît. On multiplie les clins d'œil confidentiels. On fait allusion à des anecdotes hors champ tenues secrètes. On se congratule mutuellement d'un succès, on s'apitoie mutuellement sur un revers, on croise les doigts tous ensemble pour que tel disque, tel film, tel spectacle rencontrent l'approbation du public. On se dit entre soi (devant ledit public qui regarde l'émission) : *Pourvu que le public accroche à mon truc ! Mais tu n'as pas peur que le public ne te suive pas ? Tu t'es fait des couilles en or avec ton dernier spectacle ! Tu vas essayer de doubler le nombre d'entrées ? Je sais pas je vais essayer.* On se comporte comme si le public n'était pas là alors même qu'on ne parle que de lui. On mange une jardinière de légumes arrosée d'un grand cru en devisant tranquillement du public qui enrichit les célébrités. *Encore un peu de vin Cécile ? Je bois à la santé de mes quatorze millions d'entrées ! Vous avez vu ma belle... ma spacieuse cuisine rustique Michel ?* Plus aucune pudeur. Une complaisance insondable. On se montre tel qu'on est, riche, heureux, normal, vulgaire, satisfait, euphorique, ordinaire, comme à la maison, avec ses peines, ses tracas, ses espoirs, ses souvenirs d'enfance, comme tout le monde. *Et pourquoi vous n'avez pas d'enfants ?* Le téléspectateur se fait l'effet de s'être immiscé à l'insu de tous dans un endroit où il n'a pas sa place : comme un domestique qui assisterait par le trou d'une serrure au repas de son maître. Certes cette position assouvit chez lui le désir de s'introduire dans l'intimité des autres, d'avoir accès au boîtier électrique de la célébrité, d'en savoir toujours plus. Mais en même temps, et peut-être l'élude-t-il aisément, et peut-être pour le moment les profits d'une telle situation l'emportent-ils sur les pertes, c'est à chaque fois une énorme claque, une énorme insulte, une énorme indécence pour celui qui se dit qu'il ne mérite pas la vie qui est la sienne. Alors je pose la question, un jour peut-être (quand le vase sera plein) (quand l'exaspération des individus sur le problème de la justice sociale aura atteint un tel degré d'incandescence que les diversions distrayantes des talk-shows deviendront des agressions injustifiables), le voyeurisme se transmuera peut-être en hostilité, le désir de regarder se transmuera peut-être en désir de vengeance, un basculement de ce précaire équilibre entre envie et curiosité, jalousie et voyeurisme, aigreur et désir de distractions, inversera peut-être les dispositions du public ? Et c'est alors que surviendront de vrais problèmes. La célébrité ne sera protégée par rien. La célébrité ayant fait disparaître d'elle-même les protections dont elle bénéficiait (on ne franchit pas la frontière de la scène pour tirer la barbichette du comédien qui interprète Hamlet : c'est cette frontière qu'elle a escamotée), plus rien ne pourra la protéger d'une intrusion éventuellement violente du téléspectateur. Ils s'exposent pour s'attirer sa tendresse : la même pornographie peut s'attirer sa violence. Car la nature des prestations médiatiques des célébrités, que l'on piétine de questions triviales, qui se laissent souiller d'observations intrusives, qui s'abandonnent aux confidences les plus déshonorantes, qui font commerce de leur béatitude existentielle, qui se vivent en direct comme des individus à l'abri de tout besoin, autorise le public à se les approprier comme étant ses créatures. Le personnage public appartient à celui qui le regarde : il a vendu à la foule ses droits de propriété. C'est d'ailleurs ce qu'il réclame pour vendre davantage de disques, de livres, de places, de tickets. Patrick Neftel se sent autorisé par leur comportement à pisser dans la gorge des célébrités, à les souiller avec sa bite, à leur hurler des insanités, s'il croisait l'une d'elles dans la rue il ne voit pas pour quelles raisons il ne la toucherait pas. *Ils veulent le beurre et l'argent du beurre ces enculés ! Ils assument pas les conséquences de leur comportement ! S'ils s'exposent ils s'exposent ! S'ils m'invitent à pénétrer leur intimité ils me laissent m'inviter dans leur intimité !* répondrait Patrick Neftel aux policiers qui l'arrêteraient (il aurait plaqué sa main sur la chatte de la Mathilde croisée sur un trottoir). *Moi je paie la redevance ! Moi j'ai rien demandé ! Moi je suis chez moi tranquillement ! C'est pas moi qui ai montré mes seins sur le plateau ! C'est pas moi qui ai parlé de ma chatte ! C'est pas moi qui suis venu dire à la télé, diva richissime, qu'on peut se fabriquer le monde que l'on désire ! C'est pas moi qui file mon numéro de téléphone, en direct, à la télé, à une actrice bandante, à une LAITUE, pour l'inviter à la campagne à manger de bons produits avant de la sauter pendant deux jours ! Lui le cuisinier il se tape des actrices blondes qui pourraient être ses filles ! Moi j'ai jamais baisé de toute ma vie ! Moi j'ai jamais trempé ma bite dans la chatte d'aucune femme ! Et je vois ce cuisinier se brancher en direct une actrice blonde, une LAITUE, qu'il va baiser pendant des heures dans sa campagne ! Et après le présentateur il me dit « Bonne soirée ! Merci d'avoir été aussi nombreux à nous suivre ! À dimanche prochain ! » et moi je me retrouve dans ma piaule, avec ma mère, sans un centime, à bouffer des pois chiches ! Je les emmerde ! Je les encule ! Ils vont souffrir ! Ils vont en prendre un peu de ma douleur ! Ils vont la partager avec moi vous allez voir ! Que je sois pas le seul sur cette planète à me morfondre !*

Laurent Dahl assurait sa mission avec un entrain qui frôlait l'euphorie. Étant propriétaire d'Igitur à parts égales avec Steve Still, aucune humiliation ne diminuait son plaisir à enregistrer les opérations des traders et à émettre quotidiennement le P and L. Il informait les investisseurs, à leur demande, des résultats qu'ils obtenaient : *Up 20 % pour le moment. – Excellent. Tenez-nous au courant. – Je serai d'ailleurs à Paris lundi prochain. Voulez-vous que nous déjeunions ? – Avec plaisir. Je crois que je suis libre lundi prochain. Ma secrétaire va vous appeler pour confirmer.* Un article était paru en avril dans le *Financial Times* qui annonçait la création de leur structure. *IGITUR : LE NOUVEAU HEDGE FUND DONT ON PARLE. Démarrage impressionnant pour ce hedge fund installé à Londres depuis début janvier. Steve Still, la star française de Goldman Sachs puis de Morgan Stanley, qui a quitté cette dernière pour monter Igitur avec son associé Laurent Dahl, accomplit d'excellents débuts. Leur performance s'établit, après quatre mois* d'activité, à plus de 20 %. Et il est à parier, si l'on se fonde sur les résultats que Steve Still a obtenus ces cinq dernières années, considérés comme remarquables par la plupart des observateurs du monde de la finance, que cette ascension n'est pas près de s'arrêter. On trouvait même, au cœur de l'article, cette observation laudative : *Steve Still : le trader qui ne rate jamais.* Un certain nombre d'investisseurs, alertés par la publicité que leur avait faite le *Financial Times*, contactèrent Laurent Dahl pour investir dans le hedge fund. *Dites-moi ça marche très bien votre truc à Londres apparemment... Nous avons lu plusieurs papiers... dans le* Financial Times... *dans* Euro Hedge... *– Ça marche pas mal en effet. Notre performance est de 15 % sur les quatre premiers mois. – Il m'a l'air assez doué votre trader... Steve Still si ma mémoire est bonne... – Steve Still, un ancien de Goldman Sachs et de Morgan Stanley.* Laurent Dahl avait pris l'habitude de vendre Steve Still comme une icône incontournable : un trader dont la réussite se réalimentait quotidiennement selon les lois ésotériques d'un instinct infaillible. *Oui : il est assez génial. Par exemple. Je vais vous donner un exemple. À un moment tout le monde a investi sur les stocks de papier : nous ne sommes pas partis là-dessus. Une fois que les stocks ont commencé à MONTER on est allés très SHORT contre tout le monde. Pourquoi ? Steve Still a eu la vue que les choses allaient mal se passer pour les boîtes de papier, en particulier parce que les Asiatiques avaient ÉNORMÉMENT augmenté la compétition. Tout le monde a ACHETÉ, tout le monde a INVESTI, les stocks sont MONTÉS. Et nous ? Et Igitur ? Nous VENDIONS. Nous VENDIONS. Nous VENDIONS.* Laurent Dahl martelait. *On est allés très*

très très SHORT contre tout le monde. Petite pause stratégique : il ménageait le suspense de son récit pour en améliorer l'impact paroxystique du dénouement. – *Et alors ?* lui demandait son interlocuteur. – *Et alors ? Alors Steve Still avait vu juste. Alors les stocks ont fini par S'EFFONDRER. On a gagné ÉNORMÉMENT contre tout le monde. La plupart des fonds d'investissement ont perdu BEAUCOUP D'ARGENT sur ce retournement.* Silence admiratif du spéculateur potentiel. *Non, pour ça, Steve Still : génial. Quand tout le monde commence à s'emballer sur quelque chose : IL VA CONTRE. Quand tout le monde vend trop : IL RACHÈTE. Quand tout le monde achète trop : IL VEND.* Puis : *Je vais vous dire une chose. Je pense que c'est un marché dans lequel il faut rester CONTRA-RIANT. On va rester CONTRARIANTS pendant encore un certain temps.* Un article avec appel en une publié quelques semaines plus tard dans le *Wall Street Journal* acheva d'attirer l'attention du monde de la finance sur les opérations d'Igitur : *PREMIERS MOIS FLAMBOYANTS D'IGITUR. Steve Still, un ancien de Goldman Sachs et de Morgan Stanley, connu sur la place de Paris pour ses magnifiques performances, a créé à Londres en janvier dernier avec son associé Laurent Dahl le hedge fund Igitur. L'activité de celui-ci, qui commence à défrayer la chronique, démarre sur les chapeaux de roue. En effet, dans un environnement plutôt morose ces derniers mois pour la plupart des fonds d'investissement européens, Igitur, etc.* Le téléphone sonnait sans arrêt. Vingt-cinq investisseurs, entre avril et juillet, entreprises, family offices, asset managers d'établissements financiers, portèrent le niveau des fonds de 100 à 400 millions de dollars. *Faites gaffe quand même*, lui déclara le beau-père de

Clotilde un dimanche soir de juillet. – *Qu'est-ce que vous voulez dire par là ? – Excès d'euphorie. C'est là en général que les mecs ils pètent les plombs. – Aucune inquiétude. On a la tête sur les épaules. – Toi oui,* l'interrompit Philippe. – *Steve également. Je le drive. Je tempère son euphorie. – Parfait. C'est aussi ton rôle. – Aucune inquiétude à avoir sur ce point. – En tout cas je lève mon verre, le moins que l'on puisse dire : bravo !* Se tournant vers Clotilde : *N'est-ce pas ? – Si. C'est vraiment super. Je préfère le voir dans cet état que déprimé, la gueule de travers, comme chez Morgan Stanley ! Quand je pense qu'il vomissait tous les matins ! La tête qu'ils doivent faire les abrutis qui l'emmerdaient ! – J'ai croisé Olivier Garage au Bouddha Bar le mois dernier. Je t'ai pas dit ? Je vous ai pas raconté ? – Mais non ! Pas du tout ! Et alors ! – C'est comme tu dis ! La tête ! La déférence ! La crispation du type ! – J'imagine qu'il avait lu les articles. – Naturellement. Je le voyais partagé entre l'envie, la rancune, la jalousie, l'incrédulité… le désir de nous rejoindre ! que je l'embauche ! – Bien fait pour lui. – Il me rampait devant je te jure ! Suave, onctueux, la même douceur respectueuse qu'avec un vieux complice !* Philippe : *Toujours pas le projet de t'installer à Londres ? Encore un peu de poulet Laurent ? – Non merci. C'était très bon.* Clotilde : *Toujours pas. Cet arrangement nous convient. On se voit un weekend sur deux à Londres et à Paris. – Et les filles elles ne te manquent pas trop ?* demanda Philippe à Laurent Dahl. – *Si. Un peu. Ça va. On s'appelle deux fois par jour. Le matin tôt avant l'école et puis le soir avant qu'elles aillent dormir. Je leur envoie des cadeaux par Fedex. C'est pas mal comme arrangement : Clotilde a raison.* Regard interrogateur de Philippe sur Laurent

Dahl. *Je vous sens dubitatif. Elles viendront peut-être me rejoindre dans quelques mois. Londres est une ville un peu dure. Paris est plus intime pour les enfants.* En réalité il adorait ce mode de vie. Leurs sentiments s'étaient flétris. Ils s'éloignaient l'un de l'autre. Clotilde et Laurent Dahl n'avaient plus fait l'amour depuis décembre et cette abstinence les indifférait : une proximité d'une autre nature, fondée sur le confort, l'aisance, l'euphorie familiale, avait fini par s'y substituer, qui préservait les apparences d'un foyer apaisé, propices à l'éducation des enfants. Clotilde le trompait-elle ? Cette hypothèse le laissait froid. Il se disait parfois : *J'espère ! J'espère au moins qu'elle en profite de ces cinq jours de liberté !* Laurent Dahl arrivait à son bureau vers sept heures du matin. Il discutait quelques minutes avec Steve Still : point sur les poses et sur le P and L. Les deux traders qui l'assistaient prenaient des notes. Leur secrétaire surgissait dans la pièce : *Téléphone Laurent. Ça a l'air important et urgent. – Salut. C'est qui ? – Salut Alexandra. Comment ça va ma biche ?* ricanait Steve Still en la toisant. *– Ambev. Un family office du Brésil. – OK. J'arrive dans une minute.* C'est Steve Still qui avait tenu à recruter leur secrétaire : *Je me réserve ce privilège !* avait-il insisté. Où l'avait-il trouvée ? Dans un bar. Avait-il couché avec elle ? Certainement. À l'image de la plupart des assistantes de fonds d'investissement, Alexandra, française, taille étroite, longs cheveux blonds, faisait état d'une poitrine stupéfiante : ce seul critère plastique (qu'accentuaient les vêtements qu'elle portait) avait semblé présider à son recrutement. *Putain l'énorme paquet de seins qu'elle se trimballe tu verrais ! Tu vas adorer ça mon vieux ! – Moi tu sais les gros seins...* avait répondu Laurent Dahl. *– Quoi moi tu* sais les gros seins… *Tu n'aimes pas les gros seins ? Et l'image de marque d'Igitur ?! Tu t'en fous de l'image de marque d'Igitur ?!* Efficace, présente à leurs côtés dix heures par jour, Alexandra était leur assistante sur tous les fronts : elle bookait leurs vacances, envoyait des fleurs à Clotilde (*Alexandra : une trentaine de roses pour Clotilde s'il te plaît, Et le message ?* demandait-elle, *Je sais pas, comme tu veux, des mots tendres*), s'occupait du teinturier, réservait les chambres d'hôtel de Steve Still quand il fallait qu'il emmène une conquête en week-end (*Un truc dément, glamour, érotique, je sais pas… romantique… qui la fasse craquer : trouve quelque chose en bord de mer*) et expédiait les Fedex de Laurent Dahl pour ses deux filles – et la plupart du temps se procurait les cadeaux qu'ils contenaient, poupées, poussettes, déguisements de fée ou trousses de maquillage. *Si une Nelly téléphone,* lui disait Steve Still en s'asseyant sur son bureau : *tu lui dis que je suis parti au Venezuela pour les huit prochaines années. Idem pour Rebecca. Écris leurs noms sur ton bloc-notes. Si tu me débarrasses de ces deux-là tu auras un bonus énorme en fin d'année !* Laurent Dahl (*Ça m'a l'air bien,* disait-il à Steve Still en examinant le P and L à ses côtés : *mais restons vigilants sur le short : il faudrait pas qu'on se viande sur ce coup, T'inquiète !* lui répondait Steve Still, *je maîtrise la situation ! on va tous les baiser !*) allait dans son bureau et décrochait le téléphone : *Alfredo Garcia. Je dirige le family office Ambev. Vous nous connaissez ? – Un peu. Pas dans les détails. – Nous sommes brasseurs en Amérique latine. Nous pesons huit milliards de dollars.* Puis : *Dites-moi on parle pas mal de vous depuis quelque temps… On aimerait mettre, envisager… investir une certaine somme… – Écoutez c'est compliqué, on est fermé pour le moment. On ouvre le fonds deux fois par an : en juin et en décembre. – Il faudrait qu'on en discute… – On a beaucoup de demandes. On va refaire un tour de table en décembre. – En décembre, très bien, ça nous intéresse. – Investissement minimum : 50 dolls.* Silence au bout du fil. *Et lock up de deux ans.* Lock up de deux ans : les investisseurs ne peuvent reprendre leur argent avant deux ans quoi qu'il arrive. – *50 dolls minimum et lock up de deux ans ?* répétait interloqué l'investisseur potentiel. – *On est hypersélectifs. Il y a une liste d'attente interminable. – Donc 50 dolls minimum et lock up de deux ans… – Exactement. Je préfère ne pas multiplier les investisseurs. Et puis je leur demande un engagement total, sans réserve, de confiance, sur deux ans. – Quand même, un lock up de deux ans…* articulait avec lenteur l'investisseur potentiel. *Ça demande réflexion… – Il n'est pas négociable.* Puis : *Écoutez. Je fais des investissements où il peut y avoir de la volatilité. Je vais acheter un titre à 30 en étant convaincu qu'il va aller à 150 dans les deux ans qui viennent. Mais si le titre il part à 20 entre-temps… si les investisseurs paniquent… je ne veux pas devoir le revendre pour qu'ils puissent récupérer leur argent. Ça ne m'intéresse pas. Il faut qu'ils tiennent la volatilité.* Puis : *Tout le monde veut mettre chez moi. Le lock up de deux ans c'est la condition.* Sur un ton catégorique : *Vous allez gagner beaucoup d'argent. Vous le savez très bien. Steve Still n'a jamais perdu en quatre ans.* Igitur commença l'année 1998, après le tour de table de décembre, avec un fonds de 800 millions de dollars. Sur l'année 1997, où ils avaient géré dès juillet 400 millions de dollars, la performance avait été de 25 %. Il en avait résulté, outre les management fees de

2 % (qui avaient servi à financer les frais de structure), un profit de 100 millions de dollars pour les investisseurs, dont Igitur avait retiré 20 % d'intéressement, en d'autres termes un pactole de 20 millions de dollars répartis à parts égales entre Steve Still et Laurent Dahl : ils gagnèrent chacun, off-shorés aux Caïmans et nets d'impôts, dix millions de dollars. *Mais ça veut dire ! Mais c'est inouï !* lui avait dit Clotilde à plusieurs reprises. Elle n'avait pas à se plaindre des conditions de vie que le projet déraisonnable de Laurent Dahl, jugé comme tel à l'origine par une Clotilde dubitative et défaitiste, lui avait procurées. Elle disposait d'une carte bancaire Amex Platine dont elle usait avec excès. Elle s'offrait les services d'une gouvernante anglaise. Elle avait trouvé, par l'intermédiaire d'une agence dont le créneau réservait ses services aux particuliers fortunés, un appartement d'apparat dans le quartier des ministères, huit pièces avec office, lambris, plafonds peints, croisées majestueuses sur les jardins de l'hôtel Matignon, qui leur avait coûté 12 millions de francs. *J'ai vu le Premier ministre se balader tout seul l'autre matin ! Il téléphonait sur son portable ! Des labradors couraient sur le gazon autour de lui !* Mis à part ce placement spectaculaire (et des vacances de Noël dans un palais au Maroc que Clotilde avait tenu à louer pour pouvoir y inviter tous leurs amis), Laurent Dahl avait conservé un mode de vie relativement normal. Ce qu'il trouvait délectable (bien davantage que son enrichissement : donnée qui demeurait abstraite en quelque sorte), c'était le rayonnement de leur réputation professionnelle, l'estime, les égards, la considération dont celui-ci s'accompagnait. On le regardait *différemment* : il n'avait jamais senti sur lui un regard de cette nature. La présence des deux complices, devenus célèbres

dans les milieux de la finance et des affaires, était convoitée de toutes parts : dîners, cocktails, galas de bienfaisance, courses de prestige à l'hippodrome, premières à l'opéra ou au théâtre. Steve Still surgissait chaque soir dans son bureau : *Qu'est-ce que tu fais ? Tu viens avec moi ? – Tu vas où ? J'ai un truc à finir. – J'ai rendez-vous avec Rachel au bar du Ritz. – Rachel ? C'est qui Rachel ? – Rachel ! Mais Rachel ! Grande ! Blonde ! Celle qui ! Avant-hier ! La petite jupe ! Qui est venue ! Et qui t'a dit !* Laurent Dahl l'interrompit : *Oui. Je vois. Ça y est. T'as toujours pas couché avec elle ?* Puis : *Tiens. Tu liras ça avant jeudi. – Ça va t'étonner : pas encore : un peu rétive en fait. Qu'est-ce que c'est ? – C'est la newsletter. Je viens de la finir. Et vous allez faire quoi ? – On rejoint Nick et Thomas au Caprice vers onze heures pour dîner. Et après on va à la teuf d'un méga-vernissage organisé par Saatchi.* Lisant les premières lignes de la newsletter : *J'adore comment tu les écris ces newsletters.* Laurent Dahl fut flatté : il les rédigeait comme des morceaux de prose sophistiqués alimentés par la poésie des termes techniques et financiers. Stridences, allitérations, précision du vocabulaire, rythmes, percées, ruptures, vibrations, balancements, accélérations, poids de marbre de certaines phrases (convaincre) et légèreté de plume de certaines autres (suggérer la grâce du trader) : il y passait pas mal de temps. – *C'est mon petit plaisir du mois. Je les soigne, je les cisèle, je les relis, je les corrige. Bref : je fais mon Mallarmé !* Steve Still plia en deux les trois feuillets et les enfouit dans la poche de sa veste. Puis il s'assit sur le coin du bureau : *Alors ?* lui demanda-t-il. – *Je sais pas... J'ai envie... Je vais peut-être me coucher tôt et lire au lit... – Lire au lit ! Tu vas te coucher tôt et lire au lit !* Puis : *Il y aura*

*Jessica. Normalement elle nous rejoint au Caprice. –
Et alors ? Qu'est-ce que tu veux...* Laurent Dahl était
en train de ranger son bureau. Il déplaçait des objets.
En jetait d'autres dans des tiroirs. Il froissait des
feuilles de papier qu'il lançait dans une corbeille.
*– Mais elle t'adore ! Elle te plaît pas Jessica ? Raté :
mais c'est pas tombé loin. – Pas des masses... – Pas
des masses ! Le mec il me répond pas des masses !
Mais qu'est-ce que t'es puritain ! Mais qu'est-ce que
t'es janséniste Laurent merde ! Tiens, file-moi celle-là,
je vais te montrer mes talents de basketteur*, et Steve
Still lança vers la corbeille la petite boule de papier que
Laurent Dahl lui avait tendue : *Raté moi aussi ! Putain
on est trop nuls !* Puis : *La plupart des mecs ils ven-
draient leur propre mère pour une minute de baise
avec cette fille ! – Pas trop mon genre. Trop spectaculaire justement. Spectaculaire dans la catégorie super-
pétasse irrésistible. – Elle elle t'adore en tout cas. Elle
ne rêve que d'une chose : que tu la sautes. – Eh bien
pas moi. – À cause de Clotilde ?* Laurent Dahl lui
mentit : *À cause de Clotilde. – Et fidèle avec ça ! Tu es
bien le seul à être fidèle dans ce milieu !* Puis : *En fait
je te crois pas. Je sais que c'est faux. C'est mort avec
Clotilde.* Steve Still manipulait un taille-crayon Hermès
en acier. *Encéphalogramme archi-plat. J'en suis rigoureusement certain.* Laurent Dahl le regarda pensivement quelques secondes : *Eh bien justement. Si j'étais
amoureux de Clotilde je coucherais avec Jessica. Je
coucherais avec elle rien qu'une nuit, comme ça, pour
voir, pour m'amuser. Et peut-être même pour me rassurer. – Et là tu veux pas te rassurer ? Quand tu vas la
rencontrer ta femme idéale, comme t'auras plus baisé
depuis trois ans, t'auras l'air malin ! Franchement je
te jure t'auras l'air malin de pas trouver le trou !*

450

Laurent Dahl éclata de rire. Il défit sa ceinture et dégrafa les boutons de son pantalon pour ajuster sa chemise. *Mais profite de la vie ! Tu couches avec personne ! Tu mènes une vie de moine ! Sexuellement je veux dire !* Laurent Dahl le regarda dans les yeux avec une certaine inflexibilité : *Je ne rencontre personne :* nuance. *Je ne rencontre aucune femme qui me plaise : c'est* différent. – *Bon. Qu'est-ce qu'on fait ? Tu viens ou tu viens pas ?* Laurent Dahl hésitait : écartelé entre l'envie de dîner seul chez Serafino à trente mètres de chez lui (restaurant fréquenté par des traders : il aimait cette coquetterie de s'y produire de temps à autre avec un livre, *Hello Laurent ! What are you reading ?* et Laurent Dahl montrait la couverture du livre, *Boulgakov,* lui disait-on avec un effroyable accent anglais, Le Maître et Marguerite, *I don't know this book, what is it ? is it any good ?*), écartelé entre le désir de dîner seul chez Serafino et l'espérance de rencontrer cette nuit-là avec Steve Still, dans l'un des bars ou des night-clubs où ils passeraient la nuit, l'amour de sa vie. D'autant plus que sa récente réputation de financier *successfull* facilitait les rencontres : *May I introduce you to Laurent Dahl ? He owns Igitur, you know, with Steve Still. – Yes, Igitur, of course, nice to meet you* (susurrait éblouie la créature de luxe qu'un ami lui présentait), *hey, I've heard a lot about you ! What a success ! I'm really pleased to meet you Laurent ! – Bon, OK, j'arrive, je me laisse tenter !* répondit Laurent Dahl en se levant. *Mais je me couche pas à quatre heures du matin le troisième soir consécutif je te préviens ! – Dieu seul sait ce que va te réserver cette soirée mon ami !* exulta Steve Still, à quoi Laurent Dahl répondit : *C'est précisément la raison pour laquelle je t'accompagne : la seule et unique raison.* Il voyageait beaucoup : Suisse, Russie, Hongkong, Allemagne, États-Unis, où il rendait visite à ses clients. Bahamas, Nassau, Bermudes, Liechtenstein, où résidaient des investisseurs richissimes qu'il devait rencontrer. Il acheta chez Marks, au 128 Mount Street, en février 1998, un ensemble liturgique en argent du XVIIIe siècle qui lui coûta 20 000 livres sterling. Il se fit faire une copie d'un tableau de Titien qu'il adorait, daté de 1562 et exposé au Prado : sainte Marguerite éplorée, pâle et charnelle, qui s'enfuyait pieds nus dans un contexte hostile et enjambait la noirceur orageuse d'un dragon étalé sur le sol, avec ses cheveux roux qui s'écoulaient sur ses épaules. Clotilde ne lui inspirait plus le moindre émoi. Vivienne et Salomé découpaient des marins dans ses journaux financiers. Il les accompagnait le week-end au jardin du Luxembourg, où il lisait des livres sur des chaises froides environné d'individus indifférents (sorti de ce petit milieu londonien qu'il fréquentait, où il était connu, il replongeait dans un total anonymat, d'autant plus qu'aucune de ses prouesses profession-nelles ne déclenchait l'admiration de ses compatriotes, certains amis (en particulier des proches de Clotilde) s'étaient même mis à le considérer comme un animal nuisible qu'il aurait fallu éradiquer) tandis que ses deux filles dévalaient des toboggans rendus humides par les averses d'avril. *Alors voilà, déconne pas, tu dis pas de conneries cette fois-ci !* disait-il à Steve Still quand un investisseur potentiel venait leur rendre visite. *Ne l'effraie pas. Tu dis bien qu'on est safe. Tu lui dis qu'on a des stratégies très très hedgées. Tu expliques que chaque fois qu'on achète une action on shorte une autre action du même secteur pour réduire l'exposition sectorielle. Je t'assure, écoute-moi, sois sérieux, il est frileux, je le sens frileux, je peux lever plusieurs*

*millions avec ce type s'il se sent rassuré ! – Les mecs,
si je vous paie*, s'exclamait un autre investisseur, *c'est
pour prendre des risques de MAMMOUTH ! Si c'est
juste pour acheter des titres je peux le faire MOI-
MÊME ! Je vous paie pour faire du LEVERAGE !*
Laurent Dahl durcissait son regard : *Non mais moi j'ai
le plus grand trader. C'est du gros risque ! C'est du
gros leverage ! Évidemment cela peut être dangereux
mais qu'est-ce que vous voulez, il est bon, il est très
bon, il est vraiment très bon.* Steve Still avait la grâce.
Il tradait comme un dieu depuis des mois. Tous ses
oracles se concrétisaient les uns après les autres. La
sensation d'être infaillible le rendait de plus en plus
délié et aérien, avec des poses exécutées d'instinct à
l'image d'un grand golfeur qui lâche ses coups avec
sérénité pour constater quelques secondes plus tard
que la balle est tombée comme par miracle à l'intérieur
du petit trou : Steve Still multipliait les gestes de cette
nature sur des paris de plus en plus risqués dont les
profits qu'ils généraient accentuaient son euphorie.
*Steve, s'il te plaît, tu devrais couper un peu… – Cou-
per ?! Tu dis couper ?! Mais tu es fou !! – Non mais
quand même… Tu as shorté à mort… Et le titre il ne
cesse de grimper… Il prend 2 % par jour depuis dix
jours ! – Je te dis que ça va s'effondrer dans les
quarante-huit heures. – Non mais quand même…* insistait Laurent Dahl. *Tu me fais peur… – Tu me fais plus
confiance ? Tu te méfies de mon instinct ? – C'est pas
ça… Mais ce truc… C'est un peu hasardeux…* Laurent
Dahl n'en dormait plus : sa consommation de Maalox
avait suivi ces derniers jours une progression exponen-
tielle. *– Je te dis qu'il va s'effondrer. – Mais imagine
qu'il continue… On peut tout perdre du jour au lendemain sur un short comme celui-ci ! – Tiens, je vais te*

dire, tellement tu m'énerves : je vais même en shorter un peu plus, et Steve Still accentuait sa pose devant Laurent Dahl qui détournait les yeux. Quarante-huit heures plus tard : le titre perdait 40 % dans la journée : JACKPOT POUR IGITUR. *À la tienne !* lui disait Laurent Dahl à la table d'un restaurant branché de Mayfair. *Je dois te confesser : j'ai eu très peur sur ce coup. Mais là ça confine au génie ! Tu es quand même une sorte de génie Steve ! – Comme le dit le* Financial Times *(à juste titre il faut bien le reconnaître) : le trader qui ne rate jamais !* vociférait Steve Still (qui avait un peu abusé de la cocaïne en fin de journée) en levant son verre de dom pérignon. *– Qu'est-ce qu'on mange ? De quoi t'as envie ?* lui demanda Laurent Dahl. *– Je sais pas. D'huîtres peut-être.* Puis : *C'est pas mal de se retrouver tous les deux dans l'intimité. On a un peu abusé des mondanités ces derniers temps. J'aurais presque envie de me louer une vidéo et de la regarder dans mon lit en bouffant un McDo ! – Moi aussi. Je suis content de partager ce dîner avec toi.* On était au mois de juin. La performance d'Igitur était d'environ 28 % sur les six premiers mois. Ils venaient d'embaucher trois traders ainsi qu'un expert en *emerging markets*. Quelles étaient leurs stratégies ? Les actions européennes : énormément de volatilité. Les actions russes : le marché est en train d'exploser. Ils essaient de s'enrichir sur l'Asie : ils shortent Hongkong massivement. Ils ont décidé de grossir leur exposition convertible : grosses positions sur les obligations convertibles. Quoi d'autre ? Steve Still croit beaucoup aux privatisations européennes dans le domaine des télécoms. Il est convaincu qu'il va y avoir des fusions/ acquisitions transfrontalières qui pourraient leur rapporter énormément d'argent. Par exemple il spécule que Vodaphone va racheter Manesman : *C'est quasi-ment certain*, dit-il à Laurent Dahl régulièrement. *On va se goinfrer sur ce coup je te raconte pas !* Donc Steve Still est long Manesman (il achète des actions Manesman) et il est short Vodaphone (il emprunte et il vend sur le marché des actions Vodaphone). Le jour béni où Vodaphone rachète Manesman (*avril 1999 dernier carat*, disait Steve Still : *promis juré !*) : le titre Vodaphone descend (et Steve Still gagne de l'argent sur son short) et le titre Manesman monte (et Steve Still gagne de l'argent sur les titres qu'il a achetés) : Igitur s'enrichit sur les deux tableaux. Elle est pas belle la vie ? *Tu vois la femme là-bas le long des vitres ?* demanda Laurent Dahl à Steve Still après qu'on leur eut apporté une deuxième bouteille de dom pérignon (et que Steve Still se fut absenté de longues minutes : probablement pour sniffer une ligne de coke supplé-mentaire dans les toilettes : il ne cessait de renifler). *Retourne-toi, sois discret...* Steve Still pivota : *Laquelle des deux ? – Comment oses-tu me demander ? – La petite brune au visage de chat ? – Mais non, l'autre ! L'autre naturellement !* Steve Still le regarda consterné : *La grosse rousse ?* Laurent Dahl lui répon-dit avec froideur : *D'abord, un, elle est pas grosse... – Que tu dis !* l'interrompit Steve Still en riant. *– Ensuite, deux, elle est blonde vénitienne. Pas rousse : blonde vénitienne : nuance. – Blonde vénitienne, d'accord : nuance d'esthète.* Steve Still ne cessait de le persifler : il bombardait son ami des sarcasmes les plus cruels. *– Putain t'y connais rien. T'es le type le plus conformiste que j'aie jamais rencontré. Regarde ses cheveux... Putain Steve regarde ses cheveux... lourds... massifs... ondulés : j'adore... – Elle te fait triper à ce point ? – J'ose à peine te l'avouer après* *toutes tes remarques désagréables. – Donc elle te plaît. Tu vas me dire que c'est exactement ton genre de femme. – C'est exactement mon genre de femme.* Steve Still se tourna de nouveau et la regarda quelques secondes. Puis : *Remarque elle est pas mal. C'est pas du tout mon genre mais on peut dire qu'elle est pas mal.* Avec un grand sourire : *Dans la catégorie sérieuse, institutrice sévère mais bien gaulée, on peut dire qu'elle assure ! – Institutrice ! N'importe quoi ! – Grave en tout cas. Sévère. Dominatrice. Je suis sûr qu'elle a d'énormes responsabilités dans une énorme entreprise ta Cruella à lunettes ! Et qu'elle les fait marcher à la baguette ! – Je crois pas. Elle m'a l'air délicate. Impérieuse et délicate. – Elle a de gros seins en tout cas : c'est déjà ça. – Souveraine. Impérieuse. Délicate. – On parie ? – De quoi ? – Qu'elle bosse dans une grosse boîte et qu'elle les fait marcher à la baguette. Et puis comme ça, au moins, aucun regret, tu pourras lui parler.* Steve Still avait tendu la main pour que Laurent Dahl la lui frappe : ce qu'il refusa de faire. Steve Still se leva (rendu audacieux par la coke, malicieux par le dom pérignon, téméraire par la grâce du trader invincible : *Putain ! Steve ! Arrête ! Qu'est-ce que tu fais !* protesta Laurent Dahl) et il se dirigea vers la table des deux jeunes femmes, où il resta à discuter quelques minutes. Laurent Dahl les vit se lever pour lui serrer la main puis se rasseoir. Steve Still s'accroupit. Il leur taxa une cigarette. Il avait posé son avant-bras sur la nappe blanche et tapotait sa cigarette au-dessus du cendrier. Laurent Dahl en alluma une : nervosité. Allait-il les rejoindre ? Il hésitait. La jeune femme l'intimidait. À un moment Steve Still se retourna et les regards de la tablée se fixèrent sur Laurent Dahl. Il sentit sur lui, qui perforèrent son ventre, les yeux limpides, incandescents, de la jeune femme aux longs cheveux : elle lui sourit. *Il faut mettre plus !* disait Laurent Dahl à ses investisseurs. *Il faut investir davantage ! On va tourner autour de 30 % cette année !* Il reçut de ses deux filles une carte postale de l'île Maurice où elles passaient l'été avec leur mère et des copines célibataires ou divorcées qu'elle fréquentait : elle finançait leur séjour dans un hôtel de prestige avec vue sur la mer. Laurent Dahl s'acheta à Paris, chez un libraire où il s'aventura par hasard, le manuscrit de *L'Agrément inattendu*, texte de Villiers de L'Isle-Adam qu'il pouvait relire désormais de la main même de l'écrivain, à Londres, dans son appartement. Il adora les trois jours qu'il passa sur l'île d'Elbe dans la propriété d'un investisseur luxembourgeois où il eut une aventure passagère inspirée par le contexte (mer, soleil, cigales, alcools de prix, bains nocturnes, magnificence du monastère et des jardins en terrasses qui l'entouraient) avec une Australienne de vingt-quatre ans (fille d'un patron de presse ami de l'investisseur) à la beauté sidérante. Il avait rompu avec Victoria de Winter, la *grosse rousse* que Steve Still avait branchée pour lui au restaurant, après quelques semaines d'une liaison décevante. De mère anglaise et de père autrichien, élevée à Paris d'où son français parfait, elle était l'*Executive Vice President* d'un groupe pharmaceutique anglais coté en Bourse, leader sur son marché, et par ailleurs P-DG de ses filiales françaises. *Qu'est-ce que je t'avais dit !* avait hurlé Steve Still. *Une horrible tueuse ! Une dominatrice à lunettes d'écaille !* Elle s'était révélée, sous des abords qui l'exaltaient, sévères, souverains, avec de longs cheveux massifs qui dévalaient ses clavicules, superficielle et rigolarde. Sa gravité des premières nuits laissa place à une gaieté d'une nature qui lui déplut, alimentée par une idée du bonheur qu'il trouvait rudimentaire : rire, s'amuser, s'enrichir, voir des amis, skier en Suisse, jouer au tennis, louer des films débiles, lire des livres en une heure, faire de l'équitation, se payer des vacances sous les tropiques, devenir propriétaire de son logement, se choisir un énorme 4 × 4 fourni par l'entreprise. Sa joie creuse, ses euphories, ses embardées humoristiques l'insupportaient. Et puis la certitude qu'elle cultivait qu'ils se trouvaient du bon côté : riches, nantis, puissants, supérieurs : il lui semblait naturel qu'ils profitent impunément des largesses du système. (Car Laurent Dahl, en dépit du fait qu'il avait fait fortune, ne se sentait pas à l'abri : il continuait d'appartenir au territoire des gens normaux situé de l'autre côté de la barrière.) Il suffisait qu'elle lui réponde, d'une voix aiguë, quand il téléphonait : *Alors ! Salut ! Comment ça va aujourd'hui !* pour qu'il ait envie de raccrocher. Elle ignorait qu'elle était lourde : c'était son énergie, sa puissance musculaire de rouleau compresseur, c'était précisément sa grossièreté et sa simplicité (où tout se dessinait toujours à gros traits) qui lui permettaient de triompher des obstacles qu'elle affrontait : elle laminait les syndicats avec la face obscure de cette jovialité monolithique qui dégoûtait Laurent. Il lui fallait deux heures, quand ils se retrouvaient, pour pouvoir l'effleurer. Mais sexuellement elle se révélait explosive : il voyait surgir une autre femme, rageuse, éperdue, dont le visage devenu animal l'attendrissait. Il se disait qu'elle était triple : une femme à trois têtes. De loin elle possédait l'allure d'une reine. De près elle n'était plus qu'une DRH présomptueuse. Et sous les draps, suante, dansante, tragique, inspirée, assoiffée de sexe, affamée de fellations, gourmande de lèvres et d'empoignades, elle devenait grandiose. *Je crois qu'il vaut mieux qu'on arrête…* lui avait dit Laurent Dahl début septembre : *c'est un énorme malentendu notre rencontre.* Il sortait de moins en moins et limitait aux seules soirées passées avec Steve Still et quelques-unes de ses amies la fréquentation des financiers. Il lui arrivait de marcher des heures dans les rues en écoutant de la musique sur son walkman : Pulp, Blur, PJ Harvey, Susan Vega. Début octobre, l'un des hedge funds les plus fameux explosa en plein vol dans un fracas spectaculaire : pertes de 2 milliards de dollars qui produisirent des dégâts considérables chez des investisseurs privés mais aussi chez UBS, Goldman Sachs, Morgan Stanley, la Deutsche Bank. Brian Hanold, trente-deux ans, spécialiste en questions énergétiques, avait entraîné le hedge fund qui l'employait dans une stratégie qui se révéla désastreuse. Il avait été d'autant plus persuasif qu'il venait de rapporter à Gradiva (tel était le nom de ce hedge fund désormais disloqué), sur le marché à terme du gaz, en l'espace de quelques mois, 800 millions de dollars. Brian Hanold avait spéculé que la saison des ouragans serait terrible dans le golfe du Mexique : des plateformes gazières interromperaient leur production et le prix du gaz atteindrait des sommets. Il s'était offert l'expertise (pour une somme restée confidentielle mais qu'on disait considérable) d'un météorologue de réputation internationale, originaire de Gênes, spécialiste des ouragans d'automne, le dottore Gian-Carlo Delcaretto. Les ouragans, moins nombreux que d'ordinaire, contournèrent la région pour s'égarer dans les eaux fraîches de l'Atlantique Nord : le prix du gaz s'effondra : 2 des 3 milliards confiés à Gradiva se volatilisèrent. *Putain ça fait frémir*, déclara Laurent Dahl à Steve Still une nuit où ils longeaient

Hyde Park dans l'Aston Martin du trader de génie. Il arrivait que Victoria de Winter le rappelle : elle se disait amoureuse : il rompit définitivement après avoir passé avec elle plusieurs nuits volcaniques. Igitur termina l'année 1998 avec une performance exceptionnelle de 34 %. Les 800 millions de dollars du fonds, sur lesquels ils réalisèrent une plus-value d'environ 260 millions de dollars, rapportèrent à Steve Still et Laurent Dahl, respectivement, 27 millions de dollars. Philippe apporta sur la table, pieds nus, en short, équipé d'un tablier, une dinde farcie qu'il était fier d'avoir réalisée lui-même. *Et voilà le chef-d'œuvre du jour ! Une dinde farcie selon les secrets culinaires de Robuchon !* Inutile de décrire son euphorie en ce soir de Noël : il jubilait, à l'unisson de sa hiérarchie, d'avoir donné toute sa confiance au compagnon de sa belle-fille. Les family offices également. L'un d'eux lui avait fait porter le prototype d'une bicyclette révolutionnaire en matière composite. Il avait lui-même empoché, à la faveur de ces plus-values, une somme assez considérable. *Joyeux Noël les enfants !*

J'ai réalisé aujourd'hui que l'automne exauçait chaque année, telle la fée de Cendrillon, mon vœu le plus ancien, dont je dois dire qu'il date de l'adolescence : être accueilli, acclamé, désiré par le monde extérieur. La divinité qui préside aux destinées de l'automne est ma marraine. Proserpine ? Serait-ce Proserpine ? Je ne sache pas que l'automne soit piloté par une quelconque divinité : il me faudra en trouver une et je décide que ce sera Proserpine. Je vais donc raconter en quelques phrases l'histoire de cette déesse telle que rapportée par Ovide dans ses *Métamorphoses*, d'autant plus qu'elle fait écho à mon désir de m'enterrer dans les sous-sols du Palais-Royal pour y écrire mon prochain livre. La scène qui fonde le mythe de Proserpine se passe aux abords d'un lac aux eaux profondes, nommé Pergus, où s'entendent les chants de nombreux cygnes. Le lac est entouré d'une forêt dense qui l'abrite des rayons du soleil : *Ses branches dispensent la fraîcheur, le sol humide est empourpré de fleurs, le printemps y est éternel*, précise Ovide avec justesse, qui s'y entend en matière de saisons. C'est là que Proserpine s'amuse, cueille des violettes et des lis blancs, en emplit des corbeilles et les plis de sa robe, rivalise en célérité avec les jeunes amies qui l'accompagnent, quand, *presque en un même instant* (comme j'aime cette circonstance qui s'accorde si bien avec mon amour du Présent !), Pluton survient, tombe amoureux de Proserpine et la kidnappe. *Telle est la promptitude de l'amour*, précise Ovide avec justesse, qui s'y connaît en matière de fulgurance. Proserpine, une déesse juvénile, s'attriste d'avoir perdu ses fleurs, et lance des appels déchirants à ses amies et à sa mère, la déesse Cérès. Cette dernière cherchera sa fille sans lassitude, désespérée, avide d'indices, durant des mois. *Par quelles terres, par quelles mers erra la déesse, il serait trop long de le dire*. Le seul indice dont elle dispose, qui lui a été fourni par la nymphe de Sicile Cyané, est que sa fille a été accueillie par la terre qui s'est entrouverte, éventrée par le sceptre du kidnappeur. La déesse, mère des moissons, invective contre la terre, la traite d'ingrate, et décide qu'elle deviendra stérile. Les moissons meurent. Plus rien ne pousse. Les astres et le vent, un soleil brûlant ou des pluies diluviennes, des oiseaux délinquants et des herbes qui les asphyxient empêchent les cultures de s'épanouir. Quelqu'un,

461

cependant, a aperçu Proserpine dans sa retraite, en l'occurrence la nymphe de l'Alphée, qui en fait le récit à Cérès : *Triste à la vérité et le visage encore empreint d'un reste de terreur, mais reine pourtant et souveraine du monde des ténèbres*. Cérès s'envole dans les régions de l'éther et se précipite chez Jupiter, père de Proserpine et frère du ravisseur, et le supplie de libérer leur fille. Je vous fais grâce des péripéties qui compliquent l'exécution de cette prière. Quoi qu'il en soit, au bout d'un certain temps, partagé entre son frère et la déesse affligée, Jupiter divise l'année en deux parties égales. Désormais, Proserpine, *divinité commune aux deux royaumes*, passe autant de mois avec sa mère (le printemps et l'été) qu'avec son époux (l'automne et l'hiver). Mais Mallarmé, dans son livre *Les Dieux antiques*, précise la chose suivante : *Les uns disent quatre, les autres six*, d'où j'en conclus que Proserpine pourrait passer quatre mois avec Pluton : les quatre mois que dure l'automne. Ovide : *En un instant se transforme son aspect, âme et visage. Sur le front de la déesse* [Proserpine], *où naguère Pluton pouvait lire la tristesse, éclate la joie, de même que le soleil, caché un instant auparavant sous des nuages chargés de pluie, sort vainqueur de ces nuages*. Mallarmé : à l'heure où *se flétrit l'été*, les hommes de l'ancien temps se disaient que *la belle enfant avait été dérobée à sa mère par de sombres êtres qui la tenaient prisonnière sous le sol. Ainsi le chagrin de Déméter* [donc de Cérès] *n'est autre que l'obscurité qui tombe sur la terre durant les tristes mois d'hiver*. Et Mallarmé conclut son chapitre par cette précieuse information qui apporte de l'eau à mon moulin : *Le nom Cérès est probablement dérivé de la racine qui donne au sanscrit* sarad, *automne*. Le printemps et l'été correspondent à la gaieté d'une mère qui se réjouit d'accueillir sa fille pour la durée des grandes vacances, une gaieté dont on sait qu'elle ne peut pas durer sans discordes, disputes ou tensions domestiques. L'automne et l'hiver, bien plus intéressants, correspondent à la pensée nostalgique, à l'attente intériorisée, à la douceur lointaine et prospective de cette même mère, et surtout à l'ensevelissement de Proserpine dans les entrailles de la terre, en d'autres termes en elle-même, dans les cavernes de son monde intérieur, dont elle est la reine et la souveraine. Je décide donc que Proserpine sera la fée qui préside à ma métamorphose automnale, et qui m'équipe d'un carrosse en perles de verre tiré par six chevaux, d'un habit de drap d'or chamarré de pierreries, de sandales Christian Louboutin en cristal coloré et cuir de sanglier : apparition féerique. *Il se fit alors un grand silence ; on cessa de danser et les violons ne jouèrent plus, tant on était attentif à contempler les grandes beautés de cette inconnue*, peut-on lire dans le conte de Charles Perrault. *On n'entendait qu'un bruit confus : « Ah, qu'elle est belle ! » Le Roi même, tout vieux qu'il était, ne laissait pas de la regarder, et de dire tout bas à la Reine qu'il y avait longtemps qu'il n'avait pas vu une si belle et si aimable personne*. Ma marraine Proserpine m'a adressé cet avertissement : *Je te recommande sur toutes choses de ne pas passer minuit du 31 décembre. Si tu demeures au Bal un moment davantage, ton carrosse redeviendra citrouille, tes chevaux des souris, tes laquais des lézards, et tes vieux habits reprendront leur première forme. Comme au printemps*, ajoute-t-elle sur un ton menaçant. Cendrillon ne dispose que d'une soirée pour danser et rayonner, métamorphosée par les pouvoirs magiques de sa marraine. Et moi je ne dispose que d'une saison pour écrire et rayonner, métamorphosé par les pouvoirs magiques de Proserpine. Son échéance à elle : minuit. Mon échéance à moi : le 31 décembre. À la suite de quoi tout bascule et se désagrège : Cendrillon redevient une souillon et moi une entité déshéritée, tous deux dans la poussière de l'âtre, sans plus de grâce ni l'un ni l'autre. Car chaque année je vis l'automne comme une soirée sublime à la cour, avant de m'enfuir par-derrière, affolé, redevenu banal et indistinct, le 31 décembre à minuit une seconde, c'est-à-dire le 1er janvier. Je m'enfuis par le perron de la galerie des glaces et je cours à toutes jambes à travers des jardins couverts de givre, *griffus*, redevenu moi-même, et je laisse derrière moi dans cette fuite (au lieu d'une sandale Christian Louboutin en cristal coloré et cuir de sanglier) les pages que j'ai écrites, les livres que je publie, grâce auxquels, telle la pantoufle de Cendrillon qu'on enfile aux pieds disgracieux des jeunes filles du royaume, on pourra peut-être me retrouver.

13

Dans la nuit du 26 au 27 mars 2002, un homme de trente-trois ans qui assiste aux débats du conseil municipal de Nanterre, une commune de la banlieue parisienne, ouvre le feu sur les élus qui s'apprêtent à quitter la salle : huit morts, trente blessés, une quinzaine dans un état grave. Le maire : « Le premier geste c'était droit devant lui. Il a tiré dans les rangs puis est venu seul sur l'estrade. » L'adjoint au maire : « La tuerie a duré très longtemps. Il remettait des chargeurs. Il a dû tirer quarante ou cinquante cartouches. C'était l'affolement. Certains ont eu le réflexe de se jeter derrière leur bureau. Mais il tirait… tirait… tirait… » Maîtrisé une première fois tandis qu'il rechargeait son arme, Richard Durn (qui hurlait *Tuez-moi ! Tuez-moi ! Tuez-moi !*) est parvenu à sortir un deuxième pistolet avec lequel il a encore blessé plusieurs personnes, avant de se voir définitivement neutralisé. Le jeudi 28 mars, alors qu'il se trouve en garde à vue (pendant laquelle il déclare aux enquêteurs qu'une des trois armes automatiques qu'il possédait devait lui servir à se suicider : « N'ayant rien conquis, rien à transmettre, je voulais tuer plutôt que de finir en prison, à l'hôpital psychiatrique ou comme un clochard. Il était absolument nécessaire que je me supprime dans le même temps. »), Richard Durn se jette d'un vasistas de la brigade criminelle de Paris et trouve la mort quatre étages plus bas. La mère de Richard Durn : « Mon fils parlait souvent de tuer. Il se sentait légume, sale, pourri. Il n'avait pas de travail ni d'amis. Il me disait sans cesse : "Je suis un clochard. Je vis toujours chez toi." » Il avait rédigé trois lettres avant de se rendre au conseil municipal de Nanterre, deux postées à des amics (qui prétendaient ne le connaître que depuis peu), la dernière retrouvée au domicile de sa mère. Des extraits furent diffusés sur Internet, où Patrick Neftel les téléchargea, les classant dans un dossier consacré à l'affaire. Les analogies se multipliaient entre leurs deux destins, à commencer par leur scolarité, brillante, certains articles présentant Richard Durn comme un élève surdoué qui avait été incapable de trouver sa place dans le monde du travail. Le magistrat auquel il s'était confié déclara : « Il a raconté son histoire de façon très calme avec un voca-bulaire maîtrisé qui témoigne d'un bon niveau cultu-rel. » Les lettres de Richard Durn, Patrick Neftel aurait pu les rédiger lui-même. Il y affirmait son intention de « tuer des gens », de se « suicider », de « mourir en feu d'artifice » : « Je suis fou, je suis devenu un clochard, je dois mourir », avait-il confié à l'une de ses « amies ». Patrick Neftel passait ses journées à surfer sur Internet pour tenter de récolter des informations sur cet alter ego qui l'avait devancé. Il apprit qu'il avait été surveillant dans un collège, où un ancien élève prétendait qu'on se moquait de lui : « On l'appelait *Richaaard*, avec un accent, parce qu'il avait des manières », se souvenait Massalé Traoré, d'où l'on pouvait déduire que Richard Durn était un être évolué, raffiné, loin du barbare primi-tif auquel l'opinion publique ne cessait de vouloir le réduire, un homme qui aurait pu, comme lui, lire Mallarmé, qui devait réfléchir, analyser la société, en concevoir de terribles souffrances. S'ils étaient deux,

Richard Durn et lui, à se considérer comme humiliés, à se morfondre chez leur mère, à avoir eu les mêmes pensées, peut-être en réalité étaient-ils des centaines, des milliers à travers le monde ? Des unités isolées, silencieuses, réduites à murmurer leur amertume dans l'atmosphère empuantie d'un cagibi, acculées à considérer comme flamboyante la perspective de se donner la mort en instruisant la société de ce qu'elle est vraiment ? Car Patrick Neftel considérait (ce que personne ne voulait voir : Richard Durn restait pour tous un funeste dysfonctionnement) qu'il avait tenté de *transmettre un message* : il s'agissait d'une *protestation radicale* de la même manière que les terroristes d'Al-Qaïda avaient émis un *verdict impitoyable*. Patrick Neftel tapa *crime + politique* sur Google et finit par localiser un essai d'un certain Hans Magnus Enzensberger consacré aux anarchistes russes au tournant du XIXe siècle. Le texte s'intitulait *Les Rêveurs de l'absolu* (un titre éminemment mallarméen) et il était tiré d'un recueil publié en Allemagne en 1964. Patrick Neftel se procura sur amazon.fr cet essai voluptueux, facile à lire, dont il semblait qu'il manifestait pour les conjurés la déférence d'une nostalgie incalculable. *Les Rêveurs de l'absolu* analysait les attentats perpétrés pendant une vingtaine d'années par des idéalistes regroupés dans des cellules clandestines (le Comité exécutif de la Volonté du peuple et l'organisation de combat) qui recherchaient l'instauration d'une société égalitaire débarrassée de l'arbitraire impérial. Un idéal de pureté auréolait les attentats qu'ils commettaient : grandeur accentuée par le fait qu'ils sacrifiaient leur existence à l'accomplissement de ce dessein. Le 24 janvier 1878, le jour où le préfet de police de Saint-Pétersbourg, le général Trepov, accordait son audience hebdomadaire, Vera Sassoulitch, âgée de vingt-cinq ans, « vêtue avec un soin extrême », se fit annoncer, remit au fonctionnaire une pétition, sortit un revolver de son sac à main et blessa grièvement son interlocuteur. S'étant laissé désarmer sans opposer la moindre résistance (« C'est pour venger les sévices infligés à l'étudiant Bogolioubov », se contenta-t-elle d'expliquer), elle comparut au tribunal le 1er avril 1878. La pression de l'opinion publique fut si forte qu'il y eut des manifestations devant le palais de justice. Vera Sassoulitch n'avait jamais rencontré l'étudiant et prétendait avoir agi sans complice. Le texte de l'essayiste soulignait cette étrangeté : l'accusateur semblait se justifier de devoir accabler Vera Sassoulitch plutôt que le préfet de police. Convaincu de la véracité des motifs qui avaient poussé la coupable à agir, le magistrat présentait l'attentat comme une « louable protestation de la dignité humaine blessée » – seul le moment de l'action personnelle devait être condamné. Le verdict des jurés ne fut pas moins sensationnel que le plaidoyer : il la déclara non coupable à l'unanimité et la société pétersbourgeoise la consacra *grande citoyenne*. *Les Rêveurs de l'absolu* recense ensuite quelques-uns des attentats déclenchés par le coup d'éclat de Vera Sassoulitch : « Une nouvelle phase de lutte, la phase de la terreur, commença », précise le texte. *Le 1er février 1878 :* Le mouchard Nikonov est abattu d'un coup de feu à Rostov par des conspirateurs. *Le 22 février 1878 :* L'avocat général Kotlierevski est blessé à Kiev, en pleine rue, d'un coup de pistolet. *Le 25 février 1878 :* Le colonel de la police, le baron Heyking, est poignardé en plein jour dans une rue animée de Kiev. *Le 3 mars 1878 :* Fetisov, un agent provocateur de la police secrète, tombe à Odessa sous les balles des révolutionnaires. *Le 24 mars 1878 :* Un attentat perpétré à Kiev sur un espion échoue. Le terroriste met fin à ses jours. *Le 14 juin 1878 :* Les policiers secrets Reinstein et Rosenzweig, qui s'étaient introduits en qualité d'espions dans l'organisation des conspirateurs, sont découverts et abattus, etc. L'année suivante, le 2 avril 1879, Alexandre Soloviov tire par cinq fois sur le tsar Alexandre II qui est allé se promener devant le palais d'Hiver. L'attentat et le suicide de son auteur échouent pareillement : il est pendu après un jugement expéditif. *Putain !* s'exaltait Patrick Neftel une canette de Heineken à la main, en slip, vautré sur son lit. *Quelle classe ! Les couilles ! Le courage !* Les membres du Comité exécutif acceptaient de conformer leur existence à un certain nombre de principes : se consacrer de toutes les forces de leur esprit à la chose révolutionnaire (à cette chose-là qui dans le cas de Patrick Neftel réalisait la synthèse de ses pulsions destructrices et suicidaires au nom d'un désir impérieux de vengeance et de représailles : *contre tous ceux que la société avait rendus heureux au détriment des autres*) et renoncer pour elle à tout lien de famille, d'amour, de sympathie et d'amitié ; donner sa vie si nécessaire ; ne rien posséder ; renoncer à toute volonté individuelle. Patrick Neftel se masturba (son sexe était devenu minuscule au milieu des replis de son ventre et de ses cuisses monumentales) et poursuivit la lecture de l'ouvrage. Hans Magnus Enzensberger racontait un grand nombre d'attentats et s'appuyait sur les écrits d'un certain nombre de conjurés. « Aucun lanceur de bombe ne peut apporter de changements dans les grandes forces sociales anonymes : le potentiel technique et industriel, la forme et les rapports des classes, les conditions de possession, l'appareil administratif. L'action des lanceurs de bombe est demeurée du domaine de l'anecdote. Mais une anecdote bien placée peut exprimer davantage que tout un manuel. Dans les actions désespérées des conspirateurs que l'on vit surgir au tournant du siècle l'attentat devint une allégorie historique. On déchiffre dans les fioritures de leurs préparatifs, dans les détails artistiques de leurs machinations, des desseins sociaux qui n'ont pas encore été concrétisés ; on devine, dans le côté un peu théâtral de leur attitude, la présence latente d'une utopie qu'aucun insuccès n'a pu détruire. » Patrick Neftel adorait ce paragraphe, qu'il avait encadré, qu'il relisait sans cesse. L'attentat comme une allégorie : le 11 Septembre n'était-il pas une allégorie, la plus belle et la plus éclatante des allégories ? UNE ANECDOTE BIEN PLACÉE PEUT EXPRIMER DAVANTAGE QUE TOUT UN MANUEL. L'écrivain disait des activistes, « acrobates surentraînés de la conspiration », qu'ils étaient des « métaphysiciens de la terreur ». Dora Brillant s'exclamait : « Donnez-moi une bombe ! Il faut que je meure ! » Kaliaïev : « Il existe une méthode pour ne pas frapper à côté. La voiture arrive. Je me jette avec la bombe entre les pieds des chevaux. Ou bien la bombe éclate, et la voiture ne peut pas continuer, ou elle n'éclate pas, mais les chevaux se cabrent. Dans tous les cas il y a un arrêt. C'est l'instant pour le deuxième lanceur de bombe d'entrer en action. » Les islamistes, comme l'apprenait Patrick Neftel, n'avaient pas inventé l'attentat suicide. Hans Magnus Enzensberger considérait cette génération d'idéalistes comme des « artistes de la terreur » : ils imaginaient des « méthodes d'une grande élégance », des procédés qui témoignaient d'un certain « humour noir », se retrouvaient « au bal masqué, dans des établissements de bains ou au théâtre ». Il leur était intolérable de frapper des innocents : ils préféraient différer une action plutôt que de tuer des femmes et des enfants. C'est ainsi qu'ils adressèrent au peuple américain, en octobre 1881, après l'assassinat du président des États-Unis, un communiqué catégorique : « Nous protestons contre cet acte criminel. Dans un pays où la liberté des citoyens leur permet d'exposer librement leurs idées, où la volonté du peuple fait non seulement les lois mais élit la personne chargée de les appliquer, l'assassinat politique est l'expression d'une tendance despotique semblable à celle que nous voulons abolir en Russie. Le despotisme est toujours condamnable et la violence ne se justifie que quand elle s'oppose à la violence. » Ce texte inspira à Patrick Neftel (qui déplorait de se sentir condamné par ceux-là mêmes dont il admirait les actions) de longues méditations. Sous ses dehors démocratiques de kermesse enjouée, derrière cette apparence de liberté, la société dans laquelle il vivait n'était-elle pas d'une violence aussi arbitraire qu'à l'époque de la Russie tsariste ? Quand le président de TF1, la plus grande chaîne télévisée de France, déclare qu'il vend aux annonceurs de l'« esprit disponible », en d'autres termes qu'il abrutit, vide à dessein de leur substance les téléspectateurs, n'est-on pas en présence d'un exemple caractérisé de despotisme ? N'est-ce pas l'équivalent d'une sorte de *déportation* spirituelle et intellectuelle ? Et la finance internationale ? Ces spéculateurs qui élaguent, altèrent, évident, simplifient, délocalisent les entreprises dont ils sont les actionnaires, dans le seul but d'augmenter leurs profits ? Et la puissance de frappe du marketing, de la publicité, du libéralisme économique, l'hégémonie des marques et des produits mondialisés, qui canalisent, engloutissent, ensorcellent, emprisonnent des millions d'adolescents à travers le monde ? Quand une mère de famille qui gagne le RMI déclare à la télévision qu'elle est obligée de céder aux injonctions de ses enfants qui lui réclament des chaussures NIKE, des casquettes ADIDAS, des IPOD, des PLAYSTATION, et qu'elle est pratiquement obligée de se prostituer sur Internet pour assouvir les exigences dictatoriales de sa progéniture ? Est-on dans le cas d'une société libérée du despotisme et de la violence ? Dans un contexte mondialisé, Patrick Neftel se répétait que l'impuissance à peine masquée des politiques, dont les pouvoirs sont régionaux, limités à des prérogatives anecdotiques, disqualifie la primauté du peuple « qui non seulement fait les lois mais élit la personne chargée de les appliquer ». Les distractions qu'imposent aux « citoyens » les grands médias, après avoir éradiqué tout esprit d'exigence et de respect de soi (*Et surtout de respect de soi !* hurlait Patrick Neftel enfermé dans sa chambre qui puait le renfermé, la bière tiède et le sperme fermenté), ces distractions ne sont-elles pas des sévices intolérables ? Est-il envisageable de réagir à cette violence autrement que par la violence ? Début avril, de larges extraits du journal intime de Richard Durn furent diffusés dans les médias. Patrick Neftel fut aussi interloqué par ces pages qu'il l'avait été un mois plus tôt par les trois lettres du « forcené », comme l'appelaient désormais les journalistes. Quelle communauté d'esprit, de haine, d'aigreur, de souffrances ! Comme les pensées de Richard Durn ressemblaient aux siennes ! Comme ils devaient être nombreux, à la surface de la terre, en Europe et aux États-Unis, à se vivre comme des insectes ! « J'espère me prouver que je suis encore en vie même si objectivement tout prouve le contraire. » « J'en ai marre d'avoir dans la tête toujours cette phrase qui revient perpétuellement : "Je n'ai pas vécu, je n'ai rien vécu à 30 ans." J'en ai marre de rester des heures à écouter la radio pour ne pas me sentir coupé du monde et de rester certains soirs scotché devant la télévision alors que je sais que c'est une machine à décérébrer et abrutir les gens et les esprits. J'en ai marre d'attendre désespérément une lettre ou un coup de téléphone alors que je n'existe plus pour personne, que je suis oublié de tous... » « Je me sens bloqué parce que je n'ai pas de femme. Je me sens bloqué parce que je n'ai pas appris à être indispensable pour un groupe de personnes. Je suis foutu parce que je n'ai plus de repères sociaux et affectifs. Je ne suis plus qu'un numéro d'immatriculation dont tout le monde se fout. J'ai un bandeau sur les yeux et je tourne en rond dans une pièce en me cognant toutes les 10 secondes à un meuble ou contre un mur. » Sublimes. Ces lignes étaient sublimes. Patrick Neftel lisait sa propre vie dans le journal intime de Richard Durn. Était-il concevable d'en faire état d'une manière plus concise ? « Depuis des mois des idées de carnage et de mort sont dans ma tête. Je ne veux plus être soumis. Je ne veux plus manquer d'audace et me planter. Pourquoi devrais-je me détruire et souffrir seul comme un con ? » « J'ai plus de 33 ans et je ne sais rien faire dans la vie et de ma vie. Je suis onaniste depuis au moins vingt ans. Je ne sais plus ce qu'est le corps d'une femme et je n'ai jamais vécu de véritable histoire d'amour. Je me branle par solitude, par habitude du dégoût de moi-même, par volonté d'oublier le vide de ma vie et sans doute par plaisir. Mais quelle sorte de plaisir ai-je véritablement ? » Par habitude du dégoût de moi-même... Si seulement Patrick Neftel avait pu rencontrer Richard Durn ! S'ils avaient pu se liguer, s'épauler, créer un groupuscule, recruter des équivalents et unir leurs pulsions destructrices ! « J'ai mal et je suis plein de haine. Mais cette haine ne s'extériorise pas. Elle est refoulée. » Enfin : « Le conformiste que je suis a besoin de briser des vies, de faire du mal, pour au moins une fois dans ma vie avoir le sentiment d'exister. Le goût de la destruction, parce que je me suis toujours vu et vécu comme un moins que rien, doit cette fois se diriger contre les autres parce que je n'ai rien et que je ne suis rien. Pourquoi continuer à faire semblant de vivre ? Je peux juste pendant quelques instants me sentir vivre en tuant. »

Je m'enivre une nouvelle fois du solo métallique de Médée quand Jason déplace ses enfants à bout de bras comme de précaires trophées. Que serais-je devenu, Malgaches, Autrichiennes, Mauriciennes, si je n'avais pas rencontré Margot à vingt-trois ans ? Quel vagabond aurais-je fini par devenir si Margot ne m'avait pas extirpé, par la seule force de son aura de magicienne, du marécage où je m'enlisais ? La nourrice : *L'énergie ne doit être approuvée que lorsque s'offre à elle une occasion de se déployer*, à quoi Médée répond : *Il n'est aucune circonstance où l'énergie ne soit à sa place*. Principe de certitude, théorème en mouvement, Médée accentue la faiblesse désarmante de Jason : celui-ci est de ce monde, au ras du sol, au fil des circonstances, sous le vent des attirances les plus communes. Je suis assis aux côtés de Preljocaj et ne cesse de songer à Margot et à moi, Margot si lumineuse et moi si ordinaire, Margot si implacable et moi si velouté, Margot si radicale et moi si conciliant, Margot si isolée et moi si collectif. Je suis Jason : faible, hasardeux, disponible, circonstanciel : sensible aux aléas, à la séduction, à l'approbation d'autrui. Margot n'a pas besoin des autres comme j'ai besoin des autres. Margot se suffit à elle-même quand je ne suis qu'une résultante de l'opinion d'autrui. La nourrice : *Aucun espoir n'offre une issue à ta détresse.* Médée : *Quand on ne nourrit plus d'espoir on ne doit désespérer de rien.* La seule chose qui me distingue de Jason, c'est le mépris que j'éprouve pour les jolies jeunes filles (la banalité contingente des jolies jeunes filles) et la fascination que les déesses, que les femmes fortes et décisives exercent sur moi depuis toujours – *explosante-fixe.* Médée se rapproche de Jason pour lui danser son déses-poir et la folie infernale qui l'emprisonne. La nourrice : *La Colchide est bien loin. Ton époux n'a pas respecté son engagement. Il ne te reste rien d'une si grande puissance.* Il pleut. Il vente. Je vois la pluie qui s'abat par rafales sur les vitres. Médée se traîne à quatre pattes sur le linoléum et s'éloigne de mon banc accablée, animale, lourde de dépit, lourde de colère – avant qu'un élancement la fasse jaillir verticale et crever l'espace de la salle comme une aiguille. Moments hété-roclites : un douloureux désordre d'états psycholo-giques. Médée éventrée essaie de faire fléchir Jason et fait se succéder des phases de désespoir, de furie, d'abandon, de douleur, de rancune, de tendresse, d'intelligence, d'abnégation, d'accablement, d'implora-tion. Médée : *Il me reste Médée. En elle tu vois la mer et la terre, le fer et le feu, les dieux et la foudre.* C'est sublime. Je suis touché par ce duo vibrant dont la syn-taxe est si contemporaine : une rupture amoureuse d'aujourd'hui. *Si tu devais lui dire J'ai besoin de toi, qu'est-ce que tu ferais ?* avait demandé Preljocaj à Marie-Agnès quelques jours plus tôt. Beauté de ces moments récurrents où Médée et Jason s'interrompent. La danse s'arrête. Ils se regardent. Le passé resurgit, le souvenir de leur amour, qui suspend un instant le pro-cessus de leur rupture : on s'arrête de parler et on se sonde. Médée essoufflée immobile. Jason essoufflé immobile. Accalmie. Leurs visages sont imprégnés des mots qu'ils viennent de dire. *Dansez ce duo comme si c'était la dernière fois*, leur a dit Preljocaj juste avant le filage. Technique surnaturelle de la danseuse étoile. Quelque chose d'escarpé, d'étranger à notre langue, quelque chose qui procède d'une violence invisible, donne lieu à l'impérieuse grandeur de l'héroïne. Marie-Agnès devient vision. Marie-Agnès crée le ciel, la terre, la roche, l'espace mythologique. Ses mouvements sidérants sont des mots, des phrases, des insultes, des supplications. Gerbes de gestes qui éclatent. Vives structures corporelles. Mouvements profonds qui creusent l'espace comme des cuillères : grande clarté dans leur envergure de déraison. *Médée !* crie Preljocaj à mes côtés. *Marie-Agnès ! Avance lentement ! Comme une menace ! À partir du deuxième schlak !* Médée regarde Jason avec amour et souffrance. Elle s'attendrit et veut lui faire du mal. Elle veut, *tendrement*, lui faire mal, *violemment*. Elle roule sur le sol. Douleur voluptueuse qui ralentit ses gestes. C'était gracieux et ça devient plaintif. Et elle reprend de l'énergie : un sursaut de frénésie. *Dis, Jason, c'est pas vrai, dis-moi que c'est faux, dis-moi que c'est un rêve !* Hystérie ésotérique. Je vois ses doigts crispés, convulsifs, possédés, imprécateurs, qui gesticulent douloureusement, grattent, griffent, crient, écrivent. Puis Médée se libère d'elle-même et se répand majestueuse sur le plateau. Les pointes singularisent, isolent la magicienne du reste de ses semblables : du monde commun. Et je me dis en cet instant que Médée est la femme absolue : femme absolue dont l'amour absolu peut s'inverser en menace absolue. Et je repense une nouvelle fois à Margot, avec laquelle j'ai toujours su qu'il n'était pas possible de transiger : j'ai toujours su que le revers de son aura royale pourrait m'anéantir. Médée s'est rapprochée de Jason. Médée fait descendre sa tête sur la cuisse de Jason. Quand la tête arrive à la rotule, en surplomb du vide, et s'apprête à tomber, lourde, lente, abandonnée, et se briser sur le sol, Jason la rattrape in extremis, la reçoit avec douceur dans la paume de sa main, avec délicatesse, comme une chose douce et vulnérable, fragile, un fruit, une coupelle de cristal. Médée : docile et forte, soumise et impérieuse, vulnérable et inflexible : Margot. Ce moment est magnifique. Mourir ou que Jason la sauve, se perdre ou que Jason revienne, tout perdre ou que Jason se repente. Par cette brèche, cet interstice qu'elle lui entrouvre, Médée la reine donne à Jason une ultime chance d'éviter l'infanticide. Et c'est alors qu'elle redevient magicienne. Jason tient dans ses mains, ses mains bloquées, la tête de Médée. Et celle-ci se relève, pivote, semble envoûter Jason et l'entraîne derrière elle. Docile, prisonnière de ces dix doigts qui lui enserrent le crâne, Médée promène Jason derrière elle à travers le studio à la faveur de cette étrange équation corporelle : la posture du dominé asservit le dominant. Oui : Médée est la femme absolue : elle n'est jamais si mère, *mère absolue, mère à 100 %*, qu'au moment où elle conçoit de tuer ses enfants – tandis qu'elle n'est jamais si femme, *femme absolue, femme à 100 %*, qu'au moment où la déraison amoureuse la conduit à les sacrifier. Et c'est cette utopie, c'est ce chiffre inouï, c'est cette anomalie arithmétique, c'est cet inconcevable 200 % que la chorégraphie de Preljocaj rend manifeste, amour, excès, tendresse, transcendance, fulgurances, sauvagerie, don de soi, de quoi résulte son érotisme, un érotisme qui me cloue sur mon banc. *Amusez-vous !* s'emporte le chorégraphe en se levant du banc. *Engagez-vous! Dévore les choses! Dévore l'espace! Vous n'êtes pas dans le poids : vous êtes dans la forme!* Je regarde Preljocaj qui s'approche des deux danseurs et leur transmet ses commentaires : *Par exemple. Vous montez moins haut que l'ampleur du plié ne le suggère.* Il effectue lui-même plusieurs pliés consécutifs, *Il faut monter très vite, et plus haut, comme par surprise,* il saute, enchaîne ses bonds furtifs aux mouvements qui les précèdent, *tous les sauts sont comme ça dans la pièce!* puis il s'arrête brusquement (il se retire de la danse) et plaque ses mains sur le bas du visage (les doigts à plat sur son menton et sur ses lèvres) pour regarder tête inclinée (dans une posture subite de philosophe) les figures qu'exécutent les danseurs. *Il doit y avoir quelque chose, dans le ton du mouvement, qui annonce la fin de la phrase. Là : vous avez dit quelque chose et c'est fini. C'est trop sec. Comment tu fais ta phrase pour qu'elle s'arrête avec évidence? Dans la progression. Dans la construction du mouvement.* Je suis bouleversé par la séquence que je viens de voir. Je me souviens qu'à vingt ans, me récitant l'*Hérodiade* de Mallarmé comme une formule incantatoire, je marchais dans Paris durant des heures et affolé cherchais la reine sur les trottoirs, dans les soirées, sur les banquettes des autobus, aux terrasses des cafés, dans les halls des palaces, aux têtes de station des quartiers chic : *Oui, c'est pour moi, pour moi, que je fleuris, déserte!* [À la ligne] *Vous le savez, jardins d'améthyste, enfouis* [À la ligne] *Sans fin dans de savants abîmes éblouis,* [À la ligne] *Ors ignorés, gardant votre antique lumière* [À la ligne] *Sous le sombre sommeil d'une terre première,* [À la ligne] *Vous pierres où mes yeux comme de purs bijoux* [À la ligne] *Empruntent leur clarté mélodieuse, et vous* [À la ligne]

Métaux qui donnez à ma jeune chevelure [À la ligne]
Leur splendeur fatale et sa massive allure ! [À la ligne]
Quant à toi, femme née en des siècles malins [À la ligne] *Pour la méchanceté des antres sibyllins,* [À la ligne] *Qui parle d'un mortel ! selon qui, des calices* [À la ligne] *De mes robes, arôme aux farouches délices,* [À la ligne] *Sortirait le frisson blanc de ma nudité,* [À la ligne] *Prophétise que si le tiède azur d'été,* [À la ligne] *Vers lui nativement la femme se dévoile,* [À la ligne] *Me voit dans ma pudeur grelottante d'étoile,* [À la ligne] *Je meurs !* Margot : opaque. Margot : la mer et la terre, le fer et le feu, les dieux et la foudre. J'ai toujours su qu'on ne transigeait pas avec Margot : on ne négocie pas un principe impérieux. La plupart des jeunes femmes que j'ai connues, sensibles, délicates, de qualité, se subdivisaient à chaque instant en dégoûts, désirs, afflictions, énervements et états d'âme – par lesquels elles ne cessaient de bifurquer d'elles-mêmes de la manière la plus accidentelle. Elles étaient fluctuantes, instables, aléatoires, inabouties. Il arrivait qu'un événement ténu les irrite : elles s'embrasaient du carburant, le pétrole de leur humeur, qui emplissait leur soute. Margot : superposée à elle-même comme une éclipse de lune. Ces jeunes femmes : pleines de fuites, d'aléas, d'hypothèses. Margot : exacte. Margot : définitive. Elles se levaient fatiguées : de mauvaise humeur. Elles se levaient reposées : de bonne humeur. Une donnée les ravissait : elles jubilaient. Un événement les contrariait : elles s'écroulaient. Elles étaient gaies, coquettes, heureuses, enthousiastes : tristes, moroses, déprimées, lancinantes. *Tu m'énerves !* disaient-elles. *Ça m'énerve !* éructaient-elles. Je n'ai jamais rencontré de femme moins orgueilleuse que Margot : sa stature la dispense de tout orgueil. Margot n'est jamais de mau-

vaise foi : elle se situe au-delà de toute approbation. Les jeunes femmes que j'ai connues se dépliaient, se déroulaient, se démontraient, s'insinuaient. Leur esprit fonctionnait à la manière d'une équation qui réagit aux paramètres qu'on y injecte en produisant une inflation de résultats. Se rassurer. Se donner lieu. Se rendre folle. C'est la banalité. C'est la banalité ordinaire de l'humain. Un jour elles m'aimaient moins que la veille. Un matin des sentiments exceptionnels les transportaient. Certaines de mes initiatives, un mot, une phrase, un sourire, les exaspéraient. Certains jours elles détestaient leur tête et la mienne. Elles devenaient plaintives, défaitistes, larmoyantes, agressives : elles s'enfermaient dans leur chambre en dévorant des biscuits au fromage. Des complexes imprévus s'émancipaient dans leur esprit comme des chardons sauvages. *J'ai un truc sous les yeux. J'ai pris un peu des hanches. Je suis la fille la plus nulle, la plus négligeable, la plus inutile que j'aie jamais rencontrée !* Elles avaient des rêves dont elles se désolaient de ne pas les atteindre. Il me semblait qu'elles prolongeaient, autoroutières, la platitude de la réalité. *Je m'ennuie avec toi depuis quelque temps. – Ah oui ? Et pourquoi ? Quelque chose aurait changé ? – Non. Je sais pas. Je suis insatisfaite. – Et c'est lié à quelque chose de précis ? Tu as essayé d'analyser cet état ? – Je sais pas. Depuis quelque temps. Je m'ennuie. Tu m'énerves. – Je t'énerve ? Quelque chose de précis t'a énervée ? – Rien de précis. Juste une impression. Je sais pas. – Rien de précis ne t'énerve mais je t'énerve. – Je sais pas. Tu t'intéresses qu'à toi. Tu pourrais me faire des cadeaux, un cadeau, une attention imprévue, un truc comme ça ! – Un cadeau ? Tu voudrais que je te fasse un cadeau ? – Une surprise. Quelque chose qui rompe l'ennui et la monotonie. – Tu trouves la vie monotone ? – Je sais pas. Je trouve la vie monotone. C'est toujours la même chose qui se passe. – Et tu as une idée ? Je veux dire : pour le cadeau. – Je sais pas. Peut-être. – Peut-être ? – Oui. Oui j'ai une idée. – Et c'est quoi ? – J'ai vu une robe. Une super-robe. Claudie Pierlot. Aux Galeries Lafayette.* Margot : un bas-relief. Mais encore ? Comment la définir autrement que par des mots célibataires, des éclairs lexicaux, des théorèmes mallarméens ? Qu'est-ce qu'une reine ? Qu'est-ce qu'une magicienne ? C'est une femme dont l'absence absolue induit paradoxalement une présence absolue. Voilà une phrase énigmatique. Margot est à elle-même ce que la nuit, ce que la pluie, ce qu'une planète sont à elles-mêmes : présence et absence absolues. Margot ne se pense pas : sa présence *est* pensée. Margot ne s'égrène pas. Margot ne s'épluche pas. Margot ne fluctue pas. Margot est fragile, abyssale, douloureuse, effrayée. Margot est la femme la plus fragile, la plus tragique, la plus intelligente, la plus terrorisée que j'aie jamais croisée. Elle est à elle-même son propre effroi : elle se tourne vers la lumière. Cet effroi ne se divise pas : c'est pour cela que Margot ne se divise pas. Margot n'est jamais complaisante : elle se projette tout entière comme une sculpture de métal sans s'insinuer à l'intérieur d'elle-même avec la complaisance alambiquée des narcissiques. Le narcissisme ordinaire exposerait son existence au pire des périls : une croisière fatale dans les ténèbres. Margot se réfugie dans son regard, minéral, d'une puissance qui m'a toujours intimidé. Margot investit sa silhouette, ses mouvements, singuliers, décisifs. Margot est fragile et irradiante comme peut l'être un objet en cristal : il reste entier ou il se brise intégralement : pas de demi-mesure. Les mots d'*Hérodiade*.

Les mots mallarméens qui circonscrivent ma magicienne. Le mot *déserte*. Le verbe *fleurir*. Le mot *améthyste*. Les agrégats *Abîmes éblouis* et *Antique lumière*. Cet autre alliage : *Sombre sommeil* et celui-ci : *Terre première. Purs bijoux. Clarté mélodieuse.* Le mot *métaux. Splendeur fatale. Farouches délices. Frisson blanc.* Le mot *nudité.* Le mot *pudeur.* L'adjectif *grelottante.* Le mot *étoile.* Le mot *effroi.* Le mot *vierge.* Le mot *reptile. Calme dormant. Clair regard de diamant. Fleur nue de mes lèvres.* Que dire d'autre ? Margot ne rentre jamais dans aucune polémique. Il est exclu de pouvoir se quereller avec elle : elle se replie immédiatement sur elle-même. Une phrase suffit, un trait de foudre qui n'autorise aucune réplique, si Margot veut signifier que quelque chose la mécontente. L'autorité naturelle qui est la sienne donne un poids particulier à ses silences et à ses phrases. Il arrive qu'elle m'effraie. Il arrive qu'elle m'intimide. Comme Médée : amour absolu qui s'inverse en menace absolue. Amour absolu : j'ai toujours su qu'elle plaçait notre amour au-dessus de tout. Margot aspire comme moi à l'absolu de l'amour. Margot aspire à protéger notre amour de la banalité et des contingences. Margot m'a toujours dit qu'elle donnerait sa vie pour la mienne et je sais que c'est vrai. Je sais aussi que si je la quittais Margot s'anéantirait d'une manière ou d'une autre. Ce ne sont pas des hypothèses ni des suppositions hasardeuses : *c'est cela qui la constitue.* Un idéalisme, une aspiration à la beauté, une suprême exigence de regard, d'attente, de perception, de ressenti, lui permettent de protéger nos relations des détériorations du temps et de la vie commune. C'est en ceci que Margot m'a sauvé du désastre. Margot enchante le quotidien. Margot transcende le prosaïque. Margot transfuse de l'absolu.

Margot m'a isolé de l'affligeante banalité. Margot m'a transporté dans un au-delà merveilleux et m'a mis à l'abri de la laideur, de la tristesse, de la terreur, de la vulgarité, de la monotonie du monde contemporain. Margot s'est introduite dans mon mental comme un principe de dépassement et de transfiguration. J'ai été transplanté par les pouvoirs de Margot, par ses pouvoirs de magicienne, dans un monde isolé du monde réel. *Ce sont des mensonges*, m'a dit un jour un ami avec qui je dînais, en compagnie d'un second assis en face de moi. *Escroquerie. Propagande. Tu ne peux pas nous faire croire que tu aimes Margot depuis seize ans avec la même intensité qu'au tout début. C'est une chose résolument inconcevable.* Le second : *Tout à fait. J'approuve.* Le premier : *C'est de la propagande cubaine. Tu fais la propagande de ton bonheur. Une propagande mensongère destinée à ostraciser notre incapacité à être heureux durablement avec une femme. Toi aussi tu fais la triste expérience de cette incapacité à aimer durablement la même femme. Sauf que toi, pour des raisons qu'il conviendrait d'élucider, soit tu veux te persuader toi-même que tu es parvenu à dépasser cet obstacle incontournable, soit, par cruauté, pour te venger de ton échec et de ta servitude, tu veux nous faire croire que tu vis le grand amour.* Le second : *La passion initiale ne peut se survivre à elle-même, éclatante, inaltérée, durant seize ans. L'homme et la femme sont deux principes inconciliables. L'amour et la passion ne peuvent s'alimenter indéfiniment à la même source.* Moi : *Mais qui te parle de passion initiale ? L'amour ne peut-il être une sorte d'apprentissage ? Une sorte de lente conquête de soi et de l'autre ?* Le premier : *Tu veux dire qu'il n'y a pas eu de passion initiale ?* Moi : *Absolument. Il n'y a pas eu de passion* initiale. *Mais une fascination. Une attraction impérieuse. Pour sa personne. Pour sa présence. Pour son mystère.* Puis : *Je me souviens de son regard. Je n'étais pas amoureux à proprement parler. Mais je m'endormais chaque nuit avec l'image obsédante de son regard. Un regard hypnotique. Un regard qui m'aimantait. Un regard aussi lourd que deux sphères en acier. Dont je me suis dit que je le voulais dans ma vie.* Le second : *Aucune passion ?* Moi : *Elle me fascinait. Elle m'intimidait. Un soir nous dînions avec des amis. Nous n'étions pas encore ensemble. J'étais sur le point de rompre avec Clotilde, ma copine de l'époque, avec qui j'avais vécu trois ans. C'était devenu infernal avec cette fille. Margot assise à mes côtés m'a pincé l'avant-bras. Elle a tendu sa main vers moi : elle m'a pincé la peau et tiré douloureusement une touffe de poils. Elle voulait,* tendrement, *me faire mal,* violemment. *Je l'ai regardée : j'ai rencontré son regard tellurique. J'étais bouleversé. Je me suis dit que c'était possible.* Le second : *Elle t'a séduit en te pinçant le bras ?* Moi : *Il nous a fallu six mois avant de faire l'amour.* Le premier : *Quoi ?! Six mois ?!* Moi : *C'était de l'ordre de la profanation d'un édifice sacré.* Le second : *Tu déconnes quand tu dis ça !* Moi : *Naturellement que je déconne. Mais il se trouve un soupçon de vérité dans cette provocation. Je l'avais idéalisée. Elle était pour moi comme une déesse. Je passais mon temps à la contempler. J'avais du mal à envisager de lui faire l'amour comme à une autre,* comme à n'importe quelle autre, *d'une manière ordinaire, enflammée, passionnée, volcanique.* Le premier : *Elle ne t'attirait pas ?* Moi : *C'était moins son corps que sa présence qui m'attirait.* Le second écrivain : *Tu as fini par y arriver ?* Moi : *J'ai fini par trouver la voie. La voie qui m'a mené vers son physique. Et cette voie est passée par l'amour que j'éprouvais pour elle intrinsèquement.* Puis : *Et elle est belle. On peut dire, je crois, qu'elle est belle. Il y avait des détails, physiquement, qui m'exaltaient. Ses jambes. Ses mains. Son visage. Son élégance. J'étais gêné par sa maigreur. Je n'aimais pas ses fesses.* Le premier : *D'où j'en déduis que vous n'avez jamais connu les nuits torrides du commencement.* Moi : *J'ai eu la chance de ne pas connaître avec elle les nuits torrides du commencement.* Le second : *La chance ?! Tu dis la chance ?!* Moi : *Je dis la chance. J'ai eu la chance de ne pas connaître avec elle ces nuits miraculeuses qui font commencer les histoires par la fin. C'est-à-dire par le paroxysme. A-t-on jamais écrit un roman qui débute par un paroxysme ? Et qui ne peut que décliner en intensité ? C'est absurde !* Le second : *Alors il faut tomber amoureux d'une femme que l'on ne désire pas ? Et apprendre à l'apprécier ? À avoir envie d'elle peu à peu ? C'est ça ta théorie de l'amour idéal et durable ? Un sacerdoce qui te dure toute la vie ?* Moi : *Pas tout à fait. Mais j'ai la conviction (j'aime cette idée en tout cas) que l'amour est une question de regard, de volonté, de discipline, d'apprentissage. L'amour exige des efforts. L'amour exige une vigilance. L'amour est un travail. L'amour exige qu'il soit vital, qu'on en ait envie, qu'on le veuille vraiment. L'amour : comme l'art, comme l'écriture, comme les chefs-d'œuvre qu'on rêve d'écrire. L'amour pas plus que le chef-d'œuvre ne tombe du ciel sans efforts !* Le premier : *Voilà une drôle de conception.* Moi : *Vous êtes des paresseux. Vous manquez d'ambition. Vous adorez céder à des inclinations communes. Vous n'arrêtez pas de regarder cette jeune fille derrière nous. Elle vous*

485

plaît. Moi aussi elle me plaît. Elle est jolie, attractive, joli corps, poitrine ronde, regard de louve, j'ai l'impression qu'elle est rapide et cultivée. Mais depuis deux heures que nous sommes là à manger des huîtres il me semble que seize ans se sont écoulés : j'ai eu le temps de déjà m'ennuyer d'elle. Les jeunes filles de cette catégorie, à peine je les regarde, elles m'ennuient déjà. L'erreur que tous les deux vous commettez c'est de tomber amoureux de jeunes femmes dont vous savez pertinemment qu'elles finiront par vous lasser. En particulier pour la raison suivante : les attractions spectaculaires qui vous attrapent sont périssables : elles ne sont connectées à rien d'autre qu'à leur stupide insularité d'ornement. Que signifie une jolie poitrine ? Que signifie une nuit d'amour en compagnie d'une paire de seins ? Je conçois qu'il ne soit pas possible de la reproduire avec le même éclat, le même désir, la même intensité miraculeuse pendant seize ans. Que vous reste-t-il ? Une paire de seins insignifiante qui vous embarrasse. Je préfère faire l'amour avec Médée qu'avec n'importe laquelle de ses servantes les plus sexy. Mes amis me regardent avec scepticisme. Moi : *Je vais vous dire une chose dont peut-être vous n'allez pas douter : je n'ai jamais éprouvé pour une autre femme un désir plus ardent que celui que j'éprouve pour Margot. Cette excitation s'accentue. Ce pouvoir qu'exerce sur moi le corps de Margot ne cesse de s'amplifier.* Le premier : *Tu peux dire ce que tu veux. Si tu as décidé de faire la propagande de ton couple, tu peux dire et inventer ce que tu veux.* Moi : *J'imagine que vous vous masturbez ?* Le second : *Lui oui sans doute.* Le premier : *Naturellement qu'on se masturbe ! Surtout en ce moment !* Moi : *Je me masturbe en pensant à Margot. C'est à Margot que je pense quand je me masturbe. Mon plaisir n'est jamais aussi vif que quand je me masturbe en pensant à Margot. C'est de la masturbation conjugale ! Ce n'est pas une preuve ? Je suis libre de penser à qui je veux ! Je peux tromper Margot en pensant à une autre !* Le premier : *Et si c'est vrai. J'en doute mais admettons. Et si c'est vrai. Comment te l'expliques-tu ?* Moi : *D'abord Margot est restée une énigme. Ce qui d'emblée m'a attiré est resté environné du même mystère. Tant que Margot restera pour moi inexplicable, incompréhensible, elle continuera de me fasciner. J'ai écrit dans* Le moral des ménages *qu'elle m'apportait la sensation, chaque matin, de m'éveiller auprès d'une inconnue. Notre amour redémarre chaque matin avec le compteur à zéro : c'est chaque matin le même étonnement, la même incrédulité, la même fascination.* Le premier : *Qu'est-ce que tu veux dire par incompréhensible ?* Moi : *Quelque chose d'inhumain. Le mot inhumain est ambigu. Margot est une personne éminemment humaine. Disons : elle échappe à l'imbécillité des comportements normatifs. Il m'est arrivé de me dire qu'elle n'existait pas. Qu'elle n'était qu'un effet miraculeux de mon imaginaire.* Le premier allume une cigarette. Le second m'interroge du regard. *Elle n'est pas jalouse. Elle ne cède à aucune impulsion ordinaire. Elle ne me pose aucune question. Elle ne fouille pas dans mes papiers ni ne lit les carnets compromettants que j'oublie derrière moi. Je lui dis :* Ce soir je sors et rentre tard *et je n'ai jamais à me justifier. Elle ne tombe dans aucune de ces crevasses qui accidentent le quotidien de la plupart des couples. Aucune querelle inutile. Elle demeure zénithale. Elle ne s'abaisse jamais. Elle ne s'humilie jamais dans l'examen maladif des détails. Je peux écrire ce que je veux dans mes livres. Que* certaines scènes soient fictionnelles ou inspirées de choses vécues, peu importe, aucune autre femme ne les accepterait sans m'assaillir de questions. Le second : *Et le désir ?* Moi : *Son corps est l'essence même de ce qu'elle est. Je perçois une sorte d'identité parfaite entre son corps et son énigme : ils semblent résulter l'un de l'autre comme deux principes simultanés. Je vais vous faire une confidence. La source principale du désir que j'éprouve pour Margot, ce sont ses pieds.* Le second : *On le savait déjà que tu étais fétichiste ! Il suffit de lire tes livres !* Moi : *Les pieds de Margot sont les plus beaux, les plus parfaits qui puissent se concevoir. Il me suffit de les regarder trente secondes, si nous faisons l'amour, j'éjacule instantanément. Je vois mal pour quelle raison cet impact inouï s'atténuerait. Mais de quoi s'agit-il ? Il s'agit de la cambrure de ses pieds. Une cambrure d'un degré rarement atteint. Même Christian Louboutin, qui exigeait, pour le livre que j'ai fait avec lui, que les modèles qu'on choisirait possèdent des pieds cambrés, même Christian Louboutin était fasciné :* C'est incroyable. Je n'ai jamais vu ça. Elles sont sublimes ces cambrures. *Qu'est-ce que c'est qu'une cambrure ? Ce n'est pas seulement une courbure prononcée, un arrondi amplifié. Il y a un angle. Il y a une cassure. Il y a une rupture. Il y a un accident. C'est quelque chose de* décisionnel. *Cela sonne, vibre, s'illumine, comme un cri, comme un éclair, comme une décision. Vous vous souvenez des sorcières de Macbeth au début de la pièce ?* Tonnerre et éclairs. Entrent trois sorcières. *Avec Margot c'est la même chose :* Tonnerre et éclairs. Entre Margot la magicienne. *Les sorcières apparaissent dans une sorte de tumulte électrique. Leur surgissement s'accompagne d'un éclair, d'une déflagration, d'un tohu-bohu :* hurly-burly *écrit Shakespeare. Eh bien la cambrure de Margot, c'est l'électricité, c'est la brisure catégorique dont s'accompagne son surgissement. Elle est un accident du banal. Une brisure de la continuité ordinaire. Et cet éclair, au lieu de foudroyer le sol depuis les cieux, il surgit de ses pieds et illumine son corps d'une tension érotique fulgurante.* Mes deux amis sont médusés. Je détecte une inquiétude dans l'expression de leur visage. *Les seize ans que j'ai vécus avec Margot ont duré une seconde. Margot dure une seconde. Le corps de Margot dure une seconde. À chaque fois une seconde, d'heure en heure, de jour en jour, d'année en année, indéfiniment. La silhouette longiligne de Margot est la silhouette même de la seconde.*

14

À la fin de l'année 1998, conclue comme on l'a vu sur une performance remarquable d'Igitur (alors que la plupart des hedge funds avaient traversé de sévères turbulences : crise de l'Asie et effondrement de la Russie), beaucoup d'opérateurs s'étaient mis à investir sur les stocks de dot com, en d'autres termes de haute technologie, et cette tendance s'accentua lors du premier trimestre 1999. Steve Still considérait que la plupart des entreprises Internet, surévaluées par leurs cotations, étaient des coquilles vides sans la moindre valeur : il affirmait qu'il était débile, *Vraiment débile, absurde, insensé,* d'investir de telles sommes sur des types débraillés, *Sur une tribu de skate-boarders dégénérés* qui fumaient des cigarettes toute la journée dans des bureaux déserts. Les boîtes Internet : du vent, des idées, un esprit : rien d'autre. *Des rêves. Une attitude. Des canettes de Coca sur une table. De pures visions d'avenir suspendues dans l'atmosphère.* Les stocks de dot com avaient beaucoup performé ces derniers mois et Steve Still était convaincu qu'un retournement allait finir par se produire dont ils pourraient bénéficier. Après la crise de l'année précédente, il était peu probable que le marché fasse un feu d'artifice, a fortiori à partir d'entreprises déficitaires dont les chiffres d'affaires se trouvaient en total décalage avec leurs cotations. Steve Still en était d'autant plus convaincu que la crise que venait de traverser l'Asie allait l'inciter à vouloir se redresser en adoptant un comportement hyper-agressif : produire à petits prix et envahir le marché mondial. Steve Still se mit donc, dès les premiers jours de février, à shorter massivement plusieurs stocks de dot com, en d'autres termes, je le rappelle pour les plus distraits d'entre vous, il emprunte des titres et les revend immédiatement sur le marché. Le jour où leur valeur s'effondre, il les rachète à bas prix, rend les titres à leur propriétaire et empoche au passage une importante plus-value. Igitur shorta principalement, pour 200 millions de dollars, les titres d'une société japonaise spécialisée dans les nouvelles technologies, Softbank, dirigée par un certain Masayoshi Son, surnommé *L'empereur du Net* par un certain nombre d'observateurs. Le 5 février, le jour de l'opération, l'action Softbank valait 904 yens. *Laurent, lis ça, c'est édifiant*, lui déclara Steve Still en lui tendant *Les Échos. Alex, s'il te plaît, apporte-nous du café tu seras gentille.* Laurent Dahl s'assit sur une chaise à côté du trader et commença la lecture de l'article : « Dans l'univers d'Internet, les chiffres et les taux de croissance ne connaissent guère de limites. Sur les douze derniers mois, l'action AtHome a ainsi progressé de 284,9 % et celle d'Excite de 259,4 %. Ces deux entreprises, qui n'existaient pas au milieu des années quatre-vingt-dix, atteignent désormais des valorisations phénoménales de respectivement 10,44 et 3,48 milliards de dollars pour un chiffre d'affaires combiné inférieur à 150 millions de dollars sur les douze derniers mois et des pertes de lancement atteignant les 200 millions de dollars. Yahoo !, qui a pour particularité d'être resté à l'écart des opérations de

491

fusion (le japonais Softbank contrôle 30 % du capital), est lui valorisé à 31,28 milliards de dollars (en progression de 871,5 % en douze mois) pour à peine plus de 200 millions de dollars de chiffre d'affaires sur les quatre derniers trimestres. » Laurent Dahl leva la tête et posa le journal sur la table. *Non mais t'as vu!* s'exclama Steve Still. *C'est du délire! On est en plein délire là! On va se goinfrer sur ce coup je te dis pas! Le plus gros deal de ma carrière je vais te faire!* Il ne tenait plus en place. Il arpentait la salle de trading en gesticulant. *Mais regarde les chiffres c'est démentiel! Des progressions de 280 %! Des valorisations de 10 milliards! Pour des boîtes qui ont perdu 200 millions sur les 12 derniers mois! Dont le CA atteint péniblement 150 millions! Mais on vit dans un monde de fous! Ils sont tombés sur la tête! Ils se sont fracassé les neurones pendant les fêtes de Noël! – Et ça va plonger quand d'après toi?* lui demanda Laurent Dahl en allumant une cigarette. *– Imagine-toi que les baby stars de l'Internet, des boîtes d'à peine trois ans qui portent encore des couches, pèsent aussi lourd que des antiquités industrielles! On croit rêver! Ford a racheté Volvo fin janvier pour 6 milliards et demi de dollars! Et le même jour Yahoo! rachète Geocities, une société californienne spécialisée dans l'hébergement de pages personnelles, pour 4 milliards et demi! – C'est aberrant. Je suis d'accord avec toi. – J'ai vu la photo des créateurs de Geocities! Trois types en bermuda à fleurs! Les cheveux décolorés à l'oxygène et au sel de mer! Trois putains de branleurs qui font du jet-ski toute la journée! – Et c'est pour quand d'après toi le grand plongeon? – C'est imminent à mon avis. Ce truc-là peut pas durer éternellement. Je dirai: un ou deux mois tout au plus. – C'est-à-dire avant la fin* *du mois de mars. – À tout casser. Avant la fin du mois d'avril ça c'est certain. – Et ton short sur Softbank il est bien de 200 dolls... – De 200 dolls. Mais je vais peut-être l'accentuer. Dans quelques jours. C'est trop beau le truc qui se profile ! Car c'est une bulle ce pur délire : ni plus ni moins qu'une bulle ! Et quand le titre va se scratcher, et le secteur des dot com tout entier, crois-moi, ça va se scratcher grave !* Emporté par l'euphorie d'une nuit de baise spectaculaire, Steve Still consolida sa pose une semaine plus tard. Il expliqua à Laurent Dahl qu'il s'était levé ce matin-là, au terme d'une nuit démente qui l'avait vu menotter sur son lit, aux colonnes du baldaquin, pour la fouetter, une Polonaise hallucinante, proprement fantastique, qui jouissait sans discontinuer, *Je te jure ! du jamais vu ! dix-neuf orgasmes en une seule nuit !* lui avait dit Steve Still, *Mais j'imagine que c'est pas de ça dont tu voulais me parler*, l'interrompit Laurent Dahl, *Non : pas exactement*, il raconta qu'il s'était réveillé ce matin-là dans la lumière d'une certitude irréfutable : le secteur des dot com était sur le point de s'écrouler. Il marchait dans la rue, le ciel était paisible, immense, *Aussi indiscutable qu'un concept philosophique : j'avais l'impression qu'il me parlait*, *Qui ? qui te parlait ?* lui demanda Laurent Dahl, *Le ciel, qu'il me parlait, je le regardais : il me parlait : vends ! vends ! vends !* et Steve Still s'était procuré un petit-déjeuner dans un coffee shop aux abords de Holland Park qu'il avait consommé dans la rue, *Un bon café bien chaud, de petits sandwichs au poulet : elle m'avait creusé l'estomac la Polonaise !* et arrivé à son bureau, heureux, titulaire d'un record inouï, *Tu te rends compte ?* l'interrogea Steve Still, *ces filles des pays de l'Est, non mais je sais pas si tu réalises : dix-neuf orgasmes !* il s'était assis devant son ordinateur. – *Et donc ?* lui demanda Laurent Dahl. – *Et donc j'ai shorté le titre Softbank pour 100 millions supplémentaires. – Tu y es allé un peu fort… – Écoute, c'est simple, ce titre il vaut 600 : 700 à tout casser. Je suis certain qu'il va descendre à 700, 600, peut-être même moins, 550, dans les dix jours qui viennent. Imagine la thune qu'on va se faire ! Je le sens ! C'est incroyable ! La bulle va exploser ! Je n'ai jamais éprouvé une telle certitude sur aucun deal que j'ai fait !* Au moment où Steve Still finalisa cette opération, le titre Softbank valait 908. Le 24 février, après quelques jours d'un reflux momentané qui sembla corroborer les intuitions du trader : 922. À la fin du mois : 933 : le titre avait progressé d'environ 3 % sur le premier short et de 2,5 % sur le deuxième. *C'est pas génial pour la publication des perfs de février*, déclara Laurent Dahl à Steve Still. *Les investisseurs vont voir qu'on perd un peu d'argent sur cette pose.* Steve Still essaya, pour faire baisser le titre, de semer la panique sur le marché : il en vendit énormément, au *fixing*, au tout dernier moment, le jour de la clôture du mois : la valeur de l'action passa instantanément de 933 à 901 (ce qui permit à Laurent Dahl de publier des perfs positives) avant de repartir à 917 dès le lendemain. On appelle cette manœuvre le *marking* : Steve Still avait *marqué ses positions* : mais il avait accentué son short de 50 millions de dollars. *On a eu chaud. Je vais pouvoir publier des perfs positives. On a shorté un titre à 904 qui fait 901 à la fin du mois.* Le 3 mars : 922. Le 5 mars : 923. Le 9 mars : 933. Le 15 mars : 1 062. Le 17 mars : 1 168. Le 25 mars : 1 233. Le 30 mars : 1 508. Un truc de folie. L'horreur absolue. Un pur cauchemar. Depuis que Steve Still avait shorté Softbank, la valeur du titre avait été multipliée par 1,6 en moyenne sur l'ensemble des trois opérations, ce qui impliquait qu'Igitur n'était plus short de 350 mais de 560 millions de dollars, soit une perte de 210 millions de dollars. En d'autres termes : si Steve Still, pour une raison ou pour une autre, devait racheter sur le marché les actions qu'il avait empruntées (*racheter sa pose* comme on dit dans le jargon financier), il devrait débourser, au lieu des 350 dolls que lui avait rapportés leur cession, 560 dolls. Heureusement cette perte se trouvait compensée en partie par les gains qu'avaient générés un certain nombre d'opérations que Steve Still avait conduites parallèlement. *On est down 2*, lui déclara Laurent Dahl. *Je vais devoir publier ce mois-ci, pour la première fois depuis deux ans, des perfs négatives. Ce truc commence à m'inquiéter. Tu es sûr de ton coup ? – Tu as écrit la newsletter ? – Je suis en train. – Eh bien tu leur expliques... – Je sais*, l'interrompit Laurent Dahl : *qu'on n'y croit pas, que les dot com c'est de la merde, qu'on shorte à mort la haute technologie, que le truc va s'effondrer d'ici un mois et qu'on va s'engraisser comme des porcs. C'est bien ça ? – C'est exactement ça !* explosa Steve Still en exposant la paume de sa main droite vers le visage de Laurent Dahl, *t'as tout pigé mon gars !* et Laurent Dahl frappa mollement la main ouverte de son complice. La rédaction de la newsletter avait été pour Laurent Dahl un exercice de rhétorique délicat. Car il avait convaincu l'intégralité des investisseurs que le secteur des dot com ne valait rien intrinsèquement : il les avait convaincus du bien-fondé de leur vision. Seulement voilà, il n'échappait désormais à aucun d'entre eux (il suffisait de lire la presse) que ce secteur déclaré sursitaire quelques semaines plus tôt (*En bordure d'une falaise*, avait même écrit Laurent Dahl) ne cessait d'*embellir* et de *porter ses fruits*, des fruits *juteux* que les hedge funds qui jouaient *long* (qui achetaient les titres au lieu de les vendre) distribuaient dans l'*euphorie* à leurs investisseurs. Le 5 avril : 1 659. Le 6 avril : 1 828. Le 8 avril : 2 023. *Les Échos* du 7 avril : « L'indice Nikkei a conclu en hausse de 0,89 % dans un volume d'échanges relativement limité. À noter la progression des valeurs de l'Internet dans le sillage de Wall Street la veille : Softbank s'est ainsi adjugé 10,2 % tandis que Yahoo ! Japan a pris 8,5 %. Rappelons que le titre Softbank s'est envolé ces dernières semaines après l'annonce d'une alliance avec Microsoft et Yahoo ! Japan pour créer une société de vente de voitures sur Internet. » *Les enculés de Microsoft qui font grimper le titre ! Il a pris 11 % dans la nuit ce putain de titre de merde !* hurlait Steve Still en arpentant la salle de trading. *2 023 ! Comme si un truc comme la vente de bagnoles sur Internet pouvait avoir un quelconque avenir ! Et le marché qui s'emballe ! Microsoft investit quelques dollars dans cette boîte de trisomiques et voilà que le titre il s'envole ! – Mais qu'est-ce qu'on fait ?* lui demanda Laurent Dahl. *– Comment ça qu'est-ce qu'on fait ?! Tu en as d'autres des questions débiles ?! Qu'est-ce que tu veux qu'on fasse ?! – Eh bien justement je te pose la question. On va pas rester comme ça à rien faire à regarder le titre qui grimpe ! Quand même Steve merde ! – Mais je te dis qu'il va baisser putain ! Je te dis que ça va s'effondrer ! – Tu dis ça depuis février ! Les dot com étaient censées s'effondrer début avril ! Et on est le 7 avril ! Et le titre il fait 2 023 ! – Tu veux que je rachète ma pose c'est ça ! Tu veux que je rachète mon short pour la modique somme de*

780 dolls ! – Mais coupe au moins ! Coupe Steve merde ! On va droit dans le mur ! On perd un peu plus de thune à chaque heure qui passe ! On perd un maximum de pognon sur ce coup et c'est un euphé-misme ! – Eh bien moi je vais te dire ! hurla Steve Still devant ses écrans d'ordinateur. *Je vais te dire ! Le trading c'est moi ! Tu vas sortir de cette pièce ! Tu vas faire ton boulot ! Et qu'est-ce que c'est ton boulot ?* Il foudroya Laurent Dahl du regard : *C'est de trouver des investisseurs ! C'est de chauffer les investisseurs ! C'est de grossir le fond avec de nouvelles mises !* La situation s'aggravait de jour en jour. Laurent Dahl savait pertinemment qu'il leur faudrait trouver très vite une solution : il était exclu de terminer le mois sans diluer, sans diminuer d'une manière ou d'une autre cette pose calamiteuse : cette perte catastrophique. *Écoute : ça a pas l'air d'être le moment d'être short.* Steve Still leva ses bras vers le ciel en ouvrant grand la bouche (mais aucun son victorieux n'en surgit) comme si Laurent Dahl avait marqué un but de la tête : manière de signifier, persiflage matinal, qu'il s'illus-trait par des propos pleine lucarne qui le laissaient pantelant d'admiration. *Coupe, coupe un peu, on est trop gros. On est short 780 dolls de ce truc-là : c'est énorme. – Tu m'emmerdes !* Interrompant ses simu-lacres de supporter : *C'est du purin cette entreprise ! Il vaut rien cet immondice d'entreprise ! – Mais tu vois bien que les gens l'achètent ! Steve : tu vois bien que les gens l'achètent ! – Mais tu sais très bien que ça vaut rien ! Je te l'ai démontré trois milliards de fois ! – Je sais ! Mais les gens achètent ! T'y peux rien putain ! Te mets pas contre tout le monde ! – Tu m'emmerdes ! – Te mets pas contre tout le monde Steve ! Coupe bordel ! Fais quelque chose !* Steve Still ne répondait pas. *Toi tu estimes qu'elle vaut 600 ! OK ! 600 ! Mais si les gens l'achètent à 2 023 : elle vaut 2 023 ! Et si des gens l'achètent demain à 3 070 : elle vaudra 3 070 ! Tu connais l'adage Steve ! Le marché peut rester stupide beaucoup plus longtemps que tu peux rester solvable !* Laurent Dahl reçut le lendemain un appel du prime broker de Merrill Lynch (où se trouvait domiciliée l'intégralité de leurs comptes) qui s'inquiétait de cette pose anormale qui grossissait comme une tumeur : *Quand même... c'est quand même très particulier... Il y a un petit bruit... Les investisseurs commencent à entendre qu'apparemment vous êtes très short d'un truc... Et vos appels de marge on peut pas dire... ils sont quand même limite embarrassants... Qu'est-ce que vous comptez faire ? – Un certain nombre de choses sont en cours dont je vous parlerai bientôt. – Il va falloir faire vite. Vous ne pouvez pas rester comme ça. Je compte sur vous pour régulariser cette situation dans les meilleurs délais. – Oui, je sais, naturellement, c'est en cours, je vous tiens au courant...* et Laurent Dahl raccrocha. *Tu t'obstines à pas vouloir couper j'imagine*, déclara-t-il à Steve Still en allant le voir sur le plateau. – *Je m'obstine à pas vouloir couper comme tu dis. – Je viens de recevoir un appel alarmant, et c'est un euphémisme :* carrément flippant, *de Merrill Lynch. On a le couteau sous la gorge. Ils vont nous acculer à vendre la pose. Et les investisseurs. Je voudrais te parler des investisseurs. Ils m'appellent. Ils prennent leur téléphone. Gentiment. Élégamment. Ils sont courtois. On a la cote. Ils nous font confiance. On leur a rapporté suffisamment d'argent ces deux dernières années. Mais. Écoute-moi. Ils savent qu'on est short de ce truc : car t'étais tellement sûr de ton coup que je l'ai clamé dans* mes newsletters. *Et là la pose elle fait pratiquement la moitié du fonds. Il fait pratiquement la moitié du fonds ton pari polonais.* Puis : *On est acculés Steve. Il faut qu'on trouve une solution. – De toute façon on est tellement short que si on coupe on va devoir racheter tellement d'actions que le stock va prendre encore 20 %. 20 ou 30 %. C'est un truc de malade. Si je vends une partie du short je fais monter le titre et la partie du short que nous gardons elle s'alourdit. Sans compter, je le maintiens, JE LE MAINTIENS, que les dot com vont s'écrouler. – Tu en es certain... Tu maintiens mordicus que t'en es sûr... – Mordicus. Sûr et certain. J'ai déjà déconné ? Je me suis déjà trompé ? J'ai déjà eu une vue risquée qui se serait révélée désastreuse ? – Alors il faut qu'on gagne du temps. C'est ça la stratégie : il faut qu'on gagne du temps avant que les dot com elles partent en vrille. – Qu'est-ce que tu veux dire par là ? – C'est la seule solution. C'est la seule que je voie. Il faut qu'on puisse, vis-à-vis de Merrill Lynch et des investisseurs, garder cette pose encore un peu. Je veux dire : pendant le temps que ton oracle de grand trader se réalise. – C'est ironique ? – De grand trader, que dis-je ? de génie ! de génie du trading !* Laurent Dahl déchira méthodiquement, avec lenteur, un gobelet en carton. *– T'es ironique là putain ? – Pas du tout. Pas du tout ironique. Flippé. Stressé. Angoissé. Une putain d'angoisse de mort qui m'écrabouille le ventre. – Et moi alors ! Tu t'imagines peut-être que je suis serein ! – Je ne dors plus depuis cinq jours. – Et donc ta solution miracle ? – Transitoire, temporaire, momentanée, pour pouvoir rester viable tout en gardant ta pose. J'y ai pensé cette nuit en marchant dans les rues. J'ai marché dans les rues toute la nuit pour réfléchir.* Steve Still alluma une cigarette et regarda Laurent Dahl avec curiosité. *Trois pistes. La première : on va acheter des futures à la toute fin du mois qu'on va revendre dès le début du mois suivant. De la sorte je pourrai dire aux investisseurs qu'on est long du marché : plus seulement short mais qu'on est long. Ensuite, deuxième point, on va vendre des puts court terme sur les dot com. Un maximum de puts court terme pour financer l'appel de marge. Ce truc c'est pour répondre à Merrill Lynch. – Des puts court terme sur les dot com ?! Alors que je suis short sur les dot com ?! C'est débile ton truc !! C'est pas du tout cohérent !! – J'ai dit court terme. Des puts à un mois. Pour financer l'appel de marge. Elle ne va pas s'écrouler en avril la haute technologie !* Je rappelle, pour les auditeurs les plus rétifs à l'assimilation des concepts financiers, ce que recouvre cette savoureuse notion de *put*. C'est une *option*. C'est une *assurance*. C'est un délice de prosodie spéculative. Admettons que le titre Softbank vaille 2 023. Igitur vend l'assurance qu'on pourra lui céder le titre Softbank à 1 000 à tout moment dans le mois. Si le titre descend à 600 (ce que Steve Still espère ardemment en raison de son short) Igitur est obligé d'acheter à 1 000 les actions Softbank de tous ceux qui auront souscrit l'assurance : dans ce cas le hedge fund est obligé de décaisser des sommes considérables pour acheter le titre à un prix qui se situe bien au-delà de sa valeur réelle. Tant que le titre ne descend pas sous la barre des 1 000, Igitur conserve l'argent qu'il a touché sur la vente de l'option, mais si le titre franchit la barre des 1 000 et se met à valoir 600, 500, 400, c'est une catastrophe. Il peut y avoir un matin une avalanche de milliers d'investisseurs à qui Igitur est obligé d'acheter à 1 000 quelque chose qui ne vaut plus que 400 ! Cette suggestion de Laurent Dahl les plaçait donc dans un curieux paradoxe : a/ *il fallait* que le titre Softbank *s'écroule* pour qu'ils puissent gagner sur leur short mais b/ *il ne fallait pas* que le titre Softbank *s'écroule* pour ne pas avoir à se prendre dans la gueule toutes les options qu'ils auraient vendues : tout du moins sur le mois. – *OK, admettons*, enchaîna Steve Still. *Et la troisième voie ? – C'est la plus épineuse. C'est la plus limite des trois. J'hésite d'ailleurs à t'en parler. – Au point où on en est...* lui répondit Steve Still. – *On va devoir maquiller la perf. Provisoirement je veux dire. – Maquiller la perf ? – La travestir légèrement. L'arranger si tu préfères.* Silence interrogateur de Steve Still. *On va acheter une boîte Internet et on va faire croire qu'elle vaut beaucoup plus. Une boîte privée non cotée en Bourse. On va la faire auditer après l'avoir achetée et on va faire croire à nos investisseurs qu'elle vaut beaucoup plus. La valorisation de cette boîte Internet va éponger les pertes. Et le mois prochain on va faire croire qu'elle a pris 180 %. Et le mois d'après on va faire croire qu'elle a pris 240 %. Et le mois d'après le secteur des dot com se rétame et l'histoire se termine : on fait un maximum de profit sur ton short, le plus gros deal jamais réalisé par un hedge fund, et on enfouit profondément dans nos mémoires cet épisode délictueux, légèrement, très légèrement délictueux.* Steve Still le regardait consterné. Il écrasa sa cigarette sur l'écran de l'ordinateur. Il en reprit une autre qu'il alluma immédiatement. – *Mais c'est totalement... C'est limite illégal ce que tu proposes... – Illégal et très risqué. Sauf si ton short... – On va pas se mettre...* l'interrompit Steve Still. – *Très bien. Alors tu coupes. Tu te mets à ton ordi et puis tu coupes. – Et qui va nous la faire cette expertise frauduleuse ? À qui on va demander d'attester qu'elle vaut plus cette entreprise qu'on aura achetée ? – Je vais trouver un auditeur véreux. Il va faire ça pendant trois mois et après c'est terminé : on repart sur des bases saines.* Regard conflictuel de Steve Still. Conflictuel : conflit interne : guérilla intérieure : convulsions cérébrales. Laurent Dahl le rassura : *C'est momentané. Une petite entorse momentanée. Ni vu ni connu : tour de passe-passe discret. Je ne vois que ça comme solution. J'ai marché toute la nuit et je n'ai vu que ça.* Steve Still ne cessait de sortir et de rentrer pensivement la longue antenne du téléphone sans fil. Après quelques secondes de cette lente compulsion : *Et où on va la trouver ton entreprise Internet ? – Dans l'annuaire de Londres. N'importe quelle boîte dont le nom se termine par dot com. – Et tu vas leur rendre visite comme ça la gueule enfarinée... – Exactement. Tout se vend. Il faut partir du principe que toute entreprise privée est à vendre. Un gros paquet de thune sur la table et l'affaire est conclue. – Alexandra !!* hurla Steve Still en se tournant vers la porte du plateau. *S'il te plaît !! Alexandra !! – Oui !!* répondit-elle en hurlant elle aussi. *Qu'est-ce que tu veux ?! – L'annuaire de Londres !! Apporte-moi l'annuaire de Londres s'il te plaît !!* Laurent Dahl passa dix jours curieux, malsains, hors piste, dont les itinéraires contournés l'effrayèrent : il n'en dormait plus. D'abord il enquêta pour se procurer les services d'un auditeur sans scrupule qui pourrait se prêter discrètement à des manœuvres d'embellissement. Un trader à la dérive, devenu alcoolique, qui s'était retrouvé sans travail après avoir fait perdre beaucoup d'argent à l'établissement qui l'employait (on parlait de deux milliards de dollars) (compte tenu de cette notoriété dépréciative qui éclairait son patronyme plus aucune banque ne voulait l'embaucher), lui présenta Marino Balducci, un auditeur d'origine italienne, obèse, indolent, dont le trader lui assura qu'il serait corruptible. *Sa réputation est sans faille. Mais je connais sa vie. Il a d'énormes besoins. Bien payé il dira oui : j'en suis certain. Mais attention. C'est un Latin. Il est hyper-susceptible. Le seul truc c'est d'amener la chose habilement*, murmura le trader à Laurent Dahl, lequel (après avoir versé une commission de 15 000 livres à cet intermédiaire) invita Marino Balducci au George & Vulture. Il commanda une bouteille de château-d'yquem qui coûtait 300 livres. Il s'était muni de deux cigares rarissimes : les plus chers du marché. Indolent : pas comme une fleur : comme un animal aquatique empêtré dans un marais immatériel dont Laurent Dahl sentait l'odeur abstraite dans l'environnement de ce corps adipeux sanglé dans un énorme costume, odeur de défaite, odeur de décrépitude, puanteur de désolation existentielle. *Après ça je veux pouvoir disparaître totalement*, lui assura Marino Balducci au dessert. *– C'est-à-dire ? Que voulez-vous dire ?* Laurent Dahl réprimait des sanglots. Cet homme le dégoûtait. Le service qu'il lui mendiait le répugnait. L'infamie qui imprégnait le déjeuner le déprimait. La somme ahurissante qu'il allait débourser (cette prédiction s'obtenait facilement en examinant le visage concupiscent de l'auditeur) l'attristait. *– Off. M'éclipser. Refaire ma vie ailleurs. – Donc ? Qu'est-ce que cela implique ?* lui demanda Laurent Dahl. *– Trois mois vous dites ? – Environ trois mois. Des audits aux conclusions flatteuses pendant trois mois. Que je transmettrai au prime broker de Merrill Lynch et aux investisseurs. Le cas échéant aux investisseurs.* Laurent Dahl se fit l'effet d'un homme déchu qui rampait dans l'eau croupie d'un caniveau. – *Rien que ça...* murmura Marino Balducci en allumant son cigare hors de prix. *Merrill Lynch... C'est risqué votre affaire... On joue dans la cour des grands...* La flamme qui s'amplifiait, et qu'il tenait sans précaution par le bâton de l'allumette, s'apprêtait à lui brûler les doigts, qu'il avait gros, rongés, abondamment velus, il la souffla avec délicatesse (pfffft !) et regarda fixement Laurent Dahl : *Je suis d'accord. Pour 10 millions de dollars. – J'avais songé à 8. – Eh bien c'est 10.* Laurent Dahl signa un chèque d'acompte de 3 millions : *Le tiers de la somme*, lui dit-il en détachant le chèque, *aucun contrat écrit ne sera nécessaire je présume, Je sais où vous trouver...* articula l'auditeur avec lenteur en le menaçant du regard, *Un autre de 3 millions le mois prochain et le solde à la fin mai*, conclut Laurent Dahl, *ceci vous convient-il ? – Et de quelle boîte s'agit-il ?* lui demanda Marino Balducci. Il ne cessait de regarder son cigare. Il l'examinait comme on contemple incrédule la plastique d'une créature miraculeuse qu'on est en train de baiser. – *Une start up spécialisée dans le chargement de musique en ligne. – Et vous en êtes propriétaire depuis longtemps ? – Depuis trois jours*, répondit Laurent Dahl, et sur cette phrase il crut vraiment qu'il allait vomir sur la table, *Excusez-moi*, dit-il à l'auditeur, et il se réfugia dans les toilettes. Quelles démarches Steve Still et Laurent Dahl avaient-ils suivies pour acquérir la coquille en question ? Alexandra dressa une liste d'une cinquantaine d'entreprises Internet dont le nom se terminait par dot com. Elle fut chargée, après que Laurent Dahl eut épuré cet inventaire aléatoire, de leur téléphoner pour les interroger : projet, chiffre d'affaires, état d'avancement, accords conclus, profil des dirigeants, nombre de salariés, etc. En tant que hedge fund réputé richissime, Igitur obtint sans mal les entrevues qu'il convoitait. Laurent Dahl se rendit déprimé à la première des réunions et proposa l'acquisition de l'entreprise au bout de dix minutes d'un entretien décousu, importuné par des douleurs gastriques, des brûlures d'estomac, une urticaire géante qui s'était développée sur l'arrière de ses cuisses et qui l'obligea à rester debout adossé contre un mur : *Je vous en offre 100 millions de dollars*, articula Laurent Dahl en regardant sur le trottoir d'en face, nostalgique, poignardé par cette vision, une douce jeune femme de trente-cinq ans, blonde, pâle, élégamment vêtue, coiffée d'un large chapeau fleuri, qui poussait avec grâce un magnifique landau anglais. – *300 millions*, lui répondit le directeur de la start up. Laurent Dahl le dévisagea épuisé. Le jeune homme mastiquait une pâte élastique dont le parfum fruits des bois franchissait la largeur de la pièce. La mâchoire en mouvement, monotone, métronomique, qui s'arrêtait de scander le silence de leur négociation à intervalles réguliers, figurait les spéculations intellectuelles du jeune homme : il avait visiblement mesuré assez vite (pour des raisons que cependant il ne saisissait pas) le profit qu'il pourrait retirer d'un emballement aussi intempestif. – *150 millions*, lui répondit Laurent Dahl. – *230 millions*, lui répondit le créateur de la start up. Laurent Dahl le regarda en silence : *Mon avocat va prendre contact avec vous dans deux heures…* il ramassa son chapeau sur la table, se saisit de son parapluie et sortit de la salle sans ajouter un mot. – *Attendez. J'aimerais avoir des garanties sur la gouvernance de… – Vous aurez les garanties que vous voudrez*, l'interrompit Laurent Dahl en sortant : *je donnerai des instructions*

505

en ce sens. Grâce à de nouveaux apports importants, grâce à la vente d'un nombre de puts vertigineux et à la valorisation de newvynil.com certifiée par Marino Balducci, transmise à Merrill Lynch, le problème de l'appel de marge fut résolu (le prime broker fut satisfait) et la performance sur le mois d'avril fut de down 5. Laurent Dahl se fendit d'une newsletter plus mallarméenne que jamais, opaque et elliptique, dont l'objectif était de réorienter la politique d'investissement d'Igitur : il fit en sorte que leur pari calamiteux disparaisse partiellement à l'arrière-plan d'une rhétorique énigmatique et persuasive. Sur avril et mai, après une cotation paroxystique de 2 023 consécutive à l'alliance que Microsoft avait conclue avec Softbank, le titre exécuta des figures chorégraphiques étourdissantes autour de 1 700, allant de 1 687 à 1 766 en passant par 1 622, de 1 545 à 1 778 en passant par 1 617, coryphée qui enchaînait discipliné ces entrechats charmants, ces chassés-croisés gracieux en l'espace de quelques jours. La situation s'aggrava une nouvelle fois début mai quand le titre s'envola vers les sommets qu'il avait déjà connus début avril. Le 7 juin : 1 755. Le 8 juin : 1 955. Le 9 juin : 2 025. Le 10 juin : 2 066. Le 11 juin : 2 071. *Les Échos* du 16 juin, le lendemain de l'anniversaire de Vivienne et Salomé que Laurent Dahl avait laissé filer sans s'en apercevoir : « La société japonaise Softbank, spécialisée dans la distribution de logiciels et les prises de participation dans des entreprises liées à Internet (Yahoo !, Cybercash, E*Trade, etc.), a annoncé hier la création du Nasdaq Japan, en association avec la Bourse électronique américaine. Cette société commune sera créée dès juin avec un capital de 600 millions de yens. » Le 18 juin : 2 219. Le 22 juin : 2 467. Le 24 juin : 2 663. Le 25 juin : Clotilde appela Laurent Dahl pour se plaindre de son silence insistant, *Assourdissant pourrait-on dire*, depuis l'anniversaire de leurs filles. *On s'était dit qu'on allait laisser passer dix jours pour voir à quel moment tu surgirais. Par curiosité. C'est un amusement comme un autre pour des petites filles abandonnées par leur père. Inutile de te décrire leur tristesse.* Laurent Dahl marchait dans les rues. Laurent Dahl se rapprocha de son quartier. Laurent Dahl franchit la grille d'un square qu'il adorait : Mount Street Gardens. Et si Steve Still se trompait ? Et si le titre Softbank continuait de progresser ? Sur chaque banc avait été vissée une petite plaque qui attestait que celui-ci avait été offert à la communauté par un ensemble de donateurs qui célébraient par ce présent la mémoire d'un défunt. « Presented in memory of Rose Hoenig who spent many happy hours in the garden. » « For Mary Brown who cherished her quiet moments in this garden. Given by her family, now reunited with her husband James, 1926-1997. » *Alex, s'il te plaît, une urgence, un Fedex monstrueux pour mes filles. — Un Fedex monstrueux ? Qu'est-ce que t'appelles un Fedex monstrueux ?* « Presented in memory of Norman Lasky who enjoyed this garden for many years. » Ces inscriptions d'un autre temps, leur douceur, les aperçus de vies paisibles et abritées qu'elles produisaient précipitaient Laurent Dahl dans la plus poignante des nostalgies. — *Je sais pas, un truc exceptionnel, un cadeau mirifique, qui fasse date, de 5 000 livres, pour leur anniversaire, tu te DÉMERDES et surtout tu te MAGNES. — De 5 000 livres ? Des cadeaux de 5 000 livres pour tes deux filles ? Qu'est-ce que tu veux... où tu veux que je trouve ça des cadeaux de 5 000 livres pour tes deux filles... Donne-moi au moins une direction ! — Une direction! Mais j'en sais rien la direction! Tu te démerdes Alexandra c'est ton job après tout! T'as qu'à interroger ta sœur elle a deux filles de l'âge des miennes! – Et pour la carte? Comment on fait pour la carte?* «In memory of Peter Martinelli who loved to read in this garden.» – *Je sais pas, tu m'envoies un coursier à Mount Street Gardens, je vais m'asseoir sur un banc à l'entrée du jardin. Et n'oublie pas de lui donner deux cartes d'anniversaire à ton coursier.* Laurent Dahl alla quelques minutes de banc en banc et lut les inscriptions des plaques de cuivre. «To Amalia Herrera who loved these gardens.» «Seymour Hoggenbrown, a new-yorker, an artist, for whom this spot in London is his oasis of beauty. From his wife Arlene and family, on July 15, 1986.» «À la mémoire de Laurent Dahl qui vit se disloquer son existence, une triste après-midi de juin, sur un banc de ces jardins.» Leur avenir se jouait sur un bet: sur un énorme bet: sur une seule boîte. Leur destin suspendu au destin d'une seule boîte, au plus petit de ses soupirs, au plus petit de ses caprices, aux plus petites de ses initiatives, à la faveur d'un bet unique et suicidaire. Toute leur vie tributaire d'un seul chiffre sur un écran d'ordinateur, un chiffre qui aspirait leur vie, leurs nuits, leurs pensées, engloutissait leurs corps, leur quotidien, les dates d'anniversaire, avalait le soleil, ingérait les nuages, déglutissait les arbres, digérait les crépuscules, oblitérait les robes fleuries des Londoniennes. Rien d'autre n'existait plus que ce seul chiffre instable, pas capricieux du tout, obstiné, opiniâtre, qui avait fini par se personnifier, qui n'était plus un chiffre ni une donnée abstraite mais une réalité à part entière, organique, cérébrale, cultivée, élégante, quelque chose de pensant, de nuisible, d'acariâtre, une sorte de maladie virale intelligente pilotée avec perversité par une puissance hostile (japonaise de surcroît : un supplice asiatique infernal) déterminée à les anéantir. Steve Still ne pouvait détacher son regard, son esprit, depuis plusieurs semaines, dix heures par jour, de cette lumière électronique qui lui brûlait les yeux, de cette donnée chiffrée qui consumait ses forces, de cette arithmétique chorégraphique qui calcinait son existence. Il se trouvait condamné à surveiller le chiffre rouge du titre Softbank sur son ordinateur toute la journée comme un enfant examine une fourmi qui progresse avec lenteur, avec absurdité, aveugle et entêtée, un mercredi après-midi, sur le ciment d'une terrasse. *Les Échos* du 2 juillet : « Qu'on se le dise : Vivendi veut devenir un "acteur majeur du développement de l'Internet en Europe". Jean-Marie Messier l'a assuré hier en présentant @Viso, une société d'investissement européenne créée à 50-50 par Vivendi et le groupe japonais Softbank de Masayoshi Son. Constitué en 1981, Softbank Corporation se présente déjà comme "le premier acteur mondial du cyberspace", avec des participations dans une soixantaine de sociétés américaines du secteur. "Nous allons sélectionner les meilleures sociétés afin d'obtenir le meilleur retour sur investissement", a dit Masayoshi Son, qui sait de quoi il parle : Softbank a obtenu des rendements de 600 à 1 000 % dans ses investissements Internet, qui représentent au total, se réjouit son fondateur, "une capitalisation de 18 milliards de dollars". » Le même jour, même journal, juillet funeste : « Moins d'un an après avoir publiquement exprimé ses doutes sur la "bulle" des valeurs Internet [*Tu m'étonnes Rupert chéri !* hurla Steve Still avec colère, dégoûté, en lisant cette dernière phrase], Rupert Murdoch semble s'être complètement converti au climat général d'engouement pour le commerce électronique. Dans la foulée de Jean-Marie Messier en France, le patron de News Corp. a annoncé hier la création d'une nouvelle société commune à 50-50 avec Softbank, baptisée eVentures.» Le 18 juin : 2 219. Le 29 juin : 2 716. Le 12 juillet : 3 244. *Les Échos* du 16 juillet : «Désormais connu comme "l'homme qui valait 18 milliards de dollars sur le Web", Masayoshi Son poursuit un rêve : construire le premier zaïbatsu (conglomérat) de l'ère Internet. Visionnaire dans ses investissements – "Les 100 millions de dollars que j'ai misés sur Yahoo ! il y a trois ans valent aujourd'hui 10 milliards de dollars" répète-t-il à l'envi – l'homme se veut aussi mobile que l'Internet est rapide.» Inutile de préciser que Laurent Dahl avait dû renouveler, pour trois mois supplémentaires, moyennant une commission âprement négociée, l'accord qui le liait à Marino Balducci. Un certain nombre de partenariats prometteurs obtenus par l'entreprise qu'ils avaient acquise crédibilisaient les embellissements que ce dernier réalisait pour eux. Par ailleurs Igitur continuait de vendre des puts de moins en moins court terme (pour pouvoir financer les appels de marge de leurs différents comptes chez Merrill Lynch : plus une option est long terme mieux elle se négocie) sur les dot com. Enfin Laurent Dahl déployait des prodiges de persuasion, en Europe, en Asie et aux États-Unis, pour recruter de nouveaux investisseurs et engager les partenaires historiques d'Igitur à renforcer leur mise. *Zaïbatsu mon cul !* hurla Steve Still en jetant *Les Échos* sur le sol. *Si je le croise sur un parking cet enculé de Masayoshi je lui fracasse les dents contre sa Porsche !* Le 29 juillet : 3 538. Le 19 août : 3 649. Le 20 août : 3 866. Le malaise du trader. Le stress et la douleur du trader dans la montée. Avoir tort. Avoir tort chaque matin quand on arrive. Avoir tort chaque soir quand on repart. Avoir tort quand on s'absente du bureau à l'heure du déjeuner. Avoir tort quand on revient à son bureau après le déjeuner. Avoir tort à chaque heure. Avoir tort à chaque minute. Avoir tort à chaque seconde. Avoir tort à chaque fois, toutes les secondes, toutes les minutes, tous les quarts d'heure, que Steve Still regarde sur son écran le chiffre infâme qui lui donne tort. Steve Still : instable, irascible, colérique, susceptible. Laurent Dahl le voyait, lui le trader vertigineux, la star émergente, le phénomène irréversible, noircir, ployer, pourrir, littéralement pourrir, tituber, bégayer, devenir hirsute, se décomposer, se présenter déboutonné aux rendez-vous. Steve Still et Laurent Dahl se retrouvaient à des dîners où les traders qu'ils fréquentaient, longs comme des porcs sur l'Internet, s'enrichissaient d'une manière indécente. Steve Still avait commis l'imprudence d'annoncer l'écroulement des dot com. Certes il n'avait pas révélé à ses amis la taille de sa pose (et aucun d'eux n'aurait compris, en ce début d'automne, sans le prendre pour un fou, qu'il se soit trouvé si exposé, et d'une manière si suicidaire, sur un short d'une telle ampleur : ils ne se doutaient pas qu'il avait pété les plombs au point d'être aussi gros, ils ne se doutaient pas qu'il était devenu aussi obsessionnel, ils ne se doutaient pas qu'il n'avait pas coupé dans la montée) mais ils savaient qu'à un moment donné il avait joué contre. Les financiers de Londres, dans les bars, les boîtes, les restaurants où ils se retrouvaient, ne parlaient que de ça : de l'embrasement hallucinant de la haute technologie. Et Steve Still en était malade. Et Steve Still ne le supportait plus. Et Steve Still évitait désormais de fréquenter ces lieux branchés, si douloureux pour lui, où il croisait des traders qui s'empiffraient comme des morfals sur les dot com. *C'est incroyable que tu croies pas à la technologie !* lui dit un soir John Cornell. – *Enfin bon*, ajouta Nick Nightingale, *que tu sois pas long, à la rigueur, on peut comprendre ! Mais par contre que tu sois short ! – Tu peux pas être short !* explosa de rire Bill Howard. *Steve ! Mon vieux ! Tu peux pas être short ! – Les gens en veulent !* ajouta en riant, d'excellente humeur, un quatrième trader, dont Laurent Dahl apprit par la suite qu'il avait gagné ces six derniers mois, en achetant et revendant des titres Internet, un milliard de dollars. *Les gens en veulent ! Ils en raffolent !* Et Steve Still : la boule dans le ventre. Et Steve Still : le teint verdâtre. Et Steve Still : l'envie de les exterminer. Le 26 août : 3 866. Le 27 août : 3 877. Un supplice. Une torture. Une punition moyen-âgeuse d'une cruauté intolérable. Et tous les jours Steve Still se rend à son bureau, et tous les jours Steve Still salue Alexandra, et tous les jours Steve Still s'assoit devant l'écran, et tous les jours Steve Still se prend dans les gencives ce chiffre horrible qui lui donne tort, ce chiffre immonde qui le lamine, ce chiffre abject qui l'humilie : qui le ruine. Le 3 septembre : 4 116. Le 6 septembre : 4 311. *Mais c'est pas possible ! Mais c'est n'importe quoi ! Non mais je vais hurler !* Et il hurle. Et il crache sur l'écran. Et il fracasse le clavier. Et il piétine le clavier sur le sol. Et Laurent Dahl arrive dans le bureau et il l'insulte : *Mais putain casse-toi connard de fils de pute qu'est-ce que tu viens traîner là ! Tu veux savoir si ça va mieux ! Tu veux savoir ce que j'en pense ! Tu veux savoir si ça va s'arrêter ! C'est ça ! C'est encore ça ! C'est toujours cette même petite question ! Comme si j'étais Mme Soleil ! Un oracle égyptien! Putain!* et il jette le cendrier qui s'écrase avec fracas sur une photographie d'Andreas Gurski. Le 7 septembre : 4 366. Le 14 septembre : 4 788. *Les Échos* du 21 septembre : « Le groupe japonais Softbank, connu comme le premier actionnaire d'Internet, a annoncé hier qu'il prévoyait une perte nette consolidée de 8 milliards de yens (72 millions d'euros) pour l'exercice semestriel clos fin septembre. » *Putain! C'est inouï! Je comprends pas! C'est incompréhensible! Ils perdent un maximum de thune et leur action se bonifie de jour en jour!* Ça s'appelle un squizz quand ça monte comme ça. Ça squizze, ça squizze, ça squizze, ça squizze… Squizzer c'est quand ça monte sans s'arrêter car des traders en ont assez de perdre de l'argent sur leurs shorts et ils rachètent, ils rachètent, ils rachètent, ils font monter le titre à mesure qu'ils rachètent… Ça s'appelle un squizz. Ça monte, ça monte, ça squizze, ça ne s'arrête pas de squizzer. Et Steve Still fracasse le téléphone contre une fenêtre. Et Steve Still disloque son fauteuil avec une application démentielle, morceau par morceau, et les envoie valdinguer sur le mur en hurlant. Il ne peut rester chez lui. Il ne peut supporter d'être au bureau à ne rien faire, attendre que ça descende, que la tendance s'inverse. Il n'y a strictement rien à faire. Rien à faire que patienter et regarder le P and L sur l'écran. Et le tic, ce tic, cette drogue, cette dépendance, scruter, regarder, vérifier, à chaque instant, à chaque seconde, ce chiffre infâme qui le détruit. Le 22 septembre : 4 255. Le 30 septembre : 4 499. Le 6 octobre : 4 699. Le 29 octobre : 4811. *Je comprends pas! Je comprends pas! Je comprends pas! Je comprends pas! Je comprends pas putain! JE COMPRENDS PAS MERDE!* Steve Still ne comprenait pas. Et non seulement Steve Still ne comprenait pas mais il n'admettait pas que les événements ne finissent pas par lui donner raison contre les autres : contre tous les autres. – *Il faut ÉCOUTER !* lui disait Laurent Dahl. *Il faut ÉCOUTER le marché Steve ! Tu vois bien que les gens ont envie de l'acheter ce stock ! Coupe bordel ! – J'en ai rien à foutre ! J'ai raison et ils ont tort ! Jamais je m'inclinerai devant ces abrutis ! Plutôt crever que de donner raison à ces débiles ! C'est moi qui ai raison ! L'avenir te le démontrera ! – Tu t'isoles Steve ! – C'est tous des connards ! Des connards de fils de pute d'incapables !* Laurent Dahl connaissait cette dérive du trader en chute libre : quand il commence à se mettre contre tout le monde. Moi je SAIS les autres SE PLANTENT. Moi j'ai COMPRIS les autres SONT TOUS DES ÂNES. Cet écueil était d'autant plus affirmé que Steve Still était réputé pour être un *contrarian trader* : il est devenu une star de la finance en prenant tous les autres *pour des cons*. Quand tout le monde vend il achète en bas en disant *Bande de cons*. Quand tout le monde achète il vend en haut en disant *Bande de cons*. Il achète : *Vous êtes tous des cons*. Il vend : *Vous êtes tous des cons*. Il dit *Ça vaut dix ce truc bande de cons ! Plus ça monte plus j'en vends bande de cons ! Je vais me faire des couilles en or bande de cons !* Et là depuis six mois la bande de cons s'obstine. Et là depuis six mois la bande de cons s'oppose à ses vues. Et là depuis six mois il se prend la bande de cons dans la gueule comme un mur de parpaings. *Tu t'enfermes dans ta tour d'ivoire !* hurlait Laurent Dahl. *Tu parles plus à personne ! Tu es devenu un véritable autiste ! Tu passes toutes tes journées à regarder ce chiffre sur ton ordinateur ! Mais putain ouvre-toi, ouvre les yeux, regarde, regarde le*

marché, comprends ce que te dit le marché ! – On va
faire une perf de 70 % ! On va se régaler comme des
seigneurs médiévaux ! L'année prochaine ils seront
des centaines à ramper devant la porte ! François
Pinault ! Bernard Arnault ! Claude Bébéar ! Jean-Luc
Lagardère ! Tous ces enculés ils nous lécheront les
pieds putain tu vas voir ! Ces propos récurrents qui
heurtaient les pensées, percutaient les angoisses,
rebondissaient comme un ballon sur les frayeurs de
Laurent Dahl auraient peut-être fini par le convaincre
si son comparse ne les prononçait pas avec des trébu-
chements, des défauts d'élocution, des gestes nerveux
qu'il ne maîtrisait plus, tics, spasmes, tremblements,
crises de nerfs – toutes choses dont Laurent Dahl
s'était convaincu qu'il les devait à une consommation
déraisonnable d'alcool, de drogue, de sexe, de putes,
d'anxiolytiques, de pulsions destructrices, de dérives
noctambules dans des lieux dégénérés. Steve Still
fuyait le monde de la finance : il refusait de rencontrer
des traders et évitait les lieux où ils se retrouvaient. Il
fréquentait des DJ, des stylistes, des mannequins, des
musiciens, des aventuriers, des hommes d'affaires sus-
pects, des traînées, des salopes, mais aussi des filles du
peuple, des coiffeuses, des caissières de supermarché.
Chaque matin il arrivait hirsute, détruit, somnambu-
lique, il n'avait pas dormi, il s'était drogué toute la
nuit dans une boîte dark de Notting Hill où il avait
levé de grosses pétasses éprises de coke magnétisées
par les sommes folles qu'il y claquait, sans compter
l'Aston Martin sur le trottoir devant l'établissement, il
les avait baisées les unes après les autres sur le cuir
écru du bolide, sans talent, sans application, avant de
terminer la nuit dans un parc, endormi sur l'herbe
humide. Il lui arrivait de disparaître plusieurs jours

d'affilée. Il lui arrivait de faire venir des call-girls au bureau qu'il baisait dans la salle de détente, à la va-vite, sur le billard. Alexandra avait été obligée d'aller chercher son Aston Martin sur le parking d'un palace de Manchester où Steve Still avait passé deux jours : il avait pris l'avion pour rentrer. Le 1er novembre : 4 883. Le 8 novembre : 5 388. Le 10 novembre : 6 022. Le 17 novembre : 6 444. *Les Échos* du 25 novembre : « TOKYO POURSUIT RÉSOLUMENT SON ASCENSION. La Bourse de Tokyo a été surtout tirée par les valeurs du secteur des technologies de l'information qui ont progressé globalement de 6,2 %. Des titres très prisés par les gérants internationaux comme NTT DoCoMo (la filiale de téléphonie mobile de NTT), son concurrent DDI, Hiraki Tsushin et surtout Softbank ont terminé en forte hausse. »

Je me trouve en terrasse du Nemours quand j'aperçois Louis Schweitzer un peu plus loin, seul à une table, absorbé par la lecture du *Monde*. Le verre qu'il tient dans sa main est empli d'un liquide orangé. Jus d'abricot ? Administrateur de Renault pendant de nombreuses années, Louis Schweitzer est l'une des grandes figures du monde industriel français. C'est un homme aux traits doux qui m'a toujours inspiré de la sympathie et qui incarne un capitalisme à visage humain, éthique, soucieux de l'intérêt général. Cela fait une vingtaine de minutes que je l'observe et que j'hésite à l'aborder. Il ne lève pas les yeux de son journal et approche le verre de ses lèvres une fois de temps en temps, avec lenteur, sans y penser, et le rabaisse avant qu'il eût atteint son but, comme si un mot qu'il avait lu le détournait de cette consolation : une gorgée sirupeuse de nectar. Je rassemble mon courage et me dirige vers sa table : *Excusez-moi.* Il lève la tête et me regarde : je reconnais vraiment son visage. *Pourrais-je vous déranger quelques minutes ? Je voudrais vous consulter sur un sujet qui me préoccupe au plus haut point. – Et de quel sujet s'agit-il ?* me répond-il aimablement. – *Du monde tel qu'il va, du libéralisme, du capitalisme financier, ce genre de choses. Je voudrais savoir de quelle manière quelqu'un comme vous, ancien patron, une sorte d'expert, perçoit les choses. Je suis assez désorienté pour vous dire la vérité. – Alors je vous en prie, asseyez-vous,* me dit-il en désignant une chaise en face de lui. – *Merci, merci beaucoup, j'en ai pour dix minutes.* Je m'assois. J'ai laissé derrière moi mes trois tables encombrées de documentation et devrai donc me retourner à intervalles réguliers pour surveiller mon Pléiade Mallarmé, les piles de livres et mes carnets. Il fait doux, l'atmosphère est légèrement brumeuse et doucement féerique. Les lustres de l'esplanade s'entourent chacun d'un halo d'humidité qui semble en atténuer les éclats. Un grand nombre de personnes s'écoulent du carrosse coloré de Jean-Michel Othoniel et s'éparpillent sur l'esplanade, se dirigent vers le théâtre, hésitent, attendent, regardent, s'orientent vers la terrasse du Nemours où j'interroge avec timidité une autorité incontestée du monde de l'entreprise. J'ai envie de lui parler de mon bien-être en ce mois de décembre curieusement réchauffé, aussi doux qu'un quatre octobre. J'ai envie de lui parler des vertus protectrices de l'automne, si précieuses en ces temps de précarité. Les actionnaires des entreprises mondialisées nous menacent ? L'automne nous console, abrite nos inquié-

tudes, les minimise. *C'est incroyable cette température*, me déclare Louis Schweitzer, qui a donc deviné mes pensées. *En terrasse du Nemours début décembre : qui l'eût cru ? – En effet. Le seul bénéfice inestimable du réchauffement climatique, quand celui-ci aura fait prendre cinq degrés aux températures que nous connaissons, c'est que l'automne sera considéré à l'unanimité, enfin, comme la saison idéale. Imaginez la perfection du mois d'octobre quand il fera vingt degrés ! – Vous vouliez me parler du capitalisme financier ? – C'est en effet sur ce sujet que je voulais vous questionner. Quelle est l'issue ? Comment va-t-on s'en sortir ? L'idée fixe des actionnaires, des financiers et des fonds d'investissement est devenue le profit, au détriment du bien public, de l'intérêt général, du facteur humain, de la question sociale. Les dégâts occasionnés par cette logique sont considérables. Et sont perçus comme secondaires, anecdotiques, par ceux-là mêmes qui les produisent. La question de l'intérêt général est désormais totalement subordonnée au rendement du capital. Il fut un temps me semble-t-il où les patrons, dans le schéma marxiste traditionnel, étaient dans la même barque que ceux qui les servaient. Au moins les rapports de force étaient clairs, l'ennemi déclaré du prolétariat était identifié, incarné…*
– N'idéalisons pas le passé, m'interrompt Louis Schweitzer avec douceur. *Quand je vois l'histoire de Renault, quand d'une manière générale on s'intéresse à l'histoire des entreprises, ce n'était ni la joie, ni la gloire, ni la liberté, ni les bonnes conditions de travail.*
– Je suis bien placé pour le savoir. Mon père s'est toujours confronté à l'entreprise comme à quelque chose d'assez hostile. – Voilà, vous voyez, me dit-il. *En revanche il existait deux différences majeures avec*

aujourd'hui. Première différence, croissance forte et zéro chômage. Cela veut dire que le rapport de force entre salariés et employeurs, car il s'agit toujours d'un rapport de force, était en faveur des premiers. Quand vous manquez d'ouvriers vous vous préoccupez de les satisfaire et de susciter des vocations. Nous sommes aujourd'hui dans un rapport de force absolument inversé. Le second point c'est que nous étions dans un système plus étatique et moins actionnarial. Il est clair que l'État fixait des règles et s'imposait comme un tuteur. Le système étatique est un système démocratique où un homme vaut une voix : l'entreprise ce n'est pas ça. Dans ce rapport de force vous aviez quelque chose qui jouait en faveur des salariés, quelque chose qui jouait en faveur de la société – l'État et ses représentations – et quelque chose qui jouait en faveur des actionnaires – le droit de propriété. Ce dernier pouvoir s'est beaucoup renforcé. Les deux autres ont diminué, celui des salariés en raison du chômage et celui des États en raison de l'économie mondialisée. Louis Schweitzer n'a pas bu une seule goutte de son jus d'abricot. À chaque fois qu'il s'apprête à y tremper ses lèvres une relance de son discours les en écarte. *Donc on a un débat théorique, que vous connaissez sûrement, entre stake holder society, la société des partenaires, et share holder society, la société des actionnaires. Moi je suis partisan du stake holder mais la réalité c'est le share holder.* J'interromps Louis Schweitzer et lui demande d'expliciter la notion de stake holder society. *Stake holder cela veut dire que les décideurs sont ceux qui détiennent un intérêt, les actionnaires, les clients, les salariés, la société en général. Dès lors le rôle du dirigeant est de satisfaire ces quatre parties prenantes. On pourrait traduire*

519

stake holder par partie prenante. *La prospérité de Renault dépend de ses clients, de ses salariés, de ses actionnaires, de la société en général. Dans le droit français l'entreprise est une entité en soi : une communauté avec des finalités qui lui sont propres. La responsabilité du dirigeant est de faire prospérer l'entreprise en prenant en compte les intérêts de ces quatre partenaires. Dans le droit anglo-saxon, en revanche, l'entreprise n'est pas une entité en soi : c'est de l'argent qui a été confié par des actionnaires pour le faire fructifier. Si pour le faire fructifier il faut faire plaisir aux salariés, très bien, si pour le faire fructifier il faut faire plaisir aux clients, très bien, mais on voit bien qu'il n'y a plus d'entreprise en soi : il y a à faire fructifier l'argent des actionnaires. La responsabilité du management c'est d'obtenir la meilleure valeur pour les actionnaires. Dans le cas d'une OPA le seul truc qui intéresse les actionnaires c'est une plus-value. POINT. Dans l'ancien système français le patron jouissait d'une totale autonomie vis-à-vis des actionnaires : il faisait son arbitrage. Le côté négatif : s'il était nul il n'était pas viré. Le côté sympathique : s'il était bon il pouvait tenir un équilibre entre les différents partenaires. Les actionnaires le soutenaient dans la mesure où il gérait efficacement son entreprise. Aujourd'hui ils le soutiennent jusqu'au moment où quelqu'un d'autre leur offre davantage d'argent. C'est leur seul objectif !*
— C'est sur ce sujet précis que je voulais obtenir vos lumières ! dis-je à Louis Schweitzer. — *Que vous soyez un fonds d'investissement français, britannique, américain, le métier du gestionnaire c'est de gagner le plus d'argent possible : point. Donc on a complètement changé l'équilibre des forces.* — Et ? Donc ? Alors ? je demande à Louis Schweitzer. — *Bon ! Moi je suis*

convaincu que si on gère une entreprise dans la durée... il se trouve que j'ai été patron de Renault pendant pas mal d'années... il y a une convergence entre éthique et efficacité. Pour prendre un exemple idiot, si je fais des voitures de mauvaise qualité j'économise à terme mais les clients finiront par se dire : « C'est des voitures de merde. » Si vous roulez les clients vous les perdez. Si vous traitez les salariés comme des objets jetables ils seront moins motivés. Les effets peuvent se révéler désastreux à moyen terme pour la valeur de l'entreprise. Sur le court terme vous pouvez cacher l'éthique sous la couverture... en revanche sur le long terme l'éthique est la condition de l'efficacité. Le problème c'est qu'aujourd'hui c'est le court terme qui domine. – L'objectif des actionnaires est d'obtenir le meilleur rendement possible à court terme. Donc ce discours-là n'a aucune prise sur eux. Il m'approuve d'un trait de voix mais ajoute : *C'est un peu plus subtil. – Dès lors qu'il perd de vue le long terme, le libéralisme peut entraîner des conséquences calamiteuses... – Oui, dont acte, vous avez raison, on peut faire cette analyse et je la crois juste,* me répond Louis Schweitzer. *À partir de là quelles conséquences peut-on tirer ? – C'est précisément ma question. – Dans ce système, face à une entreprise, l'État est dépourvu de moyens d'action. J'ai inventé un proverbe qui dit : « On ne peut pas battre un chien qu'on ne tient pas en laisse. » C'est la position des gouvernements. – Tout à fait. Impuissance totale. – Alors, ne soyons pas entièrement noirs... – Je me suis permis de vous importuner pour trouver un peu de lumière... – Il n'est pas sûr que je vous la donne. Imaginez que vous soyez un investisseur dans un fonds de pension. L'expérience prouve que vous aurez du mal à prévoir le court terme.*

Paradoxalement il est plus facile de prévoir le long terme que le court terme. Parce qu'à long terme vous voyez se dégager des tendances, en Bourse, dans la société… alors que le court terme est par nature imprévisible. Le long terme se prévoit mieux parce qu'il obéit à des facteurs plus rationnels, moins accidentels que le court terme. – Sauf que ça rapporte moins. Ce qui est savoureux c'est que les traders, pour s'enrichir, ils ont besoin d'accidents, d'instabilité, d'inflexions imprévisibles… C'est la découverte la plus étonnante que j'aie faite. Il n'y a rien qu'ils apprécient plus que les retournements brutaux. – Certes je ne crois pas qu'un investisseur sur le long terme résiste à une OPA qui lui rapporte une prime de 30 % : bien sûr il dit oui… En revanche si vous gérez des fonds qui doivent augmenter sur cinq, dix, quinze, vingt ans, vous allez vous demander : « Quelle est l'entreprise où j'ai le plus de chances que ceci se réalise ? » et vous allez vous dire : « C'est probablement l'entreprise qui a elle-même une vue long terme. » Une réputation de qualité, pour un produit quelconque, est un actif qui devrait prospérer. – Je suis d'accord avec vous. Mais vous conviendrez qu'on manque cruellement de contrepoids. Le problème c'est quand même l'absence totale de contrepouvoir ! – Tout à fait. Je le laisse boire du jus d'abricot. Discrètement j'avais touché son verre du bout des doigts pour vérifier s'il était encore frais. Il trempe ses lèvres dans le liquide mais les en retire dans l'instant. Je détecte sur ses traits une nuance de dégoût. *Il est devenu tiède…* je lui déclare. *– Pardon ? De quoi ? – Le jus d'abricot. Il est devenu tiède. Il faut absolument éviter de boire tiède le jus d'abricot. Souvenez-vous du début du* Maître et Marguerite, *peut-être l'un des plus beaux démarrages de roman. Quand ils sont*

dans un parc, à Moscou, dehors, comme nous, en ter-
rasse, on leur sert un jus d'abricot qui est tiède. – Et
alors ? Que se passe-t-il ? – Des conséquences diverses
difficilement prévisibles. – Par exemple ? – D'abord
une odeur de salon de coiffure se répand dans l'atmo-
sphère. Ensuite ils se mettent à avoir le hoquet. Le
hoquet le plus sublime de toute l'histoire de la litté-
rature. Vous voulez boire autre chose ? – Volontiers.
Je vais prendre un Perrier. – Rondelle ? – Rondelle.
– Très bonne idée. Moi un verre de vin blanc. J'appelle
mon ami le serveur du Nemours et lui demande un
Perrier rondelle et un verre de vin blanc, *Comme*
l'autre jour, le sauvignon, qu'il nous apportera
quelques minutes plus tard. *C'est vrai que l'intérêt de*
la plupart des entreprises serait que le pouvoir d'achat
des classes moyennes augmente, reprend Louis
Schweitzer. *Par conséquent il faudrait distribuer une*
partie des bénéfices aux salariés. Mais si, dirigeant
d'entreprise, je prends cette décision tout seul ! Si mes
concurrents ne le font pas ! J'augmente mes coûts et ce
sont ces derniers qui en profitent ! Si je suis vertueux
pour la collectivité c'est bien… mais je serai comme le
militaire qui charge en tête de ses troupes… je serai
tué et les types derrière moi en profiteront ! – Bien sûr.
– Oui. Bien sûr. Et… donc… aujourd'hui… me dit-il
avec malice, un sourire sur les lèvres, *c'est pas facile…*
C'est pas facile… répète-t-il. *– Le problème c'est donc*
l'absence totale de contrepoids. Évidemment, comme
les flux financiers ne connaissent pas de frontières, la
solution ne peut être que mondiale. On pourrait espé-
rer un embrasement intellectuel à l'échelle planétaire,
une pression exercée par un réseau d'intellectuels
de tous pays pour imposer des règles. Utopie mer-
veilleuse, défendue par certains, à laquelle on a du

mal à croire. – *La probabilité est faible.* – *Cela veut dire qu'il n'y a pas d'issue. On doit se préparer à un monde conduit par le désir d'enrichissement.* – *Probablement*, me répond-il avec prudence. – *En fait, ça va vous paraître un peu étrange ce que je vais vous dire… mais cet automne j'ai fait une découverte fondamentale qui a changé mon regard sur le monde. J'ai toujours su qu'il y avait des gens qui se levaient le matin pour gagner de l'argent. Mais là j'ai rencontré des gens, on m'a parlé de gens dont l'unique objectif est de gagner de l'argent, de plus en plus d'argent… d'une manière obsessionnelle, proprement névrotique… une idée fixe dévastatrice… et qui même ne peuvent concevoir…* – *Qu'on vive pour autre chose…* enchaîne Louis Schweitzer. Il me sourit. Il approuve ma confession par un sourire d'une grande douceur. – *Exactement. J'ai éprouvé un vrai vertige.* – *On se comprend très bien*, m'interrompt Louis Schweitzer. *On se comprend très bien…* – *Ce n'est pas gagner beaucoup d'argent qu'ils veulent… C'est au-delà de ça…* – *Pour moi ç'a été une découverte comme pour vous*, enchaîne-t-il. *J'ai éprouvé exactement la même chose.* – *Par conséquent, si je peux me permettre un commentaire qui va peut-être vous choquer, et qui est sans doute un peu… excessif… mais qui résume assez bien la sensation que j'ai pu éprouver en lisant un certain nombre de livres et d'articles sur le sujet…* Je suis un peu gêné, intimidé, affolé par les phrases que je m'apprête à lui dire. Louis Schweitzer me considère avec la plus grande attention. *Je me dis que ces gens se comportent comme des délinquants. Il m'est même arrivé de me dire, en lisant la description de certains cas, qu'on avait affaire à des gens qui se comportent vis-à-vis de l'argent comme certains psychopathes vis-à-vis du sexe, je pense natu-*

524

rellement aux violeurs. C'est-à-dire l'idée fixe... assou-
vir un désir impérieux, plus important que tout, coûte
que coûte... en l'occurrence gagner le plus d'argent
possible... en ne tenant aucun compte des dégâts, des
dommages, des destructions occasionnés. Se comporter
aveuglément. N'avoir pour objectif que d'assouvir un
besoin personnel au détriment du collectif. Casser sans
états d'âme des outils de production pour augmenter
sa fortune. Aborder une femme dans la rue et l'entraî-
ner dans un jardin public, la déshabiller de force,
déchirer ses vêtements, dans le seul but d'assouvir la
pulsion qu'elle a créée. La seule différence c'est que le
viol est interdit par la loi. Mais d'un point de vue
moral, humaniste, pour moi c'est un peu la même
chose. Louis Schweitzer me regarde bizarrement. Son
visage s'est contracté. L'ai-je offusqué par mes propos
délibérément subversifs ? Il est imprudent de se laisser
aborder par n'importe qui à la terrasse d'un café.
D'ailleurs il faudrait se renseigner pour savoir à quelle
époque de notre histoire le viol a été considéré comme
un sévice. Je suis certain qu'il fut un temps où c'était
autorisé, comme les excès du capitalisme financier
aujourd'hui... Je bois une longue gorgée de vin blanc.
Je me dispense de révéler à Louis Schweitzer le titre du
premier chapitre du *Maître et Marguerite* : « Il ne faut
pas parler à des inconnus ». *Est-ce qu'il n'y a pas, dans*
cette façon d'envisager le monde, quelque chose
d'incroyablement violent ? Louis Schweitzer me
regarde avec indulgence. – *Vous avez raison. Incroya-*
blement violent : indiscutablement. Le code anglo-
saxon, unidimensionnel, qui s'oppose au code français,
pluridimensionnel, est devenu la norme : l'argent est la
mesure de toute chose. L'argent n'a pas seulement
pour objet de vous permettre de dépenser : c'est la

mesure de toute chose. C'est aussi un pur rapport de force. Quand vous vivez d'une manière unidimensionnelle dans un monde devenu unidimensionnel, les dégâts collatéraux sont terrifiants. La force physique, autrefois, était la mesure de toute chose. C'est de cette façon que se sont engagées les relations hommes/ femmes : nous en payons encore les conséquences. – Alors que faire ? Que pouvons-nous envisager ? – Un rééquilibrage. Puis : *Mais ce qui manque, pour revenir à l'utopie évoquée tout à l'heure, c'est un cadre politique. Au niveau mondial il n'y en a pas. – Non. Il n'y en a pas. – Cette situation sera-t-elle vécue à un moment donné comme tellement insupportable qu'il apparaîtra un cadre politique ? Je le pense. – Vous le pensez ? – Je le pense. – Mais qui viendrait d'où ?* Longue réflexion de Louis Schweitzer. – *Je pense d'une forme de révolte. – D'une forme de révolte ? Qu'est-ce que vous entendez par là ?* Longue réflexion de Louis Schweitzer. – *Deux choses. Une forme de révolte... de pression sociale... au sein de nos pays. Et également un rééquilibrage qui viendrait des nouveaux pays. Car, au fond, les pays du tiers-monde sont vécus comme des territoires d'expansion. Vous allez là-bas pour trouver des clients et une main-d'œuvre bon marché. C'est perçu comme quelque chose de merveilleux qui étend le champ des entreprises et des spéculateurs. Quoi qu'on en pense, quand M. Mittal rachète Arcelor, quand M. Tata rachète Corus, quand la Chine devient une puissance politique majeure, on s'aperçoit que ces territoires d'expansion sont aussi des concurrents : ce sont des gens qui ont une capacité de pouvoir, sur le plan économique mais aussi sur le plan politique. Et cela peut créer des contrepoids... – Pourtant ils s'inscrivent également dans la logique capitaliste. Les Indiens qui s'enrichissent adoptent le même comportement. – Je ne sais pas... À partir d'un jeu où les gagnants étaient à peu près définis, on est passé à un jeu où s'introduit l'aléa. C'est un aléa non connu, non mesuré.* Louis Schweitzer porte le verre de Perrier, qui est frais, à ses lèvres. *Est-il envisageable qu'une minorité d'individus, au sein de pays qui constituent une minorité, l'Occident libéral, continuent indéfiniment à définir l'ensemble des règles ? Cela n'est pas durable évidemment. La révolte elle peut venir de la Chine comme de l'Inde. – Vous pensez que les populations pourraient se soulever ? – Je le crois. Ou chez nous. Tout du moins exercer une pression.* Long silence de Louis Schweitzer. Je regarde attentivement son visage. *Vous aviez un système théorisé par Marx et qui s'est traduit... je ne parle pas de ce qui s'est passé en Russie... une théorie de la lutte des classes qui a abouti à un système de crise qui a lui-même entraîné, à partir des années trente jusqu'à la fin des Trente Glorieuses, une montée de la social-démocratie, en Europe et aux États-Unis. Cette social-démocratie a entraîné l'aspiration générale à entrer dans les classes moyennes. C'était donc un nouvel équilibre. La mondialisation a cassé, d'une certaine façon, les bases de cette social-démocratie. – En quoi une révolte de la population indienne, par exemple, pourrait-elle influer sur le cours des choses ? – Le flux financier découvrira qu'il ne peut plus espérer des rendements aussi élevés... il découvrira que les rapports de force ne sont plus les mêmes. Les ambitions du mécanisme financier seront contraintes et limitées... Vous n'aurez plus un réservoir indéfini de main-d'œuvre, pour prendre un exemple concret, et vous serez amené à rechercher un compromis social. – Vous serez amené à rechercher un compromis social. Voilà une très belle phrase. – C'est l'idée de base. Ce n'était pas la générosité des dirigeants qui faisait que dans les Trente Glorieuses les salaires montaient aussi vite que les profits. – Naturellement. – C'est un rapport de force. Il faut retrouver un équilibre des forces. – Mais ce désir éperdu de profit, quelles que puissent être les conséquences, je ne sais pas de quand ça date... il me semble qu'il s'est produit une fissure dans l'humain... – Ça a toujours existé*, me coupe-t-il. *C'était plus présent aux États-Unis qu'en Europe mais ça a toujours existé. – On n'a pas basculé, depuis dix ans, dans quelque chose de radical ?* [Il fait non de la tête.] *En tout cas le système actuel a rendu possible, peut-être pour la première fois avec une telle ampleur, quelque chose qui était déjà... Ce que je veux dire c'est que la façon dont cela fonctionne aujourd'hui permet de laisser libre cours... – Tout à fait. Aucun contre-pouvoir. Donc aucun équilibre. Et mon point c'est que ce contre-pouvoir peut venir, soit d'une révolte dans les pays occidentaux, d'une majorité qui dit « On en a ras la frange », soit de mouvements venus des autres pays, qui peuvent dire « Ce partage des choses est insupportable. » – Il m'arrive de me dire que seule la terreur pourrait conduire les acteurs du monde de la finance à rechercher ce compromis dont vous parlez. – Peut-être pas la terreur mais en tout cas la peur. La terreur ça a un sens historique bien marqué. La peur. Oui bien sûr. La réponse est oui. – Je vous parle de ça car un trader que j'ai rencontré m'a parlé de la peur.* Et je raconte à Louis Schweitzer ce que m'a dit David Pinkus en confectionnant son omelette aux champignons : qu'il n'avait pas envie de devoir s'installer dans un condominium et de se déplacer entouré de gardes du corps. Il avait peur que ça finisse par s'ébruiter qu'il gagnait chaque année dix millions de dollars avec sa femme. Et je conclus : *C'est bizarre mais j'ai senti que la seule chose qui pourrait l'arrêter c'est la peur. – Oui, oui, je suis d'accord*, me répond Louis Schweitzer. *Hier j'ai rencontré un homme qui avait fait fortune avec son entreprise et qui venait de la revendre. Je lui ai demandé pourquoi. Il m'a répondu : « Mon entreprise commençait à être connue. Le fait que j'étais très riche commençait à être connu. Et j'ai eu peur pour mes enfants d'un kidnapping. » Cela rejoint votre histoire. – Oui. Tout à fait. Et...* Il m'interrompt : *Si la peur est un gros moteur la réponse est oui. – Ce qui me fait frémir, c'est de me dire que finalement la seule façon de maîtriser les choses, ce serait d'instiller la peur. Le système est ainsi fait, sourd, aveugle, égoïste, destruc-teur, que d'une certaine manière il accule les popula-tions exaspérées à cette seule extrémité. C'est ce corollaire-là que le système fabrique, haïssable certes, en piétinant l'intérêt général. – Oui. Bien sûr. Prenons un exemple qui n'a rien à voir avec le social. C'est l'environnement et le réchauffement climatique. Nous savons tous depuis longtemps que ces problèmes sont importants. Qu'est-ce qui fait qu'on commence à les prendre au sérieux ? C'est qu'il y a une peur visible qui s'installe. Une peur diffuse, qui n'a pas de point de fixation, n'a aucune effectivité, efficacité. En ce moment on s'aperçoit que cette peur, c'est-à-dire le risque, prend corps. Il n'est plus abstrait : il devient concret. Et donc ça fait... ça change quelque chose... je crois que vous avez raison. – Eh bien c'est terrifiant qu'on doive en arriver là. – Non. Ça fait partie de la vie. On va prendre un autre exemple. Vous lisez toute la littérature jusqu'à la guerre de 14. L'éloge de la guerre y est présent de façon fréquente et régulière. Il a fallu 14-18, et d'une certaine façon 39-45, pour que l'idée que la guerre n'était pas une bonne chose s'installe. Jusque-là les valeurs de la guerre comme facteur d'épanouissement de l'homme, tous ces machins-là étaient extraordinairement présents. – Ce que vous voulez dire c'est que cela... – Ce que je veux dire c'est simplement que la peur, ou la crise, est un facteur de progrès. Il y a des démonstrations historiques dans différents domaines. Et ceci n'a pas de raison de ne pas se produire dans le domaine dont nous parlons en ce moment.* Je le regarde avec énormément d'intérêt. Je suis troublé de découvrir chez cet homme la confirmation de mes intuitions. *Voilà, c'est pour ça qu'il faut être optimiste!* conclut-il avec un grand sourire en s'emparant de l'addition posée sur une soucoupe. *– Vous pensez donc qu'il faudrait qu'ils aient peur. – Je pense que c'est un facteur d'équilibrage, oui. Parce que ça montre les limites d'un système. La peur c'est au fond la découverte des limites d'un système.* Nous nous regardons en silence de longues secondes. *– Eh bien je vais vous laisser. Si vous me donnez votre carte je vous enverrai* Le Maître et Marguerite. *– Je l'ai déjà lu. J'avais oublié l'anecdote du tout début... le hoquet sublime au jus d'abricot... mais je vais le relire dès demain.* Nous nous serrons la main. Je m'éloigne et rejoins mes trois tables.

J'ai croisé ma voisine du quatrième dans le hall de l'immeuble, chargée de sacs plastique dont les anses réunies lui cisaillaient les phalanges. Des goulots capsulés dépassaient des orifices. Des cartonnages donnaient des formes rectangulaires aux panses ventrues qui cognaient ses rotules. Ses cheveux bruns d'ordinaire disciplinés libéraient de toute contrainte, épingles et peignes, un certain nombre de mèches gracieuses qui incisaient son visage. Je m'approche de la porte des interphones : *Ceci me semble très lourd. Laissez-moi vous aider. – Ce n'est pas nécessaire. Ils ne sont pas si lourds. Merci infiniment.* Elle cherchait ses clés dans les ténèbres d'un sac à main suspendu à son bras, lequel, alourdi par une grappe de sacs plastique, s'inclinait vers le sol. *– Au contraire. Ces sacs m'ont l'air très lourds. Ils m'ont l'air de vous faire mal aux doigts. Laissez-moi les transporter pour vous.* J'observe dans son comportement les signes d'un trouble indubitable. Elle prend soin d'éviter mes regards (d'éviter mon visage) en détournant les siens (regards et visage) vers les entrailles du sac à main. C'est une main maladroite, gantée de noir, gantée d'indécision, qui introduit dans la serrure une petite clé éclatante. Elle pousse la porte vitrée du genou (mais ma main qui intervient accompagne cet effort compliqué) et se glisse dans le hall. L'audace que je retire ordinairement des mois d'automne me permet d'ignorer sa froideur. Je me poste à côté d'elle devant les portes de l'ascenseur en dépit des phrases tronquées qu'elle multiplie qui déclinent l'assistance que je lui offre. Elle ne se résout pas à tourner vers moi son visage et considère avec fébrilité les clignotements de la pastille. Je regarde l'arête luisante de son profil, ses cils qui battent, ses narines qui palpitent, le promontoire de son menton, l'entremêlement de ses sourcils, ses lèvres dont le relief laisse échapper le souffle irrégulier d'un long silence embarrassé. Son œil est comme une bille liquide, aquatique, de couleur verte. La pastille d'appel ne cesse de clignoter. Ma voisine du quatrième la presse à nouveau d'un doigt ganté. Je la sens qui résiste de toutes ses forces à l'empire que ma présence exerce sur elle. Je sens qu'elle cède de l'intérieur à son insu aux radiations du sortilège automnal. Moi : *Il est lent cet ascenseur. Il est toujours aussi lent ?* Essoufflée. Je la sens essoufflée. C'est quelque chose de tangible qui palpite dans sa présence : *je sais qu'elle va céder.* Elle tourne d'ailleurs vers moi son visage lumineux : nous nous regardons dans les yeux plusieurs secondes. Pour la première fois depuis qu'elle m'a parlé, début septembre, de son ami scientifique, ma voisine du quatrième s'est laissé capturer, s'expose à l'insistance de mon regard. Je vois le sien se modifier substantiellement, s'assouplir, s'attendrir, s'approfondir, s'humidifier, devenir transtemporel. C'est quelque chose comme un long défilement ambigu, complexe, paradoxal, anachronique à lui-même. Je tends mes mains vers les siennes et lui intime silencieusement, les yeux dans les yeux, de me transmettre ses sacs plastique. Ma voisine du quatrième s'exécute et se déleste du lourd bagage alimentaire qui l'encombrait, à la suite de quoi, légère, redevenue le papillon occasionnel que je connais (mais à présent à mon service : cette occurrence m'enchante), elle m'ouvre la porte de l'ascenseur avec un regard reconnaissant. Le regard est quelque chose de merveilleux : un miracle inexplicable. Car se lisaient dans le sien, précisément césurées, et la reconnaissance qu'induisait ma courtoisie : *reconnaissance ordinaire*, et la reconnaissance qu'induisait cet échange : *reconnaissance essentielle. Je vous en prie*, me dit-elle en retenant la porte de l'ascenseur. Une inflexion du temps, de l'espace, de son intimité, de sa réalité chronologique – vient de transfigurer ma voisine du quatrième. Elle a ouvert de la même manière la porte de son appartement et pour la première fois je m'introduis chez elle, guidé vers la cuisine par sa silhouette qui me devance. Je dépose les sacs plastique sur un guéridon où se trouve une tasse de thé du même brun clair qu'une flaque de terre en forêt. Je regarde autour de moi : coupures de presse scotchées aux murs, placards suspendus, bocaux, bouquets aromatiques, coupelles de fruits, lustre rouge en dentelle de cristal d'où pendent par des cordons de soie un nombre incalculable de cartes postales, de photographies, de billets manuscrits, de cartes de vœux, multitude inanimée, corolle florale complexe qui atténue la lumière des ampoules. Ma voisine du quatrième se défait de son manteau et se révèle à moi dans un tailleur précisément cintré, sanglé d'une large ceinture, qui prolonge l'arithmétique de ses souliers à hauts talons. Elle a gardé ses gants et d'un sourire indéfinissable elle m'invite à la suivre au salon. Elle prend place dans un fauteuil et me désigne d'une main le canapé qui lui fait face. Une table basse en verre. Beaucoup de livres. Peu de tableaux. Des murs blancs sans ornements. Un miroir rond en plexiglas. Des alignements de photographies sur la bibliothèque, sur la cheminée, sur le plateau d'un long buffet contemporain, certaines dans des cadres, la plupart posées telles quelles contre les livres, contre les murs, contre des vases ou des statues. Fassbinder sur l'une d'elles. Je cherche Pasolini sans le trouver. Je localise des femmes sublimes, sublimes mais familières, advenues, souriantes, photographiées lors de fêtes, de dîners, de conversations amicales. Des lèvres rouges. Des lèvres rouges en noir et blanc. Un mélange d'extravagance et de simplicité. Des bijoux, des robes de concert, des tuniques de paysanne, des cheveux libres, sans coiffure, qui dissimulent une partie du visage. À en juger par les vêtements, par les regards et les sourires de ces jeunes femmes, ces images sont anciennes. Des sourires et des regards d'un autre temps, qui n'existent plus. On sent qu'un autre esprit que celui d'aujourd'hui les traverse, révolu, utopique, dont je comprends qu'il puisse nourrir une nostalgie inguérissable. *Des amis, mes amis*, me dit d'ailleurs ma voisine du quatrième. *Des amis proches dont la plupart n'existent plus.* Je reporte mon regard sur son visage et lui souris d'un sourire d'aujourd'hui. *Vous gardez votre manteau ?* me demande-t-elle. – *Pour le moment. Et vous vos gants ?* Elle me sourit. – *Pour le moment. Vous voulez boire quelque chose ? – Une autre fois. Je suis pressé ce soir. J'ai bien peur que l'on m'attende.* Son regard me murmure un tant pis romanesque. Elle se tient victorieuse au bord de son fauteuil, digne et reine, les jambes jointes, inclinées sur le côté, ses mains gantées posées sur ses genoux. Elle est étrange cette présence scrupuleusement gantée. *Ses gants scintillants d'étrangleuse*, m'étais-je dit début septembre le jour où j'avais frappé à sa porte. *Ma nietzschéenne voisine du quatrième*, m'étais-je dit également ce jour-là. Je suis surpris qu'elle laisse ainsi sans y intervenir sa coiffure en désordre, folle de griffures, folle de virgules qui lui animent le front et les oreilles. *C'est très joli chez vous. J'aime beaucoup l'atmosphère de cet appartement.* Elle fait grincer ses gants sur ses genoux. Je localise sur la bibliothèque une photographie où une jeune femme vêtue d'une ample robe, inclinée en avant, dressée sur une seule jambe, est retenue par un jeune homme qui lui fait face. Figure toute de douceur, de tension, de don de soi. Elle se tient sur la pointe de son pied. Sa jambe

534

gauche est rejetée amplement derrière elle. Je me lève du canapé et me rapproche des rayonnages. *Mais c'est vous !* dis-je alors à ma voisine du quatrième. *Mais c'est vous sur cette photographie !* Ça alors, quelle coïncidence, c'est incroyable… Je me retourne et ma voisine du quatrième, qui se tenait de dos sur son fauteuil, se retourne également : *Où, quoi, laquelle ? – Celle-ci, la danseuse, la jeune femme tendue en avant. – Mais vous êtes fou. Ce n'est pas moi du tout. – Mais bien sûr que c'est vous. Et le jeune homme qui vous retient : c'est Pasolini. Je reconnais Pasolini.* Ma voisine du quatrième éclate de rire et s'interrompt brusquement : comme si quelqu'un en avait coupé le son d'un coup sec. *– Ce n'est pas moi. Et ce n'est pas Pasolini non plus. C'est Cyd Charisse et Gene Kelly naturellement.* Je regarde ma voisine du quatrième avec incrédulité. Je suis sûr qu'il s'agit d'une reconstitution théâtrale. Je suis certain qu'il s'agit de ma voisine du quatrième et de Pasolini. *– Je suis quand même capable de vous distinguer de Cyd Charisse ! Et Gene Kelly de Pasolini !* Je prends l'image entre mes mains et l'examine attentivement. Mon visage qui s'y reflète se surimprime à la figure de proue de ma voisine du quatrième retenue en équilibre par la seule présence irradiante de Pasolini. Une impression étrange, suave, commence à m'envahir. Une impression dont j'ai le sentiment qu'elle élucide la fascination que *Brigadoon* exerce sur moi depuis l'adolescence. Car je me dis que je connais depuis toujours la même douleur diffuse que celle de Tommy Albright, la tristesse de l'irrévocable, la douleur de l'irréversible, la nostalgie qui s'attache à un événement qui a eu lieu et dont on possède la certitude assassine qu'il ne reviendra plus. À cette différence près que cet événement ne s'est jamais produit :

la matière constitutive de mon imaginaire se trouve être la nostalgie d'un événement qui n'a jamais eu lieu : *se trouve être la nostalgie d'un événement dont je voudrais qu'il ait lieu*. Je suis précisément dans le même état mental que Tommy Albright ou que Geo dans *Le Trou* quand il retourne dans sa cellule. Ce n'est pas exactement une attente (je n'attends rien), ce n'est pas exactement un espoir (je n'espère rien), ce n'est pas exactement un désir (je ne désire rien), c'est une sorte de trou, de béance, de perforation, de souffrance latente, d'état diffus d'insatisfaction. Mais sans regard. Mais sans image. Mais sans vision. Mais sans mémoire. Juste une alarme. Juste une sensation. Quelque chose de suspendu qui essaie de se souvenir, en souffrant, en sinuant dans mon imaginaire, de ce qui va avoir lieu. Je me rapproche de ma voisine du quatrième et lui tends la photographie encadrée : *Où avez-vous vu qu'on trouve des palmiers en Écosse ?* Je pointe mon doigt sur la vitre (nos regards contigus s'y reflètent : j'ai disposé mon visage tout près du sien : je commence à avoir envie d'elle) à l'endroit où surgit la silhouette d'un palmier. Le paysage est d'une nature aussi désertique que celui de Brigadoon, rocailleux, presque violet, mais trahi dans son essence méridionale par la présence de cet indice irréfutable. *J'en conclus que c'est vous, ma chère voisine, aussi sublime alors que Cyd Charisse, accompagnée du grand Pasolini, qui rejouez cette scène de* Brigadoon *quelque part en Italie. C'était quand ? Pour quelle raison ?* Brigadoon *est le film majeur de mon imaginaire. – Je le sais*, me répond-elle en jetant la photographie sur les coussins du canapé. Je m'écarte légèrement de son visage : *Vous le savez ? Vous savez que* Brigadoon *est le film majeur de mon imaginaire ?* Elle acquiesce du regard. *Et comment le savez-vous ? Comment le savez-vous ! Il me semble ne l'avoir jamais divulgué !* Ma voisine du quatrième se résout à ordonner sa chevelure : elle en retire du fer et de l'ivoire (outils de chirurgie qu'elle dépose sur sa jupe) et rassemble ses épais cheveux bruns dans le cuir de ses doigts. Je me lève et m'assois en face d'elle sur le canapé à côté de la photographie encadrée. *En tout cas c'est une troublante coïncidence. Trouver ici une scène de* Brigadoon *interprétée par vous et par Pasolini... c'est une coïncidence à peine croyable...* Ma voisine du quatrième plante dans son crâne les épingles et les peignes en ivoire : *Je ne vous le fais pas dire.* Voix tremblante et affectée. Je ramasse sur les coussins la photographie encadrée et l'observe à nouveau. – *Pasolini lui aussi aimait ce film ?* Silence dans le salon. J'entends crisser les gants. Un autobus passe dans la rue. – *Et savez-vous devant quel livre elle se trouvait ? – Je n'en ai pas la moindre idée. – C'est une nouvelle coïncidence ? – Vous allez sans doute me le dire. – Devant la lettre S. – Mais encore. – Sénèque.* Médée. *La* Médée *de Sénèque. – Où en êtes-vous de vos contacts avec mon ami... mon ami le Pr Delcaretto ? – On m'a écrit. Les principaux détails de l'organisation ont été évoqués.* Puis : *Qui est la dénommée Marie-Odile Bussy-Rabutin ? Elle prétend qu'elle vous connaît.* Ma voisine du quatrième retire ses gants avec lenteur. Elle effectue de sèches tractions sur chacun des dix doigts (dont le dessin de cuir s'amollit) et je me dis qu'elle étrangle à mains nues : elle va anéantir à mains nues l'embarras où elle se trouve. *Vous la connaissez ? C'est une amie à vous ? – Je la connais un peu depuis longtemps. Mais ce n'est pas une amie. – C'est qui exactement ? Qu'est-ce qu'elle fait ? – Un certain nombre de choses. Une femme assez insaisis-*

sable. – Je m'en suis rendu compte. Elle n'a même pas répondu à un long mail que je lui ai envoyé, dont le moins qu'on pouvait faire, compte tenu de sa sincérité, était d'en accuser réception. Ma voisine du quatrième est devenue d'une indulgence inhabituelle. Mes propos auraient pu l'irriter. Elle y oppose à l'inverse une douceur silencieuse. Son regard semble m'accueillir au plus profond d'elle-même. – *Revenez me voir. Revenez me voir dès que possible.* Elle se lève. Elle jette ses gants, de haut, sur la table basse : je les vois disposés sur le verre dans un geste approximatif de prière. – *Quand ? – Je pars demain en voyage pour quelques jours. Je reviendrai le 22. – C'est quel jour ? – Un mardi.* Je me lève à mon tour. *Mon avion atterrit à onze heures. – Vous venez d'où ? Vous partez où ?* Elle me précède vers le vestibule et ouvre la porte. *Venez me voir pour le thé. Vers seize heures. – Le 22 donc. – Merci pour les courses. Prenez soin de vous. Soyez prudent.* Je prends l'une de ses mains dans les miennes, *Prudent ?* lui dis-je, et y dépose un baiser qui déclenche un sourire sonore. – *Prudent,* me confirme-t-elle. Elle passe son autre main dans mes cheveux d'un geste léger puis ferme la porte derrière moi.

15

C'est en mars 1999, quelques semaines après les shorts d'Igitur sur Softbank, que Laurent Dahl la rencontra dans le TGV qui allait de Marseille Saint-Charles à Paris-Gare de Lyon. Il l'avait remarquée sur le quai, un billet à la main, qui cherchait son wagon. Il avait été saisi : elle était le miracle qu'il attendait depuis toujours, rousse, pulpeuse, le teint pâle, des yeux verts. Il l'avait regardée qui évoluait sur le quai. Un embrasement atmosphérique accompagnait son évolution dans la gare. Elle effectuait cette chose-là si ordinaire (s'orienter) (localiser son wagon) (plusieurs personnes se retournèrent sur son passage) d'une manière qui la distinguait radicalement du commun des mortels : avec une grâce d'impératrice. Laurent Dahl attendit qu'elle eût trouvé sa place (il le vérifia en regardant par les vitres) avant de s'infiltrer dans le wagon où elle s'était hissée et s'y choisir un emplacement avantageux. Il savait que ce train, un mercredi de mars en milieu d'après-midi, serait à moitié vide. Il affecta de rechercher son siège et prit place à côté d'elle de l'autre côté du couloir : ils se trouvaient séparés l'un de l'autre par la largeur de l'allée. Il tenta de la convaincre qu'il ne l'avait pas remarquée, emprunta les apparences d'un homme préoccupé, déplia le *New York Times* sur sa tablette et entreprit d'en parcourir les titres. Toutes les fois qu'il levait les yeux de son journal c'était pour regarder par sa vitre, à l'opposé de la jeune femme, Marseille qui défilait. Ce n'est qu'un peu plus tard, une fois le TGV lancé à pleine vitesse, qu'il osa poser sur elle cette hébétude qui consumait ses sens, jeter un œil sur son profil d'albâtre, sublime de pureté, d'une finesse inouïe. Elle lisait. Elle avait croisé les jambes. Un soulier à talon haut s'était introduit immobile dans l'espace du couloir sous les yeux de Laurent Dahl qui remarqua de petites taches de rousseur dispersées sur ses genoux : il adorait les petites taches de rousseur dispersées sur les genoux : événement corporel auquel il ne résistait pas. Comme il l'avait conjecturé le train était pratiquement vide : leur wagon l'était totalement : il n'y avait qu'eux. Laurent Dahl aurait donné dix ans pour obtenir la grâce d'un entretien : pas seulement quelques phrases mais une conversation véritable de quatre heures qui seraient les quatre premières des milliers d'heures qu'il vivrait par la suite avec elle. Comment s'y prendre ? Son existence tout entière suspendue à l'amorce d'un entretien ferroviaire. Il désirait éviter l'irréversible en s'attirant d'emblée par une phrase défectueuse qu'il aurait dite un refus catégorique : un sourire déterminé qui le congédierait condamnerait toute tentative ultérieure mieux inspirée, sauf à commettre l'impudence de s'insinuer auprès d'elle avec la détestable insistance du séducteur obstiné. *Contrôle des billets s'il vous plaît.* Le contrôleur de la SNCF poinçonna le billet de la jeune femme, *Merci bien, bon voyage*, puis se saisit de celui de Laurent Dahl : *Vous n'êtes pas dans la bonne voiture*, déclarat-il d'une voix sonore : *vous êtes voiture 7 et nous sommes là dans la voiture 12.* Le contrôleur jeta un œil fugace sur la jeune femme : *Par ailleurs vous étiez place 12 et là vous êtes place 36. Vous avez des problèmes avec les chiffres ? – Ah bon ? Je me suis trompé ? Je suis vraiment désolé.* Laurent Dahl regarda la jeune femme : elle le considérait fixement. – *Enfin bon le train est vide aucun problème*, rigola le contrôleur en poinçonnant son billet. *Je vous souhaite un excellent voyage monsieur !* et Laurent Dahl n'eut plus de doute : le fonctionnaire de la SNCF (après s'être assuré par ce coup d'œil sur l'inconnue qu'ils n'étaient pas ensemble) avait délibérément entrepris de le ridiculiser. Laurent Dahl avait rougi violemment : il glissa son billet dans la poche intérieure de sa veste en éprouvant les effets d'une dévastation intérieure sans équivalent. Il tourna la tête vers la jeune femme : qui lui sourit. Il voulut s'assurer que cette offense ne l'avait pas contrariée : elle lui sourit. Un sourire de quelle nature ? Difficile à qualifier. Un sourire qui lui disait l'étrangeté de la situation. Un sourire qui soulignait le caractère métaphysique de ce wagon totalement vide. Un sourire qui exprimait que quelque chose d'inhabituel avait commencé de se produire. Un sourire dont l'intention était de dissoudre dans l'instant la gêne malsaine qui venait de s'emparer de lui. Enfin un sourire qui désignait l'humour involontaire de la situation : Laurent Dahl n'avait pas anticipé, à mille lieues de ce romantisme un peu naïf qu'elle avait détecté, l'indiscrétion du contrôleur. Que répondre à ce sourire ? Quelle phrase adéquate accrocher à ce sourire ? Il n'en trouva aucune qui ne risquait d'en amoindrir la grâce : il se contenta de le lui rendre, de composer sur ses traits, d'instinct, transfiguré par le bonheur, un sourire d'une nature équivalente. *Vous étiez à Marseille ? Qu'est-ce que vous faisiez à Marseille ? Qu'est-ce que vous faites dans la vie ? Moi je suis dans la finance. Moi je travaille à Londres. Vous n'aimez pas Marseille ? Pourquoi vous n'aimez pas Marseille ? Je suis allé voir un investisseur libanais qui habite à Marseille. Vous êtes cantatrice ? Un family office si vous préférez. Vous ne connaissez pas cette expression family office ? Mais qu'est-ce que vous chantez ? Quel est votre répertoire ? Je suis propriétaire d'un hedge fund réputé qui casse la baraque. Vous avez des amis à Marseille ? Qui vous ont hébergée une semaine ? J'ai gagné l'année dernière 27 millions de dollars. Un family office ce sont des gens comme vous et moi (surtout comme moi d'ailleurs !* il aurait ri tout seul de ce trait d'esprit un peu vain) *qui gèrent la fortune personnelle d'un individu richissime.* Toutes ces phrases qu'il aurait dites auraient été haïssables. Il aurait fallu aller plus loin, s'envoler vers les pensées les plus élevées. Puis la jeune femme se détourna du visage de Laurent Dahl et poursuivit la lecture de son livre : il détecta sur ses lèvres un résidu de ce sourire qu'elle lui avait donné. Il se passa ensuite, sans un mot prononcé, sans un regard échangé, presque deux heures. Lui parler ? Lui donner le sentiment qu'il abusait de sa délicatesse ? Il se serait trouvé grossier d'exploiter si rapidement cette apparence d'opportunité. Car Laurent Dahl la tenait déjà en si haute estime qu'il refusait de voir dans ce sourire une invitation à lui parler mais au contraire un pur principe de raffinement – qu'il ne pouvait concevoir de piétiner impunément. Sans doute Laurent Dahl n'avait jamais autant réfléchi de sa vie que durant ces deux heures. Le caractère onirique de ce wagon désert accentuait le rayonnement de la jeune femme et la sensation d'avoir été mis sur son chemin par un hasard aussi puissant que celui d'un rêve : il éprouvait la sensation de vivre une situation inventée. La jeune femme se leva, Laurent Dahl orienta son visage vers le sien, elle lui sourit et s'éloigna vers l'extrémité du wagon. Il ouvrit le *New York Times*. Il lut trois fois

542

les premières phrases d'un article et rangea le journal dans son sac. L'inconnue revint s'asseoir sur son siège quelques minutes plus tard et Laurent Dahl la regarda : elle ne réagit pas. Une demi-heure se déroula ainsi dans le silence du wagon vide. Laurent Dahl traversait le paysage à l'intérieur d'une question en mouvement, lente et douce, secouée, qui convoquait à la surface de ses parois vitrées enrichies de reflets les notions de temps, d'espace, de vitesse, d'invariance, d'attraction, de trajectoire, de chaos, d'accident, d'harmonie, de courbure, d'énergie, de hasard – dans le balancement impassible d'un wagon vide qui traversait une image paysagère fouettée et immobile, violentée et distante, concrète et théorique. Et c'est alors que la voix de la jeune femme se fit entendre, d'une manière peu ordinaire, presque affectée, déjà lancée dans quelque chose qu'elle poursuivait. Il ne s'agissait pas d'une éclosion, d'une phrase introductive, cela il le perçut avant même de se tourner vers elle et de la voir lui déclamer en italien, intime et théâtrale, un extrait de ce livre qu'elle tenait dans ses doigts. Laurent Dahl regarda sa voisine ébloui, se laissa enchanter par la musique de la langue, absorba sans en saisir le sens les sourires et les regards, leur malice et leur mystère, les pauses méditatives qu'occasionnaient certains passages. Laurent Dahl adorait ces yeux verts qui se posaient sur lui à l'occasion d'une virgule, d'un adverbe, d'un adjectif. Laurent Dahl adorait cette mélodie heurtée, ondulante, qui sortait du profil de ses lèvres. Elle battait la mesure avec ses doigts diaphanes aux ongles longs. Elle avait trouvé le moyen de le laisser la contempler avec avidité sans indécence. Une proximité inouïe, créée par la musique des mots, quelque chose d'opaque et de sensuel, d'abstrait et d'enchanteur, par quoi c'était le corps de l'inconnue qui s'imposait, ses lèvres et ses yeux, ses dents et sa salive, ses cheveux roux et sa peau blanche, la tessiture de sa voix grave, une impudeur d'une nature inédite avait fini par les réunir, comme un second concept à l'intérieur du premier, comme une seconde coquille à l'intérieur de la première, la musicalité d'une inconnue dans l'intimité d'un wagon vide. Cela dura une heure. Puis elle ferma le livre doucement : *Montale, Eugenio Montale, mon écrivain préféré, peut-être que je vous traduirai, un jour, un soir, quelques-uns de ces textes*, elle s'empara de son sac de voyage et disparut hors du wagon. Laurent Dahl : incrédule, au bord d'un cri extrême dont il sentait l'urgence de l'explosion dans sa poitrine et dans sa gorge. La jeune femme revint s'asseoir une vingtaine de minutes plus tard vêtue d'une robe en astrakan, noire, échancrée, qui accentuait la pâleur surnaturelle de l'épiderme, d'un chapeau noir, de sandales à talons qui révélaient les plus beaux orteils qu'il avait jamais vus. Ils marchèrent côte à côte sur le quai vers le hall principal. Que faire ? Que lui dire ? Comment poursuivre ? Comment sauver son existence ? Ces questions l'asphyxiaient. Elle s'immobilisa et se tournant vers Laurent Dahl s'élucida telle une dompteuse qui fait claquer son fouet : *Je vous emmène*. Il n'en crut pas ses oreilles. Cette phrase-là qu'il avait toujours rêvé de s'entendre dire, a fortiori d'une reine de fer telle que celle-ci, inaccessible, incandescente, l'inconnue la lui offrit sur un quai de Paris-Gare de Lyon. – *Vous m'emmenez ?* Il suffoquait. – *Je vous emmène.* Il lui sourit : de félicité. – *Et… où avez-vous l'intention de m'emmener ? – À Los Angeles. – À Los Angeles ? – À Los Angeles.* Il y avait du jeu dans le regard sérieux de l'inconnue : un jeu léger et un sérieux extrême. – *Well…* répondit Laurent Dahl. *Voilà une excellente idée me semble-t-il.* Le regard de l'inconnue articula : *N'est-ce pas...* Laurent Dahl la dévisagea avec intensité quelques secondes : *Je vous accompagne à votre taxi en tout cas.* Détonation dans les yeux de la jeune femme. Sur cette phrase quelque chose se modifia. Cet assemblage de jeu et de sérieux laissa place à un visage plus réaliste qui s'accorda à la réplique si réaliste de Laurent Dahl, qui dès lors ne cesserait de se convaincre (dans les mois qui suivraient) qu'il n'avait fait que décevoir cet instant culminant (miraculeux : d'une fragilité dont il n'avait su le protéger). Leurs épaules se frôlèrent lorsqu'ils marchèrent vers la sortie, contact qui exprimait le consentement de l'inconnue, un consentement dont il sentit qu'il n'était déjà plus qu'un souvenir. Ils arrivèrent côte à côte devant la file de taxis. L'inconnue s'approcha d'une voiture et lui tendit la main. Laurent Dahl regarda paniqué cette main tendue et refusa de la saisir. *Attendez...* bégaya-t-il. *Attendez une minute...* Il s'essoufflait. Il regardait mécaniquement autour de lui comme pour trouver une solution. Il se suicidait mentalement de n'avoir pas été à la hauteur de cet instant fugace qu'elle lui avait offert. *Je suis attendu en réalité... et il m'est difficile... pour ne pas dire impossible... de me soustraire...* La main était toujours tendue. L'inconnue était le miracle qu'il espérait depuis quinze ans. Un sourire conclusif, indulgent, malicieusement désolé, nostalgiquement compréhensif, d'une supériorité écrasante, était peint sur ses lèvres. *Ce n'est pas ce que vous pensez...* ajouta lamentable Laurent Dahl. *Je veux dire... – Je ne suppose absolument rien. Et l'aurais-je supposé que cela n'aurait pesé d'aucun poids...* L'inconnue avait rétracté sa main : par lassitude. Mais elle restait tendue théoriquement : ce retrait vaudrait à Laurent Dahl de devoir se séparer de la jeune

femme sans lui avoir effleuré les doigts. *Business.*
Affaires. Un dîner d'affaires auquel il serait pour le
moins incongru... En revanche, ajouta-t-il sur un ton
décidé, presque autoritaire, jouant le tout pour le tout,
dans trois jours... je pourrais vous rejoindre dans trois
jours... dans deux jours... Mieux, même, nous pour-
rions partir ensemble, je fais annuler à l'instant votre
billet (il sortit exalté son téléphone portable)... *je vous*
fais réserver une chambre au Plazza Athénée... nous
déjeunons demain tous les deux et nous prenons le
même avion dans deux jours... Un sourire identique à
celui déjà décrit ainsi qu'un *Désolée* d'une douceur infinie accueillirent la proposition de Laurent Dahl. – *Il faut*
que je vous laisse à présent... – Nous pourrions même...
je pourrais louer un jet privé... de la sorte nous
serions... et il fut interrompu par un regard acerbe, sarcastique, réprobateur. *Pardonnez-moi. Je suis mala-*
droit. J'essaie de trouver une solution qui rende
possible ce merveilleux projet que vous avez formé...
– Mais il me semble que c'est déjà trop tard.... Et il me
semble que ça l'a été dès la première seconde où j'ai
formé ce projet merveilleux (elle mit de l'ironie dans le
poids de sa phrase) *comme vous dites... – Rien n'est*
jamais trop tard. Il suffit de ne pas vouloir que cela le
soit. Et je refuse catégoriquement que cela le soit déjà.
Je dirais même que je me sens en avance sur cette
proposition : dans une impatiente anticipation de sa
beauté. Là il pensa avoir marqué un point : par le langage. *À quelle heure est votre avion ?* ajouta-t-il. Et
l'inconnue lui tendit à nouveau la main. *Vous résidez à*
L.A. ? Elle lui dit *Non* des yeux. *À Paris ?* Elle lui dit
Oui des yeux. Laurent Dahl sentit des sanglots monter
dans sa poitrine. À nouveau il regarda autour de lui
assassiné, le souffle court, révolté par cette obligation

incontournable qui tombait par malchance ce soir-là : l'anniversaire d'un industriel de renom qui avait investi dans Igitur par l'entremise du family office qui gérait sa fortune. Et son regard tomba un peu plus loin sur la Jaguar avec chauffeur de Clotilde que celle-ci avait mise à sa disposition pour se rendre à l'anniversaire du milliardaire. *Je peux vous joindre quelque part ? Comment vous appelez-vous ?* L'inconnue regarda sa main tendue : il ne disposait plus que d'une fraction de seconde pour la saisir. Il s'exécuta, sentit dans les siens la douceur de ses doigts, *Je peux vous joindre quelque part ?* l'implora-t-il à nouveau, il serrait sa main, elle serrait la sienne, *Je voudrais pouvoir vous joindre… vous rappeler… c'est important…* il sentit qu'elle s'était déjà retirée tout entière de cet étau sentimental qu'ils s'étaient créé, *Je vais vous donner ma carte*, elle commença de retirer sa main, il la laissa s'extraire et lui tendit sa carte, *Appelez-moi, écrivez-moi, envoyez-moi un mail*, il ouvrit la portière du taxi, elle y entra, *Je vous en supplie : téléphonez-moi… je vous rejoins demain à L.A.*, il retenait la portière, elle tendit largement le bras pour la ramener vers elle – et à travers la vitre il lut dans son regard, non pas *Oui*, non pas *Non*, non pas *Peut-être*, non pas *Sans doute*, mais un mot que personne n'avait jamais prononcé.

C'est dans ma salle de bains que se sécrètent priori-tairement, quand elles surgissent, les plaidoiries dont j'ai déjà parlé. J'attaque. J'ensanglante. Je monologue. Je décortique. Est-ce dû au carrelage blanc ? À l'eau ? À l'eau qui coule avec force sur ma tête ? À la mousse du shampooing ? Aux éclats des robinets ? À la brosse à dents ? Au dentifrice et à ses émulsions ? Je me hisse à la tribune de l'orateur et emporté par la cadence, la combativité d'un candidat, je bombarde les carreaux, le miroir, les robinets, de paragraphes à l'esprit belliqueux. Certains chantonnent des tubes de Joe Dassin dans leur baignoire : *Aux Champs-Élysées !* gazouillent-ils, *na na na na, aux Champs-Élysées !* et moi je me mets à hurler devant Leonardo qui me regarde bouche bée la brosse à dents entre les lèvres dans un environnement de salive écumante : *Cela signifie que les équivalents du personnage B se vivent comme les dépositaires exclusifs de ce qui peut produire la littérature ! Il s'agit d'une sorte d'immanence, dans leur être, de la littérature ! Je viens de te transmettre une information essentielle Leonardo ! Zeus leur a inoculé la littérature ! Il leur suffit de s'écouler, de laisser s'écouler leur syntaxe, leur* langue *comme ils disent, pour produire de la littérature !* Je viens de me rincer la tête. Je coupe l'eau. Leonardo me regarde incrédule. Je déteste ce moment où je dois sortir de la baignoire pour me sécher, frigorifié, la tête trempée. Je déteste devoir me sécher. Il n'y a rien que j'aime moins que d'être mouillé. D'ailleurs, le jour de l'attentat radiophonique, j'avais le sentiment, dans ma mansarde, assis sur mon lit, de sortir de la douche : mouillé et sans serviette. Si je devais filer la métaphore mystique, je dirais qu'ils ont reçu (de l'ordre établi) (au sein même de leur caste : la bourgeoisie intellectuelle de gauche) la lumière divine : *la littérature*. C'est la raison pour laquelle les équivalents du personnage B ne s'intéressent qu'à l'*écriture* : l'*écriture* est l'expression de cette immanence : elle en est le vecteur et la révélation. Je prélève dans le placard une serviette sèche, rugueuse, celle que je préfère, et j'ajouterai que leur *écriture*, sacrée, supérieure, qui se distingue radicalement de l'écriture profane, prolétaire, classe moyenne, porte un nom : la *langue*. Je me frictionne les cheveux avec la serviette rêche qui est ma préférée. Margot vient de rentrer à son tour dans la salle de bains. Leonardo contemple son beau visage diaphane dans le miroir rectangulaire et se recoiffe avec les doigts. Je regarde Margot. J'ai déjà dit que chaque matin elle me procurait la sensation de l'avoir rencontrée quelques minutes plus tôt. Je rencontre Margot chaque matin dans la salle de bains comme dans un autobus. Elle se tourne vers moi et me sourit : nous nous embrassons. *Je vais sous la douche*, me dit-elle. Elle laisse glisser son peignoir rouge sur le carrelage et s'introduit dans la baignoire. Je regarde ses pieds cambrés, blancs, miraculeux : érection. *Les nantis. Les privilégiés. Les enculés de l'émission radiophonique. Tu m'écoutes ?* Je la regarde agenouillée dans la baignoire. Elle promène la pomme de douche sur son corps comme une douanière de Roissy un détecteur de métaux. Elle a fermé les yeux et renversé son visage en arrière. – *Oui*, me dit-elle. *Je t'écoute.* Elle oriente le jet sur son visage et recrache avec grâce, telle une fontaine, une parabole parfaite et translucide. – *Il leur suffit de se produire par l'*écriture *pour que se manifeste cette chose-là qui leur est immanente : la littérature. Ils* sont *la littérature. L'ordre établi les a édifiés comme les seuls dépositaires de la littérature. Pour quelles raisons se transporteraient-ils dans un autre ordre ? Pour quelles raisons transporteraient-ils cette substance immanente dans un ordre supérieur ? Pour quelles raisons voudraient-ils transcender cette substance immanente par une forme ? L'ordre établi (je veux dire : l'ordre social) sert d'ordre et de forme à leurs livres, qui ne sont qu'*écriture. – *Tu exagères.*

Qu'est-ce que tu racontes! Tu deviens paranoïaque! –
Pas du tout. Écoute-moi bien. Que se passe-t-il avec la
bourgeoisie intellectuelle de gauche? Quelle concep-
tion ont-ils de la littérature? – Tu voudrais pas te
préparer? Vous allez être en retard à l'école! Tu
crois que c'est le moment de faire de la théorie litté-
raire! Il est huit heures et quart! – Ils produisent de
l'écriture. Ils se font advenir par l'écriture. L'écriture
est ce par quoi leur essence se révèle. Comme un
apôtre qui se contente d'apparaître et de délivrer la
parole divine! Tu m'entends Margot: comme un
apôtre qui se contente d'apparaître et de délivrer la
parole divine! Ils pourraient tout aussi bien s'ouvrir
les veines et laisser leur sang s'écouler sur le papier!
Je te l'ai dit cent fois! Gombro a raison! Ce sont des
gourmets! Ce sont des littéraires! Des hérons litté-
raires! Ils font de la littérature pour littéraires! Et
moi je suis un monstre! Et moi je suis un porc! La
littérature doit être monstrueuse! Elle doit tout excé-
der! Elle doit tout transcender! C'est la forme qui dit
des choses! C'est par la forme qu'on dit les choses les
plus puissantes! Il faut répondre au monde en élabo-
rant des juridictions aussi complexes, aussi perverses,
aussi démentes que lui! Et non pas gazouiller sur un
banc! Et non pas ouvrir le robinet apostolique! Ils
sont tous les apôtres de leur propre confort! Je sors de
la salle de bains et d'un seul coup mes monologues
purulents s'interrompent: je redeviens aussi sain que
je peux l'être. Surtout qu'à ce moment je mets un
CD d'Eminem et que je pousse le son à fond. Je
me dis juste une petite chose. Un petit supplément.
Un petit post-scriptum. Je me choisis une chemise
noire dans la penderie. Que m'importe de bien écrire?
Quel sens cela a-t-il de bien écrire? On me dit:

Épouvantablement mal écrit. Quel sens cela a-t-il ? Qu'est-ce que cela veut dire ? Avec *Le moral des ménages*, ce que je cherchais, c'était la violence, l'énergie, la brutalité délinquante d'Eminem. Voilà quel était mon modèle, mon désir, mon horizon, ma jalousie, ma référence indépassable : Eminem. Atteindre à cette puissance, à ce phrasé, à ces rythmes, à cette hostilité, à cette sincérité, à cette pure énergie. Quand Eminem se met à hurler : je voulais faire hurler mes phrases. Comment fait-on pour faire hurler une phrase ? J'ai travaillé pendant des mois à faire hurler des phrases. Et on me dit : *Épouvantablement mal écrit.* Le mot énergie. Au sens où peut l'entendre Preljocaj quand il s'adresse aux danseurs : *Vous êtes dans le dessin ! Vous êtes dans la dentelle ! Allez chercher le mouvement le plus loin possible !* Peuvent-ils entendre cela les équivalents du personnage B ? Aller chercher le mouvement le plus loin possible ! L'énergie est-elle compatible avec la *langue* ? La *langue* dont ils parlent n'est-elle pas la dentelle que proscrit Preljocaj ? Peuvent-ils comprendre qu'artistiquement ce jeune abruti d'Eminem leur est infiniment supérieur ? *Tu devrais peut-être te reposer un peu...* me dit Margot en entrant dans la chambre. *Tes histoires d'apôtre !* Puis (un peu affolée) (me regardant fixement) : *Tu ne vas quand même pas oser raconter ça à Gênes ?! Fais attention Éric ! Tu commences à déconner ! – Tu contestes cette idée que les nantis de la gauche intellectuelle n'ont pas besoin de* forme, *pour la bonne et simple raison que l'ordre actuel leur convient ? Tu contestes cette idée que la plupart d'entre eux n'ont pas besoin de forme et se contentent de s'écouler, de laisser s'écouler leur* substance *sous forme de* langue, *pour la bonne et simple raison que la forme qui sert de cadre à cet* écoulement (comme les parois d'un vase) se trouve être l'ordre actuel de la société ? Ils n'ont pas besoin d'aller chercher une autre réalité, un autre ordre, celui d'un livre, ils n'ont pas besoin de se transcender dans un autre ordre qu'ils auraient créé et qui serait la forme d'un livre ! La réalité en elle-même sert de forme à leurs livres ! – C'est ça que je conteste. C'est n'importe quoi. Tu racontes n'importe quoi. Tu vas te faire massacrer. Ça ne tient pas debout une seule seconde. Je pourrais t'opposer un grand nombre de contre-exemples qui te laisseraient bouche bée. – C'est une belle pensée. Tout ce qui a été pensé une fois, ne serait-ce qu'une seule fois en se brossant les dents, mérite d'être énoncé. Et je l'énonce. Elle est belle cette pensée. Elle est peut-être erronée mais elle est belle. Elle est juste dans sa beauté de belle pensée. Dans le fond : peu m'importe qu'elle soit vraie. Et il y aura toujours suffisamment d'écrivains d'extraction bourgeoise, de gauche, pour lesquels elle sera vraie. Je pourrais te faire une liste dans la minute. Je regarde Margot s'habiller. C'est un bonheur que de la voir revêtir chaque matin ses atours de reine, et d'une manière si audacieuse, si singulière, si *strictement personnelle*. Je n'ai jamais rencontré de femme qui témoignait d'autant d'aisance dans la combinaison des accessoires, des bijoux, des foulards, des tenues disparates. Il n'est pas rare qu'une figure qu'elle invente se retrouve trois mois plus tard dans les pages mode du journal *ELLE* : comme les vraies égéries elle anticipe la mode au lieu de s'y soumettre. À présent un grand nombre de vêtements sont disposés sur les draps qu'elle teste sur elle les uns après les autres en s'examinant dans la glace. Elle retire une pièce, en sélectionne une autre, ajoute une touche imprévue, un turban sur le front, un bijou détourné, la lanière d'un sac de voyage en guise de ceinture, superposant un caleçon noir et une robe-manteau Martin Margiela, un pantalon à lacets Helmut Lang et une tunique Monoprix. Elle me demande mon avis, je le lui donne, je m'extasie ou émets des réserves, elle poursuit ses préparatifs en enfilant des escarpins Christian Louboutin à talons vertigineux, des bottes Christian Louboutin à talons vertigineux, noires, en peau, pointues, étourdissantes. *Ça va comme ça ?* me demande-t-elle. – *Tu es sublime ma Margot. Tu es ma reine. Tu es éblouissante. Tu es la plus belle de tout Paris.* Je suis réellement subjugué. Elle a l'aura d'une apparition théâtrale. Puis : *Tu te trompes en pourfendant mes théories de salle de bains mais tu es renversante de beauté et d'audace. Toi aussi tu te transcendes chaque matin par tes tenues, tes inventions ! Toi aussi chaque matin tu élabores une forme, chaque fois différente, chaque fois singulière, qui sert d'écrin et de structure à ton humeur du jour ! – Tes théories de salle de bains : voilà le terme.* Margot se maquille devant le miroir. *Ce sont effectivement des théories de salle de bains ! Tu vas te faire traiter de théoricien de salle de bains !* C'est pourtant d'une simplicité biblique. C'est pourtant d'une justesse irréfutable. Je suis obligé, de par mon extraction, de par les frustrations que je retire de la réalité, de me transcender dans une forme. Écrire, pour moi, depuis toujours, c'est inventer une forme : il est exclu de me mettre à ma table si une forme qui lui serait constitutive ne s'est pas imposée à moi en même temps que l'intuition d'un livre. C'est toujours la même histoire : la quête d'un *ailleurs* et d'un *absolu* (qu'ils soient artistiques, existentiels ou amoureux) (même si cette quête est par nature illusoire : c'est mon moteur et ma douleur) par lesquels je serais susceptible de me supplanter et de m'affranchir de mon état : *aller ailleurs*. Adolescent, quand j'ai commencé à me penser écrivain, je percevais le chef-d'œuvre que je rêvais d'écrire comme une sorte d'*au-delà* dont je redoutais terrifié qu'il me demeure inaccessible : c'est cet ailleurs, cet au-delà, cet autre règne, cet ordre ultime auquel j'aspire à accéder que manifestent les juridictions intransigeantes que j'élabore, qui dépassent ma simple substance de rêveur impénitent. D'où la peur, d'où le Maalox, d'où le Spasfon, d'où le Xanax, d'où mes paniques, d'où mes atermoiements, d'où les angoisses qui m'emprisonnent quand je m'installe à ma table pour écrire, car naturellement l'*absolu* que je convoite, l'*ailleurs* auquel je me destine sont par nature inaccessibles, inconcevables, incommensurables, et par là même d'une puissance intimidatrice qui me tétanise.

La sexualité s'était établie depuis l'enfance comme quelque chose de visuel s'accomplissant prioritairement par la contemplation d'une image. Thierry Trockel avait connu son premier émoi érotique (à six ans) (il ne l'avait jamais oublié) en découvrant à la télévision la collaboratrice d'un magicien vêtue d'un justaucorps : créature de sourires, de poses lascives, de soumission indolente aux périls du spectacle. Huit ans plus tard : Thierry Trockel avait été éberlué que surgisse de son sexe un mercredi après-midi quelques perles translucides. Il se le frictionnait mécaniquement contre ses draps en visualisant les yeux fermés le corps pulpeux d'une papetière. Après avoir connu une première fois le plaisir de l'orgasme, il prit l'habitude de se le procurer chaque jour (et bientôt d'une manière compulsive) en convoquant dans son esprit des images qui stimulaient leur avènement. Il retournait chaque semaine s'acheter des livres, des stylos, des copies Clairefontaine qu'il mettait sur le compte d'EXA Informatique, il s'attardait dans les rayons et contemplait intimidé la papetière : il réalimentait l'imagerie qui lui servait de stimulant. Il se procura des magazines érotiques, *Lui*, *Absous*, *Panther*, *Playboy*, des revues plus explicites, allemandes, emballées sous cellophane. Les aréoles grumeleuses d'Amandine, sa nuisette en dentelle, son épaisse toison noire. Les aréoles de Clémentine, de forme ovale. Les tétons drus d'Isa, Danoise décolorée allongée sur un lit. L'épaule blanche à la transparence violacée, piquée de minuscules taches de rousseur, d'une jeune femme brune nommée Charlotte, à la chevelure vaporeuse. Kym : ses mules en plumes d'autruche. Les aréoles sensiblement bombées des seins en poire de Siw, leurs contours crayonnés par une épaisse veine bleue d'où partaient des affluents plus ténus. Les vergetures de Maggy. La mollesse des seins flasques de Patty, son teint pâle, sa plénitude de grande bourgeoise. La poitrine écroulée d'Emily et ses aréoles nuageuses, aussi larges que des soucoupes. La fourrure grise de Jane, rase, en éventail. La longue et mince fente claire et sinueuse du sexe de Deborah. Les pieds larges de Miss Jacuzzi. Les sandales blanches à talons métalliques de Seka et ses orteils recroquevillés. La chevelure brune bouclée d'Amanda, ses poils frisés qui débordaient sur l'intérieur des cuisses. Les seins pointus, en forme de corne, de Belinda. Les longues jambes fines de Barbara. La subjugante aura blanche de Freckles, sa toison rousse en désordre, sa lourde poitrine aux aréoles rose pâle, crues, porcines, assorties aux gencives de son sexe. Les manuels de tricot (aux modèles féminins vêtus de laine) et les catalogues de vente par correspondance de sa mère (dont il appréciait les pages de la lingerie) complétaient cet attirail photographique. J'ai déjà dit qu'à la Résidence de la mer, il se masturbait en contemplant par un interstice des volets, des jumelles à la main, les corps prostrés des vacancières qui bronzaient sur la plage. Les images dont il se nourrissait n'étaient plus rectangulaires mais circulaires, cernées non plus de blanc mais de ténèbres : de surcroît une de ces femmes pouvait bouger un bras, se retourner sur sa serviette, s'orienter hébétée vers le rivage. Une fois installé à Paris, Thierry Trockel ayant pris goût aux images en mouvement, il s'aventura régulièrement dans des peepshows, où il voyait danser des filles dans des réduits sordides dont les plateformes crasseuses qui leur servaient de scène tournaient lentement comme des quarante-cinq tours – et il éjaculait sur la paroi de verre qui l'isolait de la réalité physique de la danseuse. Il errait des heures dans le métro après ses cours à la faculté (où j'ai déjà dit qu'il suivait des études de géologie) et repérant dans la foule, dans la queue d'un guichet, assises sur une banquette, immobiles au milieu d'un wagon, des usagères qui l'inspiraient, il se masturbait publiquement (de la manière la plus discrète possible : il ne sera jamais démasqué) à travers la poche de son pantalon. Il tomba amoureux d'une fille de colonel (elle étudiait le Moyen Âge) rencontrée dans une soirée. Il connut avec elle sa première expérience sexuelle (elle également : réciprocité providentielle) et l'épousera six ans plus tard. Thierry Trockel en admirait le corps, la poitrine disparate (le sein gauche était plus gros, plus accablé que le droit, lequel semblait puéril et indulgent), les jambes lourdes, blanches, parcourues de veines, l'épaisse toison frisée, les pieds larges, cambrés, dont le 37½ le ravissait. Les jambes de Sylvie étaient celles d'une statue : longues et massives tout à la fois. Thierry Trockel adorait regarder Sylvie se dévêtir, sortir de la baignoire, marcher nue dans la maison. Il aimait la voir sur la plage, au milieu des autres, à la Résidence de la mer, cloîtrée dans l'ombre d'un parasol, quand ils rendaient visite à ses parents. Il lui arriva de se masturber en dévorant des yeux par l'interstice des volets le corps catégorique de son épouse. Toutes les fois que les circonstances le lui autorisaient, si Sylvie dormait nue sur leur lit, si Sylvie se douchait les yeux clos, si Sylvie lisait sur une chaise longue, déchaussée, dans le jardin d'un couple d'amis, Thierry Trockel se caressait en acclamant sa femme. Quand ils faisaient l'amour : il fallait qu'il puisse la regarder et abreuver son imaginaire d'une iconographie percutante. Il n'était pas question de jouir sans le support visuel d'une image. Il éjaculait en regardant les pieds cambrés de son épouse, ses cuisses massives de statue, l'aréole de son sein accablé. Et également son visage, dont les traits l'excitaient, l'expression contrariée, les cheveux bruns humectés de sueur. Malgré le scepticisme qu'elle exprimait, perturbée par l'indécence de ce regard pervers fixé sur eux, Thierry Trockel avait obtenu l'installation d'un miroir sur un mur de leur chambre. C'était un film à la pornographie tendrement conjugale qu'il y voyait se dérouler toutes les fois qu'ils s'accouplaient : il ne pouvait résister plus de dix minutes au spectacle de ces cuisses blanches qui enserraient son corps et de ces pieds sublimes qui survolaient leurs ébats comme des oiseaux immobiles, frétillants, d'une blancheur de colombe. Il arrivait à Thierry Trockel de tromper brièvement son épouse. Il devait à sa fréquentation des illustrés (durant de longues années et d'une manière si exclusive) l'orientation de ses inclinations : vers des physiques à la bestialité exacerbée dont l'impact était celui d'un attentat. Il avait réclamé de ces revues, de ces images qu'il arpentait solitairement, qu'elles le violentent, qu'elles le foudroient, qu'elles agissent puissamment sur ses sens. Une aggravation du physique féminin dont les débordements compensaient précisément l'absence de corps. Il s'ensuivait de ces pratiques que c'étaient les physionomies les plus spectaculaires qui recueillaient sa préférence, les femmes pulpeuses, manifestes, presque grosses, avec de larges fessiers, un système pileux anarchique, des clitoris démesurés, des lèvres gluantes comme des gastéropodes, vêtues de jupes et de chaussures provocatrices qui transcendaient leur apparence et faisaient d'elles des visions fracassantes. Une sorte de théâtre où le corps de la femme se projetait vers son imaginaire avec la fougue intrinsèque d'une actrice : sauf que c'était leur démesure qui se substituait à la dramaturgie du théâtre. Il avait couché avec plusieurs d'entre elles abordées dans la rue sans qu'aucune ne parvînt à le satisfaire totalement. Il s'était rendu compte au bout d'un certain temps que ces physiques effarants, visuellement efficaces, filmiquement explosifs, qui certes pouvaient nourrir comme aucun autre des séances de masturbation, dès lors qu'il les tenait dans ses bras, ils ne lui plaisaient plus : il les trouvait sans gloire, défectueux, déséquilibrés, écœurants de chair flasque. Et les jeunes femmes qui auraient pu lui plaire, il aurait fallu d'emblée les tenir nues dans ses bras car dans la rue elles lui semblaient démunies, imperceptibles, sans compter que les excès des premières lui fournissaient l'équivalent d'une excuse (qui le disculpait) pour oser les aborder, alors que les secondes (dans leur réserve quasi-matrimoniale) lui inspiraient une déférence intimidée. Thierry Trockel avait cessé, au bout de dix ans de mariage, de convoiter des aventures strictement sexuelles, à caractère pornographique, et s'était recentré sur le corps de sa femme. Homme chanceux que celui-ci : c'était Sylvie qui lui procurait le désir le plus ardent et les exaltations sensorielles les plus vives. Il lui arrivait fréquemment de s'absenter de son bureau, acculé par le désir le plus urgent, pour jouir dans les toilettes sur des images mentales de son épouse. Il fit l'acquisition d'un appareil numérique et proposa à Sylvie de la photographier. Elle accueillit cette idée avec les mêmes hésitations qu'elle avait accepté le miroir intrusif. Thierry Trockel avançait prudemment : il ne voulait pas l'offusquer ni qu'elle le prenne pour un pervers. Mais Sylvie avait toujours été d'un naturel conciliant, disposée à absorber les idées les plus curieuses. Il la photographia sous la douche, en lingerie, allongée sur leur lit. Puis peu à peu les clichés s'introduisirent dans son intimité la plus dissimulée, multiplièrent les détails, fixèrent ses pieds, ses cuisses, sa poitrine disparate. Il engagea Sylvie à adopter des poses lascives, à fabriquer des simulacres pornographiques, à s'exhiber cuisses écartées un doigt mouillé dans son vagin. Il obtint d'elle qu'elle se fasse jouir sous l'objectif. Thierry Trockel continuait de faire l'amour avec Sylvie en la regardant sur le miroir, il continuait de se masturber en convoquant des images de son corps, il transportait maintenant dans son cartable des clichés confidentiels qui possédaient le même statut que ses revues d'adolescent. Cependant un fantasme obstiné ne cessait de harceler Thierry Trockel. Il s'agissait d'obtenir de Sylvie et des postures qu'elle adoptait quand ils faisaient l'amour une vision extérieure, surplombante, panoramique. L'idéal eût été de lui faire l'amour tout en se voyant lui faire l'amour : dans le même temps et sans l'intermédiaire d'un miroir ou d'une image enregistrée. Cela, utiliser une caméra, il l'avait bien tenté, les séquences qui en résultaient possédaient le même statut, à peine amélioré, que les photographies. Il s'agissait d'aller plus loin. Il s'agissait d'atteindre l'orgasme en ayant Sylvie sous les yeux, simultanée, mise à distance, en train de faire l'amour. De la sorte il pourrait voir ses jambes (qui d'ordinaire le surplombaient ou étreignaient son bassin derrière lui), lécher ses pieds, les observer de près, se réjouir de leur vision, voir leur cambrure de l'extérieur en situation d'apesanteur. Il obtiendrait de Sylvie une image indépendante de leur osmose physique. Ubiquité ? Priait-il le Seigneur pour qu'il lui procure la faculté de se dédoubler ? Thierry Trockel conçut le projet de se lier avec un couple et de se masturber à l'intérieur de la femme tandis que l'homme prendrait Sylvie : il contemplerait le corps de son épouse tout en baisant le corps de l'autre. Une autre chose qui l'excitait (et qui accentuait les vertus de ce dispositif) c'était qu'un étranger procure du plaisir à sa femme : cette idée le révoltait voluptueusement et l'entraînait dans d'insondables ambiguïtés. Il n'osa pas s'en ouvrir à Sylvie. Il savait qu'il leur faudrait du temps (à lui également : comme tout fantasme celui-ci le terrorisait en même temps qu'il l'attirait) pour accepter de se soumettre à une telle expérience. Il s'aventura sur Internet (cela ne l'engageait à rien) et découvrit qu'il existait, dévolus à la sexualité conjugale, à l'érotisme amateur, un nombre de sites incalculable. Des hommes montraient leurs femmes au monde entier. Des femmes aussi communes que la sienne montraient leur corps au monde entier. Thierry Trockel passa des jours à inventorier les plate-formes les plus intéressantes. Il écarta les sites person-nels (payants et animés par des femmes à la plastique explicitement pornographique) pour privilégier les sites collectifs, où chacun pouvait expédier ses photogra-phies et consulter librement celles des autres. Ses pré-férés étaient Watchersweb, Privatevoyeur, Voyeurweb, Worldwidewives, UK-Exhibitionist, Jacquieetmichel. net, Bobvoyeur, Postyourbeaver. Ils destituaient les stars du X pour y substituer la voisine de palier, la collègue de bureau, la papetière plantureuse, la mère de quatre enfants, la pharmacienne à la peau pâle. On y trouvait des femmes banales, crédibles, quotidiennes, sidérantes de proximité. Elles exhibaient leur sexe. Elles pétrissaient leurs seins. Elles souriaient, muettes, dévêtues, sur le rebord de leur baignoire. Elles cava-laient dans leur jardin, derrière un mur de brique, dans la banlieue de Manchester. Internet autorisait Thierry Trockel à s'aventurer en quelques clics dans des entre-cuisses mondialisés, à envisager des poitrines suisses, des fesses allemandes, des cheveux turcs, des genoux grecs, des chevilles slaves, des nuques texanes, des clitoris suédois, des nombrils italiens, des orteils tchèques, des clavicules mexicaines, des anus irlandais, de grandes lèvres scandinaves, des coulures brési-liennes, des bites de Liverpool, de Stuttgart, de Barcelone, de Budapest et d'Atlanta, sucées, pétries, englouties avec férocité par des femmes consentantes, mères, épouses, copines, concubines, délurées. On voyait derrière ces corps des pendules de cuisine, des jouets d'enfant, des tables à repasser, des posters de moto. L'électroménager, les housses fleuries des cana-pés, les baromètres des vestibules, les abat-jour des lampes, les animaux en porcelaine sur le rebord des cheminées, les K-Way accrochés aux portemanteaux épiçaient ces exhibitions quotidiennes, les rendaient étrangement familières, envisageables. My Sexy Wife. Horny Gal. My Wife 4 You. My Perfect Wife. GF First Time. Charlyne dans la neige. Latin Ass. Divine Baby. Wife Lory. Caitlin In Black. Hot In Bed. Sexy Suz Soccer Mom. My Slut Wife. Stripping In The Wood. My Gorgeous 45yr Old MILF. Sexy Tits. 4U2C. UK MILF. Anna From Prague. Else Loves To Pose. My Naughty Wife. Hot Irish Wife. She's Very Hot. My Gorgeous Wife. Tels étaient les intitulés de ces ensembles photographiques expédiés sur le réseau, où chaque homme chantait les louanges de sa femme, vantait ses fesses, sa poitrine, ses talents pour le sexe, ses appétits immodérés. Thierry Trockel avait découvert sur Internet un concept inédit, d'origine anglo-saxonne, à la réalité duquel il se savait sensible depuis l'adolescence : MILF : Mother I Like to Fuck. On trouvait un nombre considérable de contributions dont l'intitulé comprenait les quatre lettres de ce sublime concept : MILF. Naturellement il incluait Sylvie dans la catégorie des MILF : une mère qu'il adorait baiser. Des ménagères en porte-jarretelles (Sexy Housewife in Kit) s'enfonçaient des quilles d'enfant dans le vagin. Des mères de famille (Mom of 3) se déclaraient de chaudes salopes. Des femmes au foyer (Naughty MILF in Black) réclamaient de leurs adorateurs des réponses crues. « What would you like to do to me ? » demandait une Polonaise. « What do you think of my body ? Are you excited ? » interrogeait une Mexicaine. Un couple de Toulouse : « Merci pour vos messages. Marie-Odile en a été très touchée (pour ne pas dire plus). Continuez à l'encourager par vos commentaires même les plus crus. » Une Allemande dont le corps blanc, potelé, les yeux gris, les cheveux vaporeux, subjuguaient Thierry Trockel : « Suche für mich (35J, etwas mollig, ständig erregt) und meinen Lover (passiv) einem sehr dicken Schwanz (ab 20 × 6cm) oder einen Schwarzen für Privatvideodreh une Erotik. Bitte nur XXL aux München Heike :-) » : cette femme fragile, de porcelaine, recrutait sur le réseau des sexes longs, 20 centimètres, épais, 6 centimètres, pour pénétrer sa délicate intimité. Une Canadienne de trente-sept ans : « I am horny and I love sex. Would love to know your naughty desires for me. » Un homme de Cologne : « My wife thinks she is too fat and that no men would fuck her anymore. I think she's great ! She's the hottest woman I have ever met ! Tell her what you think of her body ! » Beaucoup de femmes priaient les internautes d'éjaculer sur leurs photographies : qu'ils les leur renvoient couvertes de sperme avec leur sexe en érection en avant-plan. « I like cum pics ! » disaient-elles. Voilà un autre concept qu'il découvrait : les Cum Pics : les épouses aspergées de semence. « Merci d'envoyer vos clichés avec notre contribution en arrière-plan. Nous espérons que ces photos de Carole vous donneront envie de vous masturber. Carole aime recevoir, en photo ou en vidéo, l'effet qu'elle vous fait, surtout quand elle se voit en arrière-plan. » Thierry Trockel exultait. Il avait toujours préféré les femmes banales. Il adorait identifier chez elles des détails qui l'exaltaient. Il avait toujours pensé que rien ne pouvait surpasser en intensité la sexualité conjugale. Et voilà qu'il découvrait des centaines de sites Internet qui glorifiaient l'imaginaire matrimonial, sa beauté, ses ressources, ses supposés pornographiques ! Thierry Trockel diffusa sur le réseau des photographies de

Sylvie : MILF's Beautiful Legs. Il réclama des mots crus, des commentaires salaces, interrogea les internautes sur les audaces que son épouse leur inspirait. Il demanda qu'on lui renvoie des Cum Pics, des clichés de Sylvie couverts de sperme, barrés d'énormes bites. Pendant de longs mois, prétextant des dossiers à boucler, des textes scientifiques à rédiger, Thierry Trockel passa ses soirées isolé dans son bureau. Une drogue. Une addiction. Il recevait des centaines de mails qui acclamaient le corps de son épouse. Ils émanaient de couples ou d'hommes seuls qui lui envoyaient des photographies. Une Irlandaise en levrette portait sur chaque fesse, écrits au rouge à lèvres, leurs deux prénoms, *Sylvie* sur l'une, *Thierry* sur l'autre, avec un cœur qui couronnait la raie. Une Italienne brandissait, devant ses seins massifs, une pancarte amoureuse : « I love Sylvie » et c'était signé : « Bi Barbara ». Antonyx38 : « Very sexy lady. Love to see more. Does she smoke ? Love to see some pics of her smoking. » VALLckster : « Fantastic tits with sensational nipples. Love to see her sweet smooth pussy lips. » Themontyburns : « I'm a 26 year old lad from Manchester. If you're ever in the area let me know and I might be able te give you what you want. » Et le jeune homme concluait (je traduis) : « Je vais te baiser comme ton mari t'a jamais baisée : comme une vraie chienne que tu es. » Elle s'attira l'assiduité d'admirateurs obsessionnels : elle était devenue la déesse inégalable d'une trentaine d'hommes, de Melbourne à Miami, de Londres à Barcelone, de Mexico à Amsterdam. Marc13ert : « Mmmm ! Délicieux trou du cul ! Elle aime le sexe anal ? Femme idéale pour la sodomie ! Quel corps ! Quelle chatte ! Quelle poitrine incroyable ! J'ai jamais vu des tétons aussi gros ! On aurait envie de les mordiller pendant des heures ! » OlivierTBM : « Je vais te fourrer ma grosse pine dans ta chatte de salope Sylvie. Je vais te sucer ton gros clito et te bouffer tes énormes lèvres jusqu'à que t'en puisses plus de hurler de plaisir. » M1983y : « Hey Sylvie, im 23 and would like to lick that pussy of yours and have you riding me. You got me so stiff it was unbelievable ! » Dermicha66 : « Sylvie you are more than sexy Stunning ! Gorgeous face, sultry eyes, amazing mouth and a perfect figure too. I would love to trade pics. I have a hard meaty big cock. » Des hommes éjaculaient sur le corps de Sylvie et envoyaient à Thierry Trockel les clichés qui l'attestaient. Oscarholland1978 : « Love your hot body and I hope you'll like the photos of me cumming on yours pics… » JMBoMec : « J'adore les chattes poilues et les gros clitos comme le tien Sylvie. J'ai toujours rêvé de faire l'amour avec une femme comme toi. Je n'arrête pas de bander et de jouir quand je regarde tes photos. Je t'envoie des images où tu pourras voir mon sexe en érection qui éjacule sur ton corps. Réponds-moi stp. Je rêve de te rencontrer. » Cette collection de bites transportait Thierry Trockel. Des bites de tout format, de tout pays, de toute texture, brève, fine, courtoise, rougeâtre, inquiétante, agressive, fabuleuse, suppliante, incurvée, monomaniaque, d'où surgissait avec éclat l'envie qu'elles avaient d'elle, de Sylvie, à la faveur d'explosions orgasmiques qui célébraient leur candidate. Thierry Trockel ne cessait plus de se masturber en lisant sur son écran ces éloges emphatiques qui réclamaient des rendez-vous, il ne cessait d'éjaculer en regardant ces sexes en érection, imaginés dans la bouche de Sylvie, entre ses doigts, dans son anus. Il mourait d'envie de divulguer à son épouse ces témoignages d'admiration : elle lui en voudrait d'avoir diffusé sur le réseau ces photographies intimistes. Et pourtant, ces hommages, ces coulures, ces élégies, ces glands qui quémandaient ses lèvres ! Thierry Trockel se lia d'amitié avec un couple allemand qui désirait les rencontrer. La femme était du même genre que Sylvie, même corpulence, même peau blanche, mêmes cuisses monumentales, même sexe poilu éventré à l'explosif. L'homme en revanche était doté d'un sexe épais, obstiné, dont la grosseur terrorisait Thierry Trockel. Il prendrait Katarina en levrette (cet orifice comme prétexte à une friction génitale) et pourrait voir Sylvie comme jamais il n'avait pu la voir, en surplomb, en décalage, avec les pieds, les cuisses, les chevilles de sa déesse à proximité de son visage. Cette image l'obsédait : il voulait la vivre : il voulait y accéder. Cette image n'était pas simplement une vision (qui se détachait avec éclat comme une scène de théâtre dans la pénombre de son imaginaire) mais un événement qu'il désirait partager avec sa femme. Quels étaient les risques ? Il éludait cette question. Son désir de le vivre, de prendre un train, de s'installer dans la voiture du couple, de traverser une forêt, d'y voir des arbres, des fougères, des sangliers, son désir de déboucher sur cette *clairière*, d'accéder une nuit d'octobre à cette *vision* qui l'obsédait, ce *lieu mental*, tout cela supplantait les inquiétudes qu'une expérience si hasardeuse aurait dû lui inspirer. Le couple allemand lui avait envoyé des photographies de leur maison : un manoir au milieu d'une forêt. « We hope you will come to see us very soon Thierry and Sylvie. And that we will spend a terrific night together ! » Thierry Trockel en parla un soir à Sylvie. *Mais Thierry ! Comment peux-tu ! Oses-tu ! C'est un truc de malade ! Me proposer une chose pareille ! De pervers sexuel ! À ta femme ! Mon Dieu !*

et elle éclata en sanglots. Il insista. Il argumenta. Il lui parla de cette idée régulièrement. *Mais c'est une obsession ! Mais tu vas me lâcher avec ça ! J'ai dit non ! Non c'est non !* Il lui montra des photographies de Gerhardt et Katarina. D'abord habillés : vêtus chacun avec bon goût et élégance. *Ils ont l'air sympa. Ils font quoi comme métier ? – Cadres sup. Lui directeur du marketing dans une grosse boîte industrielle… – Et elle ? J'aime bien ses yeux… – DRH dans l'hôpital de leur ville. Un énorme hôpital. Tu vois ce sont pas des voyous, des dégénérés ! Attends, c'est pas tout, je vais te montrer…* et il cliqua sur un dossier qui contenait des clichés. Sylvie en fut choquée. On voyait le sexe en érection de Gerhardt entre les doigts de son épouse : assez peu poétique pour tout dire, massif, rudimentaire, de dimensions impressionnantes. *– Non mais ça va pas ! Non mais t'as vu ce truc ! Comment oses-tu t'imaginer… – Quoi, qu'est-ce qu'il y a, où est le problème ?* l'interrompit Thierry Trockel. *– Mais c'est énorme, c'est dégoûtant, c'est répugnant, je ne veux pas… Thierry : je refuse catégoriquement… – Quoi, ça va, il est pas si gros, faut pas exagérer, c'est qu'un sexe après tout, t'auras qu'à me regarder… – Elle te plaît ? Elle : elle te plaît ? Elle te fait tellement envie ? C'est ça l'histoire en fait ? – Je t'ai déjà expliqué cent fois. Je m'en fous de cette femme. D'ailleurs elle te ressemble. – Si c'est ça vas-y sans moi : je te donne l'autorisation. – Tu n'as rien compris Sylvie. C'est toi que je veux voir. Je m'en fous de cette fille. Je pourrais même me masturber. – Je comprends rien. C'est un truc de tordu. C'est un truc de malade.* Elle regarda l'image à nouveau : *Mais Thierry ! Comment en est-on arrivés là !* Il revint à la charge le mois suivant. Puis le mois d'après. Katarina avait écrit un mail à Sylvie qui lui disait le plaisir qu'elle aurait à la rencontrer et à s'en faire une amie. *Une fois... Rien qu'une fois... comme une nouvelle expérience...* disait Thierry Trockel. *On va pas mourir idiots ! À quoi ça t'engage une seule fois ! On va pas devenir échangistes ! – Échangistes ? Qu'est-ce que c'est échangistes ? – Ce sont des couples qui se mélangent. C'est une pratique sexuelle très répandue.* Début octobre, au moment où Thierry Trockel n'y croyait plus et se disait qu'il allait devoir mettre une croix sur ce projet qui l'exaltait, Sylvie lui déclara : *Si c'est ça que tu veux... Si c'est ça que tu veux vraiment...*

16

Patrick Neftel travaillait. C'était le seul moyen de donner du sens à ses journées, à sa substance, à son corps délabré, il désirait que celui-ci puisse devenir une bombe humaine, même son sexe connaissait désormais des jouissances sans éclat, tristement schématiques. Ce travail le conduisit à atténuer la pression qu'il exerçait sur sa mère : il ne l'insultait plus, ne la violentait plus, *Espèce de vieille pintade ! C'est quoi ce regard ! Dégage ! Dégage de ma vue ou je t'explose la tronche !* lui disait-il régulièrement avant de lui lancer un cendrier au visage. Il rédigeait des communiqués. Il dressait des listes de victimes. Il punaisait leurs portraits entre les lettres de l'inscription UN COUP DE DÉS JAMAIS N'ABOLIRA LE HASARD étalée sur un mur de sa chambre. Il parvint à se faire inviter à un talk-show diffusé en direct, le plus obscène de tous, où s'étaient produites la diva brune et la mâchouilleuse énucléée. Il constata que le public était fouillé et qu'il devait passer sous un arceau détecteur de métal, ce qui supposait qu'il devrait neutraliser les gardiens avant de s'introduire dans le studio. Si seulement il pouvait disposer d'un complice ! Il hésitait entre une action unique, en direct, à la télévision, devant des millions d'individus, conclue par un suicide : cette solution avait sa préférence, et une série d'interventions ponctuelles,

étalées selon les principes d'une dramaturgie sophistiquée, sur des célébrités isolées. Il adorait l'idée que les
images de ce carnage, qui brutalement éventreraient la
léthargie domestique de millions de salons (une expérience qui ferait date dans la vie des téléspectateurs :
peut-être même en concevraient-ils un plaisir ambigu,
comme quand ils voient des morts sur l'autoroute),
seraient diffusées en boucle sur Internet et sur les
chaînes de télévision pendant des mois, à l'exemple du
11 Septembre, devenu iconique. L'erreur que Richard
Durn avait commise était d'avoir choisi pour cible une
réunion qui n'était pas filmée. Comment se faisait-il
que personne n'avait eu l'idée d'un carnage à la télévision, en direct, avec des cibles connues du grand
public ? Que cela n'ait jamais eu lieu, à aucun endroit
de la planète, même aux États-Unis, relevait du
miracle : il redoutait que quelqu'un n'en ait l'idée
avant lui et ne le précède. Quel impact qu'une tuerie
comme celle-ci ! Des célébrités qui se prennent des
pruneaux dans la tronche. Des cervelles de comé-
diennes qui éclaboussent les caméras. Des humoristes
perforés qui pataugent dans leur sang plutôt que dans
leurs blagues. Des chanteuses de variétés qui détalent
comme des lapines vers les gradins du public et se
prennent une décharge entre les omoplates. Des balles
de calibre 9 mm qui font sauter des yeux, pulvérisent
des mâchoires, arrachent des oreilles, transpercent des
ventres, font des trous nets, circulaires, ourlés de rouge,
dans des poitrines partiellement dénudées. Il se disait
qu'il obligerait un vigile à le conduire à la régie, où il
contraindrait le réalisateur du talk-show à choisir un
plan large du plateau, avant de l'abattre. Il écrivit dans
un carnet : *Il faut absolument empêcher le réalisateur
de l'émission d'interrompre la diffusion dès les*

premières secondes du carnage. La régie est-elle loin du plateau ? Comment le savoir ? Se faire inviter à nouveau et traîner dans les parages. Il passa des mois à rechercher sur Internet (blogs, forums, sites de cul et de rencontres) (il était devenu un « acrobate surentraîné » des moteurs de recherche) des insectes égarés, avides de représailles, qui se vivaient comme des victimes. Il s'était convaincu qu'il en existait des milliers à la surface de la terre : prêts à passer à l'acte. Il éprouvait de la nostalgie pour les cellules clandestines des conspirateurs. Il serait celui qui réunirait autour de lui pour un bouquet final éblouissant des « forcenés » aussi déterminés que Richard Durn. Mais surtout il s'irritait de ce discours unanime dont on trouvait sur le réseau des échantillons indénombrables, qui estimait que les islamistes étaient les seuls à faire peser sur le monde une vraie menace d'enfer et de terreur. *Les prochaines décennies seront façonnées en grande partie par la fureur islamiste : une poudrière dont on est loin d'avoir mesuré les pouvoirs de nuisance,* pouvait-on lire sur Internet. Et moi ? Et les chômeurs occidentaux ? Et les victimes du libéralisme ? Et les humiliés de la spéculation ? Et les oubliés des cités ? Et les laissés-pour-compte de la ségrégation sociale ? Comme d'habitude, conformément aux confidences désabusées de Richard Durn, les Patrick Neftel ne comptaient pas, n'intéressaient personne. Les historiens, les essayistes, les journalistes, les spécialistes du monde arabe se relayaient dans les médias pour marteler cette opinion consensuelle : les islamistes fonctionnaient en réseau, constituaient une communauté, disposaient de moyens financiers et d'infrastructures internationales qui leur permettaient d'unir leurs forces et de constituer une menace préoccupante. Et les déchets de la société de consommation ? Patrick Neftel avait lu sur Internet, à la suite de la tuerie de Richard Durn, un certain nombre d'analyses révoltantes selon lesquelles les « coups de folie des désespérés » et des « perdants radicaux » (comme les appelait Hans Magnus Enzensberger dans un article de quelques pages qu'il avait découvert sur le site d'une université) étaient de nature à demeurer isolés, accidentels, dus au hasard d'un « déclencheur aléatoire », « sans contamination possible ». *Bande d'enculés ! C'est trop facile ! Vous perdez rien pour attendre ! Et vos propres tarés ! Vous les oubliez vos propres tarés ? Vous pouvez nous aplatir la gueule sans redouter de conséquences ! C'est ça le postulat ? C'est ça le postulat commode qui vous abrite ! Nous aplatir la gueule sans avoir peur ! Nous licencier sans avoir peur ! Délocaliser sans avoir peur ! Nous tenir à l'écart sans avoir peur ? Nous insulter sur un plateau télé sans avoir peur ! Se faire des couilles en or à nos dépens sans avoir peur ! S'enrichir sur le travail des autres sans avoir peur ! Se barrer en Suisse pour pas payer d'impôts sans avoir peur ! Vous allez voir si on a pas les couilles de ces barbus qui vous effraient !* Les blogs. Les forums. Internet. Cette plateforme infinie qui permet de confier ses colères, ses dégoûts, sa solitude, ses humiliations, ses expériences traumatisantes. La circulation de l'information, immédiate, accélérée, n'est-elle pas susceptible de donner lieu à de nouvelles communautés, toutes composites qu'elles pourraient être, fantasques, précaires, ondulantes, improvisées ? Lui-même n'avait-il pas utilisé Internet pour se rapprocher de Richard Durn, compléter sa biographie, collecter des détails, des extraits de son journal, des descriptions de la tuerie ? Ne pouvait-on s'exalter mutuellement, réfléchir, alimenter ses révoltes, se conférer du pouvoir,

retrouver sa dignité ? Utiliser sa propre mort, pour protester efficacement et faire payer la société ? Autant
mourir politiquement ! Autant entrer dans l'histoire
comme Lee Oswald plutôt que de se pendre dans son
jardin à une branche de platane ! Patrick Neftel entra en
contact avec un certain nombre d'individus dont la
situation et le profil psychologique correspondaient
aux siens. Il dialogua avec un technicien anglais qui
s'était retrouvé au chômage à cinquante ans après la
délocalisation de son entreprise. Patrick Neftel en voulait avant tout aux célébrités qui se produisaient dans
les talk-shows. Cet homme en voulait aux actionnaires
du Groupe et en particulier à un fonds d'investissement
londonien qui avait acculé le conseil d'administration à
entreprendre des réformes structurelles destructrices.
Bill Preston écrivit à Patrick Neftel : *If one day I meet
one of these fucking guys in the street I'll bust his
fucking mouth with a base ball bat. I swear ! I don't
care to be in prison ! My life is finished !* Cela faisait
cinq ans que Bill Preston cherchait du travail. On répugnait à embaucher un homme de cinquante ans, *Even if
I'm very competent, one of the best in the field of lime
stone calcination*, confia-t-il à Patrick Neftel. Par
ailleurs il ne pouvait s'éloigner de sa région (un bassin
d'emplois sinistré) à cause de sa mère, chez qui il avait
dû s'installer (comme Patrick Neftel et Richard Durn)
et qui était malade, impotente. Un autre homme, hollan-
dais, un troisième, allemand, un quatrième, danois, un
cinquième, américain, un sixième, un Milanais de
trente-quatre ans, lui confièrent leur amertume sur le
même mode écœuré, irrigué de haine et de dégoût de
soi, que Richard Durn dans son journal intime. Luigi
Liquori : *Sometimes I would like to die... I wonder if
one day I'm not going to kill myself...* Patrick Neftel :

Sometimes I would like to kill someone. In fact to kill some stars at television. I feel humiliated by these fucking people. These demonstrations of indecence are an insult for me. Réponse de Luigi Liquori : *Well. I don't know. I think I don't want to kill anyone except myself.* Bill Preston : *Yes ! Do it ! It would be great !* Patrick Neftel : *And you ? You don't want to kill some stars on TV the same night than me ?* À l'exemple du 11 Septembre, il rêvait d'un bouquet d'événements concertés, massif, mondialisé, qu'aucun média ne serait en mesure d'éluder ou de minimiser comme étant une « folie isolée », un « délire hasardeux » inspiré par la « furie désespérée » d'un « forcené » irresponsable. En l'espace de quelques jours, en rafale, à Londres, à Rome, à Paris, à Madrid, à Copenhague, à Amsterdam et à New York, sous un label qu'il faudrait définir, des tueries auraient lieu en direct à la télévision, dans des entreprises, dans des fonds d'investissement, offrant le spectacle d'un déchaînement suicidaire sans précédent, aussi mondialisé que les flux financiers et l'aura des grandes marques, dont Patrick Neftel spéculait qu'il créerait des émules : une nouvelle communauté. Peter Ayrton (de Los Angeles) : *You're a little crazy Patrick.* Bill Preston : *The same night as you ? I wouldn't be capable of such a thing. Unfortunately !* Personne ne le prenait au sérieux ou n'osait le prendre au sérieux. *Bande de lâches ! Bande de couilles molles !* hurlait Patrick Neftel devant son PC. Des lâches. Des peureux. À ce point anéantis par la société qui les avait marginalisés qu'ils ne pouvaient envisager de lui porter atteinte : la société occidentale divise, isole, cloisonne, évide, neutralise les déchets qu'elle produit, en particulier dans les classes moyennes, où elle prend soin, grâce à la télévision, de ne créer aucun liant susceptible de constituer un principe de continuité : une sorte de conducteur de colère. Les épaves avec lesquelles il dialoguait préféraient se vautrer solitairement dans leur débâcle et évoquer incessamment l'imminence de leur suicide, dans leur cuisine, dans leur garage, à l'abri des regards, en se servant de leur seul corps, de leur seule mort, occasionnellement de la mort de leur proche ou d'un voisin, pour sanctionner la société. Réponse à Luigi Liquori : *You really think that the society is going to be sad when you suicide yourself ? That people are going to cry ? Fuck you ! They don't care ! You can die !* C'est ce soir-là, vers dix-sept heures, que la mère de Patrick Neftel frappa à la porte de sa chambre : *Oui ? Entrez !* Sa mère lui apparut vêtue d'un anorak : *Je sors. Je reviens dans deux heures. – Qu'est-ce que tu veux que ça me foute ? Tu préviens pas d'habitude quand tu sors ! – C'était pas prévu. Je me suis dit... que tu allais peut-être... – Et où tu vas ? Qu'est-ce que tu vas faire ?* Il continuait de rédiger son mail au Milanais de trente-quatre ans. *– Chez Leterrier. – Chez Leterrier ? Pourquoi tu vas chez Leterrier ? – Il a téléphoné. Il rentre samedi matin.* Patrick Neftel dévisagea sa mère : *Samedi matin ? Mais il devait... – Il a dû abréger ses vacances. Des problèmes avec sa sœur. Elle a été hospitalisée. – Samedi matin tu dis ? Et... Mais...* Patrick Neftel s'interrompit. C'était chez Leterrier qu'il devait se procurer les armes. Il était prévu qu'il reste absent jusqu'à la fin du mois. *Mais il est parti il y a cinq jours !* protesta Patrick Neftel. *Et il repart quand ? – Il m'a pas dit...* lui répondit sa mère. *– Tu lui as pas demandé ? Putain c'est pas possible tu lui as pas demandé s'il repartait !* Sa mère le regardait ébranlée : *En quoi ça t'intéresse l'emploi du temps de Leterrier ? – Occupe-toi de tes oignons. Rappelle-le et demande-lui quand il* *repart. – Il repart pas. Je crois qu'il repart pas. – Mais tu viens de me dire… que tu savais pas ! Faudrait savoir putain mais tu débloques ! – Je sais pas la date exactement. Il m'a dit qu'il devait rentrer pour voir sa sœur à l'hôpital. Donc j'en déduis qu'il rentre et qu'il verra plus tard pour repartir. – Putain, t'es floue, t'es toujours floue, c'est toujours le même bordel avec toi ! En fait t'en sais rien ! Allez, dégage, fous le camp, va passer l'aspirateur chez Leterrier et me fais pas chier…*

Cette nuit-là, quand il fut certain que sa mère s'était endormie, il prit les clés de Leterrier et pénétra dans sa maison. Il se rendit dans sa chambre, récupéra la petite clé dissimulée dans la bibliothèque derrière un livre épais à la couverture rouge, ouvrit l'armoire et y trouva les armes : une carabine, deux pistolets automatiques, des munitions, des revues pornographiques, des photographies d'une ex-maîtresse à la plastique explosive, des bas de soie et un vibromasseur (que Patrick Neftel porta à ses narines : il ne sentait que le plastique) ainsi que des papiers administratifs : un coffre-fort rustique, normand, en bois brun. Il se branla sur les photographies de la jeune femme un bas de soie autour du sexe, le vibromasseur enfoncé dans l'anus. Il éjacula sur la moquette sans le moindre égard pour les deux heures qu'avait passé sa mère à nettoyer la maison, s'essuya la bite aux rideaux, avala trois verres de Jack Daniels, trouva des couvertures dans un placard, y emballa les armes et rentra chez lui. Il alla sur Internet pour s'informer de la composition du plateau : une comédienne aussi débile, mais blonde, que la Mathilde énucléée et mâchouilleuse, trois humoristes parmi les plus vulgaires du circuit, un homme politique qu'il épargnerait (il l'aimait bien : quelque chose chez ce type lui plaisait), un auteur de best-sellers qu'il haïssait, une

chanteuse de variétés, deux hommes qu'il ne connaissait pas. Il se branla une dernière fois sur de nouvelles
photographies expédiées sur le réseau par sa maîtresse
anglaise (qui ne lui avait jamais répondu), relut une
dernière fois le communiqué qu'il enverrait à la presse,
ajouta une virgule, rectifia une expression, corrigea la
dernière phrase, éteignit l'ordinateur et s'allongea sur
son lit.

La salle est pleine, saturée d'auditeurs silencieux,
avec des regroupements géopolitiques aisément identi-
fiables. Un groupe de Japonais, un groupe d'Indiens,
des Africains, des agriculteurs siciliens, une délégation
de pétroliers texans, des Chinois agglutinés sur la moitié d'un rang, un écoulement de blondeur aveuglante en
plein cœur de la salle. Les uns sont vêtus simplement,
les autres avec un raffinement qui m'honore. Je vois des
robes du soir, des smokings, des djellabas, des kilts, une
soutane, des uniformes de dignitaires, des kimonos de
soie, des turbans, des kippas. Chaque auditeur porte un
casque qui lui transmet la traduction simultanée de mes
propos. Les quatorze langues sont diffusées dans les
oreilles par autant d'interprètes concentrées, munies
d'un bloc et d'un stylo, cloîtrées dans des cabines
vitrées derrière le dernier rang. *En préambule à cette
intervention, dont je dois préciser (si vous avez un train
à prendre), qu'elle pourra durer jusqu'en 2005* [un
sourire à peine sonore, un souffle de sourire, se propage
dans la salle], *je voudrais parler de l'écriture comme
d'une activité éminemment vivante, diabolique, liée à
la chair, aux nerfs, au corps, au sexe, au sang, aux
organes, aux humeurs, à la mémoire, aux maladies*

577

diverses qui nous élisent, nerveuses, utiles, voulues, physiologiques, philosophiques, inopportunes, imaginaires. Une activité dont le temps constitutif, comme celui des organes, est le Présent. J'ai repéré au premier rang, qui frissonne d'approbation, une rousse laiteuse d'une quarantaine d'années, altière et rayonnante, vêtue de noir intégralement, bras nus, coiffée d'un minuscule chapeau, chaussée de sandales en mousseline incrustées de pétales de cristal. Comme elle a croisé les jambes, ce qui me laisse apprécier la plénitude de leur modelé, je vois qu'elle porte des bas de soie qui produisent des zébrures lumineuses. Je déduis du rouge de leurs semelles que ses sandales sont des Christian Louboutin. *D'ailleurs, parlant des livres que j'ai écrits, je ne parlerai de rien d'autre que de crises, de pulsions, d'urgence, d'accouplements, d'explosions, de corps, d'embardées, de sécrétions, d'empoisonnement, de désespoir. Je n'appartiens pas à cette catégorie de gens de lettres dont l'aplomb est comparable à celui des notaires, et qui vivent l'écriture comme une fonction sociale et un prolongement de leur culture, de leur statut, de leur intelligence, de leurs calculs de carrière. Je n'écris pas comme on compose politiquement un discours d'investiture. Je n'écris pas pour que se clarifie ma dignité d'être humain. Je n'écris pas pour donner raison à ma banquière et inciter ses sourires subjugués à m'accorder des découverts. Il s'agit de désordre, de vices, de perversité, d'urgence, de folie. Mon compte bancaire est celui d'un détraqué. Ma chargée de clientèle tapote sur son clavier avec la même fébrilité que devant un psychopathe. Je rampe, je suinte, je fourmille, j'éclabousse, je hurle, je violente, je me violente, je me scarifie, je me métamorphose en tueur, en drogué, en terroriste, en épileptique, en fugitif transfrontalier.* Quand je suis arrivé à Gênes en début d'après-midi, trois jeunes femmes dépareillées m'attendaient à l'aéroport Cristoforo Colombo derrière les portes vitrées qui font communiquer, sous la surveillance de douaniers soupçonneux, la salle des bagages et le hall des arrivées. Pour une fois ma barbe de trois jours, mon allure hypocrite, cet air rêveur qui laisse subodorer aux fonctionnaires des douanes une culpabilité de comploteur, le long manteau cintré, de proxénète, dont je suis vêtu, les ont moins titillés que le rocker titubant qui me précédait, sur lequel j'ai savouré qu'ils se soient jetés. J'ai repéré immédiatement les trois jeunes femmes qui m'attendaient, qui brandissaient une pancarte où se lisait *M. Reinhardt*, un délicat bouquet de roses et une serviette en cuir. *Enchantées*, m'a dit l'une d'elles (celle à l'écriteau) avec les inflexions d'un accent italien prononcé. *Vous avez fait bon voyage ? Nous allons vous conduire à votre hôtel.* Soleil. Douceur. Ciel bleu. La plus âgée des trois ambassadrices pilotait le monospace de marque française avec une onctuosité de diplomate, vérifiant le bien-fondé de chacune de ses initiatives à la surface des trois rétroviseurs, enclenchant son clignotant avec une précocité précautionneuse, ralentissant sans freiner, adressant des signes de doigts courtois aux conducteurs qui s'effaçaient. *Vous avez de la chance. Il a plu jusqu'à midi. Les nuages sont partis il y a une heure.* Elles avaient l'allure de bénévoles. Les deux autres étaient sanglées à l'arrière comme des fillettes disciplinées, contemplatives, qui reviennent de l'école. Je tiens sur mes genoux le bouquet de roses et la serviette en cuir qu'elles m'ont remis, celle-ci contient un texte de bienvenue du Dottore Gian-Carlo Delcaretto, le programme des festivités, un plan de Gênes *qui pourra vous être utile*, les numéros de téléphone des organisateurs : *En cas de besoin. N'hésitez pas à les utiliser*, m'a affirmé celle des jeunes femmes, pâle, petite, dont les yeux, à la loupe de ses optiques d'hypermétrope, m'ont fait songer à ceux d'une mouche, disproportionnés par rapport à son crâne. Elle me regardait fixement avec un entêtement d'insecte : *Je n'y manquerai pas*, ai-je répondu, *À la bonne heure, comme on dit chez vous*, a-t-elle conclu dans un sourire. Le public cosmopolite qui emplit l'auditorium m'écoute avec une attention soutenue. Je continue mon préambule en racontant une brève histoire que j'ai écrite. *C'est l'histoire de Thierry Trockel. C'est l'histoire d'un homme qui aime tellement sa femme, le corps, les jambes, le sourire de son épouse, qu'il ne peut s'empêcher de se masturber en pensant à elle. Il travaille dans une entreprise qui fabrique de la chaux destinée notamment aux travaux publics et il s'absente de son bureau six fois par jour pour s'enfermer dans les toilettes du quatrième, celui de la direction générale (où il constate qu'il est le moins importuné : il faut croire que celle-ci est composée d'avatars de jeu vidéo qui ne soulagent jamais leurs viscères, contrairement aux secrétaires et aux comptables), et assouvir les pulsions libidineuses qui le saisissent, strictement conjugales. Il jouit six fois par jour sur les murs crème, crépis, des toilettes de l'entreprise. Quand il rentre chez lui le soir et qu'il retrouve sa femme, sexy, disponible, si attirante, le héros de notre histoire ne peut plus lui faire l'amour. Il prétexte des soucis professionnels, des migraines récurrentes.* La chaux nouvelle génération que j'ai conçue ne fonctionne pas, *dit-il à son épouse en nuisette*. Un pont s'est écroulé en Corée la nuit dernière à cause de mes calculs. – À cause de tes calculs ? – Calculs chimiques. La chaux qui en résultait a mal réagi aux sols argileux. – Mais mon chéri qu'est-ce que tu vas faire ? – Refaire mes calculs. Retourner aux éprouvettes. En attendant aller dormir. *La seule chose qu'il puisse faire est de se masturber une septième fois avant de la rejoindre entre les draps, une extase schématique, tristement syndicale, obtenue en s'étirant un bout de peau à la manière d'un nourrisson. Ce sont trois gouttes minimes, farfelues, qui finissent par perler.* La salle ondoie sous mes yeux d'un sourire généralisé qui la fait ressembler un instant à un champ de blé sous la brise. Je vois les traductrices qui rigolent derrière les vitres, qui doivent traduire en italien, en japonais, en islandais, en mandarin, en portugais, en espagnol, les mots *conjugaux*, *nourrisson*, *bout de peau*, *farfelues*. Je laisse s'écouler quelques secondes de digestion. *Cette brève histoire est une allégorie de l'écriture. L'exténuation de l'écrivain qui a joui six fois dans la journée en écrivant ses pages. Et qui s'accorde épuisé à la fin du jour quelques lignes supplémentaires qu'il lui faudra réécrire. Mais surtout qui fait le choix délibéré,* délibéré, *ô combien contestable, de jouir sur l'image de la chose plutôt que sur la chose elle-même. A-t-il le choix ? Est-ce un choix délibéré ? L'écrivain est un caniche insolent.* Applaudissements dans la salle. Les pétroliers ont retiré leurs chapeaux et les agitent avec gaieté dans les airs. La jeune femme rousse du premier rang s'est même levée, je vois ses bras musicaux, translucides, qui frémissent de secousses. *Et voilà*, m'annonce avec une allégresse de bienfaitrice la conductrice du monospace en poussant devant moi, qu'un groom vient de déverrouiller, la porte de la chambre. *J'espère qu'elle va vous plaire. C'est la suite nuptiale du Bristol Palace, historique, la plus majestueuse de toutes.* Je pénètre dans la suite suivie des

581

trois ambassadrices. Plusieurs banquettes, des fauteuils, une table basse, un bureau ministériel, un piano à queue aussi luisant que le vernis d'une botte et qui reflète les tentures des croisées, les tableaux qui ornent les murs, les bouquets répartis dans la pièce. *La chambre est à côté*, me dit la jeune femme à œil de mouche, dont le regard écarquillé semble ébloui par une surprise inamovible qui date de son enfance. J'obéis à l'invitation de ses doigts brefs orientés vers l'ouverture d'une double porte et je découvre un lit à baldaquin de dimensions impressionnantes sur lequel je m'extasie. *J'espère que vous ferez un bon usage de ce dispositif insensé !* plaisante la deuxième des trois ambassadrices avec un rire qui fait bondir le groom. Celle-ci est grande, fine, effilée, aiguille d'un certain âge qui a l'allure d'une écuyère ou d'une équilibriste. Elle ne cesse de donner l'impression de marcher sur un câble ou de tenir en équilibre sur l'échine d'une jument qui galope. – *Alexandra... allons allons...* rectifie la conductrice du monospace. L'équilibriste à la retraite pivote vers moi, volte-face aérienne, et me sourit : *Pardonnez-moi. Je suis désolée. Mais ce lit est si gai ! – Qu'est-ce que tu veux dire par système ?* me demande Margot à l'apéritif, allongée sur la méridienne du salon. – *Je veux dire un système. J'ai mis au point un système que je crois, comment dire, redoutable. Redoutable n'est pas le mot. Inextinguible non plus. Un système dans le sens où l'entendent les philosophes. – Comment sais-tu comment l'entendent les philosophes ? – Ne te moque pas. Je veux dire un concept. Un concept à facettes. Un système prospectif. Une construction conceptuelle qui constitue système. Système non plus n'est pas le terme. – Tu es flou. Il va falloir te déflouter avant ta conférence !* Je remarque sur le mur un tableau imposant, horizontal, dont l'huile craquelle, qui doit dater du XVIIe, serti d'un cadre à la feuille d'or. Il représente une scène de groupe avec un certain nombre de figurants qui entourent un conciliabule de trois figures richement vêtues et perruquées. La jeune femme à regard de bocal se tourne vers moi et me contemple fixement dans les yeux : *En 1684, le doge de Gênes commet l'erreur de défier Louis XIV en fournissant des galères à l'Espagne, ennemie de la France. Au même moment, il traite avec désinvolture l'ambassadeur français François Pidou, chevalier de Saint-Olon. Sur ordre du roi, le marquis de Seigneley, intendant de la marine, accompagné du lieutenant général des armées Abraham Duquesnes, organise une expédition punitive. Notre ville subit un violent bombardement. Le doge de Gênes doit venir s'humilier à Versailles en mai 1685.* Elle tend le doigt vers le tableau et pointe un ongle court, rongé, encerclé d'arrachures, sur la rotule humiliée du prélat : *Vous le voyez agenouillé devant Louis XIV dans la galerie des Glaces. – Anna-Maria est bibliothécaire*, s'excuse la conductrice du monospace. *Vous vous plairez ? Cette suite vous convient-elle ? – Je vais être comme un prince ! Je suis traité avec les égards d'un doge ! – Vous avez là des chocolats, des pâtes de fruits, un peu de confiture*, ajoute l'équilibriste à la retraite. Je localise sur la commode, posé sur un coussin de soie, un porte-clés dont le logo m'est familier : Alfa Romeo. *Ce sont les clés de la voiture. Un coupé décapotable de location*, m'informe la conductrice du monospace. *Elle est au garage de l'hôtel. Demandez au concierge de la sortir si vous voulez vous balader. Demain. Ou même cette nuit si l'envie vous en prend. – Je vais mettre en réseau des éléments qui n'ont rien à voir les uns avec les autres. Des éléments qui vont tenir ensemble par la seule force de la structure conceptuelle qui les rassemble. C'est comme un logiciel de calcul. C'est comme un logiciel mathématique qui produirait des autoportraits.* Margot me sourit, son verre de Campari à la main : *Je commence à mieux comprendre. – Tu sais l'importance du temps dans mon travail. Et du présent en particulier. – Oui. Je sais. – Tu sais aussi l'importance du pied féminin. Et du tien en particulier. – Je le sais aussi. – Tu sais par conséquent l'importance du soulier. Et du soulier Christian Louboutin en particulier. Et tu sais l'importance fondamentale de la reine. Et de ma reine à moi en particulier.* Nue, monumentale, d'une blancheur inconcevable, hissée sur ses sandales en mousseline noire, l'auditrice du premier rang vient d'entamer *a capella* le *Lamento della Ninfa* de Monteverdi. Elle a posé une main pulpeuse, aux ongles roses, sur le piano, et orienté ses autres doigts vers ma personne allongée sur une banquette, nue, un verre de scotch à la main. Ongles roses : rose de la peau intensifié par la matière de l'ongle. Ses épais cheveux roux, cuivrés, ondulés, dévalent comme une cascade sur la lumière de ses épaules. Le contraste de ces deux teintes si radicales, blanche et rouge, pâle et dense, immatérielle et incendiée, explose dans la pénombre. Des seins massifs, épanouis, rendus pensifs par la pâleur de leur regard, un regard aussi rose que les ongles, se soulèvent avec des ondoiements de houle à mesure que se déverse, surgissant de ses lèvres, le lamento du Vénitien. Elle me dévore des yeux. Des larmes les font luire. Elle me sourit dans les *o* béants que font ses lèvres. Elle me déclame à moi seul le lancinant poème. Le regard vert dont elle m'enivre est aussi dense qu'une nuit d'automne. *Comme tout système digne de ce nom, philosophique ou mécanique, le mien possède un regard, un regard supposé, un regard théorique, un point de vue déterminé. Comme en peinture d'ailleurs, avec la position de l'œil du regardeur qui détermine le point de fuite. En l'occurrence, ce point de vue est celui d'un observateur attablé sur la terrasse du Nemours, le café du Palais-Royal.* Je regarde Margot quelques secondes en silence. Elle m'invite d'un léger frémissement du visage (d'ennui ? d'inquiétude ? de scepticisme ?) à poursuivre mon exposé. *Tu t'ennuies ? Tu t'inquiètes ? Tu es sceptique ? – Mais pas du tout ! Continue ! Je t'écoute ! – Eh bien voilà. Cela s'appelle le système Cendrillon. Il résulte de ce système la formation d'un certain nombre d'autoportraits mentaux aléatoires. Les éléments fondamentaux de ce système, que celui-ci est destiné à connecter de mille manières, sont les suivants. C'est une liste large. Le Palais-Royal. L'automne. Cendrillon. La salle de bal. Le soulier. L'espace. Le temps. Le présent. L'extase. Le théâtre. La femme. La reine. L'instant. La grâce. La danse. La magie. Le sortilège. Le passage. L'au-delà. L'au-delà ou l'ailleurs. Tout converge vers cet espace qui se situe hors champ, symbolisé dans mon système par la virgule de pierre qui donne accès, depuis l'esplanade, aux jardins du Palais-Royal. Ce système me résume. Ce système énonce qui je suis. Je vais dire qui je suis à l'auditoire de Gênes en faisant fonctionner devant lui cette petite machine conceptuelle. Les rouages que je viens d'énumérer s'amusent les uns avec les autres comme des écoliers dans une cour de récréation. L'ailleurs est donné par Cendrillon. L'affranchissement et l'accession à la lumière (tels qu'entrevus dans* Brigadoon *et* Le Trou*) sont donnés par Cendrillon et par la figure irradiante de la reine. Cendrillon est donnée par la salle de bal. Le carrosse de Cendrillon est donné par la bouche de* *métro de Jean-Michel Othoniel. La salle de bal est donnée par les sept lustres de l'esplanade. L'automne aussi est donné par la salle de bal. L'espace de l'automne et l'espace de la salle de bal de Cendrillon coïncident parfaitement : c'est l'esplanade du Palais-Royal qui superpose leur transparence à la faveur d'une vérification géométrique qui fait extase. La magie est donnée par l'automne. La magie est donnée par Cendrillon.* Le Trou *est donné par ma cave au Palais-Royal. Proserpine est donnée par ma cave au Palais-Royal. L'automne est donné par Proserpine. Le temps est également donné par Cendrillon. L'absolu est donné par minuit. Le Présent est donné par le Théâtre-Français. L'ailleurs est donné par la virgule de pierre. La danse, la grâce, l'instant, sont donnés par le studio de Preljocaj à l'Opéra, situé au bout de l'avenue, mais aussi par l'esplanade du Palais-Royal, qui s'impose également comme une scène de théâtre.* Brigadoon *est donné par la danse. Le soulier de Cendrillon est donné par Christian Louboutin, dont tu n'ignores pas que les bureaux sont situés au Palais-Royal. La reine est donnée par le Palais-Royal. La reine est donnée par Médée. Les souliers de Christian Louboutin sont donnés par les pointes des étoiles.* Des applaudissements ont envahi l'auditorium de leur clameur de stade. Je vois la rousse astrale du premier rang, rose de bonheur et d'émotion, debout, frappant des mains, essuyer une larme de reconnaissance qui sinue sur sa joue. J'ai levé les yeux de mes nombreux papiers couverts de notes et de diagrammes et m'enivre intimidé des mains qui claquent, des têtes qui opinent, des sourires qui éclaircissent les visages. *Tu veux d'autres exemples ?* dis-je à Margot. *Tu veux que je continue de décliner mon système ?* Margot se lève pour se servir un autre verre de Campari. *On le prend par un autre bout ? Par quel bout tu veux le prendre ?* Margot me regarde effarée. *Par quel bout tu veux le prendre ? Tu as le choix ! – Tu en veux ? Tu veux du Campari ? – En fait oui.* Je me lève. Je vais dans la cuisine pour prendre un verre. Le concierge du Bristol Palace me tend les clés de l'Alfa Romeo : *Elle est devant la porte. Si monsieur veut bien se donner la peine.* Les paysages sont sublimes. Décapotés, à quatre heures du matin, surveillés par une lune ronde, nous filons sur une route de corniche en surplomb d'un précipice obscur, étoilé de lueurs, où se devine la présence de la mer. Une douceur inouïe nous caresse. Les cheveux de l'auditrice font comme une grande flamme rouge qui ondoie dans la nuit au-dessus d'un important sourire. Elle me regarde. Elle est construite singulièrement cette présence providentielle placée à mes côtés, sa renversante poitrine de cantatrice dans la perspective de la longue route que nous suivons, capricieuse, et son visage orienté vers moi comme celui d'une poupée dont on aurait tourné la tête : sa fixité semble incarner un principe de pérennité. *J'ai adoré ce que vous avez dit sur Cendrillon. C'est singulier, de la part d'un homme, de s'incarner dans une figure si délicate, si universellement féminine !* Elle parle comme une poupée impératrice équipée d'un enregistrement logé dans son ventre. Je vois ses lèvres qui articulent des mots légèrement différents de ceux qui me parviennent : comme un mauvais doublage de film. *Ce système que vous avez dénommé Cendrillon fonctionne à la perfection. C'est un délice d'intelligence ! Ce système est une pure merveille d'horlogerie !* Le liquide se déverse onctueusement de la bouteille dans mon verre. Je pose la bouteille sur la table et m'installe sur le canapé à côté de Margot. – *Et c'est donc ça ta conférence génoise ? C'est sur ça, c'est sur ce truc que tu travailles depuis trois mois ? – En effet. C'est sur ce truc. Depuis trois mois. – Et tu ne penses pas…* hasarde Margot. *Je veux dire… Il ne faudrait pas ?… – Où allons-nous ? Dans quel endroit mystérieux nous conduisez-vous ?* dis-je à ma statue de passagère. Celle-ci, dont les cheveux continuent de dessiner la forme d'une flamme, une flamme horizontale qui a l'air de s'échapper de la tuyère d'un réacteur, m'examine fixement. Son imposante poitrine de cantatrice, dont la blancheur dialogue avec la lune, semble indiquer avec autorité la direction à suivre. – *Vous souhaitez vraiment que je vous emmène… – J'aimerais que l'automne succède à l'automne, en boucle, indéfiniment. – Vous êtes certain d'y avoir bien réfléchi… – Je suis fatigué. Je suis épuisé. Je suis heureux ce soir en ces derniers instants de l'automne. C'est le même effort musculaire continu que je produis depuis le CE2. En CE2 j'ai mis la main sur une sorte de levier et je tiens ce même levier constamment depuis cette date, c'est le même instant qui s'éternise et dont on peut dire qu'il est ma vie. Je suis le même, exactement le même, qu'à huit ans. Le même cerveau, la même conscience, les mêmes pensées, la même lumière intérieure constituée d'espoir, de force, de frayeurs, de fragilité, de lucidité, de détermination. Affolant principe de continuité. Je me revois à huit ans marchant dans la rue et me pensant moi-même, c'est un souvenir très précis. Je pourrais vous conduire à l'endroit où je me tenais ce jour-là et je pourrais vous dire précisément quelles étaient mes pensées, mes sensations, c'étaient les mêmes qu'aujourd'hui. J'ai l'impression qu'aucune rupture d'aucune sorte ne m'a jamais déconnecté de lui. Et c'est toujours la même tension, le même effort, qui datent de cette époque. J'ai*

envie de lâcher le levier. – Alors on y va... me répond
ma passagère immobile. *– Me libérer de moi-même.
Chacun comprend ce que cela veut dire... Où m'emme-
nez-vous ? – Dans un endroit que nul ne connaît et qui
n'est sur aucune carte. C'est un domaine hérité de mes
parents et où je vis depuis toujours. – Vous n'en sortez
jamais ?* Puis : *Je crois qu'on nous suit. – Bien sûr que
si. Je voyage, je m'insinue dans des interstices, je dilate
des espaces, je m'envole, je me diffuse, je me supplante,
j'agrandis les instants, je passe des heures dans des
secondes miraculeuses, vous me dites qu'on nous suit ?*
L'auditrice transparente du premier rang, sans avoir
l'air de se tourner, fait pivoter sa tête de poupée vers le
sillage de l'Alfa Romeo, *En effet, vous avez raison, une
voiture est derrière nous, mais qui vous dit qu'elle nous
suit ?* Je ne cesse de surveiller les rétroviseurs de la
décapotable, où je vois incrustés, tels de petits diamants
qui scintillent, les phares ronds d'une Jaguar inquisi-
trice. *– Car elle nous suit depuis Gênes. Depuis que
nous avons quitté le Bristol Palace. – Eh bien accélé-
rons. Je vous propose qu'on accélère.* Le paysage défile
autour de nous à toute allure et d'énormes ventilateurs
disposés dans la pénombre propulsent des tourbillons
tempétueux dans nos cheveux, sur nos visages, à la
surface de nos vêtements, qui en ondulent. Sans qu'il
m'ait été nécessaire d'exercer aucune pression sur la
pédale, la vitesse de la décapotable s'accentue peu à
peu. Je vois l'aiguille du compteur de vitesse qui progresse minutieusement à l'intérieur de la lunette, 150,
160, 170, 180 kilomètres-heure. *– Tu n'aurais pas intérêt à rédiger un texte d'une facture plus classique ? –
Ils sont toujours là ?* me demande la cantatrice du premier rang. *Ils nous suivent toujours ? Nous les avons
semés ?* Le motif des quatre phares ronds disparaît par

intermittence, à chaque virage accentué que réalise la route, de la surface des rétroviseurs. Mais à chaque fois qu'il réapparaît, sa taille s'est amoindrie : les quatre phares ronds ne sont plus que des points lumineux, des clous scintillants, de petites lueurs stellaires. – *Je crois que oui. Nous les avons semés. Un texte d'une facture plus classique ?* Nous volons. Nous glissons sur la route. Nous avalons les virages avec la légèreté d'une pensée extatique. – *Il est un peu risqué ton système Cendrillon. Je l'aime beaucoup mais c'est un peu risqué. Tu pourrais peut-être te contenter d'une conférence classique sur ton travail ? Tu ne penses pas ?* Je me lève du canapé, pose mon verre sur la table basse et me dirige vers la cuisine. Il me semble avoir aperçu, sur le bord de la route, l'espace d'un instant, enfermés dans une bulle de lumière, Margot et les enfants vêtus de noir. Donatien tenait dans ses doigts une voiture de police. Leonardo dissimulait son visage derrière un mouchoir. À présent je sens sur ma joue les ongles roses de l'auditrice qui y dessinent des arabesques qui me griffent légèrement. Plus aucune lueur stellaire à la surface des rétroviseurs. Il me semble que le tracé capricieux de la route a disparu. La nuit est vaste, étoilée, clémente, parfumée. Des images de citron se multiplient à travers la surface inclinée du pare-brise. La cantatrice assise à mes côtés, reine, rousse, italienne, continue de me fixer du regard. J'ai lâché le volant et caresse son visage ébloui. Et la seconde que je m'octroie, volée au pilotage de la décapotable, pour caresser sa peau diaphane ponctuée d'étoiles brunes, m'abîmer dans le vert de son regard, accepter le long baiser qu'elle m'invite à lui offrir, m'abrite dans son enclave illimitée comme un automne d'éternité.

17

Le 22 décembre à seize heures, comme convenu dix jours plus tôt, je sonne à l'interphone de ma voisine du quatrième, qui se contente d'un *Montez* laconique. Nous nous retrouvons dans son salon, elle sur le même fauteuil que l'autre jour, moi installé au bord du canapé, un peu tendu, une tasse de thé à la main. *Votre séjour s'est bien passé ? – Du sucre ? Du lait ? Des madeleines ? – Nature. Merci. Je n'ai pas faim pour le moment. Vous avez très bonne mine en tout cas. Vous étiez dans un pays ensoleillé ? – Vous me flattez. Dans une région ensoleillée effectivement. – Vous êtes très mystérieuse. En France ? À l'étranger ?* Nous nous regardons en silence quelques secondes. Ma voisine du quatrième s'est vêtue d'une manière qui m'enchante. Elle porte des escarpins vernis, une jupe étroite qui accentue la courbure de ses hanches, un chemisier audacieusement déboutonné, de soie blanche, dans l'échancrure duquel je peux voir l'arrondi d'un collier. Elle porte des gants d'intérieur en dentelle qui enserrent la tasse de thé. J'adore cette atmosphère vestimentaire qui à nouveau résume si bien l'essence de ma voisine du quatrième, chic et sexy, distante et attentive, rétive et consentante, qu'acclame en cet instant une érection qui date déjà de dix minutes, tandis qu'elle me regarde avec une fixité embarrassée, la tasse de thé entre ses doigts.

Son appartement est le même que le mien : je suppose que la plus grande des deux chambres est la sienne et que la plus petite sert de repaire à ses travaux de traductrice. Je me lève, dépose la tasse de thé sur la table basse, prends par la main ma voisine du quatrième et la conduis vers sa chambre. Je la déshabille avec lenteur. Je déguste avec le même plaisir que j'apprécie séparément chacun d'entre eux le retrait des vêtements qui la couvrent. Je lui sais gré de s'être ornée d'un porte-jarretelles, désuétude dont le dispositif n'est pas une fin en soi (elle aurait pu s'en passer sans cesser de me séduire) mais désigne avec une naïveté qui m'attendrit la nature de ses arrière-pensées : être érotique. Je l'allonge déshabillée sur le lit. Je me dévêts en la regardant dans les yeux. Nous nous attendons l'un l'autre (érotiquement je veux dire) (je veux parler de nos corps qui vont communiquer et qui ignorent encore de quelle manière : à la faveur de quelles passerelles) avec gravité. J'ai laissé ses gants de séductrice (et non plus d'étrangleuse) à ma voisine du quatrième, ainsi que le trois-rangs cérémonieux qui cliquette sur sa peau. Je m'allonge auprès d'elle sur la courtepointe de satin. Elle a posé sur mon sexe en érection un regard tourmenté duquel j'ai spéculé (attentif à détecter les désirs, les latences, les attentes de ces conquêtes des mois d'automne) qu'il ne s'agirait pas de la pénétrer. Je caresse avec douceur sa poitrine de soixante ans. Nous nous regardons constamment dans les yeux. J'aime son regard, sa profondeur caverneuse, éclairée aux bougies, où luisent comme des éclats de métal les désirs, les pensées, les regrets qui la bousculent. J'aime cette femme et ses douleurs, sa mélancolie, ses trésors dissimulés, j'aime son passé détruit, à jamais derrière elle, j'aime les images que celui-ci diffuse en elle, auxquelles j'ai l'intuition qu'elle va dédier avec timidité cet instant inattendu, qui lui vaudra de se réinventer dans son corps d'aujourd'hui. C'est cela que je sens, c'est cela que j'anticipe, c'est cela que je vais m'employer à amplifier. Il n'est pas question de l'embrasser sur la bouche, de lui donner mon sexe à déguster, de hasarder sur son corps des initiatives à la pornographie explicite. Tout se passera par le regard. Tout se passera dans ses yeux. Tout se passera dans son imaginaire. Je mordille avec clarté, comme un signal, à la faveur d'une attention respectueuse qui pourrait être une phrase, avec des verbes, une tournure élégante, un sens précis qu'elle peut entendre, les pointes drues de ses seins. Je pose une main sur son ventre qui lui déclare : *Ne vous inquiétez pas*. Elle me sourit de ces égards. Je lui souris à mon tour avec une expression qui lui murmure : *Laissez-moi faire*. Je lui dis : *Je vous aime*. Elle me répond : *Ne soyez pas idiot*. Je me déplace avec lenteur comme un reptile aux mobiles indécis vers le sexe de ma voisine du quatrième. Je lui écarte les cuisses. Elle me résiste en contractant les muscles. Je lui caresse les jambes avec douceur, j'apprécie la tessiture de ses bas, la finesse de leur nylon miroitant, j'obtiens de cette patience le relâchement progressif de ses cuisses, dont je sais que l'accompagnent parallèlement le relâchement graduel de ses pensées, l'éclosion étagée d'un certain nombre d'images, de sensations. Je me suis allongé dans le prolongement exact de son corps comme une épée sortie de son fourreau et communique avec elle, dont le nylon des bas enserre mes tempes, par ma langue sur son sexe. Une odeur s'en dégage (que j'adore) qui manifeste comme une émanation d'usine (une usine de chocolat) (une usine de parfum animal) la fabrication à plein régime des images qui l'assaillent. J'en apprécie les lèvres, ourlées, dont mes dents peuvent se saisir pour les étirer (petit cri de plaisir qui retentit un peu plus haut), ainsi que le statut du clitoris, ministériel, à l'opposé des bourgeons indistincts des jeunes filles d'aujourd'hui. J'embrasse comme si c'était sa bouche (un long et langoureux baiser avec la langue) l'épaisse matière de son intimité : avec amour, passion et véhémence. Je sais qu'elle le reçoit ainsi : au même titre qu'une métaphore d'un vrai baiser entre amoureux, jeunes, visage contre visage, menton contre menton, langue contre langue. Rome ? Place d'Espagne ? Un baiser d'il y a trente ans reçu un petit matin d'été place d'Espagne d'un artiste aux yeux gris rencontré durant la nuit ? C'est parti. Le film est parti. Je lèche, j'embrasse, je contourne, j'accélère, je ralentis, je mordille, je m'attarde, je me lance, je m'enfuis, j'infléchis, je fusille : les lèvres, le clitoris, la faille humide de ma voisine du quatrième. Elle halète, murmure, raconte, s'essouffle, gémit, s'enivre, s'étonne, se cabre, s'enfuit, s'immobilise, me regarde tendrement (du moins je le suppose : c'est par la pression de ses doigts sur les miens, de temps à autre, qu'elle me l'exprime), repart dans ces images qui la chahutent. Je suis un projectionniste. Je suis l'équivalent d'un projectionniste dans les hauteurs d'une salle de cinéma un mercredi après-midi pour le bénéfice d'une spectatrice unique, isolée, aspirée par les images qui défilent dans ses yeux. Un film heurté, composite, de deux heures, qui se passe à Berlin, à Rome, à New York, qui s'insinue dans des appartements à Copenhague, à Amsterdam, à Saint-Tropez, dont les protagonistes sont Fassbinder, Pasolini, ma jeune voisine du quatrième, des inconnus dont j'ignore les patronymes (dont les visages, derrière l'opacité osseuse de ma voisine du quatrième, ne m'apparaissent pas : sa boîte crânienne les renferme égoïstement de la même manière que la façade d'un cinéma), des virées en automobile, des plongeons dans l'eau d'une crique, fêtes, soirées, caresses, pénétration inoubliable sur le lit d'une petite chambre dont les murs sont recouverts de chaux, chapeau rouge acheté à Londres en avril 72 et qu'elle porte ce soir-là pour se rendre à un rendez-vous qui la terrorise sur les marches de la Scala. *J'adore...* me dit-elle dans un murmure. *C'est magnifique... C'est sublime... Il pourrait durer des heures... tout l'après-midi...* Je souris sans cesser de travailler son sexe avec amour. *Il ? Il* pourrait durer ? Elle parle de ce moment de la même manière qu'elle parlerait d'une œuvre d'art : d'un film. Je sens le dénouement qui approche. Je le sens à la musique des derniers plans qui s'accentue (cette musique de soupirs, de halètements, parfois de cris, qui se déroule un peu plus haut sur l'oreiller) et qui désigne le paroxysme de cette fiction introspective. Et au moment où apparaît sur l'écran le mot FIN, elle se cabre, exulte, explose, referme sur mon visage l'étau noir de ses bas, m'immobilise avec autorité (seule ma langue continue de frétiller lumineusement dans les ténèbres de cette tension corporelle qui m'engloutit) et ajoute à l'étreinte de ses cuisses ses deux mains qui se plaquent sur mes cheveux et qui appuient mon visage avec force sur les coulures de son intimité.

Je fume une cigarette sur le lit de ma voisine du quatrième. Elle a voulu se rhabiller, revêtir un peignoir, mais j'ai obtenu d'elle qu'elle reste entièrement nue, avec seulement ses bas, ses escarpins, son collier blanc et ses gants en dentelle. Nous bavardons paresseusement. Elle ne m'a pas touché le corps : notre échange s'est limité à actionner sur le sien une sorte de projecteur mental. Nos phrases sont rares, nous nous dévisageons avec tendresse, il lui arrive de me répondre avec un long retard, d'opposer à mes propos une expression pensive, de désaxer le cours de nos rêveries. *Vous avez faim ?* me demande-t-elle. – *Un peu. Un peu faim. Et vous ? – J'aurais envie de quelque chose de léger. Je vais aller voir à la cuisine ce que je peux nous préparer. – Je l'aime ce* nous *que vous dites. – Pardon ?* s'étonne-t-elle dans un sourire. – *Vous dites :* nous. *Vous avez dit : ce que je peux* nous *préparer. Ce* nous *me plaît.* Elle est de plus en plus anxieuse, comme tiraillée par des pensées antagonistes. Se repent-elle de cet après-midi que nos deux corps ont passé dans le prolongement l'un de l'autre ? *Quelque chose ne va pas ? Vous voulez que je m'en aille ?* Elle me regarde avec un air qui confirme mes soupçons : je l'embarrasse. – *Non… c'est rien… j'ai adoré… c'était merveilleux… – Alors c'est quoi ? Qu'est-ce qui ne va pas ?* Silence. Je la sens qui hésite. – *C'est-à-dire… Je voulais vous dire… – Quoi ? Qu'est-ce que vous vouliez me dire ?… – N'y allez pas…* Je la regarde avec un air interrogateur. *À Gênes je veux dire… N'y allez pas… N'y allez surtout pas…* Je la sens indisposée par cet aveu qu'elle vient de faire. J'ai l'intuition qu'une trahison la précipite dans une fournaise de déplaisir. Mais en même temps la lumière d'un soulagement éclaircit son visage, ses yeux verts, les gestes qu'elle improvise : elle me caresse les doigts. – *Comment ça n'y allez pas ? Qu'est-ce que vous voulez dire ? – Je ne devrais pas. Tout ceci doit rester entre nous. Prétextez des problèmes familiaux. – Mais pourquoi je n'irais pas ? Elle me plaît cette perspective d'une conférence à Gênes ! Pour une fois qu'on s'intéresse à mon travail ! Et en plus dans cette ville que j'adore ! Je m'en fous qu'ils soient spéciaux (et c'est un euphémisme !) vos amis les organisateurs !* Comme on le voit : je proteste. – *Cette conférence est un piège qu'on vous a tendu. – Un piège ? Qu'est-ce que vous racontez ? – Une embuscade. Concertée. Savamment planifiée. – Par qui ? Pourquoi ? – Par quelques-uns d'entre nous. Je dois vous avouer quelque chose. J'en suis la principale instigatrice. Car le hasard a voulu que nous soyons voisins...* Je considère avec curiosité ma voisine du quatrième. *Écoutez. C'est un peu compliqué. Disons que nous formons un groupe... un groupuscule si vous voulez... d'une quarantaine de membres... qui se réunit une fois par mois... parfois plus en fonction des circonstances... dans un appartement de la place Saint-Sulpice. Je suis gênée de vous raconter ça...* Ma voisine du quatrième descend du lit et revient quelques secondes plus tard revêtue d'un peignoir rouge. *Voilà qui est mieux : je serai plus à l'aise pour parler. – Il vous va bien. Il me semble préférable, vous avez raison, de se parler habillés !* et j'enfile ma chemise avant de me glisser sous sa couette. *Et alors, poursuivez, ce groupuscule, quelle est sa raison d'être ? – C'est cela qui doit rester confidentiel. Promettez-le. – Strictement confidentiel. Je vous en fais la promesse. – Défendre les intérêts de la bourgeoisie intellectuelle de gauche.* J'éclate de rire. *– Quoi ?! Défendre les intérêts... – Et les pouvoirs, la position dominante...* m'interrompt-elle. *– Les pouvoirs, la position dominante, de la bourgeoisie intellectuelle de gauche ! C'est d'une drôlerie ! C'est ça la raison d'être du groupuscule que vous animez ? C'est à mourir de rire ! – Je ne l'anime pas. J'en fais seulement partie. Et il peut m'arriver de me* *trouver en première ligne... comme sur l'affaire qui vous concerne...* – L'affaire qui me concerne! *Car il existe une affaire qui me concerne! Wouuuaaahhh! Et en quoi consiste-t-elle l'affaire qui me concerne! – Nous avons décidé de mettre un terme définitif à l'émergence de votre personne. C'est...* – À l'émergence de ma personne! *– Absolument. À l'émergence de votre personne. C'est quelque chose qui nous est apparu à tous... – Mais enfin! Pourquoi moi? Qu'est-ce que c'est que cette histoire! Je ne suis pas le seul à émerger! – Certainement. En revanche vous êtes l'un des rares à être issu des classes moyennes, et de surcroît à le clamer sur tous les toits... C'est en tant qu'élément constitutif des classes moyennes, de la petite bourgeoisie ordinaire, médiocre, sans envergure, proprement répugnante, que vous êtes pris pour cible. Sans compter que vous n'avez aucun diplôme digne de ce nom. Vous êtes une sorte d'autodidacte opiniâtre... et s'il y a bien une chose que nous exécrons c'est bien les bricoleurs du dimanche, les dilettantes présomptueux, les autodidactes opiniâtres! – Il va falloir m'expliquer ça...* dis-je abasourdi à ma voisine du quatrième. *– Vous pourriez m'offrir une cigarette s'il vous plaît : j'ai oublié les miennes au salon. – Mais je vous en prie. J'espère qu'elles ne sont pas trop fortes.* Je lui tends mon paquet. Je lui allume sa cigarette. J'observe que ses mains tremblent. Je suis troublé par le terrain où se prolonge à présent notre après-midi amoureuse. *– Merci...* me dit-elle. *– Et donc ?* je lui demande. *– Imaginez que déferlent sur Paris, dans les grandes écoles, dans les universités, dans les maisons d'édition, dans les chaînes de télé, dans les grands quotidiens, sur le marché littéraire, des milliers de gens comme vous... qui se seraient libérés, à la faveur* *d'une contamination inexplicable, de leur habituelle servilité, de la honte, des complexes, de l'humiliation où nous les tenons enfermés depuis des décennies... Imaginez que l'un d'entre eux, vous par exemple, s'émancipant, parvenant à se faire admirer, entraîne derrière lui les désirs, l'ambition, la détermination de milliers d'autres! Imaginez le colossal réservoir de concurrence que constitue la classe moyenne pour la bourgeoisie intellectuelle de gauche! Imaginez le cauchemar, le pur cauchemar, la terrifiante horreur qui se profile pour nous! Imaginez que les enfants des VRP en bureautique se mettent à convoiter Normale sup... et qu'ils déploient des efforts surhumains... et que nul obstacle ne se dresse sur leur passage... et qu'ils finissent par réussir! – Vous voulez dire que la bourgeoisie intellectuelle de gauche s'est donné pour objectif de conserver coûte que coûte le pouvoir qui est le sien... – On peut dire les choses comme ça en simplifiant... – On m'a fait croire depuis toujours qu'il fallait être de gauche pour défendre la culture, l'égalité, la justice sociale. Cela étant je dois vous avouer que j'y croyais de moins en moins à cette fiction d'une gauche intellectuelle miséricordieuse. – Me voilà rassurée!* s'exclame ma voisine du quatrième. *Croire à ces sornettes! Car s'il y a une chose que la bourgeoisie intellectuelle de gauche ne fera jamais, c'est partager son pouvoir avec les classes montantes, c'est inviter les classes montantes à se mettre sur le même plan, c'est leur ouvrir les écoles les plus prestigieuses, celles-là mêmes qui fabriquent la légitimité dont il est question... – Je suis heureux de l'entendre dire aussi clairement par l'un d'entre vous. Votre honnêteté vous honore ma chère voisine du quatrième. – Je vais même aller plus loin pour achever de vous séduire... Vous* voyez que je suis soucieuse de vous plaire... – C'est la première fois que je me retrouve dans un lit avec une représentante de la bourgeoisie intellectuelle de gauche... – Les gens de votre milieu, leur seule chance de s'en sortir, d'exister, de ne pas être étouffés dans l'œuf, c'est le marché, le libéralisme, la libre concurrence, ce sont les valeurs de la droite, c'est le système américain, ouvert à tous, décentralisé, fondé sur l'économie de marché, la reconnaissance du mérite... et non pas sur le jacobinisme, le conservatisme, l'esprit de caste, la centralisation des pouvoirs, ce système élitiste patiemment défendu, d'héritage, de droit du sang, par la bourgeoisie intellectuelle de gauche depuis des décennies... – C'est un paradoxe assez délicieux que vous venez d'articuler... dis-je à ma voisine du quatrième. – C'est en effet un délicieux paradoxe. Et c'est ce paradoxe qui nous permet de prospérer. Chacun est à sa place ! Les intellectuels de gauche sont à leur place ! Les universitaires de gauche sont à leur place ! Les pauvres sont à leur place ! Les opprimés sont à leur place ! Les VRP des classes moyennes sont à leur place ! Les méchants de droite sont à leur place ! Les rédacteurs en chef des hebdomadaires sont à leur place ! Les intellectuels qui souhaitent que cela change sont à leur place ! Pourquoi vouloir que cela change ! Pourquoi Carla Bruni, notre bienfaitrice à tous, qui finance généreusement notre organisation, voudrait-elle que cela change ! Tout va pour le mieux dans le meilleur des mondes ! – Vous trompez donc les électeurs de gauche depuis... – Mais vous bandez mon ami ! Je vois là comme une tente, un chapiteau de cirque ! Cette érection sous la couette, ce monticule, montrez-moi ça ! Je la lui montre : mon sexe bat la mesure, impassible et motivé, sous le regard narquois et amusé de ma voisine du quatrième. *Vous bandez dans des circonstances qui ne sont pas tellement propices, pourtant, à l'exultation hormonale ! – Il faut croire que si. Ça m'excite d'être une victime. Ça m'excite d'être dominé. – Eh bien dites-moi...* commente ma voisine du quatrième dans un sourire admiratif. – *C'est une spécialité de ma classe sociale. C'est cet état de honte où vous admettez vous-même qu'on nous tient enfermés qui produit cet effet. Vous me dites des choses horribles et moi je bande et j'ai envie de vous...* Ma voisine du quatrième porte la main sur mon sexe et se met à le presser dans la dentelle du gant. – *Je vous fais mal ?* me demande-t-elle. Je fais *Non* de la tête. *Et là : je vous fais mal ?* Je fais *Non* de la tête. *Et maintenant : je vous fais mal ? – Un peu maintenant. Ça commence à me faire un peu mal. – Et vous aimez ? Vous aimez ça avoir mal comme ça ?* J'hésite à lui répondre : elle me fait vraiment mal. *Vous bandez de plus en plus je le sens. – Oui. J'aime ça. Cette douleur est délicieuse.* Elle accentue la pression. *Aïe ! Arrêtez... Là j'ai vraiment mal...* Elle relâche un peu ses doigts et me sourit : *Voilà... c'est fini... c'est terminé...* Elle me caresse le gland avec ses ongles. *Vous avez un très beau sexe, avec un joli gland, on croirait un soldat de la guerre de quatorze.* J'éclate de rire. *Fassbinder avait le même. Le même sexe en uniforme de fantassin. Et lui aussi il aimait les raffinements, les préciosités, les bas de soie, les escarpins, les talons hauts, les colliers de perles, les porte-jarretelles. Il adorait mes pieds. Il les suçait sans cesse. Qui s'en serait douté ? Qui penserait qu'un rustre comme lui apprécierait les peaux douces, diaphanes, vêtues de satin noir... – Moi. Moi je m'en doutais. Moi je vais vous dire je suis un écolier de*

CE2 sur lequel se sont greffés, au hasard de la vie, comme des moules sur un rocher, de la culture, des désirs, des capacités, des références, des enthousiasmes, un univers, des affinités, de la folie, des théories littéraires strictement personnelles, je me suis concrété tout seul comme du calcaire, par superpositions aléatoires, mais l'écolier de CE2 qui vibre à l'intérieur, il est vivant, écorché vif, attentif à tout, épidermique au plus haut point, je suis un monument hasardeux, de chair, cultivé, qui aspire à la reconnaissance, pourquoi donc me la refuser ? Ma voisine du quatrième, peut-être à cause de l'écolier inconsolable apparu brusquement dans ses draps, prend place sur mon bassin et engloutit avec lenteur mon sexe en érection. Je sens l'humidité de son intimité, proprement dégoulinante, chaude et douce… *Pourquoi ?* je poursuis. *Pourquoi ne pas s'en réjouir ? Je vous le demande. – Le libéralisme il s'en fout que vous soyez issu des classes moyennes ou de la grande bourgeoisie… L'économie de marché elle s'en tape que vous ayez été élevé à Clichy-sous-Bois plutôt qu'à Saint-Sulpice… – Quoi ? Vous savez que j'ai été élevé à Clichy-sous-Bois ?* je demande interloqué à ma voisine du quatrième. *Pourtant… dans mes romans… j'ai écrit que j'ai été élevé à La Roche-sur-Yon ! J'ai soigneusement occulté que j'ai passé cinq ans à Clichy-sous-Bois ! – Nous savons énormément de choses sur vous… – Donc d'après vous mon intérêt serait de voter à droite ? – Naturellement ! Mais naturellement ! – Je vous préviens qu'une telle chose est au-dessus de mes forces : jamais je ne voterai à droite. – Mais regardez Houellebecq ! C'est le marché qui l'a sauvé ! Sans le marché Houellebecq il était mort, exécuté, enterré ! Sans le marché les institutions dirigées par la gauche intellectuelle l'auraient fusillé, éradiqué, émietté, démembré, jeté aux ordures! L'énergie que nous avons déployée pour l'abattre vous n'imaginez pas!* Silence. *Vous ne serez jamais reconnu comme un écrivain. Quand bien même vous écririez un chef-d'œuvre... ce qu'il me semble que vous n'avez pas encore fait... – Je suis d'accord avec vous sur ce point... je n'ai écrit aucun chef-d'œuvre pour le moment... mais je m'y emploie activement...* dis-je à ma voisine du quatrième en lui tenant les hanches. *– ... Eh bien jamais vous ne serez reconnu comme un écrivain... même un petit... même un minime... l'autorité culturelle de gauche qui délivre les certificats vous refusera... – Mais si vous êtes si sûrs de vous pourquoi me tendre un piège ? Contentez-vous de me refuser le label!* dis-je à ma voisine du quatrième en la laissant remuer égoïstement sur mon sexe en érection. *– Pour deux raisons... D'abord le système se craquelle... il devient vulnérable...* ma voisine du quatrième se met à gémir les yeux fermés et accélère la cadence de son sexe sur le mien... *ensuite votre ascension... nous importune... elle en énerve quelques-uns... C'est bon... j'aime ça... un peu plus vite...* Nous faisons l'amour quelques minutes sans nous parler. Ma voisine du quatrième prend soin de parcourir avec le sien toute la longueur de mon sexe, l'enfonce profondément à l'intérieur de son ventre, laisse le gland se décapsuler de l'orifice humide à chaque fois qu'elle s'éloigne. Pas de brèves saccades : non. Pas de nerveux va-et-vient : non plus. Des mouvements lents au contraire, amples, appliqués, imprimés par son bassin qui se soulève et se rabaisse, en cadence, avec amour. Ses muqueuses sont liquides, mon sexe y glisse avec aisance, je dois me concentrer pour ne pas jouir, je retire son peignoir avec hargne et lui mordille le bout des seins : je l'immobilise avec autorité pour éviter l'inéluctable… *Qu'est-ce que c'est bon… qu'est-ce que j'aime vous faire l'amour…* me murmure à l'oreille, en s'affalant sur moi, ma voisine du quatrième. Elle transpire. Elle ruisselle de sueur. J'aime son odeur. – *Moi aussi… Moi aussi… Où en étions-nous ? Qu'est-ce que vous disiez ? – Vous êtes cruel… Vous me torturez… Pourquoi vous arrêter comme ça mon bel amour…* Elle m'embrasse sur la bouche, lèvres closes, avec espièglerie, à petits coups répétés. Je regarde par la fenêtre (par-delà son visage plaqué contre le mien) (par-delà ses cheveux désordonnés qui me chatouillent les tempes) les branches des arbres : agitées légèrement par le vent. Mes amis, vous qui voyez par les carreaux de vos fenêtres des forêts enneigées, des vallées, des fjords, des parcs, des pagodes, des montagnes, des vergers, des déserts, des steppes, des gratte-ciel, des rizières, des cocotiers, Central Park, les jardins de Tivoli, des temples, des basiliques, des ponts suspendus, Holland Park, l'Himalaya, des toits de tuiles, ne m'abandonnez pas à ce pays étroit, cloisonné, régional, nostalgique ! ne me laissez pas seul dans ce pays narcissique, alambiqué, clitoridien ! j'étouffe ! je m'asphyxie ! sauvez-moi ! invitez-moi ! souriez-moi ! accueillez-moi ! absorbez-moi ! avalez-moi ! ne me laissez pas seul ! faites de moi un homme mondialisé ! Je vais vous faire une confidence mes amis. C'est précisément pour cette raison, *pour être un peu audible, pour tenter d'être entendu*, que j'ai pris place début septembre aux abords du Palais-Royal, à deux cents mètres du Louvre, au cœur exact de ce pays devenu inaudible, tristement pittoresque : peut-être serai-je entendu (me suis-je dit) si je me place au cœur universel (qui véhicule peut-être

quelques vestiges d'une radiation désormais éventée ?)
de ce pays qui ne l'est plus, devenu ornement, préciosité, anachronisme, une sinistre exception ? – *Alors ?
Votre petit cénacle ? Elle m'intéresse vous savez votre
organisation... – Vous êtes certain ? Vous ne voulez
pas qu'on parle d'autre chose ?* me suggère-t-elle avec
espièglerie en se trémoussant sur mon sexe devenu
mou. – *J'en suis absolument certain. Vous en avez
trop dit ou pas assez... De surcroît si vous voulez que
je rebande il va falloir m'en dire plus...* Argument
massue si je puis dire : ma voisine du quatrième continue de lever le voile. – *Eh bien nous vous pistons. Nous
vous espionnons. Nous surveillons les entités hétéro-
gènes avec la plus grande attention. Nous tentons de
discréditer, d'humilier, d'affaiblir, de faire douter
d'eux-mêmes, de faire se fissurer de l'intérieur les éléments les plus nocifs. Jusqu'à présent nous sommes
parvenus à vous convaincre, je le crois, de vos insuffisances culturelles... intellectuelles... Vous êtes pétri de
complexes effectivement ! On vous a tellement humilié !
On vous a tellement convaincu de votre infériorité !
Mais imaginez qu'un succès obtenu à notre insu vous
donne soudain des ailes ! Et que celui-ci vous exalte !
Et contamine votre milieu ! Alors nous nous mobi-
lisons. Nous faisons fonctionner nos réseaux. Nous
avons des correspondants un peu partout... dans les
journaux... à la télévision... à la radio... dans les maisons d'édition... dans les services du ministère de la
Culture. Une solidarité. Une connivence de caste.*
– *Donc voilà je suis la cible : vous voulez m'abattre.
Des herses se dressent de toutes parts ! Pointues ! Effilées !* – *Les herses c'est nous. Pointues comme vous
dites. Effilées et douloureuses. On vous y empale avec
délices. Vous êtes coriace ! On peut dire que vous êtes*

coriace ! Et vous vous obstinez ! – C'est de famille.
Mon père aussi, impossible de l'abattre. Même mort,
éventré, poignardé, il remuait, il rampait, il bougeait
un bras, il finissait par se lever. – Nous l'avons
constaté. L'émission à la radio, vous vous souvenez ?
– Si je m'en souviens ! L'attentat radiophonique ! Si je
m'en souviens ! Mais j'y pense tous les matins dans ma
salle de bains ! Cette émission n'a pas quitté mon
esprit une seule seconde depuis le jour où elle a eu
lieu ! – Eh bien deux des critiques qui vous ont assas-
siné font partie du groupuscule. Nous vous avons exé-
cuté de la manière la plus radicale. Au lance-flammes !
Au napalm ! À la bombe à neutrons ! Nous nous disions
que vous seriez incapable, pendant les douze pro-
chaines années, d'écrire la moindre ligne ! Notre
principal moyen d'action, car il s'agit d'artistes,
d'individus vulnérables, c'est de les faire douter, de
les démoraliser, de les déstabiliser, d'instiller dans
leur cerveau des pensées empoisonnées. Vous fréquen-
tez épisodiquement certains de nos membres... sans le
savoir... ils se disent vos amis... ils prétendent vous
estimer... leur rôle est d'envoyer au bon moment, au
détour d'une conversation, sans en avoir l'air, une
fléchette empoisonnée. Un poison durable, pervers,
baroque, qui envahit votre esprit, contamine vos pen-
sées, vous fait monologuer chaque matin dans votre
baignoire. Des poisons qui vous meurtrissent, vous
exténuent, vous dévaluent, dévorent votre énergie. Si
je vous disais les noms ! – Poursuivez... poursuivez...
Ma voisine du quatrième se met à remuer sur mon
bassin. Mais je la force à rester immobile. – *Vous êtes*
méchant... murmure-t-elle pour m'amadouer. – Pour-
suivez je vous dis... Il m'intéresse votre récit... – Vous
êtes suivi. On fouille dans vos poubelles. C'est grâce à

ces visites que nous savons cette mystérieuse passion pour Gênes et le Bristol Palace. D'où cette idée d'une conférence à Gênes financée par notre mécène la généreuse Carla Bruni. – Carla Bruni... Mon Dieu Carla Bruni... dis-je à ma voisine du quatrième en haussant les épaules. *Dormez je le veux... Dormez je le veux... Classes moyennes... gens ordinaires... mes amis des lotissements... ne lisez pas Gombrowicz... écoutez-moi... écoutez ma voix... laissez-vous aller... laissez-vous bercer... dormez... dormez... tout va bien... c'est Carla qui vous chante une petite chanson douce pour vous faire oublier vos misères... c'est ça... comme ça... très bien... assoupissez-vous mes amis... – C'est assez bien vu !* s'exclame ma voisine du quatrième. *C'est exactement son rôle à Carla Bruni ! Dormez je le veux ! – Réveillez-vous je le veux ! Et moi je leur hurle aux oreilles réveillez-vous je le veux ! – C'est la raison pour laquelle il faut vous abattre au plus vite... – Remarquez que je commençais à avoir des soupçons... – Je m'en suis rendu compte en lisant votre mail à Marie-Odile Bussy-Rabutin. Je dois dire que j'ai été assez bluffée de vous voir viser si juste les intentions de ce projet... – Mais qui est-elle, au fait, cette dénommée Marie-Odile ? – Comme vous l'avez pressenti : personne : juste un nom. Nous nous sommes relayés pour vous écrire, d'où les étranges lapsus que vous avez détectés. Je suis coupable de celui qui vous féminisait... Je vous trouve si féminin en réalité... Encore que là, en ces circonstances, avec ce sexe infatigable qui me remplit... – Et les mails pornographiques ? C'est donc vous les expéditeurs des mails pornographiques ? Vous vous êtes introduits dans mon ordinateur. Vous vous en êtes servis comme d'une plateforme d'expédition. Vous avez inondé le milieu de* la culture de pièces jointes infamantes. – Récemment l'un d'entre nous a suggéré l'éparpillement de messages à caractère pédophilique. C'était l'idée d'un écrivain-éditeur-journaliste-producteur-de-radio-juré-de-prix-littéraires. La plupart étaient d'accord mais je m'y suis opposée... – Merci de cette délicatesse. – J'aurais dû approuver au contraire. Vous n'auriez risqué que la prison. – Et vous auriez voulu que je croupisse en prison ! – Un moindre mal comparé aux mesures qui ont été prises lors de mon déplacement. Ils se sont radicalisés. – Radicalisés ? Qu'est-ce que vous voulez dire ? – Au départ il s'agissait seulement de vous humilier. On vous sait vulnérable. Votre intervention aurait été ponctuée de sifflets, la salle se serait vidée peu à peu, les dernières phrases auraient été accueillies par des applaudissements courtois, mesurés, d'ennui. Il a semblé à quelques-uns qu'une telle finalité, à l'issue aussi aléatoire, aussi immatérielle pourrait-on dire... – C'est-à-dire ? – Cela il m'est rigoureusement impossible de vous le dire. – Rigoureusement impossible ? – Exclu. En revanche il faut que vous sachiez une chose. Une jeune femme rousse, plantureuse, saisissante, dotée d'une très belle voix, a été recrutée pour vous séduire. Elle est italienne. Elle a accepté de passer la nuit avec vous moyennant une certaine somme en liquide. – C'est plutôt délicat de votre part comme attention... – N'est-ce pas... Nous connaissons vos faiblesses... À part qu'elle est payée pour vous conduire... et se conduire elle-même par la même occasion... à son insu... – Oui ? Où ça ? Dans un piège ? – Il ne m'est pas possible de vous en dire davantage. La seule chose qu'il me faut vous confier, c'est surtout de ne pas utiliser la décapotable qui sera mise à votre disposition. La jeune femme *rousse est censée vous proposer une excursion nocturne vers une station balnéaire du littoral : refusez catégoriquement. – Je voudrais savoir pourquoi. – Vous ne le saurez pas. Je ne dirai plus rien. – J'ai les moyens de vous y contraindre. – Ah oui et lesquels ?* J'enfonce un doigt dans l'anus de ma voisine du quatrième. Elle hoquette comme une perdrix qui se serait coincé un ver de terre dans le gosier et me murmure à l'oreille : *Coquin... Vous savez vous y prendre... C'est mon petit péché mignon...*

Laurent Dahl se retrouva entouré d'une trentaine de personnes à la table du dîner, servi par deux garçons qui obéissaient aux directives silencieuses, rétiniennes, discrètement gestuelles, d'un maître d'hôtel immobile dans un angle. Il reconnut un ministre en exercice, deux anciens ministres de François Mitterrand, un artiste spécialisé dans les carreaux de salle de bains, un éditorialiste, un philosophe hirsute, un tennisman à la retraite, un individu richissime dont il s'était dit à plusieurs reprises qu'il faudrait le rencontrer. On y trouvait des femmes d'âge mûr, probablement des épouses, quelques visages intelligents, deux mannequins d'une beauté saisissante. Laurent Dahl s'était retrouvé encadré par l'épouse d'un ancien ministre, laquelle était muette, absorbée par les propos de haute tenue qui s'échangeaient, et par la moins aiguë des top models. Il n'était plus qu'une épave. Il savait pertinemment que l'inconnue du TGV ne le rappellerait pas. On parlait politique, opéra, industrie, Gulf Stream, œuvres d'art, aéronautique, capitaux, génétique, spéculation, mais d'une manière elliptique, anonyme, occultée, sans qu'aucun nom ne soit jamais prononcé, ni d'homme, ni de lieu, ni d'entreprise, et chaque conversation qui s'installait se trouvait interrompue par une plaisanterie spirituelle qui déclenchait les rires sonores de la tablée. On avait l'impression d'une sorte de mascarade dont l'objectif était de faire en sorte que le temps s'écoule, fruité, inoffensif, avec une fluidité de ruisseau, sans que rien ne se fixe ni ne s'établisse. Il semblait qu'on avait fait passer chaque phrase par un logiciel qui l'avait cryptée, altérée, rendue méconnaissable. La conversation en devenait miroitante, immobilisée dans une étrange absence à elle-même, et pourtant chaque convive y circulait avec aisance, y insérait son mot d'esprit, sa phrase énigmatique. Laurent Dahl et la jeune fille assise à sa droite exploraient les périphéries d'un certain nombre de sujets disparates : mode, chevaux, New York, cinéma, photographie. Il se trouvait dans la même relation d'absentéisme aux phrases qu'il prononçait mais pour une autre raison que tous les autres : il souffrait de la douleur la plus vive qu'un être humain puisse ressentir : la douleur de l'irréversible. Il se leva au milieu du plat principal en s'excusant auprès de sa voisine et entraîna le maître d'hôtel hors de la salle de séjour du château. *Excusez-moi Norbert* (il le connaissait pour avoir été invité à différentes reprises pour des parties de chasse), *je voudrais d'abord me rendre aux toilettes* (*Je suis un peu souffrant*, murmura-t-il d'un ton complice), *ensuite il est d'une importance capitale que je puisse avoir accès au plus vite à un ordinateur connecté à Internet. Auriez-vous la gentillesse d'organiser cela pour moi je vous prie...* Laurent Dahl se retrouva dans un bureau qui donnait sur le parc, cossu, tapissé de livres, un domestique qu'il n'avait jamais rencontré, sans livrée, en civil, convoqué par Norbert et surgi d'un recoin administratif de l'édifice, lui alluma l'ordinateur et le connecta à Internet, *Si vous avez besoin de quoi que ce soit je me tiendrai dans la pièce à côté : n'hésitez pas*, et l'assistant cravaté s'éclipsa. D'abord Laurent Dahl alla sur le site agence.voyages-sncf.com où il savait qu'étaient recensés tous les vols. Il n'en trouva que trois dont les horaires pouvaient coïncider. Le vol Lufthansa 4221/456, départ à 20 h 30 et correspondance à Francfort. Le vol Air France 1018/United 8845, départ à 20 h 55 et correspondance à Francfort. Le vol Korean Air 902/Asiana Airlines 204, départ à 20 h 55 et correspondance à Séoul. En consultant les détails des deux premiers, Laurent Dahl se rendit compte qu'elle était arrivée à Francfort à 21 h 45 (avec Lufthansa) ou à 21 h 35 (avec Air France) et qu'elle s'envolerait dans les deux cas le lendemain à 09 h 45. Quelle drôle d'idée… Pourquoi choisir un vol qui l'oblige à dormir à Francfort plutôt qu'un autre le lendemain matin après une nuit passée à Paris… Laurent Dahl se leva et se servit un demi-verre de Jack Daniels qu'il avala d'une traite. Il voyait sur un plan d'eau les taches blanches de quelques cygnes dont le plumage renvoyait la lumière de la pleine lune. Que faire ? Il revint s'asseoir devant l'ordinateur et tapa désespéré sur Google un certain nombre d'équations lexicales. *Rousse italienne Montale. Rousse italienne Marseille. Rousse Marseille Los Angeles. Rousse Montale Los Angeles. Rousse théâtre Los Angeles. Rousse théâtre Marseille Los Angeles. Rousse théâtre Montale Marseille TGV Los Angeles. Inconnue rousse italienne TGV wagon vide.* Il n'obtint que des fragments, des débris de phrases, des éboulis absurdes. Par exemple on voulait lui communiquer les horaires du ferry qui va de Marseille à L'Île Rousse. *Femme de ma vie rencontrée dans un wagon totalement vide d'un TGV Marseille Paris où elle m'a lu rousse et pâle un texte de Montale avant de prendre l'avion pour Los Angeles.* Et il effectua la recherche : il aurait rêvé d'une réponse surnaturelle de cette nature prodiguée par un site Internet instantané : *Moi aussi je vous aime. Voilà mon numéro de téléphone. Appelez-moi au plus vite et rejoignez-moi. Vous êtes l'homme que j'ai toujours attendu.* Réponse : *Aucun document ne correspond aux termes de recherche spécifiés. Suggestions : – Vérifiez l'orthographe des termes de recherche. – Essayez d'autres mots. – Utilisez des mots plus généraux. – Spécifiez un moins grand nombre de mots.* Il tapa : *Je vais mourir.* Il se leva : *Je vais mourir* (murmura-t-il) et il jeta son verre vide avec rage sur le mur. Norbert accourut dans l'instant après avoir toqué délicatement à la porte : *Quelque chose ne va pas monsieur ? – Pas du tout, tout va très bien, je vous remercie, laissez-moi quelques instants je vous prie. – Très bien monsieur, comme vous voudrez, j'enverrai quelqu'un pour nettoyer. – Cela ne sera pas nécessaire pour le moment : laissez-moi. – Par ailleurs Monsieur voudrait savoir si vous voulez qu'il vienne vous voir : je me suis permis de lui dire que vous étiez souffrant. – Pas pour le moment merci je préfère rester seul. – Comme monsieur voudra…* et Laurent Dahl s'écroula sur une banquette le long de la bibliothèque, où il ferma les yeux pour ranimer dans son esprit des détails de l'inconnue, ongles, œil, oreilles, dents, gestes, odeur, orteils, cheveux, sourires, voix, mots, paroles, regards… Il ne s'en lassait pas. Il se souvint de chaque seconde de ce sortilège de quatre heures. Il sortit du bureau un long moment plus tard et s'aventura dans les couloirs du château. Il tomba sur une grande salle où les deux anciens ministres disputaient en silence une partie de billard : les bruits parfaits des boules qui se heurtaient, clairs, délimités, axiomatiques, disaient la distinction de ce combat au sommet. Il rencontra un peu plus loin, au pied d'une grande statue, le ministre des Finances en exercice, dont l'un des top models à moitié nu léchait le sexe avec avidité, *Excusez-moi*, articula timidement Laurent Dahl avant de s'éclipser, *Ah, nom de Dieu, c'est bon, encore*, entendit-il derrière lui tandis qu'il dévalait les escaliers pour rejoindre le grand salon, où un quatuor à cordes avait entraîné sur le parquet un certain nombre de couples. On dansait la valse : Laurent Dahl ne savait pas danser la valse. Le top model résiduel le saisit par le bras pour l'attirer sur la piste : il déclina l'invitation avec humeur (il n'avait pas envie de se faire sucer la bite) et s'installa sur un fauteuil aux côtés de l'investisseur richissime. Qu'allait-il faire ? Comment la retrouver ? Différentes hypothèses se bousculaient dans son esprit. L'industriel richissime avait engagé la conversation avec Laurent Dahl, qui l'écoutait d'une oreille distraite et répondait mécaniquement aux questions conventionnelles qui s'infiltraient dans son cerveau. *Igitur ? Igitur ! Mais Igitur ! Mais bien sûr ! On ne cesse de me parler de vous ! Notre hôte pas plus tard que ce soir ! Mes collaborateurs ne cessent de m'alerter sur ce hedge fund monté à Londres par deux Français ! Quelle coïncidence ! – Voyons-nous prochainement*, lui répondit Laurent Dahl. *Voici ma carte. Il y a longtemps que je voulais vous rencontrer pour vous instruire de nos projets.* Il lui donna sa carte avant de s'éloigner, *Excusez-moi, pardonnez-moi, il faut que je m'en aille*, à la suite de quoi il alla trouver le milliardaire dont on fêtait l'anniversaire : il affrontait avec fougue le philosophe aux cheveux longs. *Vous n'auriez pas vu notre grand argentier ?* entendit-il qu'on lui demandait. *Nous aurions besoin de ses lumières… – Absolument pas. Je ne l'ai pas vu. – Vous le connaissez… Il doit être dans un couloir en train de se…* hasarda avec malice le philosophe capillaire. *– Ne faites pas de mauvais esprit,* l'interrompit le milliardaire. À Laurent Dahl : *Vous allez mieux ? Norbert m'a dit que vous étiez souffrant. – Un peu. Un peu beaucoup. Je me sens mal. C'est sans doute une gastro que Salomé m'aura transmise. – Vous voulez rester dormir ? On peut vous préparer une chambre. – Je vais y aller. Mon chauffeur m'attend dehors. Merci encore pour cette sublime soirée.* On le raccompagna dans le hall. On lui restitua son manteau. Jean-Jacques lui ouvrit la portière de la Jaguar. Les grilles s'ouvrirent électriquement sur leur passage. Ils s'engagèrent sur une route qui pénétrait comme un couteau les profondeurs fabuleuses d'une forêt. *Jean-Jacques ? – Oui monsieur. – Nous allons à Francfort. – À Francfort monsieur ? – À Francfort Jean-Jacques. – Mais monsieur… Madame m'a demandé… – Eh bien je dirai moi-même à madame que j'ai dû partir d'urgence pour Francfort. – Si monsieur veut bien me permettre. J'ai reçu comme instruction d'être disponible dès huit heures quinze pour conduire les enfants à l'école et madame pour une destination que j'ignore. – Eh bien je préviendrai Clotilde en temps voulu. Elle conduira elle-même les enfants à l'école. Et remettra à une date ultérieure sa mystérieuse escapade. – Bien monsieur. Comme vous voudrez. J'imagine qu'il faut rejoindre l'autoroute de l'Est.* Laurent Dahl qui traversait l'Allemagne à demi assoupi sur la banquette arrière de la Jaguar, bercé par la musique qui sortait des enceintes, déroula sans lassitude (en boucle étroite : de plus en plus étroite et asphyxiante) le film de son voyage en train. Il avait fait tout ça, il s'était tendu dans l'effort, tendu à rompre, depuis le CE2, il s'était fabriqué précocement un ulcère, il avait passé de nombreux concours, il s'était laissé effrayer par le monde, il avait réagi à cet effroi en dépensant une force impressionnante, l'écolier de CE2, le même, exactement le même, vieilli, mûri, développé, avait monté un hedge fund à Londres, il avait levé des capitaux monstrueux, il avait fait tout ça depuis toutes ces années pour une seule chose – et cette chose-là qui avait récompensé finalement ses efforts : il l'avait laissée filer. La retrouverait-il ? Il téléphona à Alexandra vers deux heures du matin et la pria de dresser la liste des hôtels qui voisinaient l'aéroport international de Francfort, *Et puis aussi les trois plus grands palaces de la ville, tu fais ça MAINTENANT et tu me FAXES la liste dans la Jaguar de Clotilde, tu as bien le numéro ?* lui demanda Laurent Dahl, *Oui, c'est bon, je l'ai, aucun problème, il est quelle heure ?* répondit Alexandra la voix éraillée, *Deux heures, environ deux heures, j'ai un énorme problème, annule mes rendez-vous de demain s'il te plaît, Mais tu es à Francfort ?* enchaîna Alexandra, *Sur la route, nous y allons, nous venons de passer la frontière.* Ils arrivèrent à Francfort vers quatre heures du matin. Ils se retrouvèrent dans un entremêlement de bretelles, d'échangeurs, de passerelles, de voies désertes, lugubres, éclairées en orange, qui semblaient s'affoler autour de l'aéroport sans jamais y conduire. Ils en voyaient de loin les bâtiments, la tour de contrôle, ils apercevaient les dérives blanches des long-courriers immobiles dans la nuit, les enseignes des hôtels qui scintillaient dans un ciel noir, industriel, reconstruit, à l'image de cette place financière que Laurent Dahl connaissait bien pour y avoir plusieurs clients. *On commence par lequel ?* lui demanda Jean-Jacques. – *Comme tu veux, je sais pas, allons-y au hasard…* Ils visitèrent successivement tous les hôtels de la liste. Le Sheraton Frankfurt Hotel & Towers. Le Steinberger Airport Hotel. Le Mercure Frankfurt Airport Hotel. L'Ibis Frankfurt Airport Hotel. À chaque fois, respectable, en uniforme, sa casquette à la main, Jean-Jacques se présentait au comptoir et interrogeait les employés. Une jeune femme qu'il décrivait comme *Tall, red hair, beautiful, black dress, very classy*, avait laissé derrière elle dans le hall de l'aéroport *something very personal and quiet precious* que son employeur aurait voulu lui restituer, *We don't know her name, we only know that she had to spend the night near the airport*, récitait Jean-Jacques après un brief de deux heures dans la Jaguar, *may be she is in your hotel ?* Le jour se levait. Un jour gris, terne, sali, à l'image des pensées de Laurent Dahl. *Alors ?* lui demandait-il quand le chauffeur de Clotilde revenait dans l'habitacle. – *Alors rien. Ils ne l'ont pas vue. – C'était bien le dernier de la liste ? – C'était bien le dernier de la liste. Et maintenant, qu'est-ce qu'on fait ? – Il est sept heures et demie. On va à l'aéroport. Aux halls des départs.* Laurent Dahl et Jean-Jacques, l'un devant les comptoirs United, l'autre devant les comptoirs Lufthansa, connectés par leurs portables, passèrent deux heures à surveiller attentivement le hall, *Toujours rien ?* demandait Laurent Dahl à son complice toutes les minutes, *Toujours rien, aucune femme rousse à l'horizon*, déception, affliction lancinante, *OK, ne raccroche pas, reste vigilant*, et vers dix

616

heures, anéanti, disloqué par un désespoir d'une ampleur qu'il n'avait jamais connue, Laurent Dahl se résolut à abandonner leur faction. *Je vais prendre un avion pour Londres. Et toi tu rentres à Paris avec la voiture. – Bien Monsieur. Je suis vraiment désolé. Et n'ayez aucune crainte : tout ça restera entre nous. – Je m'en fous : tu peux décrire cette nuit à Clotilde dans ses moindres détails...* et Laurent Dahl s'éloigna vers le comptoir British Airways amaigri de trois kilos, les traits tirés, le teint livide, il pleura sur une banquette des salons VIP en découpant en larges lanières d'une tristesse indicible un exemplaire du *Wall Street Journal* qu'il s'était procuré. Que ferait-il pour la retrouver ? Tout. Il ferait tout, dans les mois qui suivraient, pour retomber sur elle, escomptant qu'un hasard aussi puissant que le premier la ferait apparaître devant lui. Puisque aussi bien leur rencontre était advenue dans un contexte irréel selon les modalités d'un rêve, Laurent Dahl se répéterait qu'il allait nécessairement la retrouver – car la plupart de ses rêves fondateurs avaient eu lieu plusieurs fois en l'espace de quelques années. D'abord il multiplia les séjours à Paris, où il prit l'habitude de passer d'affilée plusieurs nuits sans en prévenir Clotilde. Il observa qu'instinctivement ses errances le conduisaient sur l'esplanade du Palais-Royal, comme si ce lieu devait être le théâtre de leur deuxième rencontre. Il louait une suite à l'hôtel du Louvre et attendait durant des heures en terrasse d'un café, le Nemours, que l'inconnue réapparaisse. C'était là que nécessairement elle devait resurgir : c'était le Palais-Royal le point mental, le point spatial, le point géométrique le plus juste. Parallèlement, comme on l'a vu, Igitur connaissait des difficultés. Le titre Softbank fit fois 2 entre février et avril. Le titre Softbank fit fois

4 entre février et juillet. Le titre Softbank fit fois 9 entre février et novembre. Laurent Dahl, pour compenser les pertes qui résultaient de cette flambée, devait lever des fonds de plus en plus considérables, objectif que sa tristesse lui permettait d'aborder sans avoir peur, avec brutalité, comme un vendeur de tapis, avec un sens du raccourci qui saisissait les investisseurs. Il voyageait énormément. Il était reçu partout. On l'invitait à de nombreux dîners, cocktails, week-ends et vernissages, où il se rendait dans l'espoir insensé de retrouver son inconnue, et puis pour s'oublier, pour se laisser flatter et acclamer, pour retrouver le plaisir de vivre et de s'amuser. Laurent Dahl était devenu relativement connu. Des témoignages d'admiration lui avaient été rendus dans la presse spécialisée. À la suite de quoi news magazines, quotidiens, radios et télévisions le contactèrent pour des interviews, se prêter à des portraits, participer à des débats de société. Il était devenu l'intervenant archétypal de deux problématiques : le Français expatrié à Londres pour réussir (un sujet devenu à la mode que les médias arpentaient sans lassitude) et l'enrichissement par la spéculation. Comme Laurent Dahl s'exprimait bien, assouvissait avec rigueur la curiosité des journalistes, toutes les fois qu'on avait besoin d'un témoin sur Londres, sur la finance, sur les *success stories*, sur la fuite des talents vers l'étranger, on le contactait pour qu'il donne son opinion. Et c'est ainsi qu'il offrait l'apparence d'une réussite éclatante, quand bien même elle reposait sur un pari périlleux de Steve Still, sur une stratégie de fuite en avant qu'il savait suicidaire et sur le désespoir d'une déception existentielle dont il s'était persuadé qu'il ne guérirait pas. Il était curieux d'être reçu à déjeuner par Lionel Jospin, de participer le

618

même jour à un débat télévisé, d'être convoité explicitement par des jeunes femmes de plus en plus séduisantes : *en gros ce qu'il avait toujours rêvé d'obtenir de son métier* – et de s'installer à la terrasse du Nemours pour scruter l'esplanade, et de revenir Curzon Street pour vérifier terrorisé le visage de Steve Still, et de s'asseoir dans son bureau pour vendre des puts de plus en plus long terme dont il savait qu'ils risquaient, un matin, par surprise, comme un engin explosif, de faire voler en éclats l'exemplarité de leur aventure. Un mensonge. Une fiction. Une imposture. Un simulacre. Qu'accentuaient l'euphorie de Clotilde, sa propension à la dépense, elle venait de faire l'acquisition d'un tableau de Cy Twombly et d'un château du XVIIe siècle en Anjou, *Tu es d'accord ?* lui avait-elle demandé, *Je sais pas, pourquoi un château ?* avait-il répondu, *Je sais pas, un coup de cœur, c'est rigolo d'avoir un château, je l'ai vu le week-end dernier avec Catherine*, lui répondait Clotilde, *Je sais pas, je m'en fous, c'est comme tu veux, c'est toi qui gères le fric*, C'est un investissement après tout, lui répliquait Clotilde, *C'est un investissement tu as raison : ça se revend un château.* Laurent Dahl se sentait de plus en plus grisé par les effets du succès. Laurent Dahl se sentait de plus en plus travaillé par les acrobaties qu'il orchestrait. Laurent Dahl savait pertinemment qu'une faillite d'Igitur, qui révélerait les arrangements dont il s'était rendu coupable, lui vaudrait non seulement une amende colossale mais même de la prison. Laurent Dahl se sentait de plus en plus tendu, nerveux, avide d'oubli, avide d'ivresse, assoiffé d'amnésie, affamé de rencontres. Les parents de Laurent Dahl raccompagnèrent rue de Grenelle un dimanche soir Vivienne et Salomé qui avaient passé chez eux les vacances de la

Toussaint : elles adoraient leurs grands-parents et appréciaient ces séjours dans leur pavillon de banlieue. Il se trouve que Laurent Dahl était à Paris ce jour-là car il devait se rendre à Moscou le lendemain. Ils discutaient de choses et d'autres. Le père de Laurent Dahl sortit de son sac un flacon dont le bouchon était rouge sang et le fit circuler avec une volubilité qui irrita Laurent Dahl. Il s'agissait d'un calcul qu'on venait de lui extraire à l'occasion d'une minime opération chirurgicale. Vivienne et Salomé avaient déjà vu la chose pendant les vacances : il s'était donc muni du calcul dans l'intention délibérée de l'exhiber à leurs parents. *Ben dites donc ! Pour un calcul c'est un calcul !* s'exclama Clotilde avec dégoût avant de tendre le flacon à Laurent Dahl. Le père de celui-ci, assis sur un fauteuil, frétillait comme un cabri : comportement inexplicable. Laurent Dahl prit dans ses doigts le flacon de laboratoire. Y flottait, suspendu, emprisonné dans un liquide gluant, immobilisé dans un imaginaire empuanti par des arrière-pensées d'entrailles, le calcul paternel, fruit, balle de golf, sphère putride de couleur brune décorée d'alvéoles en relief dont l'exactitude de la géométrie laissait perplexe. Comment la nature avait-elle pu produire une défaillance d'une telle beauté plastique, qui semblait avoir été conçue en usine d'après les plans d'un ingénieur, à ceci près que ce truc-là avait été sécrété patiemment dans les tréfonds du pire endroit qui puisse se concevoir pour Laurent Dahl, le plus abject, le plus répulsif, le plus impensable pourrait-on dire, dont il fallait se protéger de la pensée et des images de la manière la plus entière, la plus hostile, la plus intransigeante : *les entrailles de cet homme* ? Laurent Dahl rendit le flacon à sa mère à la faveur d'un geste ennemi qui glaça l'atmosphère. Il alluma une cigarette. Clotilde servit le thé. Vivienne distribua des gâteaux secs. La mère de Laurent Dahl évoqua l'imminence d'un voyage organisé qu'ils devaient faire dont ils se réjouissaient, le père de Laurent Dahl (qui venait de ranger dans son sac le flacon pharmaceutique : il était d'excellente humeur) évoqua les beautés de ce pays telles que vantées par un dépliant touristique qu'il exhiba, *Un super-hôtel quatre étoiles avec piscine, Robert et Monique nous accompagnent, regarde l'hôtel*, ajouta-t-il en tendant le prospectus à son fils, qui éprouva en cet instant un sentiment de révolte d'une violence indescriptible. Cet être lâche, faible, apeuré, fasciné par les puissants, cet escargot servile qui avait détruit l'existence de sa femme, qui avait détruit l'adolescence de Laurent Dahl, qui l'avait rendu fou, à jamais insécurisé, qui avait fait d'un écolier de CE2 un adulte angoissé arrivé en avance, cet homme putride, après avoir tenu vingt ans sans flancher, avoir résisté à tous les coups, avoir survécu à tous les attentats, avoir perduré égal à lui-même dans les souffrances les plus atroces répercutées quotidiennement sur sa famille, à présent qu'il était à la retraite, à présent qu'il était sauvé, à présent qu'il avait franchi sans dégâts irréversibles les turbulences de sa vie professionnelle, voilà qu'il était heureux ! voilà qu'il se prélassait insouciant sur un fauteuil ! voilà qu'il envisageait avec gaieté un voyage organisé ! voilà qu'il faisait circuler, inconscient de la gravité de son geste, un calcul qu'il avait sécrété ! La mère de Laurent Dahl parla des rideaux qu'elle avait apportés pour leur appartement qui s'en trouvait démuni : *On peut pas vivre sans rideaux !* leur dit-elle. *Ça fait deux ans que vous devez en acheter ! Alors j'ai pris l'initiative... de très jolis... – Non merci*, l'interrompit

Laurent Dahl. *Je déteste les rideaux. Je te l'ai déjà dit : je déteste les rideaux. – Mais je les ai achetés...* se lamenta interloquée la mère de Laurent Dahl. *De jolis rideaux à fleurs... Ils sont dans l'entrée... Pourquoi tu n'en veux pas ?* Laurent Dahl lui répondit : *Tu les remportes. Moi vivant il n'y aura pas de rideaux dans cet appartement. Je ne veux pas : c'est tout.* Elle éclata en sanglots et le père de Laurent Dahl intervint dans la conversation comme à son habitude, tout embrouillé, mis en bouillie, pour stigmatiser la brutalité de Laurent Dahl à l'égard de sa mère. *Toi tu restes à l'écart de tout ça. Toi surtout tu t'en mêles pas. C'est un problème entre ma mère et moi : je vais lui expliquer calmement.* Et le père de Laurent Dahl, agressif dans sa viscosité d'escargot complexé, insista. *Tu fermes ta gueule putain ! Tu restes à croupir dans ton coin ! Surtout aujourd'hui tu viens pas me faire chier ! Je rattrape le truc avec ma mère mais toi putain tu la fermes !* Et le père de Laurent Dahl, scandalisé, physiquement secoué comme le feuillage d'un peuplier dans la tempête (chaque parcelle de sa peau clignotait dans l'espace du salon comme autant de feuilles argentées malmenées par le vent : ce spectacle communiqua des envies de meurtre à Laurent Dahl qui aurait pu en cet instant *assassiner froidement son père*), continuait de protester, *Ça recommence, tu vois, ce type...* disait-il à sa femme en désignant leur fils, *ça recommence, viens, viens on s'en va, ce type est vraiment...* et la mère de Laurent Dahl se laissa entraîner, *Tu restes là, on va parler tranquillement*, lui disait son fils au bord des larmes, *n'écoute pas ton mari, tu restes là, je vais les prendre tes rideaux t'inquiète pas*, et elle sortit en pleurs au bras de son mari. Le lendemain Laurent Dahl acheta *Les Échos* à l'aéroport de Roissy : « Lancé avec le soutien actif du gouvernement britannique et de ses trois sponsors, Murdoch, Vivendi et Softbank, le Nasdaq Europe se déclare prêt à élargir son tour de table à d'autres Bourses et institutions financières européennes. » Il rencontra à Moscou trois investisseurs qui apportèrent au total à Igitur 800 millions de dollars : une performance exceptionnelle. Se pourrait-il qu'il rencontre dans cette ville l'inconnue du TGV ? Depuis mars il rétribuait le chauffeur de Clotilde pour qu'il achète chaque semaine (avec une carte bancaire qu'il lui avait donnée) (un bureau avait même été loué dans ce seul but) l'intégralité de la presse internationale (plus exactement : française, italienne, anglaise, américaine) où l'inconnue du TGV, dans l'hypothèse où elle jouirait dans un quelconque domaine d'une certaine notoriété, était susceptible de faire l'objet d'un article accompagné d'un portrait d'elle, Jean-Jacques épluchant scrupuleusement chaque magazine qu'il acquérait et découpant pour Laurent Dahl les photographies de toutes les rousses qu'il découvrait au hasard de ses feuilletages, accompagnées de leurs légendes. Et le flacon pharmaceutique… Laurent Dahl n'arrivait pas à se défaire de cette image obsessionnelle qui l'habitait, qui s'infiltrait dans ses pensées, déclenchait des délires répugnants, je veux parler du calcul qu'il avait vu et tenu entre ses doigts, lequel calcul l'avait plongé (dans un contexte de fragilité généralisée : Igitur en déséquilibre et l'inconnue introuvable) dans une désolation qui s'apparentait à une sorte de dépression nerveuse. Il visualisait la balle de golf chaque nuit avant de s'endormir, ou plutôt elle s'imposait à son esprit avec un impact cinématographique dont il avait du mal à limiter les effets. Laurent Dahl sortait le calcul de son flacon et le croquait, mordait dans sa matière alvéolaire, faisait fuser sur ses gencives des jets de pus, avalait le liquide empoisonné du kiwi tumoral, goûtait sa chair avec délectation, mordillait des morceaux de la coque disloquée, les laissait s'attarder sous sa langue, en sentait la matière brune, acide, spongieuse, picotante, et Laurent Dahl se levait de son lit horrifié, allumait la lumière, allumait la télévision, allumait la radio, ouvrait en grand les fenêtres de sa chambre et respirait par un rectangle de la façade de son hôtel l'oxygène luxembourgeois. Il avait appelé sa mère plusieurs fois pour s'excuser : elle refusait de lui parler. C'était son père qui décrochait : Laurent Dahl restait calme et demandait à s'entretenir avec sa mère. *Elle ne veut pas. Elle ne veut plus te parler.* Et Laurent Dahl se disait : *Par ta faute. Si tu n'avais rien dit, si tu étais resté sur ton fauteuil à assister à cette scène en silence, ma mère et moi on se serait expliqués : on se serait réconciliés en dix minutes.* Laurent Dahl disait à son père : *Qu'elle me rappelle. Je veux vraiment lui parler. – Elle dort. D'où tu appelles ? – De Luxembourg. Va la réveiller. Dis-lui que c'est son fils. – De toute manière elle ne veut plus te parler. – Elle ne veut plus me parler... À cause d'une histoire de rideaux... – Pas seulement... À cause de tout... Elle sent que tu nous détestes... – Que je VOUS déteste ? Elle sent que je VOUS déteste ?* Son père approuva en silence. *– Toi en revanche, et c'est assez paradoxal, je dirais même que je trouve délicieux ce paradoxe* (en prononçant le mot *délicieux* il pensa au *calcul* qu'il *dégustait* chaque nuit dans son *demi-sommeil*), *toi tu acceptes de me parler en revanche : c'est assez savoureux. – Il faut bien puisque tu appelles. – Je vais te dire un truc ce soir. Un truc très important. Cette inversion rocambolesque m'y encourage. – Inversion* *rocambolesque ? – Absolument. Inversion rocambolesque. C'est à toi que je parle et c'est ma mère qui reste inaccessible. Alors que je voudrais ne plus avoir à te parler, jamais, plus jamais… Or elle s'imagine, par ta faute, que je lui en veux à elle : que je ne l'aime pas : c'est faux.* Laurent Dahl sentit son père repartir dans une spirale de furie complexée. – *Je ne comprends pas comment tu as pu si bien résister. Tu auras passé ta vie à résister. On a voulu t'abattre, la société n'a pas cessé une seule seconde de vouloir t'abattre : tu as résisté : tu as passé ton existence à résister. Certains auraient fait des dépressions nerveuses, des tentatives de suicide, auraient capitulé, se seraient dit* OK, c'est bon, j'abandonne, j'arrête d'angoisser tout le monde avec mes trucs, *et seraient devenus sympathiques, dévoués, généreux, philanthropes, d'autres se seraient retrouvés en HP. Je sais pas. Cette résistance inconditionnelle. C'est un prodige qui ne laisse pas de me fasciner. Faut-il avoir peur de mourir ! Faut-il avoir un instinct de survie développé pour résister de cette manière ! Un instinct de survie plus puissant que tout ! Plus méprisant que tout ! Plus scandaleux que tout ! Parfois je me dis que si un jour on t'avait dit :* Voilà vous devez choisir : soit on vous tue soit on tue vos enfants, *eh bien je suis absolument certain que tu aurais signifié, et obtenu, qu'on tue plutôt tes enfants. De ça je suis rigoureusement certain.* Et son père raccrocha. Laurent Dahl rappela : personne ne répondit. Laurent Dahl ouvrit en grand la fenêtre de sa chambre : il fuma une cigarette en regardant les toits de Luxembourg. Laurent Dahl rappela une heure plus tard : son père décrocha et l'attaqua d'emblée. *Ça suffit maintenant ! Ta mère est encore en pleurs par ta faute ! Qu'est-ce que tu veux* encore! – *Car ça y est: tu lui as raconté comme s'adressant à vous deux, vous englobant vous deux, quelque chose qui n'était destiné qu'à toi? Il a fallu que tu lui racontes! Mais c'est tout toi ça! – Je vais raccrocher. – Non. Juste une chose. Une dernière chose. La chose la plus importante que je voulais te dire ce soir.* Son père écouta. Laurent Dahl l'entendait respirer dans l'écouteur. *Après ces vingt années de résistance qui ont tout détruit dans ton entourage, je trouve obscène que tu vives comme si de rien n'était, que tu sois si heureux, il est obscène ton bonheur de retraité, elle est proprement révoltante, inacceptable, d'une indignité intolérable, ta quiétude de retraité hors de danger. J'aurais voulu que mon père affronte l'existence avec la dignité, le courage, la grandeur... d'un homme qui tire les conclusions... et je trouve ça scandaleux...* Petite pause. Laurent Dahl s'étonnait que son père n'ait pas déjà raccroché. Mais peut-être n'avait-il pas encore compris où son fils voulait en venir? *Tu nous le dois, tu te le dois à toi-même ce geste réparateur... ce geste de rédemption... ce geste qui te sauverait toi-même... Tu raterais quoi? Un séjour au Club Med? Et l'année prochaine un voyage en Floride? Et quatre dîners avec Robert et Monique? C'est une sorte de dette que tu as contractée, d'une certaine manière, tu ne penses pas? Et donc je te demande instamment, solennellement, ce soir, cette nuit, pour pouvoir sauver ce qui reste à sauver, et notamment mon amour pour ma mère...* et le père de Laurent Dahl (qui soudain avait peut-être compris: tranché en deux comme une bûche par la lame de cet éclat) raccrocha abasourdi avant que son fils ait terminé sa phrase. Le lendemain Laurent Dahl rentra à Londres: Steve Still buvait du whisky à la bouteille en lançant par la fenêtre ouverte de petites boules de papier. Quand un trader échoue, quand il se heurte chaque jour à un mur d'incompréhension, c'est à la fois un gouffre et une spirale, un toboggan infini, un abîme vertigineux. C'est violent. C'est d'une violence extrême. *Qu'est-ce que vous avez tous à me regarder comme ça ?* hurla Steve Still ce matin-là. *Toi, la pute*, dit-il à Alexandra, *montre-nous carrément tes seins pour une fois au lieu de les dévoiler à moitié comme tu fais ! Tu regardes ma gueule comme si j'étais un singe de zoo mais montre-nous plutôt ta grosse poitrine de salope ! Allez, vas-y, pétris-toi les seins, caresse-les tes gros nibards de pute, viens me sucer la bite qu'on s'amuse un peu !* et Steve Still se planta devant Alexandra son sexe à l'air, énorme, en érection, qui scandait le silence réfrigéré de la salle de trading : *Viens me sucer la bite au lieu de me dévisager comme si j'étais un détraqué !* Le 18 novembre : 6 722. Le 19 novembre : 7 166. Le 22 novembre : 7 722. L'oncle de Laurent Dahl lui téléphona : *Il paraît que tu as demandé à ton père de se suicider ? – Je vois que les nouvelles circulent… – Ta mère est effondrée : c'est elle qui veut se suicider : elle ne cesse plus de pleurer. – Ce qui est sûr c'est que lui il n'est pas près de le faire ! Il a résisté à tout et il résistera à ça ne t'inquiète pas ! – Mais enfin ! Mais quand même ! Dire ça à son père ! – C'était pour déconner. Vous prenez tout au sérieux dans cette famille. Tout prend en permanence des proportions déraisonnables. – Mais Laurent ! Dire ça à son père ! Lui demander qu'il se suicide ! Instamment ! Solennellement ! Pense à ta mère ! – C'est justement à elle que je pense quand je demande à mon père de se suicider. – Et tu voudrais vraiment ? Tu voudrais vraiment qu'il t'obéisse ? Tu veux vraiment sa*

*pendaison sur la conscience ? – Dans la colonne
ACTIFS du bilan.* Puis : *Tu me demandes de répondre
honnêtement ? – Je te demande de répondre honnêtement. – La blague c'était de le lui dire : une sacrée
plaisanterie.* L'oncle de Laurent Dahl se mit à pérorer
au téléphone. Il lui demandait, *Ne serait-ce que pour ta
mère, pour la remettre sur pied : elle est anéantie,*
d'appeler son père et de lui faire des excuses. – *Plutôt
crever. Je peux appeler ma mère pour m'excuser de la
faire souffrir mais mon père : plutôt crever.* L'oncle de
Laurent Dahl en remit une couche. *Vous commencez
sérieusement, tous, à me casser les couilles !* hurla
Laurent Dahl. *Vous et vos histoires de famille vous
commencez très sérieusement à me casser les couilles !
Le résultat c'est que bientôt je n'aurai plus aucune
relation avec aucun d'entre vous. Tu ignores peut-être
qu'il a osé me montrer un calcul qu'on lui a retiré ? Il
me l'a apporté à la maison dans un petit flacon de
laboratoire ! Il m'a mis sous les yeux, il a incrusté
dans mon esprit un fragment délictueux de ses
entrailles ! – Je l'ignorais. Et alors ? – Et alors ?! Tu
me demandes et alors ?! Mais c'est la dernière chose
qu'il fallait faire !! La plus inconvenante, la plus irresponsable !! – Je comprends pas. Je comprends rien. Tu
perds la tête mon vieux tu perds la tête. – Si encore
ç'avait été je sais pas un truc informe, sanguinolent,
déchiqueté, sans dessin particulier, un lambeau !
J'aurais pu m'échapper ! Mais là ! Mais ce calcul ! Ce
pur chef-d'œuvre ! Cette sphère parfaite ! Ce maléfice !
Sa perfection m'enferme ! Son harmonie m'obsède ! Je
suis possédé ! Je ne peux plus m'en détacher ! C'est
devenu une idée fixe ! – Bon mais alors qu'est-ce
qu'on fait...* l'interrompit son oncle. *– Comment ça
qu'est-ce qu'on fait ? – Tu appelles ton père oui ou*

non ? – Si j'appelle mon père ce sera pour exiger de lui qu'il mette à exécution la seule chose qu'il puisse faire! et Laurent Dahl raccrocha. Le 24 novembre : 8 277. Le 26 novembre : 8 488. *Les Échos* : « La bourse de Tokyo a terminé en recul de 0,92 %. L'indice Nikkei des 225 valeurs vedettes a chuté de 174,43 points à 18 271,78. L'indice élargi Topix a perdu de son côté 19,44 points à 1.648,91. Mais la baisse du Nikkei au niveau général n'a pas empêché la progression de quelques valeurs liées à l'Internet, comme NTT DoCoMo et surtout Softbank. » Laurent Dahl fut obligé de mettre la main sur des apports supplémentaires (nouveaux voyages qui s'enchaînèrent), de rallonger la sauce sur les opérations de chirurgie esthétique effectuées par Marino Balducci (qui prenaient des proportions inquiétantes : Laurent Dahl se voyait déjà en prison) et de vendre un nombre de puts long terme proprement suicidaire. De toute manière (et cela Laurent Dahl l'éludait : refoulement d'autant plus mystérieux qu'il le conduisait dans un oubli angoissé, intranquille, tout imprégné des saveurs de la catastrophe, un oubli blanc où c'est la balle de golf des entrailles de son père qui surgissait dans ses reliefs les plus obsessionnels) les puts long terme qu'Igitur avait vendus étaient tellement nombreux que si la haute technologie finissait par s'écrouler, les sommes que le hedge fund devrait débourser pour honorer ces contrats dépasseraient les profits générés par le short de Steve Still. Car en l'état actuel des choses, la valeur du titre Softbank ayant été multipliée par 9 entre février et novembre, Igitur n'était plus short de 350 millions mais de 3 milliards 150 mille dollars ! Leur seule chance de s'en sortir serait que les dot com s'écroulent massivement avant le 20 décembre, de manière à présenter des pertes d'environ 20 % (sacré coup dur pour leur réputation) qu'ils rattraperaient l'année suivante. Dans le cas contraire Laurent Dahl n'aurait plus qu'à s'appliquer à lui-même les directives transmises à son père ou alors à accepter de passer les deux prochaines années dans une cellule londonienne à l'exemple d'Oscar Wilde. Steve Still vira le lendemain deux des trois traders qui l'assistaient. *Mais qu'est-ce que t'as fait ?* lui demanda Laurent Dahl. *Jeff et Bill sont venus me voir, ils me disent que tu les as virés en arrivant ? – De toute manière, je vais te dire, ils parlent trop, tous leurs potes sont traders dans des hedge funds et des banques, il valait mieux qu'ils se tirent...* Les deux traders savaient depuis longtemps que Steve Still déconnait : l'image qu'ils renvoyaient de sa dérive avait fini par l'insupporter : il ne tolérait plus de perdre la face devant ses assistants. – *Et tu crois que maintenant que tu les as virés, en les humiliant, ils vont fermer leur gueule ! Mais ils vont parler au contraire ! – T'as qu'à leur filer à chacun 1 doll d'indemnités ! T'as qu'à les envoyer deux mois aux Baléares ! Tu leur fais signer un papelard comme quoi ils se tirent deux mois aux Baléares ou sinon ils partent sans rien !* Le 2 décembre : 7 077. Le 3 décembre : 7 377. Le 6 décembre : 7 888. Le 7 décembre : 7 788. Le 8 décembre : 7 888. Laurent Dahl scrutait toute la journée la valeur de l'action : il devrait prendre bientôt une décision. Le 9 décembre : 7 677. Le 10 décembre : 7 888. À Steve Still : *T'y crois encore ? C'est encore possible ? Tu penses vraiment que ça peut s'écrouler ?* Le 13 décembre : 7 722. Le 14 décembre : 7 511. Laurent Dahl épluchait un jour sur deux le contenu d'un dossier scrupuleusement daté, classé, indexé, que Jean-Jacques lui expédiait par

Fedex, où il trouvait des portraits de rousses (la plupart du temps des fausses : cet abruti ne parvenait pas à distinguer les authentiques des falsifiées) de tous pays, chanteuses, actrices, sportives, cantatrices, jet-setteuses, présentatrices de télévision, dont aucune ne ressemblait à l'inconnue. Le 15 décembre : 7 566. Laurent Dahl ne prenait plus les investisseurs au téléphone. Marino Balducci lui réclama un chèque de 3 millions qu'Igitur lui devait : Laurent Dahl l'envoya chier en le traitant de porc : *De porc ! Vous me traitez de porc !* hurlait l'auditeur au téléphone. *Vous allez voir si je suis un porc ! J'arrive immédiatement et je vous casse la bouche !* Laurent Dahl quitta précipitamment son bureau et se cloîtra dans une chambre d'hôtel à Notting Hill. Le 16 décembre : 7 688. Le 17 décembre : 7 699. Laurent Dahl se rendit à Paris et loua une suite à l'hôtel du Louvre. Il passait ses journées en terrasse du Nemours et scrutait l'esplanade à la recherche de l'inconnue. Il songea qu'il aurait dû appeler le hedge fund Cendrillon plutôt qu'Igitur. Le 20 décembre : 7 622. Le 21 décembre : 7 533. Le 22 décembre : 8 088. Laurent Dahl déambulait boulevard Haussmann (l'inconnue se rendrait peut-être aux Galeries Lafayette pour ses emplettes de Noël ?) quand il croisa le directeur d'un family office qui l'intercepta avec autorité : *Nous retirons nos fonds. – Et le lock up de deux ans ?* lui répondit Laurent Dahl. Il guettait l'apparition d'un taxi libre sur le boulevard pour pouvoir se soustraire à cette emprise. – *Il expire ces jours-ci. J'ai contacté plusieurs investisseurs qui ont placé chez vous des sommes considérables : nous nous trouvons sans exception dans la même situation : silence total de votre part depuis dix jours. Or je me suis laissé dire qu'il se passe sur un certain short (sur une dot com apparemment) des événements contraires à vos désirs.* – Mais pas du tout, contesta Laurent Dahl. Il héla un taxi qui venait d'apparaître. La Mercedes s'immobilisa le long du trottoir. – *Attendez, qu'est-ce que vous faites, où allez-vous ?* lui demanda le directeur du family office. – *J'ai un rendez-vous important. Mais voyons-nous demain. Que diriez-vous d'un verre au Plazza Athénée, je sais pas, vers dix-huit heures ?* L'investisseur le regardait avec hostilité. – *Non. Maintenant. Réglons cette affaire immédiatement.* Laurent Dahl le bouscula et s'engouffra dans le taxi. L'homme hésita à l'empoigner et préféra se saisir de son portable : il pianota un numéro sur le cadran en le regardant fixement. Laurent Dahl ferma la portière du taxi et s'adressa au chauffeur : *Démarrez. Aéroport Roissy Charles de Gaulle je vous prie.* En se retournant il vit par la lunette arrière l'investisseur qui notait le numéro d'immatriculation sur la paume de sa main.

Éric Reinhardt
dans Le Livre de Poche

Existence n° 30600

Diplômé d'une école prestigieuse et obsédé de logique, Jean-Jacques Carton-Mercier est devenu à près de quarante ans un cadre supérieur détestable qui méprise ses contemporains. Égocentrique et conformiste, il se comporte en tyran domestique avec son épouse et ses deux enfants. Mais un fait anodin – l'achat d'un Bounty dans une boulangerie – va déclencher dans sa vie une série de catastrophes. Ce misanthrope sûr de ses valeurs et de sa supériorité intellectuelle va rencontrer l'hostilité de ses semblables, découvrir ses faiblesses et remettre en cause l'existence qu'il s'est construite…

Le Moral des ménages n° 15544

« Faiblesse des dépenses d'énergie ! Accroissement du taux d'épargne ! Effondrement du moral des ménages ! Cet article désignait ma mère avec une telle clarté qu'il n'était pas utile de lire son nom pour savoir qu'il s'agissait d'elle. Barbara Füller accusait ma mère frontalement d'avoir ralenti la croissance. Il aurait pu y avoir un encadré consacré à ses habitudes de consommation, une photographie l'aurait représentée dans sa cuisine épluchant des courgettes, vêtue d'une robe de chambre élimée, un économe à la main. Examinant la photographie, le sociologue le moins subtil aurait pu en induire avec certitude que le moral de ma mère était au plus bas. En réalité, le moral de ma mère était au plus bas depuis qu'elle s'était mariée. Le moral de ma mère avait décliné lentement, régulièrement, inexorablement, au fil des ans. Elle avait perdu toute confiance en l'avenir. » E. R.

Composition réalisée par IGS-CP

Achevé d'imprimer en octobre 2011, en France sur Presse Offset par
Maury-Imprimeur - 45330 Malesherbes
N° d'imprimeur : 168364
Dépôt légal 1ʳᵉ publication : septembre 2008
Édition 03 - octobre 2011
LIBRAIRIE GÉNÉRALE FRANÇAISE - 31, rue de Fleurus - 75278 Paris Cedex 06